La tentation d'Angélique

ANNE ET SERGE GOLON

Angélique, marquise des Anges	*J'ai lu* 2488/7
Le chemin de Versailles	*J'ai lu* 2489/7
Angélique et le Roy	*J'ai lu* 2490/7
Indomptable Angélique	*J'ai lu* 2491/7
Angélique se révolte	*J'ai lu* 2492/7
Angélique et son amour	*J'ai lu* 2493/7
Angélique et le Nouveau Monde	*J'ai lu* 2494/7
La tentation d'Angélique	*J'ai lu* 2495/7
Angélique et la Démone	*J'ai lu* 2496/7
Angélique et le complot des ombres	*J'ai lu* 2497/5
Angélique à Québec - 1	*J'ai lu* 2498/5
Angélique à Québec - 2	*J'ai lu* 2499/5
Angélique, la route de l'espoir	*J'ai lu* 2500/7
La victoire d'Angélique	*J'ai lu* 2501/7

Anne et Serge Golon

La tentation d'Angélique

Éditions J'ai lu

A précédemment paru sous les n°s 681 et 682

LE POSTE DU HOLLANDAIS

1

Le bruit du tambour indien s'éleva de la forêt. Il roula, ouaté, rythmé à travers l'épaisse chaleur qui s'appesantissait sur les arbres et le fleuve.

Sur la rive, Joffrey de Peyrac et Angélique s'immobilisèrent. Ils écoutèrent un instant. C'était un battement sourd mais discret. Il s'échappait des ramures en notes pleines et douces, bien frappées comme les battements d'un cœur vigoureux. Et c'est ainsi que la nature immobile, stagnante sous la buée d'un jour torride, rappelait la présence des hommes qu'elle portait en son sein.

Instinctivement, Angélique saisit les mains de son mari, à ses côtés.

— Le tambour, dit-elle, qu'annonce-t-il?

— Je ne sais. Attendons.

Ce n'était pas encore le soir. Seulement la fin du jour. Le fleuve était une immense plaque d'argent terni. Angélique et son mari le comte de Peyrac se tenaient debout sous la retombée des aulnes, au bord de l'eau.

Un peu plus loin vers la gauche, tirés sur le sable d'une crique, des canots d'écorce de bouleau colmatée de résine séchaient.

La crique s'arrondissait, à demi cernée par un promontoire effilé, tandis qu'au fond de l'anse les falaises, hautes et noires, couronnées d'ormes et de chênes, avaient conservé une fraîcheur bienfaisante.

Là, le campement s'était installé. On entendait des craquements de branches brisées pour l'édification des cabanes ou l'aménagement des feux, et déjà une nappe bleue de fumée s'élevait et s'étirait nonchalamment au-dessus de l'eau calme.

Angélique secoua la tête d'un mouvement vif et léger pour chasser un nuage de maringouins qui soudain s'affairaient en bourdonnant autour d'elle. Elle cherchait aussi à dissiper une vague appréhension qui venait de surgir en entendant bourdonner le tambour de la forêt.

— C'est étrange, fit-elle presque sans réfléchir. Il y avait peu d'hommes dans les quelques villages abénakis que nous avons rencontrés en descendant le Kennebec. Seulement des femmes, des enfants, des vieillards.

— En effet, tous les sauvages sont partis vers le sud pour la traite des fourrures.

— Ce n'est pas seulement pour cela. Dans les caravanes et les canots que nous croisons, descendant comme nous vers le sud, il y a surtout des femmes. Ce sont elles apparemment qui vont pour la traite. Mais où sont les hommes?...

Peyrac lui jeta un regard énigmatique. La question, il se l'était posée aussi, et la réponse, il la soupçonnait comme elle. Les hommes des tribus indiennes n'étaient-ils pas partis se réunir en un endroit secret pour comploter la guerre?... Mais quelle guerre? et contre qui?

Il hésita à proférer ce soupçon à voix haute et préféra se taire.

L'heure était calme, dénuée d'inquiétude. Le voyage se poursuivait depuis plusieurs jours sans encombre. Tous éprouvaient à revenir vers les rivages de l'Océan et les régions plus habitées une délectation et une impatience juvéniles.

— Tenez! dit Peyrac avec un mouvement subit, voici ce qui a sans doute provoqué l'appel des tambours. Une visite!

Trois canots doublaient le promontoire en face d'eux, s'avançaient et entraient dans la crique. On devinait, à la façon dont ils avaient surgi, qu'ils venaient de remonter le cours de Kennebec plutôt que de se laisser glisser vers l'aval comme la plupart des embarcations à cette époque de l'année.

Peyrac, suivi d'Angélique, fit quelques pas pour s'avancer tout au bord de la grève, là où les vaguelettes salies d'écume laissaient une trace brunâtre sur un fin gravier. Il plissa un peu les yeux et observa les nouveaux venus.

Les Indiens qui montaient ces trois canots manifestaient l'intention de s'arrêter. Ils relevaient leurs pagaies ruisselantes, puis se glissaient dans l'eau afin de pousser leurs esquifs vers la rive.

— En tout cas, il y a là des hommes et non des femmes, remarqua Peyrac.

Puis, s'interrompant brusquement, il serra le bras d'Angélique.

D'un des canots, une sombre silhouette vêtue d'une soutane noire venait de se déployer, descendant à son tour dans l'eau afin de gagner la plage sous les saules.

— Le jésuite, dit Angélique à mi-voix.

Et elle fut saisie d'une telle panique qu'elle faillit s'enfuir pour se cacher au plus profond de la forêt.

De ses doigts posés sur son poignet, le comte arrêta ce mouvement impulsif.

— Que craignez-vous donc d'un jésuite, mon amour?

— Vous n'ignorez pas l'opinion que le père d'Orgeval a de nous. Il nous prend pour de dangereux usurpateurs, si ce n'est pour des suppôts du Diable.

— Tant qu'il ne se présente qu'en visiteur, nous devons rester calmes.

Cependant, de l'autre côté de l'eau, la Robe Noire s'était mise à suivre la rive d'un pas rapide. Parmi les moirures d'émeraude des arbres reflétés son ombre longue et mince se mouvait avec une promptitude qui avait quelque chose d'inusité dans ce pays accablé et comme déjà sombrant dans les brumes d'un soir plein de langueur. La silhouette était celle d'un homme jeune et plein de vitalité allant droit au but, sans prendre garde aux obstacles, refusant même de les voir.

Il disparut un instant, abordant le campement, et il y eut comme un silence lourd qui s'établit autour des feux; puis l'on entendit s'approcher les pas bottés du soldat espagnol et, juste derrière lui, la haute forme noire reparut, proche, entre les feuillages drapés des saules.

— Ce n'est pas lui, fit Peyrac entre les dents. Ce n'est pas le père d'Orgeval.

Il se sentait presque déçu.

L'arrivant était grand et mince, et paraissait très jeune. Du fait de son ordre qui nécessite un noviciat fort long, il ne pouvait certainement avoir moins de trente ans. Pourtant, il y avait en lui comme la grâce inconsciente de la vingtième année. Ses cheveux et sa barbe étaient blonds et ses yeux d'un bleu presque incolore. Son visage aurait été pâle sans les plaques rouges qu'un soleil, cruel aux gens de sa complexion, lui avait infligées sur le front, les joues et le nez.

Il s'immobilisa en apercevant le comte et sa femme, et à quelques pas d'eux il les fixa un court instant, l'une de ses mains maigres et fines posée sur sa poitrine sur le crucifix pendu à son cou par un ruban violet, l'autre tenant son bâton de marche que surmontait une croix d'argent.

Angélique le jugea d'une surprenante distinction, semblable à ces chevaliers ou ces archanges guerriers que l'on voit en France aux vitraux des églises.

— Je suis le père Philippe de Guérande, déclara-t-il d'une voix courtoise. Coadjuteur du père Sébastien d'Orgeval. Apprenant que vous descendiez le Kennebec, monsieur de Peyrac, mon supérieur m'a chargé de venir vous présenter ses civilités.

— Qu'il soit remercié de ses bonnes intentions, répondit Peyrac.

Il éloigna d'un geste l'Espagnol qui se tenait

presque au garde-à-vous, subjugué devant le père jésuite.

— Je regrette de n'avoir que l'hospitalité rustique d'un campement à vous offrir, mon père. Mais vous êtes habitué, je pense, à ce genre d'inconfort. Voulez-vous que nous nous rapprochions des feux? La fumée nous protégera un peu des moustiques. C'est l'un des vôtres, je crois, qui disait qu'aux Amériques il n'est point besoin de porter cilice car les moustiques et les maringouins se chargent abondamment d'en remplir l'office.

L'autre daigna sourire.

— Le saint père Brébœuf a eu en effet cette boutade, reconnut-il.

Ils s'assirent non loin des groupes qui s'affairaient aux préparations du repas et du couchage.

A l'écart cependant.

Joffrey retint d'une pression imperceptible Angélique qui voulait s'éloigner. Il souhaitait qu'elle assistât à l'entretien. Elle prit place à son tour près de lui, sur un gros rocher moussu. Déjà, avec l'intuition immédiate des femmes, elle constatait que le père de Guérande affectait de ne pas la remarquer.

— Je vous présente mon épouse, la comtesse de Peyrac de Morens d'Irristru, dit Joffrey avec toujours la même urbanité sereine.

Le jeune jésuite inclina la tête dans la direction d'Angélique d'un geste raide presque mécanique, puis se détourna, et son regard erra sur la surface polie de l'eau qui s'assombrissait peu à peu tandis que s'allumaient dans ses profondeurs les reflets pourpres des nombreux foyers brasillant sur la rive.

En face, les Indiens qui avaient amené le père s'installaient pour cabaner.

Peyrac proposa de les convier et de partager avec eux le chevreuil et les dindes qui déjà rôtissaient sur les broches, ainsi que les saumons pêchés l'heure précédente qui cuisaient à l'étouffée, entourés de feuilles, sous les cendres.

Le père de Guérande secoua la tête négativement et dit que c'étaient des Kennébas, indigènes fort farouches et qui n'aimaient pas se mêler aux étrangers.

Angélique pensa subitement à la petite Anglaise Rose-Ann qu'ils ramenaient avec eux. Elle la chercha des yeux et ne la vit pas. Elle apprit plus tard que Cantor, dès l'arrivée du jésuite, l'avait rapidement soustraite à sa vue. Il attendait patiemment dans quelque fourré, en grattant de la guitare pour distraire l'enfant, que les conversations fussent terminées.

— Ainsi, fit le père de Guérande, vous avez passé l'hiver au cœur des Appalaches, monsieur? Avez-vous eu à souffrir du scorbut? De la famine? Avez-vous perdu des membres de votre colonie?...

— Non, pas un seul, Dieu soit loué!

Le religieux tiqua, et il eut un petit sourire étonné.

— Nous sommes heureux de vous entendre louer Dieu, monsieur de Peyrac. Le bruit courait que vous et votre troupe vous n'étiez guère portés à la piété. Que vous recrutiez vos gens indistinctement parmi des hérétiques, des indifférents, des libertins, et même qu'il y avait parmi eux de ces fortes têtes égarées par l'orgueil, qui ne se privent pas à tout propos de blasphémer et de maudire Dieu — béni soit son Saint Nom!...

D'une main, il refusait le gobelet d'eau fraîche et l'écuelle de rôti que Yann Le Couennec, le jeune Breton qui servait d'écuyer au comte de Peyrac, lui présentait. « C'est dommage, pensa Angélique irrévérencieusement, ces jésuites, on ne pourra pas les « avoir par la gueule »... Jadis, le père Masserat s'était montré plus sybarite. »

— Restaurez-vous, mon père, insistait Peyrac.

Le jésuite secoua la tête.

— Nous avons fait collation à l'heure méridienne. Cela suffit pour une journée. Je mange peu. Comme les Indiens... Mais vous n'avez pas répondu à ma question, monsieur... Est-ce volontairement que vous recrutez vos hommes parmi des esprits rebelles aux disciplines de l'Eglise?

— A vrai dire, mon père, ce que je demande avant tout à ceux que j'engage, c'est de bien savoir manier les armes, la hache et le marteau, d'être capables de supporter le froid, la faim, la fatigue, les combats, en bref, l'adversité, sans un murmure, de m'être fidèles et soumis le temps de leur contrat et d'exécuter au mieux les travaux que je leur impose. Mais qu'ils soient pieux et dévots en sus ne me disconvient pas expressément.

— Pourtant, vous n'avez planté la Croix dans aucun des établissements que vous avez fondés.

Peyrac ne répondit point.

Le reflet de l'eau miroitante, qu'incendiait subitement le soleil couchant, paraissait allumer dans ses yeux une petite lueur moqueuse qu'Angélique connaissait bien, mais il restait patient et comme particulièrement amical.

Le père insista.

— Voulez-vous dire qu'il y a parmi les vôtres des individus que ce signe, ce Signe admirable d'amour, de sacrifice — qu'il soit béni — que ce Signe, dis-je, risquerait de choquer et même d'irriter?

— Peut-être.

— Et s'il y avait parmi vos gens des êtres — comme ce jeune homme il me semble, au visage ouvert et franc, qui est venu me présenter ce tantôt de la nourriture — qui auraient gardé, par le souvenir d'une enfance pieuse, de l'affection pour le signe de la Rédemption, ainsi vous les priveriez délibérément du secours de leur Sainte Religion?...

— On est toujours plus ou moins contraint de se priver de quelque chose lorsqu'on accepte de vivre en diverse compagnie, dans des conditions difficiles et parfois dans un espace fort restreint. Ce n'est pas à moi, mon père, de vous faire remarquer combien la nature humaine est imparfaite, et qu'il est nécessaire de se faire des concessions pour vivre en bonne intelligence.

— Celle de renoncer à rendre hommage à Dieu et d'implorer sa miséricorde me semble la dernière des concessions à faire et pour tout dire une concession coupable. Ne dévoilerait-elle pas le peu d'importance que vous accordez, monsieur de Peyrac, aux secours spirituels?... Le travail, sans le courant divin qui le vivifie, ne compte pas.

L'œuvre, sans la Grâce sanctifiante, n'est rien. C'est une enveloppe vide, du vent, du néant. Et cette grâce ne peut être accordée qu'à ceux qui reconnaissent Dieu comme Maître de toutes leurs actions, qui obéissent à ses lois et qui lui offrent, par la prière et chaque jour de leur vie, les fruits de leurs travaux.

— Pourtant l'Apôtre Jacques a écrit : « Seuls les ouvrages comptent... »

Peyrac redressa un peu ses épaules qui s'étaient voûtées comme sous le poids de la réflexion. Il prit dans une fente de son gilet de cuir un cigare de feuilles roulées de tabac et l'alluma au tison que lui présentait presque aussitôt le jeune Breton. Puis celui-ci s'éloigna discrètement.

A la citation du comte, Philippe de Guérande avait eu le sourire froid et subtil de l'adversaire qui rend hommage au coup bien porté. Mais il ne révélait pas pour autant son adhésion.

Angélique, silencieuse, mordillait nerveusement l'ongle de son petit doigt. Pour qui se prenait-il, ce jésuite? Oser parler sur ce ton à Joffrey de Peyrac? Mais en même temps il lui revenait comme une bouffée de son enfance conventuelle, le sentiment de pénible dépendance que toute personne laïque éprouvait vis-à-vis des membres du clergé, et c'était une chose admise et évidente que les jésuites étaient d'une race qui ne craignait rien, ni roi ni pape. Ils avaient été fondés pour enseigner et fustiger les grands de ce monde. Pensive, elle contemplait de ses larges yeux le visage émacié, retrouvait par cette présence insolite, près d'eux, au sein de la forêt américaine, de très anciennes anxiétés, familières au Vieux Monde : la crainte du prêtre, porteur de mystiques pouvoirs. Puis son regard revenait vers le visage de son mari et elle respirait, soulagée. Car lui échappait — échapperait toujours — à ces sortes d'influences. Il était fils de l'Aquitaine et héritier d'on ne sait quelle libérale conception de l'existence, venue de temps très anciens et de civilisations païennes. Il n'était pas de la même essence qu'elle-même ou que ce jésuite, tous deux entraînés dans d'incorruptibles croyances. Il échappait à l'attraction. Et à cause de cela elle l'aimait intensément. Elle l'entendit répondre d'un ton égal :

— Mon père, chez moi, prie qui veut. Et pour les autres, ne croyez-vous pas que le travail bien fait sanctifie?

Le jésuite parut réfléchir quelques secondes puis secoua la tête avec lenteur.

— Non, monsieur, non. Et nous reconnaissons bien là les déviations stupides et dangereuses de ces philosophies qui se veulent indépendantes de l'Eglise.

» Vous êtes d'Aquitaine, fit-il sur un autre ton. Les gens de votre province se montrent fort nombreux et diligents en Canada ou Acadie. A Pentagoët, le baron de Saint-Castine a nettoyé d'Anglais toute la rivière Pénobscot. Il a fait baptiser le chef des Etchevinins. Les Indiens de la région le considèrent comme l'un des leurs.

— Castine est en effet mon voisin à Gouldsboro. Je le connais et l'apprécie, dit Peyrac.

— Qui avons-nous encore comme Gascons dans notre colonie? reprit le père de Guérande avec une bonhomie voulue. Eh bien, il y a Vauvenart sur la rivière Saint-Jean...

— Un pirate de mon cru!

— Si l'on veut! Il est très dévoué à la cause française et le meilleur ami de M. de Villedavray, le gouverneur de l'Acadie. Dans le Nord, nous avons M. de Morsac, à Cataracoui. Et je n'oublierai pas de nommer notre bien-aimé gouverneur M. de Frontenac.

Peyrac fumait doucement, paraissant approuver de quelques signes de tête. Angélique elle-même ne pouvait rien lire sur sa physionomie. Entre les feuilles vernissées des énormes chênes qui les surplombaient, la lumière du soir passait, filtrée par les masses de verdure opulente et la clarté en gagnait un reflet vert qui pâlissait les visages, accusait les ombres. L'or maintenant était du côté du fleuve, la crique devenait couleur d'étain. Par un jeu de miroirs des eaux et du ciel, il faisait plus clair que tout à l'heure. Les soirs de juin étaient proches qui s'avancent sur la nuit et partagent avec elle son royaume. En ces temps-là, les humains et les bêtes consacraient peu d'heures au sommeil.

Dans les feux, on avait jeté de gros champignons noirs desséchés et ronds comme des balles. En brûlant, ils répandaient une odeur âcre et forestière qui avait la propriété bienfaisante d'éloigner les moustiques. La senteur des tabacs de traite s'échappant de toutes les pipes s'y mêlait. La crique était brumeuse et odorante. Un refuge caché au bord du Kennebec.

Angélique passait la main sur son front et par instants ses doigts plongeaient dans sa chevelure opulente, dorée, dégageant ses tempes moites, cherchant à goûter un peu de fraîcheur, et aussi, inconsciemment, à s'alléger d'un souci. Ses prunelles allaient de l'un à l'autre des deux hommes avec un intérêt passionné. Ses lèvres étaient un peu entrouvertes dans l'attention qu'elle portait à la conversation. Mais ce qu'elle surprenait, c'était tout ce qui se cachait derrière les propos échangés. Et soudain le père de Guérande attaqua :

— Pourriez-vous m'expliquer, monsieur de Peyrac, par quel hasard, si vous n'êtes pas hostile à l'Eglise, tous les membres de votre recrue de Gouldsboro sont des Huguenots?

— Très volontiers, mon père. Le hasard auquel vous faites allusion fut celui qui m'amena un jour à mouiller l'ancre aux abords de La Rochelle, alors que cette poignée de Huguenots, promis aux prisons du roi, s'enfuyaient devant les dragons chargés de les appréhender. Je les embarquais pour les soustraire à un sort qui m'apparut funeste lorsque je vis ces mêmes mousquetaires mettre sabre au clair. Et ne sachant qu'en faire, après les avoir embarqués, je les amenais à Gouldsboro, afin qu'ils cultivassent mes terres pour payer leur passage.

— Pourquoi les avoir soustraits à la justice du roi de France?

— Le sais-je? dit Peyrac avec un geste désinvolte et son habituel sourire caustique. Peut-être parce qu'il est écrit dans la Bible : Celui qu'on a condamné, celui qu'on mène à la mort, sauve-le!

— Vous citez la Bible?

— Elle fait partie des Ecritures Saintes.

— Dangereusement entachée de judaïsme, il me semble.

— C'est très évident, en effet, que la Bible est entachée de judaïsme, dit Peyrac qui éclata de rire.

A la surprise d'Angélique, le père de Guérande se mit à rire aussi, et cette fois il paraissait détendu.

— Oui, évidemment, répéta-t-il, constatant volontiers la sottise de l'aphorisme qu'il avait énoncé, mais voyez-vous, monsieur, de nos jours ce Livre Saint est mêlé à tant d'inquiétantes erreurs qu'il est de notre devoir de considérer avec suspicion tous ceux qui, imprudemment, s'y réfèrent.

» Monsieur de Peyrac, d'où tenez-vous la charte qui vous a donné des droits sur la terre de Gouldsboro? Est-ce du roi de France?

— Non, mon père.

— De qui donc alors? Des Anglais de la baie du Massachusetts qui se prétendent indûment propriétaires de ces côtes?

Peyrac esquiva habilement le piège.

— J'ai fait alliance avec les Abénakis et les Mohicans.

— Tous ces Indiens sont sujets du roi de France, la plupart baptisés, et ils n'auraient dû, en aucun cas, prendre de tels engagements sans en référer à M. de Frontenac.

— Allez alors le leur dire...

L'ironie commençait à poindre. Le comte avait une certaine façon de s'envelopper de la fumée de son cigare qui trahissait son impatience.

— Quant à mes gens de Gouldsboro, ce ne sont pas les premiers Huguenots qui prennent pied sur ces rivages. M. de Monts y fut envoyé jadis par le roi Henri IV...

— Laissons le passé. Dans le présent, vous voici sans charte, sans aumôniers, sans doctrine, sans nation pour vous justifier, jetant votre dévolu sur ces contrées, et vous y possédez déjà à vous seul plus de postes, de comptoirs et de populations que la France entière, qui en est possédante depuis fort longtemps. A vous seul, et les tenant de vous seul. Est-ce bien cela?

Peyrac eut un geste qui pouvait passer pour un acquiescement.

— De vous seul, répéta le jésuite dont les yeux d'agate brillèrent subitement. Orgueil! Orgueil! C'est là, la faute inexpiable de Lucifer. Car ce n'est pas vrai qu'il voulait être semblable à Dieu. Mais il ne voulait tenir sa grandeur que de lui-même et de sa propre intelligence. Est-ce là votre doctrine?

— Je tremblerais de vouloir associer ma propre doctrine à un aussi redoutable exemple.

— Vous vous dérobez, monsieur. Pourtant, celui qui a voulu atteindre à la Connaissance seul et pour sa seule gloire, quel n'a pas été son sort? Comme l'apprenti sorcier, il perdit le contrôle de sa science et ce fut la destruction des Mondes.

— Et Lucifer et ses mauvais Anges churent dans une pluie d'étoiles, murmura Peyrac. Et maintenant ils sont mêlés à la terre avec leurs secrets. Petits génies grimaçants que l'on trouve au fond des mines, gardiens de l'or et des métaux précieux.

» Vous n'ignorez pas, mon père, vous qui avez sans nul doute étudié les secrets de la Kabbale, comment se nommaient dans le langage hermétique les légions des démons que forment ces petits gnomes, génies de la terre?

L'ecclésiastique se redressa et le fixa d'un regard étincelant où entrait du défi, mais aussi une sorte de reconnaissance d'initié.

— Je vous suis bien, fit-il d'un ton lent et songeur. On oublie trop que certains qualificatifs, désormais assimilés dans le langage commun, désignaient jadis quelques-uns des bataillons de l'armée infernale. Ainsi donc, les génies de l'Eau, les ondins, formaient la légion des Voluptueux. Ceux de l'Air, les sylphes, et les follets celle des Lâches. Les esprits du feu, symbolisés par la salamandre, la cohorte des Violents. Et ceux de la Terre, les gnomes, avaient pour nom...

— Les Révoltés, dit Peyrac avec un sourire.

— Les vrais fils du Maudit, murmura le jésuite.

Les yeux d'Angélique, avec effroi, allaient de l'un à l'autre des interlocuteurs de cet étrange dialogue.

Impulsive, elle posa sa main sur celle de son mari pour l'avertir de se montrer prudent.

L'avertir! Le protéger! Le retenir... Au fond de la forêt d'Amérique rôdaient soudain les mêmes menaces que jadis dans le palais de l'Inquisition! Et Joffrey de Peyrac souriait du même sourire sardonique que soulignaient les cicatrices de son visage blessé.

Le regard du jésuite effleura la jeune femme.

Dirait-il le lendemain, revenu au fond de sa

mission indienne : « Oui, je les ai vus! Ils sont bien tels qu'on nous les a annoncés. Lui, esprit dangereux, subtil; elle, belle et charnelle comme Eve, avec des gestes d'une liberté étrange et inégalable... »

Dirait-il : « Oui, je les ai vus debout sur la rive, reflétés par les eaux du bleu Kennebec, debout parmi les arbres, lui, noir, dur et sardonique, elle, éclatante, tous deux appuyés l'un à l'autre, l'homme et la femme liés par un pacte... Oh! de quel pacte peut-il s'agir? dirait-il en frémissant au père d'Orgeval... »

Et de nouveau la fièvre des marais, qui si souvent saisissait le missionnaire, le ferait trembler misérablement... « Oui, je les ai vus, et je suis resté longtemps près d'eux, et j'ai rempli la mission dont vous m'aviez chargé de sonder le cœur de cet homme... Mais maintenant je suis brisé. »

— C'est l'or que vous êtes venu chercher ici? fit le jésuite d'une voix contenue. Et vous l'avez trouvé!... Vous êtes venu pour soumettre toutes ces régions pures et primitives à l'idolâtrie de l'or...

— On ne m'avait pas encore traité d'idolâtre! dit Peyrac, et il eut un éclat de rire allègre. Mon père, oubliez-vous qu'il y a cent cinquante années le moine Tritheim enseignait à Prague que l'or représentait l'âme du premier homme?...

— Mais il définit aussi que l'or contenait en substance le vice, le Mal, répliqua avec vivacité le jésuite.

— Pourtant, la richesse donne la puissance et peut servir au Bien. Votre ordre l'a compris dès les premiers temps de sa fondation, il me semble, car c'est l'ordre le plus riche au monde.

Comme il l'avait fait à plusieurs reprises, le père de Guérande changea de sujet :

— Si vous êtes français, pourquoi n'êtes-vous pas ennemi des Anglais et des Iroquois qui veulent la perte de la Nouvelle-France? interrogea-t-il.

— Les querelles qui vous opposent sont d'origine déjà ancienne et prendre parti me semblerait trop ardu pour que je m'y résigne. J'essaierai cependant de vivre en bonne intelligence avec chacun, et qui sait peut-être y imposerai-je la paix...

— Vous pouvez nous faire beaucoup de mal, dit le jeune jésuite d'une voix tendue où Angélique sentit vibrer une véritable angoisse. Oh! pourquoi, s'écria-t-il, pourquoi n'avez-vous pas planté la Croix?

— C'est un signe de contradiction.

— L'or a été le promoteur de bien des crimes.

— La Croix aussi, dit Peyrac en le regardant fixement.

Le religieux se dressa tout droit. Il était si pâle que les brûlures de soleil qui le marquaient parurent saigner comme des plaies dans son visage de craie.

A son cou maigre, qui se redressait hors du rabat blanc, unique ornement de la sombre robe noire, une veine battait violemment.

— J'ai enfin entendu votre profession de foi, monsieur, fit-il d'une voix sourde. C'est en vain que vous protesterez de vos intentions amicales à notre égard. Toutes les paroles qui sont tombées de votre bouche étaient entachées de ce détestable esprit de révolte qui caractérise les hérétiques que vous fréquentez : rejet des signes extérieurs de piété, scepticisme à l'égard des vérités révélées, indifférence au triomphe de la Vérité, et peu vous importe que le reflet exact du Verbe qui fut engendré soit effacé de ce monde avec l'Eglise catholique, que les ténèbres s'appesantissent sur les âmes!

Le comte se leva et posa la main sur l'épaule du jésuite. Son geste était plein d'indulgence et d'une sorte de compassion.

— Soit! dit-il. Maintenant, écoutez-moi, mon père, et veillez ensuite à répéter mes paroles exactes à celui qui vous a envoyé. Si vous êtes venu me demander d'être sans hostilité à votre égard, de vous aider en cas de famine et de pauvreté, je le ferai comme je l'ai déjà fait depuis que je me suis établi dans ces parages. Mais si vous êtes venu me demander de m'en aller d'ici avec mes Huguenots et mes pirates, je vous répondrai : *Non!* Et si vous êtes venu me demander de vous aider à massacrer les Anglais et à combattre les Iroquois par pur principe, sans provocation, je vous répondrai : *Non!* Je ne suis pas des vôtres, je ne suis à personne. Je n'ai pas de temps à perdre et je n'estime pas utile de transposer dans le Nouveau Monde les querelles mystiques de l'Ancien.

— C'est votre dernier mot?

Leurs regards s'affrontèrent.

— Ce ne sera sans doute pas le dernier, murmura Peyrac dans un sourire.

— Pour nous, si!

Le jésuite s'éloigna dans l'ombre des arbres.

— Est-ce une déclaration de guerre? demanda Angélique en levant les yeux vers son mari.

— Ça m'en a tout l'air.

Il souriait et posa sa main sur la chevelure d'Angélique, la caressant lentement.

— Mais nous n'en sommes encore qu'aux préliminaires. Une entrevue avec le père d'Orgeval s'impose encore et je la tenterai. Ensuite... Eh bien, chaque jour de gagné, c'est une victoire pour nous. Le *Gouldsboro* doit être revenu d'Europe, et de Nouvelle-Angleterre doivent arriver de petits navires côtiers bien armés, et encore d'autres mercenaires. S'il le faut, j'irai jusqu'à Québec avec ma flotte. Mais j'aborderai le prochain hiver dans la paix et dans la force, j'en fais serment. Après tout, si hostiles et opposés qu'ils me soient, ils ne sont que quatre jésuites pour un territoire plus vaste que les royaumes de France et d'Espagne réunis.

Angélique baissa la tête. Malgré l'optimisme et la logique rassurante des paroles du comte de Peyrac, il lui semblait que la partie allait se jouer en un lieu où chiffres, armes et hommes comptaient peu en rapport des forces mystérieuses et sans nom qu'ils affrontaient et, presque malgré eux, représentaient.

Et elle devinait qu'il le sentait comme elle.

— Oh! mon Dieu, pourquoi lui avez-vous dit toutes ces sottises? gémit Angélique.

— Quelles sottises, mon amour?...

— Ces allusions aux petits démons qu'on trouve dans les mines ou aux théories de je ne sais quel moine de Prague d'autrefois...

— J'essayais de lui parler son langage. C'est un cerveau supérieur, admirablement doué pour l'étude. Il doit être dix fois bachelier et docteur, bourré de toute la science théologique et occulte dont nos temps peuvent s'enorgueillir. Seigneur! Qu'est-il venu faire en Amérique?... Les sauvages auront raison de lui.

Peyrac, qui semblait secrètement joyeux et, en tout cas, nullement ému, leva les yeux vers la voûte enténébrée des feuillages. Un oiseau invisible s'y agitait. La nuit était là, bleu sombre et duvetée, transpercée par les feux des bivouacs. Une voix héla derrière les ramures, conviant la compagnie à venir se restaurer.

Puis, dans le silence revenu, l'oiseau hulula, si proche qu'Angélique tressaillit.

— Un hibou, dit Joffrey de Peyrac, l'oiseau des sorcières.

— Oh! mon chéri, je vous en prie, s'écria-t-elle, jetant ses bras autour de lui et cachant son visage dans son pourpoint de cuir, vous m'effrayez!...

Il rit un peu et caressa avec douceur et passion sa chevelure soyeuse. Il eût voulu parler, commenter les paroles qui avaient été échangées, définir le sens de la conversation qu'ils avaient eue avec le jésuite. Et soudain il se taisait, sachant qu'Angélique et lui-même avaient pressenti, deviné, compris les mêmes choses à chaque instant de ce dialogue. Ils savaient tous deux que cette visite ne représentait rien d'autre qu'une déclaration de guerre. Un moyen aussi, peut-être, de s'en procurer les prétextes.

Avec la science extraordinaire des membres de son ordre, ce jeune jésuite avait réussi à lui faire dire, à lui, Peyrac, beaucoup plus qu'il ne voulait. Il fallait leur rendre cette justice qu'ils savaient manier l'être humain. Ils possédaient aussi d'autres armes, d'une sorte particulière, dont le comte ne mésestimait pas entièrement la puissance.

Insensiblement, l'humeur légère de Joffrey de Peyrac s'assombrit et d'une façon assez inexplicable, c'était pour elle, Angélique, sa femme, surtout qu'il craignait.

Il la serra plus étroitement contre lui. Chaque jour, chaque soir, il éprouvait cette soif de la tenir contre lui, l'entourant de ses bras pour s'assurer qu'elle était bien là, et que rien ne pourrait l'atteindre dans ce refuge de ses bras.

Il aurait voulu parler, craignait qu'en parlant l'appréhension ne touchât son âme, préférait se taire.

Il dit seulement :

— La petite Honorine nous manque, n'est-ce pas?...

Elle acquiesça d'un mouvement de sa tête penchée, plus proche dans la tendresse que lui inspirait sa remarque. Un peu plus tard, elle demanda :

— Est-elle en sûreté à Wapassou?

— Oui, mon amour, elle est en sûreté, affirma-t-il.

2

Le père de Guérande cabana avec les Indiens et refusa de partager le repas des Blancs lorsqu'on lui fit porter l'invitation.

Il partit dès l'aube, sans prendre congé, ce qui, pour un homme de son éducation, était la forme souveraine du mépris.

Angélique fut la seule à l'apercevoir qui, de l'autre côté de l'eau, portait son paquetage sur la grève. Quelques Indiens, nonchalamment, tournaient autour des canots échoués. La brume matinale régnait jusqu'à hauteur des arbres, assez légère pour qu'on pût distinguer les silhouettes et leurs reflets. La rosée abondante commençait de scintiller sous une clarté translucide, un soleil invisible s'évertuait de triompher des brouillards de la nuit.

Angélique avait peu dormi. La tente qui les abritait ne manquait pourtant pas de confort, et si le tapis de branches de sapins recouvert de peaux sur lesquelles elle s'étendait n'était pas des plus doux, elle avait connu des couches plus rudes. Mais la soirée lui avait laissé un sentiment de malaise.

Maintenant, goûtant la fraîcheur de cette prime aube, elle brossait ses longs cheveux devant un petit miroir appuyé contre une branche, en se disant qu'il lui faudrait trouver quelque introduction pour adoucir ce jésuite, détendre la fibre de ce cœur tendu comme un arc de guerre.

Elle l'aperçut donc, se livrant à ses préparatifs

de départ. Et, après un instant d'hésitation, elle déposa sa brosse et son peigne, secoua sa chevelure sur ses épaules.

La veille, durant leur conversation, elle n'avait cessé d'avoir une question sur le bout des lèvres, et elle n'avait pu trouver l'occasion de la poser au cours d'un tel échange de phrases austères, sibyllines et plus ou moins dangereuses.

Or, cette question lui tenait à cœur.

Angélique se décida.

Retenant sa jupe afin d'éviter le contact des foyers éteints et des marmites de graisse du campement, elle se fraya un passage à travers le désordre indien habituel, suivit le sentier le long de l'anse du fleuve et, dérangeant deux chiens fauves qui rongeaient des viscères de daim, elle s'approcha du religieux qui, en son pauvre équipage, s'apprêtait à reprendre la route.

Depuis quelques instants, il l'avait vue venir émergeant de la brume évanescente et dorée du matin. Le même reflet brillant que l'aube mettait sur les feuillages jouait sur sa chevelure claire épandue.

De complexion délicate, le père de Guérande était souvent, au lever, atone et avait l'esprit vide. Peu à peu, le souvenir de Dieu lui revenait et il se mettait à prier. Mais il lui fallait un certain temps pour retrouver le fil de ses pensées. En voyant s'approcher Angélique, il ne la reconnut pas, tout d'abord, et il se demandait avec effarement : qui est-ce? qui est cette apparition?

Puis, se souvenant : Elle, la comtesse de Peyrac, il éprouvait comme une brusque douleur au côté et elle devina nettement, malgré ses traits impassibles, son recul de peur et de répulsion, un raidissement de tout l'être.

Elle sourit afin de dérider ce jeune visage de pierre.

— Mon père! Nous quittez-vous déjà?

— Les devoirs de ma charge m'y obligent, madame.

— Mon père, j'aurais voulu vous poser une question qui me préoccupe.

— Je vous écoute, madame?

— Pourriez-vous m'indiquer avec quelle sorte de plantes le père d'Orgeval fabrique ses chandelles vertes?

Le jésuite s'attendait visiblement à tout, mais pas à cela. Sous le coup de la surprise, il se déconcerta. Tout d'abord, il cherchait dans les paroles d'Angélique quelque sens hermétique, puis, comprenant qu'il s'agissait bien de questions pratiques et ménagères, il perdit pied. La pensée qu'elle se moquait de lui l'effleura, lui fit monter le sang au visage, puis il se ressaisit, fit un effort désespéré de mémoire pour se souvenir de détails qui lui permettraient de répondre avec précision.

— Les chandelles vertes? marmonna-t-il.

— On dit que ces chandelles sont fort belles, poursuivait Angélique, et répandent la plus aimable lumière blanche. Je crois qu'on les obtient avec des baies que les Indiens récoltent vers la fin de l'été, mais, si vous aviez pu me dire au moins le nom de l'arbuste qui les porte, vous qui connaissez bien la langue sauvagine, vous m'auriez obligée...

— Non, je ne saurais vous dire... Je n'ai pas pris garde à ces chandelles...

« Le pauvre homme n'a pas le sens des réalités, se dit-elle, il vit dans son rêve. » Mais il lui était plus sympathique ainsi que retranché derrière sa cuirasse de combattant mystique. Elle entrevit un terrain d'entente.

— C'est sans importance, affirma-t-elle. Ne vous retardez pas, mon père.

Il eut une inclinaison de tête brève.

Elle le regarda monter avec l'aisance de l'habitude dans le canoë indien sans y apporter « ni sable ni caillou », comme l'avait recommandé le père Brébœuf à ses missionnaires. Le corps du père de Guérande s'était plié aux impératifs de la vie primitive, mais son esprit n'en accepterait jamais l'intolérable désordre. « Les sauvages auront raison de lui », avait dit Peyrac. L'Amérique aurait raison de lui. Cette longue carcasse, dont l'échine maigre se devinait sous la robe noire usée, connaîtrait le martyre. Tous, ils sont morts martyrs.

Le père de Guérande jeta un dernier regard en direction d'Angélique, et ce qu'il lut dans ses yeux lui fit ébaucher une sorte de grimace amère et orgueilleuse.

Par l'ironie, il se défendit de cette pitié inexplicable qu'il sentait en elle à son endroit.

— Si la question que vous m'avez posée vous intéresse à ce point, madame, pourquoi ne pas en demander vous-même la réponse au père d'Orgeval... en allant le voir à Noridgewook?...

3

Maintenant, trois barques, gréées de voiles que gonflait le vent du fleuve, descendaient le Kennebec. A la dernière halte, les bagages avaient été transbordés des canoës indiens dans des esquifs plus vastes et confortables. Ceux-ci avaient été assemblés et gréés par trois hommes du comte de Peyrac qui, après avoir hiverné au cantonnement du Hollandais, reprenaient leur poste près d'une petite mine d'argent que celui-ci avait recensée l'an passé. Ainsi, les hommes et alliés du gentilhomme français essaimaient partout. Insensiblement, un vaste réseau actif de mineurs et de colons s'installait en son nom dans le Dawn East.

Yann, après avoir accompagné Florimond de Peyrac jusqu'au lac Champlain avec la caravane de Cavelier de La Salle, était revenu juste à temps pour reprendre sa place d'écuyer auprès du comte de Peyrac pendant ce voyage vers l'Océan. Il avait apporté de bonnes nouvelles du fils aîné, mais il n'augurait pas un bon résultat de l'expéditon entreprise vers le Mississippi, par la faute du caractère difficile du chef de ladite expédition, le Français Cavelier.

La barque de bois, nantie d'une seule voile et d'un petit foc, ne pouvait contenir guère plus d'occupants que les canots indiens qui se montraient toujours à ce sujet magiquement extensibles. Mais l'on y était plus à l'aise pour voyager.

Yann Le Couennec manœuvrait la voile tandis

que le comte tenait la barre. Angélique s'asseyait près de lui.

Le vent tiède et fantasque jouait avec ses cheveux.

Elle était heureuse.

Tant il est vrai que le mouvement d'un bateau entraîné au fil de l'eau s'accorde avec l'élan vital de l'âme. Liberté, fluidité, et pourtant maîtrise. Possession de soi-même, et pourtant cette grisante impression de s'être pour quelque temps libéré des contingences terrestres. Le fleuve était vaste. Les rives lointaines et brumeuses.

Elle était seule avec Joffrey. Elle vivait dans une plénitude de sentiments à la fois paisibles et vivaces qui comblait tout son être. Depuis Wapassou, depuis l'hiver vaincu, il n'y avait plus en elle de conflits. Elle était heureuse. Ce qui pouvait heurter ou déranger son existence ne l'atteignait pas réellement. La seule certitude qui lui importait, c'était de le savoir là, près d'elle, et la conscience d'être devenue digne de son amour. Il le lui avait dit, là-bas, au bord du lac d'argent, tandis que l'aurore polaire se déployait au-dessus des arbres. Elle était sa compagne. Elle était le complément de son grand cœur et de son esprit sans mesure, elle, ignorante de tant de choses et qui avait si longtemps erré, faible et égarée, dans un monde sans havre. Elle était réellement à lui, maintenant. Ils avaient reconnu leur parenté d'âme. Elle, Angélique — et lui, cet homme si terriblement viril et combatif, cet homme en dehors du commun, ils étaient liés maintenant. Personne ne pourrait défaire cela.

Elle le regardait par instants, captait son image,

son visage basané et couturé, avec ses sourcils qui se fronçaient sur ses yeux à demi fermés pour supporter la réverbération étincelante de l'eau. Tout près de lui, comme cela, sans le toucher, ses genoux près des siens, sans un geste, ils étaient unis charnellement, lui semblait-il, avec une intensité qui par instants colorait ses joues. Alors c'était lui qui la regardait d'un regard énigmatique, comme indifférent.

Il voyait son profil perdu et notait la courbe duveteuse de la joue que fouettait avec nonchalance la chevelure dorée. Le printemps l'avait ressuscitée. Elle avait des formes pleines et douces, une grâce animale dans l'immobilité comme dans chacun de ses gestes.

Il y avait des étoiles dans ses yeux, une étincelle sur sa lèvre mouillée, pulpeuse et entrouverte.

Soudain, dans une belle courbe du fleuve, une grève apparut et l'emplacement d'un ancien village. D'une autre embarcation, un Indien lança un appel.

Joffrey de Peyrac tendit le doigt vers la ligne des arbres que pastellisait de bleu doux la brume de chaleur.

— Par là! dit-il, Noridgewook... La mission...

Le cœur d'Angélique tressaillit. Mais elle serra les lèvres et fit front. Elle décida en son for intérieur qu'ils ne devaient pas quitter la région sans avoir rencontré face à face le père d'Orgeval et essayé, par un dialogue diplomatique, de dissiper les difficultés et malentendus qui l'opposaient à lui.

Tandis que les trois barques s'inclinant viraient

en direction de la plage, elle attira à elle le coffret de cuir souple dans lequel elle emportait une partie de ses effets.

Il ne convenait point à une dame de noblesse française d'aborder un si redoutable jésuite dans une tenue trop négligée.

Avec dextérité, elle rangea ses cheveux sous une coiffe bien empesée, mais qu'elle savait seyante, et compléta l'ensemble par son grand chapeau de feutre orné d'une plume rouge. Une note de fantaisie s'imposait également. Elle avait été à Versailles et reçue par le roi. Il fallait le rappeler à l'orgueilleux ecclésiastique qui se servait un peu trop de ses relations avec la cour pour intimider son entourage.

Puis elle enfila un casaquin à manches qu'elle s'était confectionné, au fort, avec du drap de Limbourg bleu, et qu'elle avait réussi à orner d'un col et de manchettes de dentelle blanche.

La chaloupe abordait.

Yann attrapa une branche d'arbre pendante et tira le bateau sur le sable.

Afin d'éviter que sa femme mouillât ses souliers et le bas de sa robe, Peyrac l'enleva dans ses bras pour la porter un peu plus loin. Ce faisant, pour la réconforter, il lui adressa un sourire de connivence.

Ce bout de plage était désert et des buissons de sumac, dominés par de grands ormes déliés, l'entouraient. Apparemment, le village avait décabané depuis plusieurs saisons déjà car le lieu se couvrait d'un maquis d'aubépiniers.

Un des Indiens dit que la mission se trouvait plus loin, à l'intérieur.

— Il faut pourtant que je discute avec cet intraitable, protesta Peyrac, contrarié.

— Oui, il le faut, affirma Angélique bien qu'elle fût pleine d'appréhension.

Dieu ne permettrait pas qu'ils s'éloignassent de ces lieux sans emporter une promesse de paix.

Tandis qu'ils s'engageaient les uns derrière les autres dans un sentier creusé dans la verdure, l'odeur des aubépines en fleur les poursuivait, entêtante et délicieuse.

A mesure qu'on s'éloignait de la rive le vent tombait. La chaleur s'installait, immobile et pesante. Toutes ces senteurs de fleurs et de pollen oppressaient, communiquaient un trouble fébrile, une nostalgie imprécise d'on ne savait quoi.

Deux Espagnols ouvraient la marche de la colonne, deux autres la fermaient. On avait laissé quelques hommes armés à la garde des barques.

Le sentier serpentait à travers la forêt printanière, tantôt étroit et resserré entre des buissons touffus, tantôt s'élargissant entre des halliers de merisiers et de noisetiers.

Ils cheminèrent près d'une heure. Comme ils étaient au plus profond de la verdure, le son d'une cloche s'éleva. Elle avait un son pur. Ses notes claires volaient sur la forêt en battements pressés.

— C'est la cloche d'une chapelle, dit l'un des promeneurs en s'arrêtant, ému. Nous ne devons pas être loin.

La colonne des gens de Wapassou reprit sa marche. L'odeur qui rôde aux approches des villages commençait de venir à eux, faite de relents de fumée de feux de bois et de tabac, de graisse cuite et de maïs bouilli.

Personne ne surgissait à leur rencontre. Cela ne cadrait pas avec la curiosité habituelle des Indiens, toujours avides du moindre spectacle.

La cloche tinta encore, puis se tut.

Ils débouchèrent à l'entrée du hameau. Celui-ci était composé d'une vingtaine de wigwams arrondis recouverts d'écorce d'orme et de bouleau qu'entouraient des jardinets où mûrissaient courges et citrouilles aux ramifications folâtres. Quelques volailles étiques picoraient çà et là. A part ce léger remue-ménage des volatiles, le village semblait désert.

Ils s'avancèrent au long de l'allée centrale dans un silence épais comme une eau bourbeuse.

Les Espagnols avaient posé le canon de leurs gros mousquets sur les fourches, prêts à se mettre en position de tir au moindre mouvement suspect, et leurs yeux guettaient de partout.

Ils tenaient la fourche de la main gauche, l'index de la main droite effleurant la gâchette du briquet, et ils avançaient, la crosse bien bloquée sous l'aisselle.

Ils arrivèrent ainsi fort lentement jusqu'au fond du village. C'est là que se trouvait la petite chapelle du père d'Orgeval.

4

Entourée de buissons fleuris qui lui faisaient

comme un reposoir, c'était une jolie construction de bois, façonnée par un artisan habile. On savait de notoriété publique que le père jésuite l'avait bâtie de ses mains.

Un campanile surmontait le corps de maison principal et la cloche d'argent y frémissait encore.

Dans le silence, Joffrey de Peyrac s'avança et poussa la porte.

Et presque tout de suite ils furent éblouis par une mouvante et vive lumière. Plantés sur quatre torchères d'argent à plateaux ronds, des fagots de chandelles allumées brasillaient avec un chuchotement léger qui donnait l'impression de présences dissimulées. Mais il n'y avait personne à l'intérieur, à part ces vivantes chandelles d'une douce couleur verte qui repoussaient toutes les ombres.

Les torchères par deux étaient plantées de chaque côté du maître-autel.

Joffrey de Peyrac et Angélique s'approchèrent.

Au-dessus de leurs têtes, une lampe brillait de vermeil ajouré que doublait une verrerie pourpre. Elle contenait un peu d'huile où trempait une mèche allumée.

— Les Saintes Espèces sont présentes, murmura Angélique en se signant.

Le comte se découvrit et inclina le front. Une senteur odoriférante s'exhalait dans la chaleur brûlante des cierges.

Des deux côtés du maître-autel, des chapes et des chasubles exposées et tendues étincelaient de tous leurs ors et leurs soies et de leurs visages de saints et d'anges brodés, hiératiques et somptueux : « Les robes de lumière », comme les appelaient les Indiens, qui les jalousaient aux prêtres.

La bannière était là et ils la virent pour la première fois telle qu'on leur avait déjà décrite, tachée du sang des Anglais, avec ses quatre cœurs rouges à chaque coin et le glaive en travers de la soie blanche, et souillée par les combats.

Les très beaux vases sacrés, corporals brodés d'argent, reliquaires, étaient exposés auprès du tabernacle, au-dessus duquel se dressait une magnifique croix d'argent processionnaire.

Le reliquaire était une pièce ancienne offerte par la reine mère. Ce coffret en cristal de roche fatimide était monté de six bandes d'or où alternaient perles et rubis. On le disait contenir une écharde d'une des flèches ayant tué saint Sébastien au IIIe siècle.

Sur la pierre d'autel était exposé un objet qu'ils distinguaient mal.

Ils s'approchèrent et ils virent.

C'était un mousquet.

Long, luisant, bel objet de guerre, il était posé là. En offrande, en hommage.

En déclaration catégorique.

Ils eurent le même tressaillement. Il leur semblait entendre la prière qu'avait prononcée ici même tant de fois celui à qui appartenait cette arme :

« Accepte en expiation de nos péchés le sang répandu pour toi, Seigneur...

» Le sang impur de l'hérétique.

» Le sang de l'Indien sacrifié.

» Le sang enfin de mes blessures pour toi répandu. Pour ta gloire, pour ta plus grande gloire...

» Accepte les labeurs et les fatigues de la guerre,

pour Toi, Seigneur, pour faire régner la Justice, pour effacer Tes ennemis de la surface de la terre, pour écraser l'idolâtre qui Te méconnaît, l'hérétique qui te bafoue, l'indifférent qui t'ignore. Que seuls ceux qui Te servent aient le droit de vivre. Que seul Ton règne arrive. Que seul Ton nom soit vénéré!

» Moi, ton serviteur, je prendrai les armes et j'exposerai ma vie pour Ton triomphe, car Toi seul m'importe. »

Cette prière passionnée et violente, ils l'entendaient au fond de leur cœur et elle leur était perceptible au point qu'Angélique sentit une peur d'une espèce particulière s'insinuer en elle.

Elle « le » comprenait. Elle comprenait parfaitement que Dieu fût pour cet homme comme le Seul.

Se battre pour sa propre vie?... quelle dérision! Pour conserver des biens?... quelle mesquinerie!

Mais pour Dieu! quelle mort et quel enjeu!...

Le sang des Croisés, ses ancêtres, lui remonta au cœur par bouffées. Elle comprenait à quelle source se désaltérait et s'alimentait tour à tour la soif de martyre et de sacrifice de celui qui avait déposé là cette arme.

Elle l'imaginait le front incliné et les yeux clos, loin, détaché de son misérable corps mortifié. Là, il avait offert tous les labeurs de la guerre, les fatigues de la bataille, celles des massacres, qui laissent les bras rompus d'avoir trop frappé, les lèvres sèches de ne pas avoir repris souffle dans la mêlée, il avait offert la joie des triomphes, les prières de la victoire, le sacrifice de l'orgueil abandonnant aux anges et aux saints le mérite d'avoir rendu prompts et vaillants les bras des guerriers...

« Mousquet de la guerre Sainte, fidèle serviteur, veille aux pieds du Roi des Rois, en attendant l'heure de tonner pour lui!

» Arme bénie, sanctifiée, bénie, bénie mille fois, belle pour l'honneur de Celui que tu sers et que tu défends, veille, prie et que ceux qui te contemplent ne prévalent pas contre toi.

» Que ceux qui te contemplent aujourd'hui comprennent ton symbole et le message que je leur crie pour toi!... »

L'angoisse serra la gorge d'Angélique.

« C'est terrible, songea-t-elle. Lui, il a les anges et les saints avec lui, tandis que nous... »

Elle jeta un regard éperdu vers l'homme qui se tenait à ses côtés, son époux, et déjà la réponse se levait en son cœur :

— Nous... nous avons l'Amour et la Vie...

Sur la face de Joffrey de Peyrac — l'aventurier, le réprouvé — les lueurs tressautantes des cierges réveillaient d'apparentes expressions d'amertume et de moquerie.

Pourtant, il était, en cet instant, impassible. Il ne voulait pas effrayer Angélique, donner à l'incident sa mesure exacte et mystique. Mais lui aussi avait compris le message de l'arme exposée.

« Une telle puissance! Un tel aveu!... Entre vous et moi, à jamais, la destruction.

» Entre lui, le solitaire, et eux, les privilégiés de l'amour, la guerre... La guerre à jamais! »

Et sans doute, là-bas dans la forêt, abîmé le

front contre terre, les voyait-il exactement au fond de lui-même, le prêtre guerrier, le jésuite, les voyait-il, ceux qui avaient choisi les délices de ce monde, ce couple debout en face du signe de la croix, tels qu'ils étaient, leurs mains proches et prêtes à se saisir, et qui se saisissaient en effet, en silence...

La main chaude de Peyrac enserra les doigts froids d'Angélique. Une fois encore, il s'inclina avec respect devant le tabernacle, puis lentement il recula, il l'entraîna hors de la chapelle brasillante et parfumée, barbare et mystique, brûlante, ardente...

Au-dehors, ils durent s'arrêter pour reprendre pied dans le jour différent, pour réintégrer le monde avec son soleil blanc, son bourdonnement d'insectes, ses odeurs de village.

Les Espagnols continuaient d'être inquiets, en alerte...

« Où est-il? songeait Angélique, où est-il? »

Elle le cherchait par-delà les haies et les arbres tremblants, submergés de chaleur, pâlis d'une fine poussière dansante.

D'un geste, le comte de Peyrac indiqua à sa compagnie d'avoir à reprendre le chemin du retour.

A mi-chemin, une pluie légère se mit à tomber, faisant murmurer la forêt.

A ce murmure, le battement d'un tambour vint se joindre, lancinant et lointain.

Ils hâtèrent le pas.

Lorsqu'ils parvinrent aux barques, le fleuve crépitait sous la subite averse et les rives s'étaient effacées.

Ce ne fut qu'une ondée.

Bientôt, le soleil réapparut, plus vif dans un paysage lavé, et la voile se gonfla doucement.

Suivies de la flottille de canoës d'Indiens qui s'en allaient à la traite, les barques recommencèrent à descendre le cours de l'eau et bientôt, derrière un promontoire de cèdres et de chênes touffus, sombres et prodigieux, l'emplacement de la mission de Noridgewook s'effaça.

5

A l'étape suivante, tandis qu'on installait le campement, Angélique aperçut une femme indienne qui courait, portant sur la tête un objet insolite. Elle la fit poursuivre et l'Indienne ramenée ne se fit pas prier pour exhiber l'objet en question qui était un énorme pain de fleur de froment. Elle l'avait échangé, ce jour, contre six peaux de loutres noires au poste de traite du Hollandais ainsi qu'une chopine d'eau-de-vie pour deux renards argentés. Elle retournait à son campement, où elle avait encore des fourrures. Le poste du Hollandais était bien achalandé, affirmait-elle.

Il s'annonça par une sympathique odeur de boulangerie. Les Indiens étaient friands de pain de blé, et, à la saison du troc, le commis du traitant ne cessait d'enfourner des miches dans un grand four en briques. Le poste était construit sur une île.

Dans l'espoir, peut-être vain, que cela lui éviterait de subir le sort des établissements précédents qui s'étaient fondés depuis cinquante ans autour du grand village de Houssnock (1), et qui avaient été à plusieurs reprises pillés, brûlés, rasés sous différents prétextes.

Houssnock n'était même plus aujourd'hui une simple bourgade. Seuls le nom et l'habitude pour les tribus nomades descendant vers le sud de faire halte en cet endroit restaient.

A partir de là, en effet, où commençait à se faire sentir le mouvement des marées, on se trouverait dans l'embouchure du Kennebec et, malgré la limpidité des eaux, vastes, calmes et puissantes qui coulaient entre les rives forestières, on devinait à toutes sortes d'indices que la mer était proche.

Il y avait comme une saveur salée dans l'air plus humide, et les Indiens de la région, les Wawenokes et Kanibas, plutôt que de s'oindre de graisse d'ours, s'enduisaient de la tête aux pieds d'huile de loups-marins, nom qu'ils donnaient aux phoques dont ils faisaient la chasse durant l'hiver sur les côtes de l'Océan. De forts effluves de poissonneries se mêlaient donc aux effluves du pain chaud et aux senteurs sauvages des fourrures amoncelées, pour composer autour du poste de traite une symphonie olfactive puissante mais

(1) Aujourd'hui la ville d'Augusta.

peu faite pour les odorats délicats. Il y avait longtemps qu'Angélique ne se préoccupait plus de ces détails. Le grouillement de fourmilière qui noircissait le fleuve autour de l'île lui parut de bon augure. On devait trouver là des trésors de marchandises inédites.

L'île abordée, chacun se dispersa à la recherche d'une occasion, d'une affaire. Joffrey de Peyrac fut presque aussitôt abordé par quelqu'un qu'il devait connaître et qui se mit à lui parler dans une langue étrangère.

— Viens, dit Angélique à la petite Anglaise Rose-Ann, nous allons d'abord nous désaltérer car je suppose que l'on peut trouver ici de la bière bien fraîche. Ensuite, nous ferons nos emplettes, comme à la Galerie du Palais.

Elles finissaient par se débrouiller assez bien entre elles pour la question du langage, car, ces derniers mois, prenant Cantor pour magister à l'occasion, Angélique s'était exercée à la langue anglaise. Sa pupille d'ailleurs n'était guère bavarde. Son visage lisse et pâle, à la mâchoire un peu prognathe, avait une précoce expression de sagesse rêveuse. Elle paraissait parfois égarée, légèrement abrutie.

C'était cependant une gentille enfant car, au moment du départ de Wapassou, elle avait laissé sans hésitation sa poupée à Honorine. Et pourtant cette poupée, la petite captive mourante avait eu l'habileté et la force d'amour de la dissimuler dans son corsage afin qu'elle ne tombât pas entre les mains des Indiens.

Honorine avait apprécié le présent. Entre le jouet merveilleux et son ours apprivoisé, elle saurait attendre sans trop d'impatience le retour de sa mère.

Malgré cela, Angélique continuait à regretter sa présence. La petite bonne femme aurait tellement joui de l'animation de ce poste où la traite battait son plein.

Le Hollandais, gérant et représentant de la Compagnie de la baie du Massachusetts, trônait au milieu de la cour, en rhingrave noire, juponnante et poussiéreuse.

Pour l'heure, un mousquet à la main, il mesurait un paquet de peaux de castor.

La hauteur d'un canon de fusil représentait quarante peaux.

Le bâtiment était modeste, bâti de bardeaux passés au brou de noix.

Angélique et Rose-Ann pénétrèrent dans une grande salle. Deux fenêtres garnies de petits losanges de verres plombés y versaient une clarté suffisante tout en conservant la pénombre propice à la fraîcheur. Malgré les allées et venues des Indiens, nécessitées par le marchandage, une certaine propreté régnait, ce qui en disait long sur la poigne énergique et le don d'organisation du maître de ces lieux.

Sur la droite, il y avait un long comptoir garni de balances, de pesons et de récipients et mesures divers dans lesquels on versait les perles et la quincaille pour les débiter.

Au-dessus et le long d'une partie des murs, des rayons de planches superposées supportaient des marchandises parmi lesquelles Angélique distinguait déjà des couvertures, des bonnets de laine, des chemises et du linge, de la cassonade et du sucre blanc, des épices, des biscuits. Il y avait aussi des tonneaux de pois, de fèves, de pruneaux, de lard salé et de poisson fumé.

Un grand âtre de briques flanqué d'ustensiles de cuisine ne servait en ce jour très chaud qu'à mijoter sur quelques braises le repas sans doute frugal du traitant et de ses commis.

Sur le rebord de l'auvent était posée une série de pichets, de bocks et de gobelets d'étain, réservés aux clients désireux de consommer la bière dont la barrique imposante, ouverte à tous, trônait en bonne place. De profondes louches accrochées au rebord permettaient à chacun de se servir à son gré. Une partie de la salle tenait lieu de taverne, avec deux grandes tables de bois garnies d'escabeaux, plus quelques tonneaux renversés pour compléter l'aménagement en cas d'affluence ou pour les buveurs solitaires. Des hommes étaient assis par là, enveloppés dans les nuages de fumée bleue.

Lorsque Angélique entra, personne ne bougea, mais des têtes se tournèrent lentement et des yeux luirent. Après avoir salué alentour, elle prit deux gobelets d'étain sur l'auvent de la cheminée. Boire un peu de bière fraîche était une nécessité urgente.

Mais pour atteindre la barrique il lui fallait déranger un chef indien qui, drapé dans son manteau brodé, pétunait d'un air endormi, à l'extrémité d'une des tables.

En langue abénakis, elle le salua avec les circonlocutions d'usage et le respect dû à son rang que révélaient ses plumes d'aigle plantées dans son chignon noir à longues tresses.

L'Indien parut sortir de son rêve nébuleux et se dressa subitement.

Ses yeux s'éclairèrent, pétillèrent. Il la considéra quelques instants avec étonnement et enchantement, puis, posant une main sur son cœur, il tendit la jambe droite en avant et s'inclina dans un salut de cour impeccable.

— Madame, comment me faire pardonner? fit-il en excellent français. Je m'attendais si peu à une telle apparition. Permettez-moi de me présenter : Jean-Vincent d'Abbadie, seigneur de Rasdacq et d'autres lieux, baron de Saint-Castine, lieutenant du roi en sa forteresse de Pentagoët, pour le gouvernement de ses possessions en Acadie.

— Baron, vous me voyez ravie de vous rencontrer. J'ai beaucoup entendu parler de vous...

— Et moi-même, madame... Non, inutile de vous nommer. Je vous reconnais, quoique ne vous ayant jamais vue... Vous êtes la belle, la très belle Mme de Peyrac! Bien que préparé par tant et tant de récits, la réalité dépasse de loin ce que mon imagination avait pu concevoir... Vous m'avez pris pour un Indien?... Comment expliquer mon attitude discourtoise? En vous voyant tout à coup devant moi, comprenant dans un éclair qui vous étiez et que vous étiez là, je suis demeuré saisi, pétrifié et muet comme ces mortels que les déesses viennent visiter par on ne sait quel incompréhensible caprice dans leur sombre séjour terrestre. Car en vérité, oui, madame, je savais que vous étiez infiniment belle, mais j'ignorais que vous le fussiez avec tant de charme et d'aménité. De plus, entendre les mots de la langue indienne, que j'aime tant, tomber de votre bouche et voir votre sourire éclairer soudain cet antre sombre et grossier, quelle surprenante sensation! Je ne l'oublierai jamais!

— Et vous, monsieur, je vois bien maintenant que vous êtes gascon! s'écria-t-elle en éclatant de rire.

— M'avez-vous vraiment pris pour un Indien?

— Certes.

Elle détaillait son teint cuivré où brillaient deux prunelles intensément et pleinement noires, sa chevelure, son maintien.

— Et comme ceci? fit-il en rejetant la couverture rouge brodée de perles et de poils de porc-épic dans laquelle il se drapait.

Il apparut dans le justaucorps bleu soutaché d'or des officiers du régiment de Carignan-Sallières, avec au col un jabot de dentelle blanche. Mais en ce seul vêtement résidait son uniforme réglementaire. Pour le reste, il portait les hautes jambières à l'indienne et des mocassins remplaçant culotte et bottes.

Il se campa, un poing sur la hanche, avec la morgue d'un jeune officier de la suite du roi.

— Et comme ceci? Ne suis-je pas un parfait courtisan de Versailles!

Angélique secoua la tête.

— Non, fit-elle, votre bagou vient trop tard! monsieur. Vous êtes un chef abénakis à mes yeux.

— Eh bien, soit! fit le baron de Saint-Castine avec gravité. Et vous avez raison.

Il s'inclina pour lui baiser la main.

Cet échange vif et animé d'hommages et de courtoisies à la française s'était effectué en toute liberté dans le décor embrumé de la tabagie; le regard impavide des buveurs n'avait pas cillé. Quant aux quelques Indiens présents dans la salle du poste, occupés de leurs échanges, ils ne prêtaient, pour une fois, aucune attention à la scène. L'un comptait des aiguilles une à une avec un aimant, l'autre essayait les lames de couteau-jambette sur le bord du comptoir, un troisième, en se reculant pour mesurer une pièce de drap, heurta Angélique et, non content, la poussa sans ménagement parce qu'elle le dérangeait.

— Allons donc ailleurs, décida le baron. Il y a une pièce à côté où nous pourrons deviser en paix. Je vais demander au vieux Josué Hinggins de nous y porter une collation. Cette charmante enfant est-elle votre fille?

— Non, c'est une petite Anglaise qui...

— Chut! l'interrompit vivement le jeune officier gascon. Une Anglaise!... Si cela s'apprend, je ne donne pas cher de sa chevelure, tout au moins de sa liberté.

— Mais je l'ai dûment rachetée aux Indiens qui l'avaient capturée, protesta Angélique.

— Votre qualité de Française vous permet certaines choses, dit Saint-Castine, mais l'on sait déjà que M. de Peyrac n'a pas coutume de racheter les Anglais pour les faire baptiser. Cela déplaît en haut lieu. Donc, surtout, ne laissez pas soupçonner que cette petite est anglaise.

— Il y a ici pourtant bien des étrangers. Le chef de ce poste n'est-il pas Hollandais, et ses commis me semblent venus tout droit de Nouvelle-Angleterre.

— Cela ne prouve rien.

— Enfin, ils sont bien là.

— Pour combien de temps?... Croyez-moi, soyez prudente. Ah! chère comtesse, s'exclama-t-il en baisant de nouveau le bout de ses doigts, comme vous êtes charmante, et tout à fait semblable à la réputation qu'on vous a faite!

— Je croyais qu'on m'avait fait chez les Français une réputation plutôt diabolique.

— Vous l'êtes, affirma-t-il. Diabolique pour ceux qui sont comme moi trop sensibles à la beauté des femmes... Diabolique aussi pour ceux qui... Enfin, je veux dire que vous êtes tout à fait semblable à votre époux... que j'admire et qui m'effraie. A vrai dire, si j'ai quitté mon poste de Pentagoët et me suis rendu sur le Kennebec, c'était dans l'intention de le rencontrer. J'ai de graves communications à lui faire.

— Les choses ont-elles mal tourné pour Gouldsboro? interrogea Angélique en pâlissant.

— Non, rassurez-vous. Mais je suppose que M. de Peyrac vous a accompagnée. Je vais le faire prier de venir nous rejoindre.

Il poussait une porte. Mais avant qu'Angélique, tenant toujours Rose-Ann par la main, ait pu pénétrer dans la chambre voisine, quelqu'un dégringolait bruyamment le seuil de la salle principale et se précipitait vers le baron de Saint-Castine.

C'était un soldat français, son mousquet à la main.

— Cette fois, ça y est, monsieur le lieutenant, gémit-il. Ils font leurs chaudières de guerre... Il n'y a pas à s'y tromper. C'est une odeur que je reconnaîtrais entre mille. Venez, venez sentir!

Il agrippa l'officier par la manche et le tira presque de force au-dehors.

— Sentez! Mais sentez cela! insistait-il en pointant un nez à la fois long et retroussé qui lui donnait un air d'amuseur de foire, ça sent... Ça sent le maïs et le chien bouilli. Vraiment, vous ne sentez pas?...

— Cela sent tant de choses, fit Saint-Castine avec une moue dédaigneuse.

— Mais moi, ça ne me trompe pas. Quand ça pue ainsi, c'est qu'ils sont tous, là-bas dans les bois, à faire festin avant de partir au combat. Du maïs et du chien bouilli qu'ils mangent! Pour se donner du courage. Et de l'eau ils boivent, de l'eau par là-dessus, ajouta-til avec une sorte d'horreur qui fit saillir encore ses yeux d'escargot ahuri.

Ce militaire avait une vraie tête de jocrisse. Les baladins qui l'auraient engagé pour leurs tréteaux auraient obtenu un franc succès de rire.

Il est vrai que le vent du fleuve apportait une odeur douceâtre, venue du fond des bois, et qui était celle des festins indigènes.

— Ça vient de là, et de là, et de là, continua le soldat en désignant différents points sur la rive gauche du Kennebec. Moi, ça ne me trompe pas!

Drôle de personnage! Fagoté dans sa casaque bleue, il tenait son arme avec une gaucherie inquiétante. Lui ne portait pas de jambières ni de mocassins, mais de lourds souliers qui semblaient encore ajouter à sa maladresse, et ses gros bas de toile, mal retenus sous les genoux, tombaient en plis fort peu réglementaires.

— Pourquoi vous mettre dans cet état, Adhémar, dit le baron de Saint-Castine avec une hypocrite sollicitude. Il ne fallait pas vous engager dans un régiment colonial si vous aviez si peur de la guerre indienne.

— Mais puisque je vous dis que c'est le recruteur, en France, qui m'a saoulé et que je me suis réveillé sur le navire, gémit l'autre.

Sur ces entrefaites, le comte de Peyrac arriva, accompagné du Hollandais et du Français qui l'avaient abordé au débarqué.

Ils avaient entendu les affirmations d'Adhémar quant aux chaudières de guerre.

— Je crois que ce garçon a raison, dit le Français; on parle beaucoup d'expéditions prochaines des Abénakis pour châtier l'Anglais insolent. En serez-vous, Castine, avec vos Etchevemins?

Le baron parut contrarié et ne répondit pas. Il s'inclinait devant le comte, qui lui tendit la main avec affection.

Puis Joffrey de Peyrac présenta à sa femme ses deux compagnons.

Le Hollandais se nommait Pieter Boggen.

L'autre était le sieur Bertrand Défour qui, avec ses trois frères, était propriétaire d'une cursive dans l'isthme, au fin fond de la Baie Française.

Picard aux fortes épaules, aux traits lourds et taillés dans un bois recuit par le soleil, il y avait apparemment fort longtemps qu'il n'avait eu l'occasion de présenter ses hommages à une jolie femme.

Il parut tout d'abord embarrassé, puis se ravisant, aidé par le courage de sa simplicité naturelle, il s'inclina profondément.

— Il faut fêter ça, dit-il. Allons boire.

Une sorte de râle derrière le groupe fit se retourner les têtes.

Le soldat Adhémar défaillait contre le chambranle de la porte. Maintenant, c'était Angélique que ses yeux fixaient.

— La Démone, balbutia-t-il, c'est... c'est elle!... Vous ne me l'avez pas dit. Ça, c'est pas bien. Pourquoi vous ne me l'avez pas dit tout de suite, mon lieutenant?

Saint-Castine poussa un rugissement exaspéré. Il attrapa l'homme et l'envoya rouler dans la poussière d'un solide coup de pied appliqué au bon endroit.

— La peste soit de ce crétin! fit-il, haletant de fureur.

— D'où sortez-vous ce phénomène? demanda Peyrac.

— Est-ce qu'on sait? Voilà ce que les recrutements de Québec vous envoient maintenant. Croient-ils qu'en Canada nous ayons besoin de soldats qui suent la peur à longueur de temps?...

— Calmez-vous, monsieur de Saint-Castine, dit Angélique en posant une main apaisante sur son bras. Je sais ce qu'a voulu dire ce pauvre homme et — elle ne put s'empêcher de rire — il était tellement drôle avec ses yeux qui lui sortaient de la tête. Ce n'est pas sa faute. De mauvais bruits qui circulent au Canada — et auxquels je ne puis rien — l'ont terrorisé. Ce n'est pas sa faute.

— Ainsi, madame, vous n'êtes pas offensée?... Réellement pas? insista Saint-Castine en se tordant les mains avec une exubérance toute méridionale; ah! je maudis les imbéciles qui, profitant de votre éloignement et du mystère de votre réputation, en ont profité pour répandre de telles sornettes et une légende aussi insultante.

— A moi, maintenant que je suis sortie des bois, de m'efforcer de les détruire. C'est pour m'y employer que j'ai accompagné mon mari vers les rivages. Il faut que, lorsque je retournerai à Wapassou, toute l'Acadie soit enfin persuadée sinon de ma sainteté — ô Dieu, non! — tout au moins de mon inoffensive qualité.

— Pour moi, j'en suis déjà persuadé, affirma le large Défour en plaquant sa main étalée sur son cœur.

— Vous êtes tous deux d'excellents amis, dit Angélique avec reconnaissance.

Et, passant un bras autour des épaules de chacun, elle dédia à l'un et à l'autre un des sourires enchanteurs dont elle avait le secret. Elle savait qu'elle pouvait englober dans la même amitié le très aristocratique baron de Saint-Castine et le brave paysan picard, rendus frères par leur appartenance à la terre folle et sauvage de l'Acadie. Peyrac la regarda, qui les entraînait vers la porte en riant familièrement avec eux.

— Savez-vous, chers amis, leur disait-elle, qu'il n'est pas si déplaisant pour une femme d'être traitée de créature diabolique. Il y a en ces termes on ne sait quel sombre hommage rendu à un pouvoir trop souvent refusé. Le pauvre Adhémar ne méritait pas tant de violences... Maintenant, je vous en prie, ne parlons plus de cela et allons boire. Je meurs de soif.

Dans la seconde salle du poste, ils s'installèrent autour d'une table. Enjoués, ils discutaient entre eux de choses graves, et qui à bien d'autres eussent semblé dramatiques, mais qui, dans leurs bouches, prenaient l'allure de plaisanteries et presque d'incidents comiques.

Le Hollandais, retrouvant en la compagnie des Français la jovialité innée des Flamands, posa sur la table verres, bocks et pichets, de la bière, du rhum, de l'eau-de-vie et une fiasque d'un vin d'Espagne rouge et brûlant qu'un navire corsaire des Caraïbes égaré dans l'embouchure du Kennebec lui avait récemment échangé contre des fourrures.

6

Peyrac souriant écoutait d'une oreille, les yeux fixés sur Angélique, séduit une fois de plus par les côtés divers de sa nature féminine; il se souvenait que, jadis, à Toulouse, elle avait, d'un sourire et de quelques mots, enchaîné à son service ses propres amis les plus jaloux, et désormais ils se seraient fait tuer pour elle. Il retrouvait, mûris par une expérience de femme, son esprit vif et enjoué, son inégalable élégance des gestes, le charme de ses reparties.

Soudain, il l'évoqua, telle qu'elle était l'an passé lorsqu'elle avait abordé avec lui ces contrées, après cet étrange voyage du *Gouldsboro* où ils s'étaient reconnus et retrouvés.

Elle avait alors de grands regards pathétiques, des attitudes de femme traquée. Un halo de malheur semblait l'auréoler.

Voici qu'en moins d'une année elle avait retrouvé sa gaieté, son allant de femme heureuse. C'était l'œuvre de l'amour et du bonheur, malgré les épreuves de l'hiver, son œuvre à lui!

Il l'avait fait renaître à elle-même. Et comme il croisait son regard il lui dédia un sourire de tendresse possessive.

La petite Anglaise, muette et pâle parmi tous ces personnages exubérants, promenait ses regards de l'un à l'autre.

Le baron de Saint-Castine racontait comment le marquis d'Urville, commandant de Gouldsboro, aidé des Huguenots de La Rochelle, avait tenu tête aux deux navires du pirate Barbe d'Or. Finalement, ce qui avait décidé de la victoire, ç'avait été de bonnes salves de canon à boulets rougis. Le feu s'étant déclaré dans ses entreponts, le bandit s'était retiré derrière les îles. Depuis, il paraissait se tenir coi, mais il fallait rester en alerte.

Le comte demanda si les deux navires qu'il attendait, l'un de Boston, l'autre, le *Gouldsboro*, revenant d'Europe, ne s'étaient pas encore présentés. Mais il était trop tôt dans la saison. Quant au petit « yacht » bostonien qui avait déposé les hommes de Kurt Ritz à l'embouchure du Kennebec, il avait été obligé de batailler avec ledit Barbe d'Or et avait regagné le port, très abîmé.

— Voici un dommage que ce brigand va me payer au centuple, déclara Joffrey de Peyrac. Il ne perd rien pour attendre. Et s'il ne me rend pas mon Suisse vivant, c'est sa peau à lui que j'aurai. Je le pourchasserai jusqu'aux antipodes.

Défour annonça que la Baie Française était infestée de cette canaille de pirates ou de flibustiers des mers chaudes. Sachant qu'à l'été les nations du Nord, françaises et anglaises, recevaient des navires d'Europe chargés de marchandises, ils venaient rôder par là pour les arraisonner, avec moins de risques que les galions espagnols. Sans compter que cela attirait vers l'Acadie les navires de guerre anglais, requis pour protéger leurs flottes de pêche de Boston ou de Virginie.

— Sans compter, monsieur le comte, que ces Anglais n'ont rien à faire dans la Baie Française et se croient tout permis.

Il ajouta que, se trouvant sur le point d'entreprendre un voyage de commerce le long de la côte, il lui était venu une idée.

— Vous m'avez si bien ravitaillé l'an dernier, monsieur de Peyrac, alors que j'étais sur le point de mourir de faim faute de réserves, qu'en passant à l'embouchure de la rivière Saint-Jean j'ai raflé les six soldats de la garnison du petit fort Sainte-Marie, et je les ai amenés pour les mettre à votre disposition.

— C'est donc à vous, Défour, que nous devons la présence de ce jocrisse en uniforme, Adhémar? s'étonna le baron.

Le concessionnaire acadien se défendit :

— Celui-là, on me l'a imposé par force. Il paraît que, depuis Montréal et Québec, le Lac Supérieur et la Baie des Chaleurs, tout le monde se le repasse pour s'en débarrasser. Mais les autres sont de forts gaillards et qui savent se battre.

Peyrac riait, enchanté.

— Je vous remercie, Défour. Je ne dédaigne pas la présence de quelques bons tireurs, mais qu'ont dit de votre rapt M. de Wauvenart et le chevalier de Grandrivière?

— Ils étaient à Jernseg. On attend par là-bas la visite du gouverneur de l'Acadie, M. de Villedavray. C'est d'ailleurs pour cela que j'ai entrepris ma randonnée à travers la Baie, c'est plus prudent. Mes frères se chargeront de recevoir ce gêneur, conclut-il avec de grands éclats goguenards.

— Mais pourquoi n'avez-vous pas déposé vos militaires à Gouldsboro? demanda Castine.

— La tempête m'a drossé jusqu'aux îles Matinicus, répondit l'autre avec simplicité. Après quoi, un brouillard m'a tenu dans la suie complète pendant quatre jours. J'ai donc préféré continuer à me diriger vers l'ouest. La passe de Gouldsboro n'est pas facile à franchir. J'aurais pu tomber sur Barbe d'Or. Mais vous voyez qu'on finit toujours par se rejoindre.

Peyrac se leva pour aller voir les soldats, et ses compagnons le suivirent.

Angélique demeura dans la salle ombreuse. Le vin d'Espagne était délicieux mais un peu étourdissant. Rose-Ann avait bu de la bière. Elle avait faim. A peine Angélique et sa pupille avaient-elles échangé leurs impressions quant à la nécessité pour elles de se remplir l'estomac qu'un aimable vieillard surgit devant elles et déposa sur la table des assiettes garnies de grandes tartines de pain chaud recouvertes de raisiné de bleuets, ces sortes d'airelles que les Français appellent myrtilles et qui en Amérique couvrent d'immenses espaces.

D'un sourire, il les encouragea à se restaurer. Il portait une petite barbiche blanche et il y avait un grand air de bonté sur son visage. Vêtu avec austérité d'un pourpoint noir et de hauts-de-chausses bouffant au-dessus des genoux et d'une forme un peu ancienne, son col blanc et plissé rappelait à Angélique la tenue commune que portait son grand-père au temps où la fraise tuyautée était encore de mode. Il leur annonça qu'il se nommait Josué Pilgrim.

Lorsque la petite Rose-Ann se fut rassasiée, il s'assit près d'elle et l'interrogea amicalement, en anglais.

Il parut fort ému lorsqu'elle lui dit que ses parents se nommaient William et étaient originaires de Biddeford-Sébago. Il annonça à Angélique que les propres grands-parents de Rose-Ann se trouvaient à moins de 30 miles de là, sur la rivière Androscoggi. En un lieu nommé par les Indiens Newehewanick, c'est-à-dire terre de printemps, ils avaient fondé une dizaine d'années auparavant un établissement, aujourd'hui prospère, qui répondait, en anglais, au nom commun de Brunschwick-Falls. C'étaient des gens entreprenants que ces William. Toujours à s'en aller plus loin à l'intérieur des terres. Déjà, John William, le fils, avait quitté Biddeford, une riche colonie sur la Baie, pour aller fonder un autre Biddeford sur le lac Sébago. On savait maintenant ce qu'il leur en avait coûté puisqu'ils avaient été emmenés captifs au Canada, bien que les villages de la côte ne fussent pas plus en sécurité lorsque la marée rouge des Indiens déferlait des bois sur les Anglais, mais l'on pouvait toujours, lorsqu'on était sur les rivages, s'enfuir dans les îles.

Mais lui, Josué, comprenait des gens comme ces William, car il n'avait jamais aimé la morue et l'agitation de la mer. Il préférait les reflets des fleuves et des lacs sous les arbres et la chair des dindons sauvages.

Lui-même avait dix ans lorsque avec son père, marchand de Plymouth, au cap Cod, il était venu fonder cet établissement de Houssnock. C'est pourquoi on l'appelait Josué Pilgrim. Car sa colonie était celle des pères pèlerins, et tout enfant il avait débarqué d'un navire appelé le *Mayflower*, sur une terre déserte où la moitié d'entre eux étaient morts dès le premier hiver.

Ayant débité ce récit d'une voix mesurée et un peu doctorale, le vieil homme alla chercher quelque chose sur une étagère et revint avec une plume d'oie, une corne à encre et une fine écorce de bouleau semblable à une feuille de parchemin sur laquelle il se mit à tracer des signes. C'était un plan pour se rendre à l'établissement anglais, où demeuraient le vieux Benjamin William et sa femme Sarah, les grands-parents de Rose-Ann.

Il expliqua ensuite à Angélique qu'en traversant jusqu'à la rive droite du Kennebec et en marchant vers l'est on y arrivait en moins d'une journée.

— C'est providentiel, s'écria-t-elle.

Leur intention, à son mari et à elle, avait toujours été de ramener la fillette parmi les siens, mais l'entreprise présentait des difficultés. Allant à Gouldsboro, c'est-à-dire vers l'est, ils s'éloignaient dans la direction opposée au peuplement anglo-saxon. La région où ils se trouvaient en ce moment, le Maine pour les Anglais, l'Acadie pour les Français, était en fait une région frontalière dont le Kennebec marquait la très mouvante limite, un no man's land sans maîtres ni lois.

La Providence voulait que la famille de leur protégée se trouvât à moins de dix lieues de Houssnock...

7

Le soir, revenus tous au poste sur l'invitation du Hollandais qui désirait offrir un festin à ses principaux visiteurs de ce jour, ils discutèrent tout d'abord de la possibilité de reconduire l'enfant.

Leur hôte leur apporta des cartes.

Compte tenu des détours, pistes et collines, il faudrait envisager trois jours aller et retour pour se retrouver à Houssnock et reprendre la caravane vers l'ouest et Gouldsboro. Mais Joffrey de Peyrac découvrit rapidement une autre solution. L'établissement de Brunschwick-Falls se trouvait situé sur la rivière Androscoggi. Navigable et rapide, cette rivière permettait de rejoindre en quelques heures l'embouchure du Kennebec. L'expédition du comte de Peyrac se scinderait en deux. Un groupe, le plus important, descendrait, comme prévu, le grand fleuve jusqu'à la mer où les attendait un navire envoyé par d'Urville.

Durant ce temps, Joffrey de Peyrac et Angélique, accompagnés de quelques hommes, gagneraient le village anglais et, après avoir remis l'enfant à sa famille, descendraient l'Androscoggi jusqu'à la côte, où ils feraient leur jonction avec le premier groupe. L'affaire, finalement, ne devrait pas demander plus de deux jours.

Ceci conclu, on fit honneur à la « Candles-partie » offerte par Pieter Boggan.

Il s'agissait d'une vieille recette que l'on se passe sur les bords de l'Hudson, depuis la Nouvelle-Amsterdam jusqu'à Orange, parmi les Hollandais du Nouveau Monde.

Dans une marmite, verser deux gallons du meilleur madère, trois gallons d'eau, sept livres de sucre, de la mouture d'avoine fine, épices diverses, raisins, citrons...

Servir brûlant dans un grand bol d'argent placé au milieu de la table, chaque invité plongeant tour à tour sa cuillère d'argent dans l'aromatique cordial.

Rien de meilleur pour réveiller les humeurs et conforter les esprits chagrins.

Outre le comte et la comtesse de Peyrac et leur fils, étaient présents le baron de Saint-Castine, l'Acadien Défour, le caporal de la garnison de Saint-Jean, le capitaine français du navire flibustier de l'île de la Tortue et son aumônier.

Le Hollandais et ses deux commis anglais et puritains complétaient l'assemblée.

Angélique était seule femme.

Par le fait de sa présence, et aussi de celle de l'aumônier, le ton resta de bonne compagnie.

Mais Angélique, ayant à cœur de ne pas le leur

faire regretter, sut créer une atmosphère joyeuse où chacun brilla, étincela, se crut phénix. Et les plus francs éclats de rire sortaient du poste de traite, se mêlant aux bruits mystérieux de la nuit et du fleuve.

Lorsqu'ils se séparèrent, ils étaient tous très gais et fort bons amis. Laissant le Hollandais sur son île, ils revinrent, traversèrent le fleuve au clair de lune et rejoignirent qui son campement, qui son navire.

— J'irai vous voir demain, chuchota le baron de Saint-Castine à Peyrac. J'ai des choses importantes à vous communiquer. Mais, ce soir, dormons. Je titube. Bonne nuit à tous.

Il disparut dans la forêt, entouré d'un groupe d'Indiens qui s'étaient aussitôt détachés de l'ombre, comme des fantômes, pour l'escorter.

Au campement, les sentinelles veillaient. Elles avaient reçu d'impératives consignes de Peyrac. Pour plus de sécurité, le groupe s'était réuni en deux cabanes seulement. Personne ne devait demeurer à l'écart pour la nuit. Le comte et sa femme avaient renoncé à leur abri personnel. Houssnock drainait l'écume de toutes les forêts. Il y avait des Indiens de partout, des baptisés avec leur croix d'or et des chapelets parmi leurs plumes. Malgré la présence du Hollandais ou de ses commis anglais, ce n'en était pas moins la France acadienne et canadienne qui régnait par là. C'était encore le domaine des bois. Or, par tous les bois de l'Amérique, règne le Français.

8

— C'est dommage, soupira Angélique... Existe-t-il un homme plus charmant que ce baron de Saint-Castine? Et j'aime tellement rencontrer des Français...

— Parce qu'ils vous font la cour?...

Ils n'avaient pas sommeil et Joffrey soutenait le pas un peu chancelant d'Angélique le long de la rive.

Il s'arrêta et, posant sa main sur la joue d'Angélique, tourna vers lui son visage.

Sous le clair de lune doré, elle était rose et animée et ses yeux vacillaient pleins d'étoiles.

Il sourit, indulgent, tendre...

— Ils vous trouvent belle, mon amour, chuchota-t-il. Ils vous rendent hommage... J'aime les voir ainsi à vos pieds. Je ne suis pas trop jaloux. Ils savent que vous êtes de leur race, une Française, et ils en sont fiers. Et ils sont de la nôtre. Si loin que l'on nous chasse tous deux aux confins de la terre, si injustement que l'on nous sépare des nôtres, cela cependant demeurera toujours. Moi aussi, j'aime rencontrer mes frères les Français et lire dans leurs yeux sincères et hardis l'admiration que vous leur inspirez. C'est une race folle, je pense. Intraitable, et nous sommes de cette race, mon amour. Cela restera toujours!...

L'ombre très noire d'un saule était proche. Ils entrèrent d'un seul pas dans cette ombre, quittèrent la clarté crue de la lune pour l'obscurité propice et, la prenant contre lui, il l'embrassa doucement sur les lèvres. Le désir, leur désir familier et toujours surprenant, montait en eux, se mettait à vivre entre eux de sa vie chaude, brûlante et dévorante.

Mais ils ne pouvaient s'attarder. L'aube bientôt poindrait. La forêt n'était pas discrète. Ils revinrent à pas lents.

Ils marchaient comme en rêve avec le désir entre eux qui les enrobait, avec ce secret, cette onde entre eux qui les animait, cette douleur délicate de l'élan suspendu qui ne voulait pas retomber, et qui nuançait leurs sourires échangés d'un regret, d'une complicité.

Pour Angélique, la main de Joffrey posée légèrement contre sa hanche portait en elle toutes les promesses.

Et, pour lui, le mouvement de sa jambe qu'il sentait contre la sienne le ravissait jusqu'au tourment.

Ce serait pour plus tard.

Dans quelques jours, à Gouldsboro. Charme et saveur du plaisir différé. Les heures à venir seraient longues à passer. Toutes gonflées d'une attente...

De nouveau, ils échangèrent quelques mots avec les hommes en faction.

Les abris dressés étaient pleins de dormeurs.

Angélique se sentait trop éveillée, elle préféra rester dehors.

Elle s'assit seule au bord de l'eau, les genoux entre ses bras et le menton sur ses genoux.

Les yeux d'Angélique erraient sur la nappe dorée du fleuve.

Des écharpes de brume légère flottaient à la surface, en traînées évanescentes.

Elle se sentait heureuse et pleine de vie frémissante et impatiente. Et tout avait une saveur qui la comblait. Comme elle aimait la certitude de l'amour, elle aimait aussi l'attente. C'était l'existence quotidienne qui décidait de leurs étreintes. Ils pouvaient se trouver contraints à vivre de longs jours sages tout occupés de travaux et de passions étrangères au plaisir, et puis, pour un regard, pour une inflexion tendre de voix, c'était la soudaine flambée, le vertige, le besoin avide de solitude à deux.

Alors, elle sombrait dans l'obscurité jalouse, elle chavirait dans ce qu'elle appelait pour elle seule « mes ténèbres d'or », elle se laissait aller à l'oubli saisissant du monde et de la vie même.

Ainsi leur vie amoureuse s'entremêlait si étroitement à la trame de leur existence qu'elle était tantôt comme le murmure souterrain d'un ruisseau, une mélodie imperceptible, tantôt comme un grand souffle de tempête dominant tout et les isolant au sein du monde, les asservissant à ses lois. Mais aussi les libérant de toutes les lois.

Cette vie amoureuse au fil des temps, des jours et des nuits, des mois et des saisons, c'était leur secret pour eux seuls, le ferment de leur joie irradiante, et elle le sentait brûler en elle sans cesse. C'était comme un poids doux au creux de ses reins, une sensation de défaillance dans la région du cœur, quelque chose qui occupait son être tel l'enfant dans le sein maternel, le mystère de l'esprit dans le tabernacle. L'amour...

Elle aspirait à retrouver Gouldsboro, un havre, comme Wapassou. Là-bas, il y avait un grand fort de bois sur la mer, et dans ce fort une pièce aux vastes proportions avec un grand lit couvert de fourrures. Elle y avait dormi avec lui. Elle y dormirait encore tandis que la tempête battrait à grandes gerbes d'écume contre le roc et que le vent hululerait dans les arbres penchés du promontoire. A l'abri de ce palais, dans les maisons rustiques mais solides des Huguenots, les lumières s'éteindraient une à une.

Au matin, tout serait pur et étincelant. Les îles brilleraient comme des joyaux dans le golfe. Elle irait se promener sur la plage avec des enfants à sa suite, elle flânerait dans le port nouveau, elle mangerait des homards à la saveur marine et délectable, des huîtres et des coquillages.

Et puis elle ouvrirait des coffres et rangerait les marchandises apportées par les navires, elle enfilerait des robes neuves et bruissantes et des parures, essaierait des coiffures nouvelles. A Gouldsboro, il y avait un grand miroir en pied serti de bronze vénitien. Dans son reflet, elle se retrouverait neuve aussi et quelle image lui apparaîtrait?

Une force si sereine l'habitait qu'elle ne craignait pas de se retrouver déchue. Elle serait autre simplement. Elle aurait pris ce visage, cette apparence que pendant tant d'années elle avait rêvés en vain. Un visage de femme heureuse, comblée.

Tout n'était-il pas miraculeux? Moins d'un an auparavant, elle avait abordé en vacillant sur ces plages et elle était pleine de crainte. Raidie, amaigrie, livide, avec une sorte de tension et d'épuisement intérieurs, elle avait titubé sur la plage rose de Gouldsboro et peu s'en était fallu qu'elle tombât à genoux, comme expirante. Mais le bras de Joffrey de Peyrac l'avait soutenue.

Tout un temps de luttes cruelles qu'avait affrontées sa jeunesse s'achevait là.

Et comme elles lui semblaient lointaines aujourd'hui, ces quinze années où elle avait erré seule et portant sur ses épaules tout le poids de son existence. Aujourd'hui, elle se sentait plus jeune qu'alors parce que protégée et aimée.

Une allégresse d'enfant parfois illuminait son être et une immense confiance avait remplacé ce doute d'animal peureux et pourchassé, tapi au fond d'elle-même. Car, à l'instant de gravir la plage, un bras cher et robuste l'avait entourée. Et, depuis, il ne l'avait plus lâchée.

« Comme cela rend jeune d'être aimée, songea-t-elle, autrefois j'étais vieille. J'avais cent ans. J'étais toujours sur le qui-vive, armée, agressive. »

Aujourd'hui, lorsque la crainte l'effleurait, ce n'était plus avec la même angoisse vertigineuse, sans recours, qu'elle avait ressentie lorsqu'elle luttait contre le roi et des forces liguées et trop puissantes.

Celui à l'ombre duquel elle se reposait aujourd'hui était fort, lucide et prudent. Il prenait tout en charge sans émoi. Il était différent des autres. Mais il savait les atteindre et s'en faire des amis, et elle commençait à deviner que l'esprit d'un seul homme digne de ce nom peut porter les mondes. Car l'Esprit est plus fort que la matière.

Il triompherait de ses ennemis, de ceux tapis dans l'ombre, et qui refusaient son pouvoir. Si fort était-il qu'il les attirerait à lui par sa sagesse et son allant surprenants.

Le pays gagnerait la paix, les nations s'ordonneraient, les forêts seraient défrichées et des villes naîtraient, se peupleraient. Il resterait toujours assez de beauté sauvage pour ennoblir ces destinées nouvelles. Riche et admirable toujours serait le Nouveau Monde. Mais délivré des guerres stériles.

A demi engourdie par son rêve et le poids de la nuit grandiose, la pensée d'Angélique se vêtait de ce décor insolite autour d'elle, se drapait dans la passion contenue de la nature, s'accordait à la tension qui rôdait. Rien n'entamait sa secrète jubilation.

L'odeur fade des festins guerriers pouvait flotter sur la forêt, le tambour battre au loin comme un cœur pressé et impatient, tout était simple. Elle se sentait concernée, mais aussi hors d'atteinte.

Contre la clarté blême de la nuit, du côté du sud-ouest, elle voyait se dresser et se balancer les trois mâts du petit navire flibustier qui avait jeté l'ancre au tournant de la rivière.

De l'autre côté, en revanche, en amont, régnait une obscurité touffue, gorgée de brume et de fumées, qu'étoilait par intermittence la pointe rouge des feux indiens dans les wigwams.

Un renard jappa. Une bête lourde mais souple se faufila dans les herbes auprès d'elle. C'était le glouton de Cantor. Un instant, elle entrevit la lueur de ses prunelles dilatées, à l'inconsciente férocité, qui paraissaient l'interroger.

LE VILLAGE ANGLAIS

1

Le lendemain, Angélique, assise dans la petite salle du poste de traite, cousait activement une robe de drap écarlate pour Rose-Ann. Sa famille serait heureuse de la voir arriver joliment vêtue, et non en pauvre captive de ces « abominables » Français.

Par la fenêtre ouverte, elle aperçut un radeau qui traversait le fleuve.

Trois chevaux. Les chevaux que Maupertuis, le coureur de bois au service de Peyrac, avait amenés la veille de la côte. Son fils était là aussi, et Cantor.

Dès qu'ils abordèrent l'île, le jeune garçon courut à toutes jambes et entra très animé.

— Mon père vous fait dire de partir tout de suite pour Brunschwick-Falls avec Maupertuis. Il ne peut nous accompagner, mais je dois vous servir d'interprète. Nous le rejoindrons demain ou après-demain au plus tard à l'embouchure du Kennebec où notre bateau croise déjà.

— C'est ennuyeux, dit Angélique, je n'ai pas tout à fait fini cette robe. Je n'aurai pas le temps de coudre les nœuds du corsage. Pourquoi ton père ne peut-il nous accompagner?

— Il doit rencontrer sur la côte un chef Etchemin ou Mic-Mac, je ne sais... que le baron de Saint-Castine tient absolument à lui présenter. Avec les Indiens, il faut toujours saisir l'occasion par les cheveux... c'est le cas de le dire. Ils sont si versatiles. Mon père a préféré partir sans attendre et nous charger de reconduire cette petite. En passant, j'ai déjà pris votre bagage au campement.

Angélique aida la petite Anglaise à passer sa jolie robe. Avec des épingles, elle agrafa le col de dentelle et les manchettes que le vieux Josué avait exhibés de quelque ballot marchand.

Rapidement, elle se recoiffait, bouclait la ceinture de cuir qui supportait son pistolet, dont elle ne se séparait pas volontiers.

Les chevaux attendaient dehors, sellés et tenus en bride par Maupertuis et son fils. Angélique vérifia par habitude leur harnachement et la présence du sac de cuir qu'elle avait préparé le matin. Elle s'informa des munitions de chacun.

— Eh bien! partons, décida-t-elle.

— Et moi, qu'est-ce que je fais? demanda le soldat Adhémar qui attendait devant la porte assis sur une barrique renversée, son mousquet entre les jambes.

C'était la fable de l'endroit. Tout le monde en faisait des gorges chaudes. Devinant la terreur que lui inspirait Angélique, ou bien parce qu'il ne savait qu'en faire, le caporal du fort Saint-Jean l'avait commis à la garde expresse de Mme de Peyrac. Partagé entre sa peur superstitieuse et l'esprit de discipline militaire, Adhémar vivait un calvaire.

Maupertuis l'effleura d'un regard apitoyé.

— Reste ici, mon vieux!

— Mais je peux pas rester ici tout seul : c'est plein de sauvages!

— Viens avec nous alors, fit le Canadien, ennuyé. Ton caporal et les autres sont déjà partis avec M. de Peyrac.

— Partis? balbutia le garçon prêt à pleurer.

— Bon! Viens, je te dis. C'est vrai qu'on ne peut pas le laisser ici tout seul, continua-t-il en s'excusant, vers Angélique. Et puis ça fera toujours un fusil de plus.

Ils saluèrent le Hollandais, et peu après avoir abordé l'autre rive ils entrèrent dans la pénombre de la forêt. Un sentier assez visible s'enfonçait sous les ramures dans la direction de l'ouest.

— Où va-t-on par là? interrogea Adhémar.

— A Brunschwick-Falls.

— C'est quoi ça?

— Un village anglais.

— Mais je ne veux pas aller chez les Anglais, moi! C'est des ennemis.

— Bon! Tais-toi fada, et marche.

Envahi par le printemps, le sentier était à peine tracé, mais les chevaux le suivaient d'un pas sûr, avec la divination des animaux qui reconnaissent les passages humains fréquentés malgré les mille obstacles que lançaient buissons et halliers au travers de leur piste. Le printemps insolent ratissait la sauvagerie de la forêt en jets de branches nouées de verdure, mais flexibles et neuves et qui s'écartaient facilement. L'herbe était douce et courte et le sous-bois lumineux. Ils reconnurent les traces d'un village indien abandonné qu'on leur avait signalé. Puis replongèrent sous la ramée. Peu après, entre les troncs des trembles et des bouleaux alignés, ils virent briller les eaux d'un lac; il étincelait au soleil, absolument paisible comme un miroir. Et, l'heure de midi approchant, le silence se fit plus lourd, dans une sorte de torpeur où bourdonnaient des insectes.

Angélique avait pris en croupe la petite Anglaise. Maupertuis et Cantor montaient les deux autres chevaux. Le soldat et le jeune Canadien suivaient à pied, sans grand mal, car de toute façon les montures ne pourraient aller qu'au pas, tout le long du chemin. Mais elles épargnaient à la femme et à l'enfant les fatigues de la marche.

Adhémar jetait sans cesse des regards angoissés autour de lui.

— Y a quelqu'un qui nous suit, j'vous dis.

On finit par s'arrêter pour lui donner satisfaction. On tendit l'oreille.

— C'est Wolverines, dit Cantor, mon glouton.

Et l'animal surgit hors des fourrés à leurs pieds, tapi comme pour bondir, sa petite gueule démoniaque tendue vers eux en un rictus qui découvrait ses deux canines blanches et pointues.

Cantor rit de la tête d'Adhémar.

— Quèqu', quèqu' c'est que cette bête-là?

— C'est un glouton et qui va te dévorer tout vif.

— Hé! mais c'est que c'est gros comme un mouton, ce bestiau! se plaignit l'autre.

Désormais, il se retournait à tout moment pour voir si Wolverines le suivait, et la bête facétieuse le frôlait parfois pour le faire sursauter.

— Marcher avec « ça » sur les talons, si vous croyez que c'est drôle!...

Ils en riaient tous et la petite Rose-Ann ne s'était jamais tant amusée.

La forêt ressemblait à celle de l'autre rive. Elle avait de doux vallonnements, descendant vers de petits ruisseaux et rivières en cascades, des remontées qui menaient à des plateaux pierreux plantés de pins et de cèdres courts et parcourus de brise parfumée, mais qui très vite en s'inclinant retrouvait l'écume verte des arbres feuillus, avec une sorte de plaisir, comme on plonge dans la mer.

Après la chaleur du jour, une brise se leva, qui fit miroiter les feuilles et emplit le sous-bois de murmures.

Ils s'arrêtèrent encore pour consulter le plan que leur avait remis le vieux Josué. A la suite d'un autre village dont les Indiens avaient décabané, la piste était moins certaine. Mais Cantor fit le point avec sa boussole et affirma qu'en continuant dans cette direction on atteindrait le but dans deux ou trois heures.

Sans posséder le flair infaillible de Florimond pour l'art de la topographie, Cantor avait en commun avec son aîné un sens aigu d'observation qui lui permettait de ne jamais s'égarer, et au demeurant tous deux avaient été sévèrement « dressés » en ce domaine par leur père, qui, dès leur plus jeune âge, les avait familiarisés avec les instruments de levé : sextant, chronomètre et marche à la boussole.

Angélique pouvait faire entière confiance à son fils en ce domaine.

Elle n'en regrettait pas moins que Joffrey de Peyrac n'ait pu les accompagner. A mesure que les heures passaient, l'embarras de ce départ précipité lui apparaissait.

Pourquoi Joffrey n'était-il pas là? Et combien cette forêt était déserte, silencieuse et pourtant trop bruyante depuis que le vent s'était levé!

— M. de Peyrac ne vous a-t-il pas donné des explications sur la nécessité de son voyage brusqué? demanda-t-elle en se tournant vers le Canadien. Elle le connaissait moins que les autres, car il n'avait pas hiverné avec eux à Wapassou, mais elle le savait dévoué et sûr.

— Je n'ai pas vu moi-même M. le comte, répondit cet homme. C'est Clovis qui m'a porté son message.

— Clovis?...

Une alarme encore imprécise commença à résonner en elle. Il y avait quelque chose d'inhabituel dans tout ceci. Pourquoi Joffrey... ne lui avait-il pas écrit un message? Cela ne lui ressemblait pas... Ces consignes passées de bouche en bouche... Clovis?... Son cheval buta contre une pierre à fleur de terre et elle dut rassembler son attention pour le guider.

Dans les feuillages dentelés, des chênes d'une sombre émeraude, des troncs puissants se ramifiaient en candélabres noirs.

« On dirait la forêt de Nieul au temps des embuscades... » pensa Angélique.

Frappée de réminiscences, elle souhaitait sortir de cette ombre épaisse.

— Sommes-nous sur la bonne route, Cantor?

— Oui, oui, répondait le jeune garçon en consultant de nouveau son plan et sa boussole.

Mais, un peu plus loin, il descendit de cheval et avec Pierre-Joseph, le jeune métis, ils consultèrent les alentours. La piste disparaissait parmi les broussailles. Les deux jeunes gens affirmèrent qu'il fallait aller par là. Les arbres se rétrécissaient jusqu'à ne plus former qu'une voûte étroite de plus en plus sombre. A un tournant, l'issue de ce tunnel apparut heureusement par un renouveau de lumière, une trouée de soleil.

Mais ce fut à cet instant que Maupertuis leva la main, et tous, même les chevaux, se figèrent sous ce signe. Il y avait eu un changement imperceptible, un changement qui faisait que la déserte forêt était devenue non pas peuplée, mais comme habitée d'autres présences.

— Les Indiens! chuchota Adhémar en défaillant.

— Non, les Anglais, dit Cantor.

En effet, dans l'auréole de soleil qui trouait la ramée, venait de surgir à contresens la plus inattendue silhouette qu'on pût imaginer.

Bossu, tordu, chaussé d'énormes souliers à boucles d'où sortaient ses mollets maigres, coiffé d'un chapeau à bord dont la haute coiffe en pain de sucre paraissait ne pas vouloir finir, un petit vieillard se tenait en arrêt à la sortie du bois. A deux mains, il brandissait un vieux tromblon à canon court et évasé bourré de mitraille. La décharge pouvait mettre à mal, sans nul doute, aussi bien le tireur que ses victimes.

Les arrivants se gardèrent de bouger.

— Halte! cria le petit vieillard d'une voix aigre et perçante. Si vous êtes des esprits, disparaissez, ou je tire!

— Vous voyez bien que nous ne sommes pas des esprits, répondit Cantor en anglais.

— *A minute, please.*

Le vieux releva son arme désuète et d'une main fouilla dans son pourpoint noir. Il en tira une énorme paire de besicles cerclées d'écaille, qu'il posa sur son nez et qui le fit ressembler à une vieille chouette.

— *Ye — es! I See-ee!...* grommela-t-il.

Il traînait sur la fin des syllabes avec une solennité soupçonneuse.

Il s'approcha à petits pas des cavaliers, considérant Cantor de bas en haut et affectant d'ignorer Angélique.

— Et qui es-tu, toi, qui parles avec l'accent du Yorkshire, comme ces sacrés professeurs de Boston? N'as-tu pas la peur du bon chrétien d'aller aux bois? Ne sais-tu pas qu'il n'est pas bon que les jouvenceaux et les femmes aillent aux bois? Ils peuvent y rencontrer l'Homme Noir et faire avec lui mille abominations. N'est-ce pas toi qui me nargues, fils de Bélial le Voluptueux, Prince des Eaux avec lequel t'aurait engendré celle qui t'accompagne, une nuit de sabbat? Je n'en serais pas étonné! D'ailleurs, tu es trop beau pour être une créature humaine, jeune homme!

— Nous nous rendons chez Benjamin et Sarah

William, répondit Cantor qui en avait vu d'autres à Boston avec les savants illuminés. Nous leur amenons leur petite-fille Rose-Ann, fille de John William.

— Hé! Hé! Chez Benjamin William.

Le vieil Anglais se pencha pour examiner, de son œil perçant derrière les verres épais de ses besicles, la fillette en robe rouge que lui désignait le garçon.

— Tu dis que cette enfant-là est la petite-fille de William. Ho! Ho! Voilà qui est plaisant! Nous allons rire.

Il se frotta les mains comme s'il était soudain témoin d'une excellente farce.

— Ho! Ho! Je le vois d'ici.

D'un regard vif et sans en avoir l'air, il avait enregistré les autres personnages : les deux coureurs de bois avec leurs vestes de peaux, frangées à l'indienne, leur ceinture et leur bonnet coloriés de Canadiens, puis derrière eux le soldat de France dans sa tunique déteinte mais reconnaissable.

Il remit son arme sur son épaule bossue et s'écarta du sentier.

— Eh bien! Allez, allez, Français, fit-il, riant toujours à petits coups. Allez, ramenez donc sa petite-fille au vieux Ben. Ho! Ho! Je m'imagine la tête que va faire William! Hé! Hé! Voilà qui est plaisant... Mais ne comptez pas trop sur la rançon, car il est avare...

Angélique avait suivi tant bien que mal le dialogue. Si elle comprenait l'anglais fort intelligible du vieillard, elle ne saisissait à peu près rien à ce qu'il racontait. Heureusement, Cantor gardait un calme olympien.

— Sommes-nous encore loin de Brunschwick? insista-t-il poliment. Nous craignons de nous être égarés.

L'autre balança la tête avec une moue, paraissant dire que lorsqu'on est assez écervelé pour se promener dans la forêt diabolique on doit savoir où l'on va et se débrouiller seul.

Durant cet entretien, un autre personnage avait surgi et s'était approché en silence derrière le vieillard. C'était un grand Indien au regard froid, un Abénakis de la région des Sokokos ou Scheepscots, à en juger par son profil aigu aux deux incisives prononcées. Il portait une lance en main, un arc et un carquois en bandoulière. Il suivait la conversation avec indifférence.

— Ne pourriez-vous vraiment pas nous indiquer le chemin jusqu'à Brunschwick-Falls, respectable vieillard? insista Cantor à bout d'arguments.

A cette requête pourtant formulée avec toute la courtoisie possible, le visage du vieux gnome se transforma, grimaça de colère, et il partit dans un flot de paroles violentes, où Angélique discerna au passage des versets de la Bible, des malédictions, des prophéties, des accusations, et des phrases entières de latin et de grec, d'où il ressortait que les gens de Brunschwick — Newehewannik pour les Indiens — étaient fous, ignares, incroyants et possédés du démon, il ne remettrait jamais, lui George Shapleigh, les pieds dans leur patelin.

Cantor continua d'insister avec la candeur de la jeunesse. L'aïeul se calma peu à peu, bougonna, lança encore quelques anathèmes conjurateurs, puis, tournant le dos, se mit à marcher devant eux dans le sentier, tandis que son Indien se plaçait, toujours silencieux et impassible, derrière la caravane.

— Dois-je comprendre que ce vieux fou de Yenngli se décide à nous montrer la route? grommela Maupertuis.

— Il semblerait, émit Cantor. Suivons-le! Nous verrons bien où il nous mène.

— Offre-lui de prendre place sur une de nos montures, dit Angélique. Il est peut-être fatigué.

Cantor transmit la proposition de sa mère, mais le vieil Anglais, sans se retourner, fit des gestes véhéments qui signifiaient clairement qu'on l'offensait et que d'ailleurs, pour lui, les chevaux étaient bien entendu *aussi* des créatures du Diable.

Il marchait comme en sautillant et avec rapidité et, ce qui était surprenant, c'est que, malgré ses gros souliers, il ne faisait aucun bruit et paraissait à peine effleurer le sol.

— C'est un vieux « medecin's man », expliqua Cantor, qui prétend avoir parcouru toutes les forêts d'Amérique à la recherche de plantes et d'écorces pour ses médecines. Cela suffirait à expliquer la suspicion dans laquelle doivent le tenir ses compatriotes. En Nouvelle-Angleterre, on n'aime guère ceux qui vont aux bois, comme il vous l'expliquait lui-même tout à l'heure... Il n'empêche que tout original qu'il est, je crois qu'on peut se fier à lui pour nous montrer la bonne route.

— Je ne veux pas aller chez les Anglais et je

n'aime pas marcher avec un Indien que je ne connais pas sur mes talons, se plaignit dans la pénombre la voix du soldat Adhémar.

Chaque fois qu'il se retournait, il voyait cette face de pierre sombre et ces yeux d'eau noire qui le fixaient. Des sueurs froides mouillaient sa chemise, qui avait déjà été trempée par bien des sueurs d'angoisse. Il fallait avancer en butant contre les racines.

Le petit homme au chapeau pointu continuait de les précéder en sautillant comme un elfe sombre, un feu follet qui aurait porté tenue de deuil et par instants disparaissait lorsqu'il entrait dans l'ombre, puis reparaissait dans un rai de soleil rougeâtre, glissant entre les troncs. Parmi tous ces tours et détours, Angélique voyait avec impatience que la nuit tombait.

Un soir violet se répandait au creux des ravines.

Tout en marchant, le vieillard, à certains moments, tournait sur lui-même en murmurant des paroles indistinctes, et ses bras levés, ses doigts déliés et maigres paraissaient désigner on ne sait quoi dans les airs.

— Je me demande s'il n'est pas complètement fou et s'il sait où il nous mène, finit par dire Maupertuis, mal à l'aise. Ces Anglais!...

— Oh! qu'il nous mène n'importe où, mais que l'on sorte de cette forêt, dit Angélique, à bout de patience.

Presque aussitôt, comme pour obéir à son vœu, ils débouchèrent sur un vaste plateau d'herbe verte entrecoupée de rochers et de bouquets de genévriers. Çà et là, un cèdre battu par le vent, un bouquet de sapins noirs se dressaient en sentinelles. Loin, fort loin par-delà un amoncellement de collines forestières et de vallonnements, le ciel à l'orient était d'un blanc de nacre, un ciel que l'on devinait suspendu au-dessus de la mer. C'était loin. Une promesse. Mais le vent qui passait sur ce plateau apportait une odeur familière, indéfinissable, encore pleine de souvenirs.

Le temps de serpenter entre les roches et les buissons, et ils redescendirent dans un vallon déjà rempli de nuit où ne subsistait aucune lumière. L'autre versant se dressait devant eux en une côte arrondie qui bombait plus haut sa crête noire sur le ciel pâle. De là venait l'odeur oubliée. L'odeur puissante et familière *d'un champ labouré.*

On ne voyait rien dans l'ombre épaisse. On devinait seulement la terre grasse et humide exhalant le parfum de printemps, les sillons ouverts tranchés par le soc.

Le vieux Shapleigh se mit à marmonner et à ricaner.

— C'est bien cela! Roger Slougton est encore dans son champ. Ah! s'il pouvait supprimer la nuit, supprimer les étoiles, supprimer le sommeil qui s'appesantit sur ses paupières, ah! comme il serait heureux, Roger Slougton. Il ne connaîtrait jamais un moment de repos. Il se démènerait sans cesse, creuserait, gratterait, piocherait pour l'éternité, sans jamais s'arrêter. Sans jamais s'arrêter, sa fourche virevolterait comme celle du Diable au fond de l'Enfer, éternellement, éternellement.

— La fourche du Diable est stérile et la mienne

ne l'est pas, vieux malotru, répondit d'une voix caverneuse la voix du champ labouré. De la pointe de sa fourche, le Diable ne manie que la lie des âmes; moi, je fais surgir les fruits de la terre que le Seigneur bénit...

Une ombre, mal discernable, se rapprocha.

— Et, à cette tâche, je ne consacrerai jamais assez d'heures de ma vie, continuait la voix sur le ton de l'homélie; il n'en est pas pour moi comme pour toi, vieux sorcier, qui ne crains pas de salir ton esprit au contact de la sauvagerie la plus désordonnée de la nature. Holà! holà! Qui nous amènes-tu ce soir, esprit des ténèbres? Qui nous amènes-tu de ces contrées maudites?

Le paysan qui s'approchait s'arrêtait, tendait le cou.

— Ça pue le Français et l'Indien par là, grogna-t-il. Halte, n'avancez point!

On devinait son geste d'épauler une arme. A tout ce monologue, Shapleigh n'avait répondu que par un chapelet de ricanements, comme s'il s'amusait beaucoup. Les chevaux bronchaient, alertés par cette voix grondante qui sortait de la nuit. Cantor exhiba son meilleur anglais pour saluer le laboureur, annonça la petite Rose-Ann William et, sans chercher à dissimuler leur qualité de Français, s'empressa de nommer son père : le comte de Peyrac, de Gouldsboro.

— Si vous avez quelques relations à Boston ou sur la baie de Casco, vous n'êtes pas sans avoir entendu parler du comte de Peyrac, de Gouldsboro. Il a fait construire plusieurs navires dans les chantiers de Nouvelle-Angleterre.

Dédaignant de répondre, le paysan se rapprocha,

tourna autour d'eux, les flairant comme un chien soupçonneux.

— Encore ta vilaine bête de Peau-Rouge que tu traînes avec toi, fit-il s'adressant toujours au vieux « medecin's man ». Mieux vaut introduire une nuée de serpents dans un village qu'un seul Indien!

— Il y entrera avec moi, fit le vieux, agressif.

— Et nous nous réveillerons demain tous morts et scalpés par ces traîtres comme c'est arrivé aux colons de Wells, où ils avaient offert l'hospitalité à une pauvre Indienne, un soir de tempête. Elle a guidé ses fils et petits-fils à la peau rouge, leur a ouvert la porte du fort et les Blancs ont tous été massacrés. Car, dit l'Eternel, « vous ne devrez jamais oublier que le pays dans lequel vous entrez pour le posséder est un pays souillé par les impuretés des peuples de ces contrées... Ne donnez donc point vos filles à leurs fils et ne prenez point leurs filles pour vos fils, et n'ayez jamais souci ni de leur prospérité ni de leur bien-être, et ainsi vous deviendrez forts... ». Mais toi, Shapleigh, tu t'affaiblis tous les jours à fréquenter ces Indiens...

Sur cette âpre citation biblique, le silence retomba et, au bout d'un moment, Angélique se rendit compte qu'enfin l'habitant de Brunschwick-Falls paraissait décidé à leur laisser le passage.

Il prit même la tête du petit groupe et commença de monter la côte devant eux. A mesure qu'ils émergeaient du ravin, ils retrouvaient la clarté d'un crépuscule de printemps long à s'éteindre. Une bouffée de vent leur apporta une odeur d'étable, des bruits encore lointains de bétail rentrant des pâtures.

2

Et tout à coup, sur le ciel doré, traversé de grandes écharpes rousses, le dessin d'une grande ferme anglaise apparut.

Elle était solitaire encore, et l'œil allumé d'une fenêtre semblait guetter le vallon obscur d'où ils émergeaient.

Lorsque les voyageurs approchèrent, ils distinguèrent des barrières qui parquaient des moutons.

C'était une bergerie. On y faisait la tonte. On y faisait des fromages aussi. Des hommes et des femmes se retournèrent et suivirent des yeux les trois chevaux amenant des étrangers.

Plus ils avançaient le long de l'allée, plus ils rejoignaient la clarté vers le couchant.

A un détour, le village se découvrit tout entier avec ses maisons de bois s'étageant sur le flanc d'une colline couronnée d'ormes et d'érables.

Elles dominaient une combe herbeuse où courait un ruisseau.

Des lavandières en revenaient, leurs paniers d'osier chargés de linge sur la tête. Leurs robes de toile bleue claquaient au vent.

Au delà du ruisseau, des prairies remontaient

en pente douce jusqu'à la forêt aux troncs serrés.

Le sentier devint rue et, après une légère descente, remonta entre les maisons et les jardinets. Des chandelles allumées derrière les vitres ou les carreaux de parchemin faisaient briller çà et là dans la lumière de cristal du soir des étoiles d'une autre lumière plus vive prenant le relais du jour et piquetant tout ce tableau paisible d'un chatoiement de pierre précieuse.

Pourtant, sans qu'on sût par quel truchement, lorsqu'ils firent halte à l'autre bout du village devant une importante demeure à pignons et encorbellements, à peu près tous les habitants de Brunschwick-Falls se trouvèrent rassemblés derrière leurs dos, bouche bée et les yeux écarquillés. On ne voyait plus qu'un moutonnement de vêtements bleus ou noirs, de visages éberlués, de coiffes blanches et de chapeaux pointus.

Lorsque Angélique descendit de cheval et salua à la ronde, il y eut un murmure indistinct, un recul effaré, mais, lorsque Maupertuis, s'approchant, enleva la petite Rose-Ann pour la déposer à terre, le murmure cette fois monta comme le bruit de la houle, et un grondement de stupéfaction, d'indignation, de protestations s'enfla, chacun s'interpellant et s'interrogeant à mi-voix.

— Qu'est-ce que j'ai fait? dit Maupertuis stupéfait. Ce n'est pas la première fois qu'ils voient un Canadien, non? Et puis, on est en paix, il me semble!

Le vieux médecin frétillait comme un gardon jeté sur le sable.

— *It's hier! It's hier!* répétait-il avec impatience en désignant la porte de la grande demeure.

Il jubilait.

Il monta le premier les marches d'un perron de bois et poussa énergiquement le vantail.

— Benjamin et Sarah William! Je vous amène votre petite-fille Rose-Ann de Biddeford-Sébago et les Français qui l'ont capturée, cria-t-il de sa voix aigre et triomphante.

Le temps d'un éclair, Angélique entrevit dans le fond de la pièce un âtre de briques que garnissaient de nombreux ustensiles de cuivre et d'étain, deux vieillards, un homme et une femme de chaque côté de cet âtre, vêtus de noir et hiératiques comme des portraits avec la même fraise blanche empesée, et chez la femme une coiffe de dentelle imposante, tous deux assis très droits dans des fauteuils à haut dossier ouvragé. Sur les genoux du vieillard était posé un énorme livre, une Bible sans doute, et la femme filait une quenouille de lin.

Près d'eux, à leurs pieds, des enfants assis et des servantes en bleu, occupées à tourner leurs rouets.

Vision rapide car au seul nom de Français les deux personnages se dressèrent, Bible et quenouille roulèrent à terre sans ménagement, et, avec une vivacité de mouvements surprenante, ils décrochèrent deux fusils au-dessus de l'âtre; apparemment chargés et prêts à tirer, ils les pointaient aussitôt vers les arrivants.

Shapleigh ricanait de plus belle et se frottait les mains.

Mais presque aussitôt, la vue d'Angélique poussant devant elle la fillette parut causer aux deux vieillards un atterrement sans nom, une impression encore plus terrifiante que celle des Français, au point que leurs mains tremblèrent et que les armes semblèrent soudain trop lourdes à leurs bras vieillis... Les canons s'abaissèrent lentement comme sous le coup d'une stupeur accablante.

— Oh! *God! God!*... murmurèrent les lèvres pâles de la vieille dame.

— Oh! Lord! s'écria son mari.

Angélique esquissait une révérence et, les priant de l'excuser pour son anglais imparfait, elle leur exprima sa joie de pouvoir remettre saine et sauve entre les mains de ses grands-parents une enfant qui avait couru de grands dangers.

— C'est votre petite-fille Rose-Ann, insista-t-elle, car il lui semblait qu'ils n'avaient pas encore compris. Ne voulez-vous pas l'embrasser?

Sans se dérider, Benjamain et Sarah William abaissèrent sur la fillette un regard assombri, puis poussèrent ensemble un profond et commun soupir.

— Si fait, déclara enfin le vieux Ben, si fait, nous voyons bien que c'est Rose-Ann et nous voulons bien l'embrasser mais, auparavant, il faut... IL FAUT qu'elle enlève cette infâme robe rouge.

3

— Vous auriez aussi bien pu l'amener toute nue, avec les cornes du Diable dans les cheveux, glissa un peu plus tard Cantor à sa mère.

Consciente de sa méprise, Angélique s'adressait des reproches.

— Que n'aurais-je pas entendu si j'avais eu le temps de coudre les nœuds dorés au corsage de cette robe rouge...

— On en frémit, dit Cantor.

— Toi qui as vécu en Nouvelle-Angleterre, tu aurais dû m'avertir. Je ne me serais pas abîmé les doigts à lui confectionner un vêtement de fête pour son retour parmi d'aussi puritaines personnes.

— Pardonnez-moi, ma mère... Nous aurions pu aussi bien tomber sur une secte moins intolérante. Car il en existe. Et puis, je me disais que, dans le cas contraire, je m'amuserais de la tête qu'ils feraient.

— Tu es aussi taquin que ce vieux bonhomme d'apothicaire, dont ils ont l'air de se méfier comme de la peste. Lui aussi, je ne serais pas étonnée qu'en voyant la robe rouge de Rose-Ann il se soit réjoui à l'avance de les mystifier. C'est sans doute ce qui l'a décidé à nous montrer le chemin.

On les avait introduits ainsi que leur malencontreuse pupille Rose-Ann dans une sorte de parloir attenant à la grande salle. Sans doute pour soustraire plus rapidement à la vue du peuple béat la petite-fille de Benjamin et Sarah William vêtue d'une telle livrée folle et infamante, ainsi que la femme qui l'avait amenée et dont les atours voyants et inconvenants ne révélaient que trop à quelle race et à quelle religion dévoyées elle appartenait : les Français et le papisme!

Etres bizarres que ces puritains dont on pouvait se demander s'ils avaient un cœur... ou un sexe. Quand on découvrait la froideur de leurs relations familiales, il semblait inconcevable qu'un acte d'amour quelconque eût pu présider à l'établissement de cette même famille. Pourtant, la descendance de Mr et Mrs William était nombreuse. Il y avait pour le moins deux ménages et leurs enfants installés dans la grande maison de Brunschwick-Falls. Angélique s'était étonnée que personne ne parût s'intéresser au sort des William juniors emmenés captifs au Canada par les sauvages.

L'annonce que sa belle-fille avait accouché misérablement dans la forêt indienne, et qu'elle avait, de ce fait, un autre petit-enfant, laissa Mrs William de glace. Et son mari entama un long sermon comme quoi John et Margaret avaient été justement punis de leur indocilité.

Que n'étaient-ils demeurés à Biddeford-Saco, sur la mer, une colonie solide et pieuse, au lieu de se croire, dans leur orgueil, oints par le Seigneur et désignés pour aller fonder leur propre établissement dans des solitudes dangereuses autant pour l'âme que pour le corps, et d'avoir encore l'audace de baptiser ce nouvel endroit, fruit de l'orgueil et de l'indiscipline, du même nom de Biddeford-le-Pieux, où ils avaient vu le jour? D'ailleurs, maintenant, ils étaient en Canada et c'était bien fait pour eux. Lui, Ben William, avait toujours pensé que John, son fils, n'avait pas l'étoffe d'un conducteur de peuples.

Il rejeta de la main les précisions qu'essayait de donner Cantor au sujet des captifs.

Les détails de leur enlèvement, il les avait eus par Darwin, le mari de la sœur de leur bru. Un garçon qui n'avait pas d'envergure et qui allait bientôt se remarier. « Mais sa femme n'est pas morte, essaya d'expliquer Angélique... du moins elle ne l'était pas la dernière fois que je l'ai vue à Wapassou... »

Benjamin William n'écouta point. Pour lui, tout ce qui était au delà des grands bois vers le nord, vers ces régions lointaines, inaccessibles, où des Français possédés aiguisaient leurs couteaux à scalper dans des vapeurs d'encens, tout cela, c'était déjà l'Autre Monde, et en fait bien peu d'Anglais ou d'Anglaises en étaient jamais revenus!

— Sois franc pour une fois, dit Angélique à son fils. Y a-t-il aussi quelque chose dans ma tenue qui puisse les indisposer? Suis-je, à mon insu, indécente?

— Vous devriez mettre quelque chose LÀ, dit Cantor d'un ton doctoral, en désignant le haut décolleté du corsage d'Angélique.

Ils riaient tous deux comme des enfants sous l'œil morne de la pauvre Rose-Ann, lorsque les servantes en robes bleues entrèrent portant une bassine de bois cerclé de cuivre et de nombreux pichets d'où s'échappait une vapeur d'eau bouillante. Un grand jeune homme, sérieux comme un pasteur, vint chercher Cantor qui le suivit en affichant à son tour la même expression gourmée et soucieuse que démentaient leurs joues fraîches d'adolescents.

En revanche, les servantes, d'accortes filles au teint coloré par l'air des champs, paraissaient d'humeur moins guindée. Dès qu'elles n'étaient plus sous l'œil sévère du vieux maître, elles souriaient volontiers et leurs regards, détaillant Angélique, pétillaient d'animation. C'était un événement prodigieux que l'arrivée de cette grande dame française. Elles examinaient chaque pièce de son habillement pourtant bien modeste et suivaient chacun de ses gestes. Ce qui ne les empêchait pas de se montrer fort actives, apportant une pâte de savon dans un bol de bois, présentant des serviettes tiédies devant le feu.

Angélique s'occupa tout d'abord de l'enfant. Elle ne s'étonnait plus que la petite Anglaise lui ait paru parfois un peu abrutie, quand on voyait d'où elle venait. Il fallait se remettre dans l'atmosphère de La Rochelle... en bien pire!

Pourtant, lorsque, au moment de la rhabiller, Angélique voulut lui passer la robe sombre préparée pour elle, la timide enfant se révolta. Son séjour chez les Français ne lui valait décidément rien. Si peu de temps qu'elle eût passé parmi eux, elle s'y était perdue à jamais, aurait constaté le révérend pasteur. Car on la vit soudain repousser avec violence la triste vêture présentée et, se tournant vers Angélique, elle blottit la tête contre son sein et éclata en sanglots.

— Je veux garder ma belle robe rouge! s'écria-t-elle.

Et pour bien affirmer d'où lui venait cette humeur rebelle, elle répéta sa phrase plusieurs fois en français, ce qui eut le don d'atterrer les servantes. Cette langue impie dans la bouche d'une William, ces manifestations sans pudeur de colère et d'entêtement, cette coquetterie avouée, tout cela était terriblement déconcertant, n'annonçait rien de bon...

— Jamais mistress William ne consentira, dit l'une d'elles, hésitante.

4

Très droite, très haute, très mince, hiératique, imposante, la vieille Sarah William laissa tomber un regard lourd sur sa petite-fille et par la même occasion sur Angélique.

On était allé chercher l'aïeule pour trancher le débat, et apparemment celui-ci ne pourrait l'être que par le sacrifice total.

Nul n'évoquait mieux l'idée de la Justice et du Renoncement que cette grande Sarah, très impressionnante vue de près, dans ses vêtements sombres, le cou haut soutenu par sa fraise tuyautée.

Elle avait des paupières immenses, pesantes, bleutées, voilant des yeux un peu saillants dont le feu noir éclatait par instants dans un visage très pâle, mais dont les courbes usées avaient une sorte de majesté.

On ne pouvait oublier, en regardant ses mains maigres et diaphanes jointes l'une sur l'autre dans un geste pieux, la promptitude avec laquelle ces mêmes mains pouvaient encore saisir une arme.

Angélique caressait les cheveux de Rose-Ann qui ne se calmait pas.

— C'est une enfant, plaida-t-elle en regardant l'intraitable dame, les enfants aiment naturellement ce qui est vif à l'œil, ce qui est joyeux, ce qui a de la grâce...

C'est alors qu'elle remarqua que les cheveux de Mrs William étaient coiffés d'un ravissant bonnet en dentelle des Flandres. Un de ces objets pour le moins diaboliques et entraînant à la perversion de la vanité qu'avait dénoncés tout à l'heure le vieux Ben.

Baissant ses longues paupières, Mrs William parut méditer. Puis elle donna un ordre bref à l'une des filles qui revint, portant un vêtement blanc et plié. Angélique vit que c'était un devantier de toile, à large bavette.

D'un geste, Mrs William indiqua que Rose-Ann pouvait remettre la robe incriminée à condition d'en voiler partiellement la splendeur agressive avec le tablier.

Puis, tournée vers Angélique, elle eut un clin d'œil de connivence, tandis qu'une ombre de sourire narquois glissait sur ses lèvres sévères.

Ces concessions mutuelles ayant été consenties, les William et leurs hôtes se retrouvèrent autour de la table, servie pour le repas du soir.

Maupertuis et son fils avaient fait porter l'annonce qu'ils étaient reçus par un membre de la communauté avec lequel ils avaient traité naguère certaines affaires de fourrures au cours d'un voyage à Salem.

Adhémar errait comme une âme en peine par les sentiers herbeux de la colonie suivi d'une nuée de petits puritains curieux qui de temps en temps touchaient d'un doigt effrayé son uniforme bleu de soldat du roi de France et son mousquet pendu au bout de son bras découragé.

— La forêt est pleine de sauvages, gémissait-il, je les sens autour de nous.

Angélique vint le chercher.

— Mais voyons, Adhémar, nous n'avons pas rencontré âme qui vive de la journée! Venez donc vous restaurer.

— Moi, m'asseoir au milieu de ces hérétiques, qui haïssent la Vierge Marie? Ça, jamais!...

Il resta devant la porte, écrasant les moustiques sur ses joues et supputant les malheurs qui le guettaient partout dans cet horrible pays : soit les sauvages, soit les Anglais... Il en était arrivé à se sentir plus en sécurité près d'une personne que certains soupçonnaient d'être un esprit diabolique, mais qui avait au moins le mérite d'être française. Et elle lui parlait avec gentillesse et patience cette dame qu'on disait Démone, au lieu de le bousculer. Soit, il monterait la garde pour la défendre puisque aussi bien les recruteurs du roi avaient fait de lui un soldat et lui avaient mis un mousquet dans la main.

Devant Angélique, on avait posé un bol de lait tiède où flottait un œuf battu. Ce mets simple, à la saveur presque oubliée, l'emplit de joie. Il y avait de la dinde bouillie accompagnée d'une sauce fortement parfumée de menthe qui en relevait la fadeur et du maïs en grains. Puis l'on apporta une tourte dont le couvercle de pâte laissait échapper la vapeur parfumée d'une compote de myrtilles.

Pour les Anglais, savoir que le comte de Peyrac et sa famille avaient vécu sur le haut Kennebec, à plus de quatre cents milles de la mer, cela les mettait en transe. Certes, c'étaient des Français, mais l'exploit demeurait, surtout pour les femmes et les enfants, inhabituel.

— Est-ce vrai que vous avez dû manger vos chevaux? insistaient-ils.

Les jeunes surtout s'intéressaient à ce gentilhomme français, ami et délégué de la baie du Massachusetts. Quels étaient ses projets? Etait-ce vrai qu'il cherchait à contracter une alliance avec les Indiens et les Français, ses compatriotes, pour éviter les raids meurtriers sur la Nouvelle-Angleterre?

Le vieux Benjamin, lui, ne faisait pas chorus. Il avait certes entendu parler du comte de Peyrac, mais il préférait ne pas s'appesantir sur ces présences diverses de toutes nations qui prétendaient, aujourd'hui, peupler le Maine.

N'était-ce pas assez qu'on ne sût plus où mettre les pieds sur les côtes du Massachusetts? Il n'aimait pas penser qu'il existait d'autres personnes sur terre que les membres de sa petite tribu.

Il aurait voulu être SEUL avec les siens, à l'aube du monde, ou comme Noé sortant de l'Arche.

Il avait toujours fui vers des lieux déserts, toujours essayé d'imaginer qu'ils étaient seuls à pouvoir louer le Créateur, « le petit troupeau bien-aimé voulu par Dieu pour sa plus grande gloire », mais toujours le monde le rejoignait et lui rappelait que le Créateur devait partager ses bontés avec on ne sait combien d'inintéressantes et ingrates populations.

Angélique, qui devinait sans peine, rien qu'à le regarder — grand nez audacieux, fureteur, au-dessus de la barbe blanche, regards intolérants — la vie errante du Patriarche, conducteur de peuples, se demandait pourquoi il en voulait si fort à son fils d'avoir suivi l'exemple de l'indépendance paternelle en allant s'installer de Biddeford-Sébago. Mais c'était là un des mystères habituels des relations entre père et fils depuis que le monde est monde. Les travers du genre humain perçaient sous les carapaces dures et saintes, et Angélique sentait naître à l'égard de ces intraitables honnêtes gens une sympathie attendrie.

Réconfortée par l'excellence du repas, une certaine chaleur communautaire qui liait ces personnages à sombres vêtements et principes lui était perceptible.

Une fois les principes édictés et affirmés hautement, les sentiments plus humains reprenaient leurs droits.

Rose-Ann avait gardé sa robe rouge et elle, Angélique, la Française et la papiste, n'en était pas moins honorée à la table de famille.

La présence de Cantor intriguait. Ni de là ni d'ailleurs, cet adolescent aux yeux clairs.

Pour son excellent anglais, sa connaissance de Boston, on l'adoptait à l'unanimité. Puis, se souvenant que lui aussi était français et papiste, on avait un recul. Tous les hommes présents, le vieux Benjamin et ses fils et gendres, l'examinaient avec intérêt sous leurs sourcils bourrus, l'interrogeaient, le faisaient parler, méditaient chacune de ses réponses.

Vers la fin du repas, la porte s'ouvrit sur un homme ventru et bâti en colosse dont l'apparition introduisit comme un courant d'air glacé dans l'atmosphère joviale et intime qui s'était peu à peu établie.

Les deux aïeux affichèrent aussitôt leur masque le plus rigide.

C'était le révérend Thomas Patridge. La complexion qui l'avait fait naître sanguin et de souche irlandaise, ajoutant pour lui aux difficultés qu'a toute créature terrestre de se maintenir dans les vertus de douceur, d'humilité et de chasteté, il n'avait pu atteindre à la rectitude morale qui en faisait l'un des plus grands ministres de son temps que par une culture vaste et pointilleuse, une dénonciation constante des péchés des autres, et par l'éclatement fréquent — tel un jet de vapeur fusant du couvercle de la marmite — de saintes et tonitruantes colères.

A part cela, il avait lu Cicéron, Térence, Ovide et Virgile, parlait le latin, savait l'hébreu.

Il jeta sur l'assemblée un regard sombre, s'attarda sur Angélique avec une sorte de saisissement feint comme si réellement sa vue eût dépassé le pire prévisible, effleura avec mépris et tristesse Rose-Ann qui se barbouillait de myrtilles sans remords, puis il se drapa dans sa large et longue cape genevoise, comme s'il avait voulu se défendre et s'isoler de tant de turpitudes.

— Ainsi donc, Ben, fit-il d'une voix caverneuse, la sagesse ne te vient pas avec la vieillesse — introducteur jésuitique et papiste, tu oses faire asseoir à ta table l'image même de celle qui a précipité le genre humain dans la détresse la plus grande. Eve parée de son inconscience et de ses séductions tentatrices! Tu oses accueillir au sein de ta pieuse famille une enfant qui ne peut y apporter désormais que la honte et le désordre. Tu oses enfin recevoir celui qui a rencontré l'Homme Noir dans la forêt et signé de son sang le livre infâme tendu par Satan lui-même, d'où l'impunité avec laquelle il peut parcourir les sentiers païens, mais qui devrait lui interdire à jamais le seuil d'une maison sainte...

— Est-ce pour moi que vous parlez, pasteur? interrompit le vieux Shapleigh en relevant le nez de son écuelle.

— Oui, *pour toi*, insensé! tonna le révérend, qui, sans souci du salut de ton âme, oses te mêler de Magie pour satisfaire d'infâmes curiosités.

» Pour moi que le Seigneur a nanti d'une vue spirituelle qui plonge dans le secret des consciences, je vois sans peine briller dans ton œil l'étincelle diabolique qui...

— Et moi, pasteur, je vois sans peine dans votre œil tout injecté de sang, d'un sang qui pour n'être pas infernal n'en est pas moins épais et dangereux pour votre santé, que vous risquez un beau jour de vous trouver coi par l'effet d'un transport virulent des humeurs...

Le vieux « medecin's man » se leva et marcha d'un air patelin vers l'emporté ministre. Il l'obligea à se pencher, lui examina le blanc des yeux.

— Je ne vous obligerai pas à la lancette, lui dit-il. Avec vous, ce serait un travail à recommencer sans cesse. Mais j'ai dans ma besace quelques herbes dénichées grâce à mon infâme curiosité et dont le traitement bien suivi vous permettra de vous mettre en colère, sans risques, autant de fois que vous en ressentirez le besoin.

» Allez vous mettre au lit, pasteur, je vais vous soigner. Et pour écarter les démons je brûlerai de la coriandre et des graines de fenouil.

La mercuriale du pasteur en resta là pour ce soir.

5

Les rudes solives exhalaient une odeur de miel. Il y avait quelques bouquets de fleurs séchées accrochés dans leurs recoins.

Angélique se réveilla une première fois dans la nuit. Le cri de l'engoulevent emplissait l'ombre piquetée d'étoiles lointaines. Son appel continu sur deux notes rappelait un rouet de fileuse, tantôt proche, tantôt s'effaçant. Angélique se leva et, appuyée des deux mains au rebord de la fenêtre, guetta vers la forêt. Les Anglais de Nouvelle-Angleterre racontent que l'engoulevent répète, sur ses deux tonalités monotones : « Pleure! Pleure, pauvre Guillaume! »

C'est depuis que Guillaume a trouvé sa femme

et ses enfants massacrés. Il avait entendu la nuit précédente le cri de l'engoulevent. Or, ce cri était lancé par les Indiens cachés dans le taillis qui se ralliaient en se rapprochant de la cabane du colon blanc.

Subitement, le cri cessa... Une ombre passa contre le ciel nocturne. Deux grandes ailes aiguës, une longue queue arrondie, un vol mou et silencieux coupé de brusques zigzags et d'un seul œil rouge phosphorescent. L'engoulevent chassait.

Un grésillement puissant du chant de mille sauterelles, grillons, criquets, grenouilles, accompagnait la nuit, avec le fumet fauve des bêtes des bois soufflé de la forêt, avec la senteur de la fraise des bois et l'odeur du thym, chassant les relents d'étable et de la boue.

Angélique se recoucha dans le haut lit de chêne aux colonnes torsadées soutenant une alcôve dont les rideaux d'indienne étaient tirés par la chaleur de cette nuit de juin.

Les draps de lin, tissés par les mains de Sarah William, avaient le même parfum frais et fleuri que la chambre.

On avait extrait de dessous le lit un cadre de bois avec des sangles sur lesquelles on jetait une paillasse. Le lit de l'enfant à l'abri de celui des parents. Rose-Ann y reposait encore cette dernière nuit.

Angélique retrouva le sommeil presque aussitôt.

Lorsqu'elle ouvrit les yeux de nouveau, le ciel était réséda au-dessus de la frise sombre et harmonieuse des ormes sur la colline, et le chant de la grive-ermite, d'une solennelle douceur, avait remplacé celui, plaintif, de l'engoulevent. Le parfum des jardinets et celui des lilas contre les murs de bardeaux chassaient les effluves nocturnes et forestiers.

Courges et citrouilles, au pied des maisons, dans l'herbe, à l'abri de leurs feuilles festonnées, brillaient comme des émaux sous l'abondante rosée matinale.

Le parfum des lilas, dans les jardinets ou contre les murs de bardeaux, avait une nouvelle fraîcheur dans l'air imprégné de rosée.

Derechef, Angélique s'accouda à la petite fenêtre. Les silhouettes biscornues des maisons de bois sortaient une à une des brumes matinales, avec leurs toits en croupe aux pans rompus ou inégaux, certain côté descendant jusqu'au sol ou peu s'en faut, « boîtes à sel », avec leurs pignons, leurs étages en encorbellement, leur cheminée de briques plantée en plein milieu de l'arête du toit, larges et solides, à la façon des manoirs élisabéthains. La plupart bâties dans le pin blanc, ces demeures prenaient des reflets argentés sous la lumière montante.

Certaines granges étaient de rondins, coiffées de paille, mais l'ensemble du village respirait une harmonie cossue.

Des chandelles s'allumaient derrière les petits carreaux en losange sertis de plomb des fenêtres sans volets. Tout un confort venu du soin, de l'attention que l'on porte à la vie, et au temps précieux que rien ne doit gâcher, se révélait. La vie d'un établissement dans ces vallées isolées n'était-elle pas faite de détails infimes et nécessaires? Ainsi les jardins chatoyants devaient partout surgir, moins pour le plaisir de l'âme et des yeux que pour contenir à profusion plantes médicinales, potagères et aromatiques.

Angélique, surprise, séduite, s'interrogeait sur cette race d'Anglais habitués à ne compter que sur eux-mêmes et qui commençaient de s'éveiller avec des invocations aux lèvres, êtres si différents de ceux qu'elle avait coutume de côtoyer. Poussés vers l'Amérique par le goût farouche et inaltérable de prier à leur façon, et la nécessité de trouver un bout de terre pour ce faire, ils emportaient avec eux un Dieu à leur image qui défendait les spectacles, la musique, les cartes et les robes écarlates, tout ce qui n'était pas le Travail et le Prêche.

C'est dans la rectitude du travail bien fait et productif qu'ils puisaient l'exaltation de la saveur de vivre. Le sentiment de la perfection leur tenait lieu de jouissance et la douceur du home de sensualité.

Mais le doute et l'inquiétude ne cessaient de brûler en eux comme la chandelle allumée dans la maison d'un mort. Le pays, le climat y aidaient. Elevés sur des rivages déserts entre les appels dolents de la mer et du vent et les senteurs païennes de la forêt, les prêches terrifiants de leurs pasteurs les maintenaient dans une vulnérabilité pathétique.

Leur théologie ayant supprimé les saints et les anges, il ne leur restait plus que les démons. Ils en voyaient partout. Ils en connaissaient toutes les hiérarchies, depuis les petits génies aux ongles aigus qui percent les sacs de graines jusqu'aux principautés redoutables, couronnées de noms cabalistiques.

Et pourtant la beauté du pays où l'Eternel les avait conduits plaidait pour les Anges.

Ainsi écartelés entre la douceur et la violence, le lilas et la ronce, l'ambition et le renoncement, ils n'avaient le droit de vivre que dans la préoccupation constante de leur mort.

Encore n'en étaient-ils pas assez imprégnés, estimait le révérend Patridge.

Et cela se fit sentir de façon éclatante dans son sermon de ce dimanche-là.

Angélique, penchée à la fenêtre, s'était étonnée de voir le jour se lever et s'établir sans aucun remue-ménage. Personne ne sortait des maisons, à part quelques femmes allant chercher de l'eau à la rivière, et elles le faisaient sans hâte.

Or, c'était un dimanche. Un dimanche! Pour les catholiques aussi, comme le lui rappela d'une voix pleurarde Adhémar venu la héler sous ses fenêtres.

— Nous fêtons aujourd'hui saint Antoine de Padoue, madame.

— Qu'il vous fasse retrouver votre tête ou votre courage égaré! rétorqua Angélique, le saint français ayant la réputation d'aider à retrouver les objets perdus.

Le Français ne prit pas la chose en riant.

— C'est une grande fête en Canada, madame. Et moi, au lieu d'être là-bas à suivre une belle procession dans une bonne et sainte ville française, je me trouve ici, aux quatre cents diables, en plein milieu d'hérétiques qui ont crucifié Notre-Seigneur. Je serai puni, pour sûr! Il va arriver quelque chose, je le sens...

— Taisez-vous donc, lui souffla Angélique, et rentrez votre chapelet. La vue de cet objet incommode les protestants.

Mais Adhémar continuait de serrer convulsivement son rosaire et d'implorer en marmonnant à mi-voix la protection de la Sainte Vierge et des Saints, et d'être suivi d'une nuée de petits puritains, toujours muets, et les chaussures particulièrement reluisantes en ce jour, et les yeux écarquillés sous leurs chapeaux ronds ou leurs bonnets noirs.

La venue de ce dimanche, que le groupe des Français avait eu l'inconséquence de ne pas prévoir, contrariait leurs projets de départ.

Tout s'arrêtait. Il n'était pas question de s'agiter à des préparatifs. On eût fort scandalisé la population.

Et le vieux Shapleigh, qui traversa le village, son sac et son tromblon sur l'épaule, et se dirigeant ostensiblement vers la forêt suivi de son Indien, fut escorté de regards noirs, de murmures, et même de gestes menaçants. Il ne s'en souciait pas, toujours ricanant et sardonique. Angélique envia son indépendance.

Le vieillard lui avait inspiré la même confiance que jadis le remarquable Savary. Occupé de *science*, il y avait longtemps qu'il avait rejeté les préjugés de ses coreligionnaires qui eussent pu entraver la satisfaction de sa marotte. Et quand, dans la forêt, il faisait un petit tour de danse sur lui-même en agitant ses doigts pâles et déliés, c'était qu'il venait de discerner quelques fleurs et bourgeons dans les feuillages, qu'il se les désignait, les nommant de leurs noms latins en repérant leur emplacement.

Angélique n'avait-elle pas le même comportement lorsqu'elle partait à la cueillette des « simples » dans les bois de Wapassou?

Le vieux Shapleigh et elle s'étaient reconnus. Elle déplora de le voir s'éloigner et disparaître, plongeant avec l'Indien dans le ravin ombreux qui conduisait à la rivière Androscoggi.

Une cloche tintait sur la colline. Les fidèles se mirent en marche vers la « meeting-house » fortifiée qui se dressait au sommet du village dans l'encadrement des ormes. La maison de réunion, c'était l'église ici, mais édifice civil autant que religieux.

Bâtie en planches, elle ne se distinguait des autres édifices que par un petit beffroi pointu où se balançait la cloche, et par sa forme carrée. Car c'était en même temps un fortin où, en cas d'irruption indienne, on pouvait se réfugier et qui, à l'étage supérieur, abritait deux couleuvrines dont les gueules noires, surgissant aux meurtrières, encadraient le beffroi, symbole de paix et de prières.

Là, les gens de Brunschwick-Falls, à l'instar des pères de la Nouvelle-Angleterre, venaient tenir leurs assemblées, louer le Seigneur, lire la Bible, régler les affaires de la colonie, admonester et se faire admonester, condamner son voisin et se faire condamner, Dieu étant mêlé d'ailleurs à toutes ces besognes.

Angélique hésitait à suivre l'austère compagnie. Un vieux reste d'éducation catholique lui laissait une gêne à la pensée de pénétrer dans un temple hérétique. Péché mortel, danger incommensurable pour l'âme du fidèle. Réflexes plongeant leurs racines dans l'enfance impressionnable.

— Mettrai-je ma robe rouge? interrogeait la petite Rose-Ann.

Montant vers l'église avec l'enfant, Angélique voyait que les habitants de Brunschwick-Falls semblaient s'être relâchés en l'honneur du Seigneur de leur sévérité vestimentaire.

S'il n'y avait pas d'autres robes rouges comme celle qu'elle avait confectionnée à Rose-Ann, il y avait des robes roses, des robes blanches ou bleues parmi les fillettes. Bonnets de dentelle, rubans de satin, chapeaux à hautes coiffes noires et large bord, ornés d'une boucle d'argent ou d'une plume et que les femmes portaient sur leur coiffe aux petits revers brodés. Une mode anglaise, mais fort gracieuse et pratique et qu'Angélique avait pour sa part adoptée lorsqu'elle avait commencé à pérégriner sur la terre d'Amérique.

Elégance discrète, mais accordée à la sagesse des maisons claires, panachées de lilas, et à la douceur du ciel, couleur de fleur de lin.

C'était un beau dimanche à Newehewanick — la terre du printemps.

Sur le passage d'Angélique, les habitants essayaient un doux sourire et une petite inclinaison de tête. Et, la voyant suivre le sentier de l'église, ils lui emboîtaient le pas, heureux qu'elle fût leur hôte ce matin-là.

Cantor rejoignit sa mère.

— Je sens que nous ne pouvons parler de notre départ. Ce serait malséant, lui dit Angélique. Pourtant, le navire de ton père nous attend à l'embouchure du Kennebec, ce soir, au plus tard demain.

— Peut-être après le prêche pourrons-nous prendre congé?

Aujourd'hui, les bêtes restent dans le pré sous la garde d'un seul berger. Les veaux ont le droit de téter leur mère. On réduit ainsi le travail en supprimant la traite du lait. Et c'est le repos pour tout le monde. J'ai vu tout à l'heure Maupertuis. Il conduisait nos chevaux à la rivière. Il a dit qu'il va les laisser brouter en les surveillant avec son fils, puis il les ramènera vers l'heure de midi. Alors nous prendrons la route, quitte à camper la nuit en forêt.

Sur l'esplanade où ils arrivaient, devant la meeting-house, il y avait un échafaud supportant une sorte de pupitre percé de trois trous, celui du milieu étant le plus grand. Le trou pour la tête, expliqua Cantor, alors que les deux autres retenaient seulement les poignets. C'était le pilori, où l'on exposait les coupables. L'appareil barbare était flanqué d'un écriteau où devaient s'inscrire le nom de l'exposé et les motifs de la condamnation.

Un poteau où l'on fouettait complétait l'équipement judiciaire de la petite colonie puritaine.

Heureusement, ce matin, l'estrade du pilori était vide.

Cependant, le révérend Patridge laissa prévoir dans son sermon qu'il se garnirait peut-être prochainement.

Assise parmi les fidèles immobiles, personnages de cire, Angélique apprit que l'élégance qu'elle avait remarquée aujourd'hui n'était pas due à un désir licite d'honorer le jour du Seigneur, mais à un vent de folie qui semblait souffler soudain sur les ouailles indisciplinées du ministre. Ouragan d'origine étrangère... Il ne fallait pas chercher bien loin l'inspiration de ces désordres puisqu'elle venait tout droit d'une religion semi-orientale dont le dévoiement au cours des siècles avait failli, sous la houlette de chefs voués au démon, entraîner l'humanité tout entière à sa perdition. Suivait une nomenclature historique où les noms de Clément et Alexandre, papes, se mêlaient étroitement à ceux d'Astaroth, d'Asmodée et de Bélial. Angélique comprenait assez bien l'anglais pour discerner que le tonitruant pasteur traitait le pape actuel tour à tour d'Antéchrist et de Belzébuth et trouvait qu'il exagérait quelque peu dans ses transports.

Cela lui rappelait des souvenirs de jeunesse, leurs querelles avec les petits paysans huguenots, et ces fermes hérétiques, en Poitou, qu'on se montrait avec réprobation, séparées des communautés catholiques, avec leurs tombes solitaires près d'un cyprès. Mais une droiture naïve et brutale qui ignorait les fines nuances du tact et n'avait pas le sens du ridicule caractérisait ces bonnes gens.

Thomas Patridge rappelait que les attributs de la gracieuseté sont parmi les plus évanescents et ceux qui disparaissent le plus vite.

Il s'emporta contre les chevelures trop longues, tant chez les hommes que chez les femmes. Trop de brossages, bouclages immodestes. Damnables, idolâtres.

— Berthos! Berthos! clama-t-il.

On se demandait quel démon il invoquait encore, mais ce n'était que le sacristain qu'il rappelait à l'ordre, le chargeant d'aller réveiller un insolent qui s'était endormi malgré ses clameurs.

Berthos, un gnome aux cheveux coupés rond, bondit, armé de sa longue baguette garnie d'un pied-de-biche et d'une plume et vint assener un coup violent sur la tête du dormeur. La plume était là pour remplir le même office près des dames, mais plus délicatement, en la passant sous leur nez si un trop long sermon les inclinait à la somnolence.

— Malheureux! Malheureuses! reprit le ministre d'une voix lugubre, vous me faites songer dans votre inconscience à ces gens de Lariche dont parle la Bible, qui refusaient de s'occuper de leur salut et de leur défense alors que leurs ennemis les Danites aiguisaient leurs couteaux et s'apprêtaient à les égorger. Eux, ils riaient, ils dansaient, ils croyaient qu'ils n'avaient plus d'ennemis au monde, ils ne voulaient pas **VOIR** ce qui s'annonçait, ne prenaient aucune mesure de prudence.

— Pardon, je proteste, s'écria le vieux Benjamin William en se dressant tout droit, n'allez pas dire que je ne veille pas au salut des miens! J'ai écrit un message au gouvernement du Massachusetts en demandant que Leurs Honneurs veuillent bien nous envoyer huit à dix hommes robustes et alertes pour nous protéger pendant les moissons...

— Trop tard! rugit le ministre, enragé de cette interruption. Lorsque l'âme n'est pas sanctifiée, les précautions des hommes ne servent de rien. Ainsi, je vous prédis : aux moissons vous ne serez plus! Demain peut-être, que dis-je : ce soir même, combien d'entre vous seront morts! Les Indiens sont dans la forêt alentour, prêts à vous égorger! Je les vois, je les entends aiguiser leurs couteaux à scalper. Oui, je vois, je vois briller à leurs mains un sang rouge, le vôtre... et le vôtre, hurla-t-il en tendant un index brusque vers certains qui pâlirent.

L'assistance, cette fois, était pétrifiée de terreur.

Aux côtés d'Angélique, une frêle petite vieille, qui s'appelait Elizabeth Pidgeon et qui s'occupait d'instruire les petites filles de l'endroit, tremblait de tous ses membres.

— Car le rouge n'est pas la couleur de la joie, déclama Thomas Patridge d'une voix lugubre en fixant Angélique, mais c'est la couleur de la calamité, et vous l'avez introduit parmi vous, insensés! Et bientôt vous entendrez la voix du Tout-Puissant résonner dans la nue et vous dire : « Tu as préféré les plaisirs de ce monde à la joie de contempler ma face. Eh bien, va, retire-toi à jamais de moi! » Et vous sombrerez à jamais dans les ténèbres de l'Enfer, dans le gouffre insondable et obscur, à jamais... Jamais, jamais... JAMAIS!

Tout le monde frissonnait. On sortait en hésitant sur l'esplanade ensoleillée, poursuivi par les échos de la voix implacable et caverneuse :

For ever!... For ever!... For EVER!

6

— On en aura entendu parler, de cette robe rouge, maugréa Angélique.

La sérénité d'un repas dominical accompagné des versets de la Bible ne parvenait pas à dissiper le malaise créé par le sermon du pasteur. Après le déjeuner, Angélique s'attarda dans le jardin d'herbes à détailler les espèces plantées, à les écraser entre les doigts afin d'en reconnaître les parfums. L'air surchauffé bourdonnait de la ronde active des abeilles. L'impatience de revoir Joffrey la saisit. Le monde lui semblait vide. Et sa présence à elle dans ce village anglais lui parut bizarre, intolérable, comme lorsqu'en un rêve on commence à se demander ce qu'on fait en tel endroit et à saisir qu'il y a quelque chose de suspect, qui ne s'explique pas.

— Mais que fait donc Maupertuis? cria-t-elle à Cantor. Regarde! Regarde donc! Le soleil décline. Et il n'est pas encore revenu de la forêt avec les chevaux!

— J'y vais, jeta Cantor, qui se dirigea aussitôt d'un pas délié vers l'extrémité du village.

Elle le voyait avancer vers l'écran de verdure qui cernait tout alentour. Elle fut sur le point de le retenir, de lui crier : « Non, n'y va pas, Cantor! Cantor, mon fils, ne va pas dans la forêt... »

Mais il disparut au tournant du chemin qui conduisait à la bergerie, dernière maison du village, avant d'atteindre la forêt.

Elle rentra dans la demeure de Benjamin, monta l'escalier et boucla vivement son sac de cuir, prit ses armes, jeta son manteau sur ses épaules, coiffa son feutre, redescendit. Des servantes, près des fenêtres, assises, ne faisaient rien, rêvaient ou priaient. Elle ne voulut pas troubler leur méditation, passa devant elles et sortit dans la rue herbeuse de la colonie. La petite Rose-Ann courait derrière elle, dans sa robe rouge.

— Oh! ne pas partir, chère dame, murmura-t-elle dans son français maladroit en la rejoignant.

— Ma chérie, je *dois* partir maintenant, fit Angélique sans ralentir le pas. Je n'ai que trop tardé. Je ne sais comme le temps passe ici, un dimanche, mais *je devrais* déjà être sur la côte où le navire m'attend... Il se fait si tard, que nous n'y parviendrons pas avant l'aube...

Touchante d'affection et de sollicitude, la petite Anglaise essayait de lui prendre son sac pour le lui porter.

Elles gravirent la côte ensemble et tournèrent un peu avant d'apercevoir les dernières maisons du hameau, les plus petites et les plus pauvres, bâties de rondins et chapeautées d'herbes ou d'écorces, puis au loin la dernière. La grande bergerie.

Auparavant, il y avait encore une grange entreposant du maïs, celle où les Français avaient passé leur nuit et où Adhémar devait, pour l'heure, cuver ses terreurs. Puis le cottage de miss Pidgeon, la maîtresse d'école, entouré d'un fouillis de fleurs. Isolée, à l'écart, la solide bergerie avec son pignon, sa girouette, était une belle demeure au milieu de ses pacages cernés de barrières. Au delà, plongeait le ravin d'où ils étaient montés hier au soir. Quelques champs labourés au versant de la côte, puis l'univers des arbres, des eaux bondissantes et des roches abruptes : la forêt.

Dans le jardin de miss Pidgeon, le buste altier de Mrs William, la grand-mère de Rose-Ann, émergeait des roses trémières dont elle épluchait d'un doigt alerte les pétales fanés. Elle fit un geste d'appel impératif vers Angélique. Celle-ci posa son sac et s'approcha pour prendre congé.

— Voyez ces roses, dit Mrs William. Doivent-elles souffrir parce que c'est le jour du Seigneur? J'ai eu encore droit à la semonce de notre révérend. Mais je l'ai fait taire. Nous avons eu notre compte pour aujourd'hui...

D'un geste de l'index ganté d'un doigtier de cuir, elle indiquait la maisonnette derrière elle.

— Il est là, à entretenir Elizabeth de ses fins dernières, la pauvre créature!

Elle reprit d'une main alerte sa besogne. Son œil aigu sous la lourde paupière mauve vira encore, vrilla, tandis qu'un coin de ses lèvres maussades, se relevait dans une sorte de demi-sourire.

— Peut-être aurai-je droit au pilori, fit-elle. Et l'on écrira sur l'enseigne : « Pour avoir trop aimé les roses! »

Angélique la regardait, souriant aussi, un peu déconcertée. Depuis la veille, où elle s'était trouvée pour la première fois devant la rigoriste aïeule, celle-ci semblait s'être amusée à se montrer à diverses reprises sous un aspect inattendu. Angélique ne savait plus que penser d'elle. A l'instant, elle ne savait si Mrs William se moquait, plaisantait, provoquait ou si elle-même, Angélique, interprétait mal les paroles anglaises. L'idée l'effleura que l'honorable puritaine avait peut-être un léger penchant pour les boissons fortes, gin ou rhum, ce qui pouvait la mettre, par moments, d'humeur facétieuse, mais elle chassa vite cette pensée comme incongrue, monstrueuse. Non, c'était autre chose. Une sorte de griserie peut-être, mais inconsciente, venue d'une source très pure.

Et là, debout devant cette femme altière qui la dépassait d'une tête, solide, sévère comme le roc et qui parlait soudain avec une indépendance légère, Angélique éprouva la même impression d'irréalité que tantôt, un doute d'être là, la sensation du décor qui vacille, du sol qui se dérobe sous les pieds. Et le réveil qui est proche et qui ne vient pas...

Rien! La nature immobile, lourde de senteurs et de bourdonnements d'abeilles.

Sarah William sortit du massif de roses trémières, effleura d'un doigt caressant leurs hampes nouées de vert, de rose et de blanc pur.

— Les voilà heureuses, murmura-t-elle.

Elle poussa la barrière, s'approcha d'Angélique. Elle retira son gant, le mit dans une grande poche suspendue à sa ceinture avec quelques petits instruments de jardinage. Ce faisant, son regard ne quittait pas le visage de la femme étrangère qui, hier, lui avait ramené sa petite-fille.

— Avez-vous rencontré le roi Louis XIV de France? interrogea-t-elle. L'avez-vous approché? Oui, cela se sent. Le reflet du Soleil reste sur vous. Ah! ces femmes françaises, que de grâces!... Allez, marchez, marchez, fit-elle avec un geste qui l'écartait, marchez un peu devant moi...

(Son curieux sourire en coin s'accentuait, comme gonflé d'une gaieté prête à éclater.)

— Moi aussi, je deviens comme les enfants.

J'aime ce qui est vif à l'œil, ce qui a de la grâce, de la fraîcheur...

Angélique fit quelques pas comme la vieille femme le lui enjoignait, et elle se retourna. Son regard vert interrogeait et elle avait à son insu une expression enfantine. La vieille Sarah William la fascinait. Debout au milieu du chemin — ce seul chemin à la fois rue, route, sentier, qui allait de la forêt à la « meeting-house », sur la colline, en traversant tout le hameau — recevant sur elle l'ombre des grands ormes dont le reflet des feuillages blêmissait encore ses joues couleur de cire, la grande femme anglaise se tenait campée, un poing sur la hanche, si droite, le cou si long et plein d'élégance, hors de la petite fraise godronnée, que n'importe quelle reine lui eût envié son maintien. Sa taille, étroite et resserrée par de sévères corsets, repartait en arrondis sous l'apport d'un vertugadin, sorte de bourrelet de velours noir, posé en ceinture autour des hanches. Mode du début du siècle, qu'Angélique avait vu porter à sa mère et à ses tantes. Mais le manteau de robe noir, troussé sur la seconde jupe d'un sombre violet aubergine, était plus court que jadis, et, le retenant un peu du poing contre sa taille, Mrs William ne craignait pas de révéler qu'elle était chaussée de bottes cavalières, noires aussi, fines pourtant, avec lesquelles elle devait se sentir plus à l'aise pour parcourir les chemins ou les prés détrempés.

« Comme cette femme a dû être belle autrefois! » pensa Angélique.

Elle lui ressemblerait peut-être un jour... Elle se voyait assez bien ainsi bottée, parcourant ses domaines d'un pas vif et altier. Un peu redoutée, sûre d'elle-même, libérée, et le cœur en fête à la seule vue d'une prairie en fleurs ou d'un petit enfant s'asseyant à ses premiers pas. Elle serait sans doute moins raide, moins rude. Mais Mrs William était-elle si rude?... Elle s'avançait, et son visage aux traits lourds et retombés mais empreints d'harmonie s'exposait à la lumière d'émeraude du sous-bois et trahissait un sentiment de bonheur inoubliable. Elle s'arrêta auprès d'Angélique, changea subitement d'expression.

— Ne sentez-vous pas l'odeur du sauvage? fit-elle tandis que ses sourcils encore sombres se fronçaient et qu'elle retrouvait son visage hiératique et intimidant. Elle disait : « *The redman* »...

Effroi et répulsion se glissaient dans sa voix.

— Ne sentez-vous pas?

— Non, vraiment, fit Angélique.

Mais elle frissonna malgré elle. Et pourtant jamais l'air ne lui avait paru si parfumé que sur ces hauteurs où les senteurs des chèvrefeuilles et des lianes venaient se mêler à celles des jardins en fleurs où lilas et miel dominaient.

— Je la sens souvent cette odeur, trop souvent, dit Sarah William en secouant la tête comme se reprochant quelque chose. Je la sens toujours. Elle est mêlée à toute ma vie. Elle me hante. Et pourtant il y a longtemps que je n'ai plus eu l'occasion de faire le coup de feu avec Benjamin pour défendre notre demeure contre ces serpents rouges.

» Lorsque j'étais enfant... et plus tard lorsque nous habitions cette cabane près de Wells...

Elle s'interrompit, hocha la tête derechef, renonçant à évoquer ces souvenirs de peur et de luttes, tous semblables.

— Il y avait la mer... On pouvait encore s'enfuir en dernier ressort. Ici, il n'y a pas la mer...

Encore quelques pas.

— N'est-ce pas très beau ici? dit la voix qui cessait d'être péremptoire.

La petite Rose-Ann, agenouillée dans l'herbe, cueillait des ancolies couleur de corail.

— Newehewanik, murmura la vieille femme.

— Terre de printemps, dit Angélique.

— Vous savez donc aussi? interrogea l'Anglaise en la regardant avec vivacité.

De nouveau, ses yeux, intensément noirs sous la paupière ombrée, fixaient Angélique l'étrangère, la Française, paraissaient essayer de lire en elle, de deviner quelque chose, de découvrir une réponse, une explication.

— L'Amérique? dit-elle. Ainsi, c'est vrai, vous l'aimez?... Pourtant, vous êtes si jeune...

— Je ne suis pas si jeune que cela, protesta Angélique. Sachez que mon fils aîné a dix-sept ans et que...

Le rire de la vieille Sarah l'interrompit. C'était la première fois qu'elle riait. Un rire frêle, spontané, presque un rire de petite fille, qui découvrit des dents hautes, un peu chevalines, mais saines et parfaites.

— Oh! si, vous êtes jeune, répéta-t-elle. Peuh! Vous n'avez pas vécu, ma chère!...

— Vraiment?

Angélique était presque fâchée. Certes, les quelque vingt-cinq années supplémentaires par lesquelles Mrs William l'emportait sur elle autorisaient peut-être celle-ci à se montrer condescendante, mais Angélique estimait que son destin n'avait été ni si court ni si morne qu'elle ne puisse prétendre savoir ce que c'était que « la vie »...

— Votre vie est neuve! affirma Mrs William d'un ton sans réplique. Elle commence à peine!

— Vraiment!

— Votre accent est charmant quand vous dites : vraiment. Ah! ces femmes françaises, comme elles sont heureuses! Vous êtes comme une flamme qui commence à pétiller et à grandir avec assurance dans un monde de ténèbres qui ne vous effraie plus!... C'est maintenant seulement que vous commencez à vivre, ne le sentez-vous pas? Quand on est une très jeune femme, on a tout le poids de sa vie à construire, *des preuves à donner*... C'est écrasant! Et l'on est seule pour assumer tout cela... Dès l'enfance quittée, qu'y a-t-il de plus solitaire qu'une jeune femme?... A quarante, cinquante ans, l'on peut commencer de vivre! Les preuves ont été données! N'en parlons plus. L'on redevient libre comme les enfants, l'on se retrouve soi-même... Je crois n'avoir connu plus grande satisfaction que le jour où je constatai que la jeunesse me quittait, me quittait enfin, soupira-t-elle. Mon âme m'a paru soudain légère, mon cœur devenait plus doux et plus sensible et mes yeux voyaient le monde. Dieu lui-même me sembla amical. J'étais toujours seule, mais j'en avais pris l'habitude. J'achetais à un colporteur qui passait deux coiffes de dentelle parmi les plus belles, et ni les colères du pasteur ni la réprobation de Ben ne purent me faire céder. Je les portais désormais.

Elle rit encore, avec malice. Sa main effleura la joue d'Angélique comme elle l'eût fait d'une enfant. Angélique oubliait qu'il lui fallait partir! Le soleil semblait s'être attardé dans sa course et reposait comme une grosse fleur épanouie, très jaune encore, sur un lit de petits nuages blancs et duveteux, au-dessus de l'horizon.

Elle écoutait Mrs William.

Celle-ci lui prit le bras et elles marchèrent encore avec lenteur vers le village. Le gros des maisons restait à demi caché par le tournant et la dénivellation du terrain, mais une buée cristalline semblait s'en élever, venue du ruisseau qui coulait au pied des maisons.

— Vous aimez ce pays, madame, n'est-ce pas? reprit Mrs William. C'est signe de bonne race. Sa beauté est si grande. Je ne l'ai point connu autant que je l'aurais voulu. Vous, vous le connaîtrez mieux que moi. Lorsque j'étais jeune, je souffrais de cette existence misérable et dangereuse sur nos rivages. J'aurais voulu aller à Londres, dont nous parlaient les marins ou nos pères. Je l'avais quitté lorsque j'avais six ans. J'ai encore le souvenir de ses clochetons pressés, de ses ruelles étroites comme des ravines où grinçaient des carrosses. Jeune fille, je rêvais de m'enfuir, de retourner vers le Vieux Monde. La peur d'être damnée, seule m'en empêcha. Non, fit-elle comme répondant à une réflexion qu'aurait émise Angélique, non je n'étais pas belle en ma jeunesse. C'est *maintenant* que je suis belle. J'ai atteint le temps de ma signification. Mais lorsque j'étais jeune j'étais maigre, trop longue, éteinte, pâle, vraiment laide. J'ai toujours été reconnaissante à Ben de n'avoir pas reculé à m'épouser, en échange du lot de terrains et du sloop à pêcher la morue qu'il voulait obtenir de mon père. Ainsi ses propres terres avec une petite crique étaient valorisées car elles étaient voisines des nôtres. C'était une bonne affaire pour lui. Il devait m'épouser, il n'a pas reculé.

Elle eut un clin d'œil vers Angélique.

— Il n'a pas regretté non plus, je crois.

Elle rit doucement.

— Mais en ce temps-là je n'aurais même pas allumé une lueur d'intérêt dans les yeux de ces pirates qui débarquaient près de nos établissements pour échanger leur rhum et leurs étoffes pillées aux Caraïbes avec nos vivres frais. C'étaient des gentilshommes d'aventures, souvent des Français. Je revois leurs visages tannés de forbans, leurs tenues extravagantes, près de nos robes sombres et nos cols blancs. Ils ne nous auraient fait aucun mal à nous qui étions pauvres comme Job. Ils étaient contents de rencontrer des Blancs sur cette côte sauvage, de manger les légumes et les fruits que nous avions fait pousser. Eux, qui étaient sans foi ni loi, et nous, qui étions pieux plus que de raison, nous nous sentions de la même race, des abandonnés du bout du monde...

» Maintenant il y a bien trop de gens sur la côte et trop de navires malfamés dans la Baie. Nous préférons donc être loin, aux frontières...

» Je vous étonne, mon enfant, avec mes récits, mes aveux... Mais souvenez-vous aussi que votre

Dieu est moins terrible que le nôtre. Nous autres, quand nous vieillissons, ou bien il nous faut devenir folles, ou méchantes, ou sorcières, ou bien désormais nous agissons à notre guise. Alors tout s'apaise. Rien n'a plus vraiment d'importance!...

Elle secouait encore sa coiffe dans un geste de défi, puis d'approbation, de sérénité.

Hier soir, tant de raideur, d'implacable distance. Aujourd'hui, tant de finesse, une sorte d'humilité!

Une fois encore, Angélique se demandait si l'honorable puritaine n'avait pas quelque faiblesse cachée pour un flacon également bien caché d'eau-de-vie de prune ou de génépi.

Mais elle chassait ce doute aussitôt, le cœur ému de ces confidences subites et lancées comme en un demi-rêve.

Elle revivrait plus tard cet instant pathétique, en comprendrait le sens...

Le destin suspendu, mais déjà en marche, entraînait une femme près de son heure dernière à des gestes spontanés presque irréfléchis et qui étaient à proprement parler des mouvements de l'âme, l'expression incarnée d'un cœur ardent, qui était toujours demeuré chaleureux et tendre, sous l'armure de la dure religion.

La vieille Sarah se tourna vers Angélique et, prenant son visage entre ses mains longues et blanches, le leva vers le sien pour le contempler avec une maternelle ferveur.

— Que la terre d'Amérique vous soit propice, ma chère fille, dit-elle à mi-voix avec solennité, et je vous prie... je vous prie, sauvez-la!

Les mains glissèrent et se retirèrent et elle les contempla, comme bouleversée elle-même de son geste et de ses paroles.

Elle se raidit, et sa face reprit une froideur marmoréenne tandis que son brûlant regard noir se fixait vers le ciel vaste, comme une conque au delà du vallon.

— Que se passe-t-il? murmura-t-elle.

Elle écouta, puis reprit sa marche.

Elles firent quelques pas en silence. Puis Mrs William s'arrêta de nouveau. Sa main se lança sur le poignet de la jeune femme et le serra avec une telle force qu'Angélique sursauta.

— Ecoutez! dit l'Anglaise d'une voix changée.

Nette, précise, glacée.

Alors elles entendirent une rumeur qui montait dans le soir.

Intraduisible, indéchiffrable. Une rumeur de mer, de vent, que perçait un cri lointain, faible, suraigu :

— Waubénakis! Waubénakis! (Les Abénakis!)

D'un pas vif Sarah William entraînant Angélique marcha jusqu'au tournant de la route qui leur masquait tout le reste de l'agglomération.

Le village apparut calme et désert, endormi.

Mais la rumeur enflait, grondante, faite de milliers de hululements sur lesquels éclatait le cri tragique lancé par quelques habitants qui se mirent à courir, comme des rats affolés, entre les habitations.

— Waubénakis!... Waubénakis!...

Angélique regarda vers les prairies. Un spectacle terrifiant s'offrit à sa vue. Ce qu'elle avait craint, ce qu'elle avait pressenti, ce qu'elle n'avait pas voulu croire! Une armée d'Indiens demi-nus, brandissant tomahawks et coutelas, jaillissaient de la forêt. Comme une horde fourmilière chassée de son repaire, en quelques secondes, les Indiens couvrirent les prairies du vallon, se répandirent en nappe sombre et mouvante, une eau rougeoyante, épaisse, un raz de marée déferlant, poussant devant lui sa clameur de mort.

— You-ou-ou! You-ou-ou!

Le flot atteignit le ruisseau, le couvrit, le dépassa, remonta de l'autre rive du val, toucha les premières maisons.

Une femme en robe bleue montait la côte vers elles, avec des titubations ivres. Visage blanc, bouche noire sur un appel.

— Waubénakis!...

Quelque chose la choqua dans le dos qu'on ne vit point. Elle eut une sorte de hoquet, tomba, la face contre terre.

— Benjamin! s'écria Sarah William. Benjamin!... Il est seul là-bas, dans la maison.

— Arrêtez!

Angélique essayait de retenir la vieille dame, mais celle-ci, d'un élan irrésistible, s'élança droit devant elle, vers la demeure où son vieil époux risquait d'être surpris, endormi sur sa Bible.

A moins de cent mètres, Angélique vit un Indien surgir des fourrés, rattraper en quelques souples enjambées Sarah William, abattre la grande femme d'un seul coup de casse-tête. Et se penchant, saisissant coiffe et chevelure, il la scalpa d'un tournemain.

Angélique se retourna pour fuir.

— Cours! s'écria-t-elle vers Rose-Ann avec des gestes véhéments qui désignaient la bergerie, là-bas près de la forêt, cours! Vite!

Elle-même courut à perdre haleine. Près du jardin de miss Pidgeon, elle fit halte pour ramasser son sac qu'elle avait laissé là. Elle rabattit la barrière, s'engouffra dans la maisonnette où le révérend Patridge et la vieille fille continuaient à discuter sur les fins dernières.

— Les sauvages!... Ils arrivent!...

Dans son essoufflement, elle ne parvenait plus à se rappeler le mot anglais, cherchait en vain...

— Les sauvages! répétait-elle en français, les Abénakis... Ils arrivent... Réfugions-nous dans la bergerie...

Elle pensait déjà que la ferme solide, apparemment fortifiée, pourrait soutenir un siège, permettre une défense.

Il y a la grâce du moment. Celle aussi de l'expérience, celle de l'habitude. Angélique vit le corpulent Thomas Patridge sauter sur ses pieds, attraper la petite miss Pidgeon dans ses bras comme une poupée et, traversant le jardin, s'élancer sans plus d'histoires vers le refuge désigné.

Sur le point de les suivre, Angélique se ravisa. Cachée par la porte de la maison, elle chargea ses deux pistolets, en prit un en main, sortit de nouveau.

L'emplacement demeurait heureusement désert. La femme qui était tombée au tournant, après avoir monté la côte, était toujours immobile. Elle avait une flèche plantée entre les épaules.

Cette portion du village, cachée des autres habitations par une côte et un tournant, n'avait pas encore attiré les Indiens, à part celui qui avait scalpé mistress William et qui était reparti dans une autre direction.

La rumeur qui venait de par là-bas était géante, horrible. Mais ici c'était encore le silence, une sorte d'attente angoissée, fébrile. Les oiseaux s'étaient tus.

Courant toujours, Angélique revint jusqu'à la grange au maïs.

Adhémar dormait!

— Lève-toi! Les sauvages! Cours! Cours à la bergerie! Attrape ton mousquet!...

Tandis qu'il se sauvait, hagard, elle avisa les armes de Maupertuis et ses poires à poudre, pendues à un crochet.

Elle chargeait le fusil avec des mouvements fébriles, en s'écorchant les doigts, lorsque quelque chose dégringola derrière elle, et elle vit un Abénakis, qui avait pénétré par le toit et qui dévalait le long de la montagne des maïs amoncelés. D'un coup de reins elle pivota, tenant le mousquet par le canon. Et le plat de la crosse vint frapper le sauvage à la tempe. Il tomba. Elle s'enfuit.

L'allée ombreuse était toujours déserte. Elle s'y précipita. Quelqu'un galopait derrière elle. D'un regard jeté par-dessus l'épaule, elle identifia un Indien, celui qu'elle avait assommé ou un autre? qui, la hache levée, la rejoignait à longues foulées.

Sur l'herbe ses pieds nus ne faisaient aucun bruit. Angélique ne pouvait s'arrêter pour le mettre en joue. Tout son salut était dans une fuite éperdue et il lui semblait que ses pieds ne touchaient plus terre.

Elle atteignit enfin la cour de la bergerie, se jeta à l'abri derrière un chariot. La hache lancée de l'Indien sonna contre le bois où le coin de métal aigu s'enfonça. Maîtrisant son souffle, Angélique visait, abattait le sauvage à bout portant. Il bascula en travers de l'entrée, les deux mains crispées sur sa poitrine noircie de poudre.

En quelques enjambées, la jeune femme gagna le seuil de la demeure dont la porte s'entrouvrit avant même qu'elle eût frappé.

Porte qui se referma, que bloquèrent aussitôt deux solides barres de chêne...

7

Il y avait là, en sus du ministre et de Miss Pidgeon, du soldat français Adhémar et de la petite Rose-Ann, toute la famille du maître de céans, Samuel Corwin, sa femme et ses trois enfants, ses aides, deux jeunes engagés, une servante, un voisin, le vieux Jos Caxter, le couple Stougton avec leur bébé, également en visite de voisinage à la bergerie au moment où l'attaque avait eu lieu.

Ni pleurs ni lamentations. Les laboureurs avaient acquis par force le sang guerrier. Les femmes déjà, s'étant saisies des écouvillons de poils noirs, nettoyaient les canons des fusils décrochés de leur place au-dessus de l'âtre.

Samuel Corwin avait le canon de son arme dans l'une des multiples meurtrières dont la maison était truffée, à la mode de toutes les maisons de Nouvelle-Angleterre, et surtout de celles des premiers temps. Par un autre trou, on guettait de l'œil au-dehors.

Ainsi, ils avaient vu la comtesse de Peyrac, la Française, abattre l'Indien lancé à sa poursuite.

Ils lui jetèrent un regard prompt et sombre : elle apportait des armes. Elle était, comme les autres, efficace, diligente. Le ministre avait jeté sur un banc sa redingote. En bras de chemise, il préparait des charges de poudre, les lèvres troussées sur ses dents carnassières. Il attendait qu'une arme fût disponible pour lui. Angélique lui passa le mousquet de Maupertuis, prit celui d'Adhémar qui tremblait comme une feuille.

Un des enfants se mit à pleurer. On le fit taire à voix basse.

Les alentours étaient silencieux. On percevait seulement ce bruit lointain comme la rumeur de la mer qui par instants s'enflait, la rumeur du massacre.

Puis il y eut de sourdes détonations et Angélique pensa aux petits canons de l'église fortifiée. Il fallait donc espérer qu'une partie des habitants avait réussi à se réfugier dans son enceinte.

— L'Eternel protégera les siens, grommela le pasteur, car ils forment son armée.

Derechef, quelqu'un lui fit signe, violemment, de se taire.

Sur le chemin passait une petite escouade d'Indiens qui couraient en tenant des torches en main. Ils semblaient venir du ravin et ne s'arrêtèrent pas.

Un enfant pleura de nouveau. Prise d'une idée subite, Angélique alla à l'une des grandes chaudières vides qui devait servir à la cuisson des fromages. Elle dit à Rose-Ann de se dissimuler là-dedans avec trois des plus petits enfants. Ils seraient comme dans un nid. Il ne fallait pas bouger.

Elle referma à demi le couvercle. Les enfants, dans cette cachette, s'affoleraient moins et ne risqueraient pas d'être bousculés par les combattants.

Elle revint à son poste d'observation.

Des Indiens se tenaient devant la barrière. Ils avaient remarqué le cadavre d'un des leurs, couché en travers du chemin.

Ils étaient quatre et discutaient, regardant en direction de la maison. Dans la pénombre rougie du soir, leurs visages « matachiés » de peintures de guerre étaient horribles à voir, et Angélique, serrée au coude à coude avec ces hommes blancs menacés, sentit la terreur de l'Indien qui l'envahissait tandis que sa chair se hérissait.

Les Indiens poussèrent la barrière et s'avancèrent à travers la cour de ferme, un peu penchés, fauves animaux, félins, entourés de mystère et d'horreur.

— *Fire!* dit à mi-voix Corwin.

La salve tonna.

Lorsque le nuage se dissipa, trois des Abénakis

se débattaient à terre dans les convulsions de l'agonie; un autre s'enfuyait.

Puis ce fut la ruée. Les sauvages venaient du ravin, par-derrière. Comme une marée envahissante qui semblait surgir de partout, les corps bruns se multipliaient, mêlant leurs clameurs au fracas des détonations.

Dans la bergerie, les assiégés, automatiquement, tiraient, passaient les armes aux femmes, attrapaient un mousquet rechargé, tandis que l'écouvillon balayait le canon brûlant, qu'une main fébrile renversait la poire à poudre, rabattait le loquet du fusil, avec un bruit sec, qui scandait le roulement de la fusillade, et le grondement démoniaque des cris au-dehors. La fumée piquait les gorges sèches, la sueur ruisselant sur les visages avec une saveur amère au coin des lèvres entrouvertes qui laissaient passer un souffle rauque.

Angélique rejeta son mousquet de côté. Plus de munitions! Elle prit ses pistolets, les chargea, emplit ses poches de balles de petit calibre, s'en fourra plein la bouche afin d'en avoir plus rapidement à portée, fixant sa corne à poudre et sa boîte d'amorces turques à sa ceinture, afin, là aussi, de ne pas perdre un geste.

Le toit craqua. Dans le fond de la pièce, un Indien dégringola. Il tomba près du pasteur Patridge, qui l'assomma d'un coup de crosse. Mais un autre sauvage suivait, qui abattit son casse-tête sur le crâne pourtant solide du révérend Thomas. Celui-ci fléchit les genoux. Le sauvage lui attrapa la chevelure et lui entaillait le front d'une large estafilade quand il reçut en pleine poitrine la décharge du pistolet d'Angélique.

Devant l'envahissement des Indiens par le toit, les Anglais reculèrent vers l'angle de la grosse cheminée. Angélique renversa la grande table de gros bois et, la poussant contre l'encoignure, en fit un rempart derrière lequel ils se rassemblèrent tous. Où trouva-t-elle la poigne suffisante pour accomplir cela? Elle se le demanderait plus tard. Mais la fureur du combat lui donnait des forces surhumaines car il s'y mêlait une véritable rage à la pensée qu'elle s'était fait piéger bêtement dans ce village de colons étrangers, et qu'elle risquait d'y laisser sa vie.

Retranchés maintenant, les paysans continuaient de tirer dans deux directions : le fond de la pièce où les assiégeants sautaient du toit, et la porte qui cédait sous les coups de hache.

Ce fut un véritable carnage et peu s'en fallut que par ce tir à la convergence serrée la victoire restât aux Blancs obstinés et pourvus d'armes à feu.

Mais les colons tiraient leurs dernières balles. Une hache lancée atteignit Corwin au défaut de l'épaule et il s'effondra avec un cri.

Se tortillant comme un serpent, un Indien se glissait entre le mur et le bord de la table et, saisissant une femme par sa jupe, la tirait à lui. Elle se débattit comme un diable et laissa tomber la corne à poudre qu'elle tenait.

Par-dessus le rebord de la table, le vieux Carter assommait tout autour de lui, à coups de crosse. Comme il levait les bras pour laisser retomber encore une fois son arme, la lame aiguë d'un poignard sournois se glissa entre ses côtes. Il bascula, plié en deux, pantin de son aux bras ballants.

Soudain, tel un baladin qui ferait un tour, quelqu'un du fond de la pièce bondit, passa par-dessus les têtes, les jambes ouvertes comme un danseur, retomba de l'autre côté de la table parmi les Anglais, et même derrière eux.

C'était le Sagamore Piksarett, chef des Patsuikett et le plus grand guerrier de l'Acadie.

Angélique entendit derrière elle son ricanement, et une main violente s'abattit sur sa nuque.

— Tu es ma captive, dit la voix du Patsuikett avec triomphe.

Angélique lâcha ses armes, désormais inutiles, et s'agrippa des deux mains aux longs cheveux ensachés dans des pattes de renard de l'Indien.

Parce qu'elle le connaissait, parce que son visage de rongeur aux yeux malicieux lui était familier, elle cessa d'être effrayée et même de les considérer, lui et sa horde, comme des ennemis. C'était des Indiens Abénakis et elle connaissait leur langage, elle connaissait les arcanes de leurs pensées primitives et subtiles. Vivement, elle se détourna pour rejeter les deux balles qui lui restaient dans la bouche.

— C'est pour me capturer que vous avez pris le village? cria-t-elle au sauvage en se cramponnant à ses cheveux. C'est la Robe Noire qui vous en a donné l'ordre?...

Et un tel éclair jaillit de son regard vert qu'il en demeura figé. Ce n'était pas la première fois que le Sagamore Piksarett et la femme du Haut-Kennebec se rencontraient.

Désignée à lui comme ennemie! Mais quelle femme avait jamais osé le saisir ainsi par les tresses d'honneur et le regarder avec une telle hardiesse alors que la mort planait sur elle.

Jadis, elle s'était déjà dressée entre lui et l'Iroquois avec le même regard. Elle ne connaissait pas la peur.

— Tu es ma captive, répéta-t-il d'un ton farouche.

— Je veux bien être ta captive, mais tu ne me tueras pas et tu ne me livreras pas à la Robe Noire parce que je suis française et que je t'ai donné mon manteau pour envelopper les ossements de tes ancêtres.

Autour d'eux, les cris et les convulsions du combat continuaient, atteignaient le paroxysme. C'était maintenant le corps à corps. Puis ce fut la fin. Et les cris de rage, d'horreur et de défense s'éteignirent peu à peu, faisant place à un silence haletant d'où monta bientôt le concert dolent des gémissements des blessés.

Carter avait été scalpé, mais les autres Européens étaient vivants car les Abénakis cherchaient surtout à s'assurer du butin par leur capture. Le révérend Patridge, dégagé du monceau de cadavres sous lequel il avait été enseveli, se tenait titubant, le visage nappé de sang, entre deux guerriers.

Un cri d'agonie s'éleva : « Au secours, madame, ou c'en est fait de moi! »

C'était Adhémar, qu'on extrayait de dessous quelque meuble.

— Ne le tuez pas! cria Angélique. Vous ne voyez donc pas que c'est un soldat français?

Cela se voyait mal en effet.

Angélique vivait ces instants hors d'elle-même,

hantée par l'idée fixe de se tirer de ce guêpier où elle était venue si bêtement se jeter. L'absurdité tragique de la situation la mettait dans une colère qui intensifiait ses réflexes de défense.

Depuis quelques instants, une pensée la dominait. *Elle connaissait les Indiens*. Et c'est par là qu'elle échapperait au piège qui lui était tendu. Car c'étaient des fauves, mais les fauves peuvent être domptés. Dans le désert du Maghreb, Colin Paturel parlait aux lions et s'en faisait des complices...

Elle se rendait compte que la horde de Piksarett était à part des autres, et était venue pour l'assaut, d'une autre direction. De sorte que la bataille dont la bergerie avait été le théâtre restait encore à l'écart du reste du combat.

Piksarett hésitait. Certains mots d'Angélique l'avaient rendu perplexe. « Je suis française!... » Car c'était l'Anglais qu'on lui avait enseigné à combattre. Et d'autre part il n'était pas capable d'oublier le don extraordinaire de ce manteau qu'elle lui avait fait pour ses ancêtres.

— Es-tu baptisée? demanda-t-il.

— Mais oui, je le suis, s'écria-t-elle exaspérée. Et elle fit le signe de la croix plusieurs fois en invoquant la Vierge Marie.

Par la porte défoncée, Angélique crut apercevoir la silhouette d'un coureur de bois canadien qui lui parut familière. Elle s'élança, le reconnut, l'appela avec véhémence :

— Monsieur de l'Aubignière!

C'était Trois-Doigts de Trois-Rivières. Alerté, il revint sur ses pas. Pour la guerre, il dédaignait les armes des Blancs. Il tenait en main un tomahawk de bois poli et la petite hache indienne au tranchant aiguisé, et rouge de sang. Son regard bleu brillait dans son visage noirci par la poussière et le sang. Du sang encore sur ses vêtements de peau chamoisée et des scalps accrochés, passés d'un coup de main prompt à sa ceinture multicolore qui laissait s'écouler de longs filets pourpres.

Celui-là, comment l'atteindre, le circonvenir?... C'était un chevalier incorruptible, guerrier de Dieu, l'esprit ailleurs, avec celui des Maudreuil, des Loménie, des Arreboust, tout occupé de son rêve de vengeance, de salut et de paradis...

Pourtant il la reconnut.

— Hé là! Madame de Peyrac... Que faites-vous ici parmi ces damnés hérétiques?... Ah! malheur sur vous!

Il entra dans la demeure ravagée où les Abénakis, ayant rassemblé leurs captifs, se livraient au pillage.

A son tour, elle le happa par les revers de son buffletin.

— La Robe Noire, cria-t-elle, je suis sûre d'avoir aperçu la Robe Noire sur la prairie avec son étendard... C'était le père d'Orgeval qui vous a conduits à l'attaque, n'est-ce pas? Lui, savait me trouver dans ce village!...

Elle affirmait plus qu'elle n'interrogeait. Il la regardait, la bouche entrouverte, un peu ahuri. Il chercha une réponse, une excuse :

— Vous avez tué Pont-Briand, fit-il enfin, et vous bouleversez l'Acadie, vous et votre mari, par vos alliances. Il faut que nous ayons la main sur vous...

C'était donc cela.

Joffrey! Joffrey!

On allait enlever, emmener prisonnière la femme du redoutable gentilhomme de Wapassou qui déjà régnait, par son influence extraordinaire, sur toute la terre d'Acadie.

On l'emmènerait à Québec. On contraindrait Joffrey à travers elle. Elle ne le verrait plus.

— Maupertuis? interrogea-t-elle, haletante.

— Nous les avons appréhendés, lui et son fils. Ils sont canadiens de Nouvelle-France. En un jour comme celui-ci ils devaient être avec leurs frères.

— Ont-ils participé à l'attaque avec vous?

— Non! Leur cas sera jugé à Québec. Ils ont servi les ennemis de la Nouvelle-France...

Comment le gagner! Il était pur, intraitable, crédule, habile, avide, versatile, croyant aux miracles, aux saints, à la cause de Dieu et du roi de France, à la suprématie des jésuites. Une sorte d'archange saint Michel lui aussi. Il ne s'intéressait pas à elle. Il avait des ordres. Et aussi des fautes à racheter aux yeux des tout-puissants.

— Si vous croyez qu'après cela le comte de Peyrac, mon époux, va vous aider à vendre vos castors en Nouvelle-Angleterre, lui lança-t-elle, grinçant des dents. N'oubliez pas qu'il vous a avancé pour mille livres et vous a même promis une somme double s'il y avait bénéfice...

— Chut! fit-il en pâlissant et en regardant autour de lui.

— Tirez-moi de ce mauvais pas ou je parlerai de vous sur la place publique de Québec.

— Entendons-nous, lui glissa-t-il à mi-voix,

tout peut s'arranger encore. Nous sommes à l'écart du village. Je ne vous ai pas vue...

Et, tourné vers Piksarett :

— Laisse cette femme, Sagamore! Elle n'est pas anglaise, et sa capture nous porterait malheur.

Piksarett étendit sa main rouge et huileuse et la posa sur l'épaule d'Angélique.

— Elle est ma captive, répéta-t-il d'un ton sans réplique.

— Soit, dit Angélique fébrile, je suis ta captive, je n'en disconviens pas. Tu peux me suivre où tu veux, je ne m'y opposerai pas. Mais tu ne m'emmèneras pas à Québec... que ferais-tu de moi là-bas? « Ils » ne voudront pas me racheter puisque je suis déjà baptisée. Emmène-moi jusqu'à Gouldsboro, et là mon mari te paiera une belle rançon selon ta demande.

C'était une terrible partie de poker. Des fauves à dompter, à troubler, à persuader. Mais elle les connaissait. Les arguments les plus absurdes lui venaient aux lèvres, mais c'étaient ceux-là qui atteignaient les esprits furtifs, obscurs, qu'elle devait se concilier. Il n'était pas question de nier les droits de Piksarett sur elle. Il l'aurait plutôt abattue d'un coup de tomahawk immédiat pour les affirmer, mais elle le savait libre, capricieux, absolument indépendant de ses alliés canadiens et, privé de la gloire de gagner une âme au paradis de ses chers Français, puisqu'elle était baptisée, il hésitait, doutant maintenant de l'importance de sa capture. Il fallait le décider avant que d'autres Français qui savaient ce qu'ils voulaient gagner avec Mme de Peyrac, que le terrible jésuite lui-même, qui sait, apparussent au tournant du chemin. Et puisque l'Aubignière, par chance, était complice.

Des brandons enflammés commencèrent à leur tomber sur la tête car, tandis qu'ils discutaient, les Abénakis de Piksarett, fourrant leurs torches méthodiquement un peu partout, avaient mis le feu à la bergerie.

— Venez! Venez donc, les pressa Angélique en les poussant au-dehors.

Elle aida à se relever quelques-uns des Anglais blessés ou hébétés.

— Oh! mon Dieu, les enfants!...

Elle revint en arrière, souleva le couvercle de la grande chaudière et en sortit, l'un après l'autre, les moutards muets d'effroi. La découverte de cette cachette incongrue provoqua l'hilarité des Indiens présents. Ils se tordaient de rire en se tapant sur les cuisses et se montraient le spectacle du doigt.

La chaleur devenait intolérable.

Une poutre craqua et s'effondra à demi dans une gerbe d'étincelles.

Toute la compagnie se transporta en courant au-dehors, dans la cour, enjambant cadavres et débris.

La vue des arbres proches, du ravin ombreux de la forêt, éperonna le désir de fuite irrésistible d'Angélique. Les instants étaient comptés.

— Laisse-moi partir vers la mer, Sagamore, dit-elle à Piksarett, ou tes ancêtres t'en voudront d'avoir si peu de considération pour moi. Eux, savent que mes génies particuliers ne méritent pas qu'on les traite avec mépris et légèreté. Tu commettrais une lourde erreur en me conduisant à Québec. En revanche, tu ne regretteras pas de venir avec moi.

Le visage crispé du grand Abénakis prouvait que son esprit était l'arène d'un débat fort confus. Angélique ne lui laissait pas le temps d'en débrouiller l'écheveau.

— Veillez à ce que l'on ne nous poursuive pas. Témoignez que je n'étais pas dans ce village, dit-elle à Trois-Doigts, lui aussi assez bousculé par les événements et l'autorité sans appel d'Angélique. Nous saurons vous en être reconnaissants. Mon fils Cantor, savez-vous où il est? L'avez-vous capturé?

— Je vous jure sur le Saint-Sacrement que nous ne l'avons point vu.

— En avant donc, dit-elle. Moi, je pars. *Come on! Come on!*

— Hé là! s'écria Piksarett, voyant qu'elle rassemblait les Anglais survivants de la bergerie, ceux-là appartiennent à mes guerriers...

— Eh bien! qu'ils viennent aussi. Mais seulement les maîtres des captifs.

Trois grands escogriffes emplumés se précipitèrent avec des exclamations en avant, mais un ordre brutal de Piksarett suspendit leur élan.

Le temps pour Angélique d'attraper un enfant sur le bras, d'entraîner une femme avec elle, de pousser devant elle le colossal Thomas Patridge titubant et aveuglé par le sang.

— Adhémar, par ici! Donne la main à ce petit garçon. Ne le lâche pas surtout. Courage, miss Pidgeon!

Elle dévalait la pente, tournant le dos au village

détruit qui flambait, les entraînant vers la liberté comme jadis, comme toujours, à La Rochelle, en Poitou, et plus loin encore, dans la nuit de son enfance fuyant, fuyant devant elle avec un troupeau de déshérités qu'elle arrachait à la mort.

Et ce soir-là l'âme de la vieille Sarah était en elle tandis qu'elle plongeait sous les ramures, s'engouffrait dans le silence des arbres ténébreux avec les Anglais survivants de Brunschwick-Falls.

Sur leurs traces s'étaient élancés Piksarett et les trois Indiens qui considéraient les Anglais comme leur appartenant. Ils les suivaient à longues foulées, mais sans les rejoindre et en conservant une certaine distance.

Ce n'était pas une poursuite.

Angélique le savait, le sentait et, à mesure qu'ils s'éloignaient tous du village maudit, les craignait moins, discernait qu'ils perdaient de leur tension guerrière et hystérique.

Sa conduite était une énigme pour les Anglais, qui chaque fois qu'ils se retournaient geignaient que les sauvages les poursuivaient.

— Ne craignez rien, leur répondait Angélique, ils ne sont plus que quatre au lieu d'être cent. Et je suis avec vous. Ils ne vous feront plus de mal. Je les connais. Ne craignez rien. Marchez! Marchez seulement.

Les pensées de Piksarett lui étaient alors aussi claires et nettes que si elle les avait elle-même formulées avec une cervelle sauvage.

Puéril, il aimait l'inédit, la nouveauté, l'insolite.

Superstitieux, les génies particuliers d'Angélique l'amusaient et l'effrayaient à la fois.

Intrigué, il marchait sur ses pas, calmait d'un mot ses guerriers impatients, curieux de savoir ce qui allait se passer maintenant, et de quelle sorte étaient ces esprits malins, fugaces et indomptables qu'il avait vu danser en étincelles vertes dans les yeux de la femme blanche.

Plus loin, en contrebas, l'eau calme de la rivière Androscoggin brilla entre les branches. Des canots étaient échoués sur la rive.

Ils y montèrent et commencèrent à descendre le courant vers la mer.

8

La nuit... Au pied de la chute d'eau, dans la nuit où s'éteignaient et s'allumaient des lucioles, nuit chaude ronflante du cri des batraciens, et où rôdait une odeur d'incendie, les Européens prirent un peu de repos. Serrés les uns contre les autres, près des canoës d'écorces, grelottant malgré la température clémente, certains priant, d'autres gémissant tout bas...

Ils attendirent l'aube.

Il y avait, parmi ceux qu'Angélique avait emmenés hors de la bergerie en flammes et arrachés à leur sort de captifs, le laboureur Stougton, sa femme et leur bébé et toute la famille Corwin au complet. Béni soit le Seigneur! Qu'y a-t-il de plus affreux que de sauver sa vie en laissant derrière soi celle d'un être aimé?... Les deux valets de Corwin et la servante avaient suivi aussi.

Rose-Ann se blottissait contre Angélique, et de l'autre côté il y avait Adhémar, qui en aurait bien fait autant et ne la quittait pas d'un pouce.

— « Ils » sont là, chuchotait-il. Ah! je le savais bien, quand je me suis trouvé dans ce pays de sauvages, que j'y laisserais mes cheveux, un jour!

La frêle miss Pidgeon ne portait pas une égratignure et c'était elle qui avait guidé ce grand corps sans tête qu'était devenu momentanément le révérend Patridge, car non seulement le sang le rendait aveugle, mais il était pratiquement sans connaissance et ne tenait debout que par la force de l'habitude et parce que ce genre d'énorme carcasse ne peut tomber à terre que dans la mort. C'était la bonne institutrice qui, dès qu'elle l'avait pu, lui avait lavé le visage et entortillé son châle autour du front. Enfin, Angélique, dans le canot, avait réussi à ouvrir son sac et à en tirer le sachet de poudre jaune de sel de fer que lui avait donné Joffrey, qui avait la propriété d'aider le sang à se coaguler, et l'hémorragie s'était arrêtée.

De son demi-scalp, le pasteur anglais ne garderait sans doute qu'une laide estafilade à travers le front qui ne contribuerait certes pas à le rendre plus rassurant.

Endormi lourdement, sa respiration difficile emplissait les intervalles de silence d'un rauquement pénible. Sous le pansement, tout un côté de sa face était tuméfié, noir et violacé. Mieux valait l'ombre, car, déjà peu avantagé par la nature, il était devenu tout bonnement hideux.

Une enfant pleurait, debout, toute droite, et son visage blanc mettait une clarté dans la nuit.

— Il faut dormir, Mary, essaie de dormir, lui dit Angélique doucement en anglais, *you must try to sleep.*

— Je ne peux pas, sanglota-t-elle, les païens me regardent.

Ils étaient tous les quatre là-haut, assis au sommet des chutes, quatre Indiens, quatre Abénakis, dont le grand Piksarett, et ils regardaient vers le fond obscur où grouillaient les misérables captifs.

A la lueur d'un petit feu qu'ils avaient allumé on distinguait leurs faces cuivrées et l'éclat de leurs yeux de serpent.

Ils avaient continué à les suivre. Mais sans chercher à les attaquer, ils étaient paisibles et fumaient en devisant, intrigués, curieux. Qu'allait-il se passer maintenant? Qu'inventeraient encore les esprits inconnus qui habitaient la femme blanche de Wapassou? Que lui dicteraient ses génies particuliers?... Par-dessus l'eau bondissante de la chute, des regards s'échangeaient.

Angélique essayait de rassurer ses protégés.

— Maintenant, ils ne nous feront plus de mal. Il faut les entraîner jusqu'au littoral et là, mon époux, le comte de Peyrac, saura les entretenir, les flatter, leur faire de beaux présents en échange de notre vie et de notre liberté.

Ils la regardaient médusés, devinant dans leur cervelle froide et outrancière de puritains qu'elle aussi était d'une autre espèce humaine, un peu effrayante, un peu répugnante même à leur sens.

Cette femme blanche trop belle, qui s'entretenait avec des Indiens, parlait leur langage, semblait s'introduire en leur affreuse et obscure mentalité païenne pour mieux les dompter et se les asservir.

Ils étaient conscients du phénomène qu'elle représentait, en concevaient peur et mépris, un peu comme pour le vieux Shapleigh, mais comprenaient aussi qu'ils lui devaient leur vie, pour le moins leur liberté.

C'était à sa familiarité indécente avec ces sauvages, à sa faconde, à ses discours véhéments en ce langage exécré des païens, qui franchissait ses belles lèvres avec volubilité, qu'ils avaient dû ce changement d'humeur des Indiens qui leur laissaient la vie sauve, et s'enfuir par les bois sous leurs yeux, loin des lieux du massacre.

Conscients aussi du miracle et de la nécessité de demeurer sous son aile, rassurés par sa seule voix, les Anglais cherchaient à excuser son étrangeté en se disant qu'après tout c'était une Française...

Dans le milieu de la nuit, Angélique monta vers ces sauvages au-dessus de la chute d'eau pour leur demander en toute simplicité s'ils avaient un peu de graisse d'ours ou d'huile de loup-marin, car elle voulait en oindre les brûlures du petit Sammy Corwin, âgé de neuf ans, qui souffrait beaucoup.

Ils s'empressèrent autour d'elle, pour lui confier aussitôt une vessie d'orignal contenant la précieuse huile de phoque, malodorante mais pure et salutaire.

— Hé! n'oublie pas, femme, que ce garçon m'appartient, lui dit l'un des guerriers. Mais soigne-le bien car je l'emmènerai avec moi demain, dans ma tribu.

— Ce garçon appartient à son père et à sa mère, répliqua Angélique. On te le rachètera.

— Mais moi j'ai mis la main sur lui au combat... et je veux un enfant blanc dans mon wigwam.

— Je ne te laisserai pas l'emmener, dit Angélique avec un calme inexorable.

Elle ajouta, pour apaiser la colère du sauvage :

— Je te donnerai bien d'autres choses pour que tu ne sois pas privé de ta part de butin... Demain, nous tiendrons conseil.

A part cela, la nuit s'écoula sans incidents. Plus rien ne parvenait des échos du massacre. Tandis qu'ils fuyaient, ils avaient entr'aperçu, au tournant de la rivière, une lueur rouge lointaine. Brunschwick-Falls, village de frontière, achevait de se consumer.

Alors ils restèrent accroupis, sans pensée, se réfugiant dans les ténèbres.

Vers le gris de l'aube, quelque chose dévala la côte, sillonnant l'herbe et les broussailles, et Wolverines le glouton fut là, dardant ses crocs dans un rictus qui, cette fois, ressemblait à un sourire de bienvenue. Cantor surgit sur ses traces, portant un enfant anglais endormi dans ses bras, un petit garçon de trois ans qui suçait son pouce.

— Je l'ai trouvé debout près de sa mère scalpée, expliqua-t-il. Elle lui répétait : « Ne crains rien. Je te promets qu'ils ne te feront pas de mal. » Quand elle a vu que je le ramassais, enfin elle a fermé les yeux et elle est morte.

— C'est le fils de Rebecca Turner, dit Jane

Stougton. Pauvre petit! Déjà son père a été tué l'an dernier.

Ils se turent car les quatre Indiens s'approchaient. Ils ne semblaient pas agressifs. Séparés de leur horde et rendus perplexes par l'attitude de ces étranges captifs qui ne se laissaient pas saisir, ils avaient changé d'humeur.

Celui qui avait réclamé le fils des Corwin vint vers Cantor et tendit les mains vers le petit enfant.

— Donne-le-moi, dit-il. Donne-le-moi. J'ai tant rêvé d'avoir un enfant blanc dans mon wigwam, et ta mère ne voudra jamais me rendre celui que j'ai capturé à Newehewanik. Donne-moi celui-là qui n'a plus ni père, ni mère, ni famille, ni village. Que veux-tu donc en faire? Moi, je l'emmènerai, j'en ferai un chasseur et un guerrier, je le rendrai heureux. Les enfants sont heureux dans nos cabanes.

Il avait un air suppliant et presque pitoyable.

Piksarett avait dû le convaincre au cours de la nuit, non sans malice, qu'Angélique ne le laisserait jamais emmener son jeune captif, le jeune Samuel, et que, s'il passait outre à ses décisions, elle le transformerait en orignal pour la fin de ses jours.

Partagé entre la crainte d'un si triste sort et son bon droit, il estimait proposer une solution acceptable en se contentant du petit orphelin qu'avait sauvé Cantor.

Angélique regarda son fils avec une interrogation pathétique dans le regard.

— Qu'en penses-tu, Cantor?

Pour elle, elle ne savait vraiment plus quelle décision prendre. L'idée de voir ce petit enfant anglais, ce petit enfant blanc, emmené au fond des forêts, lui crevait le cœur. Et, d'autre part, un certain sentiment de justice, de prudence aussi, la poussait à accorder à ce guerrier abénakis sa demande humblement présentée. Elle les avait assez bernés, « fait marcher », depuis la veille. A trop leur disputer leurs proies, ne risquaient-ils pas de soudain perdre patience.

Elle était torturée : je ne peux pas accepter cela.

— Qu'en penses-tu, Cantor?

— Oh! dit l'adolescent en hochant la tête. On sait que les enfants blancs ne sont pas malheureux avec les Indiens. Mieux vaut laisser partir celui-là qui n'a plus de famille que de nous retrouver tous le crâne ouvert.

La voix de la sagesse parlait par sa bouche.

Angélique se souvenait des cris de désespoir du petit Canadien, neveu de l'Aubignière, lorsque, dans un échange, on avait voulu l'arracher à ses éducateurs iroquois (1). Les enfants blancs n'étaient pas malheureux chez les Indiens.

Elle regarda vers les Anglais d'une façon interrogative. Mais Mme Corwin serrait farouchement contre elle son fils, comprenant que le sort de celui-ci était en jeu, et les autres marquaient par leur attitude que la destinée du petit Turner leur était, dans les conjonctures actuelles, assez indifférente. Si le révérend Patridge avait été conscient,

(1) Lire dans la même collection, *Angélique et le Nouveau Monde, T. 1* et *T. 2* 679***, 680***.

peut-être aurait-il protesté au nom du salut éternel de l'enfant. Mais il demeurait plongé dans l'hébétude.

Mieux valait que l'orphelin s'en allât de son côté, plutôt que d'arracher leur fils aux Corwin, tous heureusement sauvés.

— Donne-le-lui, murmura Angélique à Cantor.

Comprenant qu'il avait obtenu gain de cause, l'Indien esquissa quelques entrechats et manifesta une grande reconnaissance.

Puis il tendit ses grandes mains et enleva délicatement l'enfant. Celui-ci regarda sans terreur la face bariolée qui se penchait sur lui.

Très content d'avoir eu ce qu'il désirait plus que tout, un enfant blanc dans son wigwam, le guerrier prit congé.

Après avoir échangé quelques paroles d'entente avec ses compagnons, il s'éloigna, serrant précieusement sur ses colliers de dents d'ours et ses croix de baptisé l'enfant hérétique arraché par lui à la barbarie de sa race et auquel il ferait connaître la vraie vie des Vrais Hommes.

Cantor racontait comment, s'étant écarté pour aller à la recherche des chevaux et de Maupertuis, il avait deviné des silhouettes suspectes se glissant parmi les arbres.

Pris en chasse par des guerriers, il avait dû, pour leur échapper, les entraîner fort loin, vers le plateau.

Revenu par un long détour, il avait capté les échos de la bataille. Il s'était rapproché alors avec mille précautions, ne tenant pas à servir d'otage en tombant entre les mains des Canadiens.

C'est ainsi qu'il avait assisté au départ des captifs anglais vers le nord, parmi lesquels, ne voyant pas sa mère, il en avait déduit qu'elle avait dû réussir à s'échapper.

— Tu n'as donc pas pensé que j'aurais pu être égorgée ou scalpée?

— Oh non! dit Cantor, comme si la chose allait de soi.

Il était allé rôder dans Brunschwick en flammes et y avait rencontré Trois-Doigts de Trois-Rivières. Par lui, il apprenait que Mme de Peyrac, saine et sauve, se dirigeait vers la baie de Sabadahoc, avec une poignée de rescapés.

L'incident de l'enfant semblait avoir prouvé que, jusqu'à nouvel ordre, les Indiens laissaient à Angélique une certaine latitude de prendre les décisions en ce qui les concernait tous. Pour bizarre que fût une telle situation, à quelques heures de l'assaut qui les avait jetés contre le village anglais, elle correspondait à la mentalité versatile des sauvages.

Angélique, par sa personnalité, les avait entraînés vers une autre piste. Pour un peu, ils auraient oublié les raisons du combat de la veille, et ce qu'ils faisaient ici avec elle et quelques Anglais stupides, se montrant uniquement désireux de connaître les suites de l'aventure qu'elle leur proposait.

Néanmoins, Piksarett tint à rappeler quelques principes essentiels.

— N'oublie pas que tu es ma captive, interrompit-il en pointant son index à la naissance du cou d'Angélique.

— Je sais, je sais, je t'ai déjà dit que je le

reconnaissais volontiers. Est-ce que je t'empêche d'être là où je suis?... Demande à tes compagnons si j'ai l'attitude d'une captive qui voudrait t'échapper?...

Tracassé par la subtilité du raisonnement où il discernait quelque chose de louche, mais aussi de cocasse, Piksarett penchait la tête de côté pour réfléchir plus à fond, et son regard oblique pétillait de plaisir tandis que ses deux comparses lui donnaient bruyamment leur àvis.

— A Gouldsboro, tu pourras même me vendre à mon propre mari, expliquait Angélique. Il est très riche et je suis sûre qu'il n'hésitera pas à se montrer généreux. Enfin, du moins, je l'espère, se reprenait-elle avec une mimique assombrie qui mettait en joie les trois Indiens.

A l'idée que l'époux d'Angélique se trouverait contraint de racheter sa femme, leur hilarité ne connut plus de bornes.

Il y avait décidément beaucoup de divertissement à suivre la femme blanche du Haut-Kennebec et les Anglais qu'elle remorquait.

Chacun sait qu'il n'y a pas d'animal plus maladroit qu'un Yenngli, et ceux-ci, rendus encore plus gauches par la peur et leurs blessures, ne se privaient pas de patauger, de s'étaler à chaque pas, de renverser les canots au moindre remous.

« Ah! ces Yennglis!... Ah! ils nous feront mourir de rire », répétaient les Indiens en se contorsionnant. Puis soudain, pour se donner des airs de maîtres :

— Filez! Allez! Marchez, Anglais! Vous avez tué nos missionnaires, brûlé nos cabanes, bafoué nos croyances. Sans le baptême des Robes Noires, vous n'êtes rien pour nous, même pas des êtres à peau blanche, dont pourtant les ancêtres païens furent des dieux!

Ainsi escortée de leurs jacassements, la pauvre caravane arriva au soir sur la baie de Sabadahoc où confluaient l'embouchure de l'Androscoggi et celle du Kennebec.

La brume brouillait l'horizon de l'estuaire, mais, à ces effluves marins venus des rivages, se mêlaient encore de suspects relents d'incendie.

Angélique escalada promptement la pente d'une petite colline.

Aucune voile n'était en vue. Aucun navire ne se devinait dans la grisaille.

Angélique sut d'instinct que la baie était déserte. Aucune embarcation ne croisait au large guettant l'arrivée de silhouettes humaines sur le littoral pour se rapprocher et les prendre à son bord.

Aucun *Rochelais*, petit yacht à la tutelle rouge, où Le Gall l'aurait accueillie, et même peut-être Joffrey!...

Aucune présence familière. Personne au rendez-vous!...

Une pluie fine se mit à tomber. Angélique s'appuya au tronc d'un pin. L'endroit respirait la mort, le désert. Sur la gauche, se gonflant sur le ciel, un champignon de fumée noire s'élevait. Cela venait de la direction de Sheepscot, un établissement anglais qu'on lui avait annoncé à l'embouchure de l'Androscoggi et où elle comptait laisser ses rescapés avant de s'embarquer sur *Le Rochelais*.

Apparemment, Sheepscot achevait de brûler, Sheepscot n'existait plus.

Une angoise insurmontable s'empara d'Angélique et elle sentit ses forces l'abandonner. Elle se retourna et vit Piksarett qui l'observait. Il ne fallait pas lui montrer sa peur. Mais elle n'en pouvait plus.

— Ils ne sont pas là, lui dit-elle, presque avec désespoir.

— Qui attendais-tu?

Elle lui expliqua que son époux, le seigneur de Wapassou et de Gouldsboro, aurait dû se trouver là avec un vaisseau. Il les aurait tous emmenés à Gouldsboro, là où, lui, Piksarett, aurait pu acquérir les plus belles perles de la terre, boire la meilleure eau-de-feu du monde...

Le sauvage hochait la tête d'un air peiné et semblait sincèrement partager sa déception et son ennui. Il regardait avec inquiétude autour de lui.

Cependant, Cantor et les Anglais montaient plus lentement la colline, suivis des deux autres Indiens.

Fatigués, ils s'assirent avec mélancolie sous les pins pour se protéger de la pluie. Angélique les mit au courant de la situation. Les trois Indiens se mirent à discuter avec agitation.

— Ils disent que les Indiens Sheepscot sont leurs pires ennemis, expliqua Angélique aux Anglais. Eux sont du Nord, des Wonolancet...

Elle ne s'étonnait pas, connaissant les éternelles querelles des Indiens entre eux qui pouvaient, à quelques faibles distances, les faire pénétrer en un territoire ennemi où ils risquaient leurs vies s'ils n'étaient pas en nombre et en armes.

— *It just does not matter,* fit Stougton avec découragement, Sheepscot ou Wonolancet, pour nous c'est la même chose. Ils sauront toujours nous scalper. A quoi bon être venus jusqu'ici?... Notre heure ne va pas tarder.

Le silencieux paysage marin paraissait receler une menace cachée. Derrière chaque rideau d'arbres, chaque promontoire, on s'attendait à voir surgir des Indiens, tomahawks levés, et voici que Piksarett et les siens n'étaient pas plus rassurés que leurs captifs.

Angélique fit un effort pour dominer sa peur. « Non! non! cette fois, je ne me laisserai pas faire », se dit-elle en serrant les poings et sans trop savoir à qui s'adressait ce défi.

Tout d'abord, décida-t-elle, il fallait quitter cette côte où se rallumait la guerre indienne et essayer à tout prix de gagner Gouldsboro. Il y avait peut-être d'autres villages plus loin, des embarcations.

Gouldsboro! Le fief de Joffrey de Peyrac. Leur domaine! Le refuge. Mais que c'était loin Gouldsboro!

Pas une voile sur l'estuaire...

Peu d'heures auparavant, même pas vingt-quatre heures, la vieille Sarah William avait pris le visage d'Angélique entre ses mains et lui avait dit : « L'Amérique! L'Amérique! Sauvez-la! »

Un dernier message, un peu fou. Car la mort était là déjà, tapie dans les buissons, qui allait fondre sur elle.

Etait-ce une angoisse de cette sorte qu'Angélique

éprouvait maintenant dans le soir désert à l'odeur d'algues, de brume et de carnage?

— Hayh! dit Piksarett en posant la main sur son épaule.

Du doigt, il lui désignait deux silhouettes humaines, montant par un sentier du rivage.

Elle eut un moment d'espoir, mais reconnut très vite, à son chapeau pointu, le vieux *medecin's man* John Shapleigh et son Indien.

Ils coururent tous à lui afin de s'informer. Il leur dit qu'il venait de la plage et que là-bas les Indiens Sheepscot avaient tout brûlé. Une embarcation? Y avait-il une embarcation? Non.

Les habitants qui avaient échappé au scalp ou à la captivité s'étaient réfugiés dans les îles avec leurs barques.

Voyant le désespoir des pauvres gens de Brunschwick-Falls il finit, non sans grimaces et réticences, et aussi parce qu'Angélique demandait qu'il les conseillât, par proposer de les conduire jusqu'à une cabane qu'il possédait à dix miles de là sur la baie de Casco. Ils pourraient s'y reposer et s'y soigner... En attendant, malgré le peu d'agrément qu'il y avait à passer une nuit en plein air dans cette bruine, la plupart d'entre eux, et Angélique elle-même, répugnaient à quitter les lieux du rendez-vous. Le navire de Gouldsboro avait peut-être du retard. Qui sait s'il ne surgirait pas dans quelques heures ou le lendemain à l'aube?...

La question fut tranchée par l'apparition subite, au tournant du bois, d'un petit groupe d'une dizaine d'Indiens Sheepscot.

Piksarett et ses guerriers s'élancèrent promptement dans une direction opposée et disparurent aux yeux de tous.

Par bonheur, Shapleigh et son acolyte étaient en bons termes avec les nouveaux venus. Le vieux Shapleigh, un homme de médecine digne de leurs meilleurs « jongleurs », était fort respecté dans la région où il « exerçait » depuis plus de trente ans. Son ascendant lui permit d'étendre sa protection sur Angélique et ses compagnons. Les Sheepscot poussèrent l'obligeance jusqu'à proposer de surveiller l'arrivée possible des navires en ce point de la côte. Ils prirent avec soin le signalement du *Rochelais* et promirent, s'ils le voyaient, de l'envoyer à la pointe Maquoit, où le vieux Shapleigh avait sa cabane.

9

Joffrey de Peyrac avait bondi.

— Quoi? Que dites-vous là?

On venait de lui apprendre que Mme de Peyrac était partie seule pour le village de Brunschwick-Falls avec son fils afin de reconduire la jeune Anglaise.

La nouvelle lui avait été mentionnée incidemment par Jacques Vignot qui le rejoignait au cap Small, dans les environs de Popham, où le comte s'était rendu deux jours auparavant avec le baron de Saint-Castine.

Des caisses contenant des marchandises de traite retardées par le manque d'embarcations arrivaient de Houssnock, escortées par le charpentier et un soldat.

— Mais quel jour Mme la comtesse a-t-elle pris cette décision étrange?

— Quelques heures après votre propre départ, monsieur, le même jour...

— Ne lui avait-on pas remis le message où je l'avertissais de mon absence possible de quelques jours et la priais de m'attendre patiemment au poste du Hollandais?

Les deux hommes n'en savaient rien. « Quelle imprudence! songeait Peyrac. Avec ces bruits de guerre courant. Le poste du Hollandais était en revanche une sorte de camp retranché... Aucun risque. Mais s'enfoncer à l'intérieur des terres, presque sans escorte... »

— Avec qui sont-ils partis?

— Les deux Maupertuis.

— Quelle étrange idée! Mais quelle idée! s'exclama-t-il avec colère.

Intérieurement, il pestait contre Angélique, se défendant mal d'une anxiété profonde qui brutalement l'assaillait.

Quelle idée, vraiment! C'était inconcevable. Elle n'en faisait qu'à sa tête! Quand il la reverrait, il la tancerait d'importance, lui ferait comprendre que, malgré leur situation privilégiée, la contrée de longtemps ne serait pas sûre, particulièrement à l'ouest du Kennebec.

Il calculait. Trois jours s'étaient écoulés depuis son propre départ vers la côte et celui, visiblement simultané, d'Angélique vers l'établissement des frontières... Mais où pouvait-elle se trouver maintenant?...

La pluie tombait, la brume cachait la baie où la marée montante murmurait, lovant ses courants torrentiels autour des îles à demi submergées.

Par la faute de ces marées d'équinoxe, beaucoup de ceux, Européens ou Indiens, qui devaient se rendre à ce rendez-vous par la mer s'étaient trouvés retardés.

Le grand chef Tarratine Mateconando désirait que tout son monde fût présent. En attendant, on s'était livré à des pourparlers préliminaires. Dimanche, le chapelain du baron de Saint-Castine, un moine Récollet fort barbu et plus tanné qu'un pirate, avait célébré la messe.

Enfin, mardi, ce matin même, toute la population de ce que l'on appelait plus précisément, parmi les circonvolutions infinies de la côte, le petit golfe du Maine, se trouvait réunie. Les dernières caisses de présents venaient d'arriver. La cérémonie allait commencer.

C'est alors que Peyrac apprenait l'escapade d'Angélique.

Où pouvait-elle se trouver aujourd'hui? Etait-elle revenue à Houssnok? Ou bien, suivant le plan qu'ils avaient discuté ensemble auparavant, avait-elle gagné, par la rivière Androscoggi, l'une des branches de l'estuaire du Kennebec, la baie de Merrymeeting où Corentin Le Gall devait les attendre avec le petit bateau *Le Rochelais*?...

Dans le doute, il se décida à faire appeler son écuyer, le Breton Yann Le Couennec.

Il lui recommanda tout d'abord de bien se restaurer, de vérifier l'état de son armement et ses souliers, et de se mettre en mesure d'effectuer une course des plus rapides.

Puis il s'assit à l'écart, griffonna quelques mots tandis qu'un des soldats espagnols de sa garde lui tenait avec déférence sa corne d'encre.

Quand le Breton se présenta, prêt au départ, il lui remit le message, mais en y ajoutant de vive voix ses instructions particulières.

Si Yann trouvait Mme de Peyrac au poste du Hollandais, ils devaient tous plier bagage et les rejoindre ici. En revanche, si elle n'était pas encore revenue de Brunschwick-Falls, lui, Yann, devait s'y rendre à son tour, et en consigne générale il devait mettre tout en œuvre pour retrouver Mme de Peyrac coûte que coûte, où qu'elle fût... et ensuite lui faire regagner Gouldsboro... par le plus court chemin.

L'homme s'éloignait, nanti de ces strictes recommandations. Peyrac dut faire un effort considérable pour chasser son souci lancinant concernant Angélique et reporter toute son attention sur la rencontre qui allait se dérouler.

A l'appel du baron de Saint-Castine, tous ces pauvres gens étaient venus de loin, parfois non sans péril, pour le rencontrer.

Et, s'ajoutant aux Indiens des principales tribus de l'endroit, il y avait quelques-uns des Blancs dispersés qui, sans considération de leurs différences de nationalité ou des antagonismes de leurs royaumes d'origine, avaient tenu à s'assembler et à tenir conseil autour du seigneur français de Gouldsboro.

Des commerçants anglais de Pemaquid, de Croton, d'Oyster River — la rivière des huîtres — de Wiscasset, de Thomaston, de Woolwic, de Saint-George, de Névagan, en tout une vingtaine d'Anglais ou traitants des petits comptoirs disséminés dans les fjords de la baie de Muscongus, de la rivière. Damariscotta et l'entrée du Kennebec. Les jumelant souvent, leurs voisins ennemis avec lesquels, lorsqu'on ne s'entre-tuait pas, on échangeait les ustensiles de ménage et le lait des quelques rares vaches, les Français acadiens colons ou pêcheurs, un Dumaresque ou un Galatin de l'île des Cygnes, où ils cultivaient fleurs, moutons et pommes de terre aux côtés des descendants directs d'Adam Winthrop de Boston, des Hollandais envoyés de Campdem, et même un vieil Ecossais chenu de l'île Monegan, l'île de la Mer, l'orgueilleuse, avec ses falaises de granite, la plus isolée du golfe — un Mac Gregor qui était venu avec ses trois fils et dont les plaids de tartan colorés flottaient là-bas dans les rafales du vent, à l'autre bout du cap.

Aux Anglais et Hollandais, l'Etat du Massachusetts avait expressément recommandé de s'adresser au comte de Peyrac si un jour ils avaient besoin de protection dans leurs lointains établissements de cette sauvage côte du Maine, infestée de Français et d'Indiens sanguinaires, où il fallait être un peu fou pour se risquer.

Les Acadiens, eux, suivaient le mouvement du baron de Saint-Castine.

Les Ecossais, eux, n'en faisaient qu'à leur tête.

Bref, ils étaient tous là.

Une fois encore, songeant à Angélique, Peyrac maudit les femmes, dont les caprices, parfois charmants mais surgissant le plus souvent à contretemps, viennent troubler et compliquer l'œuvre des hommes.

Puis, se ressaisissant, il marcha au-devant de ses hôtes, encadré par sa garde d'Espagnols en cuirasse et morions d'acier.

Le baron de Saint-Castine l'escortait. Le grand chef Mateconando vint à sa rencontre dans sa plus magnifique robe de daim brodée de coquillages et de poils de porc-épic. Il coiffait ses longs cheveux gras, oints d'huile de loup-marin, d'un chapeau plat et rond de satin noir, à petit rebord, garni d'une plume d'autruche blanche qui datait d'au moins cent ans.

L'un de ses aïeux l'avait reçu de Verrazano lui-même. L'explorateur florentin au service du roi français François Ier, passant par là avec sa nef de cent cinquante tonneaux, avait été l'un des premiers à nommer ce pays l'Arcadie à cause de la beauté de ses arbres. Le nom, un peu déformé, en était resté par la suite.

Sur ce couvre-chef d'un seigneur du XVIe siècle, la candeur liliale de la plume d'autruche, à peine jaunie, témoignait du soin avec lequel les Indiens, pourtant si sales et négligents, avaient conservé la relique.

Le plus grand des chefs ne le portait sur sa tête qu'en des occasions solennelles.

Au chef Tarratine, Joffrey de Peyrac offrit une épée damasquinée d'or et d'argent, quelques étuis garnis de rasoirs, ciseaux et couteaux, dix brasses de « rassades » bleues.

En échange, le sauvage lui remit quelques écailles de nacre et une poignée d'améthystes.

Geste symbolique de l'amitié.

— Car je sais que tu n'es pas avide de fourrures, mais seulement de notre alliance.

« Comprenez-vous, avait dit Saint-Castine à Peyrac, je veux éloigner mes Indiens de la guerre, sinon dans quelques décennies ces gens-là n'existeront plus. »

Le grand chef Tarratine posait sur le baron Saint-Castine une main affectueuse et un regard admiratif.

De taille moyenne et même petite, mais d'une vigueur incroyable, agile, endurant, prompt, sensible, Saint-Castine avait gagné le dévouement de toutes les tribus côtières.

— J'en ferai mon gendre, confia Mateconando à Peyrac, et plus tard il me succédera à la tête des Etchemins et des Mic-Macs.

10

« Angélique!... pourvu qu'il ne lui soit rien arrivé! J'aurais dû l'emmener avec moi... Saint-Castine m'a pris au dépourvu. Je ne devrais jamais me séparer d'elle, ni jour ni nuit, pas un instant... Ma précieuse, ma folle chérie... Elle a eu trop longtemps une vie libre. Dès qu'on l'abandonne à elle-même, son indépendance renaît... Je dois lui faire comprendre les dangers qui nous entourent. Cette fois, je me montrerai sévère... Et maintenant, il faut écarter ce souci... Je dois me recueillir... Je ne peux décevoir ces hommes qui sont venus à moi.

Je comprends ce que veut me demander en leur nom ce jeune Saint-Castine... Un garçon remarquable!... qui voit juste... Mais qui connaît les limites de ses propres forces... Ce qu'il me demande?... N'est-ce pas une tâche sinon trop lourde, tout au moins irréalisable... Un rôle semé d'embûches... »

Le comte de Peyrac méditait, assis à même l'herbe drue, devant l'abri d'écorces qu'on avait dressé pour lui.

La cérémonie, le festin, la tabagie achevés, il s'était retiré à l'écart, disant qu'il désirait être seul quelques heures. Il fumait, les yeux fixés vers l'extrémité du promontoire où, par moments, le choc violent d'une vague plus haute mettait un panache blanc.

Au front chevelu des rivages, l'océan venait se heurter, éclaboussant de son écume les pins, les cèdres, les chênes, les hêtres rouges gigantesques et parfois, quand le vent tournait, le sous-bois soufflait une haleine embaumée, aux parfums de jacinthe et de fraises sauvages.

Joffrey de Peyrac fit signe à Don Juan Fernandez, le grand hidalgo qui commandait sa garde. Il le pria d'aller chercher le baron français. Mieux valait dialoguer avec l'enthousiaste Gascon passionné de son sujet que de rester seul, car sans cesse la pensée d'Angélique traversait son esprit comme une pointe aiguë d'appréhension et n'aboutissait à rien de bon.

Le baron de Saint-Castine le rejoignit avec

empressement et s'assit à ses côtés. En habitué du pays, il tira son calumet de ses basques et fuma aussi. Puis il se mit à parler. Leur conversation fut surtout un monologue de sa part, où passait tout un monde, avec ses rêves, ses projets, ses menaces...

La pluie avait cessé. Mais la brume errait et les feux du campement y tremblaient comme de grandes orchidées rouges épanouies, échelonnées loin sur la côte. Toute lueur se doublait d'un halo.

Avec le crépuscule, la mer se prit à mugir plus profondément, mêlant son appel à celui des oiseaux qui, en essaim, s'engouffraient dans l'estuaire. C'étaient des pomarins, aux longues ailes brunes d'hirondelles, au bec de rapaces.

— Il y a eu tempête au large, dit le baron en suivant des yeux leur vol. Ces petits pirates ne cherchent l'abri de la terre que lorsque la trop grande agitation des flots ne leur permet plus de s'y poser.

Il aspira une grande bouffée d'air et, décelant les effluves délicats de la forêt, il soupira profondément. L'été allait venir, et l'été, par ici, c'était aussi la venue des pires ennuis.

— Voici le moment où les morutiers de toutes nations vont nous envahir, dit-il, et les boucaniers de Saint-Domingue. La peste soit de ces pilleurs! Ils risquent moins qu'avec l'Espagnol en arraisonnant nos pauvres navires arrivant de France pour ravitailler nos établissements d'Acadie. Dieu sait pourtant qu'ils sont rares, ces navires! Il faut encore qu'on nous les enlève sous le nez. Une sale engeance, ces flibustiers de la Jamaïque.

— Barbe d'Or?

— Celui-là, je ne le connais point encore.

— Je crois avoir entendu parler de lui lorsque j'étais dans la mer des Caraïbes, dit Peyrac en fronçant les sourcils dans un effort de mémoire. Juste à mon dernier voyage par là-bas. On parlait de lui parmi les gentilshommes d'aventure comme d'un bon marin, un meneur d'hommes... Il eût mieux fait de rester aux Iles.

— Des bruits courent disant que c'est un corsaire français qui a acquis récemment en France des lettres de marque d'une riche société fondée pour combattre les huguenots français où qu'ils se trouvent. Cela expliquerait l'attaque contre vos gens de Gouldsboro. Ceci est assez dans le ton de notre administration de Paris. La dernière fois que je m'y suis rendu, j'ai vu que de plus en plus on y jouait sa carrière sur un signe de croix, et cela complique singulièrement notre tâche en Acadie...

— Vous voulez dire qu'on devrait se souvenir que les premiers fondateurs étaient des protestants...

— Et que le très catholique Champlain ne fut tout d'abord que le cartographe de Pierre de Guast, sieur de Monts, Huguenot notoire.

Ils se sourirent. Ils étaient heureux de sentir qu'ils se comprenaient en tout à demi-mot.

— Ces temps sont loin, dit Saint-Castine.

— Et s'éloignent de plus en plus... Votre information m'intéresse, baron, je commence à mieux comprendre l'acharnement de ce pirate contre Gouldsboro, pourtant bien caché. S'il s'agit d'une mission sacrée, comment aurait-il pu être informé?

— Les nouvelles vont vite. Il n'y a pas trois Français pour cent lieues par ici, mais au moins parmi eux un espion pour le roi... et les jésuites.

— Soyez prudent, mon fils.

— Vous riez? Moi, cela ne me fait pas rire. Je voudrais vivre en paix ici avec mes Etchemins et mes Mic-Macs. Les gens de Paris et les corsaires à leur solde n'ont pas le droit de venir par ici. Ils ne sont pas de la Baie.

» La Baie?... J'aime encore mieux les Basques, chasseurs de baleines, ou les pêcheurs malouins qui empuantissent nos côtes avec leurs sécheries de morues. Mais eux, au moins, ils ont droit de cité en Acadie. Ils y venaient déjà il y a cinq cents ans... Mais leur eau-de-vie et leurs débauches avec les sauvagesses... Oh! là là! quel désastre!... A tout prendre, j'aime encore mieux les navires bostoniens, avec lesquels on peut du moins troquer fer et étoffes... Mais il y en a trop, beaucoup trop de leurs bateaux.

(Il eut un geste qui englobait l'horizon.)

» Des centaines... des centaines de bateaux anglais, partout, partout. Bien armés, bien équipés. Et par là-bas, Salem, leur grand centre de sécherie, et puis la poix, le goudron, la térébenthine, cuirs verts, fanons et huile de baleine et de loup-marin... Quatre-vingt mille à cent mille quintaux d'huile par an qu'ils font... Ça pue, mais ça rapporte... Et l'on me demande de tenir l'Acadie française en main... De la conserver au roi avec mes quatre canons, mon castel en bois de soixante pieds sur vingt, trente résidents, et de concurrencer l'Anglais en pêcherie avec mes quinze chaloupes...

— Vous n'êtes pas si pauvre, dit Peyrac. On raconte que vos affaires de pelleterie marchent bien.

— Soit, je suis déjà riche, j'en conviens. Mais ce sont MES AFFAIRES... Et si je veux être riche, c'est pour mes Indiens, pour les stabiliser, les faire prospérer. Les Etchemins forment le plus important contingent de mes tribus, mais j'ai aussi des Mic-Macs de la tribu des Tarratines. Ce sont des Souriquois du Canada, les mêmes que ceux de la baie de Casco, apparentés aux Mohicans. Je parle tous leurs dialectes, cinq ou six... Voilà Etchemins, Wawenok, Pénobscot, Kanibas, Tarratines, c'est mon lot, les meilleurs parmi les Abénakis. C'est pour eux que je veux être riche, pour les soigner, les civiliser, les protéger... Oui, les protéger, ces guerriers fous et admirables.

Il aspira quelques bouffées de sa pipe. Et de nouveau son bras s'étendit vers l'obscurité frangée d'écume, en direction de l'ouest.

» Tenez, par là-bas, dans la baie de Casco, je possède une île que j'ai conquise aux Anglais il y a peu de temps. Ce n'était pas seulement pour les en chasser, mais cette île avait une légende. Elle se trouve à l'entrée du Présumpscot, dans les parages de Portland, au sud de la baie de Casco. Elle a été depuis des temps immémoriaux pour tous les Mohicans, Souriquois et Etchemins le lieu d'un Paradis ancien, car, disent-ils « si vous avez dormi une fois sur cette île, vous ne serez plus jamais le même qu'avant ». Aux mains de cultivateurs anglais depuis plusieurs générations... Les Indiens souffraient de ne plus pouvoir s'y réunir pour leurs fêtes ancestrales, lorsque la chaleur d'août rend insupportable l'arrière-pays. Alors, je l'ai conquise. Je l'ai rendue aux Indiens.

» Quelle joie! Quel délire! Quelle fête! Mais si la paix ne se maintient pas, à quoi bon tant d'efforts?

— Croyez-vous que la paix soit menacée?

— Je le crois, j'en suis certain. C'est pourquoi j'ai voulu hâter votre rencontre avec Mateconando et vous ai ainsi pressé. Oui, depuis le traité de Bréda, cela va comme ci, comme ça. J'avais déjà organisé quelque chose : tous les Anglais qui voulaient commercer sur la côte depuis Sabadahoc jusqu'à Pémaquid et même plus loin sur la Baie Française devaient payer tribut aux populations riveraines. Moyennant cela, on oubliait que le Massachusetts avait droit de regard par le fait du traité. Mais la paix va être rompue. Le père d'Orgeval, ce Croisé des temps antiques, a rassemblé les Abénakis du Nord et de l'Ouest qui sont fils de la forêt et presque aussi redoutables que les Iroquois. Et le grand Piksarett, leur chef, le meilleur chrétien que missionnaire ait jamais suscité sur cette terre, qui peut en venir à bout? Terrible!... La guerre est imminente, monsieur de Peyrac.

» Le père d'Orgeval la veut et il l'a bien préparée. Je suis certain qu'il est venu ici avec des ordres et des directives du roi de France même pour réveiller le conflit contre les Anglais. Cela arrangerait notre souverain, paraît-il. Et il faut reconnaître que ce religieux est le plus redoutable homme politique que nous ayons eu jusqu'ici dans ces contrées. Je sais qu'il a envoyé un de ses vicaires, le père Maraîcher de Vernon, en mission secrète en Nouvelle-Angleterre et jusqu'au Maryland pour y rechercher des prétextes de rompre la trêve, et sans doute n'attend-il que son retour pour déclencher l'offensive. Et, il n'y a pas longtemps, j'ai reçu la visite du père de Guérande qui venait me prier de me joindre à leur croisade avec les tribus de mes amis. J'éludais la réponse. Certes, je suis gentilhomme français, officier et homme de guerre, mais...

Il ferma subitement les yeux avec douleur.

— Je ne peux plus voir ça.

— Voir quoi?

— Cette hécatombe, cette immolation, ce continuel massacre de mes frères, cette extinction irrémissible de leur race.

Quand il disait « mes frères », Peyrac n'ignorait pas qu'il parlait des Indiens.

— Certes, il est si facile de les entraîner dans une guerre : ils s'emballent si vite et sont faciles à tromper. Vous savez comme moi, monsieur, que la plus grande passion des sauvages est la haine implacable qu'ils portent à leurs ennemis et surtout aux ennemis de leurs amis : c'est leur code d'honneur. Par nature, ils ne savent pas vivre en paix. Mais j'ai déjà vu mourir trop d'entre eux que j'aimais et pour quel but?...

» Vous pouvez comprendre, vous, cela que je ne peux dire à personne... Nous sommes trop loin du soleil, ici. Vous comprenez ce que je veux dire? Nous ne pouvons pas, d'ici, éclairer le roi. Oubliés, seuls... L'administration du royaume ne se souvient de nous que lorsqu'il s'agit de toucher les dividendes sur les fourrures ou de nous réclamer des troupes contre les Anglais pour les jésuites et leurs guerres saintes. Mais ce n'est pas vrai que nous appartenons à la France. Personne n'appartient à personne, par ici en Acadie. Toutes ces îles, ces presqu'îles, ces recoins ne sont peuplés que d'hommes libres. Français, Anglais, Hollandais, Nordiques, pêcheurs ou traitants, nous sommes tous embarqués dans la même galère : fourrures et morues, troc et cabotage. Nous sommes des gens de la Baie Française, des gens des rivages de l'Atlantique... Avec les mêmes intérêts, les mêmes besoins. Il faudrait se grouper *sous votre égide!*

— Pourquoi la mienne?

— Parce qu'il n'y a que vous, dit Saint-Castine avec ardeur. Il n'y a que vous qui soyez fort, invulnérable, avec tous et hors de tous cependant. Comment m'expliquer? Nous savons que vous êtes ami des Anglais, et pourtant je suis certain que si vous vous rendiez à Québec, vous mettriez tout ce beau monde dans votre poche. Et même... Voyez-vous, nous autres Canadiens, nous sommes sans doute courageux et lucides, mais il nous manque une chose que vous avez : un sens politique. En face d'un père d'Orgeval, nous ne pesons guère. Vous seul... vous seul pouvez lui tenir tête.

— L'ordre des jésuites est un ordre très puissant, le plus puissant de tous même, dit Peyrac d'une voix neutre.

— Mais... vous aussi!

Joffrey de Peyrac tourna à demi la tête pour observer son interlocuteur. Visage maigre et jeune mangé par des yeux ardents, cernés de bleu, qui lui donnaient quelque chose d'efféminé, c'est peut-être pour cela qu'on trouvait qu'il ressemblait à un Indien, car ceux-ci, imberbes, offrent parfois dans le dessin de leurs traits une certaine ambiguïté. Chez lui, c'était le raffinement d'une vieille race indomptable où se sont mélangés Ibères et Maures et, qui sait — on le dit — de lointains ancêtres asiatiques. Un sang analogue coulait dans les veines de Peyrac, qui devait sa haute taille, plutôt rare chez un Gascon, à l'ascendance anglaise de sa mère.

Vers l'aîné, le baron de Saint-Castine tendait un visage anxieux.

— Nous sommes prêts à nous grouper sous votre bannière, monsieur de Peyrac...

Peyrac continuait de l'observer, le sondait comme s'il ne l'entendait pas. Ainsi, tout un peuple s'en remettait à lui, par cette voix jeune où chantait l'accent de Guyenne, leur province natale.

— Comprenez-moi, ah! comprenez-moi, répéta la voix. Si la guerre se poursuit et renaît sans cesse, elle nous dévorera tous.

» Et, en premier, les plus vulnérables, nos Indiens, nos amis, nos frères; nos parents... Oui, nos parents : chacun de nous en Acadie a un beau-père, des beaux-frères, belles-sœurs, cousins, là-bas dans la forêt, il faut le dire. Nous sommes liés à eux, liés par le sang des femmes indiennes que nous avons aimées et épousées. Et bientôt, moi-même, j'épouserai Mathilde, ma petite princesse indienne. Ah! quel trésor, monsieur, que cette enfant...

» Mais ils mourront tous si nous ne les protégeons de leurs élans belliqueux... Car un jour les Anglais se lasseront d'être sans cesse égorgés. Les Anglais de nos côtes, certes, n'aiment pas la guerre. Ils sont lents à s'émouvoir. Ils ne haïssent que le péché. Il faudra encore beaucoup de scalps à la ceinture des Abénakis pour les décider à se rassembler les armes à la main. Mais alors, Dieu nous préserve! Ils sont lents à s'ébranler, mais, quand ils se décident, ils font la guerre comme on laboure... Pesamment... Méthodiquement... sans passion... sans haine, vous dis-je, mais comme un devoir, un devoir religieux... Ils nettoieront l'aire que le Seigneur leur a donnée... Ils extermineront mes Etchemins et mes Souriquois jusqu'au dernier, comme ils ont exterminé les Péquots il y a quarante ans et les Narrangasett il y a peu... jusqu'au dernier, vous dis-je, jusqu'au dernier! »

(Il criait presque).

» Naturellement, j'ai essayé d'expliquer cela à Québec, mais, baste! ils disent que les Anglais sont des couards et qu'il faut les rejeter à la mer, balayer la côte d'Amérique de toute la vermine hérétique, protestante... C'est peut-être vrai. Les Anglais sont couards, mais aussi tenaces et trente fois plus nombreux que nos Canadiens, et la peur peut les rendre terribles, traîtres et rusés... Je les connais, les Englishmen, j'ai eu assez affaire à eux, j'en ai assez scalpé dans les combats. Oui, personne ne peut me reprocher d'être un mauvais officier français, j'ai plus de cent chevelures d'Anglais qui sèchent aux murs de mon fort de Pentagoët, que j'ai conquises, rassemblées avec mes Indiens dans nos combats contre les établissements de la Baie... Il y a deux ans, nous avons été presque jusqu'à Boston; si notre roi nous avait seulement envoyé un seul bateau de guerre, nous l'aurions conquis. Mais il n'a pas un geste pour « son » Acadie française...

Il s'arrêta, essoufflé.

Puis, sur un ton de prière pathétique :

— Vous le ferez, n'est-ce pas, monsieur? Vous nous aiderez? Vous m'aiderez à sauver mes Indiens?...

Le comte de Peyrac avait posé son front dans sa main et voilait son regard.

Il lui semblait qu'il n'avait jamais souhaité d'une façon aussi aiguë la présence d'Angélique à ses côtés.

Qu'elle fût là! Qu'il pût la sentir contre lui! Une douce et féminine présence miséricordieuse. Silencieuse, profondément, comme elle savait si bien l'être parfois, d'une façon subtile et mystérieuse qui n'appartenait qu'à elle.

Compréhensive dans son silence! Compatissante. Clairvoyante aussi.

Sa femme rachetait par sa présence tous les crimes et toutes les horreurs évoqués.

Il releva la tête, affrontant le destin.

— Soit! dit-il, je vous aiderai.

11

Le brouillard traînait sur l'estuaire si dense ce jour-là que les cris aigus des oiseaux de mer s'y étouffaient, voguant à travers les écharpes fumeuses de la brume comme les appels inquiets d'âmes en peine.

Sur le chemin du retour, vers Houssnok, Joffrey de Peyrac allait se séparer de Saint-Castine, lorsqu'ils aperçurent un navire remontant le Kennebec avec des allures de fantôme. Poussé mollement par un vent alourdi, le vaisseau passa près d'eux avec un froissement de soie. C'était un petit navire de commerce ou de course de cent vingt à cent cinquante tonneaux et son plus haut mât, où flottait une flamme orangée, dépassait à peine la cime aiguë des grands chênes centenaires qui bordaient la rive. Il passa et disparut comme un rêve, mais un peu plus tard, derrière le brouillard, ils entendirent le bruit de la chaîne d'ancre qui se déroulait. Le navire mettait en panne. Et quelqu'un vint à eux par le sentier mal tracé du bord de l'eau. Un marinier, en son maillot rayé de rouge et de blanc, la ceinture garnie de coutelas.

— L'un de vous n'est-il pas le seigneur de Peyrac?

— C'est moi-même.

L'autre rejeta en arrière son bonnet de laine dans un geste de salut bref.

— Un message à vous porter de la part d'un vaisseau que nous avons croisé dans la baie au large de l'île Seguin avant de nous engager dans le courant de Dresden.

» Au cas où on vous rencontrerait, qu'ils ont dit, c'était le yacht *Le Rochelais*. Mme de Peyrac était à bord et vous fait dire qu'elle joint Votre Seigneurie à Gouldsboro.

— Oh! fort bien! s'exclama Peyrac, très soulagé. Quand avez-vous fait cette rencontre?

— Hier, un peu avant le coucher du soleil.

On était mercredi. Ainsi donc, se dit-il, Angélique avait mené à bien son équipée un peu inconsidérée au village de Brunschwick-Falls. *Le Rochelais*, qui croisait par là, avait pu l'embarquer comme convenu. Sans doute des raisons particulières de cargaison ou de vents avaient obligé Corentin Le Gall, le capitaine, à repartir.

Rassuré sur le sort de sa femme et de son fils, le comte ne se préoccupait pas d'un retard possible pour lui. Il trouverait d'autres moyens de joindre lui-même rapidement son fief de Gouldsboro. Pas un instant il ne soupçonna que l'homme rencontré lui mentait, car ces tromperies-là sont rares dans le monde de la mer.

— Revenez avec moi sur Pentagoët, lui proposa le baron de Saint-Castine. Sans doute le chemin de terre est encore boueux et encombré de branches cassées par le dégel. Mais nous irons encore plus rapidement que par mer, s'il vous faut attendre un bon navire ou vous contenter de vos barques restées à Houssnok, qui feront leur chemin en prenant leur temps.

— L'idée est bonne, convint Peyrac... Holà! l'homme!

Il rappelait le marin, dont la silhouette s'éloignait dans le brouillard.

— Voici pour vous, lui dit Peyrac en lui mettant dans la main une poignée de perles.

Le matelot sursauta et le regarda, bouche bée.

— Des perles roses, des perles de « lambi ». Celles des Caraïbes...

— Oui... Vous en ferez toujours quelque chose, je gage. Il n'est pas donné à tous d'en posséder.

L'homme paraissait décontenancé par la splendeur du cadeau.

— Merci, monseigneur, balbutia-t-il enfin.

Il fit plusieurs courbettes précipitées et, regardant Peyrac, une lueur d'effroi naquit dans son regard.

Il les quitta comme s'il s'enfuyait.

Joffrey de Peyrac saurait plus tard que l'homme avait menti.

12

La demeure de George Shapleigh sur la baie Maquoit n'était qu'une cabane vétuste de rondins et d'écorces, éboulée par le vent, à l'extrémité d'un promontoire aux cèdres penchés.

La barrière qui fermait l'enclos méritait à peine le nom de palissade. Mais Angélique et ses Anglais avaient mis presque un jour à franchir les trois lieues qui séparaient l'Androscoggi de cette presqu'île effilée, et l'abri leur parut bon.

Une vieille Indienne grasse, qui vivait là et qui était peut-être la mère de l'Indien accompagnant le vieux médecin, leur servit une purée de citrouilles, et ils mangèrent des clams, gros coquillages à la chair rosée et savoureuse, ressemblant aux palourdes bretonnes ou aux praires. Il y avait aussi dans la cabane quantité de remèdes : poudres, herbes et baumes dans des boîtes d'écorce. Angélique entreprit de soigner les blessés et les malades.

Si fleuris que fussent les bois avec l'étoile d'argent de la trientala, la starflower, ponctuant partout l'herbe tendre, et malgré les roucoulements doux des tourterelles et des ramiers, leur marche avait été éprouvante. Il fallait soutenir et encourager les pauvres Anglais épuisés, harassés, blessés, terrifiés. Plus encore que les esprits mauvais qu'ils craignaient de rencontrer en traversant les marécages, elle, Angélique, redoutait pour sa part de voir surgir encore d'autres sauvages bariolés et hurlant, la hache levée.

Vingt cadavres allongés dans un vallon fleuri, le crâne sanglant, abandonnés aux oiseaux de proie tournoyant, que serait-ce de plus en ce printemps-là où près de trois mille guerriers partirent à l'assaut des établissements de la Nouvelle-Angleterre, en ravagèrent plus de cinquante, massacrèrent plusieurs centaines de colons...

Champs de fleurs chatoyantes, cornouillers duveteux, ancolies d'un rouge corail dressées sur leurs hampes fragiles à l'ombre des chênes admirables, pour des siècles les abords de la ravissante rivière Androscoggi raconteraient une histoire terrible.

Ici, c'était la mer.

Au delà du promontoire s'ouvrait la baie de Casco avec ses innombrables îles.

La mer s'insinuait partout à travers rocs et forêts, et l'on sentait sa saveur de sel et de goémon dans le vent plus vif tandis que les appels des loups-marins sur les plages se mêlaient à l'ample murmure du ressac.

Autour de la cabane, il y avait un petit champ de maïs, des courges et des haricots, et au bord de la falaise, sous un bouquet de saules courts, des ruches qui commençaient à s'éveiller.

Pendant deux jours, on attendit l'apparition d'une voile. Puis un Indien Sheepscot, ami de Shapleigh, passa par là, annoncer que vers Sabadahoc ils n'avaient vu aucun navire de Blancs.

Que faisait *Le Rochelais*? Où se trouvait Joffrey? Angélique s'impatientait, et son imagination lui montrait la ruée des Abénakis, sur la rive est du Kennebec, déferlant jusqu'à Gouldsboro.

Et si le baron de Saint-Castine avait attiré Joffrey de Peyrac dans un piège? Non, c'était impossible. Joffrey l'aurait pressenti... Mais elle-même, son instinct n'avait-il pas été mis en défaut!... sournoisement endormi... N'avait-elle pas ri du pauvre Adhémar lorsqu'il criait avec désespoir : « Ils font leurs chaudières de guerre!... et pour égorger qui? »

Adhémar semblait avoir l'esprit complètement perdu. Il marmonnait des chapelets et regardait autour de lui avec égarement. En fait, cette fois encore, il avait raison. En cette pointe solitaire d'une région perdue, ils étaient aussi à l'écart, aussi oubliés que sur une île déserte. Et, malgré cela, leur isolement ne les protégeait pas entièrement de sauvages rôdant, qui auraient voulu s'offrir leurs scalps.

En d'autres temps, les plus valides d'entre eux auraient pu entreprendre d'essayer de gagner à pied un établissement quelconque de la côte anglaise du Maine qui pullulait de petites colonies et y trouver une barque. Mais, aujourd'hui, la plupart de ces hameaux de bois flambaient. S'en aller vers l'ouest, c'était marcher vers le couteau du rouge égorgeur.

Autant demeurer à l'écart, se faire oublier, misérables êtres à peau blanche échoués sur cette côte horrible et cruelle d'un continent farouche. Ils avaient au moins un toit sur la tête, des médications pour les malades, des légumes, coquillages et crustacés pour se rassasier, et un bout de palissade pour se donner une illusion de protection. Mais leur dénuement en armes angoissait Angélique. Hors le tromblon du vieux Shapleigh aux munitions restreintes, le mousquet d'Adhémar sans poudre ni balles, ils n'avaient que des coutelas et couteaux personnels.

Le soleil était revenu.

Angélique chargea Cantor d'observer l'horizon afin de repérer les voiles jouant à cache-cache entre les îles, et qui pourraient s'approcher d'assez près pour qu'on leur fît des signaux. Mais les navires semblaient fuir vers d'autres buts. Avec leurs voiles blanches ou brunes gonflées sur le bleu cru des flots ils avaient, ces vaisseaux vus de si loin, sourds aux appels et aux gestes, comme un comportement humain, une indifférence qui serrait le cœur.

Nonobstant la méfiance que lui inspiraient les tribus de la région, l'Abénakis Piksarett avait continué de surveiller de loin en loin ses prisonniers — ou considérés par lui comme tels. En fait, il paraissait plutôt veiller sur eux. Durant leur marche vers la côte, on l'avait vu surgir pour porter un enfant n'en pouvant plus.

Puis, quand ils furent à la cabane, il vint et déversa devant eux une calebasse de tubercules sauvages que les Anglais appréciaient et nommaient : *patatoes*.

Cuites sous la cendre, elles avaient un goût savoureux, moins sucré que celui des patates douces ou des topinambours. Il apporta aussi des lichens aromatiques et un saumon géant qu'il fit griller lui-même sur un bâton.

Quand les trois sauvages arrivaient, le géant indien en tête, les pauvres gens de Brunschwick-Falls se reculaient précipitamment.

Séchaient encore à la ceinture des Patsuikett les chevelures fraîchement arrachées aux crânes de leurs parents et amis.

Après avoir échangé quelques mots, Piksarett et ses acolytes se retiraient dans les bois, mais souvent, lorsqu'elle sortait pour guetter l'horizon, Angélique apercevait, de l'autre côté du fjord, Piksarett et ses deux compagnons rouges perchés sur la cime des arbres et observant elle ne savait quoi dans la baie. Ils lui faisaient des signes et lui lançaient des plaisanteries, dont elle ne comprenait que quelques bribes, mais qu'elle devinait amicales.

La désinvolture de ces sauvages, leur versatilité, à la fois dangereuse et rassurante, il fallait s'y habituer et s'évertuer à vivre avec eux comme en la familiarité de fauves que seules subjuguent la transcendance et la valeur réelle de leur dompteur. Pour l'instant, elle n'avait rien à craindre d'eux.

Une défaillance, alors oui : elle pouvait tout craindre.

Piksarett lui avait présenté ses deux guerriers qui portaient des noms fort simples à retenir : Tenouïenant, ce qui veut dire : Qui-connaît-bien-les-choses, est-rompu-aux-affaires, et Ouaouenouroue, c'est-à-dire qui-est-rusé-comme-un-chien-pour-la-chasse.

A tout prendre, elle préféra les nommer par leurs noms de baptême catholique qu'ils lui avaient annoncés fièrement, soit : Michel et Jérôme. Et ces prénoms benoîts leur allaient aussi peu bien que possible, accolés à leurs faces « matachiées » — du rouge autour de l'orbite gauche, première blessure, du blanc sur l'autre œil pour la clairvoyance, une terrible barre noire en travers du front pour effrayer l'ennemi, du bleu au menton, doigt du Grand-Esprit, etc. — le tout surmonté et encadré de barbares buissons de cheveux entremêlés de plumes et de fourrures, de rosaires et de médailles.

La poitrine nue tatouée et peinte, le pagne de peau flottant au vent, souvent pieds nus, oints de graisse, harnachés de leurs armes, ils s'avançaient vers elle lorsqu'elle les hélait.

« Michel! Jérôme! »

Et elle se retenait d'éclater de rire, saisie d'une sorte d'attendrissement à leur vue.

Il y avait dans la langue de ces gens-là un diable d'accent impossible à saisir, presque un accent anglais! N'avait-elle jamais pu prendre Piksarett au sérieux que par la seule faute de son patronyme cocasse : « Piksarett, chef des Patsuikett. » Mais, disait-il, ce n'est même pas cela.

A l'origine, du fait de son caractère joyeux, il était le Piouerlet, c'est-à-dire celui-qui-entend-le-badinage, mais ses exploits guerriers avaient fait évoluer son nom vers Pikasou'rett, soit l'Homme-Terrible, et les Français disaient Pitksarett pour faciliter les choses.

Enfin, Piksarett, soit!

Depuis le jour où elle s'était dressée entre lui et l'Iroquois blessé (1) et lui avait offert, en échange de la vie de l'ennemi, son manteau couleur d'aurore, avait commencé l'aventure de leur insolite amitié. Alliance qui suscita les échos de la chronique du temps, étonna, scandalisa, atterra, indigna.

Angélique ne savait pas encore le rôle que Piksarett jouerait dans son existence prochaine, mais il ne lui faisait pas peur.

Il devenait parfois rêveur, semblait répondre à une question informulée.

— Oui, affirmait-il, nous avions décidé de traiter avec les Englishmen, mais après les Français sont revenus. Pouvais-je laisser ceux qui m'ont baptisé dans l'ennui?

Et passant la main sur son collier de médailles et de croix :

— Le baptême nous réussit à nous Wonolancet, alors qu'il a fait le malheur des Hurons. Presque tous sont morts de variole ou par des massacres par les Iroquois. Mais nous autres, nous sommes des Wonolancet... Ce n'est pas pareil!

Le vieux Shapleigh se montrait aussi bavard

(1) Lire dans la même collection *Angélique et le Nouveau Monde, T. I* et *T. II* 679 *** et 680 ***.

avec Angélique. Il avait découvert sa connaissance des plantes. Il l'enseignait volontiers et se disputait avec elle lorsqu'elle ne le suivait pas dans ces croyances particulières. Ayant examiné la pharmacopée qu'elle emportait dans son sac de voyage, il lui reprochait d'employer la belladone, l'herbe du diable, car elle avait poussé dans le jardin d'Hécate.

En revanche, il aimait particulièrement l'aurôme mâle, « une herbe superbe sous l'influence de Mercure et digne de plus d'estime qu'on ne lui en accorde ».

Car les astres et leurs pouvoirs étaient aussi enfermés dans ces boîtes. Il professait qu'un morceau de cuivre, un brin de verveine, une colombe sont « vénusiens ».

Et à propos du chardon béni :

— C'est une herbe de Mars qui, sous le signe d'Ariès, guérit les maladies vénériennes, par antipathie pour Vénus qui les gouverne. J'en vends beaucoup aux gens des navires. Ils viennent en chercher sous prétexte qu'ils ont la peste à bord, mais je sais ce que cela veut dire...

Avec cela, redevenant soudain authentiquement savant, il donnait un nom latin à presque toutes les herbes de sa connaissance, et elle trouva parmi ses grimoires, au fond d'un vieux coffre, un exemplaire du livre *Herbarum virtutibus*, de Aemilius Maces, et un autre du remarquable « Regimen sanitatis salerno »... des trésors!

Deux jours passèrent ainsi. Ils étaient là, quasi naufragés, dans l'incertitude de leur sort.

Vers le sud-ouest, lorsqu'il faisait clair, se devinait la ligne incurvée de la côte. De là s'élevaient des houppes grises, lentement diluées dans l'atmosphère à la douceur trouble qui règne sur la baie, bleue et rose et laiteuse. Une fine porcelaine...

Ces taches grises trahissaient les incendies allumés par les torches indiennes...

Freeport, Yarmouth et tous les hameaux environnants brûlaient. Portland était menacé.

Tout cela fort lointain. Trop lointain pour qu'on pût deviner le grouillement des fuites éperdues à travers le golfe. Les voiles aux longs déplacements naissaient et s'effaçaient, et n'étaient qu'un vol blanc de plus mêlé à ceux incessants des mouettes, des cormorans et des pétrels.

Il y avait tant d'oiseaux ici que, malgré la lumière éclatante de juin, on se trouvait à tout instant plongé dans une sorte de crépuscule par le passage de milliers d'ailes traversant le ciel en nappes, en rideaux et qu'attiraient les bancs de morues, de harengs, de thons, de maquereaux venus frayer dans ces eaux de la grande baie du Massachusetts qui est comme une corne d'abondance ouverte d'une part à l'Atlantique et close à l'autre bout par la riche et terrible Baie Française (1), aux marées gigantesques.

Le troisième jour de leur présence à la pointe de Maquoit, Cantor dit à sa mère :

— Si demain aucun navire, aucune barque ne jette l'ancre dans ce coin maudit, je m'en vais à pied. Je vais suivre la côte en marchant vers l'est. En me cachant des sauvages, en trouvant un canoë par-ci par-là, pour franchir les passes et les

(1) Aujourd'hui baie de Fundy.

deltas, je finirai bien par atteindre Gouldsboro. Seul, j'attirerai moins l'attention que si nous étions en caravane.

— Ne te faudra-t-il pas des jours et des jours pour mener à bien une telle expédition?

— Je marche aussi vite qu'un Indien.

Elle approuva son projet. Bien qu'elle ressentît une profonde appréhension à la pensée de le voir s'éloigner. Sa jeunesse vigoureuse, déjà pliée aux contingences insolites de la vie américaine, lui était un réconfort.

Mais il fallait faire quelque chose. On ne pouvait pas rester ainsi indéfiniment à attendre un problématique secours.

Ce soir encore, elle poursuivait son guet, favorisé par la clarté du crépuscule.

Les oiseaux criards s'abattaient aux estuaires des fleuves. La brume ouatée, impalpable, se dissipait.

La baie de Casco s'endormait dans une sérénité éblouissante.

La mer, plaquée d'or, présentait comme des joyaux ses îles aux reflets de topaze brûlée, bleu de soufre, noir de jais. Il y en avait trois cent soixante-cinq, disait-on, autant que de jours de l'année.

La clarté baissait encore. L'or se ternissait. La mer devenait d'un blanc blafard et glacé, tandis que peu à peu la terre et ses méandres s'anéantissaient dans une ombre opaque.

L'odeur du golfe montait jusqu'à eux, drainé par un vent rêche.

Le paysage était de bronze et d'airain.

Vers l'est, à la pointe de Harpwells, juste après que le soleil eut disparu, Angélique aperçut un navire. On l'eût dit d'or dans la dernière lueur que lança l'astre du jour. Presque aussitôt elle ne le vit plus.

— N'avait-il pas un tibia géant à la proue? cria le vieux *medecin's man*. Je parierais qu'il abaissait les voiles, préparant le retour au port. Je le connais. C'est le navire fantôme qui surgit au bout de Harpwells lorsqu'un malheur est en route pour celui — ou celle — qui l'aperçoit. Et le port où il s'apprête à pénétrer, c'est la Mort...

— Il n'abaissait nullement ses voiles, répliqua Angélique, irritée.

Le jeune Cantor, la voyant presque bouleversée par les paroles du vieux magicien, lui jeta un clin d'œil complice et rassurant.

LE NAVIRE DES PIRATES

1

Le lendemain de cette soirée, dès les premières heures, Angélique, ne pouvant dormir, descendit ramasser des coquillages parmi les rochers que dénudait la marée basse. Sur une plage proche, la colonie des loups-marins s'agitait et poussait des clameurs déchirantes qui éveillaient l'écho des criques.

La jeune femme vint les observer. A l'accoutumée, c'étaient des animaux paisibles. Gauches et lourdauds à terre, leurs corps sombres et luisants étaient, dans l'étincellement des vagues au couchant, d'une souplesse charmante.

Ce matin-là, en s'approchant, elle découvrit la cause de leur turbulence.

Deux ou trois phoques gisaient sur le flanc, morts, déjà couverts par l'ombre tournoyante et jacassante des oiseaux de mer. Ils avaient été assommés brutalement. Parmi leurs congénères, les grands mâles, les maîtres de plage essayaient d'écarter avec colère la gent emplumée et vorace.

Devant ce tableau, Angélique ressentit un sursaut d'alerte, le massacre était l'œuvre d'humains. DES HOMMES ÉTAIENT DONC VENUS...

Et ce n'était pas des Indiens, car ceux-ci ne pratiquent la chasse au loup-marin qu'en janvier, l'hiver.

Le regard d'Angélique erra sur la crique. Un navire, sans doute le vaisseau fantôme, avait mouillé là, cette nuit, dans l'ombre brumeuse.

Elle remonta.

Le soleil ne surgissait pas encore, caché par une barrière de nuages sur l'horizon. Le matin restait d'un bleu originel, pur et calme.

Alors, dans la fraîcheur de l'air, elle perçut l'odeur d'un feu d'herbes, différente de celle de la fumée qui s'échappait de la petite cheminée de cailloux, au-dessus de la cabane. D'un pas léger et rapide, se glissant d'instinct derrière les buissons et les troncs de la pinède, elle suivit le bord de la langue de terre au-dessus du fjord.

L'odeur de fumée, une fumée de bois vert et d'herbes humides, se fit plus dense.

En se penchant entre les arbres, Angélique aperçut la pointe d'un mât avec sa voile en quenouille. Une embarcation était à l'ancre, cachée par l'un des méandres du long couloir d'eau qui s'enfonçait à l'intérieur des terres.

D'en bas, gonflant ses volutes paresseuses, la fumée montait bleue et opaque, amenant avec elle un murmure de voix.

Angélique s'allongea à terre et s'avança jusqu'au rebord de la faille. Mais elle ne put apercevoir ceux qui bivouaquaient en dessous, sur l'étroite bande de gravier, rongée d'algues. Leurs voix seulement se firent plus proches. Des mots français et portugais. Voix rudes et grossières.

En revanche, elle découvrit entièrement le bateau qui n'était, en fait, qu'une simple barque, une chaloupe.

2

Revenue à la cabane, elle fit rentrer les enfants qui, remis de leur fatigue, commençaient à s'ébattre en se lançant une petite balle de crin.

— Il y a des hommes qui boucanent là-bas, dans la crique. Ils ont une barque où nous pourrions trouver place, au moins huit à dix. Mais je ne suis pas certaine que ces hommes nous offriront passage généreusement.

Elle n'augurait rien de bon d'individus qui massacraient sans nécessité des bêtes innocentes et sans les ramasser même...

Cantor alla à son tour surveiller le point indiqué et revint en disant qu'il « les » avait aperçus, qu'ils étaient cinq ou six, pas plus, et de l'espèce des écumeurs de mer qui hantent les rivages de l'Amérique du Nord à l'été pour y quérir un butin, peut-être moins fabuleux, mais moins coriace à conquérir que celui des navires espagnols.

— Il nous faut cette barque, insista Angélique, ne serait-ce que pour aller chercher du secours.

Elle s'adressait surtout à Cantor et à Stougton.

Celui-ci restait le seul homme valide et qui pût l'aider à prendre une décision.

Le pasteur, en proie à une forte fièvre, était dans une demi-inconscience. Corwin, blessé, souffrait beaucoup et concentrait ses forces pour se retenir de jurer à cause du voisinage du pasteur. Les deux valets, costauds et taciturnes, étaient prêts à tous les coups de main, mais ne pouvaient être d'aucun conseil. Le vieux Shapleigh se désolidarisait de ses hôtes. Lui devrait les quitter ce soir ou demain pour aller dans la forêt, car la nuit approchait où l'on doit cueillir la verveine sauvage.

Quant à Adhémar, c'était un irresponsable.

Restaient Stougton, laboureur sans imagination mais courageux, et Cantor, fils de gentilhomme, dont la courte vie était déjà riche d'expériences. Angélique, dans son fils, faisait confiance à la sagesse de la première adolescence, période où se mêlent chez l'enfant une prudence instinctive, la connaissance de ses forces et une audace déjà virile.

Cantor se faisait fort de capturer cette chaloupe à la barbe des boucaniers, de la conduire de l'autre côté du promontoire, où le reste de la compagnie s'embarquerait.

A ce point de la discussion, Angélique se leva et alla ouvrir la porte. Elle sut aussitôt ce qui l'avait attirée au-dehors.

Le cri de l'engoulevent s'élevait, répété, sonore, insistant.

Piksarett l'appelait.

Elle courut jusqu'au bord de la presqu'île et, sur l'autre rive, au sommet d'un chêne noir, elle aperçut l'Indien qui, à demi dissimulé dans le feuillage touffu, lui adressait des signes véhéments.

Il indiquait quelque chose au-dessous d'elle.

Elle baissa les yeux, regarda vers la grève et son sang se glaça. S'accrochant aux touffes de genévrier et aux pins rabougris qui poussaient dans les fentes de la falaise, des hommes grimpaient.

C'était sans nul doute les flibustiers de la chaloupe, et lorsque l'un d'eux, se devinant surpris, leva vers elle sa face de pirate, elle vit qu'il avait un couteau entre les dents.

Eux aussi avaient dû constater qu'ils avaient des voisins en ces lieux perdus, et, pilleurs invétérés, ils venaient pour les surprendre.

Se voyant découverts dans leur attaque surprise, ils poussèrent d'affreux jurons et précipitèrent leur escalade.

Le regard d'Angélique tomba sur les ruches, près d'elle. Avant de s'enfuir, elle se saisit de l'une d'entre elles, et comme les flibustiers émergeaient sur le rebord du plateau, d'un geste prompt, elle lança vers eux la ruche et son essaim bourdonnant.

Ils reçurent le tout en plein front et poussèrent aussitôt des cris épouvantables.

Elle ne s'attarda pas à les voir se débattre contre la nuée noire et furieuse des abeilles.

Tout en courant, elle avait dédaigné son couteau aiguisé. Bien lui en prit car les bandits s'étaient partagés en deux partis.

C'est ainsi qu'elle vit se dresser entre elle et la demeure de John Shapleigh une sorte de polichinelle ricanant, vêtu d'oripeaux et coiffé d'un tricorne à plumes d'autruche rouges. Il brandissait un gourdin.

Il devait être un peu ivre ou bien croyait-il qu'une femme ne pouvait en rien être redoutable. Toujours est-il qu'il se rua vers elle, et, comme elle se dérobait à son coup de bâton qui siffla dans l'air, il trébucha et vint littéralement s'empaler sur la lame effilée qu'elle brandissait de son mieux au-devant d'elle pour se défendre.

Il poussa un cri rauque et elle éprouva, un bref instant, sur elle son haleine puante de buveur de rhum aux dents gâtées. Ses mains crispées sur le corps d'Angélique se détendirent. Il faillit l'entraîner dans sa chute. Glacée d'horreur, elle le rejeta d'une bourrade, et elle le vit s'effondrer à ses pieds, les mains crispées sur son ventre. Les yeux chassieux du scélérat exprimaient un immense étonnement.

Sans commettre l'imprudence de se préoccuper plus longtemps de son sort, Angélique rejoignit en trois bonds la demeure de Shapleigh dont on boucla aussitôt la branlante palissade.

3

— Y perd ses tripes!

Le cri lugubre montait dans le soir pur de juin qui s'étirait longuement sur la baie de Casco.

— Y perd ses tripes!

Un homme, là-bas, derrière les buissons, en hélait un autre, et les Anglais et Français, assiégés dans leur cabane bien barricadée, entendaient le cri se prolongeant en une clameur dolente et tragique.

La journée, si mal commencée, s'achevait à égalité. Angélique et les Anglais, d'une part, peu armés sans doute, mais aux aguets à l'abri derrière leurs murs de rondins, et les pirates de l'autre, féroces et agressifs, mais désormais malades comme des bêtes et nantis par surcroît d'un blessé qui perdait ses tripes.

Par malheur pour Angélique et ses compagnons, ils s'étaient réfugiés près du ruisseau proche de la maison afin d'y baigner leur visage et leurs membres tuméfiés par les piqûres d'abeilles.

Ainsi postés là, ils ne laisseraient pas sortir un habitant de la cabane. Ils clamaient des injures puis recommençaient à gémir. On ne les voyait pas, mais on les devinait derrière le rideau d'arbres et on les entendait se plaindre.

Et, lorsque la nuit fut venue, leurs gémissements, soupirs et cris de douleur emplissaient l'air à intervalles réguliers, et avec les cris des loups-marins en bas sur la plage, cela faisait une mélopée à vous dresser le poil.

Le clair de lune bientôt vint inonder l'alentour. La mer s'argenta et toute l'escadre des îles, d'un noir d'encre, parut appareiller vers des lointains blancs.

Vers le milieu de la nuit, Angélique grimpa sur un escabeau et déplaça une tuile du toit afin de regarder du dehors et considérer la situation de plus haut.

— Ecoutez, là-bas, matelots, cria-t-elle en français, d'une voix haute et claire.

Elle vit bouger les ombres des pirates.

— Ecoutez donc, on peut s'arranger. J'ai des remèdes ici qui soulageront vos souffrances. Je peux panser votre blessé...

» Approchez jusqu'à deux toises de la maison et jetez vos armes. Nous ne voulons pas votre mort. Seulement la vie sauve et le prêt de votre barque. En échange, on vous soignera.

Le silence lui répondit tout d'abord. Suivit un chuchotement confus qui se mêlait aux rafales du vent.

— On vous soignera, répéta Angélique. Sinon, vous allez mourir. Les piqûres d'abeilles, cela ne pardonne pas. Et votre blessé, sans soins, va succomber.

— Tu parles! Succomber... Y perd ses tripes, y va crever, grogna une grosse voix dans la nuit.

— Ça n'est guère bon pour sa santé. Soyez raisonnables. Jetez vos armes, comme j'ai dit. Et j'irai vous soigner.

Dans la nuit, sa voix légère de femme rassurait et semblait venir du ciel.

Pourtant, les pirates ne cédèrent pas tout de suite. Il fallut attendre l'aube.

— Hé, la femme! cria alors quelqu'un, on va venir.

Il y eut un cliquetis d'acier derrière les bosquets et une grosse silhouette titubante apparut, les bras chargés d'un assemblage de coutelas, couteaux, sabres d'abordage, plus une hache et un petit pistolet.

Il posa le tout à quelques pas de la barrière.

Angélique, abritée par le tromblon du vieux Shapleigh et par Cantor tenant le mousquet, vint jusqu'à l'homme. Il était quasiment aveugle sous l'enflure des piqûres d'insectes qui avaient criblé son visage. Son cou, ses épaules, ses bras, ses mains présentaient un aspect boursouflé et tendu.

Shapleigh repoussa en arrière son haut chapeau de puritain et tourna autour de lui en ricanant et le flairant d'un air joyeux.

— *I see... I see! The squash seams to be quite ripe* (la citrouille me semble mûre à point).

— Sauvez-moi! supplia l'homme.

La chemise noircie de taches de sang anciennes, ainsi que le caleçon de toile court qui laissait à découvert des genoux velus présentaient l'accoutrement d'un boucanier authentique.

Sa ceinture, où pendaient des étuis à couteaux de toutes tailles, vides pour l'instant, mais multiples, trahissait sans confusion possible qu'il appartenait à la corporation de ces hommes qui, dans la mer des Caraïbes, chassent, tuent, découpent les cochons et les bœufs sauvages des îles, puis, après en avoir boucané la chair, en ravitaillent les navires de passage. Simples bouchers de l'Océan, en fait, et commerçants, si l'on veut, pas plus mauvais que d'autres, mais poussés à la piraterie et à la guerre par l'Espagnol conquérant qui ne tolère pas d'autre présence que la sienne dans les archipels d'Amérique.

Ses compagnons, derrière le bouquet d'arbres,

étaient encore plus mal en point que lui. Un jeune moussaillon, souffreteux et malingre, paraissait sur le point d'expirer. Le Portugais à la face olivâtre présentait l'aspect d'un chou et le dernier, vaguement bistré, d'une coloquinte. Quant au blessé...

Angélique souleva la loque souillée jetée sur lui, et un murmure d'horreur et d'effroi vint aux lèvres des spectateurs. Angélique elle-même eut de la peine à retenir un haut-le-cœur.

La blessure béante avait au moins quinze pouces de long, mais était couronnée d'une hernie énorme constituant comme un nid de serpents se contorsionnant, se boursouflant et se déformant sous les mouvements spasmodiques, comme une vision de cauchemar incarné. Les viscères à nu de l'homme au ventre ouvert!

Tout le monde resta figé, sidéré sur place, sauf Piksarett, soudain survenu et qui se pencha, curieux et amusé, sur l'objet d'horreur.

Angélique, presque immédiatement, eut l'intuition qu'elle pouvait tenter le tout pour le tout. Le blessé, qui n'était pas évanoui mais au contraire lucide et vaguement moqueur, la guettait d'un œil vif sous des sourcils broussailleux. Malgré son teint cireux, les traits profondément creusés, Angélique ne découvrait pas sur cette vilaine face d'ivrogne les stigmates de la mort. Surprenant, mais il semblait décidé à vivre. Le coup n'avait perforé en aucune partie les intestins, ce qui eût entraîné la mort à brève échéance.

Ce fut lui qui attaqua, d'une voix étouffée, et réprimant quelques grimaces :

— *Yes... Milady!...* Pour un coup en vache, on

peut pas faire mieux, hein... Du vrai travail d'Egyptienne qui ne pardonne pas, et je m'y connais... Maintenant, faut me coudre tout ça.

Il avait dû y songer durant la longue nuit d'agonie, et se persuader peu à peu que la chose était possible. Un petit bonhomme, qui ne devait pas manquer d'intelligence, bien que ce fût à n'en pas douter une fine crapule. On n'avait pas besoin d'observer longtemps son allure et celle de ses compagnons pour comprendre à quelle catégorie ils appartenaient tous les cinq. Du rebut d'équipage!

Le regard d'Angélique alla du visage de l'homme, qui révélait une vitalité diabolique, à la monstrueuse hernie d'où s'exhalait une odeur putride, tandis que de grosses mouches commençaient déjà à bourdonner aux alentours.

— C'est bon, décida-t-elle, on va essayer.

4

« J'en ai vu d'autres », se répétait-elle tout en disposant hâtivement quelques instruments tirés de sa sacoche sur une planchette dans la cabane.

Ce n'était pas tout à fait exact... Certes, au cours de l'hiver à Wapassou, elle avait été amenée à exécuter de véritables opérations de plus en plus diverses et compliquées. L'habileté extraordinaire de ses doigts déliés, si légers, comme animés d'une vie propre, l'instinct sûr de ses mains guérisseuses la poussaient à des expériences qui, pour l'époque et pour le pays, ne manquaient pas de hardiesse.

C'est ainsi qu'au printemps elle avait soigné un chef indien dont la corne d'un orignal avait ouvert une longue plaie tout au long du dos et, pour la première fois en l'occurrence, elle s'était essayée à rapprocher les lèvres de la blessure par quelques points de fil. La cicatrisation avait été foudroyante.

Sa réputation s'était répandue. Et, à Houssnock, une nuée d'indigènes s'étaient présentés pour se faire soigner par la dame blanche du lac d'Argent.

Aux aiguilles les plus fines tirées de la pacotille de traite, les doigts d'horloger de M. Jonas avaient donné une forme demi-courbe qu'Angélique estimait préférable pour le délicat travail demandé. Elle se félicita d'avoir sauvé sa précieuse besace de toutes les péripéties récentes. C'était merveilleux. Elle y découvrait maintes choses nécessaires dans tous les recoins. Dans un sachet, elle trouva une poignée de gousses d'acacia pilées. Cette poudre au tanin salvateur, elle la réservait comme emplâtre, qui éviterait peut-être les humeurs vénéneuses de se répandre dans le corps une fois la blessure close. Il n'y en avait pas assez. Elle montra la poudre d'acacia à Piksarett qui, après l'avoir examinée et reniflée, fit un sourire entendu et s'élança vers la forêt.

— Occupe-toi de la barque avec un des Anglais, ordonna Angélique à Cantor. Assure-toi qu'elle est en état de prendre la voile avec une partie de notre compagnie. Et restez sur vos gardes et bien armés, quoique ces pauvres brutes ne me semblent guère en état de nuire pour l'instant.

Elizabeth Pidgeon se proposa timidement pour aider Angélique, mais de préférence celle-ci l'envoya pommader les tristes victimes des abeilles. Avec le révérend Patridge à panser, la vieille demoiselle ne manquerait pas de besogne et, consciente de la situation nouvelle, elle choisit le sabre le moins ébréché parmi les armes des pirates et, après l'avoir passé gaillardement à sa ceinture, trottina vers la cabane où Shapleigh commençait à prodiguer ses remèdes accompagnés de force ricanements.

Sous l'arbre, près du blessé, Angélique brossa un galet plat et y disposa son étui à aiguilles, celui à pinces, un flacon de très forte eau-de-vie, des ciseaux, de la charpie, toujours maintenue propre et blanche dans une enveloppe de toile gommée.

Inutile de déplacer l'homme. Ici, l'eau du ruisseau était proche. Elle ranima les braises d'un petit feu, y déposa une marmite de terre avec un fond d'eau, où elle versa la poudre de gousses d'acacia.

Piksarett revenait les mains pleines de gousses. Elles étaient encore vertes. Angélique en saisit une, y porta la dent et fit une grimace en recrachant la sève verte et astringente. Bien que fort désagréable à la bouche, ce n'était pas encore la saveur du tanin parvenu à maturité, qui avait un goût d'encre métallique et possédait les propriétés inestimables de pouvoir resserrer les plaies, les cicatriser, combattre des purulences dangereuses, et enfin, par son pouvoir tonique et vivifiant, éviter les suppurations qui rendent les blessures, même saines, si longues à guérir. Ces gousses vertes seraient moins efficaces.

— Il faudra s'en contenter.

Elle allait les mettre à bouillir lorsque Piksarett l'arrêta.

— Laisse faire Maktera, dit-il.

Il désignait la vieille Indienne, servante ou compagne de l'Anglais médecin. Elle semblait connaître la valeur de la plante. Elle s'accroupit près du feu et se mit à mâcher les gousses, les disposant ensuite en cataplasmes sur de larges feuilles, et Angélique la laissa faire car elle savait — le vieux sorcier du camp des Castors près de Wapassou le lui avait enseigné — que c'était, ainsi préparé, que le remède donnait toute sa mesure.

Et elle revint vers son patient, dont les yeux, toujours ouverts, luisaient à la fois d'espoir et de terreur en la voyant s'agenouiller à son chevet et pencher vers lui son visage encadré de cheveux lumineux, avec une telle expression de résolution concentrée qu'il défaillit, et il y eut dans son regard de vieux forban un éclair pathétique.

— Doucement, la belle, chuchota-t-il d'un timbre affaibli. Avant de commencer, faut s'entendre. Si tu me rapetasses, et que je me retrouve un jour sur la quille, tu vas pas exiger qu'on rende nos armes et qu'on te cède not' vieux rafiot? C'est tout ce que ce salopard de Barbe d'Or nous a accordé pour rester en vie en ce foutu bled. Alors, des fois, tu vas pas être pire que lui?

— Barbe d'Or, fit Angélique dressant l'oreille. Vous faites donc partie de son équipage?

— On faisait, tu veux dire... C't'enfant d'salaud

nous a débarqués ici avec même pas de la poudre à suffisance pour se défendre contre les bêtes fauves, les sauvages et les gens comme vous autres de la côte; qu'on sait bien que c'est tous des naufrageurs...

— Taisez-vous maintenant, dit Angélique, conservant son calme, vous êtes trop bavard pour un moribond... Nous parlerons plus tard.

Il s'était épuisé, et toute sa chair blafarde paraissait se retirer dans les creux de l'ossature du visage pour lui composer déjà un masque de tête de mort, avec un cercle rouge autour des yeux saillants.

Mais ce bord sanguinolent de la paupière parlait pour sa résistance finale. « Il vivra », pensa-t-elle. Et elle serra les lèvres. Elle penserait ensuite à ces histoires de Barbe d'Or.

— Il est trop tôt pour poser vos conditions, messire, reprit-elle tout haut. Nous ferons ce que nous voudrons de vos armes et de votre barque. Bienheureux si vous restez en vie.

— De toute façon... faudra des jours... pour le rafistoler... le rafiot... souffla l'autre, ne capitulant pas.

— Vous aussi, faudra des jours pour vous rafistoler, tête de bois. Et maintenant, gardez vos forces, mon gars, soyez calme.

Et elle posa sa main sur le front flasque poissé de sueur.

Elle hésitait à lui faire boire une potion calmante, précisément à base de cette belladone que Shapleigh n'aimait pas. Rien ne serait assez fort pour dominer les douleurs humaines de l'intervention.

— Un bon grog, gémit le blessé, un bon grog bien brûlant avec la moitié d'un citron dedans, en boirai-je une dernière fois?...

— L'idée n'est pas mauvaise, remarqua Angélique. Cela l'aidera à supporter le choc. Ce flibustier est si complètement imbibé de rhum que c'est peut-être cela qui le sauvera... Hé, maraud, dit-elle au boucanier valide qui était revenu près d'eux, n'auriez-vous pas la valeur d'une pinte de rhum à disposition?

Le gros approuva dans la mesure où ses boursouflures douloureuses lui permettaient de hocher la tête. Accompagné d'un Anglais, il se rendit jusqu'à leur campement de la crique et revint avec une fiasque de verre noir à long col, à demi pleine d'un des meilleurs rhums des îles, si on pouvait en juger à l'odeur qui se répandit quand Angélique en eut fait sauter le bouchon.

— Nous y voilà, fit-elle. Avale cela, mon gars, et tant que tu pourras jusqu'à ce que tu voies tourner le ciel comme une toupie.

Parce qu'elle le tutoyait subitement, il comprit que l'heure était grave.

— Ça va faire mal, râla-t-il.

Et, avec un regard éperdu :

— Y a-t-il un confesseur dans ce foutu bled?

— Moi, dit Piksarett en bondissant à genoux. Je suis chef catéchiste de la Robe Noire et je suis chef de toutes les tribus abénakis. Aussi le Seigneur m'a-t-il choisi pour distribuer le baptême et les absolutions.

— Seigneur Jésus, un sauvage, c'est le bouquet ou je deviens fadingue! s'exclama le blessé, et il perdit connaissance, soit de saisissement ou de trop d'efforts soutenus, on ne sait.

— C'est mieux ainsi, dit Angélique.

« Je laverai la plaie, songea-t-elle, à l'eau tiède additionnée d'essence de belladone. »

Elle prit près d'elle un petit morceau d'écorce en forme de goulotte qui lui permettrait de mieux diriger le filet d'eau versé par la calebasse que tenait Piksarett. Elle se pencha vers la monstrueuse chose béante.

Au premier contact, si léger fut-il, le blessé tressaillit et chercha à se dresser. Il fut retenu par les mains vigoureuses de Stougton.

Angélique fit coucher le grand boucanier en travers des cuisses de son camarade, face contre le sol, et l'Indien de Shapleigh maintint les chevilles. Comme cela n'allait pas, le blessé revint à demi à lui et supplia qu'on lui soulevât la tête, ingurgita encore quelques lampées de rhum, puis, à demi inconscient, se laissa attacher les poignets à des piquets fichés en terre. Angélique roula un morceau de charpie en boule et le lui introduisit entre les dents, puis soutint la nuque d'un rondin de paille, veillant à ce que la respiration par les narines se fît facilement.

De l'autre côté, s'était agenouillé le vieil Anglais médecin. Il avait ôté son grand chapeau et le vent remuait ses cheveux blancs et bouclés. Ce fut lui qui, d'office et comprenant sans paroles ce qu'elle désirait comme aide, saisit les pinces de roseaux et posa les premières prises destinées à rapprocher les bords de la plaie. C'était à peu près impossible d'y parvenir complètement, mais, d'un coup sec et décidé, Angélique planta l'aiguille dans les chairs apparemment flasques et pourtant coriaces et résistantes et ses doigts les maintenaient tandis que, d'un mouvement de poignet imperceptible mais qui exigeait une vigueur et dextérité peu communes, elle amenait le fil suiffé, puis nouait la boucle. Elle travaillait vite, régulièrement, sans hésitation, penchée, entièrement immobile, à part le mouvement inexorable de ses deux mains habiles. Le vieux John la suivait, l'aidant des pinces ou de ses doigts quand les pinces cédaient sous la poussée des chairs torturées.

Le malheureux martyr restait prostré, mais son corps était parcouru par des tressautements continuels et gênants, et par instants, à travers le bâillon, on entendait sourdre un râle terrible qui semblait être le dernier. Alors, la grappe des intestins puants, visqueux et bougeant sans cesse saillait, de nouveau prête à jaillir, et il fallait la renfoncer à l'intérieur comme une bête qu'on étouffe. Les volutes blanchâtres et violacées des viscères continuellement ressortis par les interstices formaient de multiples hernies et faisaient craindre à chaque moment un éclatement ou une perforation qu'Angélique savait devoir être fatale. Mais le chapelet d'entrailles tint bon et la dernière suture fut nouée.

L'homme était comme mort.

Angélique attrapa l'emplâtre de tanin que lui passait l'Indienne, en couvrit toute la surface du ventre et serra fortement les pans d'une bande de toile, qu'avant de commencer elle avait glissée sous les reins du patient.

Ainsi sanglé, Tête de Bois n'avait plus qu'à s'accommoder de nouveau de ses tripes vagabondes remises en bonne place, et il fallait espérer qu'elles entendraient définitivement raison.

Angélique se redressa, le dos rompu. Le travail avait duré plus d'une heure.

Elle alla laver ses mains au ruisseau. Puis revint, rangea tout.

On entendait dans la crique des coups de maillet. La barque serait prête au départ avant son misérable capitaine.

Angélique de Peyrac souleva la paupière du blessé, écouta le cœur. Il vivait toujours. Alors, le considérant du bout de ses pieds crasseux et couverts d'oignons à sa tignasse inculte, elle ressentit un élan de sympathie pour ce triste rebut d'humanité dont elle venait de sauver la misérable existence.

5

Tout le monde, et surtout les malades et les blessés ne pouvaient pas prendre place à bord de la chaloupe des flibustiers remise en état de navigation. Le choix de ceux qui partiraient ou resteraient donna lieu à des débats de conscience dont Angélique devait, une fois de plus, assumer la direction.

Il était évident que Cantor, plié aux arts de navigation, devait prendre le commandement pour mener la barque à Gouldsboro. Les hommes, Stougton et Corwin, élevés sur les rivages, l'aideraient à la manœuvre et il était logique qu'ils partissent avec leur famille au complet. Leurs engagés, de plus, ne voulaient pas les quitter. Ils mourraient de peur sans leurs maîtres, ne sauraient plus que devenir au monde. Cela remplissait déjà la barque, et l'on ne pouvait envisager d'y allonger les malades nécessitant des soins. Angélique avait compris dès le premier instant qu'elle serait contrainte de demeurer près de ceux-ci, et jamais le sens de ses responsabilités ne lui avait autant coûté. Mais comment abandonner à leur sort des mourants, aussi bien l'énorme Patridge que les flibustiers empoisonnés par les abeilles, et son opéré miraculé. Cantor poussa des hauts cris. Il lui répugnait extrêmement de laisser sa mère en si misérable et dangereuse compagnie.

— Tu te rends pourtant bien compte, lui dit-elle, qu'on ne peut prendre aucun malade. Ils gêneraient la manœuvre, exigeraient des soins qu'on ne pourrait leur donner à bord, risqueraient de mourir en route.

— Eh bien! qu'ils restent ici avec le vieux Shapleigh qui les soignera.

— Shapleigh m'a dit qu'il partirait dans la forêt un de ces soirs très proches, et qu'il ne peut retarder son voyage à cause de la lune. Je crois surtout qu'il ne tient pas à demeurer en tête-à-tête avec cette canaille des Caraïbes...

— Et vous-même, ne courez-vous pas de grands dangers en leur compagnie?

— Je sais me défendre. Et d'ailleurs, ils sont malades comme des bêtes.

— Pas tous. Il y en a un qui reprend bon pied, bon œil et dont le regard ne me dit rien qui vaille.

— Eh bien! Voici la solution. Tu vas prendre celui-là à ton bord, Corwin et Stougton le surveilleront jusqu'à ce que vous ayez pu vous en débarrasser dans une quelconque île de la baie de Casco. Ensuite, vous cinglerez au plus vite vers Gouldsboro. Et, avec un bon vent, il se peut que je te voie revenir sur *Le Rochelais* d'ici moins de huit jours. Il ne peut m'arriver rien de bien grave d'ici là...

Elle voulait s'en persuader, et Cantor finit par admettre qu'il n'y avait pas d'autre solution à envisager.

Plus vite on lèverait la voile, plus vite on se retrouverait tous en famille, à l'abri des murs de Gouldsboro, qui apparaissait à leurs yeux comme le havre de paix et la fin de toutes les inquiétudes. A Gouldsboro, il y avait des armes, des richesses, des hommes, des navires...

Ils n'étaient maintenant plus que huit à la pointe du cap, sur la Maquoit Bay.

Depuis deux jours, la barque des flibustiers, dûment gréée de ses voiles et gouvernée avec maîtrise par Cantor, s'était glissée hors de la crique et, penchée comme une mouette sous le vent, s'était faufilée derrière les dernières îles.

Elle emportait donc les familles Corwin et Stougton, leurs engagés, la petite Rose-Ann et l'un des flibustiers le moins malade, dont on essaierait de se débarrasser sur une des îles à la première occasion. Il avait longuement parlé dans son jargon avec ses compagnons, avant de partir.

Le petit Sammy Corwin, mal guéri de ses brûlures, était resté ainsi que le révérend Thomas, trop faible, et miss Pidgeon avait voulu demeurer aux côtés de son pasteur. Adhémar avait hésité à s'embarquer aussi, mais sa peur de la mer et des Anglais avait prévalu et, tout calcul fait, il avait préféré rester près d'Angélique, dont il se disait que, pour des raisons diaboliques ou non, elle devait avoir un certain pouvoir de protection. Angélique l'employait à chercher du bois, de l'eau, des coquillages ou à éventer les malades que tourmentaient les moustiques. En fait, la chaloupe n'aurait pu embarquer une personne de plus et il avait fallu la sauvage impudence de Wolverines le glouton, se précipitant comme une grosse loutre dans le sillage de Cantor, pour qu'on lui trouvât une place à bord.

Angélique se sentait liée à la geignante carcasse de son opéré qui s'obstinait à survivre et qui se nommait Aristide Beaumarchand, comme l'en avait informé l'un de ses amis. « Ni beau ni bon marchand, je parierais, avait dit Angélique en haussant les épaules. Tête-de-Bois ou Ventre-Ouvert, voilà qui lui va mieux. »

Ce matin-là, le révérend Patridge ouvrit les yeux, dit que c'était dimanche, et demanda la Bible afin de préparer son sermon. On crut qu'il délirait sous les effets de la fièvre, on voulut le calmer, mais il tempêta et répéta si énergiquement qu'on était dimanche, le jour du Seigneur, qu'il fallut bien se rendre à l'évidence : on était dimanche.

Une semaine s'était écoulée depuis l'attaque du petit village anglais.

Et Angélique gardait l'espoir que des navires de Joffrey de Peyrac croisaient encore à l'embouchure du Kennebec. Cantor aurait peut-être la chance d'en rencontrer un. Un bon, solide et grand vaisseau, protégé de gros canons, où sur la mer libre on pourrait se reposer et revenir en toute paix chez soi.

Quel bonheur!

Mais deux jours déjà et rien ne paraissait à l'horizon.

D'une voix chevrotante, Elizabeth Pidgeon lisait la Bible au pasteur. L'écoutaient aussi, d'un air soupçonneux et rogue, les deux boucaniers malades. Ceux-là, il fallait bien les soigner, mais l'on n'était guère pressé de les voir reprendre des forces. Le troisième, le plus grand et le plus solide, allait du chevet de Ventre-Ouvert à celui de ses deux autres camarades couchés dans la cabane et tenait avec eux de longs conciliabules dans un sabir assez inaudible. Son allure dolente des premiers jours se raffermissait. Il était gigantesque, lourd et inquiétant.

— Surveille-le, disait Angélique à Adhémar. Sinon, il va réussir à récupérer un de ses couteaux et nous le planter dans le dos.

Il montrait une sollicitude sincère pour l'opéré.

— C'est mon frère, disait-il.

— Vous ne vous ressemblez guère, constata Angélique, comparant la taille d'ogre de l'un à la silhouette malingre qui se devinait sous les couvertures.

— Nous sommes frères de la Côte. Nous avons échangé nos sangs et nos profits depuis près de quinze ans.

Et, avec un sourire hideux dans son visage déformé par les piqûres d'abeilles :

— C'est p't'être ben pour ça que je ne vous

égorgerai point... Parce que vous avez sauvé Aristide...

Il lui fallait veiller la nuit. Elle avait tendu au-dessus du blessé une toile, moins pour le protéger du soleil que l'arbre tamisait que de la rosée nocturne, ou des pluies subites qui parfois tombaient, ou même des volées d'embruns, que le vent à marée haute apportait jusqu'à eux.

Elle le veillait, tenace, attentive, surprise de voir la guérison s'installer dans ce corps condamné, et si passionnante était la réussite entrevue qu'à certains moments elle aimait presque ce pauvre Aristide.

Le soir même de l'intervention, il avait ouvert les yeux, réclamé du tabac et un grog « avec un citron entier... que tu m'éplucheras, Hyacinthe... ».

S'il n'avait pas eu son grog et son citron, qu'elle remplaçait par du bouillon de poissons bien passé, il n'en reprenait pas moins vie à toute allure.

Et le fameux dimanche survenu, où déjà le pasteur Thomas avait commencé de ressusciter...

— Je vais vous aider à vous asseoir, dit Angélique au blessé.

— M'asseoir, tu veux ma mort?

— Non, il faut faire circuler votre sang pour qu'il n'épaississe pas. Et je vous interdis de me tutoyer, maintenant que vous êtes hors de danger.

— Ah! Non! mais quelle femme!

— Venez m'aider, vous, le boucher des Côtes.

A deux, ils le saisirent sous les bras, le hissèrent et le soutinrent dans la position assise. Il était blême et couvert de sueur.

— Du brandy! Du brandy!...

— Adhémar, apporte le flacon.

Quand il eut bu, il parut mieux; elle l'accota contre un tas de sacs recouverts de peaux de bêtes et le considéra longuement avec satisfaction.

— Et voilà, Tête-de-Bois! Il ne vous reste plus qu'à p... et ch... comme tout le monde, et vous êtes un homme sauvé.

— A la bonne heure, vous, fit-il, au moins vous avez votre franc-parler... Z'ont raison ceux qui racontent que vous êtes sortie de la cuisse du Diable... Parce que c'est vrai, ça!

Il essuya son front moite. Elle lui avait rasé sa barbe pleine de vermine et il avait désormais l'aspect inoffensif d'un petit épicier malmené par sa femme et ses créanciers.

— J'suis plus rien à côté de Barbe d'Or, gémissait-il. Voilà l'affaire...

Elle l'aida à s'étendre de nouveau, et plus tard quand il se fut reposé :

— Parlons un peu de ce Barbe d'Or, reprit-elle, et de ceux qui disent que je suis sortie de la cuisse du Diable.

— Oh! moi, je n'y suis pour rien, se défendit-il.

— Savez-vous donc qui je suis?

— Pas très bien, mais Barbe d'Or le sait, lui. Vous êtes la Française de Gouldsboro qu'on dit sorcière, liée à un magicien qui fabrique de l'or avec des coquillages.

— Et pourquoi pas avec du rhum! fit Angélique gravement. Ça vous arrangerait, hein?

— Voilà en tout cas ce que jaspinent les marins que nous avons rencontrés dans la Baie Française. Entre marins, on doit se faire confiance.

— Des marins comme vous sont plutôt des forbans. D'abord, les marins n'emploient pas votre jargon.

— Parlez alors pour nous deux si vous voulez, dit le Ventre-Ouvert d'un air digne et offensé, mais pas pour Barbe d'Or. C'est un Monsieur, lui, pardon!... Et de plus le meilleur marin qu'on puisse rencontrer autour du globe. Vous pouvez me croire quand je vous le dis, parce que, à part ça, vous avez vu comme il nous a traités, c't'enfant d'salaud, en nous débarquant, en nous abandonnant comme des « marrons », pour ainsi dire sans vivres et sans armes dans ce pays de sauvages. Il disait qu'on déshonorait son vaisseau.

Le Portugais, un peu désenflé, qui se trouvait dans les parages, approuva :

— Oui, ça, Barbe d'Or, je le connais depuis plus longtemps que toi, chef, depuis Goa et les Indes. Je me suis brouillé avec lui à cause de cette histoire de Gouldsboro, mais je regretterai toujours.

Angélique passait et repassait ses doigts dans ses cheveux. Le vent les rabattait sur ses yeux et elle ne cessait de les repousser.

Elle essayait de rassembler ses idées, mais ce vent étourdissant l'embrouillait et elle n'arrivait pas à nouer deux raisonnements ensemble.

— Voulez-vous dire que vous saviez qui j'étais et que *j'étais là*, quand Barbe d'Or vous a laissés dans la crique?

— Non, ça, on ne le savait pas, fit Beaumarchand. Ça, c'est le hasard. Le hasard qui fait le clin d'œil aux braves gars comme nous quand ils sont dans la m... C'est pas la première fois que le hasard vient nous tirer de là par la dernière mèche du crâne, pas vrai, Hyacinthe?

— Mais comment avez-vous su que j'étais là? insista-t-elle, impatiente.

— Bédame! quand on s'est aperçu qu'il y avait du monde sur la falaise, on s'est rapproché, on a écouté et quand on a compris que c'était vous, la Française de Gouldsboro, la comtesse de Peyrac, vous qui étiez là avec une bande d'English, alors, vrai, on croyait que notre chance était venue.

— Pourquoi donc, votre chance?

— Bédame! Barbe d'Or disait qu'il avait des ordres pour le comte et la comtesse de Peyrac, qu'il fallait le tuer, lui, et la capturer, elle...

— Rien que cela?... et des ordres de qui?

Le cœur d'Angélique faisait des bonds dans sa poitrine. Son ivrogne avait ceci d'intéressant que, bavard comme une pie et toujours entre deux lampées d'alcool, il parlait à tort et à travers.

6

Pourtant, à cette question, il répondit par une moue d'ignorance.

— C'est depuis qu'il était allé à Paris avant sa dernière campagne des Caraïbes. Pour faire signer ses lettres de courses par le ministre. Il y était allé avec toi, hein, Lopez?

Le Portugais hocha la tête, affirmatif.

— Et qui ça « lui »? Qu'on devait tuer, insista Angélique.

— Ben, l'homme avec qui vous êtes, le comte, celui qui fait de l'or avec des coquillages.

— Le tuer! Et c'est pour cela que vous avez essayé de m'attraper?...

— Bédame! Mettez-vous à notre place. Et maintenant que vous m'avez décousu et recousu, je le sais bien, allez, que vous êtes sorcière.

Il lui fit un clin d'œil dans lequel elle ne put définir s'il y avait de la complicité ou de la méchanceté. Et il eut un rire sardonique et muet.

— Pourquoi alors votre capitaine vous a-t-il débarqués? interrogea-t-elle.

— On n'était pas d'accord sur la répartition du butin; c'est pas des affaires de femme, même sorcière, dit Aristide avec hauteur.

— Je pense plutôt que vous dépariez dans son équipage, si c'est un Monsieur, comme vous dites, fit Angélique.

Des cinq flibustiers qui s'étaient trouvés sur la grève, il n'était pas besoin de grand examen pour affirmer que tous n'étaient que de la racaille. De l'espèce que Joffrey de Peyrac avait dû faire pendre aux vergues de son navire au cours de son dernier voyage.

Touché au vif, l'opéré se renferma dans un silence digne.

— Qu'allait donc faire votre Barbe d'Or à Gouldsboro? insista Angélique.

Il ne pouvait rester digne et muet bien longtemps.

— Voyons, faut pas être louf : prendre possession de ses terres, pardi!

— ?...

— Pas la peine d'ouvrir des mirettes comme des plats à barbe, ma belle. Je vous ai dit déjà que le sieur Barbe d'Or, c'est un corsaire qui a tout ce qu'il faut comme lettres de marque délivrées par le ministre, sa compagnie de Paris et même par le gouvernement de La Tortue. Mais encore — le blessé levait un index doctoral — mais encore il a obtenu et acheté en concession au roi de France toute la terre qui se trouve de la pointe des Montagnes bleues à la baie de Gouldsboro.

— Vous m'en direz tant! s'exclama Angélique.

— C'est une idée qu'il a toujours eue en tête, Barbe d'Or, tout marin qu'il soit. S'installer avec des compagnons sur un coin de terre pour faire pousser du blé français. Voilà pourquoi j'étais pas d'accord avec lui ni Lopez. Moi, je tiens à bourlinguer jusqu'à ce que les requins me bouffent, et c'était donc moi qui avais raison. Lui, Barbe d'Or, tout malin et pistonné par le roi qu'il est, il a vu où ça l'a mené ses grandes idées de colonisation. On lui a tiré des boulets rouges dans ses œuvres vives... Sont pas commodes, ces gars de Gouldsboro... Notre pauvre *Cœur de Marie*.

— Qu'est-ce cela?

— C'est le nom de notre vaisseau.

Angélique se fit la réflexion que plus les flibustiers semblaient malintentionnés et plus ils choisissaient pour leurs navires des vocables pieux, sans doute dans l'espoir d'obtenir la protection... ou le pardon des esprits célestes.

— Ignorait-il vraiment, votre grand chef, que la côte avait déjà un propriétaire et du monde installé dans la place?

— On nous avait dit : Y a des femmes là-bas. Des femmes blanches, pas des Indiennes. Alors, dame, ça, ça arrangeait tout. On prendrait la terre, et chacun une femme pour commencer. Enfin, de la vraie colonisation, quoi! Bernique! On a été reçus à coups de boulets rouges, j'vous dis, et quand on a essayé de débarquer, ces enragés nous ont taillés en pièces. Le navire prenait du gîte, ça commençait à flamber. Y avait pu qu'à se défiler dans les îles comme des péteux. Et mon Barbe d'Or vénéré, mais bête en fin de compte avec ses idées de grandeur, avec sa charte sous le bras et ses projets de labour — terre et femmes — bien avancé, oui-da...

Il eut un rire rauque qui s'acheva dans une quinte de toux.

— Ne toussez pas, dit Angélique, sévère.

Elle vérifia si la cicatrice ne se distendait point.

Une affreuse crapule, cet Aristide, mais, s'il disait vrai, les renseignements fournis étaient précieux.

Elle frémissait à la pensée que, sans la défense énergique des Huguenots à Gouldsboro, ses amies rochelaises auraient pu tomber entre les mains de ces misérables.

— Non, Barbe d'Or n'est pas ce que vous croyez, reprit le malade d'une voix affaiblie mais entêtée, et comme s'il avait suivi ses pensées. Des lettres de courses, le soutien du roi comme corsaire sous la bannière fleurs de lys, et des princes pour lui prêter de l'argent, il a tout, je vous dis... Il m'a traité dur, mais sous son pavillon on n'avait pas à se plaindre. Un Monsieur, j'vous dis, que Barbe d'Or. Et quant au quart d'eau-de-vie, tous les jours, exactement comme sur les vaisseaux du roi. On était quelqu'un, qu'est-ce que vous croyez... Z'auriez pas un petit bout de fromage, M'dame?

— Du fromage? Vous êtes fou! Dormez! dit Angélique.

Elle lui ramena sa couverture jusqu'au menton, le borda, essuya sa bouche veule.

« Pauvre Tête-de-Bois! Tête de pioche, tu ne vaux pas la corde pour te pendre. »

Et, malgré les froids rivages, les cris des phoques, la sombre haie de sapins noircissant l'abord des plages, elle évoquait, en le regardant, ces pirates de la Méditerranée et son peuple cosmopolite d'aventuriers. Elle en retrouvait la fascination et la peur...

A Brunschwick-Falls, Mrs William lui avait dit que jadis les plus endurcis de ces gentilshommes d'aventure, qui jetaient l'ancre devant les pauvres villages de colons de Nouvelle-Angleterre, ne leur auraient fait aucun mal; mais ces temps étaient passés. La vie, la richesse en prospérant sur les rivages d'Amérique attiraient maintenant les pillards.

Il faudrait assainir tout cela, policer, ordonner la vie anarchique des rivages et des côtes. Et la haute silhouette de Joffrey se dressait devant ses yeux, sûre, comme si, mêlée à tout ce qui était vie et action, il lui apparaissait comme le mâle principe d'un monde nouveau.

Oh! mon amour... Ils ont dit : Lui, le tuer...

Il ne se laissera pas tuer.

Mais avec la guerre indienne rallumée qui précipitait à travers les baies et les îles une population terrifiée, qui remettrait en question les alliances des royaumes lointains, la tâche s'annonçait confuse, et les vaisseaux malveillants y trouveraient leur complet de rapines. Elle-même, par quels entrelacs hasardeux ou calculés avait-elle été amenée en ces lieux alors que, peu de jours auparavant, elle quittait le fort Wapassou pensant gagner sans encombre prévu leurs terres de Gouldsboro?

— Lopez, dit-elle à voix haute, vous étiez avec ce Barbe d'Or à Paris quand il est venu faire signer ses lettres de courses, et sans doute chercher de l'argent pour armer son bateau. Quel seigneur le protégeait? Qui étaient ses armateurs ou associés? Pouvez-vous me citer un nom?

Le Portugais secoua la tête.

— Non... Je n'étais là-bas que comme son valet. Parfois, d'autres valets portaient des messages. Il y avait aussi...

Il parut réfléchir.

— Je ne sais pas son nom. Mais si jamais un jour vous rencontrez un grand capitaine avec une tache de vin, là, une tache violette qu'il a — il touchait sa tempe — eh bien, méfiez-vous, vos ennemis ne sont pas loin. Service pour service : après tout, sorcière ou pas, mais vous avez sauvé mon copain...

7

Et voici que le soir encore tombait sur la baie de Casco, laissant traîner une longue lueur orangée là-bas vers l'ouest où la terre s'incline en une longue courbe, plongeant soudain au sud pour enrober comme un immense geste caressant le monde des golfes multiples et les îles de ce vaste cirque bleu de la mer où s'engouffre et vient se jeter par tous les courants du nord, aspirée, la provende bleu et argent des poissons.

Nids à poissons du monde que ces eaux, confluents des grands courants océaniques chaud et froid charriant ses immenses réserves de plancton, attirant le poisson, une infinie réserve pour les pêcheurs du monde depuis la nuit des temps.

Les Malouins y venaient dans leurs chaloupes bien des siècles avant que Christophe Colomb découvrît nos Antilles.

Le printemps faisait pulluler à la surface des flots, comme des fleurs ouvertes des nénuphars géants, les voiles blanches des vaisseaux.

Et plus la nuit tombait, plus Angélique voyait s'allumer des feux rougeoyants à travers l'étendue obscure, mais lointains et évanescents comme des étoiles.

— Y boit pas, bredouillait Aristide près d'elle... Qu'est-ce que vous pensez d'un marin qui boit pas?

— De qui parlez-vous, mon garçon?

— De ce satané Barbe d'Or... Y boit pas, sauf quand il prend une femme. Mais c'est pas souvent.

Les femmes, on dirait qu'il n'aime pas ça... ni boire. Et pourtant, c'est un homme terrible. A la prise de Portobello, il a fait marcher les moines du couvent San Antonio en avant de ses hommes, comme bouclier. Les Espagnols de la garnison tiraient dessus en pleurant.

Angélique frissonna.

— Cet homme est un impie!

— Non! Pas tant que vous pensez. On fait toujours la prière à son bord. Et les mauvaises têtes, il les envoie le temps de réciter vingt chapelets sur la hune de la civadière.

Angélique, mal à l'aise, croyait voir la barbe d'or du sanglant flibustier flotter dans la nuit. La pensée que le navire d'un tel individu avait mouillé une nuit au pied du promontoire, lorsqu'il était venu y abandonner ses mutins, lui donnait la chair de poule.

— Y reviendra, vous verrez, geignit le blessé.

Un nouveau frisson secoua Angélique et le râle du vent dans les cèdres lui parut sinistre avec un subit éclair de chaleur, là-bas, sur l'horizon.

— Dormez, l'ami.

Elle ramena les pans de son manteau autour d'elle. Elle voulait veiller jusqu'au milieu de la nuit, après quoi, le boucanier, le frère de la Côte, prendrait le quart. Il était là lui aussi, accroupi près du feu, massif, le cou dans les épaules, et elle l'entendait se gratter sa barbe inculte pour calmer les démangeaisons de sa chair irritée.

Songeant à mille choses et le profil levé vers les étoiles, elle ne voyait pas qu'il la fixait de ses yeux luisants. Maintenant qu'il était un peu moins malade, il éprouvait de drôles de sensations à la regarder, cette femme. Immobile dans son manteau noir comme une statue, avec un visage qui émergeait comme un éclat de lune, mais elle avait toujours une mèche dorée qui lui balayait la joue et qu'elle écartait d'un mouvement de la main. Et ce geste seul évoquait sa beauté opulente cachée, la vigueur de ses formes, qu'il admirait.

— Moi, j'suis pas comme Barbe d'Or, fit-il à voix basse. Les femmes, j'aime bien ça.

Il se racla la gorge.

— Ça ne vous arrive jamais de prendre un peu de plaisir, m'dame?

Elle tourna lentement la tête vers sa forme massive.

— Avec des gens de ton espèce? Non, mon garçon.

— Qu'est-ce qu'ils ont, les gens de mon espèce, qui ne vous revient pas?

— Une face de courge et beaucoup trop laide pour qu'on prenne plaisir à l'embrasser.

— On n'est pas forcés de s'embrasser si ça vous dit rien, fit-il, conciliant. On pourrait faire autre chose.

— Reste à ta place, lui intima-t-elle sèchement, voyant qu'il ébauchait un geste dans sa direction. J'en ai décousu d'autres pour beaucoup moins que ça. Et toi, je ne prendrais pas la peine de te recoudre.

— Ah! vous n'êtes pas commode, grogna-t-il en se grattant de nouveau avec frénésie. Pourtant, c'est une occasion que je vous offre. On est tout seuls, on a le temps. Je m'appelle Hyacinthe...

Hyacinthe Boulanger. Vraiment, ça ne vous dit rien?

— Non, sans t'offenser. C'est la prudence qui me fait parler, Hyacinthe, dit-elle légèrement pour ne pas s'en faire un ennemi. Les équipages qu'on abandonne sur les plages ne sont pas toujours de la première fraîcheur. Rien qu'à te regarder je parierais que tu es vérolé jusqu'aux moelles.

— Ah! non, ça c'est pas vrai, je vous jure, s'écria le boucanier, franchement outragé, si j'ai une tête pareille, c'est à cause de vos satanées ruches que vous nous avez balancées en pleine tronche.

Aristide se plaignit :

— Cessez donc de vous disputer ainsi pardessus ma tête, comme si que déjà j'étais un maccab.

Le silence retomba.

Angélique se disait qu'il n'y avait pas de quoi en faire un drame. Elle en avait vu d'autres. Mais dans l'état d'anxiété latente où elle se trouvait, le désir de ce sinistre individu, dans la nuit lugubre de cette côte abandonnée battue par les flots, lui causait un malaise et un effroi insurmontables. Elle avait les nerfs à vif et éprouvait l'envie irrésistible de prendre ses jambes à son cou. Elle s'imposa de ne pas bouger aussitôt et de garder une attitude indifférente pour qu'il ne la sût pas effrayée. Puis elle choisit le premier prétexte pour se lever, recommander au boucanier de surveiller le feu et son frère de la Côte, et retourna vers la cabane.

Toute penchée, dans l'éclat des braises, miss

Pidgeon semblait quelque menue sorcière occupée à ses philtres.

Angélique s'inclina vers l'enfant Sammy, toucha son front tiède, palpa ses bandages, puis ayant adressé un sourire à la vieille demoiselle, elle ressortit et alla s'asseoir derrière la cabane, près de l'Indienne Maktera.

La lune à demi pleine surgissait des nuages. C'était une nuit où l'on ne pouvait pas dormir. Le cri hoquetant et précipité des grillons semblait soutenir d'une note aiguë, syncopée et lancinante, les chants mêlés du vent et de la mer.

Le vieux *medecin's man* apparut drapé dans son ample manteau qui ne laissait visibles entre le col et le rabat de son chapeau que les gros verres de ses besicles où un reflet de lune alluma subitement deux étoiles aiguisées. L'Indien le suivait comme une ombre, enveloppé lui aussi dans sa couverture de traite rouge et tenant le tromblon couché entre ses bras.

— Cette fois, dit Shapleigh, je m'en vais cueillir la verveine sauvage, l'herbe sacrée, l'herbe aux sorciers : une larme de Junon, une goutte de sang de Mercure, la joie des simples. Il faut la cueillir vers le temps où l'étoile Sirius se lève, au moment où ni le soleil ni la lune ne sont au-dessus de l'horizon, pour assister à ce geste, et la nuit est proche où les signes se conjoignent. Je ne peux plus attendre... Je vous laisse deux charges de poudre pour votre mousquet, et de quoi droguer vos malades pour les rendre moins dangereux... Prenez garde à cette racaille!

Elle murmura en anglais : Merci, mister Shapleigh.

Il fit quelques pas, se retourna pour tendre l'oreille à la tendre voix étrangère qui avait murmuré dans la nuit : *Thank you,* mister Shapleigh.

Il l'observa. Les yeux verts d'Angélique, à la clarté de la lune, avaient un éclat insoutenable.

Un rire sardonique étira sa bouche édentée.

— Irez-vous au Sabbat? demanda-t-il, enfourcherez-vous votre perche? C'est la nuit ou jamais pour une femme comme vous. Par cette lune, vous rencontrerez le démon aux pattes d'oie... Ne l'avez-vous pas, la baguette enduite de l'onguent du Sabbat? Vous connaissez la recette? Cent onces d'axonge ou graisse humaine, cinq de haschisch, une demi-poignée de fleurs de chanvre, une demie de fleurs de coquelicot, une pincée de racine d'ellébore, de la graine de tournesol concassée...

Comme il parlait en anglais, elle ne saisissait pas le sens de tout ce qu'il disait, mais il lui répéta la formule en latin, et elle eut un geste effrayé.

La vieille Indienne, ample et lourde, accompagna Shapleigh le long de la presqu'île jusqu'à la lisière des bois, puis revint de son allure solennelle. Angélique s'interrogeait sur la place que Maktera tenait près de ce vieux fou d'Anglais. Les Indiennes se plaçaient rarement comme servantes. Avait-elle été sa compagne? Ce qui expliquerait mieux l'ostracisme dans lequel ses compatriotes tenaient le savant, car pour eux la peau rouge n'est que déchéance.

Un jour, Angélique connaîtrait l'histoire de ce

couple étrange qui vivait à l'extrême pointe sauvage de la baie de Maquoit, celle d'une jeune Indienne, dernière survivante de la tribu exterminée des Péquots et que quarante années plus tôt on avait menée pour être vendue comme esclave sur la place de Boston. Achetée pour ses maîtres par un jeune « engagé » anglais, tout frais débarqué avec son diplôme d'apothicaire dans la poche. La tenant par ses liens, il s'était mis en route en la tirant derrière lui, et c'est alors qu'en regardant sa fragilité de biche et ses yeux noirs comme la source, dans l'ombre il avait senti l'obscure passion du bien et de la folie qui hante tous les fils de Shakespeare s'emparer de lui.

Et, au lieu de revenir vers la maison, il avait marché tout droit vers la forêt. Et c'est ainsi qu'ils avaient pénétré ensemble dans le royaume maudit des réprouvés.

8

A travers la plaine brune et scintillante des rochers découverts par le reflux, un homme s'approchait sautant par-dessus les mares d'un pas léger.

Lorsqu'il fut proche, Angélique reconnut Yann Le Couennec, le Breton de Wapassou, l'écuyer de son mari.

Elle courut à lui, folle de joie, et le serra amicalement dans ses bras.

— Yann, mon cher Yann! Quel bonheur de te voir!... M. le comte... où est-il?

— Je suis seul, dit le jeune Breton.

Et devant la déception qu'il lisait sur les traits d'Angélique :

— Lorsque M. le comte a appris votre départ pour le village anglais, il m'a chargé de vous joindre coûte que coûte. Voici huit jours que je suis votre piste de Houssnok à Brunschwick-Falls, puis le long de l'Androscoggi.

Il tira un papier de sa vareuse.

— Je dois vous remettre ceci de la part de M. le comte.

Elle attrapa le message avec avidité, heureuse de tenir quelque chose de lui entre ses mains, se retint d'y poser ses lèvres avant de faire sauter le cachet de cire.

Elle espérait que Joffrey lui donnait rendez-vous en un point de la côte, lui annonçait son arrivée contre toute vraisemblance. Mais il n'y avait que quelques lignes assez sèches : « Si ce message vous touche à Brunschwick-Falls, revenez avec Yann au poste de Peter Boggen. Si vous êtes déjà de retour à Houssnok, attendez-moi patiemment. Veillez, je vous prie, à ne pas vous montrer trop téméraire et impulsive. »

Le ton de la lettre — et comme une animosité contenue qui se glissait entre les lignes — laissa Angélique déconcertée. Puis elle se sentit glacée.

Le brave Yann, devinant à son expression que la lettre du maître devait manquer d'aménité — il avait vu à Joffrey de Peyrac, lorsqu'il la lui avait remise, son plus mauvais visage — essayait avec la délicatesse des simples d'atténuer l'effet produit.

— M. le comte s'inquiétait pour vous, à cause de ces bruits de guerre qui couraient...

— Mais... dit-elle.

Une phrase de Yann l'avait frappée : « Lorsque M. le comte a appris votre départ pour le village anglais... » Or, n'était-ce pas lui qui l'y avait envoyée?... Elle cherchait à se rappeler les circonstances de ce départ. Cela s'était passé quelques jours auparavant, et cela commençait à se perdre dans un chaos obscur.

— L'avait bien raison, M. le comte, commentait Yann. Ah! j'ai trouvé une belle pagaille à l'ouest du Kennebec. Toute la fourmilière rouge grouille sous les arbres, le tomahawk et la torche en main.

» ... Rien que des cendres et des poutres noircies, et des cadavres et des corbeaux qui tourbillonnent... Heureusement, il y avait encore quelques sauvages qui pillaient à Newehewanik. Ils m'ont indiqué que vous étiez partie avec Piksarett vers le sud, et non vers le nord, comme les autres captifs... Ensuite, je craignais de me faire attraper comme Anglais, surtout que je suis comme eux un peu rouquin. Je devais me cacher sans cesse...

Elle considéra son visage hâve, barbu, fatigué, et se ressaisit.

— Mais tu dois être à bout de forces, mon pauvre ami! As-tu pu seulement te nourrir convenablement, en cours de route?... Viens te restaurer!

Yann était là, apportant avec lui la présence des siens, des fidèles, du cercle chaleureux de Wapassou, et elle évoqua avec une nostalgie démesurée le fort des bois lointain, si rustique, et Honorine...

Tout cela semblait déjà au bout du monde.

Car quelque chose s'était passé qui avait brisé le cercle magique, le cercle d'amour... le cercle de craie des vieilles légendes celtiques.

Le soir tombait. Angélique se sentait reprise de sa grande peur de jadis. Le refrain de la mer lui parlait de sa solitude passée, de son épuisant combat de femme seule, et sans issue, pour survivre de quelque côté qu'elle se tournât parmi les pièges des hommes avides, et particulièrement à cause du bruit de la mer, de son souffle râpeux, des voix des pirates — elle songeait à la Méditerranée, où elle avait, si seule, été une proie pourchassée.

Mais bientôt elle réussit à surmonter cette défaillance. Le bonheur de ces derniers mois l'avait fortifiée.

Elle sentait qu'elle avait réussi à franchir les obstacles entravant l'épanouissement de sa personnalité, et qu'elle atteignait peu à peu cette aisance intérieure de l'âme qui était l'apanage de son âge et l'un de ses plus grands charmes.

Sûre d'elle, sûre d'un amour auprès duquel elle pouvait se réfugier, se reposer, le monde lui apparaissait moins hostile que facile à apprivoiser.

Encore un peu de patience et cette épreuve prendrait fin. Tout rentrerait dans l'ordre.

Elle cherchait à s'entretenir plus longuement

avec Yann car elle voyait se refléter sur son honnête visage l'étonnement de la retrouver en si patibulaire compagnie. Hasard ou effet d'un petit complot, elle ne put le voir en tête à tête au cours de la soirée. Les autres l'accaparaient. L'empressement de Boulanger et Beaumarchand à vouloir l'admettre dans leur cercle ne parvenait pas à vaincre la répulsion qu'éprouvait pour eux l'écuyer du comte de Peyrac.

— Mange, mon fi, disait cordialement Hyacinthe en lui versant une pleine louche de soupe, et en essayant de donner à sa trogne boursouflée et sinistre une expression accueillante.

Yann remerciait poliment, mais restait tendu, et par moments essayait de surprendre le regard d'Angélique pour solliciter une muette explication.

Ils soupèrent ce soir-là d'un bouillon de tortue, que Hyacinthe avait fait mijoter lui-même, et chacun, sachant que le bouillon de tortue est le régal du boucanier qui tient à sa réputation, il fallait reconnaître que celui-ci était particulièrement délectable, l'aventurier des Caraïbes étant, comme beaucoup de ses pareils, fin cuisinier.

— Je me sens revivre, disait Aristide en clappant de la langue.

— Vous, mon cher, vous courrez bientôt comme un lapin, affirma Angélique en le bordant derechef pour la nuit.

Elle avait désormais moins l'impression de veiller sur lui que d'être surveillée par eux.

Elle réussit pourtant à s'éloigner un peu avec Yann pour le mettre au courant de ces présences insolites.

— Leur capitaine les a abandonnés sur la côte, sans doute pour insubordination. Malades et invalides ils ne sont pas dangereux... pas pour l'instant. J'ai hâte cependant que M. de Peyrac nous joigne. Cantor a dû déjà parvenir à Gouldsboro... As-tu des munitions?

Il les avait épuisées en chassant pour se nourrir. Il lui restait seulement un peu de poudre au fond de sa corne.

Angélique prépara le mousquet et le posa à côté d'elle.

La chaleur était accablante, et la brise marine de la nuit ne parvenait pas à dissiper une sensation d'oppression.

A son habitude, Angélique s'installa sous l'arbre, non loin de son malade. Une curieuse fatigue ne tarda pas à l'accabler et bientôt elle eut de la peine à tenir les yeux ouverts.

Sa dernière vision fut celle de la lune à demi pleine émergeant des nuages, tandis que son long reflet d'or se déroulait et bondissait par-dessus les masses noires des îles dispersées, traversant d'un seul coup la baie silencieuse.

« C'est ma lune, pensa vaguement Angélique, celle qui me rend amoureuse... », car elle se savait plus accessible en ces nuits où l'astre se gonfle comme une voile latine à l'horizon.

Puis elle s'endormit profondément. Elle rêva, fit un songe angoissant : une foule de personnes l'entouraient et elle ne pouvait distinguer leurs visages car ils se détachaient en ombres noires sur un ciel d'un rose glacé.

Elle tressaillit soudain. Ce n'était pas un rêve, elle avait les yeux ouverts. UNE FOULE DE PERSONNES

L'ENTOURAIT. Elle voyait leurs silhouettes obscures et lourdes, aller et venir lentement autour d'elle, et le ciel était rose car c'était celui de l'aurore se levant sur la baie de Casco.

Angélique se redressa à demi. Son corps lui parut de plomb. Elle passa la main machinalement sur son visage.

Puis elle aperçut Yann à quelques pas. Il était debout, attaché à un arbre. Ligoté solidement, et sa bouche serrée de fureur.

Puis il y avait Aristide Beaumarchand, assis, soutenu par deux matelots inconnus, qui lapait goulûment le contenu d'une bouteille de rhum toute neuve.

— Et voilà, ma jolie, fit-il en ricanant. C'est notre tour de vous posséder...

Une voix dit :

— Tais-toi, vieille ganache. Ce n'est point d'un gentilhomme d'aventures qui se respecte que d'insulter l'adversaire vaincu... Surtout lorsqu'il s'agit d'une belle dame.

Angélique leva les yeux vers celui qui venait de parler. Il semblait jeune, avantageux, bien mis, avec des airs d'ancien page dans son sourire, ses manières.

— Qui êtes-vous donc? interrogea-t-elle d'une voix sans timbre.

Il ôta son large chapeau orné d'une plume rouge et s'inclina galamment.

— Je me nomme François de Barssempuy.

Et avec un second profond salut, la main sur le cœur :

— Je suis le lieutenant du capitaine Barbe d'Or.

9

Alors elle découvrit qu'il y avait un navire à l'ancre dans la baie. Au pied du promontoire.

Et ce qui la frappa tout d'abord, c'est qu'il semblait un fort joli navire. Bien qu'il fût assez court et d'un modèle ancien, avec ces deux châteaux d'avant et d'arrière, dont les ornements de couleurs vives étincelaient au soleil levant.

Une « caraque » plutôt qu'un vaisseau, une nef... Qui se balançait mollement, tandis qu'un canot se détachait de ses flancs pour se poser sur l'eau calme où le reflet de la chaîne d'ancre se brisait en angle aigu... « Hein! la soupe à la tortue, dit Hyacinthe, ça fait dormir... quand on y ajoute un p'tit quelque chose... J'ai eu qu'à choisir dans vos fioles... »

Brusquement, Angélique s'éveilla. Elle venait de tout comprendre. D'un mouvement de reins souple et avec une rapidité foudroyante elle se jeta sur Beaumarchand, l'agrippant aux épaules et le secouant comme un prunier.

— Misérable! Je vous ai recousu la panse et vous m'avez vendue à Barbe d'Or!

Ils durent se mettre à quatre pour le lui arracher.

Sérieusement malmené, il était blême comme une chandelle et se mit à ruisseler de sueur.

— Tout va sauter! gémit-il, les mains sur son ventre.

— Je le souhaite, fit Angélique, farouche.

— Tenez-la ferme, supplia-t-il, vous avez vu

comme elle m'a traité?... Une femme qui bouscule un pauvre malade comme ça, ça ne mérite pas de pitié.

— Crétin! lui jeta Angélique.

D'un geste sans réplique, elle se dégagea des mains qui la retenaient.

— Bas les pattes!

Respirant précipitamment, elle considérait Aristide d'un œil terrible et il n'en menait pas large.

Il n'était pas beau à voir, recroquevillé dans ses hardes trop vastes pour son corps amaigri.

— Vous êtes un affreux petit macaque, lui jeta-t-elle avec mépris, l'être le plus abject que j'aie jamais rencontré. Je cracherais volontiers sur vous...

— Prenez-lui son couteau, supplia-t-il.

— Que quelqu'un ose m'approcher, dit Angélique avec un recul, la main sur son poignard.

Et le cercle des hommes sidérés la considéra comme une apparition, avec sa chevelure étincelante que tordait le vent et ses yeux verts et pâles qui semblaient refléter le miroitement de la mer.

— Madame, dit très poliment M. de Barssempuy, il faut me rendre cette arme.

— Venez la prendre.

— Attention, lieutenant! cria Aristide, elle sait s'en servir. C'est avec ça qu'elle m'a décousu.

— Et elle nous a jeté des ruches à la tête, renchérit le boucanier Hyacinthe qui se tenait prudemment à l'écart, même qu'on en a encore la tête comme des citrouilles.

Des hommes, en le regardant, éclatèrent de rire.

— Elle est dangereuse, quoi! hurla Hyacinthe indigné. C'est une sorcière, cette femme, vous le savez bien. On l'a dit dans la Baie.

Mais les hommes n'en riaient que plus fort. Angélique devinait que la plupart n'avaient qu'en mince estime ces forbans et déserteurs qui l'avaient si lâchement livrée.

Elle feignit de se désintéresser des piètres personnages et se tourna vers le lieutenant de Barssempuy, un Français et un gentilhomme à coup sûr.

— Comment ont-ils pu faire pour me trahir ainsi? interrogea-t-elle en se rapprochant de lui avec désinvolture. Cette crapule-là était horriblement blessée, et les autres ne valaient guère mieux. Et nous les avions à l'œil. Comment ont-ils pu vous avertir de ma présence ici?...

— C'est Martinez, dit le jeune homme. Nous l'avons vu arriver dans une île du golfe où nous étions installés à caréner et il nous a avertis.

Martinez?... Le cinquième forban, qui était parti avec Cantor et les Anglais? Un compagnon encombrant dont ils avaient bien l'intention de se séparer avant d'avoir quitté la baie de Casco. Aussi avait-il été facile au rusé compère de se faire débarquer par eux sur une des côtes de l'île où il n'ignorait pas que leurs anciens compagnons se reposaient et radoubaient leur vaisseau.

Apportant l'annonce à Barbe d'Or que la comtesse de Peyrac pouvait être capturée sans peine à quelques miles de là, le mutin était certain d'être bien accueilli.

Et pendant ce temps Angélique s'ingéniait à soigner ce méchant gnome qui, bien que mourant, avait gardé assez de souffle pour manigancer, avant le départ de Martinez, cette forfaiture, ce coup fourré dont elle était maintenant la victime.

L'arrivée de Yann n'avait pas dû les arranger, mais il était seul.

Avertis sans doute par des signaux lointains de l'arrivée de leurs complices, la veille, ils avaient versé dans le potage un soporifique.

Elle regarda autour d'elle. Où étaient Adhémar, la vieille Indienne, les quatre Anglais rescapés du massacre? Un remue-ménage du côté de la plage lui fit supposer qu'on les avait peut-être déjà emmenés à bord, prisonniers.

Et Piksarett? Des yeux, elle le cherchait en direction de la forêt. Mais la forêt était close, immobile, sans recours. Devant elle, la mer, un horizon borné par une légère brume mauve, l'entrée de la petite baie de Maquoit, où se balançait un vaisseau bariolé, où le rose de l'aurore pâlissait, se diluait peu à peu dans une lumière plus neutre.

Angélique avait retrouvé son sang-froid et son cerveau travaillait fiévreusement. Elle s'interrogea sur l'avantage qu'il y avait pour elle à être tombée sur des corsaires français. Les aventuriers des Caraïbes relevaient moitié-moitié d'obédience française et anglaise. Des Anglais ne se seraient peut-être point occupés d'elle et l'auraient laissée en paix sur son rocher, mais avec des compatriotes de langue, au moins elle pourrait discuter.

Ce Barbe d'Or!... Bien! Il voulait la guerre. Il la capturait, sans doute pour se servir d'elle comme otage contre Joffrey de Peyrac! Soit! Il allait l'entendre! Il le regretterait, son coup de razzia... Quel que fût le genre d'homme qu'il se révélerait être, elle se faisait fort de lui en imposer.

Barbe d'Or! Un nom pour faire peur, un nom de « M'as-tu-Vu », de matamore, qui croit que le déguisement fait l'homme!... Pas très malin sans aucun doute! Et peut-être plus policé, plus accessible que beaucoup de ses congénères.

Angélique observait dans les hommes d'équipage qui l'entouraient une tenue, une propreté inhabituelles qui lui faisaient augurer la possibilité de pouvoir s'entendre avec leur maître. Certes, ils étaient vêtus de façon voyante et panachée comme la plupart de ces marins qui, libres de toutes attaches et souvent les poches pleines d'or, menant grande vie, ne résistent pas à la tentation de se parer des plumes du paon. Il y a en tout homme sans contraintes un enfant glorieux qui sommeille. Mais il n'y avait rien dans leur attitude de débraillé et de vraiment crapuleux, et elle comprenait mieux pourquoi les cinq compères de la racaille, recueillis par elle, avaient été abandonnés comme indésirables sur une grève déserte.

Tout cela, Angélique l'enregistra en quelques secondes, le temps de retrouver le rythme normal des battements de son cœur et de dresser ses plans.

— Votre capitaine, ce Barbe d'Or, où est-il?

— Le voici qui vient vers nous, madame.

10

La main de François de Barssempuy désignait le canot qui s'était détaché du navire et s'approchait à coups de rames.

A l'avant, debout, un homme de stature géante. Aperçu à contre-jour, comme une sombre et énorme silhouette, on ne pouvait discerner ses traits, mais l'on devinait qu'il était barbu et chevelu comme un Viking car il y avait une sorte de petite auréole flamboyante et hérissée tout autour de sa tête. Il portait une redingote aux manches à larges revers soutachés de broderies d'or, que traversait un large baudrier chargé d'armes, et il était chaussé de bottes cavalières qui lui arrivaient jusqu'à mi-cuisses, soulignant de façon impressionnante les deux colonnes robustes de ses jambes. Tel quel, profilé sur l'arrière-plan étincelant de la baie, il apparut à Angélique gigantesque.

A quelques toises de la plage, il se coiffa brusquement d'un grand feutre à plumes de perroquet jaunes et vertes qu'il tenait en main.

Un pincement d'appréhension secoua Angélique derechef. Le capitaine serait-il en définitive moins policé et rassurant que son équipage?...

Profitant de ce que tous les regards semblaient tournés vers l'arrivant, elle s'était rapprochée insensiblement de Yann, ficelé à son arbre.

— Tiens-toi prêt, chuchota-t-elle. Je vais couper tes liens avec mon couteau. Lorsque ce Barbe d'Or abordera, tout le monde regardera vers lui et s'avancera à sa rencontre. Alors, sauve-toi vers la forêt... Cours! cours!... Va prévenir M. de Peyrac qu'on ne s'inquiète pas trop pour moi. J'essaierai de faire rester ce pirate dans les parages jusqu'à ce que les secours arrivent!...

Elle parlait à l'indienne, sans presque remuer les lèvres et regardant fixement dans la direction du canot.

Barbe d'Or devait être un chef redouté d'un grand ascendant sur ses hommes, car c'était un fait que chacun surveillait son approche et rectifiait la position.

Au moment où il descendit dans l'eau et marcha vers la plage d'un pas lourd et pesant, le poignard d'Angélique se glissa derrière l'arbre entre les poignets de Yann. Les liens furent tranchés d'un seul coup.

Dans un silence total, où le cri des mouettes soudain jeté perçait le cœur d'une fugitive angoisse, le pirate marchait vers le promontoire.

Afin d'éloigner les autres de Yann, Angélique, courageusement, s'avança.

Yann galopait comme un lièvre de garenne, il bondissait par-dessus les buissons, sautait par-dessus les trous et les failles, se glissait entre les troncs de la pinède, escaladait les roches, s'élevait peu à peu; se guidant à la lumière de la baie, entre les arbres, contournait la côte et se trouvait enfin de l'autre côté du fjord.

Il s'arrêta alors, sûr de n'être pas suivi. Hors d'haleine, il reprit son souffle, puis s'approcha du bord de la falaise afin d'examiner les alentours.

De l'emplacement où il se trouvait, il découvrait largement la baie, le navire à l'ancre, la plage noire de monde.

Il chercha des yeux Mme de Peyrac.

Ne l'apercevant pas, il se pencha plus encore, s'accrochant à une racine d'arbre rabougri poussé à l'extrême rebord de la falaise.

Et alors il vit... IL VIT...

La bouche lui en tomba, ses yeux s'écarquillèrent, et Yann le marin, qui en avait pourtant pas mal vu dans sa chienne de vie, sentit le monde s'écrouler tout au fond de lui comme sous un cataclysme.

Barbe d'Or était là-bas sur la plage et il y avait une femme dans ses bras.

Une femme qui levait vers lui un visage transfiguré.

Et c'était elle, ELLE, l'épouse du comte de Peyrac!

Et parmi le cercle des hommes immobiles et presque aussi stupéfaits que Yann là-bas sur sa falaise, Barbe d'Or et Angélique se regardaient, et s'étreignaient, et s'embrassaient éperdument devant toute la foule comme des amants qui se retrouvent... COMME DES AMANTS QUI SE RETROUVENT!

11

— Colin! dit-elle.

La pénombre de la chambre sur le navire où il l'avait conduite était fraîche et, par les fenêtres ouvertes du château arrière, on voyait scintiller la baie et se balancer le reflet d'une île.

Le vaisseau restait à l'ancre.

Silencieux, engourdi dans la chaleur du jour, il remuait doucement, rêveusement. On n'entendait d'autre bruit que celui des vaguelettes contre sa coque. Le *Cœur de Marie* semblait soudain déserté de ses habitants, pour ne conserver en son sein que ces deux seuls êtres que le Destin venait de remettre brutalement face à face.

— Colin! Colin! répéta-t-elle encore d'une voix rêveuse.

Les lèvres un peu entrouvertes, Angélique le regardait. Mal remise encore de l'émotion violente, du choc fait de surprise, d'effroi et d'un bonheur intense qu'elle avait éprouvé lorsque, dans l'homme géant qui montait la grève, elle avait soudain cru reconnaître, deviner... mais oui, ces larges épaules, ce regard bleu, et lorsqu'il l'apercevait, cette expression indescriptible, ce tressaillement qui le figeait. Elle avait couru vers lui. Colin! Colin! Oh! mon cher ami du désert!

Dans l'espace étroit de la cabine, la haute stature de celui qu'on appelait aujourd'hui Barbe d'Or remplissait tout.

Il se tenait debout devant elle, muet.

Il faisait très chaud. Alors, il avait ôté son baudrier et l'avait posé sur la table, puis sa redingote. Au baudrier, se trouvaient accrochés trois pistolets et une hachette. Elle se souvenait de la douleur qu'elle avait ressentie lorsqu'il l'avait serrée à la broyer sur tout cet arsenal. Mais en même temps il s'inclinait et avait posé ses lèvres sur les siennes et ç'avait été une impression spontanée, violente et délicieuse.

Maintenant que s'estompait l'émotion foudroyante de cet instant, elle voyait mieux le pirate qu'il était devenu et regrettait l'élan impulsif qui l'avait jetée dans ses bras.

Le col blanc de sa chemise ouverte sur sa poitrine massive et le linge des manches roulées sur ses bras forts mettaient des taches de lumière crue dans cette ombre oppressante...

La dernière fois qu'elle l'avait vu, c'était à Ceuta (1), la cité espagnole en terre sarrasine.

Quatre, non cinq années s'étaient écoulées depuis. Aujourd'hui, ils étaient en Amérique.

Angélique reprenait pied, réalisait les faits. Ce matin, dans une aube inquiétante, elle attendait Barbe d'Or, un pirate redoutable, un ennemi... Elle avait vu arriver Colin, son compagnon, son ami... son amant de jadis. Une surprise suffocante et terrible!

Une réalité cependant. Un peu folle, mais vraisemblable. Tous les aventuriers du monde, tous les marins du monde ne sont-ils pas faits pour se retrouver en tous les points du globe où la mer pousse les navires?

Un hasard auquel elle n'avait jamais songé la remettait en face de celui avec lequel elle s'était évadée de Miquenez, avec lequel elle s'était échappée de Barbarie... Mais c'était sur l'autre face de la terre, après avoir vécu tous deux des existences inconnues.

Cette haute présence silencieuse, semblable mais aussi différente de celle dont elle avait gardé le

(1) Tanger. Lire dans la même collection, *Indomptable Angélique, T. 1* et *T. 2*, 673*** et 674***.

souvenir, lui rendait plus précise et dense la réalité des années écoulées, comme si elles s'étaient mises à emplir l'étroit espace de la cabine d'une eau lourde, un peu fangeuse, qui les séparait. Et maintenant, ils s'éloignaient l'un de l'autre, franchissaient l'espace du temps. Le temps reprenait sa forme, redevenait un élément palpable.

Angélique posa son menton sur ses mains et s'efforça de sourire pour dissiper le trouble qui lui mettait le feu aux joues et rendait trop brillants ses yeux.

— C'est donc toi, fit-elle... (Elle se reprit vivement : c'est donc vous, mon cher ami Colin, que je retrouve aujourd'hui en la personne de ce corsaire Barbe d'Or dont j'ai tant entendu parler?... Dire que je m'y attendais serait mentir!... J'étais à cent lieues de me douter...

Elle s'interrompit parce qu'il avait bougé.

Il attirait un escabeau et s'asseyait en face d'elle, de l'autre côté de la table, les bras croisés, penché en avant, la tête un peu dans les épaules, et l'observait de ses yeux clairs, bleus et songeurs qui ne cillaient point.

Et sous cet examen elle ne savait que dire, consciente qu'il recherchait, reconnaissait chacun de ses traits, comme elle-même dans cette face tannée que mangeait la barbe blonde, dans ce front vaste rayé de trois rides claires qui le traversaient comme des cicatrices sous la retombée de ses cheveux emmêlés de Normand, retrouvait, à peine altérée, une face amicalement familière, rassurante... aimée... Et c'était sans doute une illusion. Car, au cours des années passées, ne s'était-il pas chargé de crimes?

Mais elle ne pouvait s'empêcher de le voir tel qu'il se penchait sur elle quand la peur la faisait trembler. Et sous son regard incisif elle savait qu'elle lui offrait le visage de celle qu'elle était devenue et que la lumière tombant des fenêtres ouvertes moirait de reflets nacrés ses cheveux. Les traits d'une femme qui ne cherchait pas à les dissimuler, tout de fierté et de libre connaissance, avec ce sceau impérial que la maturité leur apposait. Avec plus de pureté dans les lignes, d'harmonie dans l'ossature, l'arête du nez, les sourcils, la courbe de la bouche, plus de douceur, d'ombre et de mystère dans le regard d'eau marine, et cette perfection dans l'achèvement de l'être entier qui émanait d'elle et qui avait envoûté Pont-Briand jusqu'à la folie.

12

Il ouvrit la bouche et dit :

— C'est stupéfiant! Vous êtes encore plus belle que je n'en avais gardé le souvenir.

» Et pourtant, continuait-il, ce souvenir, Dieu sait qu'il a hanté ma vie!

Angélique secoua la tête, niant l'aveu.

— Il n'y a pas grand miracle à être plus belle aujourd'hui que la pauvre épave que j'étais alors... Et mes cheveux ont blanchi, regardez.

Il hocha la tête.

— Je me souviens... Ils ont commencé à blanchir sur les routes du désert... Trop de douleurs...

Trop de souffrances endurées... Pauvre petite! Pauvre enfant courageuse...

Elle reconnaissait sa voix au léger accent paysan et dans le timbre bas cette nuance de câlinerie paternelle qui la troublait tant naguère. Elle voulait à toutes forces écarter le trouble et ne parvenait plus à trouver les mots qu'il fallait.

Et le geste qu'elle eut alors d'effleurer son front de sa main avec une grâce un peu souffrante pour écarter sa chevelure lumineuse le fit soupirer profondément.

Angélique aurait voulu donner à l'incident plus de légèreté, parler, plaisanter. Il lui semblait que le regard de Colin Paturel pénétrait en elle et la captait toute, la paralysait.

Il avait toujours été grave et ne riait pas volontiers. Il semblait aujourd'hui encore plus grave, avec une pesante impassibilité qui dissimulait peut-être tristesse et ruse.

— Ainsi donc, vous savez que je suis l'épouse du comte de Peyrac? reprit-elle pour combler le silence.

— Certes, je le sais... C'est pour cela que je suis ici. Pour vous capturer, car j'ai un compte à régler avec le seigneur de Gouldsboro.

Un sourire effleura ses traits, donnant tout à coup à sa rude physionomie une franche douceur.

— Mais dire que je m'attendais à vous retrouver sous son nom serait mentir, fit-il en l'imitant. Et vous êtes là, vous, le rêve de mes jours et de mes nuits depuis tant d'années.

Angélique perdait pied. Elle s'apercevait que ces

derniers jours, passés à l'extrême pointe d'une presqu'île battue par les vents dans une attente stérile, avaient épuisé sa résistance et elle se trouvait livrée sans défense à une épreuve... Une épreuve... insurmontable!

— Mais vous êtes Barbe d'Or, s'exclama-t-elle comme se défendant d'elle-même. Vous n'êtes plus Colin Paturel... Vous êtes devenu un criminel.

— Non, mais non, en voilà une idée! fit-il, surpris.

Il restait paisible.

— Je suis corsaire au nom du roi, et j'ai de bonnes lettres de courses contresignées.

— Est-ce vrai que vous avez fait tirer sur les moines à la prise de Portobello?

— Oh! cela, c'est une autre histoire! Ils avaient été envoyés au-devant de nous par le gouverneur. Ils pensaient justement nous amener à composition par leurs patenôtres, mais la traîtrise est toujours la traîtrise, qu'elle se déguise ou non en robe de bure. Nous étions venus pour vaincre l'Espagnol. Nous l'avons vaincu. Les Espagnols ne sont pas d'une espèce comme la nôtre, gens du Nord. Ils ne seront jamais comme nous. Ils ont trop de sang maure dans les veines... Oh! et puis ce n'est pas tout... Leur cruauté au nom du Christ, j'exècre cela. Le jour où nous avons fait marcher les moines, il y avait dix bûchers qui brûlaient sur les collines, que ces pieux religieux avaient donné l'ordre d'allumer : des autodafés en sacrifice pour la victoire, avec des centaines d'Indiens dessus, qui avaient refusé de travailler à l'or ou de se convertir...

» Plus cruels que les Maures et plus rapaces que des chrétiens, voilà ce que sont les Espagnols. Un effrayant mélange d'âpreté au gain et de fanatisme... Non, je n'ai pas de remords d'avoir fait marcher les moines en bouclier à Portobello. C'est vrai, il faut que je vous le confesse, ma jolie, je ne suis plus un bon chrétien comme jadis... Lorsque j'eus quitté Ceuta sur *Le Bonnaventure*, j'ai d'abord été aux Indes orientales.

» J'ai eu l'occasion de sauver la fille du grand Mogol que des pirates avaient capturée, et cela m'a beaucoup enrichi, par la reconnaissance que m'a témoignée ce grand prince d'Asie. Alors, par les îles du Pacifique, je me suis rendu au Pérou, puis en Nouvelle-Grenade, enfin dans les Antilles, et, après avoir guerroyé avec le grand capitaine anglais Morgan contre les Espagnols — j'étais avec lui à Panama — je l'ai suivi à l'île de la Jamaïque, dont il est gouverneur. Avec ce que m'avait donné le grand Mogol et le butin gagné j'ai armé un navire pour des expéditions de courses. C'était l'an dernier. Oui, je le reconnais, après le Maroc j'ai cessé d'être un bon chrétien. Je ne pouvais plus prier que la Sainte Vierge parce que c'était une femme et qu'elle me faisait rêver à vous. Je sais que cela aussi n'est pas bien, mais je sentais que le cœur de la Vierge est indulgent aux pauvres hommes, qu'elle comprend tout et particulièrement ces choses-là. C'est pourquoi, dès que j'ai été le maître d'un navire, je l'ai nommé *Le Cœur de Marie*.

Il ôta posément ses gants de cuir et tendit vers elle, sur la table, ses deux mains nues, paumes ouvertes.

» Voyez, dit-il, les reconnaissez-vous, les marques des clous? Elles sont toujours là...

De son visage qu'elle fixait, elle abaissa son regard, reconnut les marques violacées de la crucifixion. Un jour, à Meknès, le sultan Moulay Ismaël l'avait fait clouer au bois de la Porte Neuve, à l'entrée de la ville. S'il n'en était pas mort, c'est que rien ne pouvait abattre Colin Paturel, le roi des Esclaves.

— Il fut un temps où, parmi les gens de mer, on commençait à m'appeler le Crucifié, reprit-il. J'ai dit que je tuerais quiconque me nommerait ainsi, et je me suis fait faire des gants. Car je savais que d'un tel surnom béni j'étais indigne. Mais je ne suis pas non plus un criminel. Seulement un homme de mer qui, à force de combats... et de rapines, a pu devenir son seul maître... Gagner la liberté, quoi. Nous seuls pouvons comprendre que c'est plus que la vie.

Il avait parlé longtemps.

Et le cœur d'Angélique commençait à se calmer et elle lui était reconnaissante de lui permettre de se ressaisir. La chaleur extérieure lui semblait moins pénible.

— Son seul maître, répéta-t-il. Après douze années d'esclavage, et tant d'autres de servitude sous les ordres de capitaines qui ne valaient pas la corde pour les pendre, voilà qui peut réjouir le cœur d'un homme.

Ses mains s'approchèrent des mains d'Angélique, les enveloppant mais sans les saisir.

— Te souviens-tu, dit-il, te souviens-tu de Miquenez?

Elle fit non de la tête et retira ses deux

mains, les gardant contre elle dans un geste de refus.

— Non, je ne me souviens presque plus, je ne veux pas me souvenir. Tout est différent maintenant. Nous voici sur une autre terre, Colin, et je suis l'épouse du comte de Peyrac...

— Oui, oui, je sais, fit-il avec le même petit sourire, vous me l'avez déjà dit.

Mais elle voyait bien que, pour lui, cette affirmation ne signifiait rien, qu'elle serait toujours à ses yeux l'esclave solitaire et pourchassée qu'il avait prise naguère sous sa protection, la compagne d'évasion, l'enfant chérie du désert qu'il avait portée sur son échine, et celle qu'il avait prise à même le sol pierreux du Rif pour goûter en elle les plus étonnantes délices de l'amour.

Et brusquement elle se souvint qu'elle avait porté un enfant de Colin en son sein, et quelque chose la traversa, poignant comme la douleur qui l'avait transpercée lorsque ce fruit s'était détaché d'elle.

Ses paupières s'abaissèrent et sa tête malgré elle se renversa à demi, tandis qu'elle revoyait la course folle du carrosse qui l'emmenait, prisonnière du roi, sur les routes de France, puis l'accident, le choc atroce, la douleur, puis le sang qui s'était mis à couler... Elle était alors abandonnée de tous; dans une brusque réminiscence, elle se demanda, hagarde, comment elle avait pu s'échapper de cette tenaille écrasante de l'ostracisme du roi de France et recommencer une seconde existence. Cela paraissait insensé.

L'homme qui l'observait vit passer, comme en transparence sur ce visage bouleversant de femme, le reflet de douleurs et de détresses jamais révélées... jamais avouées. De ces douleurs secrètes des femmes qu'elles gardent pour elles, car les hommes ne peuvent pas comprendre...

Dans la lumière du soleil qui rosissait, le visage doré d'Angélique avec l'ombre allongée de ses cils sur ses joues, d'une beauté supra-terrestre, lui rendait le souvenir merveilleux dont ces jours et ces nuits avaient été hantés, celui de la femme endormie contre lui, ou expirant de volupté entre ses bras.

Se dressant à demi, d'un seul élan, il se pencha vers elle.

— Qu'y a-t-il, mon agneau? Es-tu malade?

La voix sourde, altérée de Colin, si semblable au passé, la traversait de nouveau de part en part, mais, cette fois, c'était un mouvement plus doux, comme aurait pu être celui d'un enfant se retournant en elle, et elle reconnaissait le trouble, la douce onde du désir charnel que la présence de cet homme lui inspirait malgré elle.

— Je suis si fatiguée, murmura-t-elle. Tous ces jours à attendre sur la côte, à soigner cette crapule... comment s'appelle-t-il donc déjà?

Et, nerveusement, elle passait les paumes de ses mains sur son front, ses joues, en évitant de le regarder.

Il se leva tout à fait, contourna la table, se tint debout devant elle. Il lui paraissait énorme, sous ce plafond bas. La carrure d'Hercule, tout en os et muscles du plus robuste esclave de Moulay Ismaël, s'était étoffée de chair au cours de ses années de navigation, et cela conférait à ce géant, que nul n'avait pu abattre ou courber, une impressionnante stature, des épaules carrées, un cou rond et fort, un front de taureau et une poitrine large comme un bouclier.

— Repose-toi, dit-il doucement, je vais te faire apporter des rafraîchissements. Il faut te reposer. Tout ira mieux ensuite. Nous causerons.

Il gardait ce ton calme et assuré qui apaisait, dénouait l'angoisse. Mais elle sentit qu'il avait pris à son endroit une résolution implacable et elle lui jeta un regard presque suppliant.

Il frémit et ses mâchoires se crispèrent.

Elle espérait qu'il partirait. Mais voici qu'il s'agenouillait. Sur sa cheville, elle connut l'emprise d'une main trop chaude, à laquelle rien ne pouvait lui permettre d'échapper. Des doigts repoussaient le bord de sa robe vers le genou nu.

Il découvrait la jambe d'une tendre blancheur nacrée, sur laquelle se tordait le sillon bleuâtre de la cicatrice ancienne.

— Elle est là, s'écria-t-il avec un transport contenu, elle est toujours là, elle aussi, la marque du serpent.

Penché, brusquement il posa avec ferveur ses lèvres sur la chair meurtrie.

Presque aussitôt il la lâchait et, lui jetant un regard dévorant, il s'éloignait enfin.

Elle restait seule, mais la brûlure du baiser sur l'ancienne blessure faite jadis par le couteau de Colin pour la sauver de la morsure du serpent demeurait.

Et sur sa cheville persistait, comme un bracelet de fer, l'étreinte de ses doigts.

Elle les vit inscrits en traces rose-rouge qui s'effaçaient lentement.

Il avait toujours été ainsi; cet homme, ce doux, ce pacifiste, ce généreux ne connaissait pas sa force! Il meurtrissait souvent, sans le vouloir, sous l'empire de l'émotion, et en amour il l'avait parfois effrayée et fait gémir, tant elle se sentait entre ses bras une chose faible et fragile qu'il eût pu briser par mégarde. Devant les manifestations de sa violence inconsciente, il suppliait : « Pardonne-moi... je suis une brute, n'est-ce pas? Dis-le-moi, mais dis-le donc! »... et elle riait : « Mais non, n'as-tu pas senti que tu me rendais heureuse... »

Un tremblement violent secoua Angélique et elle se mit à marcher de long en large à travers l'étroite cabine, sans parvenir à dominer son malaise. La chaleur était odieuse et la lumière du soir devenait orangée, sulfureuse.

Sa robe collait à ses omoplates et elle éprouvait jusqu'à l'impatience le besoin de changer de linge, de laisser couler sur elle une eau fraîche.

Surprise le matin par les pirates, au réveil, ils l'avaient capturée pieds nus. C'était pieds nus qu'elle était descendue vers la plage où l'attendait Barbe d'Or — Oh! quelle force avait eue son étreinte! — et c'est encore pieds nus qu'elle marchait en ce moment sur le plancher de bois. Elle alla à la fenêtre, secoua sa chevelure pour goûter un peu de brise marine. Mais l'air demeurait morne et lourd. Il apportait un relent de brai fondu. Les matelots continuaient de radouber, de colmater... Avec une sensation d'accablement, elle pensa au hasard qui avait ramené vers elle un amant du passé dont elle ignorait qu'il eût laissé en son cœur un si vif souvenir. Et comme dans un sursaut, de nouveau en elle se répandait l'onde doucereuse à l'évocation de sa voix basse : « Qu'y a-t-il, mon agneau? Es-tu malade?... »

Des mots simples, mais qui l'avaient toujours atteinte au plus profond d'elle-même. Comme sa possession primitive, mais entière, si puissante qu'elle la subissait plutôt qu'elle ne pouvait la partager.

Lui revenaient, comme une vague retombant sur elle et lui faisant perdre le souffle, l'élan, l'ardeur du géant normand, le libérant de sa retenue, lorsque son regard à elle disait : Oui. Lui revenaient, dans tout son corps, des sensations oubliées, les insolites voluptés de ces étreintes du désert.

Il était toujours terriblement impatient de la posséder. Il la voulait tout de suite. Il la couchait sur le sable et entrait en elle aussitôt. Sans un mot d'amour, sans une caresse. Et pourtant jamais elle n'avait été blessée de son comportement. Chaque fois, elle avait ressenti dans la poussée de ses reins puissants, dans cet envahissement inexorable, l'élan d'une force prodigieuse, mais sereine, généreuse, un don immense, quasi mystique, de tout l'être engagé.

Insoucieux d'elle peut-être, mais non de l'acte.

Un célébrant perdu d'amour, célébrant l'offrande, l'union, le bonheur des hommes sur la terre.

Etait-ce sacrilège de penser que Colin Paturel faisait l'amour comme il faisait toutes choses, avec foi, piété, force et violence?...

Etreintes dont il lui semblait parfois qu'elle

allait mourir, trop faible dans son corps épuisé par les privations pour en supporter les transports et pour y répondre, et qui cependant lui avaient enseigné les jouissances pathétiques de la soumission, la saveur de n'être rien, plus rien que cette coupe offerte où il s'abreuvait, que cet instrument de chair suscitant sa joie, que ce corps, enfin, ce corps femelle, abandonné, oublié sous lui, mais d'où il tirait de si complètes extases.

Abnégation, abdication dont surgissait soudain la récompense, en un éclair imprévisible, à cet instant où chavirait en elle la conscience, lorsque l'assaut viril parvenait à ses fins et l'arrachait au néant, la ramenait à la vie avec un cri d'éveil, un cri de renaissance, de renouveau jailli de tout son être que tordait le spasme essentiel.

De cette irrépressible convulsion elle gardait la souvenance d'une onde éblouissante se répandant comme un torrent à travers sa chair à demi morte et pourtant capable encore du plaisir qui engendre la vie.

Comme le bourgeon soudain éclate à la lumière du printemps.

A cet élan de ses entrailles elle reconnaissait la force de la vie.

« Ah! je suis vivante, je suis vivante », se répétait-elle alors.

Par son rut aveugle, il semblait qu'il l'eût arrachée au sommeil de la mort où elle sombrait, et son sang circulait plus vif, et du précieux miracle elle s'émerveillait, les yeux grands ouverts sur la face de Colin, toute proche, aux prunelles bleues et limpides comme de l'eau fraîche, à la bouche d'ombre entre les poils de la barbe dorée et dont le souffle haletant l'effleurait doucement.

Oui, Colin ne lui avait pas simplement sauvé la vie : il lui avait redonné la vie et la joie de vivre et non de survivre seulement. C'était essentiellement grâce à lui qu'elle avait eu le courage et la force de retrouver son mari et ses enfants.

Ah! pourquoi fallait-il aujourd'hui que le mouvement de la mer et le bruit des courants, tandis que la marée haute s'engouffrait dans les pertuis, ramenassent avec tant de force les visions du passé? Dans les bois de Wapassou, elle eût oublié Colin.

« Il faut que je sorte de là », se dit-elle, en proie à la panique.

Elle courut jusqu'à la porte et essaya de l'ouvrir. Mais la porte était verrouillée. Elle aperçut alors, déposé au sol, son sac de voyage, et sur la table il y avait un plateau de victuailles, du saumon grillé avec des grains de maïs bouillis, une salade et dans une coupe de verre des tranches de cédrat et d'ananas confits. Le vin du flacon semblait bon. L'eau dans la cruche était fraîche.

Tandis qu'elle rêvait, quelqu'un était entré et avait déposé tout cela. Elle avait l'esprit tellement ailleurs qu'elle n'y avait pas pris garde.

Elle ne toucha pas aux mets, but seulement un peu d'eau.

Elle ouvrit son sac, constata que la moitié des choses manquaient, s'impatienta. Elle allait prier Colin d'envoyer ces bons à rien de matelots à terre lui ramener tous ses biens.

Il lui obéirait. Il était son esclave. Il n'y avait qu'elle qui comptât pour lui. Elle l'avait su dès que leurs regards s'étaient rencontrés et reconnus.

Tout ce qu'il voulait sur la terre, c'était ELLE... encore elle, toujours elle. Et elle venait de lui être rendue...

Comment lui échapper? Comment échapper à elle-même?

Sur le point de tambouriner et d'appeler avec fracas, elle se ravisa. Non, elle ne voulait pas le voir, Colin. La seule pensée de son regard sur elle la jetait dans une agitation extrême et elle se sentait dépassée.

Ah! que Joffrey vienne vite la chercher!

— Pourvu que Yann se hâte!

Elle regarda au-dehors. Le jour baissait. Le soleil avait disparu derrière une barre de nuages et, dans ces nuées grises, tressaillaient par instants des éclairs de chaleur, tandis que le balancement du vaisseau à l'ancre s'accentuait.

Angélique ôta ses vêtements.

Elle versa l'eau froide de la cruche sur sa nuque et la fit couler tout le long de son corps. Elle se sentit mieux après. Elle enfila une chemise de linon fin. Dans la petite chambre devenue toute ténébreuse, elle continuait d'aller et venir avec impatience, pareille à une pâle ombre agitée. La chemise courte était agréable et légère sur son corps enfiévré et, autour de ses jambes nues, elle sentait l'agrément d'un souffle d'air qui enfin se levait, un vent encore incertain qui par surprise échevait la crête des vagues avant de retomber mollement.

« La tempête menace... Voilà pourquoi le navire est demeuré à l'ancre au lieu de mettre à la voile, songea-t-elle. Colin pressentait l'orage. »

Elle attrapa le pan d'étoffe d'indienne posé sur la couchette et s'en enveloppa, puis s'allongea.

Elle voulait dormir.

Des pensées multiples s'entrechoquaient sous son crâne. Pourquoi Barbe d'Or voulait-il la capturer? Qu'étaient ces titres de propriété qu'il détenait sur Gouldsboro? Pourquoi Joffrey l'avait-il envoyée, elle Angélique, au village anglais?... Ah! Plus tard! Plus tard, penser à tout cela.

Le grondement sourd du tonnerre éclata, éveillant les échos des terres proches. Mais le roulement suivant fut déjà plus lointain.

— L'orage passe plus au large...

Le bercement du navire l'entraînait, la plongeait dans une douce torpeur. Colin... Autrefois... dans le désert.

Il ne l'embrassait qu'après, lorsque ses sens avaient apaisé leur urgente faim. Il ne la caressait qu'après... Leurs baisers étaient doux, hésitants, précautionneux, car leurs lèvres, crevassées par la sécheresse et les brûlures du soleil, souvent saignaient... Un frisson la parcourut toute et elle se raidit au souvenir des lèvres sèches et blessées de Colin sur les siennes, les lèvres de Colin errant sur son corps...

Elle se retourna violemment.

Puis, lasse et les nerfs à bout, elle sombra dans un sommeil profond.

13

— Non, Colin pas cela, je t'en supplie... Pas cela...

Les bras de Barbe d'Or, les bras noueux de Colin la soulevaient irrésistiblement, l'élevant jusqu'à lui, et, serrée sur sa dure poitrine nue, elle sentait les doigts de Colin, là entre ses seins, agripper le bord de la fine chemise de linon et tirer, et le voile se déchirait sans effort, d'un seul arrachement silencieux comme un brouillard s'estompe. La main de Colin sur ses reins, sur ses hanches, s'emparant d'elle, la reconnaissant toute. La main de l'homme s'insérant entre ses jambes, là, en cet endroit préservé où la peau a la douceur du satin, et remontant en une caresse qui n'en finissait point.

— Non, Colin, pas cela, je t'en supplie... Je t'en supplie!

Autour d'elle, la nuit profonde se trouait de lueurs mordorées.

L'homme avait déposé sur la table, derrière lui, une chandelle.

Mais pour Angélique, nue et défaillante entre les bras de Colin, toute n'était que nuit. Il était lui-même, nuit immense comme un gouffre, une forme opaque, penchée sur elle et l'enveloppant toute de sa passion obscure et farouche. Et, tandis qu'il la retenait contre lui et la caressait tenacement, sa bouche essayait de trouver ses lèvres qu'elle lui dérobait, roulant la tête de droite à gauche en une ultime réaction de défense.

— Câline, ma câline! chuchotait-il, cherchant à l'apaiser.

Il la nommait ainsi autrefois.

Il réussit enfin à la maîtriser et elle sentit ses lèvres douces et fraîches dans la tiédeur irritante de la barbe, qui s'emparaient des siennes.

Puis il resta parfaitement immobile, paralysant sa nuque de son bras de fer, mais ne cherchant pas à forcer le rempart qu'elle lui opposait, lèvres closes. Et peu à peu c'était elle qui cherchait à éveiller, à émouvoir, à saisir le secret de cette bouche d'homme apposée sur la sienne comme un sceau, exigeant qu'elle s'animât, sollicitant sa réponse, et la sentant enfin s'entrouvrir. Alors, elle cédait à son tour dans une sorte de cri avide et muet, envahie d'une brusque faim, et s'abandonnait à l'approche intime et mystérieuse du baiser.

Muet dialogue vertigineux, recherche plus douce, plus délicate qu'en l'autre possession, hésitante curiosité, reconnaissance, aveu, découverte, et l'étincelle qui jaillit, sans cesse renouvelée dans son crépitement, charriant le désir et la douceur dans le sang, faisant éclater le soleil dans la tête, attouchement éternel, soif à jamais assouvie, goût paradisiaque du néant, pulpe savoureuse offerte à une faim, réponse, réponse... chaque fois plus tendre, plus totale, jusqu'à ce que le corps sollicité ne soit plus que cette immense offrande impatiente, un festin d'amour apprêté pour la célébration des rites.

La force de Colin la renversait et elle basculait sans force, clouée sur le lit.

— Non, Colin!... Oh! je t'en prie, mon amour,

pas cela... Aie pitié, je ne peux plus... je ne peux plus... te résister.

Les deux genoux de Colin forçaient ses jambes serrées, voulant les écarter d'un sûr mouvement, d'un seul coup de soc, sans rémission...

Et un cri qui jaillissait :

— Ah! Je te haïrais!

Ce cri de refus, Angélique l'avait poussé sans presque l'entendre.

— Par Dieu, je te haïrais, Colin!

Et lui s'immobilisait comme frappé par la foudre, écoutant l'écho de ce cri entrer en lui comme une lame.

Un long moment qui passait, suspendu dans le silence. La lumière mouvante de la chandelle projetait aux parois l'ombre éternelle des nuits humaines, l'ombre confondue, toujours recomposée depuis la nuit des temps, d'un homme et d'une femme s'enlaçant pour l'amour...

Angélique, d'un coup de reins, se dégagea des bras puissants qui l'emprisonnaient et sauta à bas de la couchette avec tant de vivacité et de folie qu'elle renversa à demi la table, et la chandelle tomba, s'éteignit.

Angélique avait entraîné avec elle le châle d'étoffe indienne dans lequel elle s'était enveloppée avant de s'endormir. Elle s'en drapa de nouveau fébrilement tandis que, non sans se cogner durement un peu partout, elle essayait de mettre le rempart de la table entre Colin et elle.

Elle ne le voyait plus car l'obscurité était devenue totale. La nuit au-dehors était sans lune, une nuit de nuages et de brumes traînantes.

Elle devina que l'homme se redressait tel un animal prêt à bondir.

— Angélique! Angélique! cria la voix de Colin dans l'ombre, et dans ce cri il n'y avait pas seulement toute la ferveur d'un désir frustré, mais aussi un désespoir déchirant.

— Angélique!

Il s'avança titubant, les bras tendus, se heurta contre la table.

— Tais-toi! fit Angélique à voix basse, les dents serrées, et laisse-moi. Je ne peux pas me donner à toi, Colin, je suis l'épouse du comte de Peyrac.

— Peyrac! souffla la voix rauque (et elle avait l'impression qu'il allait expirer) Peyrac, ce hors-la-loi, ce gentilhomme d'aventure, qui joue au prince, au roi, sur la côte d'Acadie...

— Je suis sa femme!

— Tu l'as épousé comme toutes les garces qui bourlinguent à travers les Antilles épousent... Pour son or, pour sa flotte, pour les bijoux dont il t'a parée, parce qu'il t'a donné à manger... Hein? Sur quel rocher l'as-tu trouvé?... Tu bourlinguais à la recherche d'un riche corsaire?... Hein? Et il t'a offert des émeraudes et des perles... Hein? dis-moi?...

— Je n'ai pas d'explications à te donner. Je suis sa femme, je l'ai épousé devant Dieu.

— Fredaines!... Ça s'oublie!...

— Ne blasphème pas, Colin!

— Moi aussi, je peux t'offrir des émeraudes et des perles... Je peux être aussi riche que lui... Tu l'aimes?

— Cela ne te regarde pas si je l'aime! cria-t-elle

avec désespérance. Je suis **SA FEMME** et je ne peux pas passer ma vie à trahir des serments sacrés.

Il broncha. Elle ajouta, très vite :

— Nous ne pouvons pas faire cela, Colin... C'est impossible! C'est fini... Tu détruirais ma vie...

Il interrogea d'une voix sourde :

— Est-ce vrai que tu me haïrais?...

— Oui, c'est vrai! Je te haïrais. Je haïrais même ton souvenir, même le passé... Tu serais devenu pour moi l'instrument de mon propre malheur, mon pire ennemi... l'instrument de ma pire forfaiture... Je me haïrais moi-même. Ah! je préférerais que tu me tues tout de suite... Tue-moi! Tue-moi plutôt...

La respiration de Colin faisait un bruit de forge. Comme s'il souffrait à mort.

— Laisse-moi! Laisse-moi, Colin!...

Elle parlait à voix basse, mais la violence contenue de ses paroles donnait à chacun des mots la force de coups de poignard tranchants, aigus.

— Je ne peux pas te laisser, souffla-t-il, tu m'appartiens. Tu m'appartiens dans tous mes rêves... Et maintenant que tu es là devant moi, je ne renoncerai pas... Sinon, que signifierait que je t'aie retrouvée... que signifierait ce hasard qui t'a remise sur ma route... J'ai trop manqué de toi, des nuits et des jours,... j'ai trop pâti de ton souvenir pour renoncer... Il faut que je te prenne.

— Alors, tue-moi! Tue-moi tout de suite.

Le bruit de leurs deux respirations hachées emplissait l'ombre épaisse. Et Angélique défaillait, cramponnée à la table, dans le balancement du navire qui lui paraissait vertigineux car non mesurable, un vertige d'aveugles où l'effroi de sa propre faiblesse s'ajoutait à celui de ce qui adviendrait si jamais cette « chose » inéluctable et qu'elle sentait revenir avait lieu... Et il était vrai qu'en cet instant elle préférait la mort.

Quand elle entendit Colin bouger et qu'elle eut la sensation qu'il se rapprochait d'elle, un cri silencieux lui jaillit des entrailles, un cri comme elle n'en avait jamais poussé au-dedans d'elle-même et dont elle ne sut pas qu'il était un appel au secours vers quelque chose de plus fort que sa faiblesse, de plus lucide, de plus clément...

Alors, peu à peu, elle discerna l'immobilité des choses autour d'elle, une paix retombée, un vide. Elle sut qu'elle était de nouveau seule.

Colin l'avait laissée. Colin était parti.

14

Ce fut un moment très dur pour elle, un moment de confusion, de désespoir, où tout ce qu'il y a d'éternellement enfantin en une femme reprenait le dessus avec des illogismes, des regrets, des défis à la réalité, où tout son corps tourmenté et son esprit égaré se débattaient dans un insupportable dilemme. Il lui semblait qu'elle avait mal à crier et jusqu'au bout des ongles.

Enfin, ses nerfs se calmèrent et à tâtons elle chercha vainement à retrouver la chandelle. Celle-ci avait dû rouler en quelque coin. Mais une clarté laiteuse renaissante annonça la lune filtrant entre deux nuages, et Angélique, vacillante et comme ivre, vint s'appuyer au balustre de bois doré du petit balcon devant la porte-fenêtre ouverte.

Elle s'accouda, respira à plusieurs reprises profondément.

La lune se dévoilait, épandant sa clarté purifiante.

Moiré de nuages, le ciel se développa au-dessus d'elle comme une conque nacrée tout emplie de la rumeur continue du ressac et de celle, nostalgique et un peu lugubre, de l'aboi des loups-marins sur les plages.

Les yeux d'Angélique erraient autour d'elle sans se fixer, mais, le trouble de ses sens s'apaisant, la sensation d'un danger épouvantable qu'elle venait d'encourir et auquel elle n'avait échappé que de justesse s'imposa à elle et ses jambes fléchirent.

« J'ai failli faire « cela », se dit-elle. Et une sueur glacée l'inonda.

Plus les secondes passaient et plus la peur élémentaire venait briser, réduire en miettes le mirage éblouissant et doucereux de la tentation.

— Si j'avais fait « cela »!...

A l'instant même, s'avouait-elle, elle serait comme une morte... comme... elle ne trouvait pas de mots pour définir l'impression ravagée, de destruction totale qu'elle aurait éprouvée si...

Désormais, elle saurait que le désir pouvait prendre rang parmi les cataclysmes terrestres les plus terribles au même titre que les raz de marée, les cyclones, les tremblements de terre, un acte au-dessus de toutes les raisons, roulant irrésistiblement la faiblesse humaine dans son aveugle force matérielle.

Comment avait-elle eu la force de se dérober? Atterrée, elle se mordait les doigts, regardant devant elle un gouffre ouvert.

« Comment ai-je pu?... »

Elle touchait ses lèvres.

« Et ce baiser... Je n'aurais pas dû... Je n'aurais pas dû échanger un tel baiser avec Colin... »

Sa langue contre la langue de Colin.

Elle mit son visage entre ses mains.

« Impardonnable! Impardonnable!...

Joffrey!

Elle avait une peur superstitieuse de l'évoquer. Il lui semblait qu'il était là derrière elle, fixant sur elle ses yeux ardents.

« C'est Joffrey qui m'a donné le goût des baisers, qui me l'a rendu. C'est lui qui m'a appris à embrasser ainsi. Et j'aime... j'aime tant, avec lui, ces baisers qui n'ont pas de fin, je passerais ma vie contre son cœur, mes bras autour de son cou, ma bouche sous la sienne... Il le sait. Comment ai-je pu être si près de le trahir!... C'est d'être séparée de lui qui me rend faible... »

Jamais une femme n'est plus vulnérable que lorsqu'elle a besoin d'être consolée d'une absence. Les hommes, les époux devraient savoir cela.

Découvrant que son désarroi avait pris sa source dans l'insupportable « vide » qu'elle éprouvait à se retrouver seule, loin de lui, Angélique commença peu à peu de s'absoudre.

« Il ne devrait jamais me laisser seule... Et puis,

est-ce si grave? Et même si nous l'avions fait? Une étreinte?... Est-ce que vraiment cela m'aurait séparée de lui? C'est si peu de chose... C'est comme de boire quand on a soif. Il n'y a pas de péché à boire... Si c'est comme cela qu'on nous trompe, nous autres femmes, il n'y a pas de quoi faire de si grands drames... Une poussée de désir, une fringale... Si peu de chose en vérité. Désormais, je me montrerai plus indulgente pour les fredaines masculines... Est-ce que si Joffrey un jour... avec une autre femme?... Ah! non, je ne supporterais jamais cela... J'en mourrais... Ah! je sais maintenant que c'est très grave! Pardonne-moi... Pourquoi donc un acte aussi accidentel entraîne-t-il, depuis que le monde est monde, tant de tragédies?... L'esprit est prompt, mais la chair est faible! Ouida... Mais comme c'est vrai!

» Pourquoi avec Colin, un presque étranger, pourquoi une tentation aussi irrésistible... L'amour, une affaire de peau... Joffrey me dit cela, avec son cynisme habituel, lorsqu'il veut me taquiner... L'amour, c'est une affaire de peau, des ondes qui s'attirent... Non, pas que cela! Mais une des conditions fondamentales peut-être?... Avec certains hommes autrefois, ce n'était pas désagréable, certes, mais je savais qu'il y avait quelque chose qui manquait... Ce quelque chose que j'ai ressenti tout de suite avec Joffrey, même quand il me faisait peur...

Et avec Colin?... Il y a toujours eu quelque chose de plus avec lui que je ne m'expliquais pas... Avec Desgrez aussi, il me semble... Et... maintenant que j'y songe, c'est drôle, ce gros capitaine du Châtelet, est-ce que j'aurais pu « payer » pour sauver Cantor si... Il ne m'a pas laissé un si mauvais souvenir... Mais avec le roi? Eh bien, là, je comprends mieux... « CELA » manquait... Cela manquait, cette si étrange, si bizarre reconnaissance à fleur de peau, entre certains êtres, sans que rien ne puisse l'expliquer.

« Il y a cela entre Colin et moi... voilà le danger... Je ne dois jamais rester seule avec lui.

Rêveuse, dans le mouvement dodelinant du navire, elle laissait sa pensée se perdre à travers le clair de lune, y voyant défiler, pour une sélection très particulière, les silhouettes anciennes des hommes qu'elle avait connus, tous si divers et parmi lesquels passèrent tout à coup, sans qu'elle sût pourquoi, le franc visage du comte de Loménie-Chambord et même lointaine, hiératique mais si clémente, la noble figure de l'abbé de Nieul (1).

15

Il y avait un homme caché, agrippé sous les balustres.

Depuis quelques instants, pour l'observer, Angélique avait interrompu ses divagations sur les inconséquences et l'illogisme de l'être humain en amour, et ses réminiscences comparatives.

(1) Lire dans la même collection, *Angélique se révolte, T. 1* et *T. 2.* 675***, 676***.

Attirée par un léger bruit, elle s'était penchée et avait distingué l'ombre portée d'un homme hirsute et dont les vêtements étaient en lambeaux. Il se cramponnait à ce qu'on appelait les « galeries » qui étaient des ornementations en surplomb, encadrant les deux étages du château arrière.

— Hep! l'homme, souffla-t-elle, que faites-vous là?

Se voyant découvert, il glissa de côté et elle aperçut un peu plus bas, accroché cette fois aux moulures qui cernaient la « tutèle », c'est-à-dire le grand panneau sur lequel était peinte une allégorie du Cœur de Marie entourée d'anges.

Le mystérieux acrobate lui jeta un regard menaçant, mais qui suppliait aussi.

Il portait des meurtrissures aux poignets.

Angélique comprit. Sur le bateau de Barbe d'Or, il y avait des prisonniers et celui-là devait être un prisonnier qui s'évadait.

Elle lui fit un petit signe d'entente et se retira en arrière.

Comprenant qu'elle ne donnerait pas l'alarme, l'autre reprit courage. Elle sentit son élan et perçut le bruit du plongeon.

Lorsqu'elle regarda de nouveau, tout était calme. Elle le cherchait au pied du vaisseau, mais il émergeait déjà là-bas dans le reflet sombre d'un îlot puis se mettait à nager.

Une nostalgie affreuse s'empara d'Angélique. Elle aussi aurait voulu fuir, fuir, s'évader de ce navire où elle se sentait prise au piège de ses propres faiblesses. Demain, Colin surgirait encore devant elle.

« Il me faut quitter ce vaisseau à tout prix, se dit-elle, à tout prix... »

16

Au pied du Mont-Désert, il y a une source fraîche et ombreuse, une eau claire au goût d'argile. Ici, le sieur Pierre du Guast de Monts s'abreuva lorsqu'il y vint en 1604 et fonda le premier établissement européen en Amérique septentrionale. C'était un riche seigneur huguenot, que son ami Henri IV de France avait nommé vice-roi de la côte Atlantique du Nouveau Monde. Le géographe Samuel Champlain l'accompagnait, et aussi le poète Lescarbot, qui chanta « les douces eaux d'Acadie ».

Du premier établissement il ne reste rien qu'une croix pourrie, à demi tombée, plantée par le père Biard, jésuite, une chapelle vétuste, avec une cloche d'argent que fait tinter le vent, ou que secouent parfois, curieux et inquiets, les enfants sauvages de la tribu des Cadillac (1).

Une vieille piste indienne s'achève là, venue du Nord, ayant franchi lacs et forêts depuis le lointain mont Katthedin, puis, de rocher en rocher,

(1) Au siècle suivant, l'un de leurs grands chefs s'illustra dans la guerre franco-anglaise, la montagne porte actuellement le nom de mont Cadillac.

En notre temps, le nom de ce grand chef indien est également donné à une marque automobile.

un bras de mer avant de s'éteindre en l'île du mont Désert.

En ce printemps, l'herbe verte et les pousses tendres des bouleaux y ramenaient les troupeaux de bisons, mugissant, sombres, ancestraux, gigantesques bovins aux fronts butés et aux garrots velus.

Leurs masses obscures, entr'aperçues entre les feuillages dorés, inspiraient la crainte, mais c'étaient en fait des animaux paisibles et bucoliques.

Les Indiens des forêts les chassaient peu, préférant le daim, le cerf, le chevreuil. La harde, qui ce matin-là paissait les hautes herbes au pied de la montagne, ne se troubla pas lorsqu'un groupe d'hommes passa dans le vent de leurs naseaux subtils.

Joffrey de Peyrac, accompagné du Normand Roland d'Urville, du flibustier dunkerquois Gilles Vanepreick et du père Récollet Erasme Baure, après avoir laissé son chébec dans le havre abrité, sur la rive orientale de l'île, avait entrepris de gravir la montagne. C'était, à moins d'une lieue par mer de Gouldsboro, un sommet de mille cinq cents pieds, le point culminant de la région, que composaient, jumelés, deux énormes dômes de granite rose.

Sitôt franchie la zone des feuillus qui battait de son écume verte le pied du mont, en s'élevant toute végétation disparaissait hors les houppes sombres de quelques pins rabougris, et à ras de la roche pelée, couleur de chair, les plants de myrtilles vernissées, et des tapis de rhododendrons nains jetant sur les flancs arrondis et usés de somptueux tapis de pourpre et d'aurore.

Le vent rasant, chuchotant, devenait de plus en plus coupant et glacé à mesure que l'on montait.

Les trois hommes, suivis de leur escorte de matelots qui portaient des mousquets, marchaient d'un pas agile et rapide, sans suivre ni chemin ni sentier. Les grandes dalles de granite rose ou violâtre les guidaient et les entraînaient vers le sommet, comme les marches en pente douce d'un escalier usé.

Dans chaque faille, chaque fissure, où le vent avait entraîné un peu de terre arable, mille fleurs courtes et précieuses, joubarbes, saxifrages, orpins, soutachaient de leur broderie délicate ces grands pans de pierre nue.

Indifférent à tant de joliesse mêlée de tant de sauvagerie, le comte de Peyrac avançait le front baissé, soucieux de parvenir au sommet avant qu'un brouillard capricieux, toujours imprévisible, ne vînt lui dérober l'horizon.

Examiner le panorama étendu qui se découvrirait de là-haut, dénombrer chaque île, scruter chaque repli des criques et du promontoire, tel était le but qu'il s'était fixé en entreprenant cette ascension.

Le temps était compté. Les jours se précipitaient dans le tohu-bohu de la saison vivante, le tumulte des choses et des êtres qui s'éveillent, et se ruent dans le courant de l'été, gloutonnement.

Les Indiens venaient aux rivages pour la traite, les navires des Blancs arrivaient pour la pêche, les hommes bûcheronnaient, plantaient, commerçaient et de grands tourbillons les brassaient tous dans la fièvre des trop courtes saisons.

Les événements se nouaient et se chevauchaient.

Une dizaine de jours plus tôt, après avoir quitté à Pentagoët, sur le Pénobscot, son jeune allié le baron de Castine, le comte de Peyrac avait marché vers l'est en direction de Gouldsboro.

Il s'était attardé en chemin.

Chemin peu accessible encore, au voisinage de deux petites mines d'argent et de sylvanite, minerai à or invisible et noir qu'il possédait par là. Il s'arrêtait, jugeait les travaux, réconfortait les mineurs qui y avaient hiverné, leur laissait Clovis comme contremaître, repartait. Un peu plus loin, l'attendait l'aumônier de Saint-Castine, un Récollet, le père Baure, chargé d'un message de la plume du baron.

Ainsi apprenait-il les massacres de l'Ouest. Les Abénakis avaient déterré la hache de guerre et ravageaient maintenant les colonies anglaises du Maine en direction de Boston.

« ... Je parviens à tenir en laisse mes tribus, écrivait Saint-Castine. Donc, nul ne bougera dans nos régions. J'ai fait mander aux traitants anglais de Pemaquid et de Wiscasset, mes voisins, de n'avoir point à s'effrayer cette fois-ci et de demeurer chez eux.

» Néanmoins, ils se sont réfugiés dans l'île de Newagan avec vivres et munitions. Pourtant, je me porte garant que la paix, avec votre secours, sera maintenue dans nos juridictions.

Ainsi parvenait Peyrac à Gouldsboro.

Il y apprenait simultanément qu'Angélique n'était pas arrivée à Gouldsboro après s'être embarquée sur *Le Rochelais* à la baie de Sabadahoc, ainsi que le matelot inconnu lui en avait donné la nouvelle, mais que son fils Cantor, après avoir mené jusqu'à

Gouldsboro une chaloupe de réfugiés anglais, venait de repartir avec ledit *Le Rochelais* et son capitaine Le Gall, pour la chercher sur la baie de Casco où elle se trouvait, disait-on, en compagnie de malades et de blessés.

Rassuré à la fois sur le sort de sa femme et contrarié par ces contretemps, chassés-croisés, agissements incompréhensibles des uns et des autres, Joffrey de Peyrac hésita à se jeter sur les traces de son fils, puis, devant la fièvre qui régnait en son établissement de l'Océan, décida de prendre patience.

La rencontre de l'homme aux perles de « Cambis » sur le Kennebec, du navire à la flamme orange n'en continua pas moins de le tourmenter. Qui étaient ces gens qui lui avaient menti? Avaient-ils mal saisi un renseignement jeté dans le brouillard, d'une rambarde à l'autre d'un navire?

Il fallait attendre le retour d'Angélique et de Le Gall pour tirer au clair cet imbroglio. Le principal était qu'Angélique fût saine et sauve. Pourtant, il ne serait pleinement rassuré que lorsqu'il pourrait la tenir dans ses bras.

Or, ceci se passait quatre jours plus tôt et, tandis qu'il gravissait à grandes foulées le mont Désert, n'y avait-il pas aussi dans sa hâte le secret espoir de distinguer le premier une voile au loin, le rassurant?

Derrière lui, ses deux compagnons échangeaient quelques boutades hachées par les rafales du vent. Gilles Vaneireick, Français de nationalité, réformé, converti d'origine, joyeux et pétulant serviteur du roi de France, mais préférant le servir de loin, portait une redingote de satin jaune dont les boutons étaient d'authentiques pistoles, une culotte de soie prune, des bas verts plissés. Un foulard d'indienne à fleurs ceignait son front sous son chapeau à plumes de perroquet, et une écharpe de même tissu fleuri, son ventre légèrement bedonnant. Agile, alerte malgré cet embonpoint, il avait la réputation d'être un diable au combat et de n'avoir jamais été atteint d'une seule blessure. L'unique cicatrice qu'il portait était la marque que lui avait faite à la longue, au revers de la main, la coquille de son sabre d'abordage... pour s'en être servi jour et nuit... vous m'entendez : jour et nuit!...

Homme du Nord, de ce plat pays qui fut si longtemps sujet de Charles Quint et de ses descendants, il avait l'œil sombre et la moustache en crocs, noire, à l'espagnole, surajoutés à une sensualité flamande et bon enfant.

Le comte de Peyrac en avait fait son ami dans les Caraïbes, et Vaneireick avait décidé de venir lui rendre visite dans son établissement du Nord, la saison étant trop dure avec les Espagnols, estimait-il, pour un petit flibustier de Saint-Christophe.

Il était arrivé de concert avec le *Gouldsboro*, commandé par Erickson, et de retour d'Europe.

Le *Gouldsboro* amenait des hommes artisans et quelques réfugiés huguenots. En revanche, sur le navire du corsaire, il y avait des femmes à peau plus ou moins sombre, dont une métisse hispano-indienne d'une grande beauté qui était la maîtresse du Dunkerquois. Elle se mit aussitôt à danser sur la plage au son des castagnettes et au grand déplaisir de MM. Manigault et Berne, chargés de la discipline du port et de la moralité de leur petite communauté protestante.

La nuit du solstice d'été avait été marquée de bagarres assez violentes. La présence de Joffrey de Peyrac avait empêché que cela tournât trop mal, mais le gouverneur d'Urville disait qu'il en avait assez de tous ces enragés et qu'il voulait démissionner.

Au lendemain de cette nuit mouvementée de la Saint-Jean, Peyrac les emmenait sur la montagne pour leur alléger un peu l'esprit. Et lui-même ressentait le besoin de s'éloigner, de faire le point. Et puis il espérait qu'un bon vent lui permettrait d'apercevoir du sommet, si lointaine fût-elle, la voile de vaisseau ramenant Angélique.

Enfin, une autre idée lui était venue à propos de ce navire suspect qui les avait rejoints sur le Kennebec et dont il avait vu l'oriflamme orange flotter au-dessus des arbres. Il voulait vérifier son hypothèse.

Derrière lui, le petit groupe de ses subordonnés, lieutenants et amis, devisaient tout en escaladant d'un pied leste les grandes dalles de granite rose.

Urville interrogeait Vaneireick sur les raisons qui l'avaient poussé, lui flibustier des Antilles, à venir tâter sa chance dans la baie du Massachusetts et la Baie Française.

Le Flamand ne dissimulait pas ses raisons.

— Je suis trop petit compère pour les énormes galions espagnols de six cents tonneaux armés jusqu'aux dents, escortés d'une véritable meute, qu'on rencontre maintenant dans les Caraïbes. En revanche, je pourrais commencer avec M. de Peyrac : sucre, mélasse, rhum, coton, en échange de morue séchée, bois de mâture... et peut-être pourrions-nous unir nos efforts pour attaquer quelques-uns de ses ennemis.

— Nous verrons, répondait Peyrac... Radoubez-vous, rafraîchissez-vous dans nos domaines, sans ambages. J'ai dans l'idée que vous pourriez en effet me prêter assistance d'ici peu contre Barbe d'Or. Ce pirate dont vous avez dû entendre parler à la Jamaïque.

Ils parcouraient maintenant le sommet.

Le vent qui rasait d'une lame aiguisée le crâne chauve du mont Désert les assaillit avec tant de violence qu'ils eurent de la peine à se tenir debout. Vaneireick déclara forfait le premier. Il dit qu'il était habitué aux pays chauds, et, gelé jusqu'aux moelles, il alla s'abriter sur le versant le moins exposé derrière une anfractuosité de rocher. Roland d'Urville le rejoignit bientôt en se cramponnant à son feutre des deux mains. Le père Erasme Baure, barbe au vent, résista le temps d'un pater et d'un ave, puis s'estima quitte ainsi que les matelots de Vaneireick.

Enrico Enzi, qui escortait Peyrac, restait stoïque, jaune comme un coing, enveloppé dans ses écharpes et turbans à l'arabe qui composaient son habituel habillement de Méditerranéen de Malte.

— Va, va, lui dit le comte, va t'abriter.

Il demeura seul au sommet du mont Désert, arc-bouté, dans le grand vent incessant, et ne pouvait lasser son regard du panorama étendu sous ses yeux.

Là étaient étalés, inscrits en hiéroglyphes de terre et d'eau, tout le charme, le gigantesque et la complexité d'un pays qui s'éveillaient en pleine vigueur, gardant sans cesse en réserve des spectacles rares.

Partout, la mer forçant la terre, partout, la terre s'allongeant en péninsules, promontoires à travers l'étendue bleue et moirée de l'océan cahotique, mais qui, vu de si haut, avait des mollesses et des suavités de satin. Iles couronnées d'ébène, par les sapins, îles embuées d'or vert par les bosquets de bouleaux printaniers.

Le fond de la baie là-bas, complètement rose, un socle de rocs roses et rouges affleurant des grès sédimentaires du minerai de fer, vieux grès presque mauves parfois pour avoir été trop comprimés par les énormes glaciers de la nuit des temps.

Dans le gravier des moraines des fleuves plus récentes que le grès, on trouvait les restes millénaires d'éléphants velus, aux défenses en cor de chasse. Granite arrondi par le rabot géant des glaces, et, à d'autres endroits, falaises à pic, des cassures d'effondrement, reflétant, mirant l'éclat de leurs blessures vives dans l'eau des rades profondes.

Et les baies, les îles, les fleuves piégés de mascarets où l'on ne pouvait pénétrer qu'à marée haute, avec leur cortège de brouillards et de tempêtes, les grèves où s'ébattent les loups-marins, les rives couvertes de forêts, pullulant de bêtes à fourrure, où l'on voit l'ours noir séchant d'un coup de patte au bord de la vague, pullulant d'Indiens pour troquer la fourrure avec les navires, toute cette grand portion de terres déroulée autour de la Baie Française, telle qu'elle se présente comme une petite Méditerranée, et aussi farcie de pirates et de trafic que la Nostra Mare, aussi bleue parfois, plus riche en poissons, mais plus vierge, rivages neufs au lieu d'être rivages antiques, ici plages roses ou blanches, ou bleutées, ou rouge framboise même parfois, ce désert, ce paradis, ce chaudron de sorcière, qui se rétrécit en un gouffre où de plus en plus l'on s'enfonce dans l'obscurité des brumes, parmi les mugissements du ressac, jusqu'à ce cul-de-sac du fond de la Baie Française où les quatre frères Défours, Marcelline-la-Belle et ses dix enfants, Gontran-le-Jeune, gendre du vieux Nicolas Parys, et quelques autres encore pataugent dans les marécages de Chighectou, et vendent leurs corbeillons de charbon de terre au navire le plus offrant, tandis que le père Jean Rousse les maudit pour leur impiété et leur sauvagerie, ce lieu infime du monde américain et pourtant gigantesque pour l'être misérable qui cherchait à s'y accrocher, avait déjà une histoire à son image, ignorée, cruelle et dispersée sur des étendues et les abîmes des horizons perdus, une histoire pleine de tristesse et de douleurs (1).

Joffrey de Peyrac se penchait dans l'ovale rond du bassin abrité de l'île, il apercevait, minuscule, son chébec, à la ligne élancée et aiguë.

Ce bateau avait été construit sur ses plans à Kittery, en Nouvelle-Angleterre, déjà une vieille

(1) Hors les combats de la guerre franco-anglaise, l'histoire de l'Acadie fut marquée, lors des années 1620-1640, par la rivalité sanglante de deux Français : Charles Latour et Pierre d'Aulnay, qui prit l'ampleur d'une véritable tragédie.

ville de la mer, sur la Pistaquata river, dans l'Etat du Massachusetts. Que restait-il à cette heure-ci de l'actif chantier naval? Des cendres, peut-être? La guerre indienne, réveillée, allait créer pour tous des perturbations incalculables.

Des oiseaux montaient en ronde criarde vers les sommets. Ils annonçaient l'un des seigneurs maîtres des lieux. Le brouillard...

Joffrey de Peyrac replia sa lunette d'approche et rejoignit ses compagnons qui, le nez enfoui dans leurs collets, prenaient leur mal en patience.

Il s'assit à leurs côtés, drapé dans son vaste manteau. Le vent sauvage rabattait les plumes multicolores de leurs chapeaux. L'assaut silencieux du brouillard les atteignit soudain, roulant ses vagues fumeuses aux flancs roses du mont, les enveloppa, les engloutit dans des limbes. Sous son haleine immense, le vent cédait, s'enfuyait en chuchotant, et un temps de calme régna. Les hommes blancs, seuls dans l'univers aveugle, étaient comme assis dans la nuée, au-dessus d'un monde disparu.

— Alors, monsieur d'Urville, il paraît que vous vous apprêtez à me donner votre démission de gouverneur de Gouldsboro? dit Peyrac.

Le gentilhomme normand rougit, pâlit et regarda le comte comme si celui-ci avait eu le pouvoir inquiétant de lire les pensées les plus cachées. Il n'y avait pourtant, en l'occurrence, rien de bien sorcier à cette divination. Peu de jours auparavant, Peyrac l'avait vu s'arracher les cheveux devant les difficultés de sa juridiction.

Il y avait trop de monde maintenant à Gouldsboro, s'écriait-il. Entre les Huguenots, les mineurs, les pirates, les matelots de toutes nationalités, il y perdait son latin qui n'avait jamais été bien fameux. Où était le bon temps où, quasiment le seul maître en ce coin désert, il se livrait à un lucratif commerce de pelleterie avec les Indiens et les navires plus rares qui se risquaient dans le port non aménagé et d'accès difficile.

Mais aujourd'hui c'était la foire continentale et lui, d'Urville, gentilhomme normand de la pointe du Cotentin, il n'avait même plus le temps d'honorer de ses faveurs sa belle épouse indienne, fille du chef local Abénaki-Kakou, ni d'aller, sous prétexte de visiter quelque lointain voisin Français ou Anglais, se distraire un peu sur les flots tumultueux de l'Océan.

— Monseigneur, s'écria-t-il, ne croyez pas que je veuille cesser de vous servir. Pour être à vos ordres et vous assister au mieux de mes talents, je serai toujours là, pour courir sus à vos ennemis, défendre à la pointe des canons ou même de mon épée vos domaines, commander vos soldats, vos marins, mais là où je n'ai point de capacités, je l'avoue, c'est pour m'y reconnaître quand entrent en jeu à la fois les Saints, les Démons et les Ecritures. Vos Huguenots sont travailleurs, courageux, capables, industrieux et commerçants en diable, et em... en diable. Ils feront de Gouldsboro une cité très propre, mais nous ne sortirons pas des palabres, car on ne saura jamais quelle loi y faire régner. Quoi qu'on leur ait fait à La Rochelle, ces gens-là sont comme mutilés de ne plus se sentir sujets du roi de France, mais qu'un Français s'amène avec une médaille de la Vierge au cou et les voilà qui entrent en transe et veulent lui refuser même de se ravitailler d'eau douce en leur coin. Nous ne nous sommes pas trop mal entendus cet hiver, nous causions beaucoup près du feu lorsque la tempête faisait rage. Je suis un peu mécréant — pardonnez-moi, mon père — et je ne risquais point de les importuner avec mes patenôtres. Et nous nous sommes bien battus de concert quand il l'a fallu contre ce pirate de Barbe d'Or. Mais c'est parce que je les connais trop bien maintenant que je ne me sens pas assez diplomate pour maintenir la balance entre religionnaires trop divers de nationalité exacerbée et tous ces pirates.

Joffrey de Peyrac se taisait. Il songeait à son ami le capitaine Jason, Huguenot persécuté et plié aux caractères latins par la Méditerranée, qui eût fait merveille dans le rôle que refusait d'Urville. Mais Jason était mort et aussi l'admirable savant le docteur arabe Abd-el-Mechrat qui eût pu l'assister dans sa tâche. Le joyeux et perspicace d'Urville ne se dérobait point par lâcheté, ni même paresse, bien qu'une vie sous le signe de la plus grande liberté lui eût donné une certaine propension au bien-aise.

Mais cadet de famille et comme tel n'ayant bénéficié d'aucun enseignement professionnel à part celui de tenir l'épée et d'enfourcher une monture, sachant à peine lire, il connaissait ses propres lacunes. Un duel à mort l'avait conduit aux Amériques, pour sauver sa tête des lois instituées par M. le cardinal de Richelieu. Nulle autre nécessité n'aurait pu l'y mener, car il ne concevait pas la vie hors des tavernes et des tripots de jeu de Paris. Heureusement pour lui, il était fils de la presqu'île du Cotentin, cette corne d'escargot de la France, qui dresse son œil de gastéropode pour lorgner l'Angleterre, presque une île dans la solitude de ses côtes sauvages et de ses bocages et landes.

Elevé dans un vieux château de la pointe de La Hague, d'Urville aimait et comprenait la mer, sa nourrice. Aujourd'hui, il pourrait faire merveille en gardant la haute main sur la petite flotte de Gouldsboro, qui, chaque saison, s'augmenterait de nouvelles unités, mais Joffrey de Peyrac comprenait aussi la nécessité de décharger ses épaules d'un poids qui dépassait ses compétences.

— Et vous, monsieur Vaneireick, si vous êtes lassé de l'aventure espagnole, les honneurs de vice-roi sous nos latitudes ne vous tentent-ils pas?

— Peut-être!... Mais lorsque j'aurai gagné une jambe de bois. Je préfère encore cela plutôt que vendre des raves et des noix de coco sur les routes de « La Tortue »... Plaisanterie à part, mes coffres ne sont pas assez remplis. Il faut être riche pour en imposer à une population mi-partie d'aventuriers, mi de parpaillots. J'ai déjà scandalisé ces derniers avec mon Iñès. Avez-vous vu Iñès?

— J'ai vu Iñès.

— N'est-elle pas ravissante?

— Elle est ravissante.

— Vous comprenez que je ne peux renoncer encore à cette charmante créature. Mais, plus tard... l'affaire me plairait assez... Voyez Morgan, le plus grand pirate et pilleur de notre temps, le voici aujourd'hui gouverneur de la Jamaïque, et je vous promets qu'il ne badine pas avec l'ordre, et les princes mêmes lui tirent leur chapeau... Je me sens de son espèce. Je suis moins sot que j'en ai l'air, savez-vous!

— C'est bien pour cela que je vous faisais une telle proposition en toute confiance...

— Vous m'en voyez tout honoré, mon cher comte... Plus tard! Plus tard. Voyez-vous, je n'ai pas encore jeté ma gourme, comme un vieil adolescent que je suis.

17

Le brouillard se retirait.

Joffrey de Peyrac se leva et retourna vers la plate-forme du sommet.

— Est-ce Barbe d'Or que vous cherchez et que vous espérez apercevoir, caché dans quelque trou? demanda Urville.

— Peut-être!

Que cherchait-il exactement, qu'espérait-il découvrir dans ce labyrinthe d'eau et d'arbres étalé à ses pieds? C'était moins une déduction logique qu'un flair de chien de chasse qui l'avait conduit au sommet de ce belvédère.

L'homme aux « lambi »... L'homme auquel il avait donné des perles roses sur le chemin du Kennebec. L'homme qui lui avait menti, était-ce seulement un complice de Barbe d'Or?... Le vaisseau mystérieux? Etait-ce celui du pirate? Et pourquoi, par deux fois, avait-on cherché à l'égarer quant au sort d'Angélique?

Ces « erreurs » étaient-elles le fruit du hasard?...

Il n'y croyait pas. Il est rare qu'en mer les nouvelles portées de bouche à bouche ne soient pas transmises dans leur vérité totale. Car c'est la solidarité, et l'âme, et l'espoir des marins qui exigent cela... Pourquoi alors ces subites tromperies répétées? Quel nouveau danger pointait là?...

D'un coup d'aile, une dernière rafale de vent balayait la baie jusqu'à la ligne de l'horizon. Le ciel blanc-bleu et pur planait sur la mer comme une aile, comme une conque nacrée et sonore.

Le gentilhomme dut lutter pas à pas, penché, comme envers une force contraire, pour avancer, atteindre l'extrémité du plateau, s'y allonger afin de donner moins de prise au vent.

La lunette d'approche rivée à l'œil, point par point, il scrutait les archipels dispersés.

Là, il découvrait un navire à l'ancre, là, une barque, là, une flottille d'Indiens qui traversait le détroit, là, deux chaloupes de morutiers, et plus loin, contre un îlot, les morutiers eux-mêmes.

L'équipage était à terre. On voyait monter la fumée des calfats, des rôtissoires ou des boucans.

Au fur et à mesure qu'il poursuivait son inspection, il ressentait les arêtes dures du granite contre sa poitrine comme une souffrance, une oppression.

Trouverait-il ce qu'il était venu chercher sur le mont chauve balayé de rafales?...

A l'ouest, commençant à surgir dans les déchirures du brouillard, à contre-jour, se déroulait la chaîne des montagnes Bleues, d'un bleu si bleu que la baie à ses pieds portait son nom : *Blue Hills Bay*.

C'était là-bas, derrière, qu'Angélique peut-être était en danger?...

— Angélique! Angélique! Ma vie!

Cramponné à la pierre aride, il l'appelait d'un élan qui eût voulu franchir les distances insondables.

Elle était une entité soudain lointaine et sans visage, mais chaleureuse et infiniment animée, attirante, dans son charme unique.

— Angélique! Angélique! Ma vie!...

Avec un sifflement, la bise près de lui cinglait, on eût dit un chuchotement cruel.

« Il vous séparera! Vous verrez! vous verrez! »

La prédiction de Pont-Briand, l'homme tué pour avoir désiré Angélique, lui sifflait aux oreilles : « Il vous séparera... vous verrez! »

Dévoré d'une angoisse brusque, il porta machinalement la main à sa poitrine. Puis, se ravisant :

— Mais que puis-je craindre?... Demain, après-demain au plus tard, elle sera là... Angélique n'est plus comme autrefois une jeune femme fragile et sans expérience. Elle m'a plus d'une fois prouvé que la vie ne la désarçonnait pas. Elle pourrait faire face à n'importe quoi. Ne vient-elle pas de le montrer encore en échappant — Dieu sait comment! — à cette étrange embuscade de Brunschwick-Falls?... Oui, elle est bien de la race des guerriers et des paladins, mon indomptable! On dirait que le danger la rend plus forte, plus efficiente, plus lucide... plus belle encore... comme si elle en nourrissait son incroyable vitalité!... Angélique! Angélique!... nous passerons à travers tout, n'est-ce pas, ma chérie!... Tous les deux... Où que tu sois, je sais que tu me rejoindras...

Il tressaillit. Tandis qu'il songeait, son regard errant avait accroché parmi le fouillis des îles un détail insolite. Une flamme orange à la pointe d'un mât, cachée parmi les arbres d'une île. Il resta longtemps immobile, comme un chasseur en arrêt, l'œil attentif, fixé à l'instrument d'optique. Puis il se redressa, songeur.

Il avait trouvé ce qu'il était venu chercher au sommet du mont Désert.

18

— Monseigneur! Monseigneur!

Alors que le chébec du comte de Peyrac doublait la pointe de Shoodic, une voix le hélait, venue d'un morutier français qui voguait à quelques encablures sous le vent.

Il reconnut à la rambarde Yann Le Couennec, qu'il avait envoyé de Popham à la recherche d'Angélique.

Peu après, les deux navires ayant jeté l'ancre face aux quais de Gouldsboro, le comte, d'un pas hâtif, rejoignait le Breton.

— Parle! Parle vite!

Yann ne montrait pas son habituelle figure joviale et Joffrey de Peyrac sentit son cœur serré d'appréhension.

— As-tu pu joindre Mme la Comtesse? Pourquoi

n'est-elle pas avec toi? Avez-vous croisé *Le Rochelais*?

Le pauvre Yann baissait la tête. Non, il n'avait pas croisé *Le Rochelais*. Oui, il avait pu joindre Mme la Comtesse, après avoir traversé la région d'Androscoggi mise à feu et à sac par les Indiens et il l'avait trouvée en perdition sur la baie de Casco.

— Je sais tout cela... Cantor nous a prévenus. Il est reparti les chercher.

Las! Il était trop tard, pleura Jacques Yann. Cantor trouverait place vide. Barbe d'Or avait capturé Mme de Peyrac comme otage. Il s'empressa d'ajouter, afin d'atténuer les effets de l'atterrante nouvelle, qu'il ne croyait pas Mme la Comtesse en danger. Elle savait se défendre et ce pillard paraissait avoir un équipage bien tenu. Et elle avait eu le sang-froid de le faire évader à temps, lui, Yann, afin qu'on pût donner à savoir ce qu'elle était devenue.

Il conta en quelles circonstances s'était effectuée son évasion.

— J'ai couru, et heureusement ils ne m'ont pas poursuivi; j'ai marché une journée entière en suivant la côte. Vers le soir, en approchant d'une crique, j'ai eu la chance de trouver ce morutier français au mouillage. L'équipage était descendu à terre pour la corvée d'eau douce. Ils m'ont accepté à leur bord et ont bien voulu se dérouter pour me mener ici au plus vite.

Joffrey de Peyrac était livide. Il serrait les poings.

— Barbe d'Or! Toujours ce bandit... Je le pourchasserai à mort! Il a déjà capturé le chef de mes mercenaires, le mois dernier, et maintenant ma femme!... Quelle impudence!

Il songeait avec inquiétude à Le Gall et à Cantor qui avaient dû parvenir au lieu du rendez-vous pour y trouver place déserte ou pire : occupée encore par les dangereux malandrins des mers. Découvrant que sa mère était entre leurs mains, Cantor ne serait-il pas tenté de se lancer dans une action de guerre prématurée? Non! L'enfant était prudent! En Méditerranée, il avait appris les ruses de la vie de corsaire. Sans doute se contenterait-il de prendre en surveillance étroite le navire de Barbe d'Or, tout en essayant de faire parvenir la nouvelle à son père.

Malheureusement, le navire *Gouldsboro* ne serait pas en état de soutenir une chasse et un combat avant deux jours. En travaillant toute la nuit, peut-être pourrait-on prendre la mer le lendemain soir avec le chébec auquel on ajouterait deux canons, et le vaisseau de Vaneireick. Il fallait espérer que le pirate se laisserait intimider par ce déploiement de forces et que l'on pourrait parlementer.

Joffrey de Peyrac fit volte-face et revint vers le Breton.

— Qu'y a-t-il encore que tu n'oses me dire?... Que me caches-tu?

Son regard brûlant se rivait à celui de Yann effaré, et qui de la tête faisait des signes véhéments de dénégation.

— Non... Monseigneur, je vous jure... Je vous fais serment sur les images de la Vierge et de sainte Anne... Je vous ai tout dit... Pourquoi?... Qu'imaginez-vous que je vous cache?...

— Lui est-il donc arrivé quelque chose?... Elle est blessée, n'est-ce pas?... Malade?... Parle...

— Non, monseigneur, je ne vous dissimulerais pas de tels malheurs... Il se fait que Mme de Peyrac est en très bonne santé... Elle soutient tous les autres... Si elle est restée là-bas, c'est précisément à cause des malades et des blessés... Elle a même recousu le ventre d'un de ces sagouins, celui qui l'a vendue...

— Oui, cela aussi, je le sais...

L'œil perspicace de Peyrac scrutait l'honnête visage de son matelot dont l'hiver passé avait fait pour lui un compagnon et un ami. L'Iroquois ne l'avait pas fait trembler ni les approches de la famine. Or, aujourd'hui, Yann tremblait. Peyrac entoura de son bras les épaules du jeune homme.

— Qu'as-tu?...

Et Yann crut qu'il allait éclater en sanglots comme un enfant. Il baissa la tête.

— J'ai beaucoup marché, murmura-t-il, et ce n'était pas facile d'échapper aux sauvages en guerre.

— C'est vrai... va te reposer. Il y a une espèce d'auberge, sous le fort, que tiennent Mme Carrère et ses filles. On y fait bonne chère et l'on y boit dès aujourd'hui du vin de Bordeaux arrivé d'Europe. Répare tes forces et tiens-toi prêt à faire campagne avec moi dès demain, si le temps nous est propice.

Le comte de Peyrac et Roland d'Urville réunirent dans l'une des salles du fort, qui tenait lieu de salle du conseil, Manigault, Berne, le pasteur Beaucaire et les principaux notables huguenots; ils demandèrent à Vaneireick et à son second d'être présents, ainsi qu'Erikson, le capitaine du *Gouldsboro*. Le père Baure assistait également au Conseil.

Don Juan Alvarez, le commandant de la petite garde espagnole, se tenait derrière le comte comme une sombre figure hiératique veillant sur son salut.

Joffrey de Peyrac les mit tous brièvement au courant des derniers événements. Le fait que son épouse, la comtesse de Peyrac, était tombée entre les mains de leur ennemi, l'obligeait à une extrême prudence. Pour avoir vécu aux Caraïbes, ils connaissaient les mœurs des gentilshommes d'aventure et Gilles Vaneireick en témoignerait comme lui, Mme de Peyrac ne risquait pas d'être maltraitée tant qu'elle représentait valeur d'otage. Jamais grande dame capturée, qu'elle fût espagnole, française ou portugaise, n'avait eu à se plaindre de ses geôliers, en attendant la généreuse rançon qui lui permettrait de retrouver la liberté. On racontait même que quelques-unes d'entre elles, quand le flibustier était de bonne mine, n'avaient point trop de hâte de voir se terminer leur captivité. Mais l'on savait aussi que, pourchassées, acculées à la bataille ou au naufrage, déçues dans leur espérance de rançon, certaines de ces brutes prêtes à tout n'hésitaient à mettre leurs menaces contre les otages à exécution.

Il fallait également prévoir qu'en cas d'attaque sur Gouldsboro le poste ne disposerait que d'une défense terrestre. Avant de s'éloigner, on procéda à la répartition des munitions.

Sur ces entrefaites, la sentinelle espagnole passa

une tête effarée, casquée d'acier noir, par l'entrebâillement de la porte, et s'écria :

— Excellenzia, quelqu'un vous demande.

— Qui est-ce?

— Un « hombre ».

— Qu'il entre!

Un homme, bien bâti et fort barbu, vêtu d'un seul pantalon de marin, déguenillé et trempé, apparut sur le seuil.

— Kurt Ritz! s'exclama Peyrac.

Il venait de reconnaître dans l'arrivant « l'autre » otage de Barbe d'Or, le mercenaire suisse, qu'il avait engagé comme recruteur, lors d'un voyage au Maryland. Les habitants de Gouldsboro le reconnurent également, car il avait débarqué chez eux en mai, avec les soldats levés par lui pour le service du comte de Peyrac. Il s'apprêtait à partir pour l'arrière-pays lorsqu'un soir il s'était laissé surprendre sur le rivage par les hommes de Barbe d'Or embusqués dans les îles et qui avaient entrepris le siège de Gouldsboro. C'était peu avant le combat décisif qui avait obligé le pirate à s'enfuir. On craignait que Kurt Ritz eût payé les frais de cette défaite. Or, il était là, apparemment en bonne santé, quoique fatigué, semblait-il, par une longue course.

Peyrac le prit aux épaules, cordialement.

— *Grüss Gott! Wie geht es Ihnen, lieber Herr?* Je m'inquiétais de votre sort.

— J'ai enfin réussi à m'enfuir de ce sacré bateau, de ce sacré pirate, monseigneur.

— Quand cela?

— Il n'y a guère plus de trois jours.

— Trois jours, répéta Peyrac songeur. Le navire de Barbe d'Or ne se trouvait-il pas alors au nord de la baie de Casco, vers la pointe Maquoit?

— Monsieur, vous êtes devin!... C'est bien là en effet le nom que j'ai entendu prononcer par les hommes d'équipage... Nous avions jeté l'ancre à l'aube... Il y avait beaucoup d'allées et venues avec la terre, un certain désordre... Vers le soir, j'ai remarqué que la cabane où l'on me tenait était mal close. Le mousse qui m'apportait ma pitance avait oublié de cadenasser la porte. J'attendis la nuit profonde et me glissai au-dehors. Je me trouvais situé à l'arrière sous la dunette. Or, tout semblait désert. J'apercevais des feux sur la plage. On aurait dit que l'équipage festoyait à terre. La nuit était sans lune. Je grimpai sur la dunette et j'enjambai le parvis à l'arrière. Puis, en me cramponnant aux moulures, je suis descendu jusqu'au balcon de la grand-chambre. De là, j'ai plongé et j'ai gagné un îlot voisin. J'attendis afin d'être sûr que l'alerte n'était pas donnée. Alors, j'ai repéré une autre île plus loin et j'ai tenté ma chance, bien que je ne sois pas un très bon nageur. A l'aube, j'y étais. Sur le côté ouest, il y avait des réfugiés anglais. Je ne me suis pas mêlé à eux. J'ai attendu à l'est, du côté des falaises. Dans la journée, j'ai vu passer des canoës indiens, des Tarratines, Sébagots, Etchemins qui remontaient vers le nord avec des scalps à leur ceinture. Je leur ai fait signe et leur ai montré la croix que je porte au cou. Nous sommes catholiques, nous autres, dans la haute vallée du Rhône. Ils m'ont pris avec eux et m'ont déposé quelque part à l'embouchure du Pénobscot. J'ai marché de jour et de nuit et, plutôt que de contourner les fjords, j'ai traversé plusieurs bras de mer à la nage. J'ai bien failli me laisser entraîner par les courants et la marée haute... Mais enfin me voici.

— *Gott sei Dank!* s'exclama Peyrac, monsieur Berne, n'aurions-nous pas à portée de main un flacon de bon vin afin de réconforter le plus grand nageur en eau salée des Waldstaeten (1)?

— Si fait.

D'une console, maître Berne tira un flacon de vin de Bordeaux et un gobelet d'étain.

L'homme avala d'un trait. Le sel de la mer l'avait assoiffé, mais il était à jeun et le vin fort lui monta à la tête et lui mit le sang au visage.

— Ouf! *Es schmeckt prima. Ein feiner Wein!* J'ai été tellement ballotté par les flots que la tête me tourne.

— Vous avez eu de la chance, dit quelqu'un. Les tempêtes d'équinoxe menaçaient, mais ne se sont pas déchaînées.

Le Suisse se versa une seconde rasade et parut tout ragaillardi.

— Avez-vous gardé ma bonne hallebarde? interrogea-t-il, je ne m'en étais pas muni lorsque je me promenais dans les rochers et que ces maudits m'ont assailli.

— Elle est toujours au râtelier des armes, lui dit Manigault en désignant des pitons au mur qui soutenaient des lances de diverses tailles et parmi elles une plus longue pique terminée par cette admirable fleur de chardon d'acier de l'arme

(1) Désignation ancienne des premiers cantons suisses. — Cantons forestiers.

helvétique, dont la ferronnerie élégante a caché si longtemps le terrible pouvoir meurtrier qu'elle révélait entre les mains d'un Suisse : la courbe en hameçon du couperet pour crocher et haler, la lame aiguisée pour trancher les têtes, sa pointe effilée pour transpercer les ventres et les cœurs.

Kurt Ritz se saisit de son arme avec un soupir.

— Ah! la voici enfin! Quelles mortelles semaines j'ai passées à me ronger les poings sur cette nef! Et mes hommes, que sont-ils devenus?

— Ils sont au fort de Wapassou.

Tous le regardaient en songeant qu'il s'était sans doute évadé le jour où Angélique de Peyrac avait été capturée par Barbe d'Or. L'avait-il su? Avait-il aperçu l'épouse du comte? Un indéfinissable pressentiment les retenait — et Peyrac lui-même — de l'interroger à ce sujet.

— Vous a-t-on maltraité? demanda Peyrac en hésitant.

— Que non pas! Barbe d'Or n'est pas un « mauvais » et c'est un bon chrétien. Tous les soirs et tous les matins, ses hommes faisaient la prière sur le pont. Mais il veut votre mort, monsieur le comte. Car il dit que les territoires du Maine où vous êtes installé lui appartiennent et qu'il est venu avec les siens pour y fonder une colonie... On lui avait promis que les femmes qui étaient à Gouldsboro seraient pour lui et ses hommes, que c'étaient des filles reléguées.

— Quelle insolence! sursauta Manigault.

— Aussi a-t-il été surpris de la défense éprouvée. Et s'il m'a enlevé, c'était pour avoir une possibilité de négociation, car il est têtu comme une mule. Après avoir été tiré à boulets rouges par ces messieurs ici présents, il est allé se radouber dans une île de la baie de Casco, mais il reviendra...

Le Suisse but encore. Il commençait à planer en pleine euphorie.

— Oh! je pourrais vous dire bien des choses sur Barbe d'Or lui-même car c'est un homme rude, mais honnête, oui, honnête... Il fait peur à ceux qui le voient de loin, mais ses intentions sont droites... Et puis il y a une femme là-dedans... Sa maîtresse... C'est elle qui l'a rejoint à la pointe Maquoit. C'est elle qui doit avoir tout manigancé car elle a l'air d'une fameuse gaillarde... Une de ces femmes qui vous alignent des chiffres sur parchemin, sans une erreur remplissent leur coffres, et vous envoient un bonhomme à la guerre pour les remplir encore... A leur service... Elles ont de quoi payer, les mâtines. Belles comme Vénus, intelligentes. Celui qui n'a pas envie de se faire tuer pour elles, c'est que vraiment il n'aime pas la vie ni l'amour... La maîtresse de Barbe d'Or est une femme de cette trempe... Et belle avec ça... Tout le navire était en effervescence de l'avoir vue monter à bord. C'est une Française. Elle l'attendait là, à Maquoit. Elle a des yeux comme de l'eau de roche, et des cheveux comme un rayon de soleil... C'est grâce à elle que j'ai pu m'évader ce soir-là. Barbe d'Or leur avait distribué à tous trois pintes de rhum par matelot pour fêter l'événement... Quant à lui...

Kurt Ritz renversa la tête en arrière et rit d'un rire silencieux. Puis il lampa encore un verre.

— Lui... je n'aurais pas cru... Mais fou d'elle,

qu'il est... A travers les planches de ma cabane, je l'ai vu passer sur le gaillard d'arrière. Il la tenait par le bras et il la regardait... la regardait...

Les vapeurs du vin lui montaient à la tête, il pérorait, sans s'étonner de leur silence, sans se troubler de ne les discerner que figés comme des cierges, dans un halo trouble, avec des faces sans sourires, durcies, gelées.

— Le nom de cette femme? fit la voix du comte, brève.

Sa voix paraissait surgir d'un univers cotonneux, et elle était sourde, lointaine. Tous les hommes présents se sentaient saisis de panique et d'une envie de s'enfuir. Kurt Ritz branla la tête.

— *Weiss nicht!* Tout ce que je sais, c'est qu'elle est française... et qu'elle est belle, ça oui! *Et qu'il l'a dans la peau, Barbe d'Or,* à en crever... JE LES AI VUS... la nuit... dans la grande chambre, par la fenêtre du château arrière... La fenêtre était ouverte... J'étais descendu jusque-là et j'ai risqué un œil... Il y avait une chandelle sur la table et je les ai vus... La femme était nue dans les bras de Barbe d'Or... Un corps de déesse... et ses cheveux sur les épaules... Au soleil, je les avais crus blonds, mais là j'ai vu qu'ils étaient comme une coulée de clair de lune... Une nappe d'or pâle... Des cheveux de fée... Il y a quelque chose en cette femme qu'il n'y a à nulle autre, quelque chose de... merveilleux... Je comprends qu'il en soit fou, le pirate... Je n'osais pas plonger à cause de cette fenêtre ouverte... Même des gens qui sont occupés à s'aimer peuvent avoir l'oreille fine... Et Barbe d'Or, c'est un chef : toujours aux aguets... J'ai dû attendre un peu...

Il parlait, parlait. Il était ivre maintenant et parlait sans s'étonner du silence écrasant, sans réaliser ce qu'il y avait d'inquiétant à ce qu'on le laissât parler ainsi, décrire, s'attarder sur cette scène d'amour.

Il répéta en dodelinant de la tête :

— D'où vient-elle, cette femme? Je n'en sais rien. Elle l'a rejoint là-bas... Son nom... Attendez, je crois me souvenir. J'ai entendu... Pendant qu'il lui faisait l'amour, il l'appelait « Angélique! Angélique! ». Un nom qui lui va...

... Il y eut un silence terrible!

Et, subitement, la hallebarde s'échappait des doigts de Kurt Ritz. L'homme vacillait, reculait, s'appuyait au mur, dégrisé, le teint soudain pâle, les yeux exorbités fixés sur Peyrac.

— Ne... ne me tuez pas, monsieur!

Pourtant personne n'avait bougé. Ni même le comte de Peyrac, toujours aussi droit et immuable. Mais c'était de son regard sombre que le Suisse avait senti jaillir l'éclair de mort. En homme des champs de bataille, il avait su qu'elle était sur lui, la mort. Dégrisé, sans comprendre, son regard s'attachait à celui de Peyrac, certain d'un danger mortel.

En même temps, avec une prescience effarée, il s'apercevait que tous les personnages de cette scène pour lui incompréhensible, ceux qui se tenaient là présents comme des spectres, dans un silence de tombe, auraient tous et chacun préféré être sourds, muets, aveugles, six pieds sous terre, que d'avoir à supporter l'instant qui passait, dans cette pièce close.

Il avala sa salive avec effort.

— Qu'arrive-t-il, messires? gémit-il. Qu'ai-je dit?

— Rien!

Le Rien tombait comme un couperet des lèvres de Peyrac.

Encore une fois, le timbre du maître paraissait venir d'un autre monde.

— Rien que vous n'ayez à vous reprocher, Ritz... Allez... Allez, maintenant. Vous avez besoin de repos... Dans quelques jours, il vous faudra rejoindre vos hommes dans les Appalaches, au fort de Wapassou...

D'une démarche titubante, l'homme gagna la porte. Quand il fut sorti, chacun s'empressa de se retirer en silence, non sans avoir auparavant effectué un profond salut, devant le maître de Gouldsboro comme ils l'eussent fait, se retirant, devant le roi.

Chacun, au-dehors, remit son chapeau sur sa tête et s'en fut sans un mot, vers sa demeure. Sauf Gilles Vaneireick qui attira d'Urville à part et lui dit : Expliquez-moi...

19

Alors Joffrey de Peyrac se tourna vers Juan Fernandez.

— Envoyez-moi Yann le Couennec.

Lorsque Yann pénétra dans la salle du conseil, le comte s'y trouvait seul. Incliné sur une carte déployée, il semblait l'examiner avec attention.

Sa chevelure touffue, que marquait aux tempes une nuance argentée, cachait à demi son visage comme absorbé par l'examen de la carte, et ses paupières baissées voilaient son regard.

Mais lorsqu'il se redressa et posa les yeux sur Yann, celui-ci tressaillit, pénétré d'un sentiment d'anxiété qui se lova en lui comme un serpent froid.

« Qu'a-t-il donc? Qu'a donc mon maître? songea-t-il. Malade? Blessé? Frappé... On dirait... frappé au-dedans?... Frappé à mort... »

Joffrey de Peyrac contourna la table et s'approcha du Breton. Il était si calme et marchait si droit que l'autre douta.

« Non, il n'a rien... Que vais-je imaginer?... »

Le regard de Joffrey de Peyrac tombait sur lui, l'observait avec une pénétrante attention. De taille moyenne, Yann lui arrivait à l'épaule. Bien découplé, doué d'une expression vive et hardie, il paraissait toujours plus jeune que ses trente ans. Pourtant, sa vie mouvementée lui avait fait l'âme d'un vieux roulier forgée à tout. Mais, pour Joffrey de Peyrac, ce visage de Français celtique serait toujours sans secret. Il pouvait y lire comme en un livre ouvert.

— Et maintenant, Yann, murmura-t-il, dis-moi ce que tu n'oses me dire.

Le Breton pâlit et rompit d'un pas. Sa tête se reprit à ébaucher de vaines dénégations. Terrifié, il savait qu'il n'échapperait pas. Il avait déjà vu Joffrey de Peyrac à l'œuvre lorsqu'il poursuivait un but, lorsqu'il s'acharnait à découvrir une vérité que lui avait révélée sa diabolique divination : comme un chasseur, il ne lâchait pas la piste, acculant l'adversaire.

— Qu'as-tu? Qu'as-tu que tu ne peux me dire? Crois-tu que je ne vois pas ton regard troublé? Dis-moi, que s'est-il passé? C'était là-bas, à Maquoit, là où tu as laissé la comtesse?... Qu'as-tu vu, qu'as-tu surpris qui puisse te bouleverser à ce point?...

— Mais... Je ne... (Yann ébaucha un geste d'impuissance.) Je vous ai tout dit, monseigneur.

— C'était là-bas, n'est-ce pas? Réponds, c'était là-bas?

— Oui, fit la tête penchée du pauvre garçon.

Et il laissa tomber son visage dans ses deux mains.

— Qu'as-tu vu? Quand était-ce? Etait-ce avant de t'enfuir?...

— Non, fit la tête accablée.

— Alors, c'était après?... Tu t'enfuyais, m'as-tu dit... tu courais, et puis tu t'es retourné et tu as vu quelque chose... C'est bien cela, n'est-ce pas, quelque chose d'étrange, d'inconcevable?...

Ah! Comment pouvait-il deviner ainsi!... C'était diabolique

Yann défaillait.

— Qu'as-tu vu? répéta la voix implacable. Qu'astu vu quand tu t'es retourné vers la plage où tu l'avais laissée?... Qu'as-tu vu?

Et soudain Yann sentait s'abattre sur sa nuque comme une serre une main terrible, qui l'étreignait à la briser.

— Parle, fit la voix basse et menaçante.

Puis, s'apercevant que le jeune homme suffoquait, violacé, le comte relâcha son étreinte, se domina.

Une poignante douceur vibra dans sa voix persuasive.

— Parle, mon fils... je t'en prie!

Alors Yann s'écroula. Il tomba à genoux, s'accrochant au pourpoint de Joffrey de Peyrac avec des gestes d'aveugle égaré.

— Pardonnez-moi, monseigneur. Pardonnez-moi!

— Parle...

— Je courais... je courais... J'avais pris la fuite au moment où Barbe d'Or abordait le rivage... profitant de ce que tous les yeux étaient tournés vers lui... Mme la comtesse m'avait recommandé de saisir ce moment-là... Je courais, je courais... et puis, pour voir si l'on me poursuivait, je me suis retourné... vers la plage...

Il leva vers Peyrac un regard torturé.

— Elle était dans ses bras! monsieur, cria-t-il en se cramponnant au comte comme si ç'avait été lui-même qu'on frappait et qui recevait les pires coups. Elle était dans les bras de Barbe d'Or... et ils s'embrassaient... ah! pardonnez-moi, monseigneur, tuez-moi... ils s'embrassaient tous les deux comme des amants... comme des amants qui se retrouvent...

LA BARQUE DE JACK MERWIN

1

Trois jours plus tôt.

Au nord de la baie de Casco.

Une barque sur la mer.

Parmi tant d'autres. Mais la mer est si vaste et si nombreuses les îles qui la peuplent que la barque y semble seule. Se faufilant, gibier pourchassé, guettée par la traîtrise des courants et des rocs. Couchée sous le vent, elle passe et on la voit doubler un promontoire, se fondre dans l'ombre d'une falaise, reparaître dans le soleil, et parfois l'odeur des terres fleuries l'escorte et parfois elle se cabre sous l'haleine salée du vent.

On voit aux plages des îles des silhouettes humaines agiter les bras et courir, lancer des appels. Il y a des barques et des vaisseaux cachés dans les criques. Il y en a qui louvoient et naviguent ou pêchent de l'autre côté d'un rocher, ou d'autres qui vont surgir dès que la barque sera passée.

Toujours seule à travers le labyrinthe des trois cent soixante-cinq îles de la baie de Casco. Depuis la pointe de Maquoit, la barque suit la côte et descend vers le sud.

Angélique avait passé une fin de nuit épuisante, à chercher mille façons d'échapper à Colin.

Au matin, il était entré dans sa cabine. Elle avait peu dormi. Elle était lasse et abattue, mais résolue aussi à obtenir de lui sa liberté.

Il l'avait devancée.

— Venez, madame, avait-il intimé très froidement.

Il était calme et distant, toujours impressionnant dans son harnachement d'armes, et elle l'avait suivi sur le pont. Une partie de l'équipage traînait, vaquant aux occupations matinales, cherchant surtout à apercevoir la passagère prisonnière de Barbe d'Or, et, au pied du vaisseau, contre la coque, Angélique avait aperçu une barque qui tanguait en se protégeant des chocs par une « bitte » de paille.

C'était un sloop d'Anglais, une de ces grosses barques qui, de New York à Pemaquid et même plus loin, ne cessaient de caboter d'une baie à l'autre et d'un établissement à l'autre. Le patron, un fort gaillard à l'air morose, avait dû être arraisonné, ce matin-là, par les flibustiers français du *Cœur de Marie*, et nul ne savait ce qu'il pensait exactement du butin dont on était en train d'emplir sa chaloupe. Mais l'habitude de la navigation dans ces parages avait dû lui apprendre à se montrer circonspect vis-à-vis des hôtes indésirables venus des Caraïbes. Angélique, en se penchant, aperçut de nombreux passagers parmi lesquels elle reconnut la face de bouledogue du révérend Patridge, celle dévouée de la petite miss Pidgeon, le jeune Sammy Stougton et Adhémar, dont les gémissements montaient dans l'air particulièrement limpide de cette aube couleur de glycine.

— Ah! Tomber entre les mains des pirates! Ça, on peut dire qu'il m'arrive tous les malheurs...

A la coupée, dont le panneau de bois était retiré, pendait une échelle de corde.

— Et voilà! dit la voix étouffée de Colin, parlant proche d'elle pour elle seule, il vaut mieux nous séparer, n'est-ce pas, ma mie? Le « patroon » de cette barque m'a dit se rendre au Pénobscot. Si la brise est bonne et qu'il coupe au travers tout droit en direction est-nord-est, tu pourras y être dans quatre jours au plus...

Malgré ses efforts et ses intentions, il ne pouvait s'empêcher de la tutoyer et elle comprenait que, chaque fois qu'il la sentirait proche de lui, ce serait toujours comme là-bas dans le désert, quand il était seul au monde à la contempler et à pouvoir la prendre dans ses bras...

Elle leva vers lui un regard où elle essayait de lui faire comprendre ce qu'elle ressentait : amitié, reconnaissance.

Saisie de joie, elle pensait que, dans quatre jours peut-être, elle pourrait être près de Joffrey et le cauchemar serait fini.

Elle pourrait respirer et mettre un peu d'ordre dans ses pensées. Alors près de son époux, rassurée par la voix aimée et pour elle si douce, elle essaierait d'y voir clair. Ils parleraient ensemble...

Une expression de douleur crispa les traits de Colin devant le sourire éblouissant qu'elle lui dédiait.

— Ah! tu l'aimes, je vois... murmura-t-il.

Elle l'entendit à peine.

Elle savait qu'elle ne devait pas s'émouvoir. S'enfuir le plus vite possible.

Profiter de cette occasion immédiate avant qu'il ne se ressaisisse. Déjà parce qu'elle le reconnaissait tout entier dans cet acte franc et généreux de la laisser aller, elle sentait un regret, indéfinissable, lui poigner le cœur.

Elle ramassa son sac qu'un matelot lui tendait et le jeta sans façon en travers de ses épaules.

Elle était toujours pieds nus, mais tant pis! Qu'avait-on besoin de souliers sur le pont visqueux d'un sloop? Au dernier moment, elle faillit demander des nouvelles de Ventre-Ouvert, son opéré... Se retint. Elle ne voulait pas perdre une seconde. Elle refusa l'aide d'un homme qui prétendait la soutenir sur l'échelle de corde, lança gaiement :

— Hé! allez donc, l'ami. J'ai bourlingué en Méditerranée.

La main de Colin se posa sur son épaule. A l'instant de la voir s'éloigner il n'en pouvait plus. Il la fixait intensément, et de son regard bleu, étonnamment clair et qui gardait une sorte de fraîcheur enfantine dans un visage buriné et durci auréolé de cette chevelure et de cette barbe décolorées dont il avait voulu faire un symbole de crainte, l'appréhendait toute. Il paraissait essayer de la retenir comme on retient un fantôme, une fantasmagorie de l'esprit, comme si elle n'avait pas été tout à fait réelle. Cependant, elle eut la prescience que ce n'était pas seulement à sa passion pour elle qu'il songeait, mais à quelque chose de plus urgent, de plus extérieur, de plus grave même qui le préoccupait. Par deux fois, il parut sur le point de parler.

— Prends garde, chuchota-t-il enfin, prends garde, mon agneau... On te veut du mal!... Tant de mal!...

Puis il la laissa aller. Elle descendit alertement, atterrit à la pointe de l'embarcation au moment où le patron, d'un coup de gaffe, l'éloignait du vaisseau, sans se préoccuper pour autant de voir Angélique trébucher et manquer choir à l'eau.

Elle ne l'en salua pas moins cordialement en anglais, et il lui jeta un regard sans plus d'expression que celui d'un poisson mort. Encore un puritain sans doute qui voyait en une femme jeune, rieuse et... échevelée l'incarnation même du Diable!...

Angélique s'installa, contente, près d'Adhémar et de Sammy, tandis qu'un moussaillon à cheveux filasse déployait le foc et la grand-voile à corne et que le patron, à coups de rames, débordait le vaisseau du corsaire pour placer son embarcation sous le vent.

Ainsi commença-t-elle, la barque de l'Anglais Jack Merwin, à louvoyer à travers les îles de la baie de Casco, seule d'une crête à l'autre des vagues, comme un bel oiseau penché.

Il y avait trois autres passagers à bord de l'embarcation qui avait bien voulu recueillir Angélique, son soldat français, et ses rescapés anglais.

Un colporteur de la colonie du Connecticut, un négrillon qui lui servait d'aide et... un ours. Ce fut ce dernier qu'Angélique remarqua en premier, irrésistiblement attirée par le poids d'un regard sagace, appréciateur et amusé qu'elle sentait peser sur elle sans qu'elle pût surprendre d'où il venait.

Cela décida l'ours. Tout à coup, elle le découvrit, couché sous le faux pont arrière qui lui servait de tanière, son museau pointu blotti entre ses pattes, il fixait sur elle ses petits yeux brillants. Le colporteur le présenta aussitôt :

— Mister Willoagby... Croyez-moi, milady, je ne saurais avoir de meilleur ami que cet animal.

Lui-même se nommait Elie Kemton. En moins

d'une heure, Angélique sut tout de lui. Enfant du Massachusetts, il avait quitté à huit ans la petite colonie de Newton avec ses parents et une centaine d'autres habitants et sous la conduite de leur pasteur Thomas Hooker, un homme libéral à qui déplaisait la dure oligarchie des puritains, ils avaient traversé la forêt et avaient atteint le fleuve aux grandes eaux grises et calmes, le Connecticut. Sur ses rives, ils avaient fondé Hatford, là où il n'y avait qu'un petit poste à fourrures hollandais. Maintenant, c'était une jolie ville, pieuse et gaie, tout occupée du trafic de la mer. Il n'est point facile de labourer sur les bords d'un fleuve comme le Connecticut. Le courant sans cesse vous appelle vers son embouchure. Leur lopin de terre était pauvre... A vingt ans, Elie s'en fut avec une besace bien garnie de marchandises et son ours. Mister Willoagby le suivit.

— Je l'avais élevé et nous ne nous sommes jamais séparés depuis.

Il raconta que l'ours l'accompagnait dans tous ses voyages, ce qui parfois créait quelque complication, mais amenait beaucoup de détente joyeuse parmi les clients plutôt réticents à sortir leurs écus. L'ours savait danser et exécuter quelques tours. Mais où il était imbattable, c'était en lutte. Les plus costauds des villages se mesuraient avec lui. Il était beau joueur et leur laissait leur chance, puis d'un coup de patte aimable et comme par négligence, triomphait de ces matamores.

— Willoagby... dit le révérend Patridge rêveur, mais j'ai connu, me semble-t-il, un pasteur de ce nom du côté de Watertown.

— C'est bien possible, admit l'autre. Mon ami ci-présent ressemblait tellement à cet honorable ecclésiastique qui me faisait fort peur, mais m'amusait aussi, dans ma jeunesse que je lui ai donné son nom.

— Voici une marque d'irrespect caractérisé, dit sévèrement Thomas Patridge offusqué, puis menaçant. Ceci pourrait vous amener de graves ennuis...

— Le Connecticut n'est pas le Massachusetts, ne vous en déplaise, révérend. Chez nous, les gens sont libéraux et aiment rire.

— Pays de tavernes, grommela le pasteur, buveurs de rhum dès la naissance.

— Mais nous avons une Constitution à nous et nous ne voyageons pas le dimanche pour satisfaire le Seigneur.

Content de lui, Elie Kempton sortait alors de ses poches du tabac, des images, des dentelles, de petites montres. Il avait de tout, pour intéresser les plus éloignés des colons ou plutôt les femmes des colons des plus lointains établissements de toutes les contrées, et, ayant caboté dans le moindre recoin de toutes les baies, il savait mieux que quiconque ce qu'on peut trouver en tel endroit, dont on est privé dans tel autre, ce qui peut faire briller les yeux d'une jeune fille et susciter la moue d'une autre, ce qui peut ravir un enfant ou un grand-père, éclairer d'une joie pure, par la présence d'un objet aimé ou indispensable, la plus humble cabane.

Il dit qu'il se rendait à l'île de Bartlett, à l'est du Pénobscot, pour y chercher les étoffes de laine teinte en indigo ou rouge particulièrement éclatant, car les moutons de cette île s'y nourrissent de cent espèces de fleurs diverses et les habitants de l'île trafiquent le cachou avec les navires des Caraïbes.

— Mais cette île doit être voisine de Gouldsboro, remarqua Angélique, et elle se promit d'aller y faire des emplettes.

Elie Kempton connaissait Gouldsboro par ouï-dire, n'y avait point fait d'affaires, n'y trouvant pas jadis sa clientèle habituelle : les femmes de colons.

— Maintenant, il y a des femmes là-bas et je serai votre première cliente, lui affirma Angélique.

Enchanté, le colporteur se jeta à ses genoux, mais c'était seulement pour lui prendre illico les mesures de ses pieds car il était aussi cordonnier ambulant et il allait lui façonner, promit-il, une ravissante paire de chaussures de cuir souple, à lacets, avec un petit bout de cuivre aux extrémités pour les garantir de l'usure. A l'île des renards, dans le Nord, il y avait un vieil Ecossais solitaire qui lui tannait les peaux les plus souples. A condition qu'on retrouvât tout ce monde d'Anglais en vie, car il se pourrait bien qu'ils se fussent fait scalper par les Indiens entre-temps.

Taciturne et dédaigneux des occupants de sa barque, le patron donnait toute son attention à la manœuvre. Ce fut encore l'aimable colporteur qui informa ses nouveaux compagnons que ledit patron répondait au nom de Jack Merwin. Il l'avait trouvé à New York. C'était un homme qui avait son humeur, mais un pilote remarquable.

Et il était aussi vrai que Jack Merwin menait son esquif à travers les courants luisants et redoutables, et les dangereux seuils panachés d'écume, avec une maîtrise à la fois nonchalante et preste qui, pour un œil exercé, tenait du prodige.

A part quelques manœuvres du petit foc qu'il dictait à son mousse, il se débrouillait seul avec son gouvernail et la grand-voile carrée, tenant parfois le câble d'écoute raidi avec le seul orteil du pied.

Si le temps se maintenait au beau, le voyage avec lui promettait d'être rapide. Mais Angélique, au bout de quelques heures, s'inquiéta de voir l'embarcation se diriger si obstinément vers le sud. Elle l'interrogea. Il fit mine de ne pas comprendre son anglais imparfait. A son tour, le révérend Patridge l'adjura solennellement de répondre quand on lui adressait la parole. Il consentit à grommeler du coin des lèvres, en regardant ailleurs, que, pour sortir de ce dédale de saloperies d'îles de la baie de Casco sans y laisser sa peau et sa barque, le plus court chemin était encore de descendre sous Portland et de trouver le verrou de ce sournois archipel en profitant du courant qui file entre l'île Peaks et l'île Cushing, dite du Chapeau-Blanc. Tant qu'on n'apercevrait pas le Chapeau-Blanc, conclut-il, il faudrait suivre la côte vers le sud. Le petit Sammy commença à écarquiller les yeux pour essayer d'apercevoir ce fameux Chapeau-Blanc.

Choqué du peu de respect que le marinier anglais lui témoignait malgré sa qualité d'ecclésiastique, le révérend Thomas commença à l'examiner avec suspicion et marmonna quelque chose comme quoi il se pouvait bien que cet homme fût un Virginien, les ressortissants de cette colonie étant pour la plupart des gens de sac et de corde, des vauriens et des convicts ou autres rebuts de l'humanité... et ce n'était pas une raison parce qu'ils s'étaient enrichis avec leur tabac de Virginie pour venir porter l'impiété jusque dans la baie du Massachusetts. Il continua ainsi à la cantonade à instruire miss Pidgeon sur l'histoire de la Virginie, tandis qu'Adhémar, qui comprenait à moitié, gémissait :

— Si c'est un convict ce gars-là, et ça se voit, il va nous abandonner dans une île déserte...

— Aucune île n'est déserte par ici, mon pauvre Adhémar, le rassura Angélique.

Et c'était en effet une chose extraordinaire d'être

ainsi tellement seuls entre ciel et mer, entre rocs et plages, et de voir tourner autour de soi, comme un kaléidoscope, un pan de voiles, une flottille de canoës, un village de bois, un chantier naval, des échafauds de morutiers, un lointain convoi de barques pansues, d'entrevoir autour d'un feu sur les plages des hommes en oripeaux voyants occupés à fondre du brai, ou de la graisse de phoque ou de baleine dans des chaudrons énormes, et d'autres en bonnet de laine s'affairant autour des filets tendus et des paniers d'huîtres, et d'autres en chapeau noir pointu et redingote sombre, et des femmes en coiffes blanches, robes bleues ou noires, cherchant des coquillages dans les rochers, s'assemblant autour des marmites de soupe près du seul foyer leur restant.

Depuis plus d'un demi-siècle, les habitants permanents de l'archipel de Casco avaient toujours été un ramassis assez hétéroclite d'Ecossais, d'Irlandais, d'Anglais et même de Français huguenots, auxquels s'ajoutaient, lorsque venait la grande migration des morues et des thons, les flottes malouines, dieppoises ou bostoniennes, les baleinières basques et, en cette fin de juin torride et tragique, les fuyards de la côte.

En fait, la baie grouillait de réfugiés échappant aux massacres indiens. Partout, des barques chargées de vaisselle d'étain, de bibles, de vieux mousquets. Depuis le Bas-Kennebec et l'Androscoggi, la torche abénakis avait répandu sa traînée de feu et, après Newehewanik, Brunschwick-Freeport, Yarmouth, Falmouth, Portland et, plus bas, Saco et Biddeford flambaient. Lorsque, vers la fin du jour, la barque se trouva à l'embouchure de la petite rivière Présumpscot, à deux miles de Portland, l'odeur affreuse des incendies mal éteints et des charniers pourrissants parvenait de la terre, dans la fraîche brise, et se mêlait à l'odeur balsamique des pins. Une petite île toute proche se dressait, parée de variétés de conifères aux nuances et aux dessins harmonieux. Avec appréhension, les occupants regardaient se rapprocher les rochers où battait l'écume de l'estuaire. Ils ballottaient et dansaient à quelques encablures de l'île, et leurs yeux se tournaient avec anxiété vers Jack Merwin, qui ne paraissait pas s'en préoccuper. Cet homme froid naviguait à sa fantaisie.

Au cours de la journée, il s'était fréquemment rapproché d'une île ou d'une autre jusqu'à laisser croire qu'il allait aborder. Il examinait avec attention les plages, comme s'il cherchait quelque chose ou quelqu'un, et Angélique finit par se persuader qu'il essayait de reconnaître l'un des siens parmi les réfugiés. Ce qui prouvait déjà qu'il n'était pas virginien. Parfois, il hélait un navire, s'informait de l'approche des Indiens sur la côte...

2

Là, tout à coup, devant l'île, il laissa tomber les voiles, et la barque roula mollement, poussée par la houle et se rapprochant insensiblement du rivage. La petite île ressemblait à une couronne d'émeraudes sous les rayons du soleil couchant qui faisaient scintiller les frondaisons vertes et bleues de brillantes aiguilles vernies. Malgré le bruit du ressac et du vent, il semblait que venait de cette île une musique céleste faite de milliers de chants d'oiseaux.

— C'est l'île de Mackworth, fit le pasteur à mi-voix. Le Paradis des Indiens. Méfiez-vous, ajouta-t-il en se tournant vers le patron de la barque. Il y a beaucoup à parier que cette île est infestée de sauvages aujourd'hui. Ils y viennent de l'intérieur par le lac Sébago et le Présumpscot. C'est leur ancien paradis, disent-ils, et ils n'ont jamais supporté d'y voir les Anglais. L'an dernier, ce damné Français de Pentagoët, le baron de Saint-Castine, s'en est emparé avec ses sauvages. Ils ont joint d'autres Tarratines qui descendaient de Sébago et ils ont massacré tous les fils du vieux Mackworth, et ceux de Richard Vines, et ceux de Samuel Andrews. Depuis, l'île est déserte...

A peine achevait-il ces mots que la barque, doublant une pointe, découvrait une crique, toute scintillante de canoës rougeâtres vides et pressés les uns contre les autres sur le sable d'une plage. Dans cette même lueur dorée du soir, les frêles esquifs d'écorce, sous leur calfat de baume et de résine, brillaient avec la transparence d'élytres d'insectes, hannetons ou scarabées géants. Au même instant, le ciel parut s'obscurcir comme sous une nuée d'orage, l'ombre de la nuit littéralement tomba sur la terre, des milliers d'oiseaux s'envolant soudain par essaims de toutes les ramures de l'île s'unissant en une nappe épaisse gazouillante et criarde, qui, en quelques secondes, parut tendre un voile sur la lumière.

Et, muets d'horreur dans ces ténèbres soudaines et mouvantes, voici qu'ils voyaient surgir, fantômes rouges entre les troncs rouges des pins, une multitude d'Indiens aux faces hideuses et bariolées.

Un même mouvement les jeta les uns contre les autres, s'étreignant avec terreur, et plus tard

Angélique se souvint qu'elle serrait contre elle en même temps Sammy et Elie Kempton, le colporteur du Connecticut. Ils restèrent là, ballottés de plus en plus profondément par les vagues qui insensiblement les rapprochaient de la barre fermant la plage.

Angélique, effarée, jeta un regard traqué vers Jack Merwin. Celui-ci, semblant soudain se réveiller, saisit son gouvernail et, avec une promptitude qui rachetait son imprudence, il tendit en un clin d'œil de nouveau la grand-voile et arracha comme d'un coup d'aile son embarcation des dangereux rouleaux. Cela fait, il ne se pressa pas pour autant de fuir et, après avoir laissé filer quelques nœuds, il changea de nouveau de cap et revint vers l'île Mackworth, se tenant hors de portée d'un jet de flèches, mais défilant si proche qu'aucun détail du harnachement des Indiens ne pouvait leur échapper et qu'ils les voyaient comme composant un tableau immobile et terrifiant, mêlés aux arbres, aux branches, aux rocs de l'île. Le tourbillon immense des oiseaux au-dessus de leurs têtes continuait à les maintenir dans un crépuscule sinistre et criard. L'Anglais Jack Merwin continuait d'inspecter les Indiens, et de passer et repasser devant la plage. Défi, curiosité, provocation? Bien malin eût été celui qui eût pu lire sur sa physionomie les sentiments qui l'animaient.

Enfin, toujours avec une sorte de nonchalance, il fit signe à son mousse de dresser le foc et mit le cap vers le sud-est, s'éloignant cette fois définitivement de l'île de Mackworth, le paradis des légendes indiennes.

Peu à peu, la clarté revint. Il n'y eut plus que quelques oiseaux, goélands et mouettes, à les escorter.

Angélique tremblait presque autant que les Anglais. Illusion, obsession, elle ne savait plus, mais elle aurait parié que, dans cette ombre caverneuse qui soudain les avait enveloppés, elle avait cru discerner là-bas entre les arbres la face moqueuse du Sagamore Piksarett.

— Vous manquez de prudence, Jack Merwin, fit remarquer aigrement le colporteur; depuis trois semaines que je voyage avec vous et que je subis vos fantaisies macabres, l'estomac me manque. A chaque instant que nous frôlions un rocher ou que vous décidiez de partir quand l'orage éclate, je peux croire ma dernière heure venue... Et mister Willoagby, la pauvre bête! Il maigrit de terreur, ne voyez-vous pas? La peau lui pend, flasque, le long des côtes. Il ne bouge plus, ne peut même plus danser...

— Tant mieux s'il ne bouge plus, grommela Merwin, que ferions-nous sur ce bateau, je vous le demande, d'un ours qui danse?...

Et il cracha avec un suprême dédain dans les flots.

Angélique ne put s'empêcher de rire. C'était la réaction après la peur. Et il fallait reconnaître que leur assemblée sur cette coquille de noix ne manquait pas de pittoresque. Le négrillon, entortillé d'un capot de bure rouge, rond radis noir aux yeux blancs écarquillés, plantait sur tout cela une sorte de point d'interrogation, un reproche muet, une candide invraisemblance.

Où était Adhémar? Sétait-il évanoui? Non, il était malade. Il vomissait, penché par-dessus bord. Il n'avait jamais pu supporter la mer.

— Et quand vous étiez là à parader devant cette assemblée de serpents rouges, Jack Merwin, continuait de soliloquer le colporteur qui en avait gros sur le cœur, avez-vous jamais songé qu'une flottille de leurs canots pouvait par exemple surgir de derrière la pointe et nous prendre à revers?

Le patron du sloop ne paraissait pas plus atteint par les récriminations du petit homme que par la piqûre d'une de ses aiguilles.

Curieuse soudain de lui, Angélique le regarda mieux. Sous son bonnet de laine rouge délavé, il avait de longs cheveux très noirs comme peuvent en avoir beaucoup d'Anglais, on ne sait trop pourquoi. Des traits communs, flous dans une face longue, un teint mâle, ni bistré ni rougeaud de nature, un teint d'homme d'Europe soutenu par une santé saine et que le vent de mer avait tanné légèrement.

Quarante ans. Peut-être plus. Peut-être moins... Des yeux noirs, un peu comme du mercure, sous des paupières lourdes qui éteignaient souvent leur lumière et lui donnaient un air d'absence ou d'inintelligence.

Il mâchonnait continuellement une chique de tabac, mais, lorsqu'il crachait vers la mer, il le faisait avec une sorte de distinction négligée.

Sous sa chemise de grosse toile entrouverte et son gilet à boutons de corne, ses épaules étaient étroites mais vigoureuses. Il se vêtait d'un pantalon de droguet, une laine pour marins, rude et inusable, dont les jambes s'arrêtaient sous les genoux. Ses mollets étaient comme des câbles de cordages tressés. Il faisait tout avec ses mollets et ses pieds.

Angélique pensa que ce Merwin ne lui plaisait guère. En l'arraisonnant, Colin ne semblait pas avoir eu la main heureuse. Mais sans doute n'avait-il pas le choix. Colin...

Barbe d'Or! Son cœur ressentit un pincement, une crainte, une brève honte. La journée de navigation avait été si fertile en impressions de toutes sortes que le souvenir de Colin, lui, s'estompait. Tout au fond d'elle-même, elle éprouvait un soulagement que les choses se fussent terminées ainsi. Mais, dans la mesure où elle se sentait désormais à l'abri de sa propre faiblesse, l'illogisme de sa nature féminine la portait par instants à éprouver un brusque regret, une vague tristesse. Colin... La profondeur de son regard bleu s'enivrant de sa présence, la force de son étreinte primitive. Quelque chose qu'elle connaissait, qui lui appartenait à elle seule. Un recoin secret. Pourquoi ne peut-on aimer selon les élans de son cœur, de son corps? Pourquoi la qualité et la force d'un amour doivent-elles dépendre de la difficile sélection du choix?... Comme si la dispersion des sentiments et du don condamnait à n'en jamais connaître la plus grande intensité. Etait-ce là une vérité ou une illusion gardée de son éducation première et qui mettait la fidélité à l'époux en première place des obligations d'honneur pour une femme. Ne s'embarrassait-elle pas de contraintes inutiles? Si elle avait cédé à Colin, quel instant délicieux... et Joffrey n'en aurait jamais rien su.

Elle se sentit rougir à la pensée qui lui était venue et humiliée de l'avoir seulement formulée au fond d'elle-même.

Avec impatience, elle secoua la tête dans le vent marin.

Il fallait oublier... oublier à tout prix.

Au loin, l'îlot de Mackworth s'estompait, et plus que jamais semblable à une couronne de joyaux brillant sur un crépuscule couleur de menthe verte.

— Là! Là! Je vois le Chapeau-Blanc, s'écria le petit Sammy.

L'Old Whitehead était une vaste coupole granitique qui couronnait la petite île de Cushing et dominait de ses cent cinquante pieds de haut l'entrée abritée du port de Portland.

L'eau douce venant de la terre s'émulsionnant en écume « savonneuse » par le battage permanent avec l'eau de mer salée de l'océan projetait dans le vent, par les rouleaux perpétuels du flux et du reflux, des franges d'écume blanche qui, s'accumulant en monceaux séchés sur le front de granite gris, lui donnaient ou l'aspect d'un vaste chapeau, ou celui d'une tête d'homme âgé aux boucles blanches, suivant l'éclairage.

En s'approchant, la neige de l'écume se dissociait de celle aussi épaisse dont les oiseaux de mer, installés à couver ou à se reposer, garnissaient le moindre roc. Et c'est dans une sorte de tourbillon blanc qu'on approchait, découvrant l'île et son fourmillement grouillant sous cet empanachement duveteux.

Ici, on pouvait dire qu'en cette fin de juin — juin fleurissant de ses fleurs rapides et intenses — toutes les plages grouilllaient de puritains autant que de loups-marins, les uns mêlés aux autres avec les oiseaux en giration allègre tout autour, et quiconque essayait de débarquer dans la ronde des labbes, des goélands, des sternes, des mouettes et des pies de mer, quiconque essayait de poser son pied sur un bout de roc blanchi d'écume ou de duvet, pouvait se heurter aussi bien à un phoque dressé et dodelinant qu'à un grave magister puritain, drapé dans sa cape genevoise, et tous deux, finalement, aussi solennels l'un que l'autre, sévères et outrés d'un tel voisinage, mais faisant contre mauvaise fortune bon cœur. On écrasait des œufs dans des nids d'oiseaux, on marchait sur des monceaux de clams ou de coquilles Saint-

Jacques, de langoustes ou de crabes, d'huîtres ou de moules, provende assemblée près des feux sur des tapis de goémons, et, pour s'entendre, il fallait posséder une voix plus aiguë que celle de tous les oiseaux de la mer.

— Ne venez pas! ne venez pas, crièrent des réfugiés en voyant s'approcher la barque. Nous n'avons pas de vivres avec nous. Nous sommes trop nombreux. Il n'y aura bientôt plus de coquillages pour tout le monde et nos munitions en armes sont trop pauvres!

Merwin louvoya à quelque distance. Le petit Sammy Stougton mit ses mains en porte-voix :

— C'est plein d'Indiens là-bas, sur le rocher de Mackworth, cria-t-il, et son timbre clair d'enfant se frayait passage à travers le tumulte du ressac et des piaillements. Prenez garde qu'ils ne viennent vous égorger...

— D'où es-tu, toi, petit?

— De Brunschwick-Falls, aux frontières.

— Que s'est-il passé là-haut?

— Ils sont tous morts, cria le petit de sa voix légère dont les mots s'envolaient comme les notes d'une flûte.

La marée était haute. La barque pouvait s'avancer assez loin dans la crique d'accostage, mais Merwin, devant les dénégations énergiques des premiers occupants de l'île, ne chercha pas à aborder. Il se contenta de regarder encore avec curiosité et attention autour de lui.

Une grosse femme, qui, son jupon haut troussé, fouillait des anfractuosités de rocher pour y pêcher des langoustes, le héla au passage.

— Etes-vous de la Côte?

— Non, je viens de New York.

— Et où vous rendez-vous?

Il eut un geste du menton vers le nord.

— Gouldsboro.

— Je connais ça, dit quelqu'un, c'est à l'entrée de la Baie française. Vous allez vous faire scalper par les Français et leurs sauvages...

Jack Merwin reprit son gouvernail et manœuvra pour sortir du petit port. Comme il doublait d'assez près la pointe d'un rocher, une autre femme accourut en faisant des gestes et traînant derrière elle une adolescente, nantie d'un petit baluchon.

— Emmenez-la, cria la femme, elle n'a plus de famille, mais je lui sais un oncle là-haut du côté de la Baie française, à l'île Matinicus, à moins que ce ne soit à l'île Longue par-devers le mont Désert. Prenez-la...

Poussée par elle, la jeune fille, ahurie, sauta dans la barque qu'une lame presque aussitôt emmena assez au large.

— *Crazy witch!* cria Merwin sortant de son calme, me prenez-vous pour un ramasseur d'orphelins? J'ai autre chose à faire qu'à m'occuper de tous ces liseurs de Bible, que le Diable vous emporte tous!...

— Vous parlez comme un païen, rétorqua la femme du bout de son rocher, et vous avez l'accent du Devonshire. Belphégor vous fit deux fois le cœur dur à votre naissance... Mais pourtant, menez cette enfant en lieu sûr, ou le mal vous étouffera, si loin que vous soyez, je m'en porte garante.

Merwin, qui s'était levé dans sa colère, rattrapa son gouvernail et évita de justesse un roc hérissé à fleur d'eau.

— *Old witch!* ronchonna-t-il encore, s'ils ont l'Enfer avec eux, qu'attendent-ils pour dominer le monde?...

— Cette femme n'a pas tort, vos paroles... commença le révérend Thomas.

Mais une vague, embarquant et les trempant tous copieusement, interrompit la discussion. Merwin mit le mousse à écoper.

La mer se faisait houleuse et la barque plongeait de plus en plus dur. Il fallait s'occuper sérieusement de la manœuvre et il n'était plus question de retourner en arrière vers l'île du Chapeau-Blanc pour y rendre l'orpheline. Une brume gris perle et rose annonçait le soir, un long crépuscule de juin allait traîner sur la mer. Il fallait chercher un havre pour la nuit. Merwin, heureusement, paraissait connaître les parages. Il longea les rives de l'île Peak qui suivait en enfilade, puis celles de l'île Longue qui continuait la procession, elle-même prolongée par l'île Chebrague. A mi-chemin de l'île Longue, sur le côté est, Jack Merwin poussa sa barque contre une grève de cailloux. L'endroit paraissait moins peuplé. Il sauta à l'eau et assura sa barque dans une anfractuosité de rocher, puis gagna la terre ferme, laissant les dames se débrouiller pour sortir de là. Ce qu'elles firent sans craindre de tremper leurs cottes. Après ces longues heures d'immobilité, c'était délicieux de patauger dans l'eau froide et de marauder sur le sable. La jeune fille de l'île Cushing, qui s'appelait Esther Holby, contait ses malheurs à miss Pidgeon. L'ours Willoagby, sorti de son abri, monta la grève, le nez pointé vers des odeurs sylvestres. Angélique découvrit que c'était une bête énorme, lente et pacifique. L'ours s'en alla fouiller au creux des racines. Elie Kempton le rappelait par instants, car il fallait éviter d'effrayer le voisinage.

En écoutant la jeune Esther, Angélique éprouvait de l'estime pour la pauvre enfant. Précipitée au milieu d'étrangers parmi lesquels elle découvrait une papiste française et... un ours, elle n'avait marqué aucun effroi et accepté la situation avec beaucoup de dignité. Les Anglais, dans le malheur, n'ont pas la faconde souvent bruyante des Français. Comme si tout s'enfonçait en eux comme un caillou au fond d'un puits obscur, et la surface n'en était que plus lisse, plus immobile.

Angélique, en entendant Esther raconter comment elle avait vu son père, sa mère, ses frères, scalpés par les Indiens, et sa jeune sœur, emmenée par eux, avait envie de se tordre les mains et de pleurer à sa place.

Merwin revint, portant des brassées de branchages, allumer un feu.

Il alla remplir d'eau un chaudron de fonte, y jeta un morceau de porc salé et mit le tout à cuire. Ses gestes étaient précis, ceux d'un homme ordonné, habitué à vivre seul. Avec une promptitude étonnante, la mer se retirait, découvrant la plaine brune des algues et chatoyant de mille petites mares, soudain à perte de vue.

Des petits enfants anglais sortirent du bois et se mirent à chercher des coquillages parmi les rochers découverts.

La nuit tombait derrière les arbres noirs et le ciel et la mer étaient tout imprégnés d'une savoureuse couleur d'orange mûre qui s'assombrissait de plus en plus jusqu'à se teinter d'un rose ardent et lumineux qui semblait ne pas vouloir s'éteindre jamais.

Les enfants sautillaient de roche en roche

en chantant une ritournelle. Heureux de leur récolte, ils vinrent tendre leurs paniers aux nouveaux arrivants de la plage. Merwin leur acheta deux pintes de praires et de pétoncles et Angélique les pria de chanter la comptine qu'ils fredonnaient tout à l'heure. C'était, expliqua une petite fille qui était née sur l'île, une chanson qui plaisait aux coquillages. Aussitôt, s'élevèrent leurs voix fraîches et bien rythmées qui niaient le malheur proche. Il y avait parmi eux beaucoup d'enfants réfugiés de la côte, enchantés de cette escapade dans la baie, loin des travaux de la ferme ou des heures d'études à la « meeting-house », et ils n'étaient pas les derniers à scander et affirmer avec conviction :

« *Cleams is physic the year all trough come cat my clams, bid the doctors adieu* (1). »

Pour les remercier de leur gentillesse, le colporteur appela son ours et, au grand émerveillement des enfants, celui-ci se dressa sur ses pattes et les salua solennellement, puis, sommé de désigner la fillette la plus jolie, ou la plus maligne, ou le garçon le plus batailleur, il s'exécuta, semblant réfléchir, hésiter, déposant enfin devant la personne de son choix une fleur d'étoffe, un colifichet ou une pièce d'argent.

Toute une compagnie s'assembla bientôt autour du foyer des étrangers. Découvrant parmi les spectateurs un athlète aux bras noueux, Elie Kempton le pria de se mesurer avec son ours. Le combat était loyal. L'homme

(1) « Les praires sont la médecine de toute l'année. Venez manger mes clams et envoyez promener tous les docteurs. » Ce choix devait être juste car les enfants poussaient des cris et sautaient en battant des mains : « *That's right. Perfectly right!* »

avait le droit de se servir de ses poings, Mister Willoagby s'engageait à ne pas se servir de ses griffes. Avec un art consommé de comédien, l'ours feignit à plusieurs reprises de chanceler sous les coups, puis, à l'instant où l'homme commençait à croire à sa victoire, il l'envoya, comme d'une chiquenaude, rouler à quelques pas...

Après les rires et les applaudissements, le pasteur fit prier tout le monde et l'on se sépara.

Angélique ne put dormir. La nuit était froide et elle n'arrivait pas à se réchauffer, même en se mettant près du feu. Les autres s'enveloppaient qui dans une mante, qui dans un capot ou une couverture, et le colporteur ainsi que mister Willoagby ronflaient de concert dans les bras l'un de l'autre. Angélique enviait le petit homme du Connecticut qui devait trouver contre la fourrure de son rustique ami une tiédeur réconfortante.

C'était une résolution à prendre : désormais, où qu'elle fût, elle ne s'endormirait jamais sans avoir à portée de la main son manteau, ses pistolets et ses souliers, et son premier mouvement, avant même d'ouvrir les yeux, serait de s'emparer de ces objets indispensables à la vie; après quoi seulement, elle pourrait s'occuper de ce qui se passerait autour d'elle, découvrir des pirates prêts à la razzier ou n'importe quoi d'autre. Faute de réaction assez prompte, elle avait cette nuit les bras demi-nus dans son corsage de fine ratine, et le froid la pénétrait jusqu'au cœur bien que l'air fût crépitant d'une sécheresse extrême.

Elle se leva et se mit à marcher le long du rivage. L'air était cristallin, vibrant, et l'île endormie respirait avec de grands souffles chantants des plaintes harmonieuses, où tout se mêlait, le vent, les murmures et les respirations des hommes, les abois des phoques, le ressac...

S'éloignant du campement où la lanterne à vitre de corne du marinier Merwin laissait un halo jaune de repère, Angélique marcha vers une autre lueur entrevue entre les arbres et qui baignait la grève voisine plus étendue. On lui avait dit qu'il y avait sur cette île une « plage chantante »; on l'entendait lorsque soufflaient certaines brises ou une suave mélodie ou comme les pas d'une armée en marche... Etait-ce cela qu'elle percevait, telle une hallucination d'âmes en peine ou l'approche des canots des Indiens pourchassant leurs proies à travers les îles enchevêtrées...?

La lueur, là-bas, ce n'était pas celle de ce leurre comme elle l'avait cru, mais seulement la clarté de la longue nuit de juin, si lente à mourir, et qui tendait au-dessus de la terre un vélum d'une verte phosphorescence...

Le long de la bande de sable, les loups-marins tenaient colonie, et les grands mâles, ceux qu'on appelle les maîtres des plages, se dressaient par place comme de sombres monolithes tournés vers la mer scintillante, surveillant on ne sait quoi au large, tandis que se lovaient autour d'eux, plus petites et plus noires, les luisantes femelles... Peuple paisible à la grave innocence, et qu'inquiétait l'agitation des humains en ces domaines préservés où il avait régné si longtemps, on se surprenait à les contempler avec une sorte de pitié et de tendresse. Pour ne point les déranger, Angélique longea la lisière du bois et les grands mâles tournèrent vers elle leurs têtes épaisses et moustachues.

Au siècle précédent, un voyageur avait décrit les phoques avec surprise : « Leur tête est faite comme celle des chiens, sans oreilles, et leur robe est de la couleur de bure brune d'ermites mendiants comme celle que portent chez nous les Minimes... »

Angélique avait lu cela quand elle était enfant et qu'elle rêvait de partir aux Amériques... Et voilà, elle était là maintenant, sur cette grève perdue de l'Amérique, une femme au mi-temps de son existence, et non plus l'enfant rêveuse et exaltée du vieux château de Monteloup, et pourtant il lui semblait que peu de choses avaient changé en elle. « Tout est dit en nous dès le premier âge... On ne change que si l'on renie... »

Qu'était-ce au juste que se renier?... Joffrey, lui, ne s'était jamais renié...

Les bras croisés sur sa poitrine, elle frottait ses épaules et ses avant-bras afin de se réchauffer. La nuit dernière, elle se trouvait sur le vaisseau de Barbe d'Or et Colin l'avait prise dans ses bras. Et elle frissonnait plus encore à ce souvenir... Toute cette histoire semblait dès lors une sorte de rêve un peu troublant, qu'il fallait oublier, enfouir, effacer...

Mais, à l'extrémité de la plage, il y avait un squelette de baleine échoué, qui dressait dans la luminescente nuit une macabre et gigantesque architecture d'un blanc de neige translucide — forêt d'ossements où jouaient les reflets de nacre, et à travers la cage des grands arceaux, comme tracés à la craie sur la nuit, on voyait trembler des étoiles sur l'horizon...

Angélique, saisie, frissonna plus violemment encore.

Une femme apparut et vint à elle, pâle et blanche dans cette clarté laiteuse.

— Tu as froid, ma sœur, dit-elle d'une voix douce. Tiens, je t'en prie, prends mon manteau.

Tu me le rendras quand le soleil sera levé.

Inhabituée à ce tutoiement solennel qu'elle n'avait pas eu l'occasion d'entendre pratiquer par les Anglais, sauf lorsqu'ils s'adressent à Dieu, Angélique la regardait sans être bien sûre d'avoir devant elle une personne vivante.

— Mais vous-même, madame, n'allez-vous pas souffrir du froid?

— Je partagerai le manteau de mon époux, répondit la femme avec un sourire quasi céleste.

Et, posant une main sur le front d'Angélique :

— Que l'Eternel te bénisse!...

Quand elle revint, elle aperçut Jack Merwin qui était assis à la pointe d'un rocher dans une attitude de guet.

Angélique, qui regagnait le campement, réconfortée par la cape de la charitable inconnue, s'arrêta à quelques pas de lui pour l'examiner.

Cet homme l'intriguait de plus en plus. Le matin, quand elle l'avait vu pour la première fois, elle l'avait pris pour une brute de matelot ordinaire, mais là, le considérant dans son attitude méditative, il lui apparut qu'il était sans doute un de ces êtres hors du commun, ainsi que les mers lointaines en reçoivent, en cachent et recèlent beaucoup. Son immobilité était si intense — il ne mâchait même plus son éternelle chique de tabac — qu'il se dégageait de lui une qualité de solitude presque inquiétante, qui paraissait brûler en lui comme une flamme haute et ardente.

« Ce doit être un ancien pirate, songea-t-elle, peut-être même de noble naissance? Un homme lassé de ses crimes et qui veut oublier, se faire oublier aussi de trop dangereux compagnons... Est-ce eux qu'il guette, qu'il craint, qu'il recherche, poursuivi par le remords ou la peur?... Ou bien est-ce un cadet d'une grande famille pauvre d'Angleterre qui a cru que l'aventure ferait de lui un prince? Et, dégoûté de la compagnie qu'il trouva sur les navires, il a tout abandonné pour retourner à la solitude de la mer.

» Et il a dû avoir aussi un grand chagrin d'amour. J'ai l'intuition qu'il déteste les femmes...

Dans la courbe des épaules de l'homme, il y avait comme une pétrification. On eût dit que l'âme avait déserté ce corps au point de le laisser là, enveloppe vide, pour voguer ailleurs. Qu'entendait-il, que découvrait-il, que surprenait-il dans le secret de cette absence? Etait-ce les canoës indiens qu'il voyait s'avancer là-bas sur la mer lumineuse?

C'était une nuit étrange, pleine de dangers imprécis, de sortilèges tendres et poétiques, et aussi de maléfices peut-être.

Angélique éprouvait le désir d'arracher l'homme à sa bizarre léthargie, qui l'effrayait presque.

— La nuit est belle, n'est-ce pas, mister Merwin? dit-elle à voix très haute. Elle incite à la méditation, ne trouvez-vous pas?

Dormait-il? Il avait les yeux ouverts, mais ses prunelles étaient mornes et vides. Pourtant, au bout de quelques secondes, il tourna la tête vers elle.

— La beauté de ce pays me fascine, reprit Angélique, poussée par une impulsion qu'elle ne contrôla pas, d'essayer de communiquer avec lui, on y respire... Je ne sais comment m'exprimer... cette chose inconnue, disparue à jamais de l'Europe, au point que la notion même vous en est étrangère et qu'on ne le découvre que parvenant sur ses rivages... cette chose mystérieuse et exaltante que je nommerai... l'essence même de la liberté...

Elle songeait tout haut, consciente que la pensée

qu'elle avançait était compliquée et obscure et que, essayant de l'exprimer en un anglais encore hésitant, il y avait beaucoup de chances pour que le marinier n'y comprenne goutte. Elle fut presque surprise de voir qu'au contraire elle avait réussi à l'arracher de ses songes.

Elle vit ses traits frémir, ses yeux s'allumer, puis ces mêmes traits se détendirent et se figèrent dans un sourire sardonique et méprisant, tandis que, du regard sombre, jaillissait un éclair d'exécration, presque de haine...

— Comment osez-vous vous permettre de telles paroles, de tels jugements?... interrogea-t-il de sa voix lente dont il accentuait comme à plaisir l'accent traînard et vulgaire. Parler de liberté, vous, une femme?.

Il eut une sorte de rire cinglant. Et, à travers lui, elle croyait voir briller une face ricanante et ennemie, celle d'un être supérieur qui la méprisait et la rejetait... Un démon!... Voilà ce qui se dissimulait sous son enveloppe étrange, un démon aux aguets parmi les hommes...

Elle recula, envahie d'un sentiment glacé, et s'éloigna de lui.

— Attendez donc..., cria-t-il.

Il la rappelait d'un ton impératif.

— *Wait a minute*. Où étiez-vous donc tout à l'heure?

— J'ai fait quelques pas car je souffrais du froid.

— Eh bien, veillez à ne plus vous éloigner pour je ne sais quel sabbat en forêt, car je compte repartir dès l'aube et je n'attendrai personne.

« Quel mufle! » se dit Angélique en s'allongeant près du feu.

Voilà ce qu'il était, tout simplement, un mufle! Un mufle à la sauce anglo-saxonne. Un pays qui a donné des reîtres!... Les plus ennuyeux barbares du monde...

Elle s'enveloppa dans le manteau de la femme aux yeux illuminés. Tous un peu fous, ces Anglais!...

— Parler de la liberté! Vous, une femme!... *You, a woman.*

Elle entendait sa voix méprisante.

— *You... a woman... You... a woman.*

Et malgré elle, dans la lassitude de cette nuit, elle se sentait orpheline, accablée par des forces que rien ne pourrait abattre jamais. Et folle était-elle de s'y attaquer!...

Heureusement, il y avait un homme sur la terre, dont elle était la compagne et qui l'aimait...

— Joffrey, mon amour, soupira-t-elle.

Elle s'endormit.

3

Au réveil, Angélique vit qu'une brume épaisse enveloppait toutes choses et l'heure devait être assez avancée car le soleil, qu'on devinait derrière cette brume, semblait haut sur l'horizon.

Jack Merwin avait repris l'aspect d'un homme ordinaire et bougon et il rangeait avec soin dans le fond de sa barque plusieurs tonnelets d'eau douce. Cela était bon signe. La preuve que le patron du sloop prévoyait une longue traversée sans escale et renoncerait peut-être à baguenauder entre les îles. Il avait aussi déniché, on ne sait où, une demi-roue de fromage et un pain de froment. Ses passagers ne risquaient pas de mourir de faim pendant l'étape.

— Le brouillard a retardé notre départ, expliqua miss Pidgeon, nous vous avons laissé dormir, ma chère!...

— Il faut que je retrouve cette charitable personne qui m'a prêté sa mante, dit Angélique.

Mais Jack Merwin, soudain, pressait tout le monde pour l'embarquement immédiat.

— Comment voulez-vous vous diriger dans cette purée! protesta Kempton. Nous courons à la mort.

— La mort! ce n'est pas raisonnable, pleura Adhémar, qui comprenait de plus en plus l'anglais. Oh! madame, empêchez-le de prendre la mer. Cette nuit, j'ai fait un rêve terrible : je sens que cela va arriver.

Adhémar était un simple d'esprit, et dans les provinces de France on croyait volontiers que les simples ont le don de double vue...

— Qu'as-tu rêvé, mon pauvre garçon?

— Vous étiez noyée, madame, je vous voyais tout au fond de la mer, là où elle est verte comme une lampe de Venise, et vos cheveux traînaient derrière vous comme des algues...

— Ah! tais-toi donc! s'écria Angélique, tu ne peux ouvrir la bouche que pour répandre l'effroi. Cela devrait te réjouir après tout que je sois noyée puisque tu me prends pour une Démone...

— Madame, ne parlez pas ainsi, balbutia Adhémar en se signant plusieurs fois.

Le pasteur le regarda de travers en pinçant les lèvres. Il en avait plus qu'assez de ce voisinage papiste auquel s'ajoutait la présence de Merwin, manifestement impie et irréligieux. Il hésitait à rester à Long Island. Miss Pidgeon l'en dissuada, disant que, s'il voulait retrouver ce qu'il lui restait de ses ouailles de Brunschwick-Falls, il fallait aller à Gouldsboro.

— Allez, embarquez, grogna Merwin, qui ajouta une expression anglaise qu'Angélique ne connaissait pas très bien, mais qui devait tenir le milieu entre « tas d'emplâtres » et « bande de bons à rien ».

Malgré ses injonctions, personne ne se pressait.

— Vous avez là un manteau de quakeresse! remarqua subitement le révérend Patridge en pointant son index sur le vêtement qu'Angélique cherchait à qui confier. Auriez-vous parlé à quelque membre de cette secte infâme! Malheureuse! Voici qui peut mettre en grand péril le salut de votre âme. Vous avez raison, miss Pidgeon. Il n'est pas bon de demeurer en un lieu où l'on risque de rencontrer ces gens-là. Je croyais pourtant qu'on en avait purgé la Nouvelle-Angleterre. Il faudrait encore en pendre quelques-uns pour décourager les autres.

— Je ne vois pas pourquoi on pendrait des personnes qui ne commettent d'autres crimes que de prêter leur manteau à ceux qui ont froid, protesta Angélique.

— Mais les quakers sont des gens très dangereux pour l'ordre public, affirma le pasteur.

— Oui, renchérit miss Pidgeon, ils ne tirent pas le chapeau devant le roi lui-même, et ils l'appellent frère, et le tutoient... Ils disent qu'ils sont en communication directe avec Dieu.

— L'irrévérence même, clama le pasteur.

— Ils ne veulent pas payer la dîme aux églises...

— La doctrine doit rester pure, continua le pasteur.

Il allait se lancer dans un long sermon lorsque Jack Merwin explosa. Il cria d'abord deux ou trois jurons — *Bloody foots!* qui devaient être assez bien choisis car miss Pidgeon et la jeune Esther poussèrent un cri d'effroi et se bouchèrent les oreilles.

— Blasphémateur! rugit le pasteur.

— Taisez-vous, crétin, homme méprisable, dit Merwin avec une véritable haine dans l'expression de sa bouche amère, vous ne savez prendre la parole que pour semer le désordre et le trouble.

— Et vous, misérable! J'ai compris aussitôt que vous étiez un impie, un fils de Lucifer, de celui qui ose regarder en face son Dieu en lui disant : Je t'égale!...

— Il vaudrait mieux qu'un ignare comme vous ne se mêle point de juger ses semblables. Il risque de commettre de lourdes erreurs.

Le révérend Thomas ne pouvait tolérer qu'un vulgaire marinier d'on ne sait quelle colonie pénitentiaire peut-être lui parlât sur ce ton et dans de tels termes à la face de faibles femmes dont la conduite dépend souvent de la confiance qu'elles mettent en leur pasteur. Accepter d'être jeté, d'aussi humiliante façon, à bas de son piédestal, risquait de plonger dans le doute de candides et fidèles âmes. Jadis, avant de se livrer aux études théologiques, Thomas Patridge avait été un jeune gars plein d'énergie et il avait pratiqué la boxe anglaise. Ses forces, conservées et aujourd'hui revenues après sa blessure, le rendaient encore redoutable. Il attrapa Merwin par le col de sa chemise et il lui aurait écrasé la face d'un poing terrible si l'autre, aussi prompt lutteur, ne s'était dégagé en frappant d'un coup sec, du tranchant de la main, le poignet qui le retenait. Le pasteur poussa un rugissement et devint violet.

Angélique se jeta entre les deux hommes.

— Je vous en prie, dit-elle, usant de toute son autorité, je vous en supplie, messieurs, vous perdez l'esprit.

Elle les retenait énergiquement, une main posée sur chacune de ces deux carcasses musclées, et elle sentait leur colère bouillonnante prête à exploser comme les grondements d'un volcan en fusion, mais son regard impérieux fut plus fort que leur passion et elle réussit à les maintenir à distance l'un de l'autre.

— Pasteur! Pasteur! pria-t-elle. Sachez pardonner à celui qui n'a pas reçu les mêmes lumières spirituelles que vous. N'oubliez pas que vous représentez un Dieu qui réprouve la violence...

Le pasteur était maintenant blême sous l'effort qu'il faisait pour se contenir et aussi sous l'effet de la douleur. Le coup de Merwin lui avait à demi rompu le poignet.

Jack Merwin était également d'une pâleur de cire. Une veine à ses tempes battait violemment et ses prunelles avaient plus que jamais un éclat de bronze métallique et insondable.

Sous ses doigts, Angélique sentait le cœur de Jack Merwin battre avec une précipitation irrégulière. A cet instant, il lui parut de nouveau humain et vulnérable.

— Vous n'êtes pas raisonnable vous non plus, lui dit-elle comme s'adressant à un enfant qu'on gronde. Ce n'est pas d'un bon chrétien que d'insulter une personne revêtue d'une autorité ecclésiastique. Et, de plus, ce ministre est blessé. Il y a quelques jours à peine, il a été à demi scalpé par les Indiens.

Les yeux du marinier disaient que ç'aurait été là une bonne chose à faire jusqu'au bout.

Ce fut le révérend Thomas qui céda le premier.

— Je m'incline pour vous complaire, milady, bien que vous soyez française et apparteniez à une religion dévoyée, babylonienne et fanatique. Je m'incline, car vous avez fait preuve d'amitié pour nous. Mais celui-ci...

— Celui-ci aussi... Celui-ci a fait preuve d'amitié pour nous. Il nous a pris dans sa barque et il nous emmène à Gouldsboro, où nous serons à l'abri et enfin hors de danger.

Et elle maintínt ses doigts sur la poitrine de Jack Merwin jusqu'à ce qu'elle sentît le cœur de celui-ci se calmer et que l'homme rompît d'un pas en arrière, redevenu maître de lui-même.

La querelle close, chacun reprit sa place dans la barque, y compris mister Willoagby. La brume se levait lorsqu'ils sortirent du port et ils virent toute une foule sur la plage qui leur faisait des signes d'adieu, et les quakers en chapeaux ronds et grandes coiffes blanches se tenaient en groupe à l'écart comme des pestiférés, mais ne s'en montraient pas moins joyeux et démonstratifs.

Passant à leur portée, Angélique leur cria quelque chose à propos du manteau qu'elle avait laissé sur l'autre plage à une personne obligeante.

Puis, ce fut la pointe de l'île Clipp et celle de l'île des Joyaux, Jewell's Island étant l'île la plus au large dans la baie de Casco, donc la plus éloignée d'une éventuelle attaque indienne, organisait déjà sa défense avec une célérité qui faisait honneur à son chef, le capitaine Joseph Donnel.

Des colons de Boston, Freeport et Portland, qu'il était allé chercher lui-même avec sa petite flotte, travaillaient nuit et jour, hommes et femmes, aux fortifications, et, en moins d'une semaine, c'était déjà un fortin aux remparts crénelés qui s'élevait à la pointe d'accostage de l'île. On avait établi les fours à chaux de coquilles pour faire le mortier et boucher les interstices entre les madriers et les poutres. Et toute une autre compagnie semait le blé et s'occupait des cultures en prévision d'un long siège. On avait trié les enfants débarquant. Tous ceux en âge de manier un couteau, filles ou garçons, avaient été envoyés aux travaux durs de défrichement ou de pêche. Quant aux plus petits, sous la garde de surveillantes désignées, ils s'ébattaient, nus et roses, dans la mer glacée parmi les marsouins et les phoques.

Ces renseignements, la barque de Jack Merwin les glana, avec un suprême panier de coquillages, avant de s'élancer vers le large.

Puis ce fut la pleine mer bleue, blanche et pailletée d'or. A peine quelques voiles entr'aperçues ici ou là.

Angélique se réjouissait de cet horizon dénudé. Les îles s'étaient effacées. La direction se maintenait est-nord-est. Chaque coup d'aile les éloignait de la côte menacée, les rapprochait de Gouldsboro.

La journée passa rapidement, entre les histoires du colporteur et quelques pages de Bible lues par le pasteur. Du coin de l'œil, Angélique, durant cette lecture, surveillait Merwin. Mais le patron de la *White Bird* — tel était le nom de la barque — avait repris son expression dédaigneuse et continuait nonchalamment à mâcher sa chique de tabac et à cracher avec hauteur des jets de salive brune dont la longue trajectoire faisait l'admiration de Sammy et de Timothy, le négrillon.

Sans cesse, il arrivait quelque chose pour distraire les passagers. Longtemps, un marsouin blanc suivit la barque. Il était gros comme un bœuf et agile comme une couleuvre. Il s'éloignait et se rapprochait à toute vitesse, s'amusant des cris des enfants et semblant chaque fois leur jeter un regard polisson de son petit œil porcin.

Vers le milieu de l'après-midi, l'île de Monégan

fut en vue. C'est une île solitaire assez lointaine, au sud de l'archipel de Damariscove et de la côte de Pemaquid. On l'appelle aussi l'île de la Mer parce qu'elle est seule, unique comme une pierre précieuse, avec ses falaises bleues et roses, portant en diadème ses forêts aux mille variétés de fleurs sauvages. L'île aux Loups aussi. Il y en avait beaucoup jadis et ils lui donnèrent son nom : l'île des Mohicans, qui est aussi le nom d'un grand peuple indien qui a pris le loup pour emblème.

Il n'y avait plus de loups en ces jours-ci. Ni de Mohicans.

Mais, en revanche, on y rencontrait beaucoup de Basques, de Bretons et de Normands, de Suédois et de Hollandais, d'Espagnols et de Portugais, d'Anglais et d'Ecossais, et toutes les flottilles du monde qui s'infiltraient dans son fjord étroit, contre la bosse granitique de l'îlot Ramana.

Au fur et à mesure qu'elle devenait plus visible, les passagers de la barque remarquèrent un énorme nuage noir qui l'auréolait, nuage plus sombre encore vers l'ouest... Ils se turent, le cœur serré d'angoisse.

Le nuage sombre semblait stagner. Il prenait parfois la forme d'un champignon plat aux extrémités aiguës, puis se reformait subitement.

— Est-ce de la fumée? murmura Angélique.

Merwin lui-même, pour une fois, paraissait intrigué, mais ne dit rien. La jeune Esther, qui était une fille des rivages, trouva la première l'explication de l'énigme. C'était, dit-elle, des oiseaux.

Rassemblés de tous les points de l'horizon, ils tournaient au-dessus de Monégan, sans doute attirés par une proie de choix.

Elle ne se trompait pas.

En approchant, la rumeur aiguë de ces milliers d'oiseaux tournoyants leur parvenait.

Ils surent plus tard qu'un navire basque avait harponné une baleine dans les eaux proches, et l'avait remorquée jusqu'à Monégan, où l'équipage était en train de la mettre en barils.

4

Avec habileté, Merwin guida la *White Bird* entre les têtes hérissées des rocs à fleur d'eau et l'amena sans heurt dans un couloir étroit qui méritait à peine le nom de crique, mais qui se terminait par une petite grève de sable montant en pente vers la forêt.

Il sauta dans l'eau jusqu'à mi-corps et guida sa barque jusqu'à ce qu'il sentît la quille frotter contre le sable. Alors, il grimpa aux rochers les plus proches pour y fixer le câble d'amarrage. Tout en agissant rapidement, il faisait signe à ses passagers de sortir de l'embarcation.

— Vite! vite! dépêchez-vous. Ne restez pas là, montez vers la forêt, leur cria-t-il.

Lui, savait quels dangers guettent l'homme attardé sur la rive dans les parages de la côte est de l'île Monégan. Dociles, ils se hâtèrent à sa voix et montèrent en courant la plage, portant leurs sacs et les paniers contenant les reliefs du repas.

— *Quickly! more quickly!* criait Merwin, on ne voyait guère pourquoi.

Ce fut à ce moment-là que le drame arriva.

Elles sont terribles, les lames de fond qui viennent se heurter aux falaises abruptes de la Tête

Noire et de la Tête Blanche, sur la côte est de l'île Monégan.

Elles arrivent sournoisement, et jamais du côté où on les attend, et se précipitent, et se retirent aussitôt, repliées sur leur proie.

Il y eut d'abord une haute torche neigeuse qui éclata sur la droite, presque devant le groupe des femmes et des enfants, et l'on aurait dit un geyser qui aurait brusquement surgi du sol pour leur couper la route. L'eau retomba en pluie sur eux et, comme ils en étaient encore à regarder vers la droite, une autre vague arriva en silence derrière eux, le dos rond, énorme et luisante, et les recouvrit tous. Ils tombèrent à quatre pattes, pêle-mêle, furent traînés sur le sable par le reflux, puis abandonnés soudainement, et la plupart d'entre eux se relevèrent promptement, et, s'accrochant aux rocs, rassemblant leurs affaires flottantes, ils remontèrent en hâte la plage. Certains riaient même de la douche imprévue, mais Angélique, en se retournant, aperçut la tête du petit Sammy qui flottait là-bas, à l'entrée du goulet, dans les remous d'écume. Alors, sans hésiter, elle courut le long de la presqu'île et se jeta à l'eau, au moment où le reflux ramenait l'enfant vers elle. A mi-chemin, elle le rencontra, le saisit.

La mer les entraîna aussitôt dans un ballet dément. Regardant vers la côte, Angélique aperçut à l'extrémité rocheuse — pointe qu'elle venait de quitter — la haute silhouette de Merwin. Il était venu promptement se poster à l'endroit qu'il fallait. En un galop forcené, la mer les ramena vers lui.

— Attrapez-le! cria Angélique, lançant le petit Anglais dans la direction de l'homme.

Le marinier le rattrapa littéralement au vol. De

son côté, Angélique avait essayé de s'accrocher à une roche, mais l'aspiration de la mer fut si rapide et si irrésistible que de nouveau elle se retrouva enlevée vers le large, dans la nappe mousseuse des réseaux d'écume entrelacés. Le creux des vagues l'aspirait comme le fond d'un trou subitement ouvert, puis elle se retrouvait tout à coup à la corne d'une crête moutonnante si élevée qu'il lui semblait qu'elle allait être projetée comme une balle à mi-hauteur de la falaise. Sa jupe, gorgée d'eau, commençait à peser un poids de plomb et elle ne pouvait plus bouger les jambes pour se maintenir en surface. Ainsi qu'une poussée convulsive venue du tréfonds des abîmes, le flot la ramena encore une fois vers la terre. Poussée vers le promontoire où Jack Merwin se tenait, elle le vit se rapprocher à une allure folle. Il était seul maintenant à l'extrémité avancée de la presqu'île, ayant mis en lieu sûr l'enfant sauvé.

Il était seul et gigantesque, et sombre dans le vent qui faisait voler ses longs cheveux noirs, sombre sur le ciel vibrant où flottaient des lambeaux d'écume blanche, et son bonnet rouge ressortait comme une lumière se rapprochant. Elle tendit la main vers lui prête à saisir la sienne. Mais, contre son attente, il ne bougea point, demeura immobile, bras croisés.

Il ne lui tendit pas la main. Les doigts d'Angélique se refermèrent sur le vide, s'écorchèrent sur la pierre râpeuse, trop faibles pour s'y agripper et, tandis que la succion monstrueuse l'attirait de nouveau en arrière, elle cria. C'était un cri d'enfant, un cri de pure perte et d'étonnement... Ah! s'il m'avait seulement tendu la main, cette fois-ci, j'aurais pu... *Il ne m'a pas tendu la main...*

L'eau salée lui entra dans la bouche et elle suffoqua. Rassemblant toute son énergie, elle s'évertua au calme afin de pouvoir se maintenir à flot et se laisser porter par le courant qui la ramènerait tôt ou tard vers le rivage. Sa seule chance de salut, c'était ce tourbillon qui revenait sans cesse s'engouffrer dans les cavernes du ressac où le choc des vagues contre les parois éclatait comme un coup de canon sourd et faisait retentir l'écho des falaises.

La vague noire l'engloutissait, puis, la portant, la roulait dans une fureur de torrent, et les yeux de Jack Merwin lui apparurent, cette fois, tout proches.

Alors elle comprit.

Il n'était pas là pour la sauver, mais pour la regarder mourir.

Car il voulait sa mort.

Cette résolution était inscrite sur sa face impassible où brûlaient deux prunelles de l'au-delà, qui voyaient à travers elle, au delà de ce pauvre corps ballotté et tuméfié, de ce corps de femme que la mer commençait de vouloir déchiqueter et qui n'était déjà plus pour lui qu'une épave indifférente.

Et, le découvrant tel, dans un dernier éclair fou, il lui parut plus démoniaque encore que la nuit dernière. Un cri d'agonie lui jaillit des entrailles :

— Joffrey! Joffrey!

Elle criait désespérément. Au fond d'elle-même, une voix appelait : « Joffrey! Au secours! Au secours! Les démons, ils veulent ma mort!... Ils sont là!... »

Puis, dans un sursaut de lucidité :

« Salaud d'Anglais!... J'aurais dû me méfier de lui. *You a woman*, disait-il, et cela le réjouit de me voir mourir, moi, une femme! »

Elle se débattait avec des gestes véhéments où explosait sa panique et qui l'enfonçaient de plus en plus. Brusquement, elle eut la sensation qu'une poigne féroce l'agrippait par en dessous et la tirait vers le fond du gouffre. Elle lança un coup de pied pour remonter en surface, réalisa avec horreur que sa jupe s'était coincée entre deux rochers, l'eau passait et repassait au-dessus d'elle et la faisait ballotter de droite à gauche, retenue au piège. Ses tempes battaient à éclater. Et, chaque fois que d'un élan forcené elle essayait d'échapper à l'emprise, elle sentait le choc, l'arrêt, l'impossibilité de s'échapper, de remonter à l'air libre. Le monstre des légendes, tapi dans les cavernes marines, la tenait de ses griffes, la gardait à portée de son antre, tandis que, prisonnière, elle tournoyait sous les eaux glauques, parmi les algues qui la ligotaient.

Elle n'en pouvait plus. Elle allait ouvrir la bouche, aspirer, aspirer la mort.

Un brusque choc la libéra. Sa jupe se déchirait. Elle retrouva la lumière du jour. Mais elle était sans force, put à peine prendre une gorgée d'air avant de disparaître de nouveau.

L'amère salive des flots la roulait, la malaxait, la dévorait, brisée, impuissante.

— Non! Non! je ne veux pas mourir!... criait-elle, désespérée en elle-même, je ne veux pas mourir noyée... c'est trop horrible. Joffrey, Joffrey, je veux te revoir... je ne veux pas rester seule, loin de toi, au fond des eaux...

Adhémar ne l'avait-il pas vue en songe, cette nuit, errant au fond des eaux, au fond des abîmes verts, avec tous ses cheveux derrière elle comme des algues..., seule... seule... endormie à jamais...

Un choc à la tempe. C'était comme un clou enfoncé brutalement. Une pierre contre laquelle elle se heurtait, et dont le choc l'éveillait, la rejetait pour un bref instant en surface.

Vision éblouissante dans le soleil, et toujours la même forme immobile et droite là-bas... puis qui, soudain, s'animait, se détendait, plongeait.

Mirage!...

Elle coulait, coulait, disparaissait à jamais.

5

Quelqu'un la tirait par les cheveux sur la plage. Angélique sentait son propre corps, arraché peu à peu à la viscosité de la mer, prendre la pesanteur du plomb et creuser, en traînant, un sillon profond dans le cailloutis du rivage. Elle était écorchée de partout, sanguinolente, inerte. Jack Merwin, à bout de forces lui aussi, la halait comme on hale une barque, un animal mort.

Il ne s'arrêta qu'après la dernière lisière de varech, à l'orée des arbres, là où la mer ne pouvait plus les atteindre. Alors, il tomba à son tour, s'écroula près d'elle. Dans sa demi-inconscience, elle entendait sa respiration sifflante comme celle d'un soufflet de forge.

Ç'avait été une lutte atroce, où elle s'accrochait à lui convulsivement, où il avait dû la frapper pour l'étourdir, ou vingt fois la mer les avait entraînés si loin des côtes qu'il leur semblait ne l'apercevoir plus que comme une ombre fantomale, inaccessible, et ils avaient fini par aborder assez loin de leur point de départ.

Les poumons d'Angélique étaient en feu. C'est en

vain qu'elle s'efforçait de respirer. A chaque fois, elle avait l'impression que sa poitrine allait se briser.

Elle essaya de se dresser sur les poignets et les genoux, comme une bête qui meurt et qui cherche dans un dernier sursaut à se remettre sur ses quatre pattes. Tâtonnant aveuglément, elle s'accrocha à l'homme qui était près d'elle. Une nausée la saisit et elle vomit incoerciblement. Le flot salé parut en passant lui corroder la gorge. Elle retomba sur le côté.

Jack Merwin se mit debout. Un moment terrassé par la fatigue, il avait repris sa maîtrise. Il arracha son gilet mouillé et le jeta au loin, puis il ôta sa chemise, qu'il tordit pour en extraire toute l'eau, et ensuite il essora son bonnet rouge. Il remit son bonnet sur sa tête, posa sa chemise roulée en travers de son cou.

Se penchant vers Angélique, il l'attrapa d'une main par le haut du bras, la contraignit à se mettre d'abord sur les genoux, puis debout.

— Allez! Marchez! *Go on!*

Il la bousculait, la poussait devant lui, la tirait, et il y avait dans le timbre altéré de sa voix comme une colère contenue, mais aussi un bouleversement... Elle réussit à faire quelques pas, mais ses pieds ne pouvaient se soulever du sol sans un effort surhumain. La terre dansait, se dérobait. Elle retomba la face contre le sable qui collait à ses joues.

« Joffrey! Joffrey!... « Ils » veulent me tuer. « Ils » ont toujours voulu me tuer. »

Merwin essaya encore de la remettre sur ses jambes. Elle retombait toujours. Elle pleurait et vomissait, et sa gorge et ses narines lui faisaient si mal qu'elle croyait les sentir saigner. Elle grelottait et claquait des dents, et s'essuyait machinalement le visage en sanglotant.

— Laissez-moi... Laissez-moi mourir... Ici je veux bien mourir... Mais pas dans la mer... Pas mourir noyée, c'est trop horrible.

Jack Merwin s'était mis en marche sans l'attendre. Il se retourna, l'air excédé en la voyant à terre de nouveau, et revint sur ses pas. Il parut se résigner et, se décidant, il l'empoigna encore, mais cette fois ce fut pour l'étendre de tout son long sur le ventre, les bras allongés au-devant d'elle, la tête tournée sur le côté.

Prenant son couteau à sa ceinture, il fendit la robe de la jeune femme dans le dos, arrachant l'étoffe trempée qui collait à la chair glacée et qui avait déjà été mise en loques par le frottement contre les récifs. Il la dénuda jusqu'aux reins.

Puis, des deux mains, il effectua quelques pressions au bas des côtes, et elle en fut immédiatement soulagée. La respiration, aidée par ces mouvements rythmés, devint plus profonde et moins anarchique. Elle put aspirer un peu d'air.

Ensuite, il se mit à la frictionner énergiquement de la paume tout le long du dos. Peu à peu, le sang glacé d'Angélique se remit à circuler dans ses veines. Le spasme qui tordait ses entrailles se dénoua. Ses nerfs se détendirent, ses dents cessèrent de claquer incoerciblement, une douce chaleur l'envahit et sa pensée se mit à surnager, fluide, errante, apaisée.

« Cet homme est mauvais comme la teigne... mais ses mains sont bonnes... oui, ses mains sont bonnes... Quel bien-être!... Quel bienfait!... Ah! quel bienfait d'être vivante! »

La terre ne dansait plus, elle redevenait solide et douce sous son corps étendu.

« Il va m'écorcher vive à ce train-là... A-t-il remarqué l'empreinte de la fleur de lys?... J'ai peur... Est-ce grave? Lui aussi, c'est peut-être un bandit, un gibier de potence... S'il me trahissait... Bah! c'est un Anglais. Il doit même ignorer ce que signifie la fleur de lys... »

Se sentant remise, d'elle-même elle se redressait, s'asseyait.

— *Thank you,* murmura Angélique. *I am sorry!*

— *Everything's right?* interrogea Merwin d'une voix brève.

— *I am pretty well, yes.*

Mais elle avait trop présumé de ses forces car de nouveau le voile noir coulait devant ses yeux. Alors, elle laissa tomber sa tête contre l'épaule de Jack Merwin. C'était une épaule dure comme la pierre, mais avec une courbe douce et sûre. Une épaule d'homme.

— Je suis bien, murmura-t-elle en français.

Elle divaguait. Elle avait conscience d'être dénudée et, d'un geste de pudeur instinctive, elle essayait de ramener sur sa poitrine les lambeaux de son corsage.

Merwin passa un bras autour de ses épaules et son autre main sous ses genoux, puis la souleva sans effort entre ses bras. Angélique rêva qu'elle était redevenue une enfant. Plus rien ne pouvait l'atteindre, et les grondements de la mer s'estompaient tandis qu'il l'emportait à grands pas par un sentier sous les arbres. La promenade fut courte sans doute. Elle n'en eut pas conscience. Elle dut s'endormir. Ce n'était pas un évanouissement. Mais plutôt, à vrai dire, un bref et profond sommeil dont elle s'éveilla, totalement reposée, quelques minutes plus tard. Elle se trouvait assise, appuyée contre le tronc d'un arbre, la tête sur les genoux, et, au-dessus d'elle, la voix autoritaire de Jack Merwin enjoignait à la jeune Esther d'enlever un de ses jupons et sa chemise pour les passer à Angélique. La jeune fille courut derrière un buisson et revint peu après tendre à la rescapée ces deux pièces de ses vêtements. Angélique, à son tour, se retira derrière les taillis.

La jupe et la chemise avaient gardé la tiédeur du corps de la petite Anglaise, et cela lui fit du bien. Elle rinça sa chevelure poissée d'eau de mer et de sable dans une source proche qui jaillissait de la mousse et retourna près de ses compagnons. Le brave Elie Kempton avait allumé un petit feu pour réchauffer Sammy, qui était entortillé dans la redingote du pasteur. Ils la regardaient tous avec des yeux écarquillés. Ils avaient bien cru ne la revoir jamais.

— Mettez-vous près de mister Willoagby, mistress de Peyrac, insista le colporteur. Si! Si! vous verrez, il tient chaud.

— Il faut partir, intervint Merwin. De l'autre côté de l'île, nous trouverons du secours.

Ils s'enfoncèrent les uns derrière les autres sous la cathédrale des pins. La nuit était chaude et sèche et toute crépitante d'étincelles. Mais était-ce la nuit?... Un ciel de turquoise limpide continuait de briller entre les ramures.

— C'est la nuit de la Saint-Jean, dit Adhémar, la nuit où le soleil ne meurt pas, où les fougères fleurissent d'une petite fleur rousse et magique qui ne dure que quelques heures. Il paraît que ceux qui la voient fleurir ne reviennent jamais... Dépêchons-nous de sortir de ce bois... C'est plein de fougères par ici et la nuit va tomber... La nuit de la Saint-Jean...

Angélique marchait comme une somnambule.

Elle mourait de sommeil et elle continuait d'avoir au creux de l'estomac une boule glacée.

Merwin lui jetait par instants un regard bref.

— *How are you feeling?*

— *Quite well!* répondait-elle, mais je crois que cela irait mieux si je pouvais avaler une bonne lampée de rhum ou quelque chose de chaud.

Au détour du sentier, le village de la côte ouest leur apparut enfin, tout illuminé par le soleil couchant, et le tintamarre des cris d'oiseaux et des multiples appels des pêcheurs éclata avec l'odeur puissante de poisson putréfié et de graisse fondue qui dominait toutes les autres.

Une ferme de bardeaux s'élevait sur la gauche, la première à l'entrée du hameau.

Jack Merwin héla sur le seuil, mais comme personne ne répondait, il pénétra sans ambages avec toute sa troupe à l'intérieur. Mettant en principe la sacro-sainte hospitalité de règle en ces lointaines colonies du Nouveau Monde, et qui autorisait tout affamé ou égaré à considérer comme sienne la demeure que la Providence mettait sur son chemin dans ces déserts, il alla tout droit au vaisselier de bois, y choisit une assiette creuse en faïence blanche et bleue et une louche d'étain, marcha vers l'âtre, dont il souleva les couvercles des marmites.

De l'une, il servit une pleine portion brûlante de clams et de pétoncles; de l'autre, trois pommes de terre bouillies, puis il versa sur le tout du lait qui tiédissait dans un pot, au bord des cendres.

— Mangez, dit-il en posant devant Angélique l'écuelle sur la table, mangez vite.

Et il continua de distribuer avec dextérité des assiettes de soupe à chacun comme s'il n'avait jamais rien fait d'autre que d'être valet de la soupe des pauvres chez Monsieur Vincent.

6

Angélique ne dissimulerait pas dans l'avenir, ni à elle-même ni aux autres, son sentiment, à savoir qu'elle n'avait jamais rien dégusté de plus délectable, de plus délicieux, de plus réconfortant que cette soupe aux coquillages qu'elle mangea dans une pauvre ferme d'un colon de l'île Monégan, après avoir failli perdre la vie par noyade.

C'est ainsi qu'elle découvrit le plat national de ces contrées qui s'étendent du cap Cod jusqu'au sommet du golfe Saint-Laurent en passant par le fond de la Baie française et le tour de la Nouvelle-Ecosse : la chaudrée, pour les Français, Canadiens et Acadiens, « the chowder », pour les Anglais, la nourrissante et divine soupe où se marient tous les amours des rivages : la pomme de terre fruit sauvage de l'Amérique, le coquillage salvateur fruit de la mer féconde et maternelle, et le lait, délice, saveur de l'Ancien Monde, souvenir d'une terre lointaine aux gras herbages, luxe de la terre nouvelle, si difficile à dompter, et qui regarde avec surprise quelques vaches exilées broutant, assez désemparées, en lisière de la forêt indienne...

Tout est contenu dans ce bol généreux à l'haleine parfumée.

Ajouter un oignon fondant, une pincée de poivre ou de muscade, quelques dés de porc salé et au dernier moment, par portion, une noix de beurre de crème...

C'est autour d'une chaudrée aux clams, versée en une soupière d'argent... ou d'or, pourquoi pas? qu'auraient dû se faire les traités qui décidèrent de cette partie du monde... Chacun s'en serait trouvé bien...

7

Ils mangeaient avec avidité et l'on n'entendait que leurs soupirs d'aise et des clappements de langues.

— Hé là! ne vous gênez pas, Anglais, dit une voix française.

Une grande paysanne se tenait sur le seuil.

— Hé là, qu'est-ce que c'est, doux Jésus?

— *It's but a bear* (ce n'est qu'un ours), grogna Kempton en lapant les dernières gouttes de la soupe.

— Hé! Je le vois bien, grand malappris! Mais faut-il qu'un ours s'installe dans ma propre maison? Est-ce un chenil, chez moi? Dois-je lui offrir à lui aussi sa pâtée dans une de mes belles assiettes que ma sainte mère a apportées du Limousin il y a quarante ans, et encore sans en casser une seule?

— Madame, êtes-vous française? interrogea Angélique dans la même langue. Sommes-nous dans un établissement acadien?

— Ma foi, p't-être ben qu'oui, p't-être ben qu'non. Ce que nous sommes, nous autres, à Monégan, je ne pourrais pas vous le dire... Pour ma part, je suis de Port-Royal, en la presqu'île d'Acadie, où je suis arrivée à l'âge de cinq ans avec la recrue de M. Pierre d'Aulnay, il y a belle lurette de tout cela. Mais, à vingt ans, j'ai épousé notre voisin, un Ecossais, Mac Grégor, et je suis installée avec lui à Monégan depuis bientôt trente-cinq ans.

Jack Merwin l'interrogea en anglais, lui demandant si les Indiens avaient essayé d'attaquer l'île et s'ils s'agitaient dans la baie de Pénobscot. Elle secoua la tête négativement. Elle lui répondait en anglais qu'elle parlait communément quoique avec un fort accent français.

Elle dit que les Indiens, Mohicans, Tarratines, Mic-Macs et Etchemins du Pénobscot, du Dariscotta se tenaient tranquilles. Cette fois, ils ne déterreraient pas la hache de guerre, car le grand seigneur français de Gouldsboro avait réussi à dissuader tous les Blancs de la baie, et particulièrement ce petit enragé de Saint-Castine, de se mêler de cette mauvaise campagne. Pas plus tard que la semaine dernière, son homme, le vieux Mac Grégor, était allé avec ses trois fils à la pointe de Popham rencontrer « le grand seigneur de Gouldsboro » et, avec tous les Blancs du coin et les principaux sagamores riverains, ils avaient fait alliance et échangé des promesses et fumé le calumet de la paix. Le seigneur de Gouldsboro était fort et riche. Il avait une flotte à lui et de l'or à gogo. Il avait promis de protéger contre leur gouvernement ceux qui se trouveraient ennuyés pour avoir tenu cette résolution de paix. Et c'était justice! On en avait assez par ici de tourner comme des totons pour le bon plaisir des rois de France ou d'Angleterre qui, eux, se gardaient bien de mettre le pied dans les colonies.

Angélique avait rougi d'émotion en entendant mentionner le nom de son mari, le comte de Peyrac. Elle pressa la bonne femme de questions, apprit ainsi que Joffrey, après avoir quitté l'embouchure du Kennebec, était reparti sur Gouldsboro. Elle avait donc beaucoup de chances de le retrouver là-bas si l'on y parvenait demain, ce qui était fort possible, la mer demeurant clémente malgré les marées d'équinoxe.

Découvrant qu'elle recevait dans son humble chaumière la propre épouse du « grand seigneur de Gouldsboro », Mrs Mac Grégor joignit les mains d'extase, fit une profonde révérence, comme le lui avait enseigné sa mère vis-à-vis des seigneurs, et s'empressa, entremêlant le français et l'anglais suivant qu'elle s'adressait aux uns ou aux autres.

Angélique conta sa mésaventure, comme quoi elle avait failli se noyer en abordant l'île. L'Acadienne ne lui cacha pas que pareille chose arrivait ici quasi tous les jours. Dans chaque famille, il y avait plus de noyés que de vivants. C'était ainsi!

— Je m'en vais vous bailler de bons vêtements, madame, conclut-elle sans émotion aucune.

— N'auriez-vous pas un haut-de-chausses pour mon sauveur? Il est encore tout trempé.

— Un haut-de-chausses? Non, je n'ai pas ça chez moi, ma pauvre dame! Tous mes hommes, ils ne portent que leur grande couverture à carreaux, des tartans qu'ils disent. Un Ecossais, ça ne saurait se promener autrement que le cul à l'air, sauf votre respect. Mais chez le commis du magasin, Mr Winslow, qui est de Plymouth, notre voisin, ces messieurs trouveront tout ce qu'il leur faut.

Elle expédia les hommes avec l'ours chez les Anglais, ne garda que les femmes et les enfants, y compris le négrillon.

— Un vrai diablotin vomi de l'Enfer, ce petiot-là. Mais aussi, c'est la nuit de la Saint-Jean, pas vrai? C'est donc de partout qu'il en sort, cette nuit-là, des lutins et des farfadets... Voyez! Voyez! comme le ciel est clair encore... A la mi-nuit, les Basques allumeront les feux et danseront.

Car on était gai à Monégan, malgré tous les noyés traditionnels. D'ailleurs, les Basques de Bayonne avaient harponné l'avant-veille une baleine.

Après une lutte acharnée de barques lancées en l'air d'un coup de queue et un mort, la proie avait été ramenée à la côte, sous la voûte braillante des oiseaux pillards. Déjà débitée en tranches blanches et rosées par les couteaux des dépeceurs, la baleine surnageait encore entre le vaisseau à l'ancre et une petite grève à l'écart, où étaient installées trois énormes chaudières. Une fortune battait là, au gré du ressac, les flancs de Monégan, et c'étaient des écus d'or que les marins maniaient en rêve avec les blocs de graisse jetés en cubes dans les marmites. Des énormes cavités de la tête du cétacé, on remontait des seaux de spermacéti, cette substance huileuse et blanche qui servirait à la fabrication des chandelles de luxe. Les fanons entreraient dans la fabrication des vêtements, des panaches, des plumets, des corsages, des éventails...

La langue, mets de choix, serait salée pour être servie à la table des princes, et le lard pour les pauvres deviendrait le « craspois » du Carême. Les os se mueraient en poutres, solives, clôtures...

Glorieux, le grand harponneur Hernani d'Astiguarza, qui était en même temps le capitaine du petit navire de cent cinquante tonneaux, se promenait sur le port, appuyé sur son harpon comme un Indien sur sa lance. Lorsque la première étoile tremblerait au firmament et que les contours des forêts se dessineraient en sombre sur le ciel vert, il ferait suspendre le travail et allumer de grands bûchers par tout le rivage. Car c'était la nuit de la Saint-Jean et il fallait danser et sauter à travers les feux.

Durant ce temps, Angélique monnayait l'achat d'un manteau en peau de loup-marin avec Mrs Mac Grégor. La douceur veloutée du pelage l'avait séduite.

— Je n'ai rien pour vous payer présentement, mais, dès que je serai à Gouldsboro, je vous ferai bailler une bourse de vingt écus et un petit cadeau à votre choix parmi ce qui peut vous obliger.

— Ecoutez, dit la vieille Acadienne, nous sommes bien nantis et ce n'est point la peine de causer tant de dérangement. On dit que vous êtes guérisseuse. Si vous pouviez remettre sur pied mon petit-fils Alistair, je serais amplement payée. Ce serait même une chance pour ce petit.

Elles se rendirent chez le jeune Alistair. Mrs Mac Grégor avait eu douze enfants. Les fils et filles survivants, tous mariés dans l'île, constituaient encore une importante tribu. Pour ne pas faire d'histoires avec les saints nationaux des deux familles franco-écossaises, les enfants avaient été prénommés à tour de rôle d'un nom français et d'un nom écossais. C'est ainsi qu'un Léonard précédait un Ogilvey et qu'un Alistair était suivi d'une gentille Janeton. Quelques jours auparavant, il était arrivé au jeune Alistair une curieuse aventure : courant sur les rochers pour échapper à la marée, il avait voulu franchir une faille d'un bond. Un saut à ne pas manquer car il y avait soixante pieds d'à-pic en dessous. De justesse, il s'était rattrapé sur l'autre rive et, depuis, une douleur terrible l'empêchait de poser les deux pieds à terre.

Angélique vit aussitôt que, dans la crispation de ses orteils pour se cramponner au roc, il avait fait jaillir hors de leur enveloppe les principaux nerfs sous la voûte plantaire. La remise en place ne s'exécuta pas sans douleur, mais, après une heure de massage, le garçon posait sur le dallage un pied encore timide et incrédule, mais déjà ravi de ne plus souffrir, puis, poussant à l'autre extrême, prétendait pouvoir danser ce soir la danse des épées croisées. Angélique l'en dissuada avec sévérité. Il fallait reposer encore, car les ligaments devaient se consolider. Elle demanda une bonne graisse de marmotte, dont toute ménagère qui se respecte a toujours quelques pots sous la main et, après un dernier massage, le laissa appuyé sur une canne. Il assisterait au moins à la fête... Tout un peuple en tartan drapé, encapuchonné, entortillé, de carreaux rouges et verts et verts et noirs — deux clans, celui des Mac Grégor et celui des Mac Daylines, coiffé de bérets bleus à pompons, avaient assisté au miracle. A ce ramage se mêlaient les redingotes sombres des commerçants et colons anglais. Leurs familles descendaient des premiers habitants de Plymouth sur la baie du cap Cod. C'étaient des pères pèlerins, et, à l'exemple du vieux Josué qu'Angélique avait rencontré à Houssnok, ils avaient tous, malgré leurs mœurs rigoureuses, un enjouement qui déplaisait fort au révérend Patridge. Il y avait encore deux familles de pêcheurs irlandais et une, d'origine française, les Dumaret, que ceux-ci se vantaient d'atteindre dans leur famille le record de noyés. Forcément! Dans ce pays où, dès qu'un enfant se tient sur ses jambes, il se lance dans les vagues à califourchon sur une planche, comment voulez-vous que cela n'arrive pas? Ils sont toujours à naviguer entre les îles, et là où la mer est traîtresse plus qu'ailleurs, et un jour, et surtout vers quatorze, quinze ans, cet âge qui ne craint rien et qui n'a pas encore assez d'expérience, ils se noient, ces infatigables vagabonds des pertuis.

Dans la famille des Dumaret la grand-mère était toujours avertie du malheur à venir par prescience. De jour ou de nuit, on la voyait se lever et se mettre à plier et ranger les habits de l'enfant, celui qui était en mer.

Il vient de se noyer, disait-elle.

On en racontait de toutes sortes à Angélique, tout en lui faisant visiter le hameau et les fermes. Sa visite honorait fort les îliens, et la guérison du jeune Alistair complétait la légende. Des matelots dieppois, venus sur deux barques faire le ravitaillement d'eau douce, se mêlaient ce soir à la population. Partout, éclatait un sabir étrange, composé d'une mixture de dialectes indiens, d'un peu de français de Saint-Malo, d'une pointe d'anglais. Quelques Mic-Macs paisibles, apparentés à des habitants de l'île, commençaient à sortir de la forêt, déposaient des fourrures et du gibier au seuil des portes et s'installaient à croupetons sur les hauteurs, curieux d'assister à la fête des Blancs. Ils étaient pour la plupart très grands, presque géants, avec des faces carrées et cuivrées.

Vers 10 heures du soir, Angélique décida qu'elle avait assez sacrifié aux mondanités et qu'il lui fallait dormir un peu en attendant la fête.

Elle avait fait étuve chez Mrs Mac Grégor. L'air incandescent de la nuit avait séché sa lourde chevelure, mais la fatigue l'accablait.

S'enveloppant dans son beau manteau en peau de loup-marin, elle alla s'asseoir à l'écart, appuyée contre les racines d'un grand chêne.

Demain, elle serait à Gouldsboro. Dieu veuille que la mer soit clémente!

Au-dessous d'elle, l'animation grandissait autour des maisons, sur la plage où s'empilaient les fagots.

On apportait des fûts, des chopes, on disposait des écuelles sur des tables à tréteaux. La nuit s'avançait, mais les grands feux de la Saint-Jean ne seraient pas allumés avant la dernière heure, à minuit.

Des enfants passèrent en criant et se donnant la main, entraînant avec eux Timothy le négrillon, Abbial le mousse et Samuel Corwin.

Monégan l'éternelle, Monégan la mère de tous les peuples marins vivait encore une nouvelle nuit magique et l'on entendait battre son cœur avec les coups sourds des lames contre les falaises et les premiers battements des tambours basques qui répétaient une danse du côté de leur campement.

Dans ce fjord étroit, poussées par la brume, vers l'an mille, des barques avec des dragons en proue s'étaient glissées jadis, découvrant comme en ce jour les collines de granite couvertes de fleurs. Et depuis, sur la pierre grise, des caractères mystérieux conservaient le souvenir de ce passage des Vikings, les Normands aux barbes et cheveux blonds. Après eux, était venu John Cabot.

Verrazano le Florentin, pour la France, l'Espagnol Gomez, l'Anglais Rut, un prêtre français André Theot, sir Humphrey Gilbert, Gosnold, Champlain et George Weymouth et John Smith qui, en 1614, avait reçu mission « d'explorer l'Amérique du Nord pour or et baleines ».

L'histoire était longue, grouillante, multicolore. Elle s'exhalait, la saga agitée, de l'île des Mohicans. Elle respirait à travers ces cris divers, l'écho gaélique des voix irlandaises et écossaises, ces odeurs truculentes, ces jurons de toutes langues, et ces mêmes rires d'hommes, de femmes et d'enfants qui éclataient, ces vêtures de tous les cieux : tartans des Ecossais, bérets rouges des Basques, chapeaux noirs des calvinistes et foulards de satin de quelques boucaniers des Barbades, et puis les bonnets de laine de toutes les couleurs des marins de tous les mondes.

Les criquets, les grillons, cachés dans l'herbe, menaient leur sarabande aiguë.

Et sur l'horizon safrané, là où enfin la nuit s'assemblait, écume assombrie du firmament vert, des voiles, des voiles encore qui passaient.

Et, tout à coup, il n'y avait plus rien : la mer était déserte, la côte était vide. Angélique était seule en face de la mer et de la plage abandonnée. Pourquoi aujourd'hui tant de Bar Harbor, pourquoi maintenant tant de « ports nus »... Partout, partout, sur la côte dentelée à l'infini, Bar Harbor, Bar Harbor, comme un glas qui sonne... Le Désert... Les baleines s'en sont allées, les bancs de morues, de sardines, grands boucliers en plaque d'argent sur la mer, s'en sont allés, les oiseaux en nuages immenses s'en sont allés, et les loups-marins en robe de Minimes, et les marsouins blancs, les cachalots bleus, le féroce épaulard, le tendre dauphin...

Mais ce n'est pas seulement cela qui accable... Un découragement saisit l'être, une nostalgie infinie, douloureuse s'empare de l'âme... Une désespérance sourde des criques désertées...

Trop de souvenirs, trop de luttes, trop de massacres, trop de noyés, trop de convoitises, trop de passions, trop d'âmes errantes, ennemies, désolées, oubliées, assemblées, pleurant, se lamentant dans les brumes, dans le vent, dans l'écume des vagues, portées par les marées géantes et terribles qui s'engouffrent au sein de la terre avec des sifflements et des sanglots.

Tant de rivages nus...

Brumes miroitantes, fines et lourdes, pleurant sur les forêts de cèdres, sur l'épine verte des pins, sur la feuille vernissée de l'érable et du hêtre rouge, pleurant sur les champs de lupins sauvages et de rhododendrons, sur les lilas près d'une maison ruinée, sur les roses d'un jardin oublié.

Pays de fantômes!

Français, Anglais, Hollandais, Suédois, Finlandais, Espagnols, Bretons, Normands, Ecossais, Irlandais, pirates, paysans, pêcheurs, morutiers, baleiniers, coureurs de bois, puritains, papistes, jésuites et Recollets, Indiens, Etchemins, Tarratines, Mic-Macs, Malécites, où êtes-vous? Où êtes-vous, fantômes d'Acadie, la terre aux cent nominations, le royaume des criques et des péninsules, des repaires feuillus où passe une voile...?

L'odeur des bois et l'odeur des algues, l'odeur de l'Indien, l'odeur des scalps, l'odeur des incendies, l'odeur des rivages, effluves venus de la mer et venus de la terre, qui vous encensent et vous engourdissent, et sur tout cela un regard impavide et froid qui vous regarde mourir...

En un cri rompant le silence, un hurlement aigre et insolite qui arrache Angélique à son sommeil et à son cauchemar et la redresse au pied de l'arbre, où elle vient de s'endormir, le cœur battant.

— Qu'est-ce? On égorge un porc?

Non, c'étaient seulement les cornemuses des Ecossais qui se mettaient en branle, là-bas sur la plage.

A quelques pas d'elle, Angélique aperçut Jack Merwin assis, le visage tourné vers la grève, où l'on venait d'allumer les grands feux. Les Ecossais dansaient autour des épées croisées ou s'exerçaient à une lutte corps à corps avec l'ours noir.

— J'ai fait un rêve, dit Angélique à mi-voix. A force de se battre en lutte fratricide, les hommes avaient rendu ces lieux déserts et oubliés.

Et elle s'aperçut qu'elle avait parlé en français.

Le dos de Jack Merwin était aussi immobile que le roc. Il reposait ses avant-bras sur ses genoux et ses mains pendaient. Elle remarqua pour la première fois que, malgré leurs callosités, c'étaient des mains longues et patriciennes.

La sensation d'inquiétude qui l'avait souvent effleurée lorsqu'elle le considérait lui revint plus forte, et le souvenir de son attitude bizarre, lorsqu'il avait refusé de lui tendre la main, et qu'il la regardait mourir de ses yeux froids et impavides.

Qu'est-ce qu'il lui avait pris, à cet Anglais, de la laisser couler et se débattre âtrocement, pour ensuite plonger, alors qu'il était déjà presque trop tard, et la sauver *in extremis*, au prix d'efforts surhumains? Il était vraiment bizarre. Il était peut-être fou, après tout!...

— Donnez-moi votre main, Jack Merwin, fit-elle brusquement, je voudrais y lire votre destin.

Mais il lui jeta un regard furieux et serra fortement ses mains l'une contre l'autre pour bien exprimer qu'il entendait conserver ses mains pour lui.

Angélique rit subitement. Décidément, elle n'était pas encore bien éveillée pour oser se montrer tant soit peu coquette et provocante avec un être aussi misogyne et hostile. Son cœur à elle était comme une nacelle dont les voiles se gonflent, prête à s'élancer vers l'horizon, et tout ce tohubohu, et jusqu'aux ritournelles couinantes des cornemuses, l'enchantait.

— C'est tellement merveilleux d'être vivante, Merwin, je suis heureuse... Vous m'avez sauvée.

Il se renfrogna, les mains serrées farouchement. De toute façon, l'entendant monologuer, il la prenait pour une folle.

Elle rit de nouveau, grisée par la nuit de juin, envoûtée par sa longue stridence.

Dominant les cornemuses, l'appel rythmé des fifres et des tambours éclatait.

Angélique sauta sur ses pieds.

— Miss Pidgeon, Mrs Mac Grégor, Mrs Winslow et vous, Dorothy, Janeton, venez, venez... allons danser la farandole avec les Basques.

Elle les attrapa par la main et les entraîna en courant au long de la pente.

Les Basques avançaient les uns derrière les autres sur la pointe de leurs pieds nus avec des virevoltes et des entrechats, danseurs prodigieux, pleins de grâce et d'élan. La lueur des feux faisait briller leurs bérets rouges comme des coquelicots.

Un long diable souple tournoyait au-devant d'eux, bras levés, faisant résonner un tambourin garni de pièces de cuivre et qu'il frappait de ses doigts agiles.

Lorsque Angélique et ses compagnes parurent dans le cercle de clarté, ils poussèrent une clameur cordiale, et leur firent place entre chacun d'eux.

— Par saint Patrick, s'écria l'Irlandais Porsons, cette diablesse fait danser nos femmes!

— On raconte des choses sur elle, dit l'Anglais Winslow. Il paraît que c'est une Démone.

— Une Démone! s'esclaffa le vieux Mac Grégor. Tais-toi, tu n'y connais rien. C'est une fée! J'en ai rencontré sur les landes quand j'étais enfant, en Ecosse. Je l'ai reconnue tout de suite. Laisse, laisse donc, voisin. C'est la nuit folle. Rien que d'entendre ces flûtes basques, j'ai des fourmis dans le bout des pieds. Viens danser aussi, voisin. C'est la nuit folle.

La farandole continuait sa course sinueuse et dansante entre les feux, les maisons, les rochers, les arbres.

Toute femme, vieille ou jeune, aïeule, mère, fille ou fillette, doit danser la nuit de la Saint-Jean. Le grand capitaine harponneur Hernani d'Astiguarza avait tendu sa main à Angélique et, l'entraînant, ne la quittait plus des yeux. Il s'aperçut vite qu'elle connaissait la plupart des pas qui s'exécutaient, selon la tradition, dans la farandole basque, et, lorsqu'ils furent revenus sur la plage, il s'élança en l'emmenant vivement au milieu du cercle. Alors, se soumettant à l'entraînante musique, elle dansa avec lui, multipliant les figures compliquées, bondissantes et gracieuses du folklore basque.

A Toulouse, en Aquitaine, naguère, Angélique avait déjà exécuté la plupart de ces figures. Dans les châteaux, on les préférait aux danses de la cour, trop guindées, et plusieurs fois Joffrey de Peyrac avait emmené sa jeune femme au pays Basque, dans les Pyrénées, pour assister aux grandes fêtes populaires, où elle s'était mêlée gaiement, en tant que suzeraine, aux amusements de ses vassaux.

Tous ces souvenirs ressuscitaient l'un après l'autre pour elle avec l'endiablée musique.

Le jupon court de la jeune Esther lui facilitait les pas vifs, à la jambe haut lancée. Elle riait, entraînée par l'irrésistible capitaine basque, tandis que ses pieds légers ne touchaient plus terre et que tournoyait sa chevelure claire, tantôt lancée derrière elle comme une oriflamme, tantôt frappant ses joues et enveloppant son visage dans leur réseau soyeux.

Il lui parlait soit en basque, soit en français, lorsque les évolutions de la danse la rapprochaient de lui et que son bras de fer l'enserrait d'une pression chaque fois un peu plus possessive.

— Une fée est sortie de la mer pour la nuit de la Saint-Jean, disait-il, Monégan est une île heureuse. Magie que tout cela, madame. Comment pouvez-vous connaître nos danses?

— Parce que je me nomme la comtesse de Peyrac de Morens d'Irristru.

— Irristru?... Un nom de chez nous.

— Voilà.

— Vous êtes donc d'Aquitaine?

— Oui, mais par alliance.

— Pourquoi votre époux vous laisse-t-il courir ainsi seule aux confins du monde?

— Il n'est pas loin. Méfiez-vous, messire.

— Madame, dit-il en basque, vous avez la taille la plus belle, la mieux prise que j'aie jamais tenue entre mes mains, et vos yeux m'enivrent... Connaissez-vous la gigue des vendanges? continua-t-il en français.

— Il me semble.

— Alors, allons-y.

Il l'entraînait avec folie et elle tourbillonnait jusqu'au vertige; le ciel, d'un sombre bleu, basculait dans les flammes rouges des bûchers, des faces hilares tressautaient alentour comme des balles.

— Je n'en peux plus, cria-t-elle, la tête me tourne.

Il suspendit son élan non sans l'avoir auparavant fait tournoyer plusieurs fois en l'élevant de ses deux mains au-dessus du sol.

Des applaudissements éclatèrent.

Essoufflée, Angélique riait tandis qu'on lui tendait la fiasque de peau de chèvre. Il fallait boire à la régalade, en envoyant le jet de vin au fond du gosier. D'autres applaudissements saluèrent ce nouvel exploit.

Un peu plus haut sur la côte, le révérend Patridge, qui réprouvait ces ébats, et le marinier Jack Merwin, qui n'était pas d'humeur à s'y mêler, tous deux appuyés au tronc d'un arbre, contemplaient la scène d'un même œil sombre et réprobateur.

Angélique les aperçut et éclata d'un rire inextinguible. Ils étaient vraiment trop comiques ces deux-là.

Son grand rire gai entraîna l'hilarité des autres, et tout le monde se remit à danser, les grandes personnes par couples, les enfants en ronde, les cornemuses soutenant les tambours, la bourrée limousine s'entrecroisant avec la gigue écossaise et le branle cornouaillais, tandis que les personnes moins alertes ou fatiguées soutenaient le rythme en frappant des mains en cadence.

Parfois, l'on s'échouait près des tréteaux pour lamper une chopine de bière, une pinte de vin. Les vaisseaux, dans le port, avaient sorti leurs réserves de fête : vins espagnols des Caraïbes, vins de France, et il y avait aussi un vin âpre et parfumé tiré des vignes sauvages de l'île Matinicus. On mélangeait un peu et ces soleils de tous les continents, mêlés au fond des verres, vous mettaient une sacrée chaleur au creux de l'estomac et de la foudre dans les mollets, en attendant de les affaiblir dangereusement.

Assises auprès des tables, deux vieilles femmes du pays, dont la grand-mère Dumaret qui voyait en rêve les noyés, ouvraient clams et huîtres sans relâche, d'un couteau alerte.

M. d'Astiguarza rappela à Angélique la bonne

façon de savourer les « loubinkas », plat favori des Béarnais et des Basques.

Il n'avait eu garde de quitter Bayonne sans emporter d'amples chapelets de ces petites saucisses fort pimentées. On les passait au feu, on en avalait une en se brûlant copieusement, et, par là-dessus, on gobait une huître crue.

Comble de volupté gustative! Une saucisse brûlante, une huître fraîche. Un petit tour de danse, un petit coup de jurançon. Et encore l'une de ces diaboliques saucisses, épicée à vous tirer des larmes, l'huître verte et glacée, baignant dans son eau marine, bue en sa coquille de nacre. La danse, les rires, les mains qui frappent en cadence, le vin d'ambre à la saveur haute et chantante comme un appel de fifres...

Il y en a qui s'asseyent, qui s'écroulent... qui commencent à rire sans pouvoir s'arrêter. Il y en a qui sont un peu malades et un peu hagards, mais personne n'y prête attention.

Là-haut, près des maisons en lisière des arbres, les Indiens Mic-Macs et Mohicans, presque aussi graves que le révérend Patridge, observaient les amusements des Blancs. Ils songeaient qu'il n'y a pas avantage à boire le vin qui ne saoule pas assez. L'eau-de-feu seule est divine et magique. Lorsqu'ils auraient récolté beaucoup d'eau-de-vie près des navires, en troquant avec les marins leurs fourrures, alors ils organiseraient une terrible beuverie au fond des bois, alors ils deviendraient fous, ils rejoindraient l'Esprit des Songes... Eux ne se contenteraient pas de rire et de danser stupidement comme les Blancs... et de ne manger que quelques coquillages...

Sur la mi-nuit, le premier sauteur jaillit de la flamme comme un diable noir.

Et hop! l'un après l'autre, les Basques aux jarrets de fer bondissaient, traversaient le brasier, jambes déployées, bras levés, et chaque saut était salué d'un cri de frayeur et d'admiration des spectateurs.

— Celui qui traverse le feu de la Saint-Jean, le Diable ne peut rien contre lui pour l'année, dit Hernani d'Astiguarza.

— Alors, moi aussi, je veux sauter, s'écria Angélique.

— Les femmes ne peuvent pas, protesta un Basque choqué dans son esprit de tradition.

— Vous voulez donc abandonner les femmes au Diable? cria Angélique en lui rabattant son béret sur le nez.

Elle était un peu folle et un peu saoule, soit! Mais cette occasion ne se renouvellerait peut-être jamais, et elle en avait toujours rêvé.

— Elle, elle peut! dit Hernani avec grande force en la couvant d'un regard ardent. Mais vos cheveux, madame... Il faut prendre garde, ajouta-t-il en posant la main d'un geste caressant sur la tête d'Angélique — geste dont elle n'eut pas tout à fait conscience dans la fièvre enivrée de l'heure.

— Ne craignez rien! Je suis fille du Sagittaire, signe du Feu, cohorte des Violents et légion des Salamandres qui traversent impunément toutes flammes. Je DOIS sauter! Monsieur d'Astiguarza, votre main!

Il la conduisit à quelques pas du foyer crépitant, et un silence profond s'établit.

Angélique rejeta les souliers qu'elle avait empruntés à Mrs Mac Grégor. Sous ses pieds nus, le sable était frais. Devant elle, la flamme ronflante montait, haute et dorée.

Angélique, elle-même nourrie de « loukinkas »

brûlants, de vin ardent et du sel de la mer, se sentait aussi n'être plus qu'une flamme prête à crépiter et à bondir.

Hernani lui tendit une petite gourde plate. Elle flaira, reconnut le parfum.

— De l'armagnac de « piquepoult »! ... Mille grâces, messire!

Elle avala une longue gorgée.

Tous les regards étaient fixés sur elle. On ne se rappelait plus très bien son nom, mais ce qui avait été dit d'elle flottait vaguement dans les mémoires embrumées.

Pieds nus et déjà prête à s'élancer, elle leur apparaissait comme l'incarnation d'une déesse, pas tout à fait terrestre, et pourtant elle les dominait par sa tranquille indépendance de créature assurée d'elle-même.

Ils voyaient que sa taille mince était sans fragilité, que ses épaules harmonieuses, malgré leur grâce, avaient assumé une vie déjà longue d'expérience et de luttes et ils devinaient, à voir la lueur de ses yeux, que ce défi aux flammes, c'était comme un sceau qu'elle voulait apposer à tant d'autres brasiers traversés.

Angélique, pour sa part, n'en pensait pas si long, toute à l'épreuve difficile et captivante.

Ç'avait été d'abord un désir de tout son corps énervé par la nuit chaude de s'élancer, de son corps vivant qui ce même jour avait failli mourir, et maintenant, dans les convulsions des flammes, elle voyait comme une face splendide et redoutable qui paraissait l'appeler, l'esprit mythique de la nuit de la Saint-Jean, l'esprit succube éblouissant aux cheveux tour à tour nocturnes et pourpres, la Démone! ...

Le tambourin battait. Hernani d'Astiguarza, saisissant la main d'Angélique, la fit courir, l'entraînant de plus en plus vite...

La muraille d'or se dressa.

La poigne du Basque enleva la jeune femme dans les airs, et elle s'élança, sentit l'haleine du brasier, elle traversa sa fluide et incandescente draperie, perçut la fugitive morsure, le tourbillon rutilant qui voulait l'enrober et la captiver, et elle s'en évada, retombant de l'autre côté dans la fraîcheur de la nuit, où un autre Basque l'attendait pour l'entraîner encore plus loin, hors de toutes atteintes.

Deux autres se précipitèrent pour éteindre dans leurs paumes les bords de sa jupe qui roussissaient.

Il y avait une légère odeur de cheveux brûlés. Angélique secoua sa crinière.

— Ce n'est rien! Je suis passée! Dieu béni, merci!

— Vous me rendez malade! s'écria Adhémar en pleurant pour de bon. Qu'est-ce qu'on serait devenus, nous autres, si vous étiez tombée dedans?... L'eau ne vous suffit donc pas pour votre mort, il vous faut encore le feu?...

D'ailleurs, il était absolument ivre.

La musique repartait, un peu cahotante et embrouillée.

Le grand Hernani serrait la taille d'Angélique dans son bras de harponneur et l'entraînait à l'écart.

Ses yeux noirs brillaient comme des escarboucles. Il parlait, en basque, sur un ton pressant.

— Vous êtes, pour moi, une rencontre inoubliable, madame. Vous avez ravi mon âme. Nous terminerons la nuit ensemble, n'est-ce pas?

Angélique se dégagea pour mieux le regarder, et sa stupeur n'était pas causée par les paroles hardies qu'il lui adressait, mais parce que, prononcées en basque, elles auraient dû, en principe, lui demeurer obscures.

— Voilà qui est extraordinaire, s'exclama-t-elle, mais... il me semble que je comprends le basque!... Moi, le basque! Ce charabia hermétique que nul ne peut apprendre s'il n'est pas né sur les bords de la Soule!... Votre armagnac contenait-il quelque philtre magique? monsieur d'Astiguarza...

— Non... Mais... Ne dit-on pas que vous parlez, madame, certains dialectes des Indiens d'Acadie?

— J'ai en effet l'usage de la langue abénakise dans la région du Kennebec.

— C'est là l'explication du mystère. Notre langue et celle de ces Indiens sont parentes. Je suppose que, d'origine asiatique, nos races ont fait le tour de la terre en sens inverse, eux se retrouvant ici et nous à Bayonne. Quand jadis mes aïeux sont venus chasser la baleine jusque dans ces parages, ils n'eurent nulle difficulté à s'entendre avec les sauvages et souvent, sans avoir rien appris, nous avons pu servir d'interprètes entre eux et les missionnaires.

Il eut de nouveau un mouvement pour l'attirer contre lui.

— Alors, si vous avez compris mes audacieuses paroles, madame?... quelle est la réponse?

Elle lui posa deux doigts sur la bouche.

— Chut, messire! La nuit de la Saint-Jean, on dit beaucoup de folies, mais on ne doit pas les commettre. C'est affaire de féerie, non de corps.

Le moment semblait venu pour les dames honnêtes de se retirer.

Angélique, ayant miss Pidgeon accrochée à un bras, remorquant de l'autre Mrs Mac Grégor qui elle-même soutenait une de ses filles, laquelle traînait sa fillette et toute une bande d'enfants, gravit non sans peine la côte vers ce qui leur semblait indistinctement être, là-bas, des demeures.

Leurs faux pas les faisaient rire aux larmes et s'esclaffer à mourir.

Justicier sombre, le révérend Patridge se dressa pour les accueillir. Il commença de tonner :

— Je réprouve, miss Elizabeth Pidgeon, vos agissements présents. Vous, si pieuse...

— Ah! Laissez-la donc, la pauvre créature, trancha Angélique d'une voix qu'elle découvrit, malgré elle, un peu éraillée. Après tout, elle a eu son compte d'horreurs et de souffrances depuis deux semaines! Elle a bien le droit de s'amuser un peu, maintenant que nous sommes hors de danger!

Faisant virevolter miss Pidgeon qui riait comme une petite folle, elle recommençait à danser.

— Je vous emmènerai à Gouldsboro, *darling*, et là vous serez à l'abri.... Mistress Mac Grégor, pouvons-nous reposer sous votre toit?

— Oui, mes toutes belles, chantonna Mrs Mac Grégor, qui était complètement éméchée, ma demeure est la vôtre.

On s'étendit pour dormir sur des matelas de varech, posés à terre dans la salle commune. A peine trouvait-on une position confortable et propice au sommeil que des matelots vinrent frapper aux volets en braillant et réclamant des femmes.

Mais le vieux Mac Grégor bondit sur le seuil, chemise au vent et son mousquet en main, criant qu'il allait trouer comme une passoire quiconque oserait troubler le repos de ses femmes.

Après quoi, tout fut calme. Et déjà c'était l'aube.

Ainsi s'acheva la folle nuit de la Saint-Jean à l'île Monégan, la nuit la plus courte de l'année, la nuit païenne du solstice d'été, où les feux s'allument sur les collines et sur les plages, où la fougère fleurit dans les sous-bois, où le vieux Shapleigh s'en va par les forêts du Nouveau Monde cueillir la verveine sauvage... larmes de Junon... sang de Mercure... joie des simples...

8

Et ce fut le troisième jour du voyage. Lendemain de fête....

Une brume prête à fondre en pluie stagnait sur l'île et traînait des relents de feux éteints et de poissons morts. Seuls les mouettes, les cormorans, les pies de mer avaient repris leurs rondes actives et leurs cris de commères. « Chacun son tour! » semblaient-ils protester avec hargne.

Tandis qu'Angélique descendait vers le port escortée d'Adhémar et du petit Samuel, la fille de Mrs Mac Grégor la rejoignit en courant, avec ses deux fillettes âgées de huit et douze ans, derrière elle.

— Emmenez-les, voulez-vous, fit-elle, essoufflée, emmenez-les à Gouldsboro! Il paraît que là-bas il y a une école. On leur enseignera un bon français comme celui de ma grand-mère et leurs prières. Voilà trois ans que nous n'avons pas eu de pasteur ici... Quant à savoir leurs lettres, les pauvrettes! elles apprendraient plutôt tous les blasphèmes de la terre.

Flanquée de Dorothy et Janeton, Angélique éprouvait quelque confusion à se présenter à l'embarcadère.

— Je vous paierai le passage de ces petites quand nous serons à Gouldsboro, dit-elle à Jack Merwin.

Il détourna la tête avec la mine dégoûtée d'un homme dont on prend décidément le bateau pour un dépotoir.

Bâillant et d'un pas mal assuré, les hôtes de la *White Bird* regagnaient leurs places habituelles.

Au dernier moment, le capitaine Hernani surgit du brouillard, aussi vif que la veille, et posa sur les genoux d'Angélique un présent assez lourd.

— Voici pour vos amis de Gouldsboro, glissa-t-il. Je sais qu'ils sont des Charentes. Ils apprécieront...

C'était un tonnelet de chêne blanc contenant du plus pur armagnac. Un trésor sans prix!

Merwin éloignant d'un coup de gaffe outré son esquif du rivage, Angélique put à peine remercier l'aimable capitaine.

— Venez nous voir à Goulsboro, lui cria-t-elle.

On le vit rester debout, à lui envoyer des baisers, jusqu'à ce que la lueur rouge de son grand béret se fût éteinte derrière les brumes.

Habitués aux lubies du patron anglais, ses passagers s'étaient embarqués dès qu'il en avait donné l'ordre.

On s'apercevait vite, à la réflexion, que c'était folie de prendre la mer par une « crasse » pareille.

Heureusement, personne n'était beaucoup en état de réfléchir. L'absence de sommeil aussi engourdissait les esprits. Angélique, pour sa part, se félicitait de ce départ hâtif. Le soir, on serait à Gouldsboro, et rien ne pouvait altérer son humeur joyeuse, ni le temps maussade, ni la mer assombrie, ni le front encore plus houleux du révérend Patridge qui boudait miss Pidgeon, laquelle le regardait avec une expression de brebis repentante, ni le visage plus que jamais hostile et glacé de Jack Merwin.

Elle trouvait les deux petites Ecossaises adorables avec leurs frimousses rondes émergeant des grands plaids à carreaux rouges et verts dans lesquels elles étaient emmitouflées de la tête aux pieds. Chacune tenait avec soin son petit bagage, un grand mouchoir noué autour de quelques hardes, et la plus jeune serrait contre elle une naïve poupée indienne fabriquée avec des barbes de maïs dont les joues étaient teintes au jus de framboises et les cheveux d'herbe sèche.

Angélique songeait à Honorine et à la grâce de l'enfance qui illumine la vie.

Il n'y eut qu'un incident au cours de cette journée de navigation.

Ils furent arraisonnés par une barque d'Acadiens de la presqu'île, en quête de capture anglaise.

La brume s'épaississant, Merwin avait fait sonner la corne d'avertissement par le mousse. Le gosse, joues gonflées, s'époumonait dans l'énorme coquillage, lorsque le profil d'une grosse chaloupe de pêche se discerna, dérivant vers eux. Il semblait n'y avoir personne à bord. Mais comme elle approchait, un cri épouvantable en jaillit, le cri de guerre des Peaux-Rouges. Tandis qu'ils demeuraient pétrifiés, le canon d'un long pistolet parut par-dessus le rebord de la chaloupe, et la voix d'un homme invisible les héla, en français.

— Par le Saint-Sacrement, êtes-vous anglais?

— Français! Français! s'empressèrent de crier Angélique et Adhémar.

La chaloupe vint à bord du *White Bird*. Des crochets furent lancés qui l'immobilisèrent.

Un jeune visage imberbe et doré, encadré de

longues tresses noires, sous un feutre à plumes d'aigle, surgit brusquement et deux magnifiques yeux noirs inspectèrent vivement les passagers du sloop.

— Ho! Ho! Il me semble que j'aperçois par là beaucoup d'Anglais!

Il se déploya de toute sa taille.

Une croix d'argent et des médailles tintaient sur son buffletin chamoisé et frangé à la façon indienne. A la ceinture, il avait un coutelas et une hachette, mais il tenait en main un pistolet d'arçon à crosse de nacre. Derrière lui, des matelots montraient des faces patibulaires de naufrageurs auxquels se mêlaient trois ou quatre Mic-Macs en bonnets pointus noirs décorés de perles.

Le regard soupçonneux du jeune chef examina Angélique et ses paupières se bridèrent.

— Etes-vous sûre d'être bien française et non anglaise?

— Et vous, riposta-t-elle, êtes-vous sûr d'être bien français et non indien?

— Moi, s'exclama-t-il indigné, mais je suis Hubert d'Arpentigny, du cap Sable. Tout le monde me connaît en Acadie et dans la Baie Française!

— Et moi, jeune homme, je suis la comtesse de Peyrac et je crois que tout le monde connaît en Acadie et dans la Baie Française le seigneur mon époux!

Sans se déconcerter, Hubert d'Arpentigny sauta dans la barque de Jack Merwin.

S'il possédait, du côté maternel, un aïeul grand sagamore des forêts, en revanche, son grand-père paternel, qui avait été écuyer du roi Louis XIII, lui avait enseigné les usages de la cour de France, et il baisa avec élégance la main d'Angélique.

— Madame, je vous reconnais à la réputation qu'on vous a faite : belle et hardie! Loin de moi la pensée de vous causer aucun dommage. Mais il me semble que vous avez là, comme compagnons, une poignée d'Anglais qui feraient bien mon affaire comme otages à revendre.

— Ils m'appartiennent et je dois précisément les conduire à mon mari le comte de Peyrac.

Le jeune d'Arpentigny poussa un profond soupir.

— Et... n'y a-t-il pas quelques provisions, des marchandises sur cette chaloupe? L'hiver a été rude dans notre seigneurie et nous attendons en vain un navire de notre compagnie venant de Bordeaux et qui doit nous ravitailler. S'il a fait naufrage ou si les pirates s'en sont emparés, nous allons nous trouver complètement démunis.

— Ainsi donc vous piratez chez les autres, fit Angélique en cherchant à dissimuler de son mieux, derrière ses jupes, le tonnelet d'armagnac offert par Hernani d'Astiguarza. Je suis désolée, mais vous ne trouverez rien ici. Nous sommes pauvres comme Job.

— Voire!... Holà! patron Yenngli, bouge-toi un peu, que je regarde dans ton coffre!

D'un geste impératif du canon de son pistolet il faisait signe à Merwin de s'écarter. Ses compagnons retenaient leur barque contre le sloop, échangeaient des plaisanteries en langue indienne, lançant des œillades à la jeune Esther, examinant furtivement Angélique et se moquant à pleine gorge du pasteur hérétique.

Angélique se demandait comment tout cela allait finir lorsqu'elle vit le jeune d'Arpentigny regagner d'un bond sa propre embarcation puis lui adresser de grands coups de chapeau respectueux, le tout accompagné de sourires jusqu'aux oreilles.

— Allez, voguez! Madame, vous êtes libre avec vos otages. Que Dieu vous garde!

— Merci mille fois, monsieur. Venez donc à Gouldsboro si vous vous trouvez en peine avant la récolte.

— Je n'y manquerai pas. M. de Peyrac a toujours été généreux pour nous. Et vous, vous êtes aussi belle qu'on le raconte dans la Baie Française. Je n'ai pas perdu ma journée...

— Quel jeune fou! dit Angélique, haussant les épaules.

Ils se retrouvèrent seuls à ballotter dans la brume.

En grommelant, Jack Merwin hissa de nouveau les voiles et chercha à se repérer. Le colporteur s'épongeait le front. Si les Acadiens lui avaient raflé sa pauvre pacotille, il aurait été ruiné.

— Milady, je vous remercie. Sans vous...

— Ne me remerciez pas. Je n'y suis pour rien.

Elle avait en effet l'impression que la subite volte-face du jeune seigneur pillard n'était pas due à sa seule présence. Etait-ce la découverte qu'il avait faite sous le faux pont de Mister Willoagby? Non, certainement pas. Un Hubert d'Arpentigny ne devait guère se laisser impressionner par un ours, apprivoisé ou non!

Elle se surprit à regarder autour d'elle et même en l'air. Ces Français d'Acadie, qui vivent autant sur l'eau que dans les forêts, avaient-ils discerné les signes avant-coureurs d'une tempête, invisibles à d'autres yeux et leur enjoignant de fuir au plus vite?

Déjà, elle croyait voir que la mer devenait plus houleuse. Apparemment, Jack Merwin ralentissait sa course. Sans doute hésitait-il à faire corner de nouveau pour ne pas attirer d'autres écumeurs de ces pauvres rivages. Aussi se mettait-il en travers du vent, louvoyant à travers les brumes, et devant porter toute son attention à prévoir les obstacles.

Angélique le fixait avec anxiété.

— Serons-nous à Gouldsboro ce soir? lui demanda-t-elle.

Il fit mine de ne pas entendre.

Heureusement, le brouillard blanchissait. Il prit la transparence d'une porcelaine, parut s'effilocher en écharpes de gaze et tout à coup l'horizon se découvrit comme un émail brillant, aux couleurs étincelantes. Le soleil était encore haut dans le ciel, la mer demeurait creusée de vagues profondes, bleu-noir, crêtées de blanc, mais la ligne de la côte apparut visible déjà, et il y avait dans son profil verdoyant quelque chose qui rappelait irrésistiblement les paysages de Gouldsboro.

Le cœur d'Angélique bondit.

Elle ne pouvait plus penser qu'à ce revoir proche et regardait, tendue vers le lointain, distraite aux paroles satisfaites de ses compagnons, qui prévoyaient eux aussi la fin du voyage.

« Joffrey, mon cher amour! »

Un temps interminable s'était écoulé depuis qu'un courant inattendu les avait séparés l'un et l'autre.

Au delà des événements difficiles qui depuis lors avaient surgi sur sa route, elle craignait un obstacle d'ordre immatériel, quelque chose qu'on ne peut combattre, comme le mauvais sort. Elle ne serait pleinement rassurée que lorsqu'elle serait près de lui, qu'elle pourrait le toucher, entendre sa voix. Alors, tout s'effacerait. Elle connaissait si bien ce regard qu'il avait pour elle, dans lequel elle lisait qu'elle était belle, et, pour lui, la seule, l'unique, ce regard qui l'enfermait dans le cercle enchanté de son amour. Il possédait au plus haut point ce don d'isolement et de séparation qui est l'apanage des hommes lorsque la joie de l'amour les envahit. Ce côté catégorique du caractère masculin avait parfois choqué Angélique, car femme elle était, et mêlait tout, sentiments, passion, inquiétudes et désirs, comme en ces grands fonds marins qui tourbillonnent à l'entrée des fleuves.

Telle est la nature féminine, toujours encombrée de trop de sensations en l'instant présent, et elle ne le suivait pas toujours, mais il lui fallait le suivre et il avait l'art de l'y contraindre, car alors il semblait qu'il n'eût plus rien d'autre à faire que de l'aimer et de le lui prouver. Il savait si bien la persuader que doutes, craintes, dangers s'arrêtaient au seuil d'une chambre d'amour, si bien l'entraîner dans un monde où ils étaient seuls, le cœur, le corps emplis de joie et d'émerveillement.

Aussi savait-elle qu'elle ne lui parlerait pas tout d'abord de Colin. Non! Plus tard... *Après*... Quand elle aurait repris des forces sur son cœur, quand ils se seraient retrouvés dans l'ivresse de l'abandon, quand elle se serait délassée dans la liberté de son corps livré sans réticences à la douceur de ses caresses, quand elle aurait savouré la griserie d'être nue et faible dans la tiédeur de ses bras.

Le regard d'Angélique croisa celui de Jack Merwin posé sur elle.

Depuis combien de temps l'observait-il ainsi?... Qu'avait-il pu lire de ses pensées sur le visage rêveur d'Angélique?...

Presque aussitôt, il détourna la tête. Elle le vit cracher vers la mer un long jet de tabac. Toujours calme et méticuleux, il sortit sa chique de sa bouche, la plaça dans son bonnet de laine, selon la coutume des marins, et se recoiffa. Il mit dans ces gestes familiers et ordinaires quelque chose de définitif qu'elle ne devait comprendre que plus tard. Puis il parut flairer le vent.

Comme se décidant, il tendit son mollet noueux dont le gros orteil avait la préhension d'une pince de crabe et maniait le câble de la grand-voile à cornes avec plus de vigueur qu'une poigne, et se débrouillant seul avec son gouvernail et les autres balancines, il fit exécuter à sa lourde embarcation un demi-tour presque complet, la couchant au ras des vagues et prenant le vent juste en travers, suffisamment pour être poussé et entraîné, mais évitant le demi-pouce d'écart qui l'aurait placé vent debout.

Angélique poussa un cri.

Ce n'était pas ce tour d'adresse qui, exécuté par un homme moins habile, eût pu les déverser tous à l'eau, qui le lui avait arraché.

Mais elle venait de découvrir que la côte était toute proche. On voyait défiler les arbres et l'on entendait le grondement du ressac au pied des falaises.

En revanche, les deux collines roses surnommées les Bulbes du mont Désert, derrières lesquelles se trouvait Gouldsboro, s'éloignaient et commençaient de disparaître à l'est.

— Mais vous n'allez pas dans la bonne direction, s'écria Angélique. Gouldsboro, c'est par là-bas. Vous lui tournez le dos.

Sans répondre, l'Anglais continua sa course, et très vite les Bulbes devinrent invisibles.

La *White Bird* tournait en direction du nord-ouest et pénétrait dans une vaste baie couverte d'îles. La jeune Esther, qui était déjà venue une fois chez son oncle, à l'île Matinicus, reconnut la baie de l'embouchure du Pénobscot.

Angélique regarda vers le soleil pour juger de

l'heure. L'astre était encore haut dans le ciel. Avec un peu de chance, si Jack Merwin ne les faisait pas trop longtemps rôdailler par là, on pourrait encore, aidés par les longues soirées de juin, être avant la nuit au port.

— Où nous conduisez-vous encore? l'interrogea-t-elle.

Autant s'adresser à une bûche.

La remontée de l'estuaire dura près d'une heure. Quand le bateau s'engagea sur la gauche dans le cours étroit d'une petite rivière ombreuse, Angélique ne put s'empêcher d'échanger avec Elie Kempton un même coup d'œil exaspéré. Tous deux éprouvaient l'envie meurtrière de se ruer sur le patron, Jack Merwin, de le maîtriser une bonne fois et de lui prendre la barre.

A l'abri des arbres, le vent tombait. Ce n'était plus qu'un souffle léger et tiède, poussant mollement la barque à contre-courant de la rivière. L'Anglais laissa s'abattre la voile et prit les rames. Peu après, il guida l'embarcation vers une grève ombragées de saules et d'aulnes. Au delà, pins, chênes, érables et hêtres se dressaient en un somptueux désordre d'où montait l'odeur chaude des sous-bois de l'été. L'haleine de la mer ne parvenait plus jusqu'ici. Des abeilles sauvages bourdonnaient.

Le marinier sauta dans l'eau jusqu'à mi-cuisses, hala sa barque vers la berge, où il l'ancra.

— Vous pouvez descendre, fit-il d'une voix unie. Nous sommes arrivés.

— Mais nous devons être à Gouldsboro ce soir, cria Angélique hors d'elle. Oh! ce damné Anglais m'exaspère! Il me rend folle... Il me... Vous êtes un...

Elle cherchait une expression adéquate pour traduire les sentiments que lui inspirait un aussi obtus personnage et n'en trouvait pas... surtout en anglais.

— Vous n'êtes pas raisonnable, Jack Merwin, reprit-elle en s'efforçant au calme. Vous ne devez pas ignorer qu'il y a dans ces parages un terrible Français moissonneur de chevelures d'Anglais, le baron de Saint-Castine, et, s'il nous tombe dessus avec ses Etchemins, je ne suis pas certaine de pouvoir me faire reconnaître de lui et d'eux avant que nous soyons tous passés de vie à trépas.

— Vous entendez ce qu'elle vous dit? renchérit le colporteur, *damned fool*. Ici, ça pue le Français et l'Indien à plein nez. Nous sommes sans armes. Vous voulez donc nous faire massacrer?

— Débarquez donc, répéta Merwin avec la plus complète indifférence.

L'ours, mister Willoagby, l'avait suivi de bon cœur. A lui, cela plaisait fort, ces odeurs de la terre. Il devait y avoir du miel sauvage dans les environs. Il se dressa sur les pattes de derrière et se mit à se faire les griffes contre le tronc d'un pin en grognant de plaisir.

En soupirant, les autres passagers obtempérèrent. L'endroit ne leur disait rien qui vaille. Ils se sentaient oppressés.

Intrigués, ils observèrent le manège de Merwin. Celui-ci, après avoir paru chercher des repères alentour, s'était agenouillé au pied d'un arbre et commençait à écarter des mains une épaisse couche de terreau entre les racines.

— Que fait-il?

— Est-ce qu'il aurait enterré son trésor ici?...

— C'est bien possible. Beaucoup de pirates viennent sur ces côtes cacher leur butin.

— Hé! Merwin! damné gredin, s'exclama le colporteur, c'est en doublons espagnols, en moïdores du Portugal ou en pesos d'argent qu'elle est composée, votre fortune?

Sans répondre, le marinier continuait ses fouilles. Après la couche de feuilles pourries, il découvrit un réseau de branchages qu'il ôta, puis des mousses et des cailloux. Enfin, du fond du trou, il retira un paquet assez volumineux enveloppé de peaux passées et de toile cirée. Un autre paquet, plus petit, suivit, et l'Anglais se redressa, satisfait.

— *Well!* Attendez-moi là, dit-il, je n'en aurai pas pour longtemps; profitez donc de mon absence pour manger un peu. Il y a encore du fromage dans le coffre, du pain et un flacon de vin que m'a donné Mrs Mac Grégor.

Son contentement d'avoir trouvé les paquets dans leur cache était tel qu'il en devenait presque aimable.

Il répéta :

— *Wait just a minute!*

Et il s'enfonça dans les taillis de saules. Angélique commença à discuter avec ses compagnons puis, s'exhortant à la patience, revint vers la barque pour y prendre les provisions. Autant se restaurer. L'endroit paraissait à l'écart, et fort désert. Si leur halte ne se prolongeait pas outre mesure, ils avaient quelques chances de pouvoir s'éloigner avant d'avoir alerté l'instinct toujours aux aguets des sauvages de la région.

Cela ne servait à rien de s'énerver. Il fallait en passer par les caprices du patron de la barque et par les à-coups de son humeur. Compte tenu du caractère impossible de ce nautonier « Yenngli », des dangers de la guerre, et si l'on considérait que, trois jours plus tôt, ils se trouvaient tous sur la baie de Maquoit aux mains de Barbe d'Or, il fallait reconnaître que ce voyage avait été particulièrement rapide et s'était passé au mieux.

Elle revint vers ses compagnons et, aidée de Sammy, commença à disposer sur une grande pierre plate les parts de chacun. Ils se mirent à manger en silence. Vers la fin du repas, comme Angélique relevait la tête pour demander qu'on lui passât le vin, elle découvrit tous les Anglais, livides, la bouche entrouverte d'horreur, les yeux agrandis et fixant elle ne savait quoi derrière elle. Il lui fallut faire un effort énorme pour se retourner, et regarder en face le nouveau danger.

Entre les saules, dont le vent faisait frémir les longues feuilles d'or vert pâle, un jésuite en robe noire venait d'apparaître.

9

Le premier mouvement d'Angélique fut de se dresser et de se placer entre les Anglais terrifiés et l'arrivant. Son second réflexe fut de chercher des yeux, au crucifix du prêtre, la goutte de rubis qui marquait celui du père d'Orgeval. Elle ne la découvrit point. Celui-ci non plus n'était pas le père d'Orgeval.

Le religieux en robe noire, qui, à quelques pas, se tenait immobile dans la pénombre, était très grand et mince, glabre, et ses cheveux sombres tombaient sur ses épaules. Le haut col noir à revers qu'éclairait un rabat de linge blanc enserrait un long cou musclé, supportant une tête aux traits nobles et distingués. Un de ses bras pendait à ses côtés dans une attitude figée, mais son autre main était appuyée sur sa poitrine, tenant à deux doigts, comme s'il eût voulu le présenter, la pointe de son crucifix, retenu au cou par un lien de soie noire.

Deux yeux sombres et impavides fixaient le groupe pétrifié et paraissaient vouloir les clouer tous au sol ainsi que des bêtes fascinées.

Enfin, il bougea et quitta l'ombre des arbres, s'avança en plein soleil, dans la clarté de la petite grève. Alors elle remarqua qu'au rebord de la soutane fripée et froissée les pieds et les chevilles du jésuite étaient nus. Et ces pieds lui parurent familiers.

— *Hello! my fellow, how do you do?* fit la voix de Jack Merwin. *Don't you recognize me?*

Transformés en statues de sel, Angélique et les Anglais ne soufflèrent mot à cette interpellation qui — maléfice ou hallucination — leur avait paru sortir de la bouche même du jésuite.

Celui-ci continua d'avancer vers eux et ils se reculaient au fur et à mesure jusqu'à être acculés à la rivière.

Devant leur terreur, il s'arrêta de nouveau.

— Et voilà, fit-il en anglais avec un petit sourire, voilà le trésor que je viens de retirer de ma cache tout à l'heure : ce n'est que ma pauvre soutane de prêtre, abandonnée ici à mon départ, et que je viens enfin de pouvoir revêtir après huit mois d'absence.

Et, tourné vers Angélique, en français :

— Etes-vous donc tellement surprise de ma métamorphose, madame? Je croyais pourtant vous avoir inspiré des soupçons.

— Merwin, murmura-t-elle, vous êtes Jack Merwin?

— Lui-même. Et je suis aussi le père Louis-Paul

Maraîcher de Vernon, de la Compagnie de Jésus. Et c'est ainsi qu'à l'occasion un damné Anglais peut se changer en maudit Français et même en le plus affreux des papistes.

Une nuance d'humour éclairait son visage transformé.

Il expliqua.

— A l'automne dernier, j'ai été chargé par mon supérieur d'une mission secrète en Nouvelle-Angleterre. Ce déguisement de marinier n'est qu'un des multiples aspects que j'ai dû revêtir là-bas pour mener à bien ma mission sans risquer d'être reconnu. Grâce à Dieu, me voici revenu sain et sauf en terre d'Acadie française.

Il s'exprimait dans un français châtié, mais où subsistait une pointe d'accent, d'anglais par la force de l'habitude, ayant dû sans cesse pratiquer cette seule langue depuis de longs mois.

— Mais... êtes-vous français aussi? balbutia Angélique qui n'en revenait pas.

— Certes, je le suis. Ma famille est originaire du pays d'Auge. Mais j'ai parlé l'anglais depuis l'enfance, ayant été page auprès de la famille royale d'Angleterre durant son exil en France. Plus tard, j'allais à Londres afin de maîtriser la langue.

Malgré ces explications courtoises, Angélique ne parvenait toujours pas à réaliser qu'elle avait devant elle Jack Merwin, la patron de leur barque.

Ainsi, il lui fallait admettre que, pendant trois jours, elle avait voyagé, sous le gouvernement d'un nommé Jack Merwin, sans se douter un seul instant qu'elle avait en sa compagnie non pas celle d'un matelot anglais de basse extraction, comme elle le croyait, mais, au contraire, celle d'un jésuite français de noble naissance, par surcroît, intime collaborateur du père d'Orgeval, sans doute.

Si loin de s'attendre à une telle métamorphose, elle demeurait interdite et, devant sa bouche entrouverte et ses yeux qui hésitaient à comprendre, il ne put s'empêcher d'éclater de rire.

— Remettez-vous, madame, je vous en prie! Certaines de vos réflexions m'avaient donné de l'inquiétude! Je vois que je n'avais rien à craindre. Vous ne soupçonniez pas ma véritable identité.

C'était la première fois qu'ils voyaient rire Jack Merwin. Paradoxalement, ce fut à cela qu'ils le reconnurent vraiment. En effet, c'était bien le patron de la barque qui les avait conduits qui se trouvait là, sous la robe noire tant honnie, tant crainte, le même qui tout à l'heure mâchait nonchalamment sa chique de tabac, et domptait, de son pied musclé, la voile gonflée de vent, et rôdait d'île en île, curieux, taciturne et solitaire...

Dans un éclair, Angélique entrevoyait la personnalité profonde de Jack Merwin qui l'avait tant intriguée.

Mais, bien sûr!... Bien sûr que c'était un jésuite! Comment avait-elle pu ne pas s'en apercevoir aussitôt? Elle, qui avait été élevée dans des couvents catholiques, si parfaitement régentés par les membres du plus haut et puissant ordre religieux de ce temps — toutes les semaines, les élèves devaient se confesser à un des révérends pères et ne rien lui cacher des ombres de sa conscience — comment avait-elle pu se laisser berner ainsi?...

Comment, à mille signes, n'en avait-elle pas eu, au moins, le soupçon?...

Ainsi, lorsqu'il était assis l'autre nuit sur les rochers de Long Island, si « absent » qu'elle s'en était effrayée, *il priait* comme seuls savent prier les fils du grand Ignace, et ce qui l'habitait alors et ce qu'elle avait qualifié d'absence, de léthargie, c'était l'extase, l'extase mystique!

Et lorsqu'il leur avait distribué à manger à Monégan, comment n'avait-elle pas reconnu dans ses façons la diligente dextérité des religieux qui, quel que soit leur rang ou leur ordre, sont accoutumés depuis le noviciat à servir la soupe des pauvres.

Et, aujourd'hui même, la brusque volte-face du jeune seigneur acadien Hubert d'Arpentigny n'était-elle pas due au fait qu'il venait de découvrir, sous le déguisement d'un matelot anglais, le missionnaire qui lui avait peut-être fait faire sa première communion naguère. Celui-ci avait dû lui faire signe subrepticement de se taire.

L'ours, Mister Willoagby, s'approcha du jésuite, le flaira. Reconnaissant l'odeur familière du patron du sloop *White Bird*, il se frotta à sa soutane, et la main du père jésuite caressa la grosse tête velue.

— *In fact we've already made acquaintance* (1), mister Willoagby, murmura-t-il.

Car cela faisait de longs jours, depuis la Nouvelle-York, qu'ils partageaient ensemble le même asile de planches battues d'eau de mer, sur les flots dangereux. L'adhésion de mister Willoagby acheva de convaincre les plus incrédules.

Ils s'effondrèrent, bouleversés, comprenant que leur sort s'était joué et qu'ils avaient perdu. Angélique ne put prononcer un seul mot. Jamais elle ne s'était sentie aussi mortifiée; et, envisageant les conséquences qu'une telle mystification allait entraîner pour elle et ses compagnons, elle ne trouvait même pas le courage de se moquer d'elle-même qui s'était laissé si complètement berner; elle songeait : « Est-ce le hasard qui a amené la

(1) En fait, nous avons fait depuis longtemps connaissance.

barque du pseudo Jack Merwin aux abords du navire de Colin ou bien, là encore, suis-je tombée dans un piège tendu? »

Elle baissa la tête, se sentant vaincue, et un pli d'amertume marqua le coin de ses lèvres.

Le jésuite s'était tourné vers les Anglais.

— Ne craignez rien, leur dit-il en anglais. Ici, vous êtes sous ma protection.

Il s'approcha des bords de l'eau, levant les yeux vers les arbres, et, mettant ses mains en cornet, il poussa un cri indien, qu'il répéta à plusieurs reprises comme un signal.

Les feuillages bougèrent, et peu après une nuée de sauvages bruyants apparurent, les uns traversant la rivière à gué, les autres descendant la colline. Ils se jetèrent à genoux devant le père, lui demandant sa bénédiction et lui faisant mille amitiés. Et, naturellement, le grand Sagamore Piksarett apparut, tout glorieux.

— Tu croyais m'avoir échappé, dit-il à Angélique. Mais j'ai toujours su où tu étais et je me suis occupé de toi et la Robe Noire t'a ramenée. Tu es ma captive.

Des sauvages tâtaient en riant les rares cheveux d'Elie Kempton, plus mort que vif. L'ours apprivoisé grogna dangereusement.

Découvrant la bête, les Indiens se reculèrent, les uns pointant leur lance, les autres saisissant leur arc.

D'un mot, le jésuite calma cette effervescence. Le voyant poser sa main sur la tête de l'ours, les Indiens le regardaient avec révérence, mais rien ne les étonnait d'une Robe Noire.

— Le fort de Pentagoët que commande le baron de Saint-Castine n'est pas loin, dit le père Maraîcher à Angélique. Voulez-vous, madame, avoir la bonté de me suivre. Nous allons nous y rendre.

— Ah! ben, s'exclama soudain la voix d'Adhémar tandis qu'ils commençaient de gravir la côte, c'est-y, mon père, que vous seriez un frangin de Jack Merwin? Vous lui ressemblez diablement. Oùsqu'il est passé, le gars? Serait temps qu'on remette à la voile! Et qu'on s'en aille, parce que ici, avec tous ces sauvages! moi...

10

— Voyez, voyez donc, dit le baron de Saint-Castine en désignant d'un geste emphatique son mur paré de chevelures anglaises, voyez, mon père, ne suis-je pas un bon officier au service de Dieu et de Sa Majesté? J'ai fait campagne avec mes Etchemins et Mic-Macs, contre l'Anglais hérétique, plus qu'il n'en faut pour gagner mon ciel. Pourrait-on me reprocher de la tiédeur dans mes sentiments religieux, moi qui ai suscité la conversion du grand chef Mateconando et de ses enfants et qui suis même leur parrain à tous car il n'y avait personne d'autre pour assumer ce rôle chrétien lors de leur baptême sur cette côte déshéritée.

» Or, voici que le père d'Orgeval, votre supérieur, m'écrit, me reprochant avec acrimonie ce qu'il appelle ma dérobade et même ma trahison en ce qui concerne la nouvelle guerre sainte dans laquelle il vient d'entraîner les Abénakis. Tout d'abord, je vous dirai que cette campagne me semble s'être déclenchée de façon trop précoce et inattendue. Les Indiens sont encore tout occupés des affaires de la traite et aussi de leurs semailles, ce qui pour eux est vital.

— Une croisade peut devenir soudain urgente, répondit le père de Vernon, si elle est menée avec l'aide de tous les cœurs valeureux. C'est peut-être votre... dérobade qui en amènera le prolongement et ne laissera pas aux Indiens le temps de troquer et de semer avant les frimas.

— En tout cas, les miens seront ainsi épargnés, dit Saint-Castine, sombre.

— N'estimez-vous donc pas que c'était leur DEVOIR de se battre pour le Dieu au nom duquel ils ont été baptisés.

C'était le lendemain de leur arrivée à Pentagoët.

Ils se tenaient trois dans la salle du poste de Pentagoët, où s'achevait le repas de midi qui les avait réunis.

Angélique était assise à un bout de la grosse table de bois. Le père Maraîcher de Vernon au milieu. Saint-Castine allait et venait avec agitation en secouant toutes les plumes de sa coiffure à l'indienne.

Une brume épaisse, qui s'était levée dès l'aube de ce jour, les enfermait dans un monde gris et opaque, que transperçaient, comme l'appel d'âmes errantes, les cris déchirants des mouettes invisibles.

Le poste français était modeste.

Saint-Castine avait mis à la disposition d'Angélique une petite pièce qui devait être sa propre chambre, mais elle avait passé une partie de la nuit dans le hangar où on avait parqué les Anglais et essayé de les réconforter. Ils étaient accablés.

Maintenant qu'ils étaient retombés aux mains des Français, ils seraient sans nul doute emmenés à Québec et vendus aux terribles papistes du Canada. A moins que le baron de Saint-Castine ne négociât leur rachat avec Boston. Le révérend Patridge pouvait être assuré que ses confrères, pour la plupart notables et magistrats, ne l'abandonneraient pas, quitte à lever une taxe pour rassembler la somme nécessaire, mais miss Pidgeon, qui n'avait aucune famille, serait vouée à une longue vie de captivité et le plus pénible étant d'avoir à résister, chaque jour, aux sollicitations d'une abjuration et d'un baptême catholique.

Comme ils étaient tous las, ils avaient fini par se reposer, après avoir absorbé un peu de maïs et de poisson. Angélique resta longtemps à réfléchir sur les moyens de faire parvenir un message à son mari.

Tout finissait par s'embrouiller dans sa tête. Par quel hasard malheureux Colin avait-il arraisonné, juste ce matin-là, la barque ramenant vers l'Acadie le jésuite déguisé, au terme de sa mission d'espionnage. Et Colin savait-il QUI était ce patron anglais qui chiquait et crachait si bien dans la mer?... Etait-ce pour cela qu'il lui avait murmuré : « Prends garde, on te veut du mal! »

L'ombre agile de Piksarett semblait planer avec ubiquité sur toutes ces périgrinations. Il était à Maquoit la veille du jour où le vaisseau de Barbe d'Or avait jeté l'ancre; elle avait cru l'apercevoir à l'île Mackworth et voici aussi qu'il l'attendait sur les rives du Pénobscot.

Décidée à s'entretenir avec le gentilhomme gascon, Saint-Castine, elle n'eut pas à le faire demander, car, le lendemain, il vint lui-même la convier à partager le repas qu'il prenait avec le jésuite.

Celui-ci, depuis son arrivée la veille, avait eu fort à faire. Avertis par les tambours, les Indiens accouraient de toutes parts pour le rencontrer. Etre baptisé par la Robe Noire leur paraissait plus bénéfique que par les modestes et braves moines Récollets.

On avait célébré la grand-messe, dont les prisonniers avaient entendu les lointains cantiques. Durant ce repas, le baron de Saint-Castine adressa des clins d'œil encourageants à Angélique. « Tout s'arrangera, ne craignez rien », voulait-il lui signifier. Malgré tout, il mettait un frein à sa faconde devant le jésuite qui, après avoir dit le bénédicité, avait mangé frugalement et sans hâte, les yeux baissés. Puis le débat s'était engagé. Castine se défendait d'avoir jamais refusé son aide aux révérends pères dans leur lourde et aride tâche de conversion des Indiens et d'évangélisation catholique de l'Amérique du Nord. Il en désignait pour preuve sa monstrueuse panoplie de chevelures rousses, brunes et blondes qui, accrochées à des pitons de bois, garnissaient d'un pelage fade et repoussant tout un mur de la salle. Elles avaient séché sur des petits cercles d'osier, cousues à ce support par des fils de boyaux, comme l'on fait pour les peaux des castors. Elles avaient séché à la porte de toutes les cabanes des guerriers Etchemins, Tarratines et Mic-Macs, puis, une fois apprêtées, elles avaient été portées au fort de Pentagoët, où l'officier français remerciait les Indiens au nom du roi de France et leur remettait un petit cadeau.

— Combien parmi elles n'ai-je pas enlevées moi-même des têtes des hérétiques, disait Saint-Castine, avec la mine chagrine d'un homme dévoué et méconnu, ma moisson était toujours le double de celle de mes guerriers.

» Et puis enfin, mon Père, cette année-ci, nous étions en paix! Il avait été fermement entendu ici même, lorsque vous vous êtes réunis avant votre départ pour la Nouvelle-Angleterre avec les pères d'Orgeval et Jean Rousse, que rien ne devait être entrepris contre les hérétiques tant que vous ne seriez pas revenu, puisque vous deviez nous rapporter des prétextes de rompre les traités. Or, voici que le père d'Orgeval a déterré la hache de guerre, comme nous disons, nous autres Indiens, plus de dix jours avant votre venue!...

— Sans doute a-t-il trouvé meilleure raison pour le faire que celle que j'aurais pu lui fournir, rétorqua le père de Vernon sans marquer d'émotion. Il est guidé par Dieu et je l'ai rarement vu s'engager dans une action sans en avoir pesé toutes les conséquences.

— La raison qui l'a entraîné à engager la guerre sans vous attendre, je crois pouvoir vous la fournir, interrompit Angélique.

Le père de Vernon, qui, durant la conversation, ne s'adressait qu'à Saint-Castine ou demeurait songeur, les yeux baissés, devant les reliefs de son frugal repas, tourna lentement vers elle son regard morne et énigmatique de Jack Merwin.

— Oui, réaffirma Angélique, je suis certaine que le père d'Orgeval a vu l'occasion de me faire capturer par les Canadiens lorsque je me suis rendue seule à l'établissement anglais de Brunschwick-Falls, à l'ouest du Kennebec, et il a déclenché aussitôt la guerre, car il savait que, quelques jours plus tard, je serais en sûreté à Gouldsboro et que la possibilité d'une telle action ne pouvait plus être envisagée.

A son étonnement, le jésuite hocha la tête en signe d'approbation.

— En effet, c'est ainsi que les choses ont dû se passer. Qu'alliez-vous donc faire dans cet établissement anglais, madame?

Angélique lui lança un regard de défi.

— J'allais ramener dans sa famille une petite

captive que nous avions rachetée à des Abénakis.

— Ainsi, vous, une femme française et catholique, vous trouviez juste et équitable de ramener dans son nid d'obscurantisme de l'hérésie une enfant innocente, alors que le sort, la Providence devrais-je dire, avait peut-être décidé de lui donner sa chance de découvrir la vraie lumière du Christ en Canada?

Angélique ne répondit rien. Elle ne s'habituait pas à entendre Jack Merwin lui tenir ce langage. Elle jeta cependant en boutade, avec un demi-sourire :

— Son nid, oui!... Les enfants sont commes les oiseaux. Si obscur que soit leur nid, c'est là qu'ils se trouvent bien.

— Donc, vous vous êtes opposée aux desseins de Dieu sur elle, trancha-t-il avec sévérité. Et... comment se fait-il qu'à la suite de cette... embuscade vous n'ayez pas été emmenée à Québec?

— Je me suis battue, fit-elle, farouche. J'ai défendu ma vie et ma liberté.

Et, se souvenant de son regard méprisant dans le clair de lune de la plage de Long Island, elle insista : Ma liberté!

— Vous avez tiré sur les soldats du Christ? fit-il.

— J'ai simplement tiré sur des sauvages qui voulaient me scalper.

— Mais encore...

— Et j'ai eu la chance de pouvoir m'accommoder avec le sagamore Piksarett, votre grand Baptisé.

Le jésuite fronça les sourcils. C'était là, sans doute, ce qui lui paraissait le plus invraisemblable dans cette histoire.

— Et pourquoi donc, à votre appréciation, madame, le père d'Orgeval voudrait-il s'assurer de votre personne pour l'emmener au Canada?

— Vous le savez aussi bien que moi...

— Je vous en demande pardon, madame. J'ai quitté ces lieux depuis plusieurs mois, au cours desquels il m'a été fort difficile de correspondre avec mon supérieur. Je me trouvais en danger parmi ces Anglais qui, s'ils avaient découvert mon état d'espion pour le Christ et le roi de France et mon rôle, n'auraient pas manqué de me faire un mauvais sort. A mon départ, vous veniez à peine d'aborder à Gouldsboro...

— Mais nous faisions déjà à vos yeux figure de gêneurs, sinon d'ennemis, s'installant à Gouldsboro avec des moyens dont peu de colons disposent. Quelle occasion de discréditer mon mari et de le désigner à l'exécration fanatique des peuples de la Nouvelle-France, qu'en découvrant en sa femme l'incarnation de la Démone, fit Angélique avec amertume.

» De cela, vous êtes au courant, j'en suis certaine... La religieuse visionnaire ne donnait-elle pas la description d'un établissement des rivages, qui aurait pu être n'importe lequel, mais où les esprits malintentionnés ont tenu à voir expressément Gouldsboro?... N'annonçait-elle pas les chevaux que nous avons débarqués, par le symbole de la licorne, animal mythique que chevauchait la Démone dans son apparition?... Et lorsque je me suis rendue, en cavalière, dans l'arrière-pays, le rapprochement s'imposait de lui-même, et tous les Canadiens sont tombés à genoux... de terreur. Pourtant, ce ne sont que les jeux du hasard...

— Oui, dit pensivement le père jésuite, lorsque les choses diaboliques se mettent en route, on remarque souvent que le hasard semble accorder son aide à ceux par lesquels le Mal arrive. Et le temps n'existe plus.

— Mais qui veut le Mal dans cette affaire? s'écria Angélique, et pourquoi faut-il que ce soit moi absolument votre Démone? Après tout, il y a d'autres femmes en Acadie sur lesquelles vous auriez pu jeter votre dévolu.. N'est-ce pas vous, Saint-Castine, qui me parliez de cette personne au fin fond de la Baie Française qui mène une vie débauchée et qu'on a surnommé Marcelline-la-Belle?

Le baron éclata de rire.

— Oh! non, pas elle. Oh! non, ce serait trop drôle. Elle est tout juste bonne à faire des enfants avec tous les capitaines de passage et à ouvrir les clams plus vite que toutes les autres femmes de la Baie. On dit qu'elle trouve le moyen de mettre son couteau à la fente et de séparer chaque moitié avant que la coquille précédente, vidée et jetée, n'ait atteint le sol... une jongleuse, ça, oui.

— Pourquoi n'y aurait-il pas en cette habileté quelque chose de magique? interrogea Angélique en riant. Répondez, mon père!

Mais Jack Merwin demeura de glace et ne se laissa pas entraîner sur les chemins de la légèreté à propos de sujets aussi graves. Il parut réfléchir à la suggestion faite, puis secoua la tête.

— Marcelline Raymondeau?... Non, elle est d'intelligence trop courte.

— Car une Démone doit être intelligente?

— Certes! Réfléchissez. Quelle plus grande intelligence après celle de Dieu que celle de Lucifer, le maître des démons?

» Il est une chose reconnue car souventes fois observée que les démons succubes, c'est-à-dire féminins, s'incarnant dans un corps de femme, ont grande difficulté à voiler leur brillante intelligence durant leur séjour sur cette terre. Et c'est même à la prédominance de cette qualité — si peu courante chez les femmes mortelles — qu'on peut parfois les démasquer.

» N'oublions pas que les plus importants parmi les esprits infernaux, Béhémot, la Bête; Mammon, la Cupidité; Abadon, l'Exterminateur, sont des esprits succubes.

— J'y suis, s'écria Saint-Castine d'un air inspiré. Sans aucun doute, il s'agit de la demoiselle Radegonde de Ferjac, la gouvernante des enfants de M. de La Roche-Posay, à Port-Royal, en la presqu'île. Elle est méchante comme une belette, aussi avare que votre Mammon, et laide comme les sept péchés capitaux.

Mais, là encore, le jésuite secoua la tête négativement.

— Vous vous égarez, mon cher. La chose ne peut être possible puisqu'il s'agit d'une personne disgraciée de la nature. Peut-être la féminité des esprits succubes ne se manifeste-t-elle guère autrement, mais il est un fait que l'on n'en a jamais vu s'incarner dans le corps d'un laideron.

— Et les sorcières alors?

— Il s'agit de plus que cela. Les sorcières ne sont que des êtres humains ayant commerce avec le démon. Tandis que l'esprit infernal qui entre dans un corps de femme ou s'incarne en lui à la naissance est bien réellement un démon, un des anges déchus qui suivirent Lucifer dans sa chute aux Enfers, aux premières heures du Monde.

— Mais vous ne pouvez penser cela de moi, c'est impossible, s'écria Angélique en se tordant les mains. Je n'ai rien fait, rien commis qui puisse accréditer une si horrible réputation.

— Pourtant, la prédiction est formelle. Une femme très belle et séductrice...

— Suis-je donc si belle?

Son désarroi ôtait à la question toute coquetterie provocante. Le jeune Saint-Castine lui dédia un grand sourire admiratif.

— Oui, madame, vous l'êtes. Mais, moi, je ne vous accuserai pas pour autant...

— Et séductrice?... insista Angélique en se tournant vers le jésuite. Allons, mon père, vous en la société de qui j'ai vécu pendant plus de trois jours...

Il abaissa sur elle son regard de mercure, parfois sombre, parfois étincelant, parfois atone, où l'on ne pouvait rien lire, et se caressa le menton d'un air songeur.

— Séductrice?... je ne sais... Mais séduisante, certes... La nuit de la Saint-Jean à Monégan...

Angélique, craignant que la rougeur qu'elle sentait monter à ses joues ne gagnât son front, l'interrompit.

— Eh bien, oui! La nuit de la Saint-Jean... Parlons-en... Que peut-on me reprocher? J'ai ri, j'ai bu, j'ai dansé, soit. Mais puisque vous étiez présent, vous pouvez témoigner que je n'ai rien commis de déshonnête. L'Eglise catholique va-t-elle se montrer aussi sévère que la Réformée pour les divertissements?... Je reconnais que si j'avais été avertie de vos titres et de vos fonctions...

Ce fut son tour de l'interrompre avec vivacité :

— *Really* (1)?... vous ne vous doutiez de rien, madame? Je craignais parfois vos yeux perspicaces.

— Non! Oh! non!... Ne vous faites aucune illusion. Tout au plus pensais-je que vous étiez un ancien capitaine de pirates, un franc bandit sans

(1) Réellement, en anglais.

doute... Vous constatez vous-même que, hélas! je ne suis pas devineresse malgré les pouvoirs qu'on me prête. Si j'avais su, dis-je, que vous étiez un jésuite, je me serais certainement montrée moins... exubérante, plus prudente. Mais, ceci avoué, je ne regrette rien...

Elle rêva un instant à la nuit magique.

— Comment vous expliquer la joie que m'a donnée cette belle nuit de juin, après les dangers que nous avions courus... La mort ne m'avait-elle pas frôlée le jour même? Vous le savez mieux que quiconque, vous qui m'avez tirée de l'eau...

Alors, elle s'interrompit, réalisant en effet que c'était bien ce même ecclésiastique assis là, une main sur son crucifix, qui l'avait traînée par les cheveux sur la grève, l'avait soignée pour la ramener à la vie, et puis l'avait enlevée dans ses bras pour la porter près du feu.

Angélique n'avait jamais été aussi embarrassée de sa vie et cherchait ce qu'elle pourrait bien dire encore qui ne la ferait point tomber de Charybde en Scylla, lorsque, à un frémissement des lèvres du père de Vernon, à un pétillement fugitif des prunelles, une onde qui courait sur ses traits marmoréens, elle devina qu'il avait envie d'éclater de rire.

En vérité, depuis le début de sa conversation avec elle, il riait. Il riait intérieurement, il s'amusait à l'embarrasser, à la confondre, à lui faire dire toutes les sottises possibles.

— Et encore vous vous moquez de moi! s'exclama-t-elle.

— Ma foi!...

Alors il se mit à rire franchement. Puis il la fixa avec ironie, mais aussi avec une chaleur vivante. Et, pour la première fois, elle découvrit l'étincelle humaine embusquée derrière ce regard sévère. Elle croyait y lire une amicale complicité.

Fallait-il donc espérer qu'au cours des trois jours passés sur la barque de Jack Merwin, entre l'ours et le négrillon, il avait vu clair en elle. Il ne croyait pas qu'elle fût la Démone. Elle le lisait dans son regard.

— Laissez-moi partir, Merwin, murmura-t-elle ardemment avec un élan vers lui.

Les yeux du prêtre se dérobèrent vivement. Ses longues paupières s'abaissèrent derechef, et il reprit sa face hautaine.

— Mais... vous pouvez partir, madame, qui vous en empêche?... Vous n'êtes pas ma prisonnière que je sache... Vous n'êtes que celle de Piksarett...

11

Gouldsboro dans le soir, c'était déjà une bourgade.

Ainsi le découvrait Angélique, tandis que lui apparaissaient au loin, malgré le voile léger d'une pluie ténue, les lumières scintillantes de toutes les habitations groupées autour du port, le long des rivages et jusqu'en haut des falaises.

La barque qui les amenait dansait sur la houle noire où ces lumières, jaunes et blanches des lanternes et des chandelles, rouges des grands feux allumés en repère à la pointe des écueils dangereux, mettaient mille reflets chatoyants.

L'Acadien qui les conduisait dit qu'il aborderait par la côte ouest. Il voulait repartir aussitôt pour Pentagoët. Le père de Vernon leur avait laissé sa barque pour cette suprême promenade de retour, et une fois Angélique et ses protégés anglais, en compagnie du négrillon et de l'ours, déposés en quelque point de la péninsule de Gouldsboro, l'homme ne devait point s'attarder.

Angélique respirait avec délices et joie l'odeur de la terre, l'odeur de village que la brise portait jusqu'à eux.

— Je te rejoindrai à Gouldsboro, lui avait promis Piksarett, avant de la voir quitter Pentagoët. N'oublie pas que tu es ma captive et je dois réclamer ta rançon à ton époux.

Mais, hors ce rappel de sa situation, il s'était montré fort libéral, pour des raisons connues de lui seul, et l'avait laissé s'éloigner, après lui avoir donné solennellement sa bénédiction.

Au propre comme au figuré, car, grand sagamore investi de pouvoirs supra-terrestres, il aimait assez pontifier et distribuait volontiers, à l'imitation des Robes Noires, de grands signes de croix protecteurs.

En se dissipant vers le début de l'après-midi, la brume leur avait permis de mettre à la voile. Le père de Vernon et le baron de Saint-Castine les accompagnèrent jusqu'au bord de l'eau. Le jésuite gardait avec lui l'enfant blond qui avait été son mousse, Abbial Neals, un orphelin qu'il avait recueilli sur les quais de la Nouvelle-York. On ne savait s'il était d'origine irlandaise, anglaise ou suédoise. Quoi qu'il en fût, il serait baptisé.

Au dernier moment, on amena un grand coffre, dans lequel le baron de Saint-Castine avait hâtivement empilé une partie de sa moisson de scalps anglais.

— M. de Peyrac m'a confié son projet de se rendre à Québec, expliqua-t-il à Angélique, et j'ai pensé à lui demander d'avoir l'obligeance de porter ce présent de ma part à M. le gouverneur. J'espère que cela fera bonne impression : qu'on ne m'accusera plus en haut lieu de ne pas me montrer assez chaleureux pour la guerre contre l'Anglais.

On casa également le tonnelet d'eau-de-vie d'Armagnac, présent du capitaine basque Hernani d'Astiguarza, puis le paysan-marin acadien prit la barre, tandis que Sammy, qui avait fait ses classes comme moussaillon au cours des jours précédents, lui donnait un coup de main pour la voile.

Très vite, le rideau perlé de la pluie estompa les contours des arbres, dérobant à leurs regards, là-bas, sur la rive d'un fleuve perdu, au cœur de la forêt américaine, la longue silhouette d'un homme en robe noire qui était appelé Jack Merwin.

12

Combien de fois, depuis la veille au soir, Joffrey de Peyrac avait-il tourné et retourné en son esprit la révélation terrible?

La nuit s'était écoulée sans qu'il bougeât, assis à sa table, le front appuyé dans sa main et les yeux clos.

Combien de fois au cours de cette nuit n'avait-il pas entendu résonner en lui-même les échos de la voix railleuse et rocailleuse du mercenaire suisse.

« Son nom?... Je ne sais pas. Mais, pendant qu'il lui faisait l'amour, il l'appelait Angélique!... Angélique!... »

Et chaque fois c'était la même douleur insensée qui le traversait.

Et puis les paroles de Yann qui, par instants,

l'avaient éclairé. Si l'on pouvait parler de clarté en cette affreuse machination qui soudain posait sur le visage de la bien-aimée un masque hideux.

« Ils s'embrassaient comme des amants qui se retrouvent... »

Le mystère était-il là? l'explication de l'effroyable trahison? Un amant d'autrefois? Un homme du passé, de ce temps qu'elle regrettait sans doute, où elle était libre, où elle menait une vie moins rude, où les caprices de son corps charmant pouvaient trouver satisfaction à leur gré sans craindre les foudres d'un mari jaloux.

Il voyait maintenant comment les choses avaient dû se passer... L'inconnu, l'homme d'autrefois, découvrant le nom d'Angélique, apprenant qu'elle était dans les parages, lui faisant porter un message à Houssnok, et elle prétextant le voyage au village anglais, et profitant de l'absence de Peyrac, partant joindre l'autre. Puis un des complices de l'homme lui portant à lui, l'époux, sur le Kennebec, un faux renseignement afin de l'écarter plus sûrement... plus longuement...

Non... Tout cela ne concordait pas. Il y avait autre chose... Et Angélique lui apparaissait telle qu'elle était en ce dernier soir à Wapassou, lorsque, le visage levé, elle écoutait l'appel des loups, et que, de la même carnation rose que son teint, pleuvaient sur elle les dernières lueurs de l'aurore boréale. L'éclat de son regard rêveur, insondable, émerveillé, avait fait lever en lui une immense adoration car il y lisait cette certitude que c'était une femme unique, qui ne ressemblait à nulle autre — la seule sienne.

Naïf et présomptueux qu'il était! Triple imbécile! Comment n'avait-il pas compris qu'elle n'était qu'une rouée, nourrie d'expériences, magnifiquement armée de toutes les magies de son sexe, et qui jouait de ce qui la rendait si différente des autres pour s'autoriser, lorsque ses désirs et ses plaisirs l'y poussaient, à être semblable à toutes les autres. C'est-à-dire infidèle, veule, sans honneur, sans souvenirs... Rien de sacré pour ces créatures... Leur bon plaisir du moment d'abord, quitte à effacer plus tard les blessures infligées d'un sourire, d'un regard... Il est tellement facile de reprendre un homme épris, si tentant pour cet homme de croire ce qu'une belle bouche lui affirme : qu'elle l'aime... qu'elle n'a toujours aimé que lui! Mais oui, malgré tout, malgré la trahison...

Par instants, un espoir fou le soulevait. Tout ceci n'était qu'un mauvais rêve, Angélique allait survenir, apparaître! D'un mot, elle expliquerait tout... Et il la retrouverait entière, limpide, son amie, son amante, livrée à lui seul, caressante et passionnée, comme en la solitude des bois l'hiver au creux du grand lit, ou le printemps, lorsqu'ils avaient marché ensemble parmi les jacinthes sauvages, se sentant libres, grisés par le renouveau de cette terre déserte sur laquelle ils régnaient, souverains triomphants, et il la regardait avec transport, et il l'embrassait, maintes fois, maintes fois, jusqu'à ce que, n'en pouvant plus et sûrs de leur solitude...

Les yeux d'Angélique levés vers les arbres portaient le reflet de la verdure nouvelle. Et elle disait en riant : « Vous êtes fou, mon cher seigneur... »

Alors elle était à lui. A lui seul et ne ressentait de volupté que par lui...

Ainsi la retrouverait-il... Il ne pouvait en être autrement. A ce moment, le cours de ses pensées, comme un être aveugle, butait contre l'irréfutable réalité des faits :

« Pendant qu'il lui faisait l'amour, il l'appelait Angélique! Angélique! »

Un coup, un cri sourd. Chaque fois, le souvenir de ces mots l'ébranlait, le penchait en avant comme transpercé par une lame aiguë.

Il ne pouvait empêcher son esprit d'en revenir toujours au même point; la matérialité des faits : elle avait été aperçue, nue et pâmée, dans les bras de Barbe d'Or!

L'idée de douter du récit du pauvre Kurt Ritz ne l'avait pas effleuré. L'homme avait parlé avec d'autant plus de simplicité qu'il ignorait toucher à la vie privée de son maître. Or, le vin qu'on lui avait offert et qu'il avait absorbé, l'estomac vide, lui avait brouillé l'entendement un court instant et il n'en avait été que plus franc. A jeun, il eût perçu la gêne de l'auditoire et, méfiant, se serait sans doute arrêté en chemin sur la pente de son récit, car il était de nature circonspecte.

Non, il n'y avait pas à douter. Cette scène avait été *vue* par les yeux de l'évadé. Une nuit, loin de son époux, Angélique s'était livrée aux caresses d'un homme inconnu... On l'avait surprise, elle, la femme du comte de Peyrac, sa femme, dans les bras du pirate Barbe d'Or, et à cela il n'y avait aucune issue...

Aux yeux de Joffrey de Peyrac, elle disparaissait, l'autre, l'Adorable... Ne restait que l'Etrangère, celle qu'il avait jadis soupçonnée en elle, une femme orgueilleuse et sensuelle, qui avait beaucoup et librement vécu, comédienne en diable, d'autant plus habile qu'elle était en partie inconsciente de ses ruses, les trouvait naturelles, nécessaires...

La vie l'avait marquée et elle avait acquis à l'affronter une insensibilité affective. Seules comptaient désormais ses satisfactions du moment.

L'ascendant de cette femme, Angélique, sur tous les hommes, comme il avait pu le remarquer, ne lui venait-il pas précisément de sa complicité spontanée avec eux ? Elle les connaissait trop bien, les hommes, elle leur était trop proche... D'un sourire, d'un mot, elle les roulait, les empaquetait, seigneurs ou manants. Sa science lui venait, sans doute, d'avoir été trop longtemps et trop jeune la victime des hommes... Mais c'était trop tard, le mal était fait, l'effrayante réalité était là... Elle était maintenant plus forte que tous les hommes, ne redoutait rien d'eux, s'offrait ceux qu'elle désirait... Tous les hommes lui plaisaient, n'importe quelle sorte d'hommes, tel était le secret de son charme et de son immanquable pouvoir sur eux... Excepté peut-être les sots, infatués d'eux-mêmes et de leur supériorité militaire, comme ce Pont-Briand. Celui-là, elle n'avait eu guère de mérite à le repousser. Il ne lui plaisait pas. Mais Loménie-Chambord ? Peyrac n'avait pas été sans percevoir le courant chaleureux qui s'échangeait entre eux et il commençait à se demander si le vertueux gentilhomme ne l'avait pas trahi sous son propre toit ?... N'était-elle pas capable d'amener un saint en enfer!...

Angélique! Angélique!

Le voile rouge de la vengeance passait devant les yeux de Peyrac.

Et tout d'abord partir, joindre le vaisseau de ce Barbe d'Or, une nuit... Monter à bord, les surprendre tous deux, les tuer...

Il se ressaisissait au prix d'un effort surhumain.

Le jour se levait sur Gouldsboro. La brume transformait le paysage en limbes froids, traversés par l'écho des tristes appels des conques dans la baie.

Peyrac ignorait qu'à quelques miles à peine

Angélique s'éveillait dans le fort de Pentagoët, que quelques heures plus tard elle allait s'embarquer, joyeuse et impatiente de le retrouver, et qu'à la nuit elle serait là, surgirait devant lui.

Epuisé, il contemplait au fond de son cœur une image détruite, si las que, ne cherchant plus d'excuses à une réalité qu'il lui fallait affronter dans toute son amertume : la trahison d'Angélique, il acceptait de la voir enfin comme elle était, comme elle n'avait jamais cessé d'être, pensait-il : vile et trompeuse... comme toutes les autres... Une femme comme les autres!

Le jour était là et ses tâches écrasantes, multiples, dont dépendaient des vies humaines.

Le comte de Peyrac marcha vers le port. Seul dans ce monde blanc étouffé, où il lui faudrait désormais marcher seul, avec ce deuil surprenant, cette plaie inattendue, dont il ne mesurait pas encore toute la souffrance : Angélique.

Tandis qu'il descendait la plage, le désir de la bataille commença à lui insuffler sa brûlante impatience. Cette force-là lui permettait de se tenir droit et il pensa que le brouillard était le bienvenu car il n'ignorait pas qu'aucun des navires présents n'étaient en état de prendre la mer aujourd'hui et de donner la chasse au pirate. La brume défendait Peyrac contre une mauvaise hâte et lui permettrait de préparer avec soin ses batteries. Demain ou après-demain, il pourrait commencer sa chasse à mort, et alors rien ne l'arrêterait avant qu'il n'ait atteint Barbe d'Or et ne l'eût tué de sa propre main.

L'armement du *Gouldsboro*, du chébec et de deux autres lougres qu'il avait en rade fut aussitôt entrepris.

Tout occupé par l'idée de sa vengeance, il

accueillit tout d'abord avec indifférence, puis irritation, la nouvelle que portèrent des Indiens que deux navires anglais se trouvaient en perdition à la pointe de Shoodic. Qu'ils aillent au diable, anglais ou français ou quels qu'ils fussent!

Puis il se reprit.

Il ne serait pas dit qu'une femme lui ferait oublier ses devoirs, ses charges, le détruirait au point de le rendre indifférent à la vie d'êtres humains qu'il était le seul à pouvoir sauver.

Gouldsboro, qu'il avait créé, c'était le phare de la Baie Française. Chacun en attendait aide, vie, conseil. Ah! Comme tout cela lui était égal, tout à coup! Mais il ne pouvait pas fléchir, à aucun instant. La moindre de ses défaillances entraînerait l'écroulement de tout, et déjà, ceux qui savaient, qu'attendaient-ils de lui? Aurait-il vécu jusqu'à ce jour, et triomphé de tant d'écueils pour tout condamner et détruire en quelques heures par la faute d'un amour maudit?

L'habitude d'une forte discipline intérieure, d'un sens inné de ses responsabilités, qui avait toujours fait de lui, au cours de sa déjà longue existence, un chef, un homme hors du commun, joua en lui et l'aida à faire face.

Faire face!...

Promptement, il se rendit à bord de son bateau, rassembla son équipage, gagna les lieux du naufrage et eut la bonne fortune de tirer de ce mauvais pas la petite flotte que l'Etat du Massachusetts envoyait dans la Baie Française pour se venger des massacres abénakis fomentés par les Français. L'un des navires était monté par le Bostonien Phips, et l'autre par l'amiral anglais Barthelemy Sherrilgham lui-même.

Ramené à l'abri du bassin de Gouldsboro,

l'amiral anglais accepta très volontiers la généreuse hospitalité du comte de Peyrac. Très élégant, en perruque poudrée, l'épée au côté, il ne cachait pas que cette expédition au fin fond de la Baie Française, pour y traquer un invisible adversaire toujours prêt à s'escamoter dans quelque crique, ne lui souriait qu'à demi. Mais il fallait bien donner une leçon à ces damnés Français. Obtenir si possible du gouvernement de Québec qu'ils retiennent leurs hordes de dévoués sauvages. Or, l'on avait appris que M. de Villedavray, gouverneur de l'Acadie, se trouvait en tournée sur la rivière Saint-Jean, visitant son meilleur ami, le chevalier de Grand-Bois. Le coincer là-bas, le capturer, serait une excellente affaire pour le gouvernement anglais.

Peyrac réussit à le convaincre sans trop de difficulté que cette expédition ne pourrait se solder que par le déclenchement d'une guerre franco-anglaise, tous les prétextes étant bons à Québec pour étendre le conflit, et qu'il ferait mieux de se joindre à lui pour faire la chasse aux pirates qui infestaient la Baie Française et empêchaient les morutiers anglais, aussi bien que les portugais et français, de se livrer à leurs pêches annuelles.

En revanche, le Bostonien Phips, qui comptait dans sa proche ascendance et parenté un bon nombre de personnes scalpées par les Canadiens et leurs Abénakis, refusa de lâcher sa proie et repartit dès que le brouillard se fut levé. Mais, agissant seul et non plus en compagnie de l'amiral anglais, la portée diplomatique de son action en serait moins importante et la bataille de la rivière Saint-Jean moins sanglante. Peyrac, après avoir réfléchi aux divers moyens de désamorcer la bombe, fit venir les chefs Etchemins locaux ainsi que leurs principaux Mohicans.

Il convint avec eux d'envoyer des messagers et deux colliers de wampum aux Malécites et Souriquois de l'Est : qu'ils aidassent, si nécessité s'en faisait sentir, les Français auxquels les attachaient des liens d'amitié et de famille, mais sans tuer de l'Anglais si possible. Quand la hache de guerre aurait été déterrée dans la Baie Française, quel avantage en retireraient les tribus, déjà fort décimées par la cruelle famine de l'hiver? et qui les garderait des incursions des partis iroquois, qu'il faut toujours craindre quand revient l'été?...

Ces paroles de sagesse distribuées, il chargea Cromley d'alerter les quelques rares Anglais, cramponnés à leurs coins à l'embouchure des rivières Sainte-Croix et Resquias.

Le vieux Salprice refuserait sans doute de quitter son fortin, mais la famille Strington, à Merchnaisbay, aurait avantage à venir se réfugier pour juillet à Gouldsboro.

Chacune de ses actions, Joffrey de Peyrac les avait accomplies au prix tout d'abord d'un effort surhumain, puis peu à peu, dans une sorte d'état second, et l'exécution de ces tâches imposées et indispensables mettait par instants comme un baume sur la blessure à vif. Une sorte d'oubli.

Pourtant, si chargée et précipitée que fût cette journée, aucune de son existence ne lui parut si longue, si mortelle, si cruelle.

Entre-temps, il surveillait les préparatifs des navires pour l'expédition du lendemain contre Barbe d'Or.

Il ne pouvait fléchir.

Sa vengeance, il faudrait aussi qu'il la conduise avec sang-froid, sans perdre de vue l'intérêt de tous. Il n'avait pas le droit.

Et pourtant, qu'importaient les autres, qu'importait son œuvre, qu'importait la vie... SANS ELLE!...

Sur le soir, il convoqua à nouveau les mêmes personnalités que la veille, afin de reprendre le Conseil, dramatiquement interrompu par l'arrivée de Kurt Ritz, et pria l'amiral de s'y joindre.

A part ce dernier, qui n'était pas au fait d'une situation aussi pénible qu'embarrassante, ils entrèrent tous, les yeux à terre et à pas comptés.

Peyrac les attendait derrière la table de bois ouvragé où se posaient son écritoire, ses plumes, un sablier, ses instruments de mesure et, comme la veille, des cartes étalées.

Il les pria avec affabilité d'approcher et de prendre place.

Au son de sa voix, calme, avec ce brisement un peu rauque auquel ils étaient accoutumés, ils relevaient les yeux et, malgré son apparence habituelle, tressaillaient.

Il était vêtu d'un magnifique costume de satin ivoire tailladé à petits plis maintenus en losange par un point de perle et dont chaque mouvement faisait jouer dans l'entrebâillement des plis le reflet d'une moire écarlate — vêtement qui avait été ramené de Londres par le *Gouldsboro* ainsi que les bottes étroites de cuir rouge et les gants à crispins. Peyrac affectionnait la mode anglaise dont la fidélité au pourpoint et haut-de-chausses et bottes fines lui convenait mieux pour sa vie aventureuse que les justaucorps et vestes à la française et les bottes à trop larges revers. En revanche, les dentelles rehaussées de perles de sa cravate et de ses manchettes avaient le goût français.

Ses abondants cheveux noirs encadrant son visage buriné et couturé lui conféraient un masque de pirate contrastant de façon inquiétante avec le raffinement et l'élégance de sa tenue, et la lueur claire qui brillait à ses tempes soulignait d'une douceur inattendue son teint foncé d'aventurier brûlé par le soleil et le vent. Se dissimulait-il une pâleur sous ce hâle, une émotion sous ses traits impassibles, une souffrance derrière ce regard hardi et pénétrant qui se posait sur eux, ne se détournant pas ? Nul n'aurait pu le déceler ! C'étaient eux qui détournaient le regard et paraissaient souffrir mille morts.

Une leçon ! devait répéter souvent plus tard le flibustier Gilles Vaneireick, une leçon! Voilà ce qu'il nous a administré ce soir-là, ce Peyrac! A nous autres, mâles, qui sommes destinés de par notre espèce et dès notre naissance à porter un jour des cornes... Je vous le dis!... Jamais on ne vit cocu montrer à la face du monde tant de superbe!...

« Messieurs, leur dit Peyrac, vous savez qu'il me faut partir en guerre et j'ignore quel sort le Ciel réserve à mes armes. Or, de tous les points de l'horizon, l'orage menace. Au moins, vous laisserais-je la connaissance exacte d'une situation à laquelle votre courage, votre bon sens, votre habileté doivent pouvoir vous aider à faire face. Et j'ajouterai, votre volonté de paix. Nous n'avons pas d'ennemis. Ceci peut faire votre force.

» Je m'adresse particulièrement à vous, messieurs les Rochelais, car c'est à vous que je remets présentement le sort de cet établissement et sa défense terrestre. M. d'Urville doit m'accompagner, ainsi que M. Vaneireick, et notre allié anglais, sir Sherrilgham, à la poursuite de ce pirate qui nous a déjà causé à tous bien des déboires. Il faut en finir cette fois. Nous allons donc mettre en commun nos plans de défense, de poursuite et d'attaque. Et tout d'abord, le compte et le départage des munitions dont nous disposons.

Absorbés par leurs calculs et plans, ils ne virent pas la nuit tomber. Un Espagnol entra pour allumer les chandelles dans les bougeoirs et au lustre de fer forgé qui pendait au plafond.

Peu à peu, repris par les gestes ordinaires, ils oubliaient l'incident du soir précédent. Aussi crurent-ils être la proie du renouvellement d'un mauvais rêve lorsque la même sentinelle que la veille passa la même tête effarée par la porte pour crier à Peyrac :

— Monseigneur! quelqu'un pour vous!

Mais, cette fois, ce n'était pas Kurt Ritz, le have évadé du pirate.

Cette fois, c'était Elle.

Et se retournant, sur l'écran sombre de la nuit, apparition éblouissante, ils LA virent!...

13

Eblouissante, elle les regardait avec son sourire radieux. Et très vite ses yeux cherchaient, là-bas, à l'extrémité de la pièce, la haute stature du comte de Peyrac. Joffrey!... Dans un costume qu'elle ne lui connaissait pas. Il était là...

Eux tous, pétrifiés, la contemplaient sans un mot.

La nuance veloutée et dorée du grand manteau de loup-marin qui la drapait avivait sa carnation chaude, et sur la nuit sa chevelure brillait si claire qu'on aurait dit une auréole.

C'était le petit Laurier Berne qui avait conduit Angélique jusqu'à la porte de la grande salle du fort où il savait que son père et les notables, ainsi que le capitaine flibustier et l'amiral anglais, tenaient conseil avec le comte de Peyrac.

Elle ne s'y retrouvait point avec l'aspect nouveau de Gouldsboro. Cette grève quasi déserte de l'an dernier grouillait, jusque dans la pénombre du soir, d'une telle vie qu'elle se serait crue dans une autre colonie si elle n'avait rencontré dès les premiers pas ses amies Abigaël et Séverine Berne.

L'impatience où elle se trouvait de joindre au plus tôt son mari et de s'assurer de sa présence à Gouldsboro ne lui avait pas fait discerner aussitôt la gêne et la froideur de l'accueil des deux Rochelaises. Elle y repenserait plus tard et devrait en comprendre la cause. Mais le petit Laurier avait surgi, un panier de coquillages sur l'épaule, et lui avait sauté au cou avec la pétulance de ses dix ans.

— Dame Angélique! Oh! dame Angélique!... Quel bonheur!...

Sur sa demande, il l'avait guidée parmi les méandres du nouveau Gouldsboro. Arrivant aux abords du fort, ils avaient croisé un homme avec une hallebarde.

— C'est le Suisse, avait chuchoté Laurier, il est arrivé hier soir...

— Hé, l'homme! Ne vous ai-je pas déjà vu? l'interpella Angélique, frappée d'un malaise sous le regard farouche qu'il lui décocha en passant.

— Si fait, madame! répondit-il. Vous m'avez vu.

Il y avait du mépris dans sa voix tudesque.

Mais déjà Laurier lui faisait franchir des marches de bois et la porte de la salle du Conseil s'ouvrait devant elle.

Dans le silence profond — un silence écrasant dont elle éprouva presque aussitôt l'insolite, elle s'avançait. Des visages connus, des visages de pierre...

— Monsieur Manigault, je vous salue... Oh! maître Berne, combien je suis heureuse de vous revoir!... Cher pasteur, comment vous portez-vous?...

Parmi les réformés en justaucorps noir, des inconnus chatoyants, un flibustier français, un officier anglais, et puis un Récollet en bure grise...

Personne!...

Personne ne répondait. Personne... Personne... Des yeux la suivaient. Et tous ces gens...

Tous, figés comme des saints de bois, et Joffrey lui-même sans un mouvement, la regardant venir.

Elle était devant lui et ses yeux cherchaient en vain à joindre les siens. Pourtant, son regard était sur elle avec une fixité étrange et sombre. Un cauchemar! Joffrey s'inclinait sur la main qu'elle lui tendait, mais elle ne sentait pas ses lèvres sur sa peau, ce n'était qu'un simulacre de courtoisie...

Elle s'entendait demander d'une voix lointaine qui lui parut tremblante :

— Que se passe-t-il? Y a-t-il un malheur à Gouldsboro?

Alors l'assemblée s'anima. Un à un, chacun s'inclinait et se retirait. Personne ne songeait à sourire. Dans la même atmosphère de catastrophe que la veille, le même cérémonial recommençait.

Au-dehors :

— C'était elle? interrogea Gilles Vaneireick, haletant.

— Hé! Qui voulez-vous que ce soit? grommela Manigault.

— Oh! mais, c'est que... elle est admirable! Elle est merveilleuse!... Cela change tout... Messires, comment voulez-vous qu'une femme aussi belle ne fasse pas des conquêtes à chacun de ses pas, et ne succombe pas parfois aux amours qu'elle suscite?... Ce serait immoral... Je me sens moi-même... Oh! mon Dieu, que va-t-il se passer maintenant?... C'est épouvantable! Pourvu que... Non, elle est trop belle pour qu'il la tue... Mes jambes ne me portent plus... Je suis très sensible, vous savez...

Il dut s'asseoir sur le sable.

14

— Qu'arrive-t-il? répéta Angélique en se tournant vers son mari, quelqu'un est mort?...

— Peut-être!... D'où venez-vous?...

Les yeux levés sur la physionomie ténébreuse et glacée de Peyrac, elle cherchait à comprendre.

— Comment! D'où je viens?... Yann n'a-t-il pu vous joindre? Ne vous a-t-il pas dit que...

— Si fait! il me l'a dit... Il m'a dit que vous étiez prisonnière de Barbe d'Or... Il m'a dit aussi bien d'autres choses encore... Et Kurt Ritz également.

— Kurt Ritz?

— Le mercenaire suisse, à mon service, et que Barbe d'Or a également capturé le mois dernier... Ritz a réussi à s'évader : il y a trois jours... Auparavant, il vous avait vue sur le navire de Barbe d'Or... Il s'est évadé une nuit par le château arrière... La fenêtre était ouverte... Il vous a vue... sur le navire... dans la chambre des cartes... avec lui... AVEC LUI...

Joffrey de Peyrac parlait d'une voix entrecoupée, sourde et terrible, et, à chaque mot posé, la vérité se faisait jour dans l'esprit d'Angélique.

Paralysée par l'excès d'une surprise terrifiée, elle voyait cette vérité s'avancer vers elle comme une bête monstrueuse, réelle, prête à bondir et sortant ses griffes pour la déchirer atrocement...

L'homme!... L'homme qui s'évadait cette nuit-là, sur la baie de Casco... c'était donc le mercenaire suisse... Un serviteur de Peyrac... Et il l'avait vue... Il avait vu Colin entrer et la prendre dans ses bras...

— La fenêtre était ouverte, continuait la voix rauque et comme lointaine... Il vous a vue, madame! Vous étiez nue... Nue dans les bras de Barbe d'Or, et vous répondiez à ses baisers... à ses caresses... à lui... à lui!...

Qu'avait-il espéré entendre en écho?... Un cri d'indignation, des dénégations véhémentes, peut-être un rire?... Mais, non!... Le silence!

Un tel silence!... La plus affreuse chose à subir après de telles paroles.

Et dans ce silence qui tombait goutte à goutte, chaque seconde apportant à l'autre son poids de plomb, Joffrey de Peyrac crut mourir de douleur.

Le temps passait. L'instant était passé... du salut. Chaque seconde était tombée comme du plomb fondu. Consacrant l'inéluctable. Entérinant l'aveu... que trahissait encore la pâleur livide soudaine, l'expression traquée des grands yeux dilatés.

Le cerveau d'Angélique était incapable de rassembler deux pensées à la fois. Tout s'entrechoquait dans un brouillard affreux.

« Colin! Colin!... Il faut lui dire que c'était Colin... Non! ce sera pire... Il le haïssait déjà auparavant... »

L'aurait-elle voulu qu'elle aurait été incapable de donner la moindre explication, de prononcer le moindre mot. Sa gorge ne pouvait laisser passer un son. Elle tremblait de tous ses membres. Une défaillance la saisit. Elle dut s'appuyer au mur et fermer les yeux. Et de la voir ainsi baisser les paupières avec cette expression tendre, douloureuse et secrète qui le bouleversait toujours, et l'irritait parfois, déchaîna la colère du comte.

— Ne baissez pas les yeux! hurla-t-il en brisant à demi la table sous son poing, regardez-moi.

Aux cheveux, il l'empoignait, l'obligeant brutalement à renverser la tête.

Elle crut qu'il lui avait brisé la nuque. Penché sur elle, il fouillait de son regard brûlant ce visage devenu pour lui indéchiffrable, étranger. Il parlait peut-être, mais elle ne l'entendait plus. « Ainsi, c'était donc vrai! Toi!... Toi!... Toi que j'avais placée si haut!... »

Furieusement, il la secouait dans le désir forcené de briser cette image fausse qu'elle lui offrait, de retrouver l'autre, l'autre, sa bien-aimée.

Et soudain il la frappa de toute la force de son bras levé, avec tant de violence que la tête d'Angélique ballotta et alla heurter la paroi de bois. Un voile rouge se répandit devant ses yeux. Il la lâcha, la rejeta. Elle ne sut comment elle parvenait à demeurer debout.

Joffrey de Peyrac marcha jusqu'à la fenêtre, regardant à travers les carreaux la nuit mouillée, respirant avec force afin de retrouver la maîtrise de lui-même.

Lorsqu'il se tourna à nouveau vers sa femme, elle était toujours immobile et les paupières closes. Au coin de son nez fragile, un mince filet de sang commençait de sourdre lentement.

— Sortez! Sortez d'ici! fit-il d'une voix glacée. Votre vue me répugne. Sortez, vous dis-je! Je ne veux plus vous voir! Je ne veux pas... être tenté... de vous tuer...

15

Elle titubait, trébuchant, se heurtant à des encoignures, à des meubles inconnus, dans la demi-obscurité d'une chambre où la lune filtrait incidemment entre deux nuages sa lueur pâle. Le besoin de se dissimuler et de disparaître à jamais avait rejeté Angélique au sein du fort de bois, et, plutôt que d'affronter le grand vent du dehors, les rumeurs du village, l'affreuse solitude de l'espace sans refuge parmi des êtres hostiles, un instinct de bête blessée qui se terre pour mourir l'avait portée à travers couloirs et escaliers jusqu'à cette pièce vaste et close, et, sans la reconnaître, elle savait que c'était « leur » chambre, celle où ils s'étaient aimés l'an dernier, celle où elle avait rêvé de se retrouver avec lui.

Elle tâtonnait, butait contre des angles durs, s'arrêtait enfin au centre de la pièce, et alors lui parvenait, au sein de ce chaos infernal qui la broyait, le premier bruit qui lui fût perceptible — celui de deux souffles entrecroisés, qui se répandaient autour d'elle et qui n'étaient, elle s'en rendit compte enfin après un moment d'effroi, que l'écho de sa propre respiration convulsive et celui du ressac au-dehors, frappant l'éperon rocheux, au pied du fort.

Elle était seule.

La peur, qui un instant avait dominé en elle toute autre perception, la quitta pour être remplacée par la certitude d'une autre, écrasante, celle d'une irréparable catastrophe. La moitié de sa tête lui paraissait énorme, nantie d'une excroissance difforme telle qu'on en voit aux citrouilles, et cela lui semblait rayonner sur le côté comme si cette tumeur eût été de fonte rougie au feu. Elle y porta la main avec précaution, rencontra une chair insensible, mais il n'y avait pas de tumeur, cependant, le seul attouchement de ses doigts la traversa d'un élancement atroce. Dans le même éclair, tout lui revint avec une lucidité implacable. Colin!... Ses bras l'enlaçant, ses mains cherchant son corps, ses lèvres prenant les siennes pour un baiser qui n'en finissait point.

L'homme caché avait vu cela, dans la lueur de la chandelle... Et maintenant Joffrey savait... Il l'accusait du pire!... Comment lui faire comprendre, lui expliquer, lui faire admettre que...

Au seul prénom de Colin, il la tuerait. Il avait failli la tuer déjà ce soir. Cela, elle l'avait senti de toute sa chair hérissée, incapable de réagir, d'ébaucher le moindre geste de défense. Il avait donc le pouvoir de l'annihiler, de la réduire à néant. Parce que LUI, pour ELLE, c'était tout!

Elle demeurait ainsi dans le noir, respirant à peine maintenant, dans la crainte d'éveiller, en même temps qu'une douleur physique lancinante, des lambeaux de vision atroce : Joffrey! Joffrey! et son visage terrible, les reflets de son pourpoint qui, lorsqu'il bougeait, laissait entrevoir dans les plis d'or et de satin ivoire une doublure écarlate, et c'était comme si elle avait vu y bouger, y rouler sans cesse des gouttes de sang, y pleuvoir des larmes de sang. C'était du sang qui ruisselait, du sang! maintenant sur son visage. Ses doigts en étaient poissés et, sur ses lèvres insensibles, sa langue en trouvait la saveur salée. Elle le goûtait avec une sorte de stupeur incrédule. Il l'avait frappée!...

Il l'avait frappée, et elle le méritait! Ainsi, un

gouffre sans fond s'était ouvert sous leurs pas...

Aux aguets dans l'obscurité, elle tremblait de tous ses membres et contemplait le gouffre ouvert, et maintenant la peur de nouveau rampait avec mille démons surgissant du gouffre et se traînant vers elle avec des ricanements, des yeux luisants...

C'était venu trop vite, à l'heure où elle croyait vraiment que le temps de Wapassou avait à jamais renoué les liens entre eux, que leur amour était indéfectible, inattaquable, indestructible.

C'était venu comme un ouragan, comme un tremblement de terre, et en même temps c'était venu sournoisement.

Une bête vomie des enfers et dont elle n'avait pas aperçu à temps les yeux cruels avait rampé vers eux et les avait attaqués.

Un piège s'était refermé sur elle — sur eux — dont elle ne discernait pas exactement la nature et l'agencement, mais dont elle sentait les tenailles commencer à la broyer cruellement. Si habile avait été l'approche qu'elle et Joffrey avaient été atteints, dès le premier coup, en plein cœur.

« Joffrey! Joffrey! viens, je t'en prie!... Ne me laisse pas seule! J'ai peur! »

La chambre grouillait, habitée d'ombres dangereuses, et, simultanément, elle mesurait la distance infranchissable qui venait de s'étendre entre elle et lui, lui, son époux très cher qu'elle avait mortellement offensé.

Une main la prenait à la gorge, l'étouffait à demi, la suffoquait. Et pour ne pas s'évanouir elle pressait ses deux mains sur sa bouche tuméfiée, à la fois pour étouffer les plaintes qui voulaient jaillir et pour éveiller, par les élancements d'une souffrance intolérable, sa conscience qui sombrait, jusqu'à ce que, enfin, sous l'effet de la douleur et d'une trop fulgurante vision de tout ce qu'elle avait perdu, en hoquets enfantins, désespérés, crevait sa peine... « S'il ne m'aime plus... s'il ne m'aime plus... qu'est-ce que je vais... devenir? »

16

L'instant qu'il venait de vivre, il lui semblait que ç'avait été le plus terrible de toute son existence.

Deux hommes en lui, délirants, forcenés, qui s'étaient partagé son être. Et, s'il ne l'avait pas chassée, aurait-il pu résister plus longtemps à l'envie qui le possédait — aussi puissante que celle de la tuer — de la prendre dans ses bras?... Deux êtres en lui, en ces minutes épouvantables qui s'étaient partagé son corps, son sang, son âme, le disloquaient, en un être assoiffé de vengeance, un autre d'adoration et de volupté.

Ses veines charrient ensemble la haine et l'amour.

Et, lorsqu'il l'avait saisie aux cheveux, sa main n'en avait-elle pas goûté la soie fine, la moelleuse tiédeur, et, lorsqu'il s'était penché sur elle, sur ce visage renversé, sur ce front vaste et lisse comme une plage nacrée, ses lèvres à lui, qui crachaient des mots cruels, n'avaient-elles pas brûlé de s'y poser en baisers passionnés?... Et, en éclair, le traversait une pensée : « Quel beau front elle a!... »

Ainsi, ravagé de courants de désir et de colère, il en demeurait frémissant, humilié, secoué de fureur contre elle à qui il devait cette révélation d'un autre lui-même, qu'il lui fallait découvrir capable de la plus aveugle violence, d'irrésistible faim charnelle, de lâche indulgence, capable de se laisser aller à l'élan de ses sens et de ses sentiments contre toute raison...

Une si superbe créature d'amour!... Voici ce qu'il avait pensé. Voilà ce qu'ils avaient pensé tous, lorsqu'elle leur était apparue au seuil de la nuit, et l'évidence de sa beauté et de sa féminité les avait frappés comme un coup, de telle sorte qu'en un instant fugitif s'effaçaient rancœur, soupçons, indignation, mépris, méfiance, et demeurait seul, pour ces hommes surpris et subjugués, l'enchantement indicible de sa présence.

Une si superbe créature d'amour!... O mâles idolâtres, imbéciles et sensuels! Toujours prêts à s'agenouiller devant la déesse!...

Un mouvement irréfléchi portait Joffrey de Peyrac au-dehors, dans le silence de la nuit profonde.

Sur la lune d'argent terni passaient des nuages, et dans sa lumière se profilaient les ombres noires des mâts balancés par l'eau du port. Des feux tressautaient dans le vent, seuls à s'animer avec les démarches lentes de quelques sentinelles.

Le monde était mort.

Où était-elle? « Angélique! Angélique!... mon amour! »

Il rentrait à l'intérieur du fort et, d'un bond silencieux, gravissait l'escalier de bois. Derrière la porte, il l'entendait sangloter tout haut. Et restait là, brûlé et dévoré de nouveau par une flamme sauvage, le corps tendu jusqu'à la souffrance par la tentation le déchirant. Désir de pousser cette porte, d'entrer, de se retrouver seul à seul avec elle, de se pencher sur elle, s'emparer d'elle, la prendre sur son cœur, et d'oublier, d'oublier dans le bonheur des gestes, des caresses, du murmure des voix, des souffles qui s'entremêlent, s'échangent, des baisers, des mots ardents tout bas chuchotés : « Mon amour! Mon amour! ce n'est rien!... Je t'aime!... » d'oublier, d'oublier tout...

Il se retrouvait, seul, dans la salle en bas, où les cires s'effondraient dans les porte-torches, le front appuyé à la fenêtre où pâlissait l'aube.

Non, Angélique ne parviendrait pas à faire de lui un homme déchu, asservi au pouvoir d'une femme indigne!

Non, cela, jamais!...

Pourquoi pleurait-elle si fort?... là-haut... N'avait-elle pas su ce qu'elle faisait lorsqu'elle s'était livrée aux caresses de l'autre, de l'homme inconnu?... Elle, qu'il avait placée si haut! N'avait-elle pas su ce qu'elle détruisait?... Mais non! Mais non! Elle ne l'avait pas su!... Femelle! Femelle inconsciente, comme les autres!

« Elles » veulent tout avoir. Détruisent tout!

« Je n'aurais jamais dû lui pardonner jadis... Toutes pareilles!... Toutes pareilles!... »

Quand la marée serait haute, il cinglerait vers le large avec ses navires, il trouverait Barbe d'Or, il le pourchasserait jusqu'au fond des Caraïbes... et, avant de le tuer de sa propre main, il arracherait de cette face inconnue et exécrée le voile du passé. Il saurait à quel autre homme Angélique avait montré son visage d'amante.

« Ah! si je pouvais l'arracher de mon cœur! J'y parviendrai, s'il le faut. »

Une si superbe créature!...

Le *Gouldsboro* avait apporté des robes de France, pour elle.

Il alla vers un coffre au fond de la pièce, rabattit le couvercle. Ses mains soulevaient des moires chatoyantes, des dentelles vaporeuses et, machinalement, ses doigts redonnaient aux plis lourds d'une jupe et d'un corsage la forme abandonnée d'un corps de femme.

« Qu'elle aurait été belle là-dedans! Ce tissu d'argent rose drapé autour de ses épaules de reine!... Et je l'aurais emmenée à Québec avec moi... et elle aurait triomphé de tous!... »

Ses poings se crispèrent sur l'ombre féminine qui parût se faner et s'affaisser, expirer sous son emprise.

D'un geste incontrôlé, il porta l'étoffe froissée à son visage et resta là longtemps, comme absent et interdit, respirant avec nostalgie ce parfum léger de fleurs et de femme qui s'exhalait des somptueux atours.

Au-devant de lui, dans la brume du matin, des silhouettes accouraient.

— Monseigneur! Dieu est avec nous. Le navire de Barbe d'Or, le maudit, il n'est pas loin... Il vient d'être signalé dans l'archipel.

LA DÉFAITE DE BARBE D'OR

1

Il y avait beaucoup d'enfants à Gouldsboro. Toujours pieds nus, en essaim joyeux, les cheveux des fillettes flottant sous les bonnets ronds ou les coiffes blanches, ceux des garçons au vent, jupes et chausses troussées pour mieux patauger dans les mares, grimper dans les barques, sauter sur la grève, courir après les loups-marins, toujours gober un coquillage, un œuf de mouette, sucer une fleur... En troupe avec les petits Indiens nus, et s'abattant par-ci, par-là, à la volée.

Curieux, ils collaient leurs frimousses contre les planches du hangar pour essayer d'apercevoir entre les interstices les pirates prisonniers, puis couraient sur le port afin d'admirer le beau tableau enluminé qui se balançait à l'arrière du *Cœur-de-Marie*, le navire capturé ce matin, puis allaient chercher de l'eau à la source de la forêt et s'agenouillaient pour donner à boire aux blessés.

Ce jour, à Gouldsboro, s'achevait sur la défaite du pirate Barbe d'Or.

Au matin, Angélique avait été réveillée par les lointains grondements d'une canonnade.

L'âme et le corps endoloris, elle ne comprenait pas où elle en était, avait mis longtemps à réaliser qu'elle se trouvait à Gouldsboro. Dans le miroir alors, elle avait contemplé son visage tuméfié. Tout un côté était bleu, noir, et le coin de sa bouche enflé. Elle remuait la tête avec peine. Elle avait fait le tour de la chambre, découvert dans des coffres du linge, des vêtements qu'elle y avait pliés, à l'automne, avant de quitter le fort, s'était vêtue et coiffée, l'esprit engourdi. Il lui fallait trouver une pommade, un baume, n'importe quoi pour atténuer la meurtrissure qui la défigurait.

Le volet de la fenêtre rabattu, elle avait aperçu là-bas des navires courant sous le vent, au bord d'un ciel frangé de pluie, sur le gris duquel, par instants, éclatait un rouge éclair. Puis le bruit roulant de la déflagration lui parvenait. Un combat naval se déroulait devant Gouldsboro, apparemment trois ou quatre navires assaillant un seul adversaire qui, après s'être dérobé assez habilement à l'attaque, fuyait, pourchassé, les voiles déployées, quittait le champ de vision d'Angélique.

Peu après, une voix de femme l'appelait dans les profondeurs de l'habitation.

— Dame Angélique! Dame Angélique!... Où êtes-vous? Ah! vous voici! Dieu soit loué! Venez! Venez vite, ma chère dame! Des blessés! Du sang partout!

Dans la petite femme qui l'abordait ainsi, Angélique reconnaissait la Rochelaise, Mme Carrère, qui avait émigré l'an dernier au Nouveau Monde avec ses dix enfants et son avocat de mari.

— Que se passe-t-il? Pourquoi ces blessés?

— Ils viennent de régler son compte à ce damné Barbe d'Or.

— Qui ça « ils »?

— M. le comte, le flibustier Vaneireick, l'amiral anglais, enfin tous, quoi, tous ceux qui avaient juré de faire crier merci à ce scélérat! On a appris ce matin qu'il rôdait de nouveau dans les îles. M. le comte est entré aussitôt en campagne et a pris le pirate en chasse. On l'a acculé à livrer bataille. M. d'Urville vient de porter l'annonce de la victoire. Mais il paraît qu'à l'abordage ça a été un vrai carnage... Les navires rentrent au port avec leur capture, et tous les blessés. M. de Peyrac nous a fait mander que vous soyez présente, et qu'il fallait vous avertir pour que vous puissiez donner vos soins à tous ces pauvres gens.

— Vous... vous êtes sûre que c'est mon mari qui vous a priée de me prévenir?

— Hé! oui! Qu'est-ce qu'on pourrait faire sans vous? Il paraît que le chirurgien du *Sans-Peur* a été blessé, lui aussi, et ne peut remplir son office. Quant à notre médecin, Parry, vous le connaissez. Il n'est pas d'un grand secours devant toute cette boucherie... Seigneur! que vous est-il donc arrivé à vous aussi, ma pauvre!... Vous êtes tout abîmée!

— Ce n'est rien!

Angélique porta la main à sa joue.

— Je... j'ai fait naufrage dans les parages de l'île Monégan et me suis heurtée contre un rocher... Attendez-moi, je vous suis. Le temps de prendre mon sac et d'y mettre quelques instruments indispensables... Avez-vous de la charpie de réserve?...

Méthodiquement, elle rassemblait tout ce dont elle pouvait avoir besoin, agissant comme un automate, cependant que, dans son esprit, des pensées torturantes se bousculaient.

Colin... Colin était mort de la main de Joffrey de Peyrac... Si elle avait parlé hier au soir... Si elle avait eu le courage de parler... Mais non, c'était impossible! Elle ne pouvait rien dire, rien expliquer... Et maintenant, Joffrey de Peyrac avait tué Barbe d'Or... Et il la faisait mander pour qu'elle soigne les blessés... Il se souvenait donc qu'elle existait. Pourquoi? Méditait-il une autre vengeance? Et s'il allait lui jeter le cadavre de Colin en travers de sa route. Elle ne pourrait supporter cela. Elle ne pourrait s'empêcher de tomber à genoux et de prendre la grosse tête de Colin entre ses mains et de pleurer.

— Mon Dieu! pria-t-elle, faites que Joffrey ne commette pas une telle mauvaise action. Oh! mon Dieu, comment se fait-il que, lui et moi, nous soyons devenus si subitement complètement ennemis?...

Derrière Mme Carrère, elle dégringola l'escalier, courut vers la place où les habitants amenaient des matelas de varech, des seaux de cuir contenant de l'eau douce, des couvertures. Des chaloupes, on commençait à descendre et à étendre à terre les premiers blessés, geignant, ou crachant des jurons sonores.

La suite de cette matinée fut un cauchemar où Angélique ne put guère songer à autre chose qu'à tailler dans les chairs, recoudre, nettoyer, panser, courir de l'un à l'autre, réclamer de l'aide, organiser un lazaret, envoyer dans toutes les directions des enfants lui chercher des plantes, du linge, de l'eau, du rhum, de l'huile, du fil, des aiguilles, des ciseaux.

Les manches relevées, du sang jusqu'aux coudes, pendant des heures, elle ne cessa de faire face à d'urgentes interventions, assumant la responsabilité de diagnostiquer la gravité des blessures et d'indiquer les soins à donner, les remèdes à composer. Très vite, se reformait autour d'elle l'ordre d'autrefois. Elle reconnaissait les femmes, qui spontanément se mettaient à sa disposition. Abigaël, diligente et efficace malgré sa grossesse, Mme Carrère, active, les jeunes filles promptes et dociles, courageuses devant la mort et la souffrance, à l'image de leurs aînées. Tout à coup, elle eut près d'elle la tante Anna qui lui passait des instruments de chirurgie, précise et attentive, et la vieille Rebecca qui consolait un mourant.

Un jeune garçon la suivait partout portant un grand bassin de cuivre dans lequel il renouvelait de l'eau pure afin qu'elle pût s'y laver les mains et y tremper des linges. Ce ne fut qu'au bout d'un certain temps qu'elle reconnut Martial, le fils aîné de maître Berne.

D'emblée, elle avait repris sa place parmi eux. Mais, tandis qu'elle s'affairait à sa tâche avec son habituelle diligence, sa sensibilité à vif discernait des nuances dans leur comportement vis-à-vis d'elle. Une légère intonation de mépris dans la voix, des lèvres pincées subitement, un regard hostile... C'était peut-être une impression... Non! Les gens de Gouldsboro savaient... Tout le monde savait.

Pourtant, Mme Carrère s'était montrée simple et cordiale. Mais Mme Carrère n'avait jamais été médisante. Le bruit qui commençait à courir dans Gouldsboro que la comtesse de Peyrac avait trompé son mari avec le pirate, elle ne voulait pas en faire cas... Les yeux furtifs qui suivaient Angélique ce matin-là, tandis qu'elle se dépensait, infatigable, supputaient l'ampleur ou la possibilité de la calomnie... Or, ce qu'il y avait de plus terrible, c'était qu'il ne s'agissait pas d'une calomnie, mais d'une vérité... enfin, d'une demi-vérité. Elle avait été dans les bras de Barbe d'Or, elle avait répondu à ses caresses. Elle aurait voulu pouvoir crier à la face du monde qu'elle n'était pas coupable. Se le nier à elle-même. Redevenir « comme avant ». Elle se penchait sur les plaies avec une infinie douceur, une infinie compassion, car, en elle aussi, elle sentait une plaie ouverte, à chaque instant plus douloureuse, et elle aurait bien voulu qu'une main compatissante s'y posât. Mais personne ne ferait ce geste-là.

— Ah! Madame, sauvez-moi, suppliaient les grands blessés.

Mais elle, près de qui pourrait-elle implorer : sauvez-moi?

Sa douleur était de celles qui ne méritent pas compassion. Et, par éclairs, elle la sentait la traverser si cruellement qu'elle en était presque paralysée.

— Joffrey ne m'aime plus... Comment ai-je pu lui faire cela, à lui si bon, si merveilleux? L'humilier ainsi à la face du monde?... Il ne me pardonnera jamais. Il m'a demandé de soigner les blessés... Pourquoi? Mais, bien sûr, parce qu'il avait besoin de moi. Ses hommes d'abord, sa rancune ensuite... Je le reconnais bien là... Mais après il me chassera, me répudiera. Il ne voudra plus me voir... Il a crié : Je ne veux plus vous voir.

Malgré tout, elle ressentait dans cette obligation de travailler pour lui, à ses côtés en quelque sorte, comme l'impression d'une trêve. La pensée qu'il l'avait fait demander levait en elle un vague espoir.

Il l'avait fait demander. Il s'était souvenu d'elle. Elle comptait donc encore. Elle s'attachait avec plus de ferveur à sa tâche.

Les malheureux, criant leurs souffrances vers lesquelles elle se penchait, rassurante, encourageante, croyaient voir descendre vers eux un ange du ciel, et, dès qu'elle posait la main sur eux, ils s'apaisaient.

— C'est la dame de Peyrac? demandaient ceux qui ne la connaissaient pas.

— Oui, criaient les autres. Tu verras, elle te guérira.

Et toute cette confiance autour d'elle ranimait le courage d'Angélique, apaisait peû à peu ses tourments intimes, l'aidait à redresser la tête, à tenir, bien qu'elle fût consciente de son propre visage tuméfié, et maintenant couvert de sueur.

Elle tendait l'oreille, cherchait à surprendre des bribes de conversation sur le déroulement du combat.

Mais personne ne parlait de la mort de Barbe d'Or.

Seulement de cet horrible et sanglant combat entre équipages, qui s'était déroulé après l'abordage sur le pont du *Cœur-de-Marie*. Et M. de Peyrac avait sauté le premier.

Vers le milieu de la matinée, les navires entrèrent dans la rade, encadrant leur proie.

Donnant du gîte, tronqué de ses mâts, environné d'une fumée lente comme d'un nuage de malédiction, la nef de Barbe d'Or vint s'accoter à une île, au milieu de la baie.

Amenés à leur tour par des chaloupes, les prisonniers commencèrent à monter la plage, encadrés par les matelots du *Gouldsboro* et les soldats de la garnison.

M. d'Urville les fit conduire dans la grange au maïs, construction rustique mais assez vaste et nantie d'une seule issue, ce qui en faciliterait la garde.

L'un des pirates captifs hurlait comme un possédé tandis qu'on le traînait.

— Laissez-moi, corniauds, assassins. Je suis un blessé, j'vous dis, un grand blessé!... Vous allez me faire crever.

Angélique dressa l'oreille à ce timbre criard et reconnut l'ineffable Ventre-Ouvert, son opéré de la baie de Casco.

Elle alla au-devant des hommes.

— Ce vaurien dit vrai. Ne le faites pas marcher surtout! Etendez-le là.

— Ah! vous v'là enfin, vous, c'est pas trop tôt! geignit Beaumarchand. Où étiez-vous partie, m'dame? C'est pas bien de m'avoir laissé tomber, avec cette couture en travers de la panse.

— Taisez-vous donc, crapule! Vous auriez mérité cent fois que le diable vous emporte, après le mauvais tour que vous m'avez joué.

Elle ne l'en examina pas moins et constata avec satisfaction que la monstrueuse cicatrice d'Aristide Beaumarchand avait un aspect sain et paraissait en voie de guérison. Un vrai miracle, car ses compagnons du *Cœur-de-Marie* ne semblaient pas s'être beaucoup souciés de lui depuis qu'ils l'avaient repris à leur bord.

— C'que vous me manquiez m'dame! Ah! on peut dire que vous me manquiez! répétait-il. Ils m'ont laissé crever dans un coin avec les rats, comme un vieux déchet!...

Elle renouvela ses compresses, le sangla dans de la toile comme un nouveau-né, le laissa sur le sable en attendant.

Un peu plus tard, elle s'agenouilla auprès de M. de Barssempuy pour soigner son épaule, tailladée par un coutelas. C'était ce gentilhomme, second de Barbe d'Or, qui l'avait capturée à Maquoit. Aujourd'hui, son visage était noir de poudre et son expression lasse.

— Votre capitaine? fit-elle à mi-voix, Barbe d'Or? où se trouve-t-il? quel est son sort? Blessé? Tué?...

Il lui jeta un regard amer et détourna la tête.

Elle resta sur sa hantise, taraudée d'inquiétude.

Le soleil était à son zénith. La chaleur ajoutait aux souffrances et à la fatigue.

Sur ces entrefaites, quelqu'un vint chercher Mme de Peyrac, lui demandant d'avoir l'obligeance de se rendre à bord du navire pirate afin de déterminer parmi les grands blessés s'il y en avait que l'on pouvait se risquer de transporter à terre ou d'autres qu'il valait mieux laisser mourir sur place.

Elle s'y rendit à bord d'une chaloupe, accompagnée de Martial, qui continuait de porter son sac d'urgence, un tonnelet d'eau douce et le bassin de cuivre. A la coupée, un homme au justaucorps noir troué, roussi par la poudre, et drôlement coiffé de travers d'une perruque mitée, l'accueillit et la guida en claudiquant vers la batterie.

— Je suis le chirurgien de M. Vaneireick, Nessens. Un boulet est tombé sur la cambuse où j'opérais... Quant à mon collègue du *Cœur-de-Marie*, on l'a trouvé raide mort sur un monceau de cadavres. Aussi bien des blessés se seraient-ils trouvés en mauvaise posture sans votre présence à Gouldsboro, madame. Dès que l'on a su que vous étiez à terre, les blessés ont repris courage, et j'ai donné l'ordre d'évacuer le plus de monde possible pour les remettre entre vos mains puisque j'étais empêché de faire ma besogne. Votre réputation est telle qu'elle commence à franchir les mers. Pour moi, je me suis contenté de nettoyer trois navires en ce jour. Mais il y a là quelques pauvres gars sur lesquels je ne peux me prononcer...

Il était difficile de se mouvoir à bord de la nef, dont le pont s'inclinait en un angle inquiétant.

Des barriques de cidre avaient été percées et des nappes de boisson aigre coulaient partout, mêlées au sang. On pataugeait et glissait dans cet infect mélange et il fallait se cramponner pour avancer.

Mais des ordres étaient donnés pour empêcher le navire atteint de couler et l'on entendait les cris et les interjections des équipes au travail.

— C'est surtout sur ce navire-là qu'il y a eu du dégât, expliqua Nessens. Nous fûmes quatre à l'aborder. Le chébec de M. de Peyrac, le *Gouldsboro* et le *Sans-Peur*. Un peu plus tard, le petit yacht *Le Rochelais* est survenu sur les lieux. Voici une bonne opération de police de faite. La moitié de ces bandits est hors de combat.

Le chirurgien était un homme jeune, dans la trentaine. Lorsqu'il s'était aperçu qu'en France sa maîtrise de chirurgien ne lui donnait nul droit à pratiquer puisqu'il appartenait à la religion réformée, il n'avait trouvé d'autre ressource que de s'exiler et d'embrasser la dangereuse profession de chirurgien à bord des vaisseaux corsaires. Quand Angélique eut, avec lui, examiné les pauvres mourants, elle lui proposa de le panser lui-même convenablement. De plus, s'apercevant que sa claudication n'était pas due à une blessure mais à un déboîtement de la hanche qu'il s'était fait en tombant au moment du bombardement, elle lui remit le tout en place, le massa fortement pour ranger les nerfs froissés et distendus et le quitta presque ingambe.

Sur le pont qu'elle traversait, non sans peine, pour se réembarquer, une voix faible l'appela :

— Madame! Señorita!...

Un homme gisant, à demi écrasé, contre la rambarde et caché par des rouleaux de cordages qui avaient glissé jusqu'à lui, la hélait. Il avait dû passer inaperçu jusqu'alors dans le désordre et le va-et-vient d'après la bataille. Elle le dégagea et le tira un peu plus haut, l'appuyant contre le pied du mât de misaine. Dans sa face de cire jaune, des yeux noirs immenses la fixaient et ne lui paraissaient pas inconnus.

— Je suis Lopez, fit-il dans un souffle.

— Lopez... Lopez?

Elle cherchait dans sa mémoire. Il la renseigna, avec un vague sourire sur ses lèvres grises :

— Vous savez bien... Lopez!... là-bas. Les abeilles...

Elle se souvint. C'était donc l'un des flibustiers contre lesquels elle s'était défendue en leur envoyant une ruche d'abeilles à la tête. Aujourd'hui, récupéré par le navire de Barbe d'Or, il y vivait sa dernière heure.

— C'est au ventre, murmura-t-il. Vous allez me faire quelque chose comme à Beaumarchand, hein? Vous l'avez recousu, lui, je vous ai vue faire. Et maintenant il trotte comme un lapin... Je... Je ne voudrais pas mourir, madame, s'il vous plaît...

Il était jeune encore, ce petit Portugais. Un gibier misérable des quais de Lisbonne, nourri jusqu'à l'âge de douze ans de poussière, de soleil et d'une poignée de figues. Et puis, après, la mer. Et c'est tout.

Par acquit de conscience, Angélique fendit le haut-de-chausses déjà distendu par les chairs labourées et putréfiées, souillées de sang, de sanie, de cidre, d'eau de mer. Déjà, les orbites creusées de l'homme l'avaient renseignée. Même si on avait pu s'occuper de lui à temps il n'en aurait pas réchappé.

— Vous allez faire quelque chose pour moi, hein? répétait-il.

Elle lui adressa un sourire rassurant.

— Oui, mon petit. Je vais d'abord te soulager. Avale ceci.

Elle lui glissa entre les lèvres une des dernières pilules qui lui restaient, composées de mandragore et de pavot indien.

Il ne put la déglutir, mais la garda sur la langue, et cela commença à l'engourdir un peu.

— Es-tu bon chrétien, mon petit? demanda-t-elle encore.

— Oui, señorita, je le suis.

— Alors, prie le Bon Dieu et la Sainte Vierge pendant que je vais te guérir.

Elle lui croisa les mains elle-même sur la poitrine et les lui tint ainsi, lui communiquant sa vie, sa tiédeur, dans un dernier contact avec le monde qu'il quittait, afin qu'il ne se sentît pas seul en franchissant le seuil ultime.

Ses paupières plombées se rouvrirent.

— Mamma! Mamma! souffla-t-il, les yeux fixés sur elle.

Elle lâcha ses mains, désormais froides et inertes, lui ferma les yeux puis couvrit le visage du mort du fichu qu'elle avait noué hâtivement, ce matin-là, autour de ses épaules. Elle n'avait jamais pu demeurer indifférente à ces morts violentes d'hommes au cours des combats, à ces subites métamorphoses d'êtres vivant, riant, s'agitant au soleil quelques heures plus tôt, changés d'un seul coup en une masse amorphe, absente, à jamais disparue de la terre et bientôt du cœur de tous. Pourtant, elle avait parfois tué de ses propres mains, mais l'illogisme de la mort, son irréparable cruauté continuait à meurtrir chaque fois profondément sa sensibilité féminine. Bien qu'elle sût le peu de valeur de la pauvre créature qui venait d'achever là son périple terrestre, des larmes perlèrent malgré elle à ses paupières.

2

Comme elle se redressait, elle se trouva face à face avec le comte de Peyrac. Celui-ci, depuis quelques instants déjà, se tenait debout, regardant la femme penchée vers le mourant.

Gilles Vaneireick, qui l'accompagnait en sa dernière tournée d'inspection, avait le premier distingué cette chevelure blonde de femme, vision, enfin, de douceur après les rudes heures de combat; et il avait posé sa main sur le bras du comte. Tous deux, suspendant leur marche, ils l'avaient contemplée, tandis qu'elle s'inclinait sur la face creusée du moribond, et ils avaient surpris le murmure de sa voix compatissante :

— Fais tes prières, mon petit!... Je vais te guérir...

Puis ils l'avaient vue se signer et détacher son mouchoir pour en voiler la face du pauvre garçon. Des larmes brillaient au bord de ses cils.

A la vue de Joffrey de Peyrac, elle se déconcerta au point que Vaneireick en eut pitié. Péniblement, elle se détournait sous prétexte de rincer ses mains dans la bassine que lui présentait le jeune Martial.

— Tous les blessés en état de quitter le bord ont-ils été désignés par vos soins, madame? demanda le comte de Peyrac, sans marquer aucune inflexion autre qu'un calme distant.

— Celui-ci est mort, fit-elle, ébauchant un geste vers le corps étendu.

— Ha! Je le vois bien, répliqua-t-il sèchement.

Obstinément, elle lui dérobait son visage, la meurtrissure bleuie qui le marquait et dont elle n'avait cessé de sentir tout le jour la gêne. C'était la première fois qu'elle le revoyait depuis l'horrible scène de la veille, et elle en éprouvait une sensation glacée comme si elle se fût trouvée subitement devant un étranger... Un mur s'était dressé entre eux.

Le gentilhomme flamand qui accompagnait Peyrac paraissait gai et bon enfant. Son justaucorps jaune, orné de nœuds de ruban flottant au vent, ses plumes d'autruche rouges, ses revers et cravate de dentelle le paraient, dans le goût fastueux des flibustiers des Caraïbes. En revanche, sa face joviale était ce jour-là toute mâchurée de traces sanglantes qui l'obligeaient à fermer à demi un œil.

Afin de se donner une contenance, Angélique se tourna vers lui.

— Puis-je faire quelque chose pour vous, monsieur?

Gilles Vaneireick, enchanté de la connaître de plus près, acquiesça avec empressement.

Elle le fit asseoir sur un tonneau renversé et, tandis que Joffrey de Peyrac s'éloignait, elle lui nettoya délicatement les plaies, tout en se demandant avec quelle sorte d'arme elles avaient bien pu être faites.

Il grimaçait et poussait des gémissements de chiot.

— Vous en faites des manières pour un gentilhomme d'aventures, lui dit-elle. Quand on est aussi douillet que vous, on ne se mêle pas d'aller au combat.

— Je suis le capitaine du *Sans-Peur*...

— On ne le dirait pas.

— Mais c'est que je n'ai jamais été blessé de ma vie, chère madame! Demandez autour de vous, on vous dira que Gilles Vaneireick s'en tire toujours sans une égratignure.

— Pas cette fois-ci, en tout cas.

— Mais si, cette fois-ci encore. Ce que vous soignez là, de vos doigts de fée, ce n'est point une blessure de guerre, tant s'en faut. Je la dois à la rage d'Iñès, hier au soir.

— Iñès?

— Ma maîtresse! Elle est jalouse comme une tigresse, dont elle possède les ongles pointus, et elle a pris ombrage de ce que je lui vantais sans discontinuer votre beauté éblouissante.

— Mais je ne vous connais point, monsieur.

— Si fait... Je me trouvais hier dans la salle du Conseil lorsque vous nous êtes apparue. Mais je ne me vexerai pas que vous n'ayez point remarqué mon humble personne, car je sais que vous n'aviez alors de regards que pour M. de Peyrac, votre époux et, de plus, mon cher et vénéré ami des Caraïbes.

Angélique, qui lui enroulait un bandage autour du front, se retint de lui tirer les cheveux pour se venger de son ironie. L'œil noir de Vaneireick la guettait par en dessous, admiratif, mais assez malin pour avoir noté sur un côté de son ravissant visage des traces bleues qui ne le marquaient pas la veille.

Apparemment, supputait-il, la scène de ménage avait été violente, et les deux époux se boudent encore, mais cette femme est trop belle pour que les choses ne s'arrangent pas. Un peu de jalousie pimente les amours ardentes. Il en avait vu d'autres avec son Iñès. Et, comme Peyrac, il n'aimait pas le partage. Mais ce sont des accidents auxquels on est exposé lorsqu'on s'acoquine avec ces belles qui ont tous les dons de la nature pour faire le bonheur d'un homme, y compris d'attirer toutes les convoitises.

Celle-ci aussi, la folle et vagabonde comtesse de Peyrac, elle avait le don et elle savait en profiter, et tant pis pour Peyrac!...

La narine frémissante, Vaneireick se délecta, tandis qu'elle tamponnait délicatement ses égratignures, de son odeur proche, légère et fugace, de foin coupé — pour tout dire une délicieuse odeur de femme, de vraie blonde, et qui donnait envie d'en chercher plus long sur les mystères de sa peau dorée.

Profitant de sa soi-disant faiblesse de combattant, il en avait pris prétexte, en s'asseyant, pour glisser sa main autour de la hanche d'Angélique. Elle avait une taille splendide, mais il ne put que l'effleurer, car elle se déroba aussitôt.

Il se disait qu'elle devait révéler, nue, des courbes opulentes, et pourtant elle paraissait, par la grâce, la souplesse de ses attitudes, plus mince qu'elle n'était dans la réalité de son corps splendide dissimulé sous les vêtements. L'œil exercé du joyeux corsaire devinait la ligne parfaite d'un corps qui, de la nuque aux reins, ne devait être que de lignes harmonieuses. Une Vénus mâtinée de Diane chasseresse. En tout cas, extrêmement vigoureuse! Il s'en rendit compte quand, d'une simple pression du poignet, elle interrompit sans appel sa rêverie et le remit sur pied d'un seul coup, tel qu'elle l'eût fait pour un bambin jugé un peu trop mollasson à son gré.

— Vous voilà guéri des rancœurs de dame Iñès, mon cher. Demain, il n'y paraîtra plus!

Il lui adressa, de son œil enflé, un clignement de connivence.

— Je souhaite qu'il en soit de même pour vous, trop belle dame! Je vois qu'hier les planètes Vénus et Mars se sont heurtées au sein du firmament et que nous avons été tous deux victimes de cette mésentente des dieux...

Angélique retint une grimace, ressentant une douleur sur le côté gauche de son visage. Elle en avait tant fait depuis le matin que son désespoir s'estompait. Par une réaction naturelle de sa nature indomptable, son optimisme reprenait le dessus, et la réflexion de Vaneireick à propos d'une mésentente entre les dieux de l'amour et de la guerre avait failli la faire rire.

La voyant se familiariser :

— Ecoutez, lui chuchota-t-il, je comprends l'amour, et je ne suis pas sévère pour les défaillances des jolies personnes, même quand ce n'est pas moi qui en suis le bénéficiaire. Désirez-vous que je vous donne des nouvelles de Barbe d'Or?

Le visage d'Angélique se glaça et elle lui lança un regard de colère, humiliée qu'il la plaçât avec une désinvolture indulgente au rang des femmes légères, humiliée aussi pour le comte de Peyrac. Cette fois, la chose était certaine, les confidences de Kurt Ritz n'avaient pas été tenues secrètes. Tout le monde clabaudait au sujet de ses fredaines à elle et de ses déboires à lui.

Pourtant, tourmentée par le sort de Colin, elle ne put s'empêcher de murmurer du bout des lèvres :

— Oui!... Qu'est-il advenu de Barbe d'Or?

— Eh bien, à vrai dire, nul n'en sait rien. Il a disparu!

— Disparu?

— Oui! Coïncidence! Figurez-vous, il n'était pas

à son bord quand nous avons attaqué sa nef et c'est son second qui a donc assuré toute la défense. D'aucuns racontent qu'il avait quitté le navire au cours de la nuit sur un petit canot, sans dire où il allait, ni quand il serait de retour. Il avait recommandé à son lieutenant Barssempuy de se tenir en vue de Gouldsboro, mais bien caché dans l'archipel, jusqu'à ce qu'il revienne lui-même donner d'autres ordres. Partait-il en reconnaissance pour essayer de voir par quels détours il pouvait attaquer cette fois l'établissement de Gouldsboro? Mais nous l'avons pris de vitesse. Dès l'aube, le chébec de M. de Peyrac a débusqué le *Cœur-de-Marie* à l'ancre. Ça a été la poursuite, l'abordage, le corps à corps. Voilà! Nous, de Gouldsboro, nous sommes vainqueurs! Quant à Barbe d'Or, où qu'il se trouve, c'en est fini, je pense, pour longtemps de son hégémonie sur les mers et océans!

— Bien! Je vous remercie, monsieur.

Angélique regagna le port. Le soleil n'en finissait pas de décliner sur l'horizon. Les poussières et les fumées se pastellisaient d'or et de soufre. La chaleur, qui avait été écrasante malgré le vent incessant, tombait enfin.

Attirés par la canonnade, des Indiens étaient sortis des bois, apportant des fourrures pour troquer avec les navires et du gibier dont l'apport ne serait pas à dédaigner devant cette nouvelle affluence de bouches à nourrir. Marins anglais et français, flibustiers, et jusqu'aux blessés qui pouvaient se traîner, tout le monde courut à la traite, tant étaient puissants sur ces rivages l'attrait du troc des fourrures et l'appât du gain qu'on en retirait. On échangeait n'importe quoi, des bonnets, du tabac, de l'eau-de-vie, des anneaux d'oreilles, et jusqu'aux cuillers de bois et d'étain qui étaient pourtant, avec le couteau, l'ustensile le plus précieux de leur vie de matelot.

Les prisonniers eux-mêmes, à travers les planches de leur prison, criaient aux Indiens d'approcher et leur tendaient des babioles d'échange.

Ce fut à cette occasion qu'Angélique retrouva parmi les captifs une autre de ses anciennes connaissances de la pointe Maquoit.

Où, dans ce combat, tant de braves gens étaient morts, il avait fallu qu'un Hyacinthe Boulanger survécût. Il faisait scandale et on avait déjà dû l'assommer deux fois pour le faire tenir tranquille.

— C'est un boucanier, donc qu'on le mette à boucaner, décréta Angélique. Là au moins, dans cette tâche, il ne serait pas nocif, voire même se montrerait utile.

Elle le tança vertement :

— Ne nous faites pas regretter de vous avoir laissé la vie sauve, pauvre tête de brute! Si vous préférez qu'on vous lie poings et pieds plutôt que de disposer de votre personne, à votre gré; mais je vous prie de comprendre que vous aurez avantage à m'obéir car il ne vous reste pas d'autre alternative que celle d'être docile ou d'être pendu comme une bête malfaisante et inutile que vous êtes.

— Obéis, Hyacinthe! lui cria Aristide de son grabat. Tu sais bien qu'avec elle ça ne sert à rien de discuter, et après tout n'oublie pas qu'elle a recousu le bide de ton frère de la Côte!

Subjugué, l'affreux boucher fit signe qu'il avait compris et s'en alla en balançant ses longs bras de singe ramasser du bois vert pour ses feux de fumage. Angélique glana encore parmi l'équipage deux ou trois boucaniers de profession, les installa, en compagnie d'Hyacinthe Boulanger, sur une petite grève à l'écart, et sous la garde d'une sentinelle armée, avec mission d'écorcher, de dépecer, faire rôtir en partie, et fumer d'une autre, les cerfs et daims que les Indiens avaient apportés.

L'odeur savoureuse de grillade qui s'éleva bientôt dans le soir doré lui rappela qu'elle n'avait rien mangé de toute la journée et même depuis la veille, et même... ma foi oui, son dernier repas datait de Pentagoët sur la baie du Pénobscot entre le baron de Saint-Castine et le père Maraîcher de Vernon, dit Jack Merwin, jésuite. Une éternité!... Cela semblait loin et elle pressentait qu'elle n'était pas encore au bout de ses peines.

Tout à coup, elle avait faim.

La rencontre avec Vaneireick l'avait un peu rassérénée. Maintenant qu'elle savait que Colin n'était pas parmi les morts, elle se sentait mieux. Après tout, Vaneireick n'avait-il pas raison? Fallait-il faire un drame et détruire deux vies, plusieurs vies, pour une bagatelle? Certes, Joffrey n'était pas un mari facile à affronter, mais il faudrait bien qu'elle s'y résolve et vienne à bout de sa peur... « Je lui dirai... Eh bien! Je lui dirai la vérité... Que je ne l'ai pas trahi autant qu'il le croit... Que Barbe d'Or, c'est Colin... Il comprendra... Je saurais trouver les mots qu'il faut pour qu'il comprenne. Déjà, cela va mieux qu'hier. Nous œuvrons ensemble de nouveau... La vie l'a forcé à se souvenir de moi, de tout ce qui nous unit... N'avons-nous pas connu d'autres batailles, d'autres séparations... d'autres... trahisons. Et nous en avons triomphé, et nous avons réussi à nous aimer, et plus fort que jamais. »

Après tout, ils n'étaient plus des enfants, avec

l'intransigeance et l'inexpérience de la jeunesse. La vie avait passé sur eux, qui apprend à connaître le prix des vrais sentiments et ce qu'il faut savoir admettre ou sacrifier pour conserver ce que cette vie réserve de meilleur, d'inappréciable.

Et trop d'êtres dépendaient d'eux. Il fallait qu'elle lui dise cela aussi. Ils n'avaient pas le droit de faiblir, de décevoir. Elle pensa à ses enfants, particulièrement à Cantor qui risquait de surgir devant elle d'un instant à l'autre.

Quelqu'un lui avait dit que son fils cadet était retourné la chercher à la baie de Casco, et elle avait été soulagée de le savoir absent. Mais, peu après, l'annonce courait que *Le Rochelais* était revenu juste à point pour participer au combat naval du matin. Il patrouillait encore entre les îles.

Pour Cantor aussi, il fallait que leur explication, leur réconciliation soient promptes avant que la rumeur et les ragots parviennent aux oreilles du sensible adolescent. Dès ce soir, elle chercherait à se trouver seul à seul avec Joffrey.

Mais la journée n'était pas encore achevée, il lui restait mille tâches à accomplir. Près de l'auberge de Mme Carrère, elle se réconforta d'un épi de maïs encore en lait... qu'elle fit rôtir hâtivement sur des braises et grignota tout aussi rapidement tandis qu'elle surveillait la préparation d'une décoction de plantes. Elle manquait de ciguë et de mandragore pour fabriquer ses pilules calmantes, mais, à défaut, encens, girofle, pavot d'Orient lui auraient permis d'y remédier. Elle courut un peu partout dans les maisons, fouilla les réserves du fort. Quelqu'un lui dit qu'il y avait un « homme aux épices » sur le *Sans-Peur*, comme il y en a sur beaucoup de navires, un marin qui a toujours dans ses basques et les recoins de son coffre une poignée de ceci ou une pincée de cela, rapportée de tous les antipodes. Elle le reconnaîtrait à ce qu'il avait un tampon noir sur l'œil et qu'il était partout suivi de son esclave, un Caraïbe au teint olivâtre qui portait au cou une pierre verte magique retenue par un lien de coton. Le tampon noir n'aurait pu suffire comme signe de reconnaissance car il y avait beaucoup de borgnes parmi ces combattants de la mer.

Une partie des équipages avait été mise à terre et bivouaquait à l'extrémité ouest de la grande plage.

— Ils seront soûls ce soir, disait Mme Carrère d'un air entendu. Elle n'avait cessé de verser aux hommes valides de la bière, du vin, du rhum et de l'eau-de-vie... Il est vrai qu'ils payaient parfois en perles et même en ducats d'or.

Apporté par les canots, le butin du *Cœur-de-Marie* était déposé, numéroté, s'alignait, en tonneaux, barriques, coffres, sacs, sous l'œil satisfait des marins de toutes nationalités qui, de ce combat, retireraient chacun une prime.

Bien achalandée avait la réputation d'être la cargaison du corsaire Barbe d'Or.

Les écrivains comptables de chaque vaisseau s'activaient autour des marchandises, jetant des chiffres et posant des sceaux. Il y avait du tabac du Brésil, de la mélasse, de la cassonade, du sucre blanc, du riz, du rhum et des vins encore, puis le tout-venant des vivres d'un navire marchand : barils de pois, de fèves, de lard salé, de biscuits, plus quelques délicatesses : sept barils d'oreilles de cochon, sept pots de cuisses d'oie, des jambons, des fromages, des fruits secs, fiasques de vinaigre, d'huile, de raisiné, enfin un petit coffret clouté, extrêmement pesant, qu'on disait contenir des pierres précieuses et les fameuses émeraudes de Caracas qu'il y avait comptées... On mit deux sentinelles pour garder ce coffre, en attendant de le faire transporter dans le fort du comte de Peyrac.

Retenant le bas de sa jupe, Angélique se fraya un passage dans la foule bruyante. Alléchés par tant de spectacles divers, les Anglais puritains du camp Champlain, ainsi que les Huguenots rochelais, baguenaudaient de bon cœur parmi la cohue, et l'on entendait autour des feux des voix anglaises et françaises qui contaient aux enfants d'extraordinaires aventures de piraterie dans le décor bleu des Caraïbes où brillent à l'infini sous les palmes de longues plages blanches, où l'on boit le rhum mêlé au jus laiteux et frais de grosses noix de coco velues.

Une enfant en robe rouge sauta au cou d'Angélique qui, à cette spontanéité, faillit ne pas la reconnaître.

— Rose-Ann, ma chérie, comme je suis contente de te revoir!

La petite Anglaise paraissait fort s'amuser, de même que Dorothy et Janeton de Monégan. Les leçons de Bible et de lecture ne seraient pas encore pour aujourd'hui.

Angélique découvrit enfin l'homme aux épices, flanqué de son Caraïbe demi-nu, et lui fit quelques emplettes.

Dans le soir, l'or du tableau de la Vierge à l'arrière du *Cœur-de-Marie* accrochait des étincelles. A demi incliné par la gîte du vaisseau, les reflets de ses coloris tremblaient dans le bassin du port; et plus s'accentuait l'ombre, plus les visages de la Vierge et des Anges ressemblaient à de nostalgiques et douces apparitions veillant sur la foule bigarrée, rassemblée sur la rive. L'odeur pénétrante de la baie s'exhalait subitement d'algues noires et iodées, car la mer se retirait et, dans cet encensement marin que portait le vent mêlé aux fumées de bois et de goudron, une femme surgit qui se mit à danser follement aux sons des castagnettes. Son ample jupe brodée couleur de feu l'auréolait par moments de rouge et d'or, et son regard glissait, aigu et provocant, au bord de cils outrageusement noircis de khôl. Il suivit longuement Angélique, qui passait.

— C'est Iñès, lui dit-on, la maîtresse de M. Vaneireick. Il paraît qu'elle manie aussi bien le sabre que les castagnettes.

Angélique s'arrêta un instant pour regarder bondir, avec une grâce féline et trépidante, la « tigresse ».

Il y avait des rires, et des chants, et des cris, ce soir-là, à Gouldsboro, et des plaintes aussi parmi les blessés, les mourants et les vaincus.

Et dans cette agitation fébrile, ce désordre né de la victoire et de la défaite qui embrouille et mystifie les esprits aussi bien que le brassement sonore des flots et du vent, le Diable aux pieds fourchus avait beau jeu, lui aussi, pour danser, nouer des intrigues, tisser les fils du malheur et de la discorde, mener son ballet infernal avec, à sa suite, pour l'escorter, tous les génies invisibles du Mal...

3

Il apparut à Angélique, vers la fin du jour, sous les traits d'un homme pâle qui, traversant la baie à marée basse, sautillant de roche en roche, semblait être venu à pied des lointains de la mer. Angélique se tenait alors au seuil de l'auberge de Mme Carrère et, pour la énième fois de la journée, se lavait les mains dans une cuve près d'un tonneau à eau de pluie, et essayait subrepticement d'étendre un peu de baume sur l'ecchymose qu'elle portait à la tempe. Elle n'avait pu se soigner de la journée. Elle était fatiguée et rompue.

— M. de Peyrac vous demande, fit l'homme, dans cet îlot, là-bas; il faut que vous vous y rendiez d'urgence.

— Y a-t-il donc encore des blessés? interrogea Angélique, jetant un coup d'œil à son sac ouvert à ses pieds et qui ne l'avait pas quittée.

— Peut-être... Je ne sais.

Angélique hésita une fraction de seconde. Mme Carrère venait de l'avertir qu'elle lui faisait réchauffer une écuellée de petit salé aux choux pour la « remettre » et changer de ces sempiternels coquillages. Et puis il y avait aussi autre chose qu'elle ne put définir sur l'instant et qui la faisait hésiter à suivre cet homme.

— Où est votre barque? s'informa-t-elle.

— Il est inutile de prendre une barque. On peut aller à pied sec. La baie est à découvert.

Elle le suivit, traversant l'espace étendu entre le rivage et l'îlot désigné. Les algues visqueuses éclataient sous leurs pas avec un petit bruit sec et chuintant.

Le miroitement du soleil couchant dans les multiples mares éblouissait Angélique et lui faisait mal aux yeux.

L'îlot émergeait à une distance d'à peu près un mile, détaché en avant-garde d'une chaîne de récifs et couronné des habituels sapins noirs, plantés comme des lances, des pins parasols, de buissons verts et de bouleaux. Une plage de sable vieux rose montait en pente douce vers les ombrages du petit bois.

— C'est par là, dit l'homme en désignant la lisière des arbres.

— Je ne vois personne...

— Il y a une clairière un peu plus loin. Monseigneur de Peyrac s'y trouve et vous y attend avec d'autres personnes.

Il parlait d'une voix monocorde et indifférente. Angélique le regarda. Elle s'étonnait de son teint maladif et se demandait à quel équipage il pouvait bien appartenir.

Lentement, elle gravit la plage, où ses pieds s'enfonçaient dans le sable humide, atteignit l'herbe rase, puis plus touffue.

Il y avait là une clairière en effet sous les arbres, et au centre un vieux navire échoué. La silhouette fantomale du vaisseau dans l'ombre verte s'inclinait, émergeant de l'herbe, des buissons et des lianes. C'était une petite caraque du siècle passé, de cent vingt tonneaux à peine. On distinguait ses balustres chantournés, et la forme imprécise de sa figure de proue rongée et à demi pourrie, qui avait dû représenter le buste musclé et la tête chevelue de quelque dieu marin. Le château arrière était à demi enseveli par des roches, les mâts brisés, mais celui de misaine, plein de chancres rouges, de champignons noirs, se perdait encore à travers les feuillages.

Une tempête, une lame de fond, une marée d'équinoxe, plus haute et géante que les autres, avait dû porter cette épave jusqu'au fond de cet antre feuillu, puis s'était retirée, l'abandonnant là pour toujours.

Un oiseau siffla, jetant une note pure et allègre. Son chant accentuait le silence. L'endroit était désert.

Au même instant, Angélique se souvint de cette chose qui l'avait fait hésiter à suivre l'homme pâle et qu'elle n'avait pu se remettre aussitôt en mémoire : n'avait-elle pas aperçu, quelques instants auparavant, le comte de Peyrac abordant la plage et se dirigeant vers la grange des prisonniers? Il ne pouvait donc être à la fois là-bas et ici.

Elle se retourna pour héler l'inconnu qui l'avait conduite. Il avait disparu.

Perplexe et envahie d'un sentiment de danger qui hérissait sa chair, elle reporta ses regards vers le vieux navire. On n'entendait que le bruit des vaguelettes clapotant entre les roches et le chant d'un oiseau aux trilles voluptueux qui fusaient à intervalles réguliers, comme un appel... un avertissement.

Angélique porta la main à sa ceinture, mais elle savait qu'elle n'y trouverait aucune arme.

Oppressée, elle n'osait appeler, craignant, en rompant le lourd et tiède silence, de déchaîner elle ne savait quelle découverte horrible.

Comme elle se décidait enfin à ébaucher doucement un mouvement en retrait, elle entendit le bruit d'un pas. Cela venait de derrière le navire.

C'était un pas pesant, étouffé par l'herbe et la mousse, mais qui lui parut ébranler la terre dans ses profondeurs.

Angélique s'appuya à la quille pourrie du navire. Son cœur s'arrêtait.

Au soir d'une journée éprouvante, épuisante, qui avait suivi pour elle une mortelle nuit de douleurs et de larmes, l'avance de ce pas inexorable qui s'approchait lent et lourd comme le Destin, et qui n'était ni celui de son mari, ni celui d'un matelot ou d'un Indien, tous deux marchant de préférence pieds nus, ni même — qui sait! — celui d'un être humain! la prenait en pleine déroute de ses forces et éveillait en elle toutes les terreurs superstitieuses de l'enfance.

Lorsqu'une ombre puissante se profila à l'angle du navire, se détachant vaguement sur l'obscurité glauque du sous-bois, elle crut à l'apparition d'un ogre ou d'un géant.

4

Filtrant à travers les branches, un rayon de lumière fit luire le reflet d'une chevelure et d'une barbe blondes et hirsutes. Barbe d'Or!

— Est-ce toi? fit-il.

Comme elle se taisait, il continua d'avancer vers elle avec méfiance.

Ses lourdes bottes, dont les revers rabattus découvraient ses genoux nus massifs et tannés, écrasaient l'herbe aux fleurs délicates. Il portait un haut-de-chausses court, une chemise blanche au col ouvert et une veste de cuir sans manches que barrait un large baudrier. Mais ce baudrier était vide de ses quatre pistolets et le sabre d'abordage n'y pendait point. Lui aussi, le corsaire, était sans armes.

A quelques pas d'Angélique, il fit halte.

— Pourquoi m'as-tu fait venir? interrogea-t-il. Que me veux-tu?

Angélique secouait la tête négativement, avec véhémence.

— Je ne t'ai pas fait venir, réussit-elle enfin à articuler.

Les yeux bleus du Normand l'observaient avec acuité. La magie, dont il ne pouvait se défendre dès qu'il se trouvait en sa présence, déjà agissait sur lui et il quittait son expression de grand fauve traqué, et déjà son cœur s'attendrissait.

— Comme tu es pâle, mon agneau! dit-il avec douceur, et qu'as-tu donc là, au visage?... Es-tu blessée?

Il avança la main et toucha du bout des doigts la tempe meurtrie.

Angélique tressaillit de la tête aux pieds. A la fois sous la douleur causée par ce très léger effleurement et sous l'éveil d'une pensée effrayante qui la traversa. Elle était seule sur cet îlot avec Colin! Et si Joffrey survenait...

— Ce n'est rien, s'écria-t-elle d'une voix hachée, farouche et désespérée. Mais va-t'en vite, Colin, sauve-toi... Il faut que je parte.

Elle s'élança sur la pente herbeuse vers la plage et courut en direction du passage qui traversait la baie.

Comme elle y parvenait, elle s'arrêta, pétrifiée d'angoisse.

Couvrant de sa transparence miroitante les roches tout à l'heure à découvert, la mer s'étalait, nonchalante. Une vague orgueilleuse monta à l'assaut de la grève, avec un bouillonnement d'écume.

Angélique se mit à courir comme une folle le long de la plage. Elle s'élança sur la pointe d'une roche encore émergée, puis sur une autre. Une vague lui couvrit les pieds, une autre faillit lui faire perdre l'équilibre.

Une poigne solide l'attrapa, la tira en arrière.

— Que fais-tu? dit Colin Paturel. Tu vois bien que c'est marée haute?

Angélique leva vers lui un regard de terreur.

— Nous sommes encerclés dans l'île, murmura-t-elle.

— Ce me semble.

— Mais il faut partir!

— Il n'y a pas de barque, dit Colin.

— Mais c'est impossible! Tu as bien une barque, toi. Comment es-tu venu?

— Je ne sais pas comment je suis venu, répondit-il assez énigmatiquement.

— Et l'homme qui m'a conduite, où est-il? Ne l'as-tu pas rencontré? Il avait le visage blanc comme du suif.

Tout à coup, Angélique défaillit et s'accrocha au revers de la veste de Colin.

— Colin, c'était le Démon! J'en suis sûre!

— Calme-toi, dit-il en la prenant dans ses bras. A l'aube, la mer se retirera...

Elle s'arracha à son étreinte avec un cri déchirant.

— Non! C'est impossible!... Je ne peux pas passer toute la nuit ici... avec toi... Surtout pas avec toi!...

De nouveau elle s'élançait vers l'eau. Elle commença de dégrafer sa robe. Colin la rattrapa derechef.

— Que veux-tu faire? Tu es folle?

— J'irai à la nage, s'il le faut. Tant pis! J'arriverai nue à Gouldsboro, mais je ne resterai pas ici. Lâche-moi!

— Tu es folle! répéta-t-il. Le courant est très mauvais et tu vas te noyer dans les pertuis.

— Tant pis! J'aime mieux me noyer... Lâche-moi, te dis-je.

— Non, je ne te lâcherai pas.

Elle se mit à se débattre contre lui en criant. En vain. Colin lui faisait horriblement mal avec ses deux poignes de fer autour de ses bras, mais il ne la lâchait pas et elle sentait qu'elle ne pourrait rien contre sa force herculéenne. Soudain, il l'enleva comme un fétu pour la ramener vers le haut de la plage, et il continua à la maintenir sans broncher jusqu'à ce que, à bout de forces et de nerfs, elle s'abattît sanglotante en travers de sa poitrine.

— Je suis perdue!... Je suis perdue!... Jamais il ne me pardonnera.

— C'est « lui » qui t'a frappée?...

— Non! Non! Ce n'est pas lui!... Oh! Colin, c'est affreux!... Il a su!... Il a su!... Et maintenant il ne m'aime plus!... Oh! Colin!... que vais-je devenir?... Cette fois, il me tuera!

— Calme-toi.

Il la berçait doucement, la serrant très fort contre lui afin de maîtriser les tremblements incoercibles qui la secouaient. Lorsqu'elle commença à s'apaiser un peu, Colin Paturel leva les yeux vers la première étoile qui s'allumait dans le ciel d'émeraude.

Une brume nocturne s'était étirée et cachait les lumières de Gouldsboro. Ils étaient vraiment seuls. Le regard de Colin revint vers la tête blonde enfouie contre son épaule.

— Tout ceci n'est pas si grave, fit-il de sa voix profonde. Pour l'instant, il n'y a rien d'autre à faire que d'attendre le jour. La marée, c'est la marée!... Après, on verra. Calmez-vous, madame de Peyrac.

L'adjuration et ce vouvoiement subit firent à Angélique l'effet d'un coup de fouet. Elle se calma, tremblante encore, ainsi qu'une bête aux abois, mais rappelée subitement à sa dignité de femme, et d'épouse du comte de Peyrac.

— Cela va mieux? interrogea-t-il.

— Oui, mais... lâchez-moi.

— Je vous lâcherai quand vous m'aurez fait la promesse de ne pas vous précipiter à l'eau et d'attendre bien sagement que la passe soit sans danger pour repartir. Alors?...

Il se pencha, découvrant son visage, la regardant avec une tendre ironie, comme une enfant déraisonnable qu'il faut convaincre.

— Promis?

Angélique fit « oui » de la tête.

Il la laissa aller et elle fit quelques pas hésitants avant de se laisser choir sur le sable.

Elle avait mal partout. Aux bras, à la nuque, à la tête. Elle était broyée de partout. Ah! elle s'en souviendrait de cette journée et de son retour à Gouldsboro!... Une crampe d'estomac la tordit.

— Et avec ça, je meurs de faim! s'écria-t-elle avec colère. C'est complet!

Colin, sans mot dire, s'éloigna, revint avec une brassée de bois mort, alluma un feu entre trois cailloux, s'éloigna encore. Un peu plus tard, il reparut tenant un gros homard bleuâtre ruisselant, qui agitait avec indignation ses énormes pinces.

— Voici un camarade qui va nous aider à passer le temps, annonça-t-il.

Habilement, il retourna le crustacé sur les braises, jusqu'à ce qu'il fût devenu d'un beau rouge vif. Puis il brisa la carapace brûlante et tendit la meilleure part à Angélique. La chair blanche et ferme, à la saveur délicate, la réconforta, et elle commença à envisager la situation sous un aspect moins tragique.

Colin la regardait manger, fasciné par ses gestes

qu'il reconnaissait et qui l'avaient toujours ravi par leur grâce inimitable. Comment — naïf qu'il était — n'avait-il pas su aussitôt, jadis, rien qu'à la regarder manger, que c'était une grande dame!... Cette habileté pour tenir la nourriture entre les doigts sans gaucherie, cette désinvolture pour y planter les dents sans vulgarité, n'étaient-ce pas là des élégances qu'on n'apprenait qu'à la table des rois...

Angélique se rassasiait avec avidité, mais l'esprit tellement en souci qu'elle était inconsciente du regard de Colin sur elle.

Souvent, à Wapassou, elle avait rêvé d'un agréable instant qu'elle vivrait à Gouldsboro quand elle y reviendrait, lorsque, en compagnie des enfants et de ses amies, elle ferait griller un homard ou une langouste dans le creux d'un rocher. Jamais elle n'aurait imaginé que les choses pourraient se passer ainsi dans ces ténèbres d'un cauchemar semi-diabolique. Wapassou avait disparu très loin. Très loin semblait déjà le père de Vernon, Jack Merwin au regard impénétrable dans les prunelles duquel elle avait vu briller soudain pour elle une si vive étincelle. C'était hier!... Hier que la voix rêveuse du jésuite murmurait : « Quand les choses diaboliques se mettent en route, cela va très vite... Le temps s'arrête... Tout se passe hors du temps... »

Il y avait trois nuits, elle s'amusait et dansait à Monégan, et sa conscience était en paix, ne lui reprochait rien de bien grave. Aujourd'hui, elle comprenait qu'elle risquait de perdre à jamais l'amour de Joffrey, et peut-être la vie.

— J'ai peur, fit-elle à mi-voix. C'est plein d'esprits mauvais par ici. Je les sens qui rôdent, qui nous guettent, qui veulent notre perte.

Allongé à demi, de l'autre côté du feu, appuyé sur un coude, le Normand ne la quittait pas des yeux. Il la voyait si pâle, dans la lueur du feu, qu'il ne disait mot.

Elle se leva pour aller se rincer les doigts au bord de l'eau, et ce geste lui remémora sa tâche harassante du jour dont elle émergeait dans le silence du soir, hébétée et encore brisée dans chacun de ses membres.

Les mouvements lascifs et traînants des vagues lui donnèrent le vertige. Elle revint en secouant sa jupe autour d'elle.

— Mes vêtements sentent le sang, la poudre, la sueur des malheureux, la mort... Que d'âmes ont quitté la terre aujourd'hui... je n'en suis plus!

Elle s'assit de nouveau et, sans l'avoir voulu, elle s'était rapprochée de lui.

— Renseignez-moi, dit Colin, que s'est-il passé à Gouldsboro et dans la baie? Du vilain, je gage? C'est à mon navire qu' « ils » en avaient?

— Oui-dà! Et « ils » l'ont eu. Il est dans le port maintenant, à demi plein d'eau. La moitié de vos hommes tués, les autres prisonniers ou blessés... C'est fini pour vous, Barbe d'Or! Vous ne continuerez pas à ennuyer les honnêtes gens... Où étiez-vous pendant ce temps?

Elle s'étonnait, en parlant, de la hargne, de la violence qu'elle mettait dans ses paroles, de ce désir qui la saisissait de le frapper à son tour.

Assise et tendue, les bras autour des genoux, elle continuait à regarder dans la direction de Gouldsboro, si ardent était son désir de se retrouver là-bas.

La brume n'était pas tellement épaisse qu'elle ne laissât filtrer, comme de grandes étoiles rousses, les feux de position allumés aux extrémités des caps et au sommet des récifs les plus dangereux. Dans des braseros abrités, brûleraient toute la nuit des morceaux de résine. Ces feux signalaient aux navires les récifs les plus dangereux.

Parfois, quand l'écho du ressac se faisait moins bruyant, il semblait à Angélique qu'elle percevait la rumeur bourdonnante du port et, à différentes reprises, le brasillement des lumières des maisons ou des lanternes des navires à l'ancre, plus claires et plus ténues que celles des phares, lui fut perceptible.

Que se passait-il là-bas? S'était-on aperçu de sa disparition? La cherchait-on? « N'empêche, se dit-elle... je suis perdue... perdue! »

Colin était demeuré silencieux, comme écrasé par le sort et les nouvelles qu'elle venait de lui donner brutalement.

Derrière eux, la lune s'élevait, énorme, informe et dorée dans le halo qui lui conférait le voile des brumes. Sa clarté s'épandant blanchissait la vague nonchalante, le sable de la plage et luttait avec la lueur mourante du foyer. Une chouette hulula. Et bientôt, avec un sursaut mêlé de crainte et d'espoir, Angélique crut voir des formes humaines qui se mouvaient dans les rochers et nageaient au creux de la houle. Mais ce n'était qu'une petite compagnie de loups-marins qui, après quelques ébats, disparurent vers le large, sans doute effrayés de découvrir des humains sur la plage de leur repos. Leurs jappements brefs s'éloignèrent, s'étouffèrent, nostalgiques.

Personne ne viendrait cette nuit jusqu'à l'îlot du Vieux-navire. Angélique vivrait encore avec Colin une de ces nuits à part, de ces nuits de la solitude du monde que seuls connaissent les fugitifs, les amants réprouvés, les condamnés, les pourchassés et telles qu'ils les avaient partagées autrefois dans le désert. Nuit de douceur ou de peur, où le sentiment du monde hostile qui les cerne rapproche les cœurs transis, les corps tremblants.

Colin Paturel bougea.

— Ainsi, j'ai tout perdu, fit-il comme se parlant à lui-même, c'est la seconde fois... Non, la troisième... Peut-être la quatrième, après tout. C'est cela, la vie du gentilhomme d'aventures et du pauvre matelot. Partir... Partir sur les flots bleus. Loin, là-bas. Gagner une fois, deux fois. Et puis, pour un navire qu'on croise, une risée de vent qui tourne, la vie entière qui bascule, une autre existence à vivre... Douze années de captivité en Barbarie... On s'évade, on repart, on refait fortune... Et de nouveau plus rien... La mort à attendre... ou quelle autre vie?... Une place pour y rester seul et c'est tout.

Angélique, le cœur étreint d'un obscur remords, l'écoutait monologuer.

— Vous aussi, je vous ai perdue, reprit-il en levant vers elle l'acuité bleue de son regard dont elle ne pouvait se défendre d'être chaque fois bouleversée. Avant, vous me restiez, une présence, un rêve, un visage de femme, ma richesse... Aujourd'hui, tout s'efface.

— Colin! Colin! s'écria-t-elle, mon cher ami, vous me torturez. Vous aurais-je donc fait tant de mal, moi qui vous ai tant aimé... Pourquoi ces regrets?... Je n'en vaux pas la peine. Vous avez divinisé je ne sais quel souvenir, dont vous vous servez pour meurtrir inutilement votre cœur. Je ne suis qu'une femme comme les autres, qui a croisé votre route comme bien d'autres croisent celle d'un marin... Et je me demande ce qu'il y avait de si séduisant en cette malheureuse à la peau brûlée que j'étais, aux pieds poussiéreux, au corps squelettique et qui se traînait sur les cailloux, retardant votre marche, vous encombrant de sa faiblesse...

— N'essayez donc pas de détruire, ni d'expliquer, fit Colin doucement... Vos pauvres pieds sanglants, vos lèvres fendues, vos larmes qui mettaient du sel sur vos joues, votre corps de plus en plus menu, de plus en plus fragile sous le burnous, c'est de tout cela que j'ai fait le paradis secret de mes jours... Et puis, ce n'est pas à vous de savoir de quel « charme » une femme comme vous peut frapper un homme simple et qui n'est pas assez armé pour se défendre. Ce que vos yeux et votre sourire promettent, votre corps le tient trop bien... C'est de cela qu'on ne guérit pas. Parce qu'il n'y a pas une femme sur mille pour... On peut rôder sur toute la surface de la terre sans la trouver, sans la retrouver jamais. Après cela, les autres femmes, ce n'est rien. Après cela, les autres femmes, c'est l'enfer!...

Il avait prononcé les derniers mots avec amertume et il fut surpris de l'entendre rire.

— Là, je ne vous crois pas, dit-elle.

— Hein? s'exclama-t-il en se redressant, à demi furieux.

— Quand vous dites qu'avec les autres femmes c'est l'enfer, vous dramatisez pour m'attendrir, mais je ne vous crois pas! Vous autres, hommes, vous êtes bien trop paillards pour ne pas profiter d'une aimable occasion, même avec un amour éternel au cœur.

— Ah! vous croyez cela?

Sombre, il ouvrait et fermait les poings comme s'il avait voulu l'étrangler.

— On voit bien que vous parlez en femme. Vous vous imaginez qu'un homme... C'était l'enfer, répéta-t-il avec colère et je sais ce que je dis. Prendre une fille de passage, cela éveillait mes regrets de vous, plus aigus. Et je buvais pour oublier... Et je frappais la pauvre créature qui n'en pouvait mais... Voilà ce que vous avez fait de moi, madame! Et vous riez? Ah! je reconnais bien l'insolence de la noble comtesse qui a fait l'aumône d'amour à son valet!... Cela vous changeait, hein?... Cela vous changeait des beaux princes et des marquis poudrés de la Cour, que de vous distraire avec un croquant comme moi! Cela vous amusait de voir un pauvre ignorant, qui ne sait ni lire ni écrire, se traîner à vos genoux, à vos pieds comme une bête... Combien de fois n'ai-je pas revécu la découverte infâme que j'ai faite à Ceuta, que vous étiez une noble dame de la Cour... J'ai cru vingt fois périr d'humiliation rien qu'à m'en ressouvenir.

— Colin, vous êtes un orgueilleux, dit Angélique froidement, et un sot. Vous savez parfaitement qu'il n'y a jamais eu d'aussi vils rapports entre vous et moi. La preuve en est, c'est que tout au long de notre voyage vous ne m'avez jamais soupçonnée d'être, comme vous le dites, une noble dame de la Cour, avec tout ce que cela comporte de morgue, de méchanceté et de calcul à vos yeux. Et puis vous ne vous êtes jamais traîné à mes pieds, que je sache! Quant à moi je vous admirais, je vous estimais, je vous comparais au roi lui-même. Je vous considérais comme le maître. Le chef et... vous me faisiez une peur bleue. Plus tard, vous avez été celui qui me portait, qui me protégeait, qui me rendait heureuse — sa voix fléchit sur un murmure — très heureuse! Colin Paturel, vous allez me demander pardon des paroles que vous avez prononcées tout à l'heure. C'est maintenant qu'il va falloir vous mettre à genoux.

Il l'avait écoutée, fasciné. Lentement, il redressa son corps massif, se mit à genoux devant elle.

— Pardon, dit-il, pardon, madame.

Sur les belles lèvres pâles d'Angélique, il voyait naître un sourire maternel, indulgent.

— Vous êtes stupide, Colin.

La main de femme se tendit, effleura le front rude, ses doigts fins, entre les cheveux drus, passaient, comme en ceux d'un enfant. Il attrapa au vol cette main légère et en baisa la paume.

— Comme tu me domines! chuchota-t-il. C'est, sans doute, à cause de cela. Parce que tu es une grande dame et que moi je suis un pauvre péquenot.

— Non, tu es un roi, Colin.

— Non, je suis un péquenot.

— Eh bien, tu es le roi des péquenots, voilà!

Ils riaient tous deux gaiement, et un reflet de lune allumait comme une étincelle nacrée sur les dents d'Angélique. Ils étaient si proches, si tendrement complices, qu'un mouvement infime eût rapproché leurs lèvres.

Angélique le sut, au bord du vertige. Et elle eut, pour retirer sa main de celle de Colin, un geste de brûlée qui bouleversa l'homme jusqu'aux moelles.

Ce recul, c'était pour lui l'hommage. Elle lui rendait un pouvoir dont il avait douté pendant tant d'années.

Alors il se redressa et s'éloigna de quelques pas. Ainsi donc, il avait le pouvoir, lui, Colin, d'émouvoir cette chair hautaine, magnifique et princière, et le bonheur qu'il lui dispensait, ce n'était pas que mensonge. Certes, à Miquenez, il avait manqué de prudence et de discernement, lui qui pourtant « avait l'œil », comme le reconnaissaient volontiers les captifs ses sujets. Malgré les voiles mauresques qui enveloppaient la prisonnière du harem, il aurait dû deviner aussitôt, à son comportement, à la finesse de ses attaches, à sa voix nuancée, à sa parole toujours choisie, avec parfois des pointes hardies, à ses délicatesses, ses patiences... et ses impatiences, sa façon d'être avec chacun toujours juste et fine, à son courage aussi, ce courage ancestral des seigneurs, qu'il avait affaire à une grande dame et non à une goton de village.

Il avait payé cher son aberration.

Quel réveil atroce, ensuite, à Ceuta! Quel coup!...

« Mais, mon gars, écarte-toi donc! Cette femme est sans nul doute la marquise du Plessis-Bellière! Un des plus hauts noms du royaume, brave homme... La veuve du maréchal de France... Une très grande dame... et, cela se chuchote, elle était... il n'y a guère, la favorité de Sa Majesté... C'est le roi lui-même qui l'envoie chercher. Laisse-la... Laisse-nous l'emporter dans les appartements de M. le gouverneur... »

Et « ils » l'avaient arrachée de ses bras... Et « ils » l'avaient emportée, inerte, loin de lui. Son cœur! Son amour. Sa beauté, sa sœur du désert, son enfant adorée... Et il était resté là, couvert de plaies, de sueur et de sable, immobile, hébété, des heures, comme s' « ils » lui avaient arraché son cœur vivant de sa poitrine, arraché ses entrailles mêmes de son ventre, laissant à leur place de grands trous sanglants...

Quel fantôme à traîner partout sur les routes du monde, que celui d'une telle femme!...

Or, il l'a retrouvée. Et elle n'a pas changé. Elle est plus belle encore, plus femme. Elle avait toujours sa grâce patricienne qui cachait tant de vaillance et... de fougue.

Hier, Mme du Plessis-Bellière. Aujourd'hui, comtesse de Peyrac. Toujours vagabonde, toujours inaccessible. Ecarte-toi, mon gars. Et il se souvenait avec un déchirement inexprimable combien elle pouvait être bonne et tendre. Et gaie... et combien elle était rieuse et câline en amour. La femme la plus naturelle du monde, la plus vraie, la plus proche de lui qu'il eût jamais tenue dans ses bras...

Mais s'il était vrai qu'elle ne le dédaignât point, il saurait s'écarter, s'éloigner avec le seul trésor du passé, il la laisserait à « l'autre ». Ne lui avait-elle pas demandé de l'aider à respecter des serments sacrés?...

5

— Colin, comment vous trouvez-vous sur cet îlot? Qui vous y a amené? Et pourquoi n'étiez-vous pas à bord à l'instant de la bataille?

La voix d'Angélique le tirait de sa songerie. C'était une voix troublée et il l'adora de chercher à faire diversion pour écarter d'elle la tentation.

Se rapprochant, il s'assit et la mit au courant des événements suspects dont il avait été la victime en ce jour. Lui-même s'avouait que des forces maléfiques semblaient être entrées en jeu pour les confondre et les amener à ce piège.

Ce matin, à l'aube, tandis qu'il se tenait embossé dans une des petites criques de la presqu'île de Shoo Dic, où il se dissimulait depuis quelques jours avec l'intention, il le reconnaissait, de préparer un nouvel assaut sur Gouldsboro, un canot monté par trois matelots s'étaient présenté à lui. Ces hommes se disaient porteurs d'un message de Mme de Peyrac qui les envoyait de Gouldsboro avec la demande pour le capitaine Barbe d'Or de la joindre car elle avait un secours à lui demander. L'affaire devait être menée en très grand secret et il ne devait se faire accompagner d'aucun de ses hommes.

— Ces inconnus ne vous ont-ils pas présenté un message — ou soi-disant message — de moi, ou un objet quelconque de ma part? interrogea Angélique stupéfaite.

— Ma foi non. Et je n'ai pas songé à en exiger d'eux. Je reconnais que quand il s'agit de vous je perds mon habituelle prudence. Je vous savais proche, à Gouldsboro, et... j'aspirais à vous revoir. Le temps de confier le navire à mon second et j'ai sauté dans leur canot sans plus d'explications. Le brouillard était si épais que je ne saurais reconnaître l'île où ils m'ont conduit et où ils prétendaient que vous m'aviez donné rendez-vous. Nous avons commencé à attendre, et cela a duré longtemps. Je pensais que le brouillard retardait votre venue. Lorsque, vers le milieu de la matinée, le bruit de la canonnade m'est parvenu, j'ai commencé à m'impatienter. Je ne sais pourquoi, j'avais le pressentiment que c'était mon navire qui se faisait attaquer. J'ai demandé à ces hommes de me ramener à mon bord. Ils ont tergiversé et remis l'affaire jusqu'au moment où je me suis fâché. Il y a eu de la bagarre. Je ne garantirais pas qu'un des gars ne soit de l'autre côté à l'heure qu'il est. Mais, pour mon compte, j'ai reçu un coup qui m'a envoyé « dans les pommes » et dont je souffre encore à la nuque. Quand je suis revenu à moi, j'étais sur cet îlot, dépouillé de mon coutelas, de mon sabre et de mes pistolets. Le soir tombait. Peu après, lorsque je me suis senti mieux, j'ai fait le tour de l'îlot et... je vous ai rencontrée près du vieux navire échoué.

Il s'était levé et, comme il faisait les cent pas en parlant, Angélique finit par se lever à son tour pour le rejoindre. Ils marchèrent côte à côte lentement, parcourant de long en large la petite plage qui mettait une tache de clarté dans l'écrin nocturne des arbres. Leurs deux ombres s'y allongeaient sur le sable, étirées et d'un noir d'encre.

— Comment étaient ces hommes qui sont venus vous chercher? interrogea Angélique.

Il haussa les épaules.

— Des marins, comme on peut en rencontrer ici ou dans les Caraïbes. Un peu de toutes les races. Ça parle un peu toutes les langues... Pourtant non, je ne pense pas qu'ils étaient étrangers tous. Plutôt des Français.

Angélique l'avait écouté avec tourment. Elle ne pouvait se défendre de cette oppressante certitude qu'ils étaient les victimes d'esprits mauvais qui se jouaient d'eux pour les confondre. Les événements se précipitaient et s'embrouillaient avec tant de malice qu'elle ne savait plus déjà quel fil saisir pour en débrouiller l'écheveau.

— Colin, saviez-vous qui était l'homme auquel vous m'aviez confiée, sur la baie de Casco? Le patron anglais de la barque?

— Le jésuite?

Angélique le regarda, stupéfaite.

— Ainsi, vous le saviez? s'exclama-t-elle.

Colin s'arrêta et fixa d'un air songeur l'horizon obscur.

— Il est venu ce matin-là, dit-il. Il a attaché sa barque contre la bitte. Et il est monté à bord.

Il parlait anglais et je l'ai pris pour un patron quelconque. Il a demandé à me parler et, dans ma cabine, il m'a dévoilé son identité. Il appartenait à la Compagnie de Jésus; il était en mission secrète, et il me demandait de lui remettre Mme de Peyrac. Je n'ai pas douté de ses déclarations. Il avait une façon soudaine de s'exprimer et de me regarder de son œil noir et pénétrant qui ne trompait pas.

» Alors, j'ai vu dans cette affaire l'occasion de te laisser partir, une perche que me tendait Dieu, et justement, parce que c'était un jésuite, j'ai pensé que c'était Dieu qui voulait me faire signe. Sans lui, sans ce jésuite qui surgissait là, je... je crois que je ne t'aurais pas laissé partir. Je me répétais cela depuis la veille, que je devais renoncer à toi, mais je ne pouvais pas... C'était pire qu'à Ceuta... presque pire. Si tu étais restée, je crois que j'aurais essayé de te reprendre... et j'aurais causé ton mal... C'était mieux ainsi. J'ai dit : « Bon, j'entends bien. Il en sera fait selon votre demande. » Alors il m'a recommandé de ne pas te faire savoir qui il était, de te laisser croire qu'il était le patron de barque, un Anglais. Cela ne m'a plu qu'à demi. Mais je me suis toujours incliné devant le pouvoir des prêtres. Je pense qu'ils travaillent pour le Bien et qu'ils savent ce qu'ils font. Pourtant, cela ne m'a pas plu. Je gardais le sentiment qu' « on » te voulait du mal...

» T'a-t-il fait du mal?

Elle secoua la tête.

— Non! murmura-t-elle.

Maintenant, elle comprenait ce qui s'était passé dans l'esprit de Jack Merwin, le jésuite, quand il était debout sur le rocher et qu'il la regardait mourir.

A Maquoit, il s'était assuré de sa personne pour

la ramener à d'autres qui voulaient qu'elle fût écartée, séparée des siens, contestée, anéantie. Et voici qu'à nouveau la mer cruelle semblait se charger de la faire disparaître. Tout était simplifié. Il avait dû songer « Dieu le veut! » et il avait croisé les bras sur sa poitrine, refusant de tendre une main salvatrice.

Mais c'est une chose que de dire d'un être : « Il doit mourir », et c'en est une autre que de le regarder se débattre avec la mort.

Il n'avait pas eu le « saint » courage d'assister jusqu'au bout à son agonie, de la voir disparaître sous les flots et ne jamais reparaître.

Il avait plongé.

— Mes bailleurs de fonds, à Paris et à Caen, appartiennent à la Compagnie du Saint-Sacrement, commentait Colin. J'ai fait promesse de servir les missionnaires des nouvelles contrées où j'allais prendre souche. Mais je ne pensais pas que le morceau serait si dur à enlever. On m'avait assuré que la région de Gouldsboro était vierge d'établissements anglais.

— Nous ne sommes pas un établissement anglais, dit Angélique. Cette terre appartient à mon mari du fait qu'il est le premier occupant et qu'il l'a fait prospérer.

— Pourquoi l'avez-vous épousé, ce seigneur de Gouldsboro?

Angélique se sentit découragée à l'avance de lui fournir la réponse. C'était une trop longue histoire, et puis, elle s'apercevait que tout ce qui touchait à l'intimité de leur vie, à Joffrey et à elle, lui était trop sensible et qu'elle répugnait à matérialiser par la parole ce qui n'appartenait qu'à eux seuls, Joffrey de Peyrac et Angélique de Sancé, ce qui était leurs rêves à tous deux, leur drame premier, leurs épreuves, leurs combats et leurs défaillances, leur bonheur enfin, tout ce qui nouait entre eux ce lien intangible, leur vie commune, leur barque à eux sans cesse menacée, ballottée et où, depuis si longtemps déjà, ils se tenaient enlacés, enlacés, oui, malgré tout enlacés, et personne ne pourrait les séparer, jamais les séparer. « Personne, non personne », songea-t-elle en regardant ardemment le ciel aux nuées nocturnes frangées d'or par la lune. Et, pour la première fois depuis la veille au soir, elle souffrit atrocement comme si le coup qui avait frappé son visage venait enfin d'atteindre son cœur, après un long cheminement parmi les zones inconscientes de l'espérance. Joffrey!... C'était fini. Il la détestait, la méprisait, ne croyait plus en elle.

— Pourquoi l'avez-vous épousé? insistait Colin. Quel peut-il être, cet homme, pour qu'une femme comme vous éprouve le désir de lier son existence à lui et le courage de le suivre jusqu'en ces contrées perdues?

— Oh! qu'importe, fit-elle avec découragement. C'est mon époux et il est plus que tout pour moi au monde malgré les faiblesses qui peuvent m'habiter et me trahir parfois.

Ils restèrent longtemps silencieux.

— Vous savez comment me prendre, dit enfin Colin Paturel avec une ironie amère. Le respect des serments sacrés!... Vous avez trouvé cela et c'était la seule chose qui pouvait m'arrêter. J'y suis resté fidèle malgré mes défaillances... On n'a pas versé son sang pendant douze années pour rester fidèle à son Dieu sans avoir fini par s'attacher à lui plus sûrement qu'à tout ce qu'on peut trouver de bon sur la terre. Qu'Il me fasse signe... Halte, Colin! Ton maître a parlé.

Il ajouta à mi-voix, avec une foi profonde :

— Et je sais reconnaître quand Il me fait signe.

Moins simple que Colin et égarée sur des chemins plus divers, Angélique admettait plus difficilement cette intrusion du divin dans la logique — ou l'illogisme — de ses actes.

— Sommes-nous si fortement attachés aux enseignements de l'enfance qu'ils continuent à nous diriger malgré nous, surtout malgré nous, en somme? dit-elle. Aurions-nous seulement la crainte des choses apprises?

— Non, dit Colin, il n'y a pas que les choses apprises pour nous diriger. Heureusement!... Mais il y a des moments où l'homme se trouve placé, qu'il le veuille ou non, dans la trajectoire de la vérité. Il serait aussi difficile de l'empêcher de la suivre que d'empêcher une étoile de traverser le ciel.

Discernant sur la physionomie d'Angélique un air d'absence :

— M'écoutez-vous? interrogea-t-il avec douceur.

— Oui, je vous écoute, Colin Paturel. Vous parlez si bien. Que de choses vous m'avez enseignées et qui sont restées gravées dans mon cœur...

— J'en suis heureux, madame, mais les paroles que je viens de dire, c'est, je m'en souviens, le Grand Eunuque qui me les avait enseignées. Osman Ferradji, le grand diable noir qui vous gardait dans les harems de Moulay Ismaël. Souvent, à Miquenez, le roi me faisait appeler, me faisait asseoir avec mes haillons crasseux sur ses coussins dorés. Et ensemble nous écoutions parler Osman Ferradji. Quel grand sage que ce Nègre! Quel grand bonhomme! Il a influencé mon âme plus que nul être au monde. C'était un mage.

— Que je l'aimais! Que je l'aimais! s'écria Angélique traversée d'une nostalgie poignante à ces évocations. Ce fut mon ami plus qu'un autre.

Elle s'interrompit, frappée au cœur, car, sortant des limbes, lui revenait le souvenir que c'était la main de Colin lui-même qui, pour la sauver, elle, Angélique, avait tué le noble Eunuque d'un coup de poignard dans le dos.

— Taisons-nous, dit Colin à mi-voix. Taisons-nous, ces souvenirs vous font mal. Vous êtes lasse, et nous sommes loin maintenant, très loin de ces lieux, et plus loin encore sur le chemin de nos existences. Si encore je pouvais me dire que je me suis avancé, que j'ai marché quand même vers quelque chose, au cours des années qui ont suivi Ceuta... Pas seulement reculé, gâché ce que j'avais engrangé au bagne de Dieu.

— On avance toujours quand on souffre et que, malgré cela, on ne renonce pas, on ne succombe pas, on ne tourne pas définitivement le dos au bien, dit Angélique avec ferveur.

Songeant à ce long tunnel plein de chutes et de relevées qu'elle avait elle-même parcouru loin de Joffrey, elle se sentait le droit d'encourager Colin.

— Vous n'êtes pas aussi malade que vous le déclariez tout à l'heure, Colin, mon cher, cher ami. Je le sais. Je le sens. A chaque instant, il me semble que l'ancien Colin va renaître devant moi, dans sa grandeur, dépouillant les oripeaux de Barbe d'Or, et je le vois même plus grand encore, plus fort, plus prêt à accomplir la tâche qui l'attend...

— Quelle tâche?... Sinon celle de me faire pendre haut et court comme un vulgaire brigand des mers.

— Non, non, pas toi, Colin! Cela ne sera pas. Ne crains rien, ne crains plus. Je ne sais comment les choses vont s'arranger, mais je sais que Dieu te sera fidèle, tu verras. Il ne peut pas t'abandonner, toi qui as été crucifié pour Lui...

— Il m'a pourtant abandonné bien longtemps.

— Non, non, ne doute plus, Colin, toi qui es si croyant, c'est l'essence même de ton être... Ce n'est pas en vain qu'Il a mis en toi tant de choses inestimables. Tu verras... Moi, je ne doute pas de toi.

— Oh! Toi, toi, tu es adorable, fit-il sourdement, et il la prit dans ses bras.

Angélique frémit de la racine des cheveux à la plante des pieds.

Dans son désir infini de porter Colin, comme une vague l'aurait porté vers ces rivages où il se retrouverait enfin tel qu'en lui-même, elle avait parlé avec feu, levant vers lui son visage irradié de ce regard admirable où il pouvait lire ce sentiment plus précieux à l'homme que toutes les fortunes de l'univers, la foi d'une femme. En lui, en sa force, en sa grandeur, en ses pouvoirs, en sa destinée transcendante.

Et maintenant, contre lui, dans le cercle magique de son étreinte, elle sentait son exaltation de tendresse se muer en un courant sauvage et voluptueux qu'elle reconnaissait avec terreur. Car le bras de Colin au creux de ses reins, ce bras d'acier trop souvent inconscient de sa puissance, la soudait à lui avec une passion irrésistible, et de ce contact renaissait l'attirance, comme une vague de fond, un élan torrentiel, doucereux, délicieux.

De la tête aux pieds contre lui, elle renversa en arrière son visage dans la lumière du clair de lune, les yeux clos comme si elle allait mourir...

— Ne crains rien, ma vie, dit-il de cette voix profonde et basse, avec une nuance de cajolerie et qui lui parlait tellement au cœur... et aux entrailles, ne crains plus rien de moi, maintenant. C'est la dernière fois... je te promets, c'est la dernière fois que je te serre ainsi contre mon cœur. Mais je voudrais encore une réponse... As-tu pleuré, dis-moi... Avez-vous pleuré, madame du Plessis-Bellière, quand je m'en suis allé là-bas, à Ceuta, quand je vous ai tourné le dos pour vous quitter à jamais?

— Oui, tu le sais bien, fit-elle dans un souffle, tu le sais bien... Tu l'as vu...

— Je n'étais pas sûr... Pendant des années, je me suis demandé... Ces larmes, ces larmes que j'ai vues briller dans les yeux de cette grande dame étaient-elles vraies?... Etaient-elles pour moi?... Merci, merci, mon amour...

Il l'étreignit intensément puis il la relâcha, l'écarta doucement. Il refusait de voir ses lèvres nacrées entrouvertes et qui tremblaient, offertes. Il se redressa, déployant sous le ciel lunaire sa haute taille d'Hercule.

— Maintenant, je sais ce que je voulais savoir. J'ai reçu toutes les réponses. Et de ta bouche! de ta bouche!... Il me semble que je respire mieux. Merci, petite. Tu m'as rendu ce que j'avais perdu. Va! Va maintenant, il faut te reposer, tu n'en peux plus.

Et comme elle vacillait, il la prit par les épaules, l'appuyant contre lui avec une tendresse infinie, et il la reconduisit près du feu. Elle se laissa tomber plutôt qu'elle ne s'assit sur le sable. Il ranima un peu les flammes, puis s'en alla à l'autre bout de la plage où il s'allongea, invisible dans l'ombre projetée des arbres, afin de prendre un peu de repos à l'écart d'elle.

Tout à l'heure, lorsqu'elle marchait le long de la grève, une vague plus longue avait encerclé les chevilles d'Angélique. Ses souliers étaient humides. Elle les rejeta, ramena ses pieds sous sa jupe et reprit sa posture frileuse, les bras noués autour de ses genoux.

Le feu proche ne la réchauffait pas et elle tremblait encore.

« Comme mon corps est faible devant l'amour! se dit-elle avec amertume et honte. J'ai eu tort de négliger si longtemps la prière. C'est elle qui donne la grâce de résister à ces surprises-là. » Elle s'en voulait terriblement, se méprisait un peu. Toute une partie de la nuit, elle s'était sentie très raisonnable, capable de tenir à bout de bras la tentation malgré les souvenirs évoqués et la présence proche de Colin, et puis, tout à coup, cette houle chaude et avide!...

A ce point-là, même si on s'écartait à temps, c'était quand même une trahison. Contre ses genoux, elle dissimula son visage envahi d'une rougeur brûlante. Que la nuit était longue! « Pardonne-moi, Joffrey, pardonne-moi, ce n'est pas ma faute. C'est parce que tu es loin... Je suis faible. Tu m'as trop bien guérie, trop bien ressuscitée, mon magicien. Ah! il est loin le temps où je ne pouvais souffrir qu'un homme m'effleure sans tomber du haut mal... C'est ta faute aussi. Tu m'as rendu le goût des baisers, de... tout... Je suis faible aujourd'hui! »

Elle lui parlait tout bas, pour conjurer la peur, et c'était à l'amant, à l'époux adorable et adoré qu'elle s'adressait, à celui qui l'avait serrée sur son cœur dans le creux du grand lit de Wapassou, tout au long de l'hiver, l'évoquant afin d'oublier l'homme terrifiant qui, hier au soir, l'avait saisie aux cheveux et frappée si durement.

« S'il apprend... s'il apprend seulement cette rencontre insensée, sur l'île toute la nuit... toute la nuit avec ce pirate qui n'est rien d'autre pour lui que Barbe d'Or, il me tuera, je n'y échapperai pas... c'est certain, il me tuera avant que j'aie eu le temps d'ouvrir la bouche... Ce que je serais incapable de faire une fois de plus comme hier soir... Oh! mon Dieu, comme on est désarmé et comme on a peur quand on aime trop... Oh! mon Dieu, aidez-moi... aidez-nous. J'ai peur... Je ne comprends plus rien à ce qui arrive... Je ne sais plus que faire... »

Malgré son angoisse présente, elle ne parvenait pas à regretter tout à fait le hasard de cette nuit qui les avait réunis, Colin et elle, seuls sur l'îlot du Vieux-Navire. Depuis qu'elle l'avait vu se redresser en disant : « Merci, petite. Tu m'as rendu ce que j'ai perdu », elle ressentait un soulagement, un allègement de sa conscience. Elle vivait ce temps où l'on doit se débarrasser des fardeaux du passé. Béni soit Dieu si, avant l'oubli, l'occasion de réparer se présente.

Dans la plénitude des dons qui avaient fait d'elle une Femme, elle atteignait cet âge extraordinaire où, pour chaque femme, l'existence, tout en continuant sa course météorite, semble s'alléger, s'épurer, se renouveler dans l'apothéose d'une liberté de l'âme et de l'esprit, chèrement acquise, mais d'autant plus précieuse, où le poids des erreurs, qui n'étaient souvent que l'enseignement du dur métier de vivre, perd de sa densité.

Licence est donnée de laisser en chemin les fardeaux du passé, d'oublier ce qui peut être oublié, de ne se souvenir que de la richesse de cette imparfaite et difficile aventure du plein temps de la vie.

Elle s'apercevait qu'elle avait longtemps traîné un remords inconscient à l'égard de Colin, son amant du désert.

Maintenant, il était sauf.

La seule chose qu'il ignorerait toujours, c'est qu'elle avait porté un enfant de lui dans son sein.

Il fallait effacer les liens trop intimes qui les unissaient. Ah! qu'il est difficile de s'aider entre humains!

Un éclair d'humour voleta en son esprit engourdi — elle connaissait bien cet oiseau facétieux toujours prêt à prendre son vol en elle aux heures les plus noires, et Angélique se dit qu'elle aimerait être une vieille dame. La vieillesse permet d'aider son prochain, ses amis, sans compliquer leur vie, ni la sienne.

Elle permet les élans du cœur dans leur sincérité, l'aide gratuite et efficace envers ses semblables. Elle autorise de vivre franchement, en compagnie de son propre cœur, tel qu'il est, sans se livrer à ce perpétuel combat de prudence, recul, avance et recul qu'infligent à la vie affective la séduction de la chair et ses dangers.

« Voilà une bien bonne chose que d'être vieille un jour! » se dit Angélique, qui se mit à sourire, puis à rire tout bas pour elle-même. Elle grelottait, elle avait les pieds glacés et le front trop chaud.

Des pas s'approchant, écrasant le sable et troublant le bruit léger de froissement de soie des vagues, la mirent en alerte. Colin revenait vers elle.

— Il faut dormir, petite, fit-il à voix basse en se penchant. Ce n'est pas raisonnable de rester ainsi recroquevillée comme une pauvresse à ruminer on ne sait quoi. Allonge-toi, tu seras mieux. Bientôt, le jour va venir...

Elle lui obéit, se confiant à ses soins comme jadis, retrouvant ses mains sûres et patientes tandis qu'il l'enveloppait soigneusement dans son manteau et posait sur ses pieds son propre justaucorps en peau de buffle.

Elle fermait les yeux. A son être endolori,

l'ardente adoration qui émanait de Colin pour elle lui était comme un baume, un apaisement, sur son cœur taraudé d'inquiétudes et de chagrin et qui, émergeant du choc, commençait à ressentir de toutes parts la souffrance.

— Dors maintenant, chuchota Colin, allons, il faut dormir.

Et, se laissant sombrer au fond de l'eau noire du sommeil, elle croyait l'entendre murmurer, dans la solitude des nuits maghrébines...

— Dors, mon agneau, dors, mon ange. Demain, nous avons une longue route à faire, tous les deux, dans le désert.

Peut-être le murmurait-il?

6

Et Colin était là de nouveau, dans l'éclat du ciel rose de l'aube, et la secouait doucement.

— La mer se retire.

Angélique se redressa sur un coude, écartant ses cheveux de son visage.

— La brume est encore épaisse, dit Colin. En te hâtant, tu pourras traverser la baie sans être aperçue.

Angélique se mit sur pied promptement et secoua le sable de ses vêtements.

L'heure, en effet, était complice. La brume stagnait à quelque distance de la rive, brouillard léger pétri de lumière, mais formant un écran protecteur entre l'île et Gouldsboro. Le vent n'était pas encore levé et c'était l'heure calme où le roucoulement des tourterelles se mêlait si doucereusement au silence qu'il semblait le rendre plus profond et envoûtant. Les mouettes, petites burettes d'albâtre posées à la pointe brune des roches émergées, participaient à l'immobilité de l'aube, et lorsqu'elles s'animaient, ce n'était que pour un lent vol glissé sans bruit, jetant un éclair lilial à travers la buée rose et or.

Une puissante odeur de varech s'exhalait dans la tiédeur du matin, révélant les vastes étendues de vase et d'algues laissées à découvert par les flots retirés.

Angélique fut traversée par l'espoir qu'elle pourrait regagner Gouldsboro sans attirer l'attention et que, par un concours de circonstances miraculeux, son absence avait pu passer inaperçue. Car, en fait, qui pouvait s'inquiéter de savoir si elle avait passé la nuit ou non dans son appartement? Hors son mari?... Lequel, étant donné la froideur glaciale de leurs rapports depuis la veille, n'avait pas dû s'en informer. Avec un peu de chance, son escapade, fortuite et inexplicable, risquait d'être ignorée.

Elle se hâta de gagner le bord de la plage. Colin se tint derrière elle, la regardant tâter du pied les premiers cailloux du gué.

— Et toi? Que vas-tu devenir? dit-elle soudain.

— Oh, moi!...

Il eut un geste dans une vague direction.

— Je vais essayer de retrouver ceux qui m'ont volé mes couteaux et mes pistolets. Et puis — essayer... d'échapper...

— Mais encore? s'écria-t-elle. Colin, tu es seul! Tu n'as plus rien!...

— Ne t'en fais pas pour moi, fit-il avec ironie. Je ne suis pas un enfant au maillot. Je suis Barbe d'Or... n'oublie pas.

Elle restait indécise, un pied posé en équilibre, ne se décidant pas à le quitter.

Elle éprouvait le dénuement affreux qui pesait sur cet homme. Il n'avait même plus d'armes. Elle le voyait se tenant au bord d'un îlot désert, géant aux mains nues, et, lorsque le brouillard se serait dissipé, il ne serait plus qu'une bête pourchassée, une proie désignée à l'œil aigu de ses ennemis et qu'on traquerait à travers les îles.

— Va, va! dit-il avec impatience. Va.

Elle pensa : « Il faudra que j'aille trouver Joffrey... Lui dire tout... Qu'il le laisse au moins s'échapper, s'enfuir, quitter la Baie Française... »

Et, une dernière fois, elle se tourna vers lui pour emporter la vision de son visage de Viking, aux yeux bleus comme deux gouttes de ciel.

Ce fut dans les prunelles subitement horrifiées d'Angélique qu'il vit le danger arriver sur lui.

Il se retourna, fit face d'un bond, ses mains puissantes tendues, prêtes à saisir, à étrangler, à frapper, à tuer.

Un homme en armure noire se jeta sur lui, puis quatre, puis six, puis dix. De partout il en sortait, jaillissant du couvert du petit bois de derrière les rochers.

Les Espagnols de Joffrey de Peyrac, Angélique les reconnut dans une sensation de cauchemar, comme s'ils eussent été des démons masquant leurs traits féroces d'un visage familier.

Ils s'étaient avancés et avaient surgi sans troubler d'un bruit, d'un craquement sur le sable, le silence.

A la seconde même où elle les avait aperçus se ruant sur Colin, elle n'avait pas compris. C'était une vision folle, un rêve de son imagination effrayée.

Elle oubliait que ces hommes-là, choisis par Peyrac, étaient d'anciens guerriers de la jungle péruvienne, formés à l'enseignement de la ruse du serpent, l'approche du félin, la cruauté de l'Indien, et qu'ils avaient en eux le sang des Maures.

Pedro, Juan, Francisco, Luis... Elle les connaissait tous, mais, en cet instant, elle ne pouvait plus les reconnaître. Ils étaient l'incarnation d'une force mauvaise et farouche, acharnée sur Colin, tandis que, dans l'effort pour le maîtriser, leurs dents grinçaient et brillaient, trop blanches en leurs faces couleur de pain brûlé.

Colin se battait comme un lion assailli par une meute de « sloughis » noirs. A poings nus, il frappait et il se blessa contre le cimier d'un casque d'acier, et il se dérobait avec des élans si furieux qu'à plusieurs reprises il réussit à entraîner et à projeter à terre les hommes accrochés à ses vêtements.

Il finit par fléchir des genoux sous leur poids. Saisi aux épaules, il bascula en arrière. Une pique se leva au-dessus de lui.

Le cri d'Angélique jaillit.

— Ne le tuez pas!

— Ne craignez rien, señora, dit la voix de don Juan Alvarez. Nous voulons seulement l'assommer. Nous avons ordre de le capturer vivant.

Le regard noir, hautain et chargé d'une solennelle réprobation de don Juan Alvarez, se posa sur Angélique. Son long et ascétique visage, toujours un peu jaune, émergeait comme à l'accoutumée d'une fraise tuyautée à l'ancienne.

— Veuillez nous suivre, señora, dit-il d'un ton guindé mais autoritaire.

Elle sentit que, si elle se rebellait, il n'hésiterait pas à employer la force. Il obéissait au comte de Peyrac, et, pour avoir vécu des mois dans une intimité forcée au fort Wapassou avec eux, elle savait que, pour don Juan et ses hommes, les ordres du comte étaient sacrés.

Une terreur sans nom creusa en elle comme un trou noir et ce n'était encore que la peur de comprendre.

Dans les yeux de don Juan Alvarez, elle lisait sa condamnation. Pour lui, cette femme, qu'il avait honorée comme l'épouse du comte de Peyrac, venait d'être trouvée dans les bras d'un amant. Tout s'écroulait. Et il y avait de la douleur sur les traits hautains du vieil Espagnol.

Angélique regarda vers les bois d'où ils avaient surgi, ténébreux en leurs cuirasses d'acier noir, leurs lances pointées vers le dos de Colin, et elle s'attendait à le voir surgir, « lui » aussi, le maître, celui qui leur avait donné l'ordre d'aller saisir Barbe d'Or et de la ramener, elle, comme une captive, une complice du pirate, une femme méprisable. Mais les frondaisons sournoises restèrent closes, frémissant seulement sous l'haleine du vent.

Alors, elle caressa l'espoir qu'« il » ne savait pas encore, que c'était le hasard seul qui avait amené les gardes espagnols sur cet îlot. Ne battait-on pas l'archipel depuis la veille pour retrouver Barbe d'Or?...

— Il faut me suivre, señora, répéta le chef de la garde.

Il posa la main sur son bras.

Elle se dégagea et passa devant lui.

Il serait vain d'essayer de se disculper aux yeux d'un Alvarez. Pour lui, elle était coupable. Coupable, elle resterait. Et elle méritait la mort.

Wapassou était loin, qui les avait liés d'une amitié sereine, sous l'emprise de l'hiver.

Une suite d'incontrôlables et diaboliques événements semblaient les projeter dans un tourbillon où sombraient estime et joie.

Du sang coulait du front de Colin.

Redressé, solidement encadré, il ne disait rien, ne cherchait plus à se défendre. Ses poignets et ses avant-bras tirés en arrière avaient été fortement liés, et ses chevilles entravées. Un peu de corde entre elles lui permettait d'avancer.

Tournant le dos aux lointains de Gouldsboro, dont les maisons de bois et les falaises roses commençaient à se distinguer dans la lumière du matin, la petite troupe, escortant Angélique et le prisonnier, traversa l'îlot, passant auprès du vieux navire échoué. De l'autre côté, les roches étaient plus abruptes. Deux barques attendaient dans une petite crique. La marée basse laissait libre un chenal qui permettait de gagner la mer libre.

Invitant Angélique à prendre place dans l'une des barques, don Alvarez lui tendit sa main gantée pour l'aider. Elle la dédaigna.

Il s'assit près d'elle. Elle remarquait qu'il était plus jaune encore qu'à l'accoutumée, et que son tic, cette expression féroce qui le prenait de découvrir les dents subitement, malgré lui, et qui lui était restée depuis qu'il avait été torturé par les Indiens Atakapas, le tourmentait particulièrement. C'était la première fois qu'elle remarquait des fils gris dans sa barbiche de seigneur espagnol du siècle passé. En fait, depuis deux jours, don Juan Alvarez avait vieilli de dix ans. A la dérobée, Angélique croisa son regard, et ce qu'elle y vit l'émut.

Partagé entre l'attachement qu'il portait au comte de Peyrac et celui que lui avait inspiré — oh! bien malgré lui — la noble comtesse qui avait partagé si héroïquement leur hivernage, le noble Espagnol souffrait mort et passion.

Il prit place en face d'elle, en gardien solennel et justicier. Des matelots et des mercenaires, qui attendaient sur la plage, prirent place à bord et poussèrent la barque dans le courant. Une autre embarcation chargeait le reste du détachement.

Elle se dit :

« Je vais mourir; quand il saura, il va me tuer. »

C'était peut-être puéril, mais elle ne pouvait détacher son esprit de cette certitude. Son cerveau était comme gelé. La fatigue d'une journée éprouvante qu'elle avait vécue la veille à soigner les blessés, et d'une nuit trop courte, achevait de la livrer à l'inquiétude sans défense. Elle se sentait malade, et elle était réellement malade.

Pâle jusqu'aux lèvres et grelottant malgré la chaleur montante de ce jour d'été, elle essayait néanmoins de faire bonne contenance. L'hostilité de ceux qui l'entouraient lui était perceptible comme une chape de plomb posée sur elle.

« Et pourtant, leur en ai-je porté des tisanes à tous ces gens-là », pensa-t-elle avec amertume.

Mais elle était une femme qui avait déshonoré son époux, et, aux yeux de ces mâles fanatiques, et d'une pointilleuse jalousie, elle méritait la mort. Acte insensé, mais dans la virginité d'une terre sauvage et âpre, tout paraissait possible et dicté par l'intransigeante nature elle-même. Colère, fureur, jalousie, haine et gestes de mort couvaient en la trame même, sensible et fine, de ce beau matin d'été, braises ardentes au cœur des humains.

Dans le vent du large qui se levait et la prenait à la face, elle sentait ce même souffle attisant les passions au sein de l'être livré à ses seules forces. Par une appréhension de ses nerfs à vif, elle percevait leur solitude d'hommes et de femmes sans nation ni lois au sein d'une nature indomptée, et combien les atteignait, les imprégnait malgré eux au fil des jours, la sauvagerie du continent. Dans de telles circonstances, un seul homme, un chef, était tout. Et de lui, de ses actes et de ses sentiments dépendaient la vie et la mort. Ainsi le veut la loi des hordes et des peuples depuis que l'homme erre sur la terre. Ce qu'elle avait éprouvé de la force secrète de Joffrey, même dans la douceur et la tendresse, aujourd'hui la laissait presque sans espoir, et, à mesure qu'on approchait du but, profondément terrifiée.

Mais où allait-on? Les barques avaient obliqué vers l'est, longeant la côte. La pointe d'une presqu'île fut à quelques encablures, et, lorsqu'ils eurent contourné le cap, ils découvrirent presque aussitôt une plage à l'abri des rochers, à l'extrémité de laquelle on apercevait quelques hommes en armes. L'endroit était caché, à l'écart de Gouldsboro et de toute habitation.

Près du groupe, elle distingua la haute stature de Joffrey de Peyrac, avec son vaste manteau que le vent gonflait.

« Il va me tuer, se répéta-t-elle, pétrifiée d'une sorte de résignation. Je n'aurais même pas le temps d'ouvrir la bouche. Au fond, il ne m'aimait pas. Puisqu'il ne peut pas comprendre. Ah! je serais ravie d'être tuée... S'il ne m'aime pas, à quoi bon vivre? »

La lassitude qui l'habitait était pour beaucoup dans ces propos égarés qui hantaient son esprit.

« Et Cantor! Que va dire Cantor? Qu'on ne mêle pas mon fils à tout cela! »

Les barques abordèrent. Le ressac était assez

violent, et, cette fois, Angélique dut accepter la poigne de don Juan Alvarez pour prendre pied à terre. De toute façon, elle l'eût fait car ses jambes la soutenaient à peine. Elle se retrouva aux côtés de Colin, tous deux encadrés de très près par les soldats espagnols, tandis que les marins amarraient les embarcations.

Se détachant du groupe lointain, le comte de Peyrac venait vers eux. Jamais Angélique n'aurait cru que la vue de son mari pourrait lui causer une telle appréhension, surtout après ces longs mois d'amour et d'amitié passés ensemble au fort de Wapassou — et si proches encore dans le temps... Mais... mais... oh! le vent des rivages avait tout emporté — et ce n'était plus l'homme qu'elle aimait qui s'avançait là. C'était le maître de Gouldsboro, de Katarunk, de Wapassou et d'autres lieux, un chef... et doublé d'un époux que sa femme avait bafoué à la face des siens, de ses hommes et presque de son peuple.

— Est-ce lui? interrogea Colin sourdement.

— Oui, murmura Angélique, la gorge sèche.

Le comte de Peyrac ne se hâtait pas.

Il avançait avec une hautaine nonchalance qui, en l'occurrence, était une insulte, marquait le mépris, mais aussi accentuait la menace. Mieux aurait-il fallu qu'il se présentât hors de lui, fou de rage, comme l'autre soir. Angélique eût préféré ce paroxysme à cette attente horrible, cette approche du fauve qui se recueille pour bondir.

Elle était reprise par une panique qui la vidait de toutes pensées en face de lui, depuis que Colin était en jeu. C'était un mélange de sentiment de culpabilité vis-à-vis de son époux, de désir de ne pas le perdre et de fidélité envers Colin, qui la ligotait, la nouait jusqu'aux entrailles, et la dépouillait en l'instant même, par excès de crainte, de ses facultés les meilleures.

Dont celle de la parole. Et du mouvement. Au lieu de courir au-devant de lui, elle demeurait clouée au sol, muette. En revanche, son regard enregistrait presque machinalement le moindre détail des vêtements de Peyrac, ce qui était manifestement vain en un pareil moment, et ne pouvait lui être d'aucun secours pour l'aider à résoudre le dilemme inextricable dans lequel ils se trouvaient tous plongés.

C'était un costume vert, de velours. Elle le lui avait vu sur le *Gouldsboro* l'an dernier, dans ces nuances obscures et somptueuses qu'il affectionnait et dont le raffinement était rehaussé par le choix des dentelles de Flandre composant le collet à revers, dont les pointes de fil d'argent couvraient les épaules. De la même dentelle soulignée d'argent, se retrouvaient les manchettes aux poignets, et elle garnissait le revers de ses bottes anglaises de fin cuir plissé. Un chapeau de castor « ras noir » avec un tour de plumes blanches que le vent tourmentait couvrait ses cheveux touffus. Il ne portait pas, ce jour-là, ses armes à la ceinture. Ses deux pistolets à crosse d'argent étaient glissés sur sa poitrine dans les attaches du baudrier à broderies d'argent qui, barrant son pourpoint de l'épaule à la hanche, soutenait son épée.

A quelques pas du groupe, il fit halte.

Angélique eut l'ébauche d'un geste, elle ne savait pas lequel.

Colin gronda :

— Ne te mets pas devant moi. Cela, jamais.

Les Espagnols, cramponnés à lui, le maîtrisèrent à grand-peine.

Immobile, le comte de Peyrac continuait à

l'examiner de loin avec une attention extrême.

La tête un peu inclinée sur l'épaule, le maître de Gouldsboro fixait avec intensité le flibustier normand et Angélique, qui ne pouvait détacher les yeux de son mari, vit le regard de celui-ci se voiler. Puis un sourire sardonique crispa la joue balafrée où les cicatrices se distinguaient plus apparentes ce matin-là, comme blanchies sous l'effort intérieur.

De la main gauche, il retira son chapeau et continua de s'avancer vers le prisonnier. Parvenu devant l'homme maîtrisé, Joffrey de Peyrac porta la main à son front et à son cœur en un salut oriental.

— Salam analeïkom, dit-il.

— Aleïkom Salam, répondit machinalement Colin.

— Salut à toi, Colin Paturel, roi des Esclaves de Miquenez, continua Joffrey de Peyrac en arabe.

Colin, en arrêt, l'observait d'un œil scrutateur.

— Je te reconnais aussi, fit-il enfin dans la même langue. Toi, tu es le Rescator, l'ami de Moulay Ismaël. Je t'ai souvent vu siéger à ses côtés sur des coussins brodés.

— Et moi, je t'ai souvent vu enchaîné et lié à quelque gibet, sur la place du Marché, en compagnie des vautours...

— Et je suis toujours enchaîné, dit Colin simplement.

— Et peut-être bientôt pendu aussi à quelque gibet, répliqua le comte avec ce même sourire froid qui faisait trembler Angélique.

La langue arabe lui était restée familière et elle avait pu suivre l'essentiel de ce dialogue stupéfiant.

Presque aussi grand que Colin, Joffrey paraissait cependant, par on ne sait quelle contenance seigneuriale de sa maigre stature, dominer son massif adversaire. C'étaient deux êtres opposés, venus de deux horizons différents. Leur face à face n'était rien moins que redoutable. Et un long et profond silence plana, tandis que le comte paraissait méditer.

Il n'avait eu aucun geste de violence, même contenue, aucun éclair dangereux traversant son regard. Mais Angélique sentait qu'elle n'existait plus pour lui. Ou, si elle existait, c'était comme un objet, importun, dont on veut à tout prix ignorer la présence. Détachement ou mépris. Elle ne savait. Et cela ne lui paraissait pas concevable, supportable. Elle aurait préféré qu'il la tue, qu'il la frappe. Or, c'était pire. Par son attitude, il lui imposait malgré elle, celle de la femme qu'elle ne voulait pas paraître, qu'*elle n'était pas*, l'épouse adultère et honnie, rejetée de son cœur et se tenant aux côtés de l' « amant complice » jusqu'au verdict. Mais même cela lui devenait peu à peu indifférent. Indifférents, ceux qui les entouraient, indifférent le décor, dans sa quête désespérée d'un seul de ses regards, quelque chose de lui, n'importe quel signe.

Maintenant qu'il savait QUI était Barbe d'Or, comprendrait-il un peu... sa faiblesse?... Elle aurait voulu avoir le courage d'ouvrir la bouche, de dire : « Expliquons-nous... » Mais elle sentait qu'aucun son ne parviendrait à franchir ses lèvres. La présence des soldats et des matelots la glaçait, et aussi celle des gentilshommes qui faisaient cercle, muets, et dissimulant leur curiosité sous une attitude indifférente, un peu compassée : Gilles Vaneireick, le corsaire flamand, Roland d'Urville, un autre Français qu'elle ne connaissait point, et jusqu'à cet amiral anglais, très raffiné, et son second, plus enrubanné encore.

Pourquoi Joffrey les avait-il amenés à ce rendez-vous tragique, où son honneur d'époux risquait d'être durement éprouvé!

Il y avait surtout la peur. La peur que lui inspirait cet inconnu qui lui était pourtant si proche, Joffrey de Peyrac, le Magicien, le Mystérieux, son époux!... On a peur quand on aime trop. On perd confiance. Son cœur se déchirait. Il ne lui jetterait pas un seul regard.

Si bouleversée et vaincue se sentait-elle qu'elle ne vit pas que celui qui la regardait c'était Colin. A la dérobée, il capta son expression de détresse, la pâleur de marbre de ce beau visage de femme qu'une meurtrissure bleue enlaidissait, et ce qu'il lut dans les prunelles d'Angélique pour celui qui l'avait frappée lui fit baisser le front, le cœur broyé.

Il venait d'entrevoir la vérité.

C'était cet homme-là, seul, qu'elle aimait. Ce Rescator qu'il avait vu, à Miquenez, entrer dans la ville accompagné d'une escorte splendide. Un renégat de plus qui insultait à la misère des captifs. L'or, l'argent l'auréolaient d'un prestige inégalé. Moulay Ismaël l'honorait extrêmement.

Aujourd'hui, c'était lui qu'Angélique aimait. C'était lui qui la possédait. C'était ce gentilhomme ténébreux, maigre et vigoureux comme un Maure ou comme un Espagnol qui la possédait, cet homme laid aux traits inquiétants marqués par les duels, et beau de tout le rayonnement de son esprit qui jaillissait de ses yeux de feu. C'était ce grand seigneur chargé d'héritage et de grandeur qui la possédait.

Et elle était possédée... jusqu'aux moelles, jusqu'au ventre... jusqu'au cœur. Cela se voyait. Il n'y avait qu'à la regarder... Lire cette expression dévorante et de désarroi enfantin qu'il ne lui avait jamais connue à elle, la vaillante... Mais, quand le cœur des femmes est atteint, elles n'ont plus de honte ni de fierté ni rien. Elles redeviennent des enfants. Il comprit.

Lui, Colin — Colin le Normand, Colin le captif — il n'était rien pour elle. Malgré les féminines faiblesses qu'elle avait parfois eues pour lui. Pas d'illusions à se faire là-dessus.

En face de cet homme-là, pour elle, il n'était rien. Et qu'importait après tout? Il allait mourir. Le lieu désert, perdu très loin, de la terre américaine, pour lui, c'était la fin du voyage!...

Et son cœur généreux souhaita ardemment faire quelque chose encore pour elle, Angélique, sa sœur du bagne et qui avait été toute la lumière — chaude, paradisiaque, éblouissante — de sa rude existence.

Il lui devait bien cela. Et il le ferait puisque c'était cela seul qui comptait pour elle.

— Monseigneur, fit-il en relevant la tête fièrement et en fixant son regard bleu dans les yeux impénétrables de Peyrac, monseigneur, je suis aujourd'hui entre vos mains, et après tout c'est de bonne guerre. Je suis Barbe d'Or. Et j'avais choisi ce coin de côte pour ma razzia. Mes raisons étaient les miennes et les vôtres étaient les vôtres de m'en empêcher. Au plus habile et au plus rapide, la fortune des combats. J'ai perdu!... Je m'incline et vous pouvez faire de moi ce qu'il vous chaut... Mais, avant d'entamer procédure et jugement, il faut que tout soit net, et si vous me pendez il faut que ce soit seulement parce que je suis un pirate de vos ennemis, un brigand des mers à vos yeux, un flibustier dont le commerce n'arrange pas le vôtre, et qui a perdu au jeu de la course, mais... PAS POUR AUTRE CHOSE, monseigneur! Il n'y a pas d'autre chose, j'en fais serment.

» Des souvenirs, c'est tout. Vous devez le savoir puisque vous m'avez reconnu. On reste amis quand on a été ensemble captifs en Barbarie... et quand on a gagné ensemble la terre chrétienne. Ce sont des choses qui ne s'oublient pas... pour ceux qui se retrouvent au hasard de la vie. Il faut le comprendre. Mais chacun son destin. Et je peux vous l'affirmer sous serment, monseigneur, ce n'est ni par ma volonté ni par la sienne, précisa-t-il — il eut un mouvement de la tête dans la direction d'Angélique — qu'est arrivée cette mauvaise affaire de cette nuit. On ne plaisante pas avec la marée par ici, vous le savez comme moi; et quand elle vous cerne sur un îlot, il n'y a guère autre chose à faire qu'à prendre patience et attendre.

» Mais je vous renouvelle ici, serment d'homme de mer, devant vos gens et devant ces seigneurs qui m'écoutent, qu'il ne s'est rien passé, en cette nuit, qui pourrait attenter à la réputation de votre femme, la comtesse de Peyrac, rien qui puisse entacher votre honneur d'époux...

— Je sais, répondit Peyrac de sa voix rauque et sans inflexions, je sais. J'étais dans l'île.

7

Cette fois, la colère s'était emparée d'Angélique, la secouait en tempête, la ravageait en cyclone, et il y avait des instants où elle se disait qu'elle haïssait Joffrey de Peyrac de toute son âme.

Le choc l'avait frappée en plein cœur, l'éveillant

de sa stupeur angoissée, au moment où il avait murmuré avec une grimace ironique : « Je sais, j'étais dans l'île! »

Et, se détournant d'eux, il avait fait signe impérativement de prendre le chemin de Gouldsboro.

Il avait refusé de voir sur le visage d'Angélique l'expression horrifiée qu'elle n'avait pu contenir tout à fait à sa révélation, et tandis qu'ils avançaient tous, dans un silence pesant, le long du sentier chaotique du bord de la mer, il allait vif et la tête haute à son habitude, son grand manteau flottant au vent, ne se détournant pas pour observer ni le prisonnier que poussaient les soldats espagnols, ni la jeune femme, qui marchait seule, enfermée en elle-même et trébuchant parfois, sans y prendre garde, sur la sente raboteuse.

Il n'aurait vu alors dans ses prunelles vertes que la rage exaspérée d'une femme. Cela dominait tout en elle. La rage née d'une humiliation brûlante, d'une honte dont elle n'analysait pas la source.

Bouleversée, elle ne réalisait pas qu'elle souffrait surtout dans la pudeur intime de ses sentiments. Son amitié pour Colin, sa tendresse pour Colin, il l'avait vue. Il l'avait vue posant sa main sur le front de Colin, et riant avec lui, et cela, il n'avait pas le droit. C'était à elle, c'était son jardin secret. Un époux, même le plus cher, n'a pas le droit de tout voir, de tout savoir. Et, d'ailleurs, ce n'était plus pour elle un époux chéri, mais un ennemi.

Subitement inversée, elle retrouvait l'image de toujours, l'homme, l'ennemi de la femme, plus profondément haï encore de décevoir et de tromper l'attente.

Puis une houle de colère et de rancœur l'aidait

à reprendre pied et à s'avancer, elle aussi, la tête haute.

Qu'il l'eût insultée, qu'il l'eût frappée, cela, elle l'acceptait, elle s'inclinait devant les éclats d'un juste courroux. Mais l'horreur de ce piège machiavélique le détruisait à ses yeux, dans la confiance éperdue et l'estime démesurée qu'elle lui vouait. Tout était donc ruiné! Tout! Il avait joué avec le cœur de sa femme, avec ses sens dont il connaissait la fragilité, il l'avait poussée dans les bras d'un autre homme... pour voir!... pour voir!... pour s'amuser!... A moins que, dans sa fureur jalouse et son orgueil blessé, il n'eût cherché, en la précipitant dans une nouvelle tentation, surtout prétexte à la tuer... La TUER!... Elle! Sa femme! Elle qui croyait avoir une place privilégiée dans sa vie, dans son cœur!... Ho! Ho!... Les sanglots poignaient Angélique. D'un effort surhumain, elle parvenait à les refouler, réussissait à maîtriser le flot de larmes qui lui montait aux paupières, et dressait le menton avec défi.

Telle était sa vindicte intérieure qu'elle ne s'interrogeait pas sur ce qu'il allait advenir. L'enfermerait-il, gardée à vue dans le fort? La chasserait-il? L'exilerait-il? De toute façon, elle ne se laisserait pas faire si facilement et elle saurait cette fois plaider sa cause. En revanche, le sort de Colin lui apparaissait plus inévitablement tragique, et lorsque, aux abords de l'établissement, une rumeur de cris et de clameurs monta des bois comme un coup de vent d'orage, ses propres sentiments s'effacèrent pour ne laisser subsister qu'une crainte aiguë pour la vie de Colin. Elle rassembla ses forces, prête à le défendre de la voix et du geste, contre tous, et sans souci de sa propre considération, car cela ne pouvait pas être, elle ne supporterait jamais cette chose affreuse, de voir Colin pendu, massacré, de voir la vie de Colin Paturel détruite à cause d'elle.

Elle se jetterait sur son corps, elle le défendrait comme un de ses enfants. Ne l'avait-il pas portée sur son dos dans le désert?...

Les cris qui montaient des bois étaient ceux d'une meute prête à tuer.

Avertie par cet invisible messager qui passe, dirait-on, dans le vent des rives sauvages, toute la population de Gouldsboro, que l'été doublait de marins étrangers, d'Acadiens en promenade, d'Indiens venus pour la traite, accourait, dévalait les pentes, traversait les espaces découverts par la marée, et les bonnets blancs des femmes se mêlaient comme un vol de mouettes au flot sombre ou bariolé des hommes. Aux Rochelais et aux matelots des navires, se joignaient les Anglais réfugiés, les Indiens badauds et prompts à adopter les querelles et les passions de leurs amis.

— Barbe d'Or! Capturé!...

Et « elle » était avec lui. Cela se savait déjà, aussi. Elle avait passé la nuit avec lui, sur l'îlot du Vieux-Navire. On « les » ramenait, enchaînés.

Cris, hurlements, insultes créaient comme une immense rumeur venant au-devant d'eux, déferlant à leur rencontre, et lorsque la foule, lancée, déboucha de la forêt et des plages, les soldats espagnols durent vivement dresser un rempart, piques pointées, afin que le prisonnier, submergé, ne fût la proie des furieux.

— A mort! A mort!... hurlait-on. Te voilà, Barbe d'Or! Bandit! Païen!... Tu voulais nos biens! Te voici enchaîné! Où sont tes émeraudes? Et ton navire?... A nous maintenant! Ha! Ha! Ta barbe d'or ne te sauvera pas. Elle nous servira à te pendre en punition de toutes tes rapines!

Dans les remous houleux des équipages et colons déchaînés, unis dans une même exécration de qui avait été tour à tour un adversaire sur le point de les abattre et ruiner lorsqu'il était venu mettre le siège devant ce petit établissement sortant à peine des affres de l'hivernage, et qui n'était aujourd'hui qu'un colosse vaincu enfin, après le violent combat de la veille où certains des leurs avaient perdu la vie, dans leurs cris de haine, leur besoin d'insultes, se mêlaient le triomphe, le soulagement, mais aussi l'amertume. Leur victoire coûtait trop cher. Les cœurs farouches étaient atteints.

Aux côtés de Barbe d'Or, elle était là, la dame de Gouldsboro, la dame du Lac d'Argent, la fée aux mains guérisseuses. C'était donc vrai ce qu'on racontait sur elle avec le pirate! Et c'était atroce d'en découvrir la confirmation!

Ce pillard de bas étage avait détruit une force qui leur était devenue précieuse dans leur dénuement d'exilés, l'estime qu'ils s'étaient mis à porter, malgré eux, à deux êtres supérieurs : le comte et la comtesse de Peyrac.

Dans le tumulte d'exécration et d'hostilité qui les environnait, il échappa à Angélique le seul regard que Joffrey lui accorda ce matin-là.

Si elle l'eût surpris, peut-être la douleur qui la taraudait en eût-elle été atténuée. Car ce regard, c'était un regard inquiet, s'assurant vivement qu'elle aussi était sous la protection des lances espagnoles.

— Impie! Voleur de femmes! Charognard!

Les huées, les sarcasmes partaient en brusques rafales, les crachats. Colin, les mains liées, tiré, bousculé, continuait d'avancer tant bien que mal entre les soldats.

Le vent tourmentait sa longue chevelure, sa barbe emmêlée. Le regard assombri, sous ses sourcils broussailleux, se fixait au loin, au delà des têtes agitées et il ressemblait à Prométhée, fils du Titan, livré impuissant, sur son rocher, aux vautours.

A l'entrée du village, le groupe dut faire halte une fois de plus, sous la poussée de la foule que les injonctions de d'Urville, les menaces de Vaneireick et l'air peu engageant de la garde espagnole ne parvenaient pas à calmer.

Une pierre sifflante atteignit Colin à la tempe. Une autre roula aux pieds d'Angélique; d'on ne sait où, un cri s'éleva :

— Démone!

L'anathème résonna longuement dans l'air vibrant du matin. Et soudain, comme terrifié par sa propre explosion, le peuple fit silence.

Alors, ils purent entendre la voix du comte, dont la démarche tranquille, la main levée en signe de paix n'étaient pas sans agir sur leurs nerfs surexcités.

— Calmez-vous, disait cette voix rauque, mais calme, solennelle et ferme. Barbe d'Or, votre ennemi, est capturé! Laissez-le, maintenant! Laissez-le à ma justice!

Les têtes s'inclinèrent, subjuguées; la foule recula.

Le fort était proche.

Angélique entendit donner des ordres pour que le captif fût conduit en la salle des gardes et enfermé sous surveillance doublée.

Devant la porte de la palissade s'ouvrait pour elle le refuge de l'appartement du donjon.

Mais elle s'immobilisa et soudain, se retournant, fit face à la foule serrée, au front buté, qui la surveillait. Aux premiers rangs, il y avait les protestants de La Rochelle.

Angélique comprit que si elle arborait l'attitude de la femme coupable, et allait cacher sa peur dans l'appartement du fort, elle n'en pourrait plus sortir sans risquer d'être lapidée.

Elle connaissait le caractère intransigeant des Rochelais, l'impulsivité superstitieuse des marins, celle encore plus entière des Anglais; quand on aurait commencé à clabauder sur son compte et celui de son mari, chacun, suivant ses croyances, s'armerait d'eau bénite, ou plus dangereusement de mousquets, ainsi que les Rochelais l'avaient déjà fait au cours d'une mutinerie à bord du navire, pendant la traversée.

Le seul moyen de mater ces consciences ombrageuses, c'était de s'imposer, décourager les commérages par les apparences d'une conscience pure, et dans l'impossibilité de le dissimuler, ce visage de femme adultère qu'on lui prêtait, avoir le front de le montrer à tous avec sa pâleur, ses cernes aux paupières et les marques peu glorieuses des coups de la vindicte conjugale qui le meurtrissaient.

Elle se dégagea d'une main qui la tirait, peut-être celle de don Juan Alvarez, qui voulait l'entraîner à l'intérieur. Elle n'admettait ni d'être jugée ni d'être prisonnière, ou alors il faudrait employer la force, et l'on verrait bien si Joffrey se résoudrait à ajouter cette nouvelle insulte à toutes celles qu'il lui avait déjà infligées.

Femme adultère! Soit! Eh bien, comment doit se conduire une femme adultère quand elle veut détourner le flot des calomnies, préserver sa dignité et même celle de son mari, sauver ce qui peut être sauvé? En faisant face. En agissant comme si rien ne s'était passé, comme si rien ne se savait, « comme avant ».

— Je voudrais examiner sans attendre l'état des

blessés d'hier, dit-elle à voix très haute et aussi paisible qu'à l'ordinaire en s'adressant à la femme qui était la plus proche, où a-t-on mis ceux du *Sans-Peur*?

La femme se détourna d'elle farouchement. Mais Angélique marcha hardiment à travers Gouldsboro, comme on marche sur les eaux, bien décidée à démontrer qui elle était et ce qu'elle entendait rester aux yeux de tous.

Sur un signe du comte, deux gardes espagnols lui emboîtèrent le pas. De cela non plus, elle ne se soucia pas. Elle s'imposerait, et les ragots se tairaient à son approche, faute de prétextes pour les alimenter. Et Angélique ne voulait pas qu'on allât encore troubler l'esprit et le cœur adolescent de son Cantor.

Tout cela tournait dans sa tête, vidée par la faim et la fatigue, mais elle ne se reposerait que quand elle aurait repris Gouldsboro en main, et elle marchait et allait sans défaillir d'un blessé à l'autre.

La plupart de ceux du *Sans-Peur* avaient regagné leur navire, dans la rade, mais les plus gravement atteints ainsi que ceux du *Gouldsboro* étaient soignés chez l'habitant.

Angélique entrait dans les maisons, réclamait de l'eau, des linges, des baumes et de l'aide, et Rochelais et Rochelaises se retrouvaient malgré eux à l'assister.

Les blessés l'accueillaient avec impatience et espoir et elle se rasséréna à manier les linges mouillés de sang et de sanie. Les plaies béantes dans la guérison desquelles elle voyait la trace de son pouvoir lui rendaient sa dignité.

Cette humanité mal rasée et souffrante était, en fait, moins sensible aux bruits qui pouvaient courir sur le compte de la belle et noble dame rencontrée aux antipodes sauvages des Amériques, un jour de bataille, qu'au soulagement de sa venue et de sa présence.

— Madame, est-ce que vous me sauverez mon œil?... Madame, j'ai pas pu dormir de la nuit avec tous ces maringouins et moustiques...

Les blessés, parmi les pirates du *Cœur-de-Marie*, avaient été mis avec les prisonniers valides dans la grange au maïs entourée d'un cordon de sentinelles solidement armées. De plus, le hangar restait sous le feu d'un petit bastion d'angle du fort, et ces précautions n'étaient pas excessives, car les sentinelles dirent à Angélique que leurs prisonniers, ayant appris la capture de Barbe d'Or, étaient fort agités et qu'il y aurait danger à pénétrer parmi eux.

Deux matelots lui proposèrent de l'escorter à l'intérieur, mousquet pointé et mèche allumée, mais elle les récusa.

— Je connais ces gens-là, et peu m'en chaut!

Et elle intima l'ordre aux deux gardes espagnols de demeurer au-dehors, avec un regard si impérieux qu'ils n'osèrent passer outre. Entre l'autorité, pour eux sacrée, du comte de Peyrac et celle, fascinatrice, d'Angélique, les pauvres Luis et Pedro ne furent jamais aussi tourmentés qu'en cette dure journée.

Angélique ne craignait pas de se retrouver seule, au milieu des pirates du *Cœur-de-Marie*. Au contraire. Elle s'y sentait mieux, car ils étaient comme elle aujourd'hui : malheureux et menacés.

Des blessés inquiets aspirant à quelques soins et un peu de réconfort d'une main qu'ils savaient habile et salvatrice. Quant aux prisonniers valides, ils cachaient leur inquiétude d'un futur peu enviable qui s'approchait à grands pas. Etait-ce le dernier matin qu'ils saluaient? Le vainqueur, le maître de Gouldsboro, était venu les inspecter la veille, posant sur leurs faces patibulaires son œil d'aigle.

— Monsieur, avait osé demander le chevalier de Barssempuy, quel sort nous réservez-vous?

— La corde pour tous, répondit Peyrac farouche, il ne manque pas de vergues aux mâts des navires.

— C'est bien notre chance, gémissaient les pirates. Nous sommes tombés sur un sanguinaire pire que Morgan!

Sanguinaires eux-mêmes pour la plupart, ayant à leur actif plus de tortures, de mains coupées, de malheureux pendus ou rôtis sur les barbecues des îles, car le soleil des Caraïbes fait flamboyer le goût du mal au cœur de l'homme, ils n'espéraient pour eux nulle mansuétude. Les meilleurs ne se félicitaient plus d'avoir voulu « se ranger ».

— Et nous qui comptions devenir colons et pères de famille! Cette dernière campagne aura causé notre perte.

Dans le noir désespoir ou la grise résignation qui les habitait tour à tour, l'apparition d'Angélique fit lever une lumière. Le monde de l'homme est dur. Celui des aventuriers de la mer l'est plus encore. Aucune faille, aucune fêlure dans la rude carapace d'une existence vécue, le sabre-coutelas au poing, la soif de l'or au cœur et celle du rhum au gosier. Soudain, une femme remplissait le vide de leur cœur, se glissait entre eux, une femme qui n'était ni proie ni putain, et l'on n'avait pas le temps de se demander ce qu'elle était au juste qu'elle vous prenait en main, qu'on se retrouvait subjugué, sans autre alternative que de la respecter et de lui obéir humblement.

Pour tous, ce fut un soulagement de la voir pénétrer de nouveau, ce matin-là où Barbe d'Or venait d'être capturé, dans la grange, son sac de charpie et de remèdes à la main. Elle s'agenouilla au chevet des malades et se remit illico à panser et soigner. Quelques-uns émirent l'idée de s'emparer d'elle pour en faire un otage et sauver leurs peaux par un échange. On négocierait avec ces salauds de Gouldsboro et, suivant les résultats obtenus, on enverrait un doigt, un œil, un sein de la belle au mari, ce « sanguinaire » qui voulait tous les tuer, et ce serait bien le diable si, avec une telle manœuvre, on n'arriverait pas à sortir de là. Hein! Dans une telle extrémité, est-ce que ce n'était pas une bonne chose à faire, et qu'on avait déjà faite... plus d'une fois? Là s'arrêtaient les velléités d'exécution. Des yeux luisants suivaient la chevelure claire d'Angélique allant et venant dans la pénombre malodorante. Mais personne ne pipa ni n'ébaucha le moindre geste. Le jeune Barssempuy seul osa sortir de son mutisme pour lui poser une question :

— Est-ce vrai, madame, que Barbe d'Or a été attrapé?

Angélique acquiesça en silence.

— Qu'adviendra-t-il de lui? reprit le lieutenant d'une voix anxieuse. Il n'est pas possible qu'on l'exécute, lui, madame... C'est un homme tellement extraordinaire! Nous aimons notre chef, madame.

— Son sort dépend des décisions de M. de Peyrac, répondit sèchement Angélique. C'est lui le maître.

— Oui! Mais c'est vous la maîtresse, s'écria le timbre de crécelle grinçante d'Aristide Beaumarchand. A ce qu'on dit...

Aussitôt, sous le regard fulgurant d'Angélique,

il se recroquevilla, les bras croisés autour de son ventre qu'il protégeait sans cesse comme une femme enceinte qui craint d'être battue protège son précieux fardeau.

— Toi, tu ferais mieux de te taire, lui lança-t-elle froidement, je finirai par t'égorger.

Les autres riaient dans un accès de détente. Ayant achevé sa besogne elle les quitta. Elle ne se sentait pas d'humeur à plaisanter avec cette canaille, mais sitôt la porte refermée, elle ne leur en voulait déjà plus.

Quoiqu'elle se raisonnât et s'en défendît, elle finissait toujours par s'attendrir sur des hommes blessés ou vaincus. Brigands ou soldats, coureurs de bois ou matelots, dès qu'elle les avait soignés, elle ne pouvait s'empêcher de les aimer. Cet attachement irrésistible lui venait de la connaissance qu'elle acquérait d'eux à se pencher sur leurs douleurs.

L'homme malade est vulnérable. Volontiers alors il s'abandonne et se livre, et s'il résiste il est aisé de le circonvenir. Au delà d'un caractère aigri, farouche et peu malléable, mais qui, affaibli, a perdu ses armes, Angélique finissait toujours par atteindre le cœur simple et très enfantin. Lorsqu'ils étaient remis sur pied, elle les gardait à sa merci. Ils sentaient, parfois effrayés, que désormais elle les connaissait mieux qu'eux-mêmes.

Dehors, elle donna des ordres de faire porter aux prisonniers des damiers de tric-trac, des cartes à jouer et du tabac pour pétuner, afin de rendre les heures de leur captivité moins pesantes.

8

Autre chose était-ce d'affronter les dames de Gouldsboro! Là, pas de quartier! Elle le savait, pas de défaillances à espérer. Leur vertu sécrétait l'esprit de justice et de condamnation par nature et doué d'un renouvellement de virulence quasi miraculeux que rien ne pouvait tarir.

Mais à celles-là aussi, elle devait fermer la bouche avant que le flot de fiel les ait tous roulés dans une boue d'amertume, dont rien de possible ne pourrait renaître.

Avant de pousser la porte de l'Auberge-sous-le-fort, où elle les pressentait rassemblées, Angélique eut une courte hésitation qui prit la forme d'une instinctive prière au Ciel, et naturellement elles étaient toutes là, en cottes sombres et bonnets blancs. Mme Manigault trônait, plus imposante que jamais, Mme Carrère s'affairait, Abigaël Berne se tenait de l'autre côté de la cheminée, pâle et digne, une expression de résolution inscrite sur son beau visage de madone flamande. L'entrée d'Angélique semblait avoir interrompu une discussion où, une fois de plus, Abigaël devait déplaire à ses compagnes par la bénignité de ses avis.

— Madame Carrère, dit Angélique en s'adressant à la patronne des lieux, veuillez avoir l'obligeance de me faire porter à dîner dans l'appartement du donjon. Je vous demanderai également de me mettre à chauffer une bassine d'eau pour mes ablutions.

« Toute l'eau des rivières ne peut laver l'âme coupable et toutes les nourritures terrestres rassasier celle qui se meurt d'avoir offensé le Seigneur », cita Mme Manigault à la cantonade.

Angélique reçut la flèche du Parthe, mais elle l'attendait.

Au delà de son exaspération, de son irritation envers les commères, elle savait que ces femmes qu'elle ne pourrait s'empêcher de considérer comme des amies étaient prises entre des attitudes contraires et qui les désolaient.

Derrière l'intransigeance des dames de Gouldsboro pour la conduite présumée scandaleuse d'Angélique, il y avait l'indignation de voir trahir un homme pour lequel toutes, plus ou moins, nourrissaient une profonde admiration, voire un petit sentiment. Sentiment mitigé, dissimulé, mais sentiment, tout de même; chez ces Huguenotes aux cœurs sensibles sous la glace de l'éducation première.

Le « Je l'avais toujours dit » de Mme Manigault avait beau jeu, en ces jours, de se répandre et de s'étaler comme un calicot tendu en travers des rues en un jour de Fête-Dieu papiste! N'avait-elle pas toujours dénoncé Angélique, la servante de maître Berne, comme une dangereuse perturbatrice!...

A quoi Abigaël rétorquait que le comportement actuel de Mme de Peyrac prouvait que sa conscience ne lui reprochait rien.

— Une orgueilleuse! ripostait Mme Manigault, je l'ai toujours dit!

« Et puis, que savait-on sur ce qui s'était passé réellement », repartaient les fidèles d'Angélique?... Des bruits colportés, des allusions, des sous-entendus... Le Suisse qui avait parlé était ivre lorsqu'il avait tenu les propos outrageants pour elle, MM. Manigault et Berne en témoigneraient eux-mêmes?... Or, voici qu'Angélique venait d'apparaître et se tenait droite parmi elles, répondant par un sourire un peu dédaigneux à l'allusion jetée par Mme Manigault.

Proche d'elles et si différente, telle qu'elle était déjà lorsqu'elle partageait leur existence persécutée à La Rochelle.

Et elles se souvenaient qu'Angélique avait couru avec elles sur la lande pour échapper aux dragons du roi, les entraînant pour les sauver...

— Voici un beau prétexte et une belle vérité, dit Angélique, en toisant l'auguste dame d'un regard tranquille, et je crois que c'est à moi que vous le donnez à méditer, n'est-ce pas, chère madame Manigault? Je vous en remercie, mais pour lors, il s'agit moins de rassasier mon âme, coupable ou non, que de réparer mes forces. Depuis deux jours que je suis arrivée dans votre établissement de Gouldsboro, mesdames, je vous ferai remarquer que je n'ai eu qu'un épi de maïs à me mettre sous la dent. Ce qui ne témoignerait pas pour la bonne hospitalité que l'on trouve chez vous si je ne savais point les soucis et besognes qui nous ont toutes accablées depuis hier avec batailles et blessés. En demandant à me restaurer je n'ai donc fait qu'exprimer des aspirations très naturelles que vous semblez également éprouver, mesdames.

Or, une partie de ces bonnes Rochelaises se trouvaient en effet attablées devant un confortable ragoût et des gobelets de vin. Partagées depuis la veille entre les soins à donner à leur maison, leurs enfants, leur ferme et les blessés de la bataille, elles étaient, elles aussi, à bout de forces et avaient profité d'une accalmie pour venir se réconforter dans l'accueillante auberge de Mme Carrère. Prises en flagrant délit de non-austérité, elles restèrent interdites, la cuillère en main.

— Je vous en prie, je vous en prie, insista Angélique, condescendante, ne vous dérangez pas pour moi. Continuez. Je ne vous jette nullement la pierre. Vous avez raison de vous restaurer, mes chères amies. Mais souffrez que la comtesse de Peyrac puisse en faire autant. Vous m'enverrez donc au plus tôt cet en-cas, madame Carrère...

» Abigaël, ma chère, pouvez-vous m'accompagner un instant? J'ai quelques mots à vous dire en particulier.

Un pied sur la première marche de l'escalier qui conduisait à sa chambre, Angélique leva vers la femme de maître Berne un regard dépouillé.

— Abigaël, doutez-vous de moi?

Son masque craquait, son épuisement se faisait jour. Abigaël eut un élan vers elle.

— Madame, rien ne peut altérer l'amitié que j'ai pour vous si vous n'y voyez pas d'offense.

— Vous intervertissez les rôles, ma douce Abigaël. C'est à moi que votre amitié a toujours été précieuse. Croyez-vous que j'oublierai jamais comme vous fûtes bonne à mon égard lorsque j'arrivai à La Rochelle avec mon enfant dans les bras? Vous ne vous êtes pas montrée méprisante pour la pauvre servante que j'étais alors. Quittez donc ce ton révérencieux qui ne sied pas entre nous. Et merci de ce que vous venez de me dire. Vous me rendez courage. Je ne peux vous expliquer encore ce qui se passe mais rien n'est aussi grave que ce que les mauvais esprits veulent vous le laisser entendre.

— J'en suis intimement persuadée, affirma la fille du pasteur Baucaire.

Combien avait de charme, dans l'épanouissement de sa maternité proche, la chaste et pure Abigaël de La Rochelle!

Le bonheur l'avait encore ennoblie.

Ses yeux clairs affirmaient leur attachement. Angélique fléchit et, n'en pouvant plus, laissa aller son front contre l'épaule d'Abigaël.

— Abigaël, j'ai peur, il me semble que je suis prise dans un tourbillon infernal... que des menaces se lèvent de toutes parts... pour m'environner. S'il ne m'aime plus, que vais-je devenir?... Je ne suis pas coupable... pas aussi coupable qu'on le dit... Mais tout se ligue pour me condamner.

— Je connais la droiture de votre cœur, dit Abigaël en passant une main apaisante sur le front d'Angélique. Je reste à vos côtés et je vous aime.

Entendant un bruit de pas, Angélique se redressa vivement. Personne, sauf Abigaël, ne devait la voir défaillir. Mais la bonté de celle-ci lui avait rendu des forces.

Elle eut à l'endroit de son amie un clin d'œil complice.

— « Elles » voudraient bien me voir partir, n'est-ce pas? fit-elle. Elles en ont déjà assez de ma présence de pécheresse à Gouldsboro! Mais ne craignez rien, Abigaël. Je suis venue pour vous assister dans vos couches et je resterai près de vous tant que vous aurez besoin de moi, dussé-je affronter de leur part une vie d'enfer.

Hélas! rien n'arrivait de ce qu'elle avait prévu. Elle avait rêvé de s'asseoir aux foyers de ses amies, d'échanger des nouvelles.

Puis on aurait visité les installations. On aurait examiné les comptes et organisé des fêtes auxquelles auraient été conviés les équipages des navires relâchant dans ce port. Il y a bien toujours quelque chose à fêter au cours de l'été. Vite! vite, va le temps de la saison clémente. Il faut vivre au double, au triple, accumuler, engranger, échanger, et c'est la prolifération des humains vers les rivages, l'activité fiévreuse. Vite! Vite! Sitôt venu se refermera l'hiver.

Mais rien ne ressemblait à ce qu'elle avait rêvé. Loin d'être une fête, ces jours d'été dévalaient comme un torrent bourbeux charriant des passions, des chagrins, des désespoirs, et se grossissant du flot de dangers mystérieux, d'heure en heure.

9

« Que pensait Joffrey? Que décidait-il pour elle?... Pour Colin? »

Ce silence, cette absence lui devenaient intolérables.

A chaque instant de cette journée qui durait des siècles, elle craignit et espéra tour à tour qu'il allait la faire appeler. Elle comparaîtrait devant lui, soit, mais tout était préférable à l'incertitude dans laquelle il la laissait sombrer. Crier, tempêter, implorer, supplier, accuser à son tour lui aurait rendu vie.

La rage et l'orgueil, l'instinct de défense qui l'avait soutenue le matin se défaisaient en elle à mesure que les heures passaient. En l'écartant, en l'ignorant, il la soumettait à une véritable torture qui avait raison de sa force intime, et c'est à peine si elle put avaler quelques bouchées du repas qu'elle avait réclamé et que Mme Carrère lui fit porter.

Dans l'après-midi, elle partit à la recherche de Cantor, et le trouva près du port où il s'affairait.

— N'écoute pas les ragots qui courent sur mon compte, lui dit-elle, avec fièvre. Tu connais la superstition de ces gens qui nous entourent. Déjà, ne suis-je pas désignée comme... Démone à Québec? Il suffit qu'une femme se fasse capturer par un pirate pour que les calomniateurs tissent leur toile. Barbe d'Or s'est montré chevaleresque envers moi et je t'expliquerai un jour qui il est et pourquoi je lui porte amitié.

— En tout cas, je n'assisterai pas à sa pendaison, déclara Cantor qui paraissait ne pas vouloir s'attarder sur ces questions. Je repars aujourd'hui même avec la marée, sur *Le Rochelais*. Mon père vient de m'en donner le commandement.

Il se redressa, assez faraud de ses responsabilités de capitaine de quinze ans pour ne pas trop se soucier des remous sous-jacents qui agitaient la petite colonie. Content d'avoir pu revenir à temps pour participer au combat naval, encore plus content de repartir, en maître, sur l'océan dont la vie mouvante lui était si familière. Il bomba le torse et ajouta, pénétré de son importance :

— Je dois amener jusqu'à Houssnock des marchandises qui seront ensuite acheminées jusqu'à Wapassou par Kurt Ritz et six hommes de recrue que j'emmène également à mon bord.

— Comment? s'exclama Angélique, un courrier part pour Wapassou dans quelques heures et je n'en suis même pas avertie?... Laurier! Laurier! appela-t-elle vers le petit garçon qui passait, viens vite m'aider à ramasser des coquillages pour Honorine.

Au surplus, elle eut à peine le temps de griffonner un billet pour les Jonas et les Malaprade.

— Pressons, pressons, la marée n'attend pas, recommandait Cantor.

Le Suisse Kurt Ritz se tenait sur le môle, sa hallebarde en main, passant l'inspection des ballots à charger dans la chaloupe, et celle de ses hommes qui, comme lui, étant d'origine allemande ou helvétique, portaient leur costume de parade — survivance du costume des lansquenets avec le pourpoint court et ajusté aux grandes manches gonflées et fendues sur la chemise, les hauts-de-chausses de drap bouton-d'or bouffants, troussés aux genoux et garnis, en long, de rubans écarlates dont le ballant donnait au vêtement des allures de rhingrave et, selon la mode inconvenante et glorieuse du siècle précédent, la braguette apparente en coque de satin jaune d'or.

Seul, un rabat souple avait remplacé la fraise godronnée.

Le bonnet large et vaste, mélange entre la toque ancienne et le vaste feutre moderne, était agrémenté d'une courte plume d'autruche rouge. Un casque d'acier doré était accroché à leurs ceinturons. Tous, avec leurs piques, ils avaient fière allure.

Kurt Ritz correspondait bien à ce que le naturel recommande d'un sergent « qui doit être homme savant, vaillant, sage, courtois, qu'il se soit rencontré souvent avec l'ennemi, et, s'il se peut, qu'il soit grand et de bonne mine ».

De plus, il portait l'épée, insigne d'une qualité de gentilhomme qu'il avait acquise au service du roi de France, en Autriche, contre les Turcs.

Angélique ne l'avait plus revu depuis la nuit où elle l'avait surpris, accroché aux « pavillons » du château arrière du *Cœur-de-Marie*, à part une brève interception dans l'ombre le soir de son retour, et elle le chercha un moment des yeux, ne le reconnaissant pas.

On le lui désigna. Elle lui remit son message pour les Jonas, et qu'importait qu'il lui dédiât un regard hautain et dédaigneux. Certes, il la mépriserait toujours pour ce qu'il avait entrevu d'elle sur le navire. En parlerait-il aussi à Wapassou? Elle ne pouvait s'humilier à lui recommander le silence. Mais, tandis qu'elle s'entretenait avec lui d'un ton posé, ajoutant de vive voix diverses instructions essentielles qui lui revenaient subitement à l'esprit — pourvu qu'on n'ait pas oublié de récolter des bourgeons de sapin pour les tisanes pectorales! — son intuition la convainquit que l'étranger était un homme « bien ». Rude, froid, mais avec cet air seigneurial que possèdent de nature les montagnards, il n'était pas mesquin. Il ne parlerait plus, jamais plus, du secret surpris à la lueur d'une chandelle, une nuit qu'il s'évadait d'un navire pirate.

Apercevant le comte de Peyrac qui descendait vers le port escorté de Roland d'Urville et de Gilles Vaneireick, elle s'enfuit.

Pourquoi s'était-elle enfuie? Devant lui?... Devant son mari? Elle errait à travers les habitations neuves de Gouldsboro désertées par les habitants qui, eux aussi, s'étaient rendus au port pour assister au départ du yacht...

Elle n'avait pu cette fois trouver le courage d'être là, à quelques pas de lui, et mêlée à cette foule qui les observait. Et elle aurait dû être là, se gourmanda-t-elle. Agiter son écharpe lorsque le petit navire commandé par le vaillant jouvenceau, Cantor de Peyrac, gonflerait ses voiles... Elle n'avait pas pu. C'était sa première grave défaillance depuis le matin.

Il aurait raison d'elle. Mais comment s'achèverait le combat?

Tant qu'elle ne serait pas fixée sur le sort de Colin, Joffrey resterait la menace, le bras levé pour frapper, et, au fond de son cœur, l'ennemi qu'on ne peut circonvenir.

Combien de fois, naguère, le comte de Peyrac n'avait-il pas affirmé sa résolution implacable de tuer quiconque essaierait de lui voler sa femme?

Elle ne pouvait, la mort dans l'âme, que se souvenir de ses paroles. A Pont-Briand, à Loménie, il l'avait affirmé.

Colin était condamné, moins comme pirate pillard que comme rival. Mais cela ne pouvait être. Pas pour si peu! Pas à cause d'elle! Oh! mon Dieu! ne permettez pas cela!...

10

Le soir, au fort, où elle retourna la nuit tombée, après avoir une fois de plus fait la tournée de tous les blessés, et où elle se réfugiait, ivre de sommeil et de tourments, elle remarqua néanmoins, déposés dans sa chambre, deux coffres qui n'y étaient pas auparavant.

Dans l'un des coffres, des robes, vêtements, dentelles; lingerie, gants, souliers. Dans l'autre, des objets divers et luxueux, pour la commodité de la vie quotidienne.

Atours et objets fleuraient l'Europe. Joffrey de Peyrac avait dû en donner commande à Erikson avant son départ, à l'automne, et le *Gouldsboro* venait de les apporter. Raffinement, joliesse et beauté d'un monde évanoui.

Angélique les toucha à peine, les remua d'une

main presque indifférente, comme les dépouilles d'un amour mort.

La raison pour laquelle on les avait portés chez elle, ce soir, lui demeurait obscure et, dans l'état d'esprit où elle se trouvait, l'inquiétait plutôt, comme un piège.

Elle se détourna de ces présents somptueux comme d'une dérision qui insultait à sa peine et essaya de dormir un peu.

Elle tremblait de ce qui pourrait advenir pendant ce temps d'inconscience. Si, en s'éveillant, il lui fallait apercevoir le corps de Colin se balançant dans l'aube, à la branche d'un gibet?

A l'heure du crépuscule, prise de courage, elle avait cherché à rencontrer son mari coûte que coûte. Mais voici qu'elle ne l'avait trouvé nulle part. Les uns disaient qu'il était parti vers l'intérieur des terres. Les autres, qu'il avait pris son chébec pour aller à la rencontre d'on ne sait quel navire. En désespoir de cause, elle s'était résolue à prendre un peu de repos par nécessité.

Mais son inquiétude restait en éveil. Aussi, après un court sommeil de plomb, s'éveilla-t-elle dans la nuit encore profonde, et, ne pouvant se rendormir, elle commença à se retourner en tous sens, en remuant de sombres pensées.

Le repos avait réveillé sa rancune envers son mari. Décidément, elle était profondément blessée par ce comportement de maître intolérant et soupçonneux.

Joffrey ne l'avait-il pas abandonnée pendant des années à elle-même, et aujourd'hui il voulait tout, même sa fidélité dans le passé. Avait-il montré tant de scrupules, loin d'elle, à prendre son plaisir avec d'autres femmes?... Il n'en décidait pas moins d'arracher d'une main brutale les voiles de secrets qui n'appartenaient qu'à elle. Et réclamer des comptes, lui en prêtant d'ailleurs plus qu'elle n'en avait fait durant ce « veuvage » qui hantait sa jalousie.

Pour sa part, lorsqu'elle se penchait sur les souvenirs de ces quinze années loin de lui, elle voyait surtout une longue suite de nuits solitaires et glacées, où sa jeunesse de femme jeune et belle s'était consumée à le pleurer, à l'évoquer, à le regretter... et à dormir aussi, heureusement, seule et à poings fermés. Elle avait toujours possédé un sommeil solide d'enfant et c'était ce don qui l'avait sauvée. Quand elle était tenancière du « Masque Rouge », un lit étroit la recevait, rompue de fatigue, et l'aube la trouvait prête à affronter une journée de labeur où il n'y avait guère de place pour l'amour, si ce n'est quand il lui fallait jeter à la porte un mousquetaire trop hardi. Durant sa période de chocolatière, Ninon de Lenclos lui reprochait sa vie trop sage.

Comme des points lumineux, légers et vacillants, tôt éteints, il y avait eu, par-ci par-là, une nuit d'amour, dans les bras d'un poète de Paris traqué par la police, ou dans ceux de son chasseur même, Desgrez. L'un et l'autre, trop occupés de leur petit jeu cruel, pour s'occuper plus longuement d'elle.

A la cour, et malgré le climat érotique qui l'entourait, sa vie amoureuse avait-elle été plus sensuelle? Guère, et peut-être même moins. La passion du roi l'isolait. Et son ambition personnelle, jointe à ce regret inlassable d'un fantôme aimé auquel elle ne cessait de tendre les bras, l'écartait des aventures, des liaisons faciles et qui rapidement lui auraient été insupportables. Alors? Que lui était-il resté?

Quelques nuits avec Ragoski, le prince pourchassé. Une étreinte à la sauvette, un soir de chasse, avec le duc de Lauzun — un faux pas qui avait failli lui coûter d'ailleurs fort cher. Et avec Philippe, son second mari? Deux fois, peut-être trois. Vraiment guère plus en tout cas. Et puis Colin, ce réconfort du désert...

A tout prendre — se déclarait-elle — elle avait moins fait l'amour en quinze ans que toute prude bourgeoise dans le lit d'un époux légitime en trois mois... ou qu'elle-même dans les bras de Joffrey en moins de temps encore. Il y avait véritablement de quoi la vouer soudain aux gémonies! la clouer au pilori! lui prêter un tempérament de Messaline éhontée!... C'est en vain qu'elle essaierait de faire comprendre ces réalités à Joffrey, même en reconstituant pour lui une telle comptabilité précise pour un homme de science qui devrait, s'il en fut, comprendre la portée logique de tels arguments de faits. Hélas! elle sentait que, même pour un savant comme Peyrac, il ne fallait guère compter sur son impartialité abstraite dans ce domaine du cœur et il devenait comme tous les hommes quand leur instinct de propriétaire était en jeu. Les hommes se déchaînent alors, et même les plus intelligents refusent tout entendement.

Mais aussi pourquoi tant d'histoires pour un baiser?

Qu'est-ce qu'un baiser après tout? Des lèvres qui s'atteignent et se confondent. Et ce sont les cœurs qui s'atteignent.

Deux créatures perdues se lovent au sein d'une sécurité divine, se réchauffent à leurs propres souffles, se reconnaissent dans les ténèbres d'une nuit où ils ont trop longtemps marché seuls. L'homme! La femme!

Rien d'autre. Tout.

Et qu'est-ce qu'une étreinte, sinon le prolongement et l'épanouissement de cet état supra-terrestre si rarement goûté de la créature humaine?... Parfois jamais!

Alors, si c'était cela... vraiment cela, un baiser? Alors Joffrey aurait raison de lui en vouloir de celui qu'elle avait échangé avec Colin, devenu Barbe d'Or?

La vie était une œuvre, un art difficile. Ce qui était en fait le plus difficile pour Angélique, c'était d'admettre en son orgueil que l'ostracisme, le mépris, la colère des autres, dont elle ressentait les attaques jusqu'au fond de sa conscience, trouvaient leur justification dans sa propre conduite que, par instants, elle savait pertinemment, elle-même, inexcusable.

Pour retrouver son équilibre, il lui aurait fallu donner à ce faux pas, cet accident, sa juste place, et elle n'y parvenait pas toute seule. Tour à tour, elle se condamnait totalement, ou bien ne voyait plus, dans son abandon d'un moment, qu'un agréable intermède qu'une jolie femme a bien le droit de voler parfois à l'existence.

L'aube humide, ouatée, l'arracha à la ronde infernale. Elle émergea, rompue, lassée de s'être tant agitée sur sa couche froide et déserte. Son incertitude sur le sort de Colin la crucifiait.

L'aube inquiétante, gris rosé, portait le chant inlassable de la tourterelle en notes rondes, gonflées, insinuantes. Ce roucoulement doucereux, Angélique le prenait en grippe pour la vie. Désormais, ce chant lui rappellerait toujours la saison courte et foudroyante qu'elle vécut, cette année-là, à Gouldsboro, et qu'elle nommerait en son souvenir : l'été maudit.

Saison de sourde horreur, dont les prémices rôdaient, rôdaient. Chaque matin tiède, chaque aube tragique désormais ponctuée par la cantate lancinante de l'oiseau.

Derrière les brumes, les bruits du port et du village qui s'éveillaient se répercutaient, amplifiés. Des coups de marteau! Est-ce un gibet qu'on dresse?

Une voix de marinier chante la complainte du roi Renaud :

... Et quand ce fut sur la minuit
Le roi Renaud rendit l'esprit.
Ah! dites, ma mère, ma mie
Ce que j'entends cogner ainsi?
Ma fille, c'est le charpentier
Qui raccommode le grenier...

Angélique frissonne. Un gibet? Un cercueil qu'on cloue?... Il lui faut s'élancer au-dehors et agir.

Mais la journée se déroule dans les mouvements du vent incessant, et il ne se passe rien.

Et maintenant, c'était un soir encore, et déjà une nuit de suie profonde et sans lueurs car le ciel bas, gonflé de pluie, traînait sur la mer, se mêlait aux arbres.

Angélique, accrochée aux montants de bois d'une fenêtre, regardait à travers les vitres deux hommes face à face. Tout à l'heure, elle avait traversé la cour et elle était venue vers la chambre du Conseil avec l'intention d'aborder Joffrey de front :

— Expliquons-nous... Quelles sont vos intentions?

Du dehors, elle les avait aperçus. Joffrey... Colin. Face à face, dans la chambre du Conseil. Ils étaient seuls et ne se savaient pas observés.

Colin avait les mains au dos, sans doute parce que ses poignets étaient liés. Joffrey de Peyrac se tenait près de la table, sur laquelle étaient disposés des rouleaux de parchemin, des cartes.

Un à un, avec lenteur, méthode, il déployait les documents et les lisait attentivement. Parfois, il prenait dans un coffret ouvert devant lui une pierre précieuse qu'il examinait dans la lumière de la chandelle, en connaisseur. Au bout de ses doigts jaillissait subrepticement l'éclair vert d'une émeraude.

Quand elle voyait ses lèvres remuer, Angélique devinait qu'il jetait une question en direction du prisonnier. Celui-ci répondait brièvement. Colin, à un moment, bougea et son doigt désigna un point sur la carte. Elle vit qu'il n'était donc pas enchaîné...

Angélique se mit à trembler pour Joffrey de Peyrac. Si, sous l'effet d'une brusque impulsion, Colin le prenait à la gorge?

Joffrey ne sentait-il pas, dressé à si peu de distance de lui, la présence énorme de ce Barbe d'Or, dans sa manifeste puissance physique?

Mais non. Il feignait de n'en rien savoir, de n'y accorder aucune importance, quelle imprudence! Toujours ce défi jeté par lui aux faits, aux éléments, aux hommes. Toujours cette volonté d'aller plus loin, jusqu'à l'extrême limite de l'expérience... pour voir... La mort, un jour, fondrait sur lui comme un aigle. « Joffrey! Joffrey! prends garde! »

Elle tremblait, accrochée aux montants de la fenêtre, impuissante, et sentant d'instinct qu'elle n'avait pas le droit d'intervenir entre ces deux hommes.

Il fallait laisser le sort se prononcer, et le jeu des volontés puissantes s'affronter, pour un combat où elle n'eût voulu, en cœur de femme, qu'il n'y eût ni vainqueur ni vaincu.

Ses regards allaient de l'un à l'autre avec angoisse, et s'attachaient, dévorants, attirés comme par l'aimant, à la stature déliée, anguleuse et si vigoureuse de son mari. Séparée de lui par le mur de silence des vitres, c'était comme de le surprendre et de l'observer dans son sommeil... Elle n'avait jamais pu le faire sans en éprouver une émotion craintive et parfois une jalousie aiguë, parce qu'il avait, alors, endormi, le visage de son mystère d'homme et qu'il lui échappait.

Au bord des tempes brunes, un reflet argenté mettait une douceur, mais ce n'était qu'un leurre. Il restait lointain, dur, inaccessible. Et pourtant il n'y avait pas une nuance de sa personne qui ne lui fût familière à elle, sa femme, et ne lui sautât jusqu'au cœur tandis qu'elle le contemplait. Détail par détail, elle recomposait tout ce qu'elle savait de lui : sa prudence et sa fougue, sa maîtrise et son adresse, son intelligence, sa science, masquées de tant de simplicité humaine, et si l'expression méditative de son visage trahissait le génie de sa pensée, Angélique ne se souvenait pas moins, à suivre les mouvements de ses muscles sous les habits de velours sombre, de l'énergie, de la vigueur, de cette extraordinaire santé amoureuse dont il avait toujours fait preuve et qui habitaient ce corps indomptable et robuste.

Alors les yeux d'Angélique revenaient vers Colin. Surgi des années lointaines, c'était le roi des captifs de Miquenez qui se tenait là, dans la pièce étroite. Sa défroque bariolée de Barbe d'Or ne semblait plus qu'un déguisement dérisoire sur ses épaules.

Il avait, ce soir, son œil bleu de souverain, l'œil bleu du grand Colin, accoutumé à lire dans les lointains du désert et jusqu'au fond des âmes.

Or, malgré elle, parce qu'elle était femme, appartenant de ce fait à une race, elle aussi inférieure, écrasée et humiliée depuis de longs millénaires, Angélique ne pouvait s'empêcher, face à ce duel muet, d'être du côté du plus faible, Colin.

Les connaissant tous deux, elle savait que Joffrey était tellement plus fort que le Normand.

Nourri des grandes philosophies et sciences du monde, occupé des passions subtiles et infinies de l'esprit, il pouvait tout assumer — ou presque — sans fléchir — même les blessures du cœur.

Tandis que Colin, inculte malgré son intelligence native, Colin, qui ne savait même pas lire, s'était trouvé désarmé devant des coups imprévus.

C'était elle qui les lui avait infligés. Elle en éprouvait un remords et un déchirement, à le voir là, livré et vaincu d'avance, malgré sa puissance physique indéniable.

Soudain, son cœur défaillit. Elle avait vu Joffrey repousser d'un geste les parchemins amoncelés et marcher vers Colin. Et elle en éprouva une crainte aussi terrible que si elle l'avait vu braquant son pistolet sur Colin et tirer en plein cœur. Il lui fallut un instant pour se convaincre que le comte avait les mains nues.

Et, malgré cela, la peur demeurait.

Derrière les vitres, se vivait un instant décisif.

Elle le devinait à sa propre chair hérissée d'un long frisson, à son esprit tendu, à ses sens alertés, essayant de surprendre, de comprendre.

Quelque chose se déroulait de définitif. Mais

cela se passait dans le silence. Par des mots qu'elle ne pouvait entendre, et qui jaillissaient des lèvres des deux hommes comme des coups, des pointes effilées de poignard...

Joffrey parlait, tout proche du prisonnier, ses yeux étincelants fixés sur la face attentive et durcie de Colin. Peu à peu, une sombre fureur, de l'indignation marquaient la face du Normand, et Angélique vit ses poings s'ouvrir et se refermer, se lever même, tremblant d'une rage impuissante. A plusieurs reprises, il secoua la tête, négativement, opposant aux paroles de Peyrac une fierté de lion intraitable.

Alors, Peyrac le quitta. Il se mit à marcher de long en large, tel un félin en cage, et il tournait autour de Colin, lui jetant par à-coups un regard d'observation aiguë, tel un chasseur qui s'interroge sur la meilleure place où frapper. Revenant vers lui, il saisit le géant à deux mains par les revers de son buffletin, l'approchant de lui, comme pour lui parler en confidence. Et, cette fois, il parlait tout bas. Il y avait maintenant une sorte de douceur dangereuse sur les traits de Joffrey de Peyrac, comme un pli ambigu et subtil au coin de sa lèvre, et Angélique eût presque pu deviner l'intonation charmeuse de sa voix. Il avait en cet instant son visage de séduction, mais la flamme qui luisait dans ses prunelles effrayait. Et ce qu'elle craignait arrivait. Colin succombait devant Joffrey de Peyrac.

Peu à peu, la résolution farouche inscrite sur ses traits s'effaçait, se détruisait, remplacée par une expression de désarroi, de désespoir, presque de fugitif affolement. Brusquement, il laissa tomber sa tête en avant, en un geste d'accablement ou d'aveu.

Et qu'avait pu dire le comte Joffrey de Peyrac pour que fût ainsi vaincu Colin Paturel, qui n'avait pas plié l'échine devant Moulay Ismaël et ses tortures.

Joffrey de Peyrac se tut. Mais il continuait à tenir Colin et à le guetter. Enfin, la lourde tête blonde se redressa. Colin regardait devant lui avec fixité. Angélique craignit qu'il ne l'eût aperçue contre l'obscurité du carreau.

Mais Colin ne voyait rien au-dehors, car il regardait en lui-même. Et, tout à coup, elle lui revoyait, à lui aussi, cette sorte de candeur qu'il avait dans le sommeil, son visage d'Adam des premiers jours. Son regard bleu, comme mal éveillé, se tourna encore vers Peyrac, et les deux hommes se fixèrent longuement sans un mot.

Puis Colin inclina de nouveau la tête à plusieurs reprises, mais, cette fois, c'était pour un signe affirmatif, un signe d'acquiescement.

Le comte de Peyrac regagna sa place derrière la table. Des ombres bougèrent dans le fond de la pièce. Des gardes espagnols entraient et venaient se placer derrière le prisonnier. Angélique n'avait pas surpris l'appel qui les avait fait surgir. Ils sortirent, emmenant Colin.

Joffrey de Peyrac restait seul dans la pièce. Il s'assit.

Angélique se recula, saisie de crainte à l'idée qu'il pourrait soupçonner sa présence. Mais elle restait là, fascinée, et comme il l'avait guettée l'autre nuit, dans l'ombre de l'îlot, sans qu'elle le sût, elle aussi voulait le découvrir à nu, alors qu'il ne se savait plus observé. Quel sentiment trahirait-il? Quel masque laisserait-il tomber qui pût le lui révéler? Et qui lui permettrait d'augurer de ses pensées, de ses décisions?

Elle le vit tendre le bras vers le coffret d'émeraudes, les fameuses émeraudes de Caracas, pillées aux Espagnols par Barbe d'Or. Entre deux doigts il en ramena une d'une exceptionnelle grosseur; l'élevant devant lui, contre la lueur du flambeau, il se perdit dans son observation.

Et il *souriait* comme s'il avait contemplé, à travers les transparences de la pierre précieuse, un réjouissant spectacle.

11

Le lendemain était un dimanche.

Le souffle d'une conque mugissait dans les lointains, et, d'un petit campanile de bois, la cloche, effervescente et limpide comme une fillette, appelait à l'office des Réformés.

Pour ne pas être en reste, les aumôniers et le père Bauce, auquel se joignait un autre père Récollet récemment sorti des bois, décidèrent de faire un grand office catholique au sommet de la falaise, avec ostensoir, procession et tout.

Il y eut à travers les brouillards rivalités de cantiques toute la matinée, mais les cérémonies s'achevèrent sans incidents.

Culte et messe achevés, les badauds vinrent sur le port où l'on annonçait des arrivées. Aux appels de la corne de brume, se mêlèrent bientôt des meuglements plus authentiques. Un petit cotre, venu de Port-Royal en la presqu'île, amenait deux vaches et un taureau qui avaient été promis en gage d'un don de vivres frais et de quincaille qui, l'an dernier, avait sauvé la colonie française abandonnée par la trop lointaine Administration de Québec. Le débarquement des pauvres bêtes, suspendues par des sangles à des poulies, s'effectua sans trop de difficultés au milieu des acclamations de la population.

La venue du bétail se disputait l'importance des commentaires avec la pendaison pressentie de Barbe d'Or. Serait-ce pour aujourd'hui?...

Dans cette effervescence, l'entrée du petit vaisseau qui amenait John Knox Mather, docteur en théologie de Boston, suivi de ses principaux vicaires, passa inaperçue. Les Acadiens, joviaux et bruyants, suivi de leurs Mic-Macs rouges, géants à face carrée de cuivre, côtoyèrent sans y prendre garde l'honorable puritain.

Il portait la fraise, une ample, sombre, longue cape genevoise qui lui battait les talons et dont il s'enveloppait jusqu'aux yeux pour donner moins de prise au vent, et la coiffe de son chapeau, à la boucle d'argent austère, paraissait plus haute que les autres.

— J'ai voulu vous rencontrer, dit-il à Peyrac venu à sa rencontre; notre gouverneur a rappelé, à un récent synode, qu'après tout le Maine appartenait à l'Angleterre, et m'a prié d'aller m'informer auprès de vous s'il en était toujours ainsi...

Ses yeux accomplirent un tour d'horizon inquiet.

— Cela sent la saturnale... Dites-moi, le bruit court que vous vivez avec une enchanteresse?

— C'est fort exact, répondit Peyrac. Venez... je vais vous la présenter.

John Knox Mather pâlit et son esprit frissonna comme une mare à l'approche d'un orage. Il se troubla. Et il y avait de quoi : les Réformés avaient supprimé la Sainte Vierge et les Saints, intercesseurs bénéfiques de l'Au-delà. Il ne leur restait donc que les démons. Et une intrusion maléfique les laissait désarmés et privés de tout recours. Ils ne pouvaient compter que sur leur force d'âme personnelle. Heureusement, le digne Mather en avait à revendre; il se raidit et se prépara à affronter l'épreuve de rencontrer l'enchanteresse.

Angélique, apprenant qu'elle était mandée d'urgence par le comte de Peyrac, quitta le chevet d'un blessé qu'elle pansait et se rendit, le cœur battant, à cette convocation, pour se trouver en face d'un sombre monument monolithique qu'on lui dit être un docteur en théologie de Boston, et qui la fixait d'un œil de pierre. Au fond, il était aussi interloqué qu'elle-même. Elle le comprit, lui souhaita la bienvenue et lui fit une brève révérence. Par les paroles qu'il échangeait avec le comte de Peyrac, elle apprit qu'il serait l'hôte de Gouldsboro quelques jours, et que toute la compagnie festoierait en ce jour du Seigneur pour Le remercier de Ses bienfaits.

Cette affluence à Gouldsboro retardait le règlement des questions pendantes et amères qui tourmentaient les cœurs et les consciences, et elle ne savait si elle s'en réjouissait ou bien si cette attente l'achevait. En finir avec l'anxiété, cette comédie qu'ils jouaient tous. Elle avait envie de crier, de supplier « qu'on en finisse, qu'on sache enfin!... ».

Mais la poigne inflexible de Joffrey de Peyrac les contraignait tous à demeurer dans l'expectative, et, en attendant son bon vouloir, de jouer leurs rôles jusqu'à épuisement. Puisque son mari l'avait présentée elle devrait présider le festin.

Elle rentra au fort pour se choisir une robe dans les coffres de l'Europe.

Peu après, une forte ondée tomba et le ciel se dégagea. Les parfums grésillants du festin que l'on préparait du côté de l'auberge se firent pénétrants et dominèrent les fortes senteurs de la mer.

Les voix prirent une résonance chantante. Des trompettes sonnèrent à plusieurs reprises.

Gouldsboro avait déjà ses propres traditions bien instaurées. Angélique ignorait que ces appels avaient pour but de rassembler la population sur l'esplanade devant le fort, mais, intriguée, elle sortit.

Au-dehors, tout luisait, verni par l'orage récent, tandis que d'étroits torrents de boue dévalaient des falaises et creusaient leurs sillons jusqu'à la grève. Les femmes relevaient leurs cottes pour les sauter.

Semblables à ces torrents, les humains, par minces files isolées, s'écoulèrent qui des navires, qui des maisons, qui de la forêt, et, surgissant de partout, convergèrent en un seul point pour former une masse compacte où se retrouvait brassée leur hétéroclite assemblée de marins, colons, Huguenots, Indiens, Anglais, soldats et gentilshommes, finalement unie par le sentiment provisoire, mais inoubliable, d'appartenir à la même grève perdue d'Amérique pour assister à un spectacle de choix.

Ceux qui étaient venus du camp Champlain à cheval par la route bordée de lupins, ou ceux qui étaient descendus d'un petit hameau sur la côte par le chemin des anémones, portaient mousquets ou tromblons et encadraient les femmes et les enfants. Les consignes étaient formelles de ne pas courir une demi-lieue hors la protection des canons du fort sans être armés. Avec l'été, la saison des raids iroquois s'ouvrait, et de plus nul n'était à l'abri d'une soudaine flambée abénakise contre des Blancs qu'on désignait à leurs soupçons.

La place devant le fort était noire de monde. Des enfants couraient. Angélique les entendit se héler :

— Il paraît qu'on va pendre Barbe d'Or!

— Et auparavant, on va lui « faire donner la gêne »...

Son sang se glaça. L'heure qu'elle n'avait cessé de redouter depuis la capture de Colin était arrivée.

« Non! Non! Je ne le laisserai pas pendre, se dit-elle, je crierai, je ferai scandale, mais je ne le laisserai pas pendre! Joffrey en pensera ce qu'il voudra! »

Elle s'avança dans ses atours jusqu'à la place et, sans souci des regards qui la suivaient, vint se mettre au premier rang de la foule. Elle était désormais bien au delà du souci de ce que l'on pouvait penser d'elle et des commentaires que sa présence pouvait susciter. Un tremblement intérieur l'avait saisie, mais elle réussissait à garder une contenance altière, qui intriguait et déconcertait.

La robe, elle l'avait choisie presque sans y penser, sévère et somptueuse, une étrange robe de velours noir toute garnie de dentelle arachnéenne mêlée de minuscules perles, et elle s'était dit : « Une robe pour aller à l'enterrement des rois. » Mais elle était bien décidée de ne pas aller à l'enterrement de Colin car elle le sauverait!

Au dernier instant, elle avait plaqué d'un doigt fruste, qui n'avait pas le temps de fignoler, un peu de fard rouge d'orcanette sur ses joues blafardes.

Une mine affreuse. Tant pis!

S'il y en eut qui notèrent sa lividité marquée de fièvre, personne ne dit mot. L'éclat vert de ses yeux figeait les paroles malveillantes sur les lèvres.

— Regardez-la, glissa en anglais Vaneireick à lord Sherrylgham, elle est fascinante. Quelle prestance! Quel admirable orgueil! Très anglais, mon cher. Ah! tenez, elle vaut Peyrac. Elle affronte les regards, l'hostilité, la réprobation, la tête haute, et elle n'aurait pas moins d'arrogance si elle portait, brodée en écarlate sur son sein, la lettre A que — vous ne l'ignorez pas, cher — vos puritains du Massachusetts infligent à la femme adultère.

L'anglican eut une moue désabusée.

— Les puritains n'ont pas le sens des nuances, mon cher.

Il jeta un regard en coin à Knox Mather, qui discutait avec ses vicaires de l'opportunité théologique de pendre un homme le jour du Seigneur. Etait-ce porter atteinte au repos d'un tel jour que de tirer sur la corde d'un gibet? Ou bien, au contraire, ce choix permettrait-il au Seigneur de recevoir avec plus de temps disponible une nouvelle âme à juger?

— Nous autres gens du monde, reprit le lord anglais, convenons que nous pardonnons facilement à une femme si belle d'être un peu pécheresse.

— Combien pariez-vous qu'elle va défendre son amant avec autant de feu et de passion qu'une lady Macbeth?

— Vingt livres... Shakespeare se plairait sur ces rivages qui sont bien anglais de droit, mais d'esprit aussi sans doute...

Le lord porta à ses yeux des besicles enrubannées qui faisaient fureur cette saison à Londres, et qui pendaient sur sa veste de brocart.

— Et vous, Vaneireick, combien pariez-vous que cette femme, qui paraît si mince, possède des rondeurs très alléchantes lorsqu'on la découvre jaillissant de ses atours telle Vénus de l'écume des flots?

— Ne parions pas, mon cher, je sais déjà à quoi m'en tenir, je l'ai serrée de près. Décidément, les princes anglais sont gens de goût. Vous avez bien deviné, milord. Cette sylphide, quand on y met la main, est moelleuse comme une caille.

— Allez-vous finir par vous taire, paillards! éclata le Huguenot rochelais Gabriel Berne, qui avait suivi d'une oreille l'échange de ces propos libertins et n'en pouvait plus d'indignation.

Il s'ensuivit, en anglais, des échanges d'incivilités, et lord Sherrylgham parla de duel. Son lieutenant lui fit remarquer qu'il ne pouvait se battre avec de vulgaires bourgeois. A l'insulte, les Rochelais firent tous front et se rapprochèrent de l'amiral enrubanné en serrant les poings.

Les gardes et la milice qui entouraient l'estrade hésitaient à intervenir.

Par bonheur, l'aimable d'Urville surgit et réussit à calmer les esprits. Mais il ne put entièrement apaiser l'orage qui couvait chez les Rochelais et qui, détourné de l'hôte anglais, se reporta sur Angélique, « pomme de la discorde », par trop voyante et effrontée en un tel jour. Des regards fulgurants se dardaient sur elle, des murmures montaient, des réflexions fusaient autour d'elle et finirent par parvenir à ses oreilles à travers le brouillard de son esprit tourmenté.

Elle effleura du regard la houle sombre qui se rapprochait, où brillaient des prunelles accusatrices.

— C'est de votre faute aussi, l'apostropha la raide Mme Manigault la voyant enfin revenue sur terre. Comment osez-vous vous montrer parmi les honnêtes gens?

M. Manigault s'avança solennellement.

— En effet, madame, assena-t-il, votre présence ici en un tel moment est un défi aux lois de l'honnêteté. En tant que chef de la communauté des réformés de Gouldsboro, je dois vous demander de vous retirer.

Elle les fixait de ses prunelles qui semblaient soudain pâlies, et ils pouvaient croire qu'elle ne les avait pas entendus.

— Que craignez-vous donc de moi, monsieur Manigault? demanda-t-elle enfin avec douceur dans le silence haletant.

— Que vous n'interveniez pour ce bandit, s'écria Mme Manigault, qui ne pouvait s'empêcher longtemps de jouer un rôle, inutile de tergiverser et de prendre un air innocent. On sait qu'il y a anguille sous roche entre lui et vous. Et c'est une bien vilaine et déplorable histoire pour nous tous dont vous devriez avoir honte. Sans compter que nous méritons d'être débarrassés de ce scélérat qui nous a fait tant pâtir le mois dernier et nous aurait tous massacrés si nous ne nous étions pas défendus à mort. Et vous voilà ici, toute prête à intercéder pour lui et demander sa grâce. On vous connaît.

— En effet, concéda Angélique, je pense que vous avez des raisons de me connaître.

Ce n'était pas la première fois qu'elle avait à affronter le courroux calviniste. A la longue, la joute entre eux ne l'impressionnait plus. Elle se redressa encore pour les toiser.

— Il y a un an, ici même, c'était votre grâce

à vous que je demandais à genoux... et pour des crimes qui, selon les lois de la mer, méritaient plus encore la corde que ceux de Barbe d'Or...

Malgré elle, un spasme tordit ses lèvres, et le brave Vaneireick craignit de la voir éclater en sanglots, ce qu'il n'aurait pu supporter.

— A genoux... répéta-t-elle... Je l'ai fait pour vous. Vous qui ne savez même pas vous agenouiller devant Dieu. Vous qui ne connaissez même plus votre Evangile.

Elle leur tourna le dos brusquement.

Un silence superstitieux régna sur la foule.

12

Au balcon du fort, s'avançant au-dessus de l'esplanade, se tenait le captif, les mains au dos.

La garde espagnole, en cuirasses étincelantes et morions garnis de plumes rouges, l'encadrait étroitement.

Colin Paturel était tête nue. Il portait un justaucorps de drap châtaigne à revers soutachés de fils d'or, qu'on avait dû aller quérir dans sa garde-robe du *Cœur-de-Marie*.

Sa tenue simple, sa barbe et ses cheveux coupés court impressionnaient car l'on ne reconnaissait pas le Barbe d'Or terrible et flamboyant en ce géant vêtu de sombre et préparé pour la mort. On ne le croyait pas si grand!

Joffrey de Peyrac parut presque aussitôt en satin safran à la mode française, justaucorps ouvert sur une veste longue surbrodée qui était une pure merveille.

Un ah! courut sur les diverses bouches ébahies ou admiratives et la houle des têtes ondula. Les Huguenots eux-mêmes étaient sensibles aux coups de théâtre que leur réservait le gentilhomme d'Aquitaine, personnage hors de leur commun, de leur compréhension, mais qu'un hasard dramatique avait jeté en travers de leurs destinées jusqu'alors raisonnables et qui les tenait maintenant sous son emprise.

Sa présence évita les huées et l'émotion dangereuse à fleur de peau qui fut sur le point d'éclater lorsque les autres pirates prisonniers de l'équipage du *Cœur-de-Marie* furent amenés, enchaînés ou liés de cordes; solidement encadrés de mousquets, ils furent poussés en troupeau jusqu'au pied de l'estrade.

Certains grimaçaient et grinçaient des dents vilainement, mais la plupart montraient l'attitude résignée de ceux qui, ayant joué et perdu, savent qu'ils sont arrivés au bout du voyage et que l'heure de payer est venue.

Le comte de Peyrac n'eut pas à réclamer, d'un geste, la parole.

Dans l'impatience du verdict qui allait s'énoncer, chacun retint son souffle et le silence se rétablit de lui-même. On n'entendait plus que le bruit de la mer.

Le comte s'approcha du bord du balcon, se pencha et, s'adressant plus directement au groupe des protestants rochelais qui, rassemblés au premier rang, formaient le noyau compact, sombre, incorruptible, et indéfectible de son établissement.

— Messieurs, leur dit-il en désignant de la main Colin Paturel, debout entre ses gardes, messieurs, je vous présente *le nouveau gouverneur de Gouldsboro*.

13

Dans le silence médusé et incompréhensif qui suivit cette déclaration, Joffrey de Peyrac se donna le temps de relever les fragiles garnitures de dentelle de ses poignets sur les revers de ses manches.

Puis il reprit avec sang-froid :

— M. d'Urville, qui a longtemps assumé cette tâche fort difficile, va être nommé amiral de notre flotte. L'importance et le tonnage de nos navires, tant de commerce que de combat, qui se multiplient et augmentent sans cesse, nécessitent la nomination d'un homme de métier à leur tête. De même, le développement pris en quelques mois par Gouldsboro, grâce en grande partie à votre activité et à vos industries, messieurs les Rochelais, m'oblige à choisir comme gouverneur un homme ayant à la fois l'expérience de la mer et celle du gouvernement des peuples et des nations les plus diverses, car notre port, prenant peu à peu une place primordiale et unique pour la contrée que nous nous sommes librement choisie, c'est le monde entier que nous allons y recevoir désormais.

» Or, sachez que nul n'est plus apte à faire face aux mille embûches qu'un tel rôle va susciter pour nous tous que l'homme que je vous désigne aujourd'hui, et entre les mains duquel je remets, avec une entière confiance, le sort de Gouldsboro, de son éclat, de sa prospérité et de sa grandeur future.

Il s'interrompit, mais aucune voix ne fit écho à la sienne. Il n'avait plus devant lui qu'une assemblée de personnages pétrifiés.

Parmi ceux-ci, Angélique n'était pas la moins frappée. Les paroles de Joffrey lui entraient dans l'oreille comme une suite de sons, mais leur signification ne lui parvenait pas. Ou, plutôt, elle en cherchait encore vainement le sens, un autre sens qui signifierait que Colin devrait être pendu.

Devant le tableau qu'offraient toutes ces bouches ouvertes et ces yeux écarquillés, Joffrey de Peyrac ébaucha un sourire sarcastique.

Puis il reprit :

— Cet homme, vous le connûtes sous le nom de Barbe d'Or, corsaire des Caraïbes. Mais sachez qu'auparavant il fut douze années le roi des captifs chrétiens de Miquenez, au royaume de Maroc en Barbarie, dont le souverain pressurait durement les chrétiens et qu'à ce titre le sieur Colin Paturel ici présent régenta durant douze années un peuple de milliers d'âmes. Ces gens issus de tous les rivages du monde, parlant toutes langues, pratiquant les uns et les autres des religions diverses, abandonnés à leur misérable condition d'esclaves sur une terre étrangère, hostile et musulmane, esclaves sans recours et sans secours contre les sévices qui les accablaient et les tendances au mal qui les rongeaient, trouvèrent en lui pendant douze ans un guide sûr et indomptable. Il sut en faire un peuple fort, digne, uni, luttant contre les tentations du désespoir et de l'abjuration de sa foi du baptême.

Alors Angélique commença de réaliser la vérité : Colin ne serait pas pendu. Il vivrait, il régnerait de nouveau.

C'était de lui que Joffrey parlait lorsqu'il disait : « Il saura vous guider par sa sagesse... »

Alors la paix entra en elle, mêlée à une douleur sous-jacente aiguë. Mais il y avait d'abord la paix, et elle buvait littéralement les paroles qui tombaient des lèvres de son mari, en proie à une émotion qui la jetait hors d'elle-même et amenait enfin des larmes à ses cils. Etait-ce cela qu'il lui demandait hier soir avec tant d'insistance, dans la chambre du Conseil, et à quoi Colin opposait des refus si farouches? Puis il avait incliné sa tête lourde et il avait dit oui.

— Sans être ici en servitude comme les chrétiens de Miquenez, reprenait Joffrey, nous n'en sommes pas moins en butte à des épreuves analogues : abandon, animosité mutuelle, danger de mort constant. Il saura vous aider par sa sagesse à les affronter, de même qu'il vous guidera dans vos échanges avec les nations avoisinantes, car il parle l'anglais, le hollandais, l'espagnol, le portugais, l'arabe, voire le basque. Natif de Normandie et catholique, il vous sera précieux également dans vos relations avec les Français d'Acadie. Monsieur d'Urville, voulez-vous avoir l'obligeance de répéter dans votre porte-voix l'essentiel de l'annonce que je viens de faire afin que chacun puisse la recevoir et méditer à loisir.

Pendant que le gentilhomme s'exécutait, les Rochelais sortaient enfin à leur tour de leur stupeur — assez motivée, il faut le reconnaître.

Ils commencèrent à s'agiter et à murmurer entre eux.

Dès que la répétition de l'annonce fut terminée, Gabriel Berne s'avança.

— Monsieur de Peyrac, vous nous avez déjà fait avaler pas mal de couleuvres. Mais celle-là, je vous en avertis tout net, ne passera pas. D'où tenez-vous d'aussi complets renseignements sur cet individu dangereux? Vous êtes-vous laissé berner par ses racontars de vagabond hâbleur, comme ils le sont tous, ces pirates vivant du bien d'autrui?

— J'ai connu moi-même l'œuvre de cet homme lorsque j'étais en Méditerranée, répliqua Peyrac. Et je l'ai vu attaché aux colonnes de la flagellation, payant pour ses frères qui avaient osé ouïr la messe une nuit de Noël. Plus tard, il fut crucifié par les mains à l'une des portes de la ville. Je n'ignore pas que le sieur Paturel n'est point désireux de me voir rappeler ces faits anciens, mais je vous les citerai néanmoins, messieurs, afin que vous soyez rassurés dans votre piété. Je mets à votre tête un fier chrétien qui a déjà su verser son sang pour sa foi.

Le murmure des Rochelais s'amplifia. Les supplices soufferts dans la foi catholique n'avaient à leurs yeux aucune valeur et ce n'est pas comme cela qu'on les aurait. Au contraire. Ils y voyaient plutôt l'entêtement d'un esprit borné attaché à de superstitieuses et diaboliques croyances.

Une rumeur passa et s'enfla :

— A mort! A mort! Traîtrise! Nous n'acceptons pas... A mort, Barbe d'Or!

Colin, qui, jusqu'alors, était resté impassible et comme à l'écart du débat, debout entre les mercenaires espagnols, s'avança et vint se placer aux côtés de Joffrey de Peyrac.

Les poings sur les hanches, il laissa tomber sur l'assemblée surexcitée son profond regard bleu.

Il y eut comme un recul devant sa massive présence, et les cris de mort s'affaiblirent peu à peu, puis moururent dans un silence atterré.

Berne réagit avec sa fougue habituelle. Il s'élança en avant.

— C'est de la folie, hurla-t-il, la main tendue vers le ciel pour le prendre à témoin de l'égarement qui les saisissait tous. Vingt fois devriez-vous le pendre, monsieur de Peyrac, rien que pour le tort qu'il a causé à Gouldsboro. Et vous-même, comte, oubliez-vous qu'il a attenté à votre honneur, qu'il a...

D'un geste impératif, Peyrac suspendit la phrase accusatrice qui ferait rejaillir sa boue sur Angélique.

— S'il méritait d'être pendu, ce ne serait pas à moi qu'il siérait de le conduire au gibet, déclara-t-il d'une voix sourde mais sans réplique. La reconnaissance que je lui dois me l'interdirait.

— La reconnaissance! ?... *Votre* reconnaissance! ? A vous?

— Certes, ma reconnaissance, appuya le comte. Voici les faits qui me l'engagent. Parmi les exploits que le sieur Paturel a à son actif, le moindre n'est pas celui de son évasion — odyssée qu'il tenta avec plusieurs captifs, affrontant les pires dangers afin de fuir le Maroc — évasion couronnée de succès.

» Or, parmi ceux qu'il aida ainsi à parvenir en terre chrétienne, se trouvait une femme, captive des Barbaresques, qu'il arrachait au sort terrible réservé aux malheureuses chrétiennes livrées aux mains des Musulmans. En un temps où mon propre exil et mon sort misérable me tenaient dans l'ignorance du sort des miens et ne me permettaient pas de venir à leur secours dans les dangers qu'ils couraient, abandonnés de tous. Cette femme était la comtesse de Peyrac, mon épouse ici présente. Or, le dévouement du sieur Paturel sauva la vie qui m'était précieuse par-dessus tout. Comment pourrais-je l'oublier? (Un mince sourire naquit au coin de sa lèvre couturée.)

» Voilà pourquoi, messieurs, oubliant les malentendus du présent, nous ne pouvons voir, la comtesse de Peyrac et moi-même, en cet homme qui fait l'objet de votre vindicte qu'un ami, digne objet de notre totale confiance et de notre estime.

Dans ces dernières paroles qu'elle avait perçues comme en état second, une désignation frappait Angélique, l'éveillait comme un coup de fouet, la cinglait presque, tel un appel impératif de la voix rauque et apparemment sereine, lui enjoignant, lui ordonnant de se soumettre à ce qu'il en avait décidé, lui, de toute cette affaire.

« La comtesse de Peyrac et moi-même. »

Ainsi il l'englobait dans son plan, ne l'autorisait pas à s'y dérober, et son but souterrain lui apparaissait, effacer l'opprobre. Effacer l'insulte que sa femme et Colin lui avaient infligée *publiquement*. Qu'y avait-il entre eux? Rien d'autre que des souvenirs d'amitié et de reconnaissance qu'il se flattait de partager lui-même. Il brouillait ainsi aux yeux des autres la nature des passions qui les déchiraient tous trois, travestissait les apparences.

Elle-même n'avait-elle pas, d'instinct dans sa fierté, adopté la même attitude?

Les protestants seraient-ils dupes?

Il faudrait bien qu'ils le soient! Qu'ils fassent comme s'ils l'étaient. Joffrey de Peyrac avait décidé que Colin Paturel était homme digne de siéger à ses côtés pour le gouvernement de ses peuples, et qu'il ne pouvait avoir envers lui que des raisons de reconnaissance et d'amitié.

Il faudrait bien que la foule se soumette à l'image qu'il lui imposait.

Qui pouvait résister à l'intense volonté d'un Peyrac?

Jamais Angélique n'avait senti autant sa poigne de fer sur eux tous, et littéralement les saisissant, les façonnant selon les lois de sa personnelle autorité.

Elle en éprouvait une admiration subjuguée, mais où n'entrait aucune chaleur de sentiment, et sa souffrance se fit plus aiguë, plus clairvoyante.

C'était à « la comtesse de Peyrac » qu'il venait de jeter un ordre, mais il n'avait pas eu un regard pour elle tout au long de son explication, et à aucun moment sa voix n'avait marqué cette intonation de tendresse qu'il ne pouvait retenir, naguère, lorsqu'il parlait d'elle, même à un étranger.

Les regards de tous allaient d'elle aux deux hommes, debout, côte à côte, sur l'estrade, et les lèvres tremblantes d'Angélique, la stupeur qui malgré elle avait traversé ses prunelles achevaient de déconcerter et d'inquiéter les esprits...

Colin, impassible, continuait à regarder au loin, au delà des têtes houleuses et agitées, les bras croisés sur sa poitrine. Telle était sa contenance impérieuse, et d'une noblesse extraordinaire, que déjà on ne le reconnaissait plus.

On cherchait ailleurs Barbe d'Or, le pirate débraillé, bardé d'armes et de méfaits sanglants. Près de lui, et comme semblant le protéger et le couvrir de sa puissance, le comte de Peyrac, dédaigneux mais vaguement souriant, guettait avec curiosité les effets de son coup de théâtre.

— Voyez-les donc tous trois, s'écria Berne d'une voix haletante, en désignant tour à tour les deux hommes et Angélique, voyez-les! Ils nous dupent, ils nous trompent, ils se moquent de nous...

Il tournait sur lui-même en homme égaré, à demi fou, hors de lui. Il arracha son chapeau et le jeta au loin.

— Mais regardez-les donc, ces trois hypocrites! Que trament-ils encore?... Devrons-nous être toujours mystifiés par des êtres de cette espèce? Oubliez-vous que les papistes n'ont aucune vergogne! Rien ne leur coûte lorsqu'il s'agit de réaliser les intrigues de leurs esprits tortueux d'idolâtres. C'est inconcevable! Frères, accepterez-vous ces décisions iniques, ce jugement dérisoire, insultant?... Accepterez-vous d'être placés sous la dépendance du plus vil individu que nous ayons eu à affronter, jusqu'alors? Acceptez-vous de recevoir dans nos murs une racaille criminelle et débauchée qu'il prétend nous imposer comme colons?...

» Et tes crimes, Barbe d'Or! hurla-t-il, tourné d'un élan haineux vers Colin.

— Et les tiens, Huguenot! riposta celui-ci en se penchant à son tour par-dessus la balustrade et rivant la lame bleue de son regard dans celui du protestant.

— Mes mains sont pures du sang de mon prochain, rétorqua Berne avec emphase.

— Que nenni... Nul d'entre nous ici n'a les mains pures du sang de son prochain. Cherche bien, huguenot, et tu le retrouveras le souvenir de ceux que tu as sacrifiés, tués, égorgés, étranglés de tes propres mains. Si loin et si profond que tu les aies enfouis, cherche bien, huguenot; tu les verras revenir à la surface de ta conscience, tes crimes, avec leurs yeux morts et leurs membres raidis.

Berne le fixa en silence. Puis chancela, comme frappé par la foudre, et recula. La voix sonore de Colin Paturel venait de lui jeter à la face le souvenir de la lutte souterraine menée par les Réformés de La Rochelle depuis plus d'un siècle. Ils ressentirent le souffle âcre des ténèbres, l'haleine de charogne des puits sur la mer où basculaient les cadavres des provocateurs de la police ou des jésuites.

— Ouais, reprit Colin, en fermant à demi les

yeux pour les observer, je sais. Je sais bien. C'était pour vous défendre! Mais c'est TOUJOURS pour se défendre qu'on tue. Pour se défendre : soi, les siens, sa vie, son but, ses rêves. Bien rare est celui qui tue pour le mal seul. Mais l'indulgence du pécheur pour ses fautes, il n'y a que Dieu pour la partager, car lui seul sonde les reins et les cœurs. L'homme trouvera toujours sur sa route un frère pour lui dire : « Toi, tu es un assassin. Moi, non! » Or, cela *n'existe pas* en notre temps un homme qui n'ait pas tué. Un homme digne de ce nom, en notre temps, a toujours du sang sur les mains. Et je dirai même que donner la mort est une tâche et un droit imprescriptibles que nous recevons dès notre naissance, nous autres mâles, car notre temps c'est encore le temps des loups sur la terre bien que le Christ soit venu. Cessez donc de dire du voisin : « Toi, tu es un criminel, moi, non! » Mais au moins, puisque vous êtes contraints de donner la mort, travaillez pour la vie... Vous avez sauvé votre peau, huguenots de La Rochelle, vous avez échappé à vos tourmenteurs! Refuserez-vous à d'autres, refuserez-vous à ceux-là qui sont aussi des condamnés, les chances que vous avez reçues, même si vous estimez que vous êtes les élus du Seigneur et que vous seuls méritez de survivre?...

Les Rochelais, que l'attaque de Colin avait impressionnés, se ressaisirent lorsque leurs regards tombèrent sur l'équipage du *Cœur-de-Marie*. A ce sujet, leur conscience ne se laisserait pas égarer.

M. Manigault s'avança jusqu'au pied du balcon.

— Laissons de côté vos assertions à propos de prétendus crimes dont nous avons tous les mains chargées. Dieu absout ses justes. Mais voulez-vous dire, monsieur — il insista sur le « monsieur » avec ostentation — que vous prétendez... nous imposer AUSSI, avec l'accord de M. de Peyrac, ici même à Gouldsboro, le voisinage de ces crapules dangereuses qui composaient votre équipage?

— Vous vous êtes très mépris sur la nature de mon équipage, répliqua Colin. La plupart sont de fort braves gars et qui m'avaient précisément suivi en cette campagne dans l'espoir de devenir colons et pouvoir jeter l'ancre, enfin, en un lieu choisi où on leur promettait de la bonne terre et des femmes à marier. Même le droit à la propriété sur ce lieu où vous êtes installés a été payé par moi et par eux en beaux deniers et contrats. Malheureusement, il y a eu ostensiblement maldonne et je me rends compte que j'ai été trompé par mes bailleurs de fonds de Paris qui m'ont désigné expressément cette place de Gouldsboro comme libre et appartenant aux Français. Sur parchemin nous y avons plus droit que vous, fuyards réformés, et M. de Peyrac l'a reconnu, mais nos grands bonnets ignares de France semblent avoir oublié que le traité de Bréda la laissait sous juridiction anglaise. Je reconnais aussi et m'incline. Or, les papiers, on peut en faire le cas qu'on veut. La terre, c'est autre chose. Il y a déjà eu trop de bons hommes sacrifiés pour un coup fourré d'ignorants... ou de malveillants dont nous avons été les jobards.

» De ce que j'avance, M. de Peyrac se déclare prêt à vous en fournir les preuves, à en discuter avec vous, dans le privé. Mais pour ce qui est des décisions que nous avons prises l'un et l'autre et des contrats que nous avons passés l'un vis-à-vis de l'autre, c'est chose faite, et il n'y a pas à revenir là-dessus. Seulement à savoir, tous ensemble, ce que nous en ferons de bon ou de mauvais...

Sa voix, à la fois implacable et insinuante, agissait, arrêtait toute velléité de révolte sur les lèvres, et en même temps son regard captivait l'attention.

« Ça y est, pensa Angélique, tandis qu'un frisson irrépressible la parcourait des pieds à la tête, ça y est, il les tient... il les a... il les tient tous en main... »

La puissante éloquence de Colin Paturel, son ascendant sur les foules avaient toujours été ses armes premières.

Il venait d'en jouer avec une fougue magistrale.

Penché vers eux, et sur un ton de confidence, mais qui portait loin, il reprit :

— Il y a une chose que je vais vous dire et que j'ai apprise lorsque j'étais en servitude chez les Sarrasins. C'est combien les fils du Christ, les chrétiens, se haïssent entre eux. Combien plus que les musulmans et les païens!... Et moi, je vous dis ce que j'ai compris, c'est que tous tant que vous êtes, chrétiens, schismatiques, hérétiques ou papistes, vous êtes tous du pareil au même, des chacals aux dents aiguës prêts à vous entre-dévorer entre frères pour une virgule de vos dogmes. Et que je vous dise, moi, je vous affirme que le Christ, que vous prétendez servir, n'a pas voulu cela, et qu'IL n'en est pas heureux...

» Alors, je vous préviens, dès ce jour, parpaillots et papistes de Gouldsboro, je vous tiendrai à l'œil, je vous tiendrai en paix et bonne entente, comme j'ai tenu en paix les esclaves de Miquenez durant douze années.

» S'il y a de vraies crapules parmi vous, je saurai les découvrir. Mais je n'en vois point trop jusque-là, sauf dans ma cargaison la plus récente, deux ou trois, dont j'ai essayé déjà de me débarrasser, mais qui me collent aux jambes comme des sangsues de Malacca. Qu'ils se tiennent donc tranquilles, ceux-là, sinon leur tour viendra pour de bon de se balancer au bout d'une corde.

Un coup d'œil peu rassurant alla cueillir Beaumarchand qui s'était traîné au premier rang, soutenu par son frère de la côte, Hyacinte.

— Maintenant, continua Colin, je vais vous donner trois institutions qui prendront départ en ce jour, marqué par ce qu'il est le premier de mon gouvernement à Gouldsboro.

» Tout d'abord, sur ma cassette de gouverneur, je dote le port et l'établissement de Gouldsboro de veilleurs de nuit. Un par trente feux. Nous aimions bien ça, hein! dans nos villes et nos villages de France, sentir le veilleur de nuit qui passe par les rues tandis que tout le monde dort. Plus encore que là-bas, nous avons besoin qu'on veille sur nous la nuit car l'incendie dans le désert, c'est la fin, la ruine, et l'hiver, c'est la mort. Et dans un port où il passera sans cesse des gens désordonnés et soûls, il faut une sentinelle bien éveillée pour surveiller ce que peuvent fricoter des ivrognes ou des abrutis étrangers. Enfin il y a le constant danger des Indiens et de ceux qui se mettraient en tête de nous déloger.

» Les veilleurs de nuit seront nommés par le gouverneur, et leurs frais d'entretien, d'équipement soutenus par lui. C'est mon cadeau d'avènement à Gouldsboro.

Il s'apprêtait à poursuivre lorsqu'une voix de femme s'éleva dans le silence pesant.

— Merci, monsieur le gouverneur, disait cette voix frêle et claire mais énergique.

C'était celle d'Abigaël.

Il y eut un remous, un murmure où de timides expressions de gratitude se mêlèrent aux protestations de la plupart des hommes. Alors on capitulait! ... Ils voulaient laisser entendre qu'ils n'avaient pas encore donné leur approbation à l'intronisation, et qu'on ne les appâtait pas avec des veilleurs de nuit.

Abigaël regarda fermement maître Berne. Colin Paturel eut un léger sourire vers la jeune femme et reprit, après avoir étendu la main pour réclamer le silence :

— La seconde institution vient à point après l'interruption de l'aimable dame. Nous souhaitons, en effet, réunir chaque trois mois un conseil des Femmes ou plutôt des Mères, encore qu'une femme en âge de diriger une famille, mais qui n'aurait point d'enfants, puisse y prendre place. M. de Peyrac m'en a donné l'idée et je la trouve bonne. Les femmes ont toujours des choses pertinentes à dire pour la bonne marche d'une cité, mais elles ne les disent point parce qu'elles ont peur du bâton du mari.

Des rires soulignèrent sa remarque.

— Point de bâton en cette affaire, ni de mari pour s'en mêler, continua Colin. Les femmes discuteront entre elles, puis me remettront l'exposé de leur Conseil. M. de Peyrac m'a expliqué que les Iroquois se gouvernent ainsi, et qu'il n'y a pas de guerres qu'on n'entreprenne que le Conseil des Mères ne les ait jugées nécessaires à leur nation.

» Voyons au moins si nous parvenons à nous montrer aussi sages que des Barbares peaux-rouges.

» Pour la troisième initiative que je prends, ce sont les colons de la Nouvelle-Hollande qui me l'ont inspirée. Je pense que nous ne devons jamais hésiter à emprunter à nos voisins étrangers des secrets qui peuvent rendre l'existence plus joyeuse. Or, ils ont coutume, chez eux, d'offrir à chaque garçon qui se marie une « pipe », soit cent vingt-cinq gallons de vin de Madère. Une partie pour célébrer ses noces, une autre pour la naissance de son premier enfant, et l'autre, eh bien! le dernier tonneau, c'est pour consoler ses amis le jour de ses funérailles. La proposition vous agrée-t-elle et êtes-vous d'accord pour que nous l'adoptions à Gouldsboro?

Le temps du choc, d'une suprême hésitation, et une clameur monta, unanime, mêlée d'applaudissements, d'approbations et de rires.

Entendant cette clameur, Angélique comprit que la partie était gagnée pour Colin.

Les poings sur les hanches, il se tenait calme et puissant, sous les ovations, comme il l'avait été sous les huées. Colin Paturel, le roi des esclaves, des réprouvés, des persécutés, s'imposait, le plus fort d'entre eux, se présentait à eux, avec sa forte stature, dressé sous le ciel nuageux, tel un rempart inexpugnable, dans sa droiture foncière, la limpidité de son cœur simple et l'incroyable résistance de son esprit rusé.

D'emblée, ils surent qu'il serait à jamais leur protecteur, leur juste et intraitable gouverneur, et qu'ils pourraient s'appuyer à lui en toute sécurité.

L'homme, le souverain, qu'il pouvait être, Joffrey de Peyrac venait de le faire naître sous leurs yeux. Dans cette main calleuse, il avait remis un sceptre pour lequel elle était faite. Et tout était bien, il n'y avait plus de Barbe d'Or.

— Vive le gouverneur! criaient les adolescents et les petits enfants de Gouldsboro en dansant et sautant sur place.

La jeunesse était la plus enthousiaste, puis les femmes, puis les matelots de toutes nations, enfin les hôtes de passage, Anglais ou Acadiens, qui trouvaient les décisions énoncées excellentes, bien décidés qu'ils étaient d'en profiter en voisins.

Les Indiens, toujours de joyeuse humeur, mêlèrent l'effervescence de leurs sentiments excessifs à ce tumulte joyeux et les mines renfrognées des notables rochelais furent peu à peu balayées, comme emportées par le raz de marée de l'approbation générale.

— Hurrah! Hurrah! Bravo! pour notre gouverneur, braillaient les prisonniers du *Cœur-de-Marie* avec de grands mouvements exubérants qui soulevaient un bruit de chaînes.

Joffrey fit signe aux Espagnols qu'on les déliât.

— Savez-vous, moi, je suis tenté de m'installer céans, déclara Gilles Vaneireick à l'amiral anglais, les intentions de ce nouveau gouverneur me semblent des plus plaisantes. Avez-vous remarqué, milord, comme il a réussi à manier ces mal embouchés de Huguenots? Et, sans en avoir l'air, vient de se faire acclamer à l'unanimité comme gouverneur? Trop tard pour reculer maintenant... Quant au comte de Peyrac, délectez-vous à examiner son expression ambiguë de Méphisto qui fait danser les âmes un soir de sabbat... Un jongleur aux poignards bien effilés, et qui n'hésite point pour parvenir à ses fins à jongler avec son propre sort, son propre cœur. Mais il n'en a jamais fait d'autres, ce Peyrac. Je l'ai bien connu dans les Caraïbes... N'empêche que, si j'étais le propriétaire de cette superbe créature de femme, je n'aurais pas eu son audace... Placer l'amant de ma femme à ma droite, sur le même trône!...

La gorge nouée, Angélique savait maintenant pourquoi elle souffrait tellement malgré l'heureuse issue du dilemme. Le comte de Peyrac, parce qu'il était homme et chef d'Etat, avait eu le pouvoir de sauver Colin plus qu'elle-même. Il en avait usé. Pourtant, ce n'était pas seulement cette subtile jalousie qui la déchirait. Elle s'en serait méprisée. Mais qu'il l'eût tenue à l'écart de ses débats lui prouvait qu'elle ne comptait plus pour lui, et que ce n'était pas pour elle qu'il avait agi ainsi. Non! c'était pour Colin... et pour Gouldsboro!

Ce qu'il avait trouvé était admirable. Cela arrangeait tout. Mais elle, il ne l'aimait plus.

— Ma chère Abigaël, dit Joffrey de Peyrac en descendant les degrés de l'estrade et en venant s'incliner devant l'épouse de Gabriel Berne, voulez-vous me permettre de vous conduire jusqu'à la salle du banquet. Et vous, monsieur le gouverneur, offrez votre bras à Mme de Peyrac. Formons cortège, voulez-vous...

Un flot de sang était monté aux joues d'Angélique en entendant la proposition de son mari.

Dans un brouillard, elle vit s'avancer vers elle la haute stature de Colin, il s'inclina et lui offrit son bras, elle y posa sa main et ils marchèrent derrière Joffrey de Peyrac et Abigaël, tandis que se formait à leur suite le cortège. Mme Manigault, furieuse d'avoir été évincée par Abigaël aux côtés du seigneur des lieux, s'unit à maître Berne, complètement abattu.

M. Manigault se retrouva, on ne sait comment, avec la belle Iñès à son bras. L'amiral anglais se vit nanti d'une accorte Acadienne. Le révérend John Knox Mather, de plus en plus décontracté par l'atmosphère, attira simultanément les suffrages de la ravissante Bertille Mercelot et de la charmante Sarah Manigault.

Avec ses deux jolies jouvencelles l'encadrant, l'honorable docteur en théologie s'avança fièrement sur le chemin sablonneux qui conduisait du fort à l'auberge.

Miss Pidgeon, rougissante, donnait le bras au révérend Patridge.

D'une haie de badauds, les vivats et les applaudissements accompagnèrent, tout au long du parcours, les notables.

— Ainsi donc, voilà ce que ce diable d'homme a trouvé pour nous faire tous danser à sa façon, glissa Angélique entre ses dents.

— N'est-ce point un beau tour? répondit Colin. J'en suis encore tout ébaubi. Sa force d'âme m'a anéanti.

— Comment avez-vous pu accepter cela de lui?

— Je ne voulais pas. Mais il usa d'un argument qui me fit consentir à ses plans.

— Lequel?

— Je ne puis encore vous le dire, répondit Colin songeusement. Un jour, peut-être?...

— Ah! oui, vraiment, je suis sans doute trop stupide pour partager l'ampleur de vos visions et de vos projets, à vous autres, messeigneurs?

Ses doigts se crispaient sur la manche de Colin.

— En vérité, vous êtes faits pour vous entendre comme larrons en foire, tous les deux; j'aurais dû m'en douter plus tôt. Je suis bien sotte de m'être fait tant de soucis pour vous, Colin Paturel! Les hommes s'entendent toujours aux dépens des femmes!...

14

Des trompettes sonnaient. Des bannières flottaient au vent.

La salle attenait à l'auberge, déjà si courue qu'on lui donnait le titre par lequel elle se rendrait célèbre à cent lieues à la ronde : « L'Auberge sous le fort. »

Au-dehors, sur la plage, sur le port, aux alentours de la baie, des feux allumés rôtissaient du gibier sur broches et des tonneaux étaient mis en perce pour les équipages, les petites gens et les Indiens.

Tandis que l'assemblée des invités se répartissait les sièges autour de l'immense table du banquet, Angélique fila aux cuisines.

Sans un cordial, elle ne tiendrait pas. Eclater de rire ou en sanglots, elle ne savait à quel parti se résoudre et elle ne s'était jamais sentie aussi proche de la crise de nerfs. Joffrey dépassait la mesure et se moquait d'elle.

— Donne-moi une chopine de ce vin-là, dit-elle à David Carrère, après avoir flairé les barriques dans l'entrepôt.

— Une chopine! fit le garçon en ouvrant des yeux ronds. Pour vous! C'est du bordeaux blanc, vous savez, madame, vif comme du soleil.

— Exactement ce qu'il me faut!

Sa chope en main, Angélique revint vers la cuisine devant l'âtre où tournaient les broches, laissant tomber un regard moqueur sur les dames de Gouldsboro affairées à leurs apprêts.

Mmes Manigault, Mercelot et compagnie étaient aussi venues faire un tour sous prétexte de service, mais surtout pour jeter un coup d'œil sur leurs coiffes.

— Eh bien! interrogea Angélique, que pensez-vous de votre nouveau gouverneur?

Elle renversa la tête en arrière et éclata de rire.

— Je vois ce qui vous chiffonne, mes belles! On a clabaudé sur mon compte, et vous ne vous attendiez pas à cette découverte-là. La voilà l'anguille sous roche... Barbe d'Or, c'était aussi pour moi un compagnon qui m'avait sauvé la vie jadis en Barbarie. Renie-t-on un homme qui vous a sauvé la vie?... N'est-on pas en droit de lui sauter au cou lorsque les hasards de la mer le remettent en votre présence?... Mais voilà de quoi éveiller les ragots, les calomnies et faire de retrouvailles amicales une vile trahison, une pomme de discorde... Vous vous êtes trop empressées de voir le mal où il ne se trouvait pas...

Le rire mordant de la comtesse de Peyrac les humiliait fort.

Sachant qu'elle mentait à demi, Angélique y croyait presque à ce qu'elle affirmait. Elle continuait la comédie. Kurt Ritz était loin, le pauvre homme! Personne ne viendrait lui demander de témoigner en place publique de ce qu'il avait vu en vérité — ou cru voir — à la lueur d'une chandelle fumeuse, par sa nuit d'évasion.

— Voyez-vous, mes chères amies, les commérages perdront ce Nouveau Monde comme l'Ancien, conclut Angélique en vidant sa chopine de vin blanc jusqu'à la dernière goutte.

Quelqu'un passa la tête par la porte.

— Madame la comtesse, on vous demande en la grande salle.

— J'y viens sur l'heure.

15

— A mon tour de vous offrir à tous ici céans un don de joyeux avènement, déclara Angélique tout en prenant place à la table du banquet.

Et, après avoir éveillé leur curiosité :

— Un tonnelet de pur armagnac, dont m'a fait présent, la semaine passée, un galant capitaine basque.

L'annonce provoqua une nouvelle ovation.

— Qu'on m'amène Adhémar, intima Angélique à l'un des hommes qui passaient les plats.

Lorsque le soldat se présenta, toujours ahuri, elle le pria de se rendre au camp Champlain pour quérir les bagages qu'elle y avait laissés depuis le soir de son arrivée.

Après sa sortie, l'apparition du curieux soldat du roi de France ayant provoqué des commentaires, Angélique raconta l'histoire et les exploits du brave garçon, ce qui entraîna une conversation des plus gaies et mille anecdotes.

Les plats défilaient, abondants et savoureux. On avait sacrifié un porc. Pour ces Américains des premiers temps, les huîtres, le homard, la dinde, le saumon, le gibier, trop quotidiennement présentés, étaient mets de pauvres.

Angélique se trouvait placée à la droite de Colin qui présidait à l'une des extrémités de la table, alors que Joffrey de Peyrac se tenait à l'autre ayant à sa droite la belle Iñès et à sa gauche Abigaël — Mme Manigault lui faisait vis-à-vis. Un peu plus loin, Gilles Vaneireick ne quittait pas Angélique de ses yeux de feu, noirs, dans son rond visage de Flamand. Ensuite, se répartissaient en une proportion équitable hommes et femmes, Français et Anglais, personnages à la livrée éclatante ou au contraire d'austère tenue sombre à rabat blanc, auxquels s'ajoutaient, jouant cavaliers seuls : un moine Récollet, le père Baure, l'aumônier breton du *Sans-Peur*, l'abbé Lochmer, un tantinet fruste, mais jovial, qui ne se préoccupait pas d'avoir pour voisins les pasteurs Baucaire et Patridge; un gentilhomme acadien, M. de Randon, débarqué le matin même de Port-Royal, s'entretenait avec son frère de sang, un grand chef Mic-Mac, qui, tout en s'essuyant la bouche de ses cheveux, n'en semblait pas moins présider l'assemblée de toute sa hauteur impériale.

Si sa présence parmi eux étonnait et même scandalisait les Anglo-Saxons, ils l'acceptaient comme une des conséquences de l'originalité française qui les hérisse souvent, mais semble cependant avoir été créée pour permettre aux étrangers de connaître les joies de la licence, de l'extravagance et même du péché, sans les contraindre à en prendre eux-mêmes l'initiative. A cette heure, le très sévère John Knox Mather ne se sentait pas coupable envers la vertu de tempérance, tandis qu'il vidait gaillardement son hanap d'étain, *puisque ces vins étaient français*.

Français était l'hôte, et Française était l'hôtesse, ce qui autorisait celle-ci à être belle, éclatante et somptueusement parée pour le charme des yeux des hommes, et tant pis si tant de dangereuses provocations la conduisaient infailliblement à pécher contre le sixième Commandement, car, pour Dieu lui-même, péché français est à demi pardonné, et si l'invitée espagnole dégageait un parfum de jasmin aussi lourd que le regard de ses yeux de velours à demi cachés derrière son éventail de dentelle noire, la crainte et l'horreur d'un tel voisinage s'atténuaient du fait qu'on était à une table française, sur le sol d'une concession française.

Le génie de cette race étourdie et légère n'est-il pas précisément de conférer à toutes les situations un peu de sa légèreté?

N'est-il pas vrai que la hardiesse de ces mélanges

surprenants dont les Français ont le secret, dans leurs colonies, au lieu de conduire à l'explosion sanglante qu'on pourrait en attendre, provoque tout au plus une légère ivresse euphorique qui permet de rêver l'espace d'une heure que les hommes sont frères et la damnation abolie?...

L'amiral anglais déclara :

— Gouldsboro sera d'ici peu le lieu le plus fastueux de toute la côte américaine. Je ne sais même pas si, dans leurs villes fortifiées de Floride, les Espagnols peuvent mener aussi joyeuse vie. Il est vrai que vous ne leur en laissez guère le loisir, messieurs de la Flibuste, dit-il à Vaneireick.

— Ils ont la réponse rude. C'est d'ailleurs pourquoi je me trouve ici. Je partage votre opinion que l'on y est mieux qu'ailleurs.

— Quel est donc votre génie, monsieur de Peyrac, qui consiste à faire sortir d'un Mal qui paraît irrémédiable partout un Bien acceptable, car vouloir le Bien n'est pas suffisant, il faut encore qu'il soit — comment dirais-je — matérialisable? dit Knox Mather que les nombreuses libations poussaient naturellement à ses activités dominantes, c'est-à-dire intellectuelles et théologiques.

— Je ne crois pas qu'il s'agit là de génie, répondit Peyrac, que de donner ses préférences à la vie. La mort à infliger est parfois un acte nécessaire — obligé par l'imperfection du monde — mais c'est à mon sens dans la vie que se trouve le seul bien.

L'ecclésiastique fronça les sourcils.

— Hum! Ne seriez-vous point un peu adepte de ce Baruch Spinoza dont on parle chez les philosophes, ce juif d'Amsterdam qui, si curieusement en désaccord à la fois avec le judaïsme et la doctrine chrétienne...

— Je sais qu'il a déclaré : « Ce qui favorise que

l'être individuel persévère dans l'Etre, c'est-à-dire la Vie, se nomme Bien, ce qui l'empêche se nomme Mal...

— Que pensez-vous de ces propos inquiétants, vagues et qui semblent dénier à Dieu sa présence souveraine?

— Que le monde change! Mais sa gestation est lente et douloureuse. C'est le propre des idolâtres, auxquels nous appartenons tous ici par nos origines, que de ne pouvoir changer d'images. Vous autres, messieurs les Réformés, vous avez déjà fait un effort dans ce sens en brisant les statues des églises et vous, messieurs les Anglais, vous avez fait un pas vers le libéralisme des hommes en coupant la tête à votre roi, mais prenez garde. Un pas en avant, se paie parfois de deux pas en arrière.

— Messieurs, messieurs, s'exclama le père Baure tout effaré, que racontez-vous là? Je ne devrais pas me trouver à votre table. Vos propos sentent le soufre... Couper la tête aux rois! briser les statues!... Voyons, voyons! Oubliez-vous que nous sommes des créatures de Dieu, et qu'à ce titre nous nous trouvons dans l'obligation d'obéir à ses lois, de nous incliner devant les hiérarchies instituées par Lui-même sur la terre, telles que les dogmes de la Sainte Eglise tout d'abord, et les décisions des princes qui, de droit divin, nous gouvernent. Leur couper la tête! Vous n'y songez pas!... L'enfer vous attend. Il se dit ici des choses qui donnent le frisson!...

— Et il s'y boit aussi du fort bon vin, intervint Vaneireick. Buvez donc plutôt, mon bon père. Les pires propos s'oublient au fond d'un verre.

— Oui, buvez, insista Angélique en souriant au religieux pour l'aider à se remettre. Le vin est aussi un don de Dieu et il n'y a pas de meilleure panacée pour permettre à des Français et des Anglais réunis d'oublier ce qui les sépare.

Adhémar passa la tête par l'entrebâillement de la porte.

— J'ai votre tonnelet, Mâme la comtesse.

» Et le coffre aux scalps d'Englishes de M. le Baron, qu'est-ce qu'il faut en faire?

16

Angélique riait follement.

Déjà, la chopine de vin blanc, la chaleur épicée des plats l'avaient excitée.

Adhémar, en venant lui demander ce qu'il fallait faire du coffre de scalps d'Anglais du baron de Saint-Castine, l'avait achevée.

Par la grâce du Ciel, la question du soldat simplet s'était perdue dans le brouhaha des conversations, et le rire d'Angélique, éclatant, léger, aérien, avait détourné les hôtes du banquet de la personne d'Adhémar, pour les river à la séduction de cette gaieté soudaine, mais si charmante et fort bien venue.

Voyant qu'elle polarisait les regards, Angélique entraînait ses invités dans un tournoi de plaisanteries, de mots d'esprit et de calembours où elle essayait de justifier son hilarité excessive.

— Ne sommes-nous point plongés au sein de la licence, du dévergondage et de dangereuses turpitudes, mon frère? demanda à ses coreligionnaires John Knox Mather, dont les regards extatiques brillaient comme ceux d'un martyr sur un bûcher environné de flammes.

— C'est en côtoyant de tels précipices sans y tomber que l'on reconnaît la force dont le Seigneur comble ses élus, répondait le révérend Patridge, sa voix caverneuse dominant les éclats de rire. Ils n'avaient jamais été si heureux d'approcher de si près les rives du libertinage, et si satisfaits d'eux-mêmes et de leur propre résistance à la tentation.

Le rire d'Angélique repartait de plus belle et parfois, dans l'effort qu'elle faisait pour se contenir, elle en pleurait presque. Entraînés par les boissons généreuses, la plupart des convives se mettaient sans difficulté au diapason.

Eh bien, tant pis si sa gaieté paraissait intempestive et déplacée. Le maître de Gouldsboro ne lui avait-il pas imposé ce rôle, à la face de tous, sans souci de son cœur déchiré et de ses tourments? Il avait décrété qu'elle devait être la comtesse de Peyrac. Sans faille. Le drame qui les séparait devait être enfoui, nié. Et sans doute, cela lui importait moins qu'à elle. Elle ne savait plus ce qu'il pensait. Elle aurait presque préféré les éclats de l'autre soir à son indifférence apparente, cette sorte de détachement qui ne faisait plus d'elle qu'un pion à pousser sur son échiquier, cette soigneuse mise en place d'une comédie qui servait ses plans à lui seul. Il avait poussé le machiavélisme jusqu'à la faire asseoir à la droite de Colin.

Si Colin avait été moins noble, il l'aurait moins troublée. Il aurait moins inspiré la chaleur de son cœur. Et, les nerfs à vif, elle ressentait le désir pervers de détruire la complicité qui s'était établie entre lui et Joffrey, de l'atteindre encore, d'essayer de nouveau son pouvoir sur lui. Et ses yeux brillants cherchaient son regard, et elle enrageait de n'y retrouver, lorsqu'il se tournait vers elle, qu'une impassibilité sereine, voulue mais inattaquable. Joffrey l'avait aussi isolée de celui-là. Il lui prenait tout, lui arrachait tout et la rejetait, totalement dépouillée.

Ainsi se tourmentaient son cœur et son esprit égarés, tandis que, selon les apparences, elle offrait à ses hôtes la vision la plus enjouée, la plus exquise, mettant comme une apparition de lumière et de luxe à cette tablée rustique où des exilés cherchaient à revivre, dans leur pauvreté, les fastes du Vieux Monde.

Seul dans l'assemblée, Joffrey de Peyrac pouvait discerner ce qu'il y avait de tension, d'exaltation un peu forcée dans le rire d'Angélique.

De même que ses convives, il avait bien discerné dans les propos d'Adhémar une vague histoire de « scalps anglais » qui avait déclenché l'hilarité d'Angélique, mais, à leur imitation, le propos s'étant noyé dans le brouhaha des conversations, il avait préféré ne pas approfondir. On verrait plus tard. L'instant n'était pas aux enquêtes douteuses.

Elle riait, mais elle souffrait. Troublé par sa beauté éclatante, irrité par sa hardiesse, la provocation de son fin menton orgueilleusement dressé, de ses yeux trop beaux levés vers Colin, et malgré lui, admiratif devant la promptitude avec laquelle elle avait relevé le gant qu'il lui avait jeté, fait face aux humiliations qu'il lui avait infligées, il ne parvenait pas à deviner à quelle source s'alimentait la souffrance qu'il sentait vibrer en elle.

Pour l'avoir brutalement écarté de lui et rejeté dans les ténèbres, ce cœur féminin lui redevenait obscur. Il avait perdu la grâce d'y lire ouvertement. Entre eux s'était troublée la clairvoyance.

Il n'osait penser qu'elle souffrait précisément à cause de lui.

La meurtrissure qui maculait son beau visage, et qu'elle réussissait mal à dissimuler sous des fards, le rendait circonspect. Angélique était orgueilleuse, de cet orgueil des femmes de haut lignage, mélange de fierté, de conscience de sa valeur et de son rang, qui, auraient-elles toute leur enfance mangé des châtaignes et marché pieds nus, les rend si difficiles à manier et à conquérir. Sentiment de la race humaine, tissé dans la chair même. Angélique pourrait-elle jamais oublier de quelle façon il l'avait traitée?

Une inquiétude qu'il ne voulait pas se reconnaître le tourmentait depuis qu'il avait découvert son visage au lendemain de la soirée terrible, dans les fumées d'une matinée de bataille non moins dramatique. Il avait été saisi d'effroi. « Je ne croyais pas avoir frappé si fort », avait-il songé, atterré. Il constatait que jamais aucune femme n'avait eu le pouvoir de le jeter aussi hors de ses gonds. « J'aurais pu la tuer. »

Furieux contre lui-même, il lui en voulait doublement, et était-ce paradoxe de s'avouer aussi qu'elle l'attirait doublement...

Quand il posait les yeux sur elle, il ressentait cette grande houle, à la fois sentimentale et sensuelle, qui le portait irrésistiblement vers elle avec le désir de la prendre dans ses bras. Il y avait trop longtemps que ses bras étaient vides d'elle. Gilles Vaneireick avait-il raison lorsque, cachant une philosophie assez riche sous sa faconde de bon vivant, il lui conseillait l'indulgence : « Croyez-moi, seigneur Peyrac, votre femme est de ces femmes qui « valent la peine » qu'on pardonne... »

Et il ne pouvait s'empêcher de songer que, malgré son abjection apparente, elle n'avait pas failli au rôle de « comtesse de Peyrac » que les circonstances exigeaient d'elle, s'était montrée sa digne compagne en tout durant ces trois journées douloureuses et décisives. De cela il lui serait toujours secrètement reconnaissant.

Et, la contemplant subrepticement, il ne pouvait s'empêcher en effet de voir que tout en elle « valait la peine » de pardonner. Non pas seulement la beauté, la perfection de son corps — abominable tentation et ce devant quoi il se serait le moins volontiers incliné — mais surtout ce qui était « elle », et qu'il éprouvait comme un trésor sans prix.

Alors qu'il croyait la haïr, il s'était vu pris au piège de la valeur secrète et unique d'Angélique.

Ce matin du combat sauvage sur le *Cœur-de-Marie*, lorsque, haletant d'avoir frappé, il s'était arrêté, sûr de la victoire enfin, mais constatant à quel point la bataille avait été meurtrière, spontanément il avait songé « heureusement, *elle* est à Gouldsboro!... ».

Dès qu'ils avaient appris qu'*elle* était à Gouldsboro, les pauvres blessés avaient repris courage, même ceux qui ne la connaissaient que par ouï-dire. « La dame du Lac d'Argent! La Française aux pouvoirs guérisseurs! La Belle Femme! Celle qui connaît tous les secrets des plantes... des secrets pour guérir... Elle a dans les mains quelque chose de magique, à ce qu'on dit... Elle est sur la plage, à ce qu'on dit... Elle va venir... Nous sommes sauvés... »

Tous les hommes l'adoraient!... Qu'y faire?...

En ce moment, son rire de gorge l'enflammait et le torturait tour à tour, et le soumettait, comme tous les hommes présents, à un charme qui l'inclinait à l'indulgence, à une lâche reddition.

Tandis qu'il devisait avec ses hôtes, à la table

du banquet, au fond de lui-même, dans un chatoiement, deux visages de femme se mêlaient. Les faiblesses d'Angélique ne pouvaient diminuer sa valeur humaine qui avait fini par le subjuguer — il s'en apercevait à la lueur de l'épreuve — sentiment si intimement lié au goût qu'il avait d'elle qu'il ne pouvait plus le dissocier de l'autre aspect féminin, dangereux et versatile qui éveillait sa colère. Il voulait détester la femme à la charnelle faiblesse, à la méprisable légèreté, et il souhaitait ardemment la présence de l'autre, son amie, sa compagne, sa confidente, son refuge charnel et délicieux.

Il y avait trop longtemps que ses bras étaient vides d'elle. Son corps réclamait sa présence avec une exigence qui le laissait désemparé.

Leur mésentente subite lui causait une blessure par laquelle il sentait fuir un peu de sa force nécessaire. Il dormait mal au cours des nuits impatientes et troublées. « Où es-tu, ma lisse, ma douce, ma blanche, ma moelleuse femme?...

» Où est ton épaule nue où j'aime poser mon front? Où sont tes doigts légers, tes doigts magiques, qui, parfois, osaient enserrer mon visage des deux mains pour l'incliner vers toi et le baiser aux lèvres, en un geste où je sentais l'irrésistible désir de l'amante, mais aussi la chaude tendresse possessive qui sourd au cœur des mères et dont nous gardons toujours une nostalgie particulière, nous autres hommes! Tu commençais à avoir de moi, moins de crainte. Et puis tout a été détruit. »

Un soupir s'étouffait en la poitrine du comte.

Que pensait-elle là-bas à l'autre bout de la table? Il ne savait plus.

En ces derniers jours, il lui était arrivé d'hésiter sur des décisions à prendre, de douter de lui-même.

Il n'y avait que pour Colin Paturel qu'il n'avait pas hésité. Colin, le roi des Esclaves, était l'homme qu'il attendait depuis longtemps. Et, dès qu'il le reconnut, il cessa de voir en lui le rival, décida qu'aucune « histoire de femme » ne le priverait de s'attacher un personnage aussi influent, né d'instinct conducteur de peuples.

Pourtant, c'était sur ce front rude, à la crinière léonine, qu'il avait vu de ses yeux Angélique poser sa main fine et caressante.

Dans l'île, quelle souffrance pour lui de croire à chaque instant le moment venu de la trahison!

Pourtant, dès que, au premier regard, dissimulé entre les arbres, il avait discerné la silhouette du pirate, il avait reconnu le roi des Esclaves de Miquenez. Cela expliquait tout, et cela rendait tout plus grave, plus tragique. Il avait toujours su qu'Angélique avait aimé cet homme, et d'une façon dont il ne pouvait s'empêcher d'éprouver une intense jalousie.

Car Colin méritait d'être aimé d'une telle femme.

A ce souvenir, le poison subtil s'infiltrait de nouveau en son cœur. Le plan qu'il avait ourdi et mis en place envers et contre tous lui paraissait dépasser les possibilités de ses forces.

C'était vers Colin, en ce moment, qu'elle levait ses yeux admirables, cherchant une complicité dans ceux du Normand rigide, qui feignait, loyal vis-à-vis de Peyrac, de ne pas comprendre la provocation de son sourire éclatant. Il entendait sa voix prenante, un peu moqueuse.

— Monsieur le gouverneur, je crois me souvenir que, lorsque nous étions en Barbarie, vous me nommiez Angélique? Reprendrons-nous ici ces coutumes fraternelles des captifs chrétiens?

La petite garce! Non seulement elle affrontait

l'opprobre à visage découvert, mais voilà qu'elle ripostait avec des armes acérées.

Il était bien sot de s'attendrir sur elle. Si elle souffrait, eh bien, qu'elle souffre! Elle méritait une leçon.

Il reporta son attention sur sa voisine de gauche. Iñès y Perdito Tenarès, voluptueux produit de sang caraïbe, espagnol, portugais, et dont le regard de jais surveillait jalousement son Gilles, beaucoup trop séduit à son goût par le charme de leur rieuse hôtesse.

Peyrac posa un doigt sur le menton de la jolie métisse afin de l'obliger à détourner la tête de l'affligeant spectacle et à le regarder.

— Consolons-nous ensemble, señorita, lui dit-il tout bas gentiment en espagnol.

17

— Colin, il ne m'aime plus! Il fait la cour à cette Iñès. Je l'ai lassé.

Dans la pénombre du couloir, Angélique titubait contre l'épaule de Colin. La fête s'achevait. Un soir nuageux sur fond de ciel d'or versait sa lumière tourmentée sur le désordre de la plage où dansaient et riaient des groupes joyeux. Les gens s'attardaient dans la salle du banquet, rivés à leurs escabeaux. Il faudrait se soutenir mutuellement pour regagner les navires et les logis.

— Il ne m'aime plus... J'en mourrai... Jamais je ne supporterai qu'il aime une autre femme!

— Calme-toi. Tu es soûle, dit Colin avec indulgence.

Et lui-même, échauffé malgré sa résistance aux boissons, avait du mal à ne pas voir le monde à travers le brouillard léger de l'ivresse et à ne pas la prendre dans ses bras. Il avait quitté la salle du festin pour aller inspecter son équipage se disant : « Il faut que je surveille mes bonshommes. »

Mais Angélique l'avait suivi. Elle s'accrochait à lui, manifestement égarée par des prélèvements répétés au tonnelet d'armagnac, mais aussi par une douleur qui avait raison de sa résistance.

— Il te fait des amitiés à toi qui m'as induite en tentation, et moi il me repousse, me rejette, me méprise... C'est injuste!... C'est INDIGNE!

Elle hoquetait un peu, et s'entêtait sur les mots.

— Ecoute, petite! Va donc te promener au grand air, dit Colin. Ça ira mieux après.

— C'est ça! Vous êtes toujours d'accord, vous les hommes, quand il s'agit d'humilier une femme, de se moq... moquer d'elle! Toi aussi, tu m'as trahie!

— Tais-toi!... Maintenant, tout est arrangé. Ne te monte pas la tête. Va!

Elle sentit qu'aujourd'hui Colin était redevenu le vrai Colin. Capable d'être aussi intraitable que Joffrey, et, comme lui, de dompter, s'il en décidait ainsi, le plus violent désir charnel.

Il l'écarta fermement, la considéra, et sa physionomie se nuança de mélancolie.

— Tu l'aimes trop, murmura-t-il en hochant la tête. En vérité, il te tient par toutes les façons. Il te domine. C'est cela qui te fait mal. C'est cela qui te donne le diable au corps. Allons, va faire un tour de promenade, ma belle... ma belle!

Il l'accompagna vers la plage, et la quitta tandis qu'elle se dirigeait vers les promontoires de l'est.

Colin avait raison.

L'air vif du soir dissipa ses vertiges. Elle marchait d'un pas plus assuré et commença à s'avancer vers les rochers, dans le désir de ne plus rencontrer âme qui vive.

Son esprit bouillonnait, comme une cuve aux vendanges, rempli de ferments délétères.

Joffrey affichait de se détourner d'elle.

Cela non! Jamais elle ne supporterait de voir Joffrey prendre dans ses bras une autre femme, chercher son plaisir en elle, et, qui sait, le pire... s'attacher à elle, lui faire des confidences. S'il voulait la punir ainsi, il n'y parviendrait que trop. Elle en mourrait... ou bien elle tuerait cette femme!

Elle était outrée de sentir qu'il pardonnait plus volontiers à Colin d'avoir voulu la prendre qu'à elle de s'être livrée.

La complicité de leur sensualité masculine l'exaspérait.

Les hommes étaient des êtres avec lesquels il était inutile de chercher à s'entendre.

Ils réussissaient toujours à vous tromper ou à vous déconcerter par quelque raisonnement.

Elle en avait assez des hommes et de leurs exigences.

Panser les blessés de leurs guerres, nourrir et élever les enfants de leur plaisir, fourbir leurs armes et, à longueur d'année, effacer la trace de leurs pas sur les planchers de leurs maisons, préparer les gibiers de leurs chasses, nettoyer les poissons de leurs pêches. La peine noble pour eux, la peine ingrate pour elles!

Il y avait une semaine, elle dansait à Monégan et sautait dans le feu des Basques, portée par la joie de vivre et la poigne du grand Hernani.

Séparée de Joffrey alors, elle était plus proche de lui qu'aujourd'hui. Depuis trois jours, ils ne s'étaient pas adressé la parole. Ils semblaient ne plus exister l'un pour l'autre.

En quelques jours, moins d'une semaine, un gouffre s'était creusé sous leurs pas, un mur s'était dressé, inexpugnable. Tout se nouait pour les entraîner vers une solution où leur amour sombrerait, avait déjà sombré peut-être.

Une voix parut chuchoter à ses oreilles dans le vent :

« Il vous séparera... vous verrez! vous verrez!... »

Un frisson la secoua toute et elle s'arrêta au bout du promontoire. Elle repensait à ce nœud de circonstances qui l'avaient entraînée à humilier publiquement l'homme qu'elle adorait. Il y avait en tout cela quelque chose de diabolique. Un entrelacs de hasards et de malchances, qui ne semblaient trouver leur explication que dans la malignité des esprits infernaux acharnés à leur perte.

La peur la prit. Une peur qu'elle avait déjà éprouvée l'autre soir, lorsque l'inconnu au visage blanc l'avait conduite vers l'île. Voici qu'elle se mettait à croire au diable... comme tout le monde en ce damné pays.

Elle se tourna vers Gouldsboro. « Il y a des lieux où souffle l'esprit... »

Gouldsboro était-il de ceux-là? Etait-il vraiment désigné, comme l'avait dénoncé la nonne visionnaire de Québec, pour être le théâtre d'un drame supra-terrestre?

« Mais ce n'est pas moi la Démone, dit Angélique presque à haute voix. Alors?... »

Malgré elle, le souvenir lui revenait de la prédiction religieuse qui avait tant ému la population canadienne.

« Je me trouvais au bord de la mer. Les arbres s'avançaient jusqu'au bord de la plage... Le sable avait un reflet rose... Sur la gauche, étaient bâtis un poste de bois avec une haute palissade et un donjon où flottait une bannière... Partout dans la baie, des îles en grand nombre comme des monstres assoupis... Au fond de la plage, sous la falaise, des maisons de bois clair... Dans la baie, deux navires se balancent, à l'ancre... De l'autre côté, à un ou deux miles, il y a un hameau de cabanes avec des roses autour. J'entendais piailler les mouettes et les cormorans... »

Le vent tordait la chevelure d'Angélique. Ses cheveux l'enveloppaient comme d'une présence humaine démente, qui par instants la quittait, à d'autres la ligotait, lui chuchotant des mots effrayants.

Figée à la pointe d'un rocher, Angélique regardait vers Gouldsboro.

La plage rose était là avec les monstres d'émeraude assoupis des îles. Et « le donjon de bois où flottait une bannière », le hameau du camp Champlain où commençaient à s'épanouir les roses.

« Tout à coup, une femme d'une très grande beauté s'éleva des eaux et je sus que c'était un démon féminin... Elle resta suspendue au-dessus des eaux dans lesquelles son corps nu se reflétait... Du fond de l'horizon, une licorne, dont la longue pointe étincelait au soleil couchant comme un cristal, galopa. La Démone la chevaucha et s'élança à travers l'espace. Je sus qu'elle allait détruire l'Acadie, ce cher pays que nous avons pris sous notre protection... »

Angélique, comme hors d'elle-même, gardait les yeux rivés sur le paysage. Il y avait comme un secret caché derrière les formules sibyllines. Maintenant, elle en était persuadée. Le sens irrationnel de notre nature qui la rend sensible aux symboles l'alertait, la tenait en suspens devant le panorama déroulé sous ses yeux.

Oui, il y avait des navires à l'ancre dans la baie, et l'envol des mouettes et des cormorans, et des maisons de bois clair sous la falaise.

Elle poussa un cri. Un souvenir lui revenait. Quand elle avait débarqué en ces lieux, l'an dernier, IL N'Y AVAIT PAS DE MAISONS DE BOIS CLAIR sous la falaise. Ces demeures avaient été construites par les Huguenots de La Rochelle au cours de l'hiver et ce printemps.

Elle se mit à marcher avec agitation, étourdie par le vent et la griserie des vins, tandis que ses pensées se bousculaient avec fièvre. Elle marmonnait :

— Je leur dirai... Je leur dirai à tous... Je leur dirai à Québec, ce n'est pas moi votre Démone... Voyez! Il n'y avait pas de maisons de bois clair... lorsque je suis venue. Et, maintenant, elles sont là... C'est maintenant, maintenant qu'elle doit surgir, la Démone!...

Elle s'arrêta, saisie à la gorge par un grand froid, une terreur impulsive... Les mots qu'elle venait d'énoncer elle-même lui parurent fous, et cependant inéluctables.

Hors le nombre des navires — qui étaient en ce jour nombreux et non pas seulement deux — le décor de la prédiction n'était-il pas en place?

Folles divagations! Si elle avait pu courir vers Joffrey, il aurait partagé ou écarté ses craintes, il en aurait ri...

Mais elle était seule désormais. Et, à elle seule, se révélait, derrière les apparences, la menace de l'esprit succube, la Démone, créature étincelante qui allait sortir des eaux, chevauchant une licorne pour s'élancer à travers l'espace au-dessus de la Terre d'Acadie et ravager, détruire, détruire tout sur son passage... et jusqu'au fond des cœurs!

« J'avais trop bu!... Et puis, je suis lasse! Vais-je devenir folle? Il faudrait dormir, ne plus penser. »

Ainsi raisonnait Angélique au soir de ce jour glorieux de Gouldsboro où l'établissement avait fêté l'intronisation de son premier gouverneur.

A la nuit tombante, Colin avait encore parlé du haut de l'estrade et il avait terminé son discours en jetant à la volée vers la foule, pour cent livres de pièces d'or.

Les apparences étaient joyeuses. Pour Angélique, seule, elles étaient effrayantes. Depuis cette « illumination » qu'elle avait eue au bord de la mer, son drame d'être séparée de Joffrey se doublait d'une crainte. Etait-il possible qu'ils fussent victimes tous deux de quelque maléfice?

Elle voyait partout des signes tangibles de son pressentiment, et les rires, les chants, les danses, l'allégresse générale la heurtaient, lui paraissaient une aberration insultante à ce malheur qu'elle croyait voir avancer vers eux. Qui était peut-être déjà là, parmi eux! Un ver dans le fruit. Un esprit succube rôdant, ricanant, pernicieux. Le hululement d'un oiseau de nuit. C'était le rire de la Démone! A qui parler de son angoisse?

« J'ai trop bu!... Cela passera demain... Demain, j'irai trouver Joffrey. Il faudra bien qu'il consente à me rencontrer. A me dire ce qu'il veut faire de moi. Me chasser? ou me pardonner? Mais cela ne peut pas continuer ainsi... Car alors nous sommes faibles, et elle nous atteindra, la Démone... Mais non, je divague. Il n'y a rien, vraiment... Rien qui s'avance sur les eaux... vers nous!... Cette chose terrible! Nous serons plus forts qu'elle... Mais il ne faut pas que nous soyons séparés... Je crois que j'ai de la fièvre. J'ai eu ma part aujourd'hui. Adieu, messires, je vous laisse à vos projets grandioses. »

Elle alla de groupe en groupe, qui chantaient encore autour des foyers allumés sur la plage dans la nuit, et qui l'escortèrent de vivats, elle alla vers Joffrey de Peyrac et Colin Paturel qui se tenaient côte à côte sous le fort, continuant de recevoir les hommages et compliments de l'assemblée. En silence elle leur fit la révérence et se retira.

Elle vacillait sur le chemin du fort, inconsciente du regard dont les deux hommes, malgré eux, la suivirent.

Sous ses fenêtres, dans la cour du fort, des matelots parlaient, vidaient une suprême chopine.

— En attendant, on est « blousés », dit l'un des hommes du *Cœur-de-Marie*. C'est bien ça de devenir colon dans un beau coin, mais je ne vois ici pour nous, en fait de femmes, que Huguenotes ou sauvagesses. Trimer aux Amériques, soit, mais pas tout seul. Avoir la soupe qui vous attend à la maison et une femme blanche et catholique dans le plumard, voilà ce qui était convenu! Moi, c'est ÇA qui m'avait plu dans le contrat.

Le lieutenant de Barssempuy lui envoya un coup de coude dans les côtes.

— Sois pas trop gourmand, garçon. Tu as vu une fois encore le soleil se coucher alors que ce jour était marqué pour être celui de ta mort. Ce soir, la plus belle femme que tu tiendras dans tes bras, c'est la Vie. L'autre apparaîtra bientôt à l'horizon. Aie confiance!

— N'empêche que, pour l'instant, on n'en voit guère poindre, de femmes.

— Priez, mes frères, intervint le père Baure, priez, et Dieu y pourvoira.

Ils rirent autour de lui.

— Hé! moine, fit l'un d'eux, sans te contredire, est-ce que tu vois comment Dieu pourrait s'arranger pour faire surgir du sable, d'ici demain, vingt à trente bonnes filles à marier, dignes de s'unir aux galants gentilshommes d'aventures que nous sommes?

— Certes, je ne vois pas, répondit paisiblement le Récollet, mais Dieu est grand! Et tout peut arriver de Sa main. Priez, mes fils, et ces femmes vous seront accordées.

18

Dieu est grand. Dieu peut tout, qu'on se le dise!

Et voici comment, aux bonshommes du *Cœur-de-Marie*, flibustiers convertis, leurs femmes leur furent accordées dès le lendemain de cet étrange jour.

Un homme court le long du sentier qui, de la crique Bleue, mène à Gouldsboro. Des rafales de pluie gonflent son manteau, mais il se hâte, essoufflé. C'est le papetier Mercelot, dont le moulin est situé à l'écart du village.

Il parvient au fort, il alerte les sentinelles :

— Vite! Hâtez-vous! Il y a un navire en perdition dans la crique Bleue.

Angélique, qui avait dormi comme une masse, fut éveillée par des lueurs dans la cour du fort.

L'aube pointait à peine. Elle crut tout d'abord que la fête se prolongeait encore, puis, au remue-ménage, comprit qu'il se passait quelque chose d'insolite. Elle se vêtit en hâte et descendit s'informer.

A la lueur des lanternes, Mercelot donne des indications sur une carte que tient le comte.

— Ils ont dû heurter les récifs du morne Moine à l'entrée de la petite baie des Anémones, et ensuite ils ont été drossés vers la crique Bleue.

— Hé! qu'allaient-ils faire par là? s'exclama le comte.

— La tempête...

— *Mais... il n'y a pas de tempête.*

Et l'on s'étonne, en effet.

Certes, il vente dur et la mer est agitée, mais pour une fois le ciel est clair, et pour les navires au large, la côte avec ses feux de position doit être fort visible.

— S'agit-il d'un morutier?

— Comment le savoir?... Il fait trop sombre encore, mais l'on entend des cris à vous faire dresser les cheveux sur la tête. Ma femme et ma fille sont déjà sur la plage avec la servante et le voisin.

Ainsi, à peine remis d'une journée de festivités, les habitants de Gouldsboro se retrouvent debout, ensommeillés et angoissés, dans une aube venteuse, à ouïr de la plage de la crique Bleue des cris lointains d'épouvante qui montent, tragiques, d'une pénombre grise où, par intermittence, on entr'aperçoit, là-bas, au ras des vagues, les mâts d'un vaisseau à demi englouti.

Angélique est présente avec la plupart des dames de Gouldsboro.

Le navire en perdition est immergé jusqu'à la rambarde. Chose étrange, il ne coule pas encore et les courants à l'entrée de la baie le malmènent d'une extrémité à l'autre des presqu'îles qui en fermaient l'issue, où chaque fois l'on s'attend à le voir s'écraser et éclater comme une lourde barrique trop pleine, puis il repart en sens inverse, en balançant ses trois mâts où pendent et s'agitent des voiles mal gréées et des haubans inutiles.

Pourvu qu'ils tiennent jusqu'à l'arrivée du chébec et du cotre de Gouldsboro qui, ayant à leur bord Joffrey de Peyrac et Colin Paturel, sont en train de contourner la pointe d'Yvernec pour les joindre par mer.

Le vent apporte des clameurs déchirantes, des appels au secours, d'autant plus angoissants que l'on ne peut apercevoir, par-dessus les crêtes de la houle, les occupants de l'épave.

L'équipe de matelots et de pêcheurs qui est venue par terre de Gouldsboro s'est armée de crocs, gaffes, ancres, cordes et cordages.

Sous la direction d'Hervé Le Gall, trois d'entre eux montent à bord de la barque de pêche des Mercelot et font force rames.

Les autres s'égaillent le long des rochers afin de se tenir prêts à aider à aborder ceux des naufragés qui essaieront de gagner la côte à la nage.

— Je vais préparer des couverts, du potage, des boissons chaudes, décide Mme Mercelot. Viens, Bertille.

Angélique avait apporté des baumes et de la charpie pour panser des blessures probables, et une gourde de rhum. Elle allait suivre Mme Mercelot lorsque, à quelques encablures du rivage, une sorte de radeau fait de planches et de tonneaux mal joints surgit à leurs yeux du creux d'une vague. Un groupe de créatures échevelées s'y cramponnait en hurlant.

— Des femmes! s'exclama Angélique. Oh! Seigneur! Le ressac les pousse vers les rochers. Elles vont s'y fracasser.

A peine achevait-elle ces mots que le radeau, comme animé par sa malice propre, se cabra et se jeta sur un écueil particulièrement aigu où il s'éventra, éclata et se dispersa en cent parcelles de bois, basculant sans vergogne tout son chargement à la mer. Par bonheur, la plage était proche. Angélique et ses compagnes se jetèrent aussitôt à l'eau jusqu'à mi-corps afin de secourir les naufragées.

Angélique empoigna une longue chevelure à l'instant où sa propriétaire disparaissait sous les eaux, dans les profondeurs d'un lit d'algues.

Elle réussit à maintenir la tête de la noyée à la surface et à la haler vers le rivage.

Or, il se trouvait que c'était une énorme femme d'au moins cent quatre-vingts livres. Tant qu'elle eut à la tirer dans l'eau, Angélique ne s'en avisa pas, mais, dès qu'elle eut atteint le sable, elle se découvrit subitement attelée à un pesant fardier de pierres, et dans l'impossibilité de déplacer d'un pouce la masse inerte à laquelle elle se cramponnait.

— Aidez-moi donc! criait-elle vers les autres.

Un matelot accourut. Ils en hélèrent un deuxième, puis un troisième et un quatrième.

— Bon Dieu de bon Dieu, qu'est-ce que cela peut bien avoir à faire sur la mer une femme pareille! se plaignaient-ils. Quant on pèse autant, on ne s'embarque pas, on reste à terre comme un canon de forteresse.

Cependant, Mme Mercelot, sa fille, leur servante et leur valet avaient aidé les six autres personnes à aborder. Certaines tremblaient affreusement, claquaient des dents incoerciblement, d'autres pleuraient. L'une d'elles se jeta à genoux et fit le signe de la croix.

— Merci, bonne Sainte Vierge, de nous avoir sauvées, fit-elle avec ferveur.

Elles étaient toutes françaises, mais, à leur accent, ce n'étaient pas des Acadiennes.

— Et Delphine qui est encore accrochée là-bas! cria l'une d'elles en montrant une jeune femme qui avait réussi à se hisser sur un récif.

Sans doute trop épuisée, elle gisait à demi inanimée, et une vague risquait de l'enlever de nouveau à tout moment.

Angélique courut jusqu'à elle en suivant le promontoire à découvert, l'aida à regagner la terre ferme.

— Mettez votre bras autour de mes épaules, ma chère, lui recommanda-t-elle. Je vais vous soutenir et vous accompagner à cette demeure que vous apercevez là-bas. Bientôt, vous vous trouverez auprès d'une bonne flambée.

La rescapée, une jolie brune aux yeux intelligents, paraissait de bonne famille. Elle eut le courage de murmurer de ses lèvres exsangues, avec un faible sourire :

— Merci, madame. Vous êtes très bonne.

— Ils arrivent!

Un cri d'espoir avait jailli à la vue des voiles blanches du chébec et du cotre, débordant la presqu'île de Cernek. Très vite, les deux sauveteurs se rapprochèrent du vaisseau moribond.

— Y a-t-il encore beaucoup de monde à bord? s'informa Angélique près de la jeune femme qu'elle soutenait.

— Au moins une vingtaine de mes compagnes, je crois, quelques hommes d'équipage. Oh! mon Dieu, faites qu'ils n'arrivent pas trop tard.

— Non! Non! Voyez, nos navires ont déjà atteint l'épave, ils l'encadrent.

Le jour s'était levé et l'on pouvait suivre de loin les phases du sauvetage.

Le Gall, qui revenait, sa petite embarcation chargée de femmes encore, affirma que toutes celles qui restaient là-bas avaient des chances d'être sauvées.

L'épave coulait, certes, mais assez lentement, et l'on aurait le temps de faire passer les survivants à bord du chébec. Des Indiens du hameau avaient mis leurs canots à la mer. Eux aussi, ramenèrent des femmes, autant effrayées et glacées par leur situation que par les faces rouges emplumées. Et un moussaillon hirsute.

L'on vit les mâts soudain s'enfoncer, s'amenuiser rapidement. Les voiles blanches des deux embarcations de Gouldsboro louvoyaient en tous sens comme des oiseaux s'affairant autour de son agonie. Sur le rivage, les femmes refusaient de se laisser entraîner, les yeux rivés sur les derniers instants de leur navire.

Quand tout eut disparu, elles se mirent à sangloter et à se lamenter en se tordant les mains.

19

Dame Pétronille Damourt — avec un T, souligna-t-elle — la grosse femme qu'Angélique avait sauvée, sanglée dans les vêtements de Mme Manigault — ce qu'on avait trouvé de plus vaste en la place — assise en face du comte de Peyrac et de Colin Paturel, essayait de leur expliquer, en longs discours interrompus par de non moins longues périodes de sanglots, sa situation.

Elle avait été chargée, disait-elle — pour six cents livres comptant, précisait-elle fièrement — d'escorter un contingent d'une trentaine de « filles du roi » qu'on envoyait à Québec pour épouser les célibataires de l'endroit, colons, soldats ou officiers, afin de contribuer au peuplement de la colonie.

— Mais votre navire ne se trouvait pas sur la route de Québec, ma bonne dame, fit remarquer le comte, et vous en êtes même fort loin.

— Vous croyez?

Elle regarda Colin, dont la physionomie simple lui faisait moins peur que celle de ce gentilhomme à l'allure espagnole qui venait de les recueillir. Colin lui paraissait plus apte à comprendre les tourments d'un cœur naïf et ignorant.

Il confirma la déclaration du comte de Peyrac.

— Vous n'êtes pas sur la route de Québec.

— Mais alors, où nous trouvons-nous? On venait de nous annoncer les lumières de la ville quand le vaisseau a fait naufrage.

Elle les regardait tour à tour avec terreur et incrédulité, et les larmes coulaient en ruisseau sur ses joues adipeuses.

— Que va dire notre bienfaitrice, la duchesse de Maudribourg, quand elle apprendra cela?... Oh! mais, c'est vrai, j'y songe, elle est morte, noyée... Quel affreux malheur! Oh! non, ce n'est pas possible. Notre chère bienfaitrice. Une sainte! Qu'allons-nous devenir?

Elle sanglota de plus belle, et Colin lui passa un mouchoir grand comme un torchon, car les marins sont gens précautionneux. Elle s'épongea, se calma à grand-peine.

— Pauvre chère dame! Elle qui rêvait tant de donner sa vie pour la Nouvelle-France!

Elle reprit son récit d'assez loin. L'aventure semblait avoir commencé pour elle lorsqu'elle était entrée comme chambrière au service de la duchesse de Maudribourg.

Quelques années plus tard le duc de Maudribourg mourait à soixante-quinze ans après une vie fort débauchée, n'en laissant pas moins à sa veuve une belle fortune.

La noble veuve, dame Ambroisine de Maudribourg, qui avait supporté avec grande patience et vertu, au long de sa vie conjugale, les avanies, tracasseries et infidélités de son époux, trouvait, enfin, le temps venu de réaliser ses propres souhaits, à savoir : se retirer dans un couvent de son choix pour y attendre la mort dans la prière et les macérations, et aussi se consacrer, sous l'égide de savants et astronomes, à des études de mathématiques pour lesquelles elle avait l'esprit fort ouvert.

Elle entra donc comme chanoinesse au couvent des augustines de Tours. Mais, deux ans plus tard, son confesseur l'en tira en la persuadant que, lorsque l'on possédait tant de biens, l'on devait au moins les mettre au service de l'Eglise plutôt qu'à celui des mathématiques. Il sut l'enflammer pour le salut de la Nouvelle-France et la conversion des sauvages.

Cependant, la veuve hésitait encore, lorsqu'un matin, étant bien éveillée, une grande femme, vêtue d'une robe comme de serge blanche, lui apparut et lui déclara distinctement : « Va en Canada. Je ne te délaisserai point. » Elle ne douta pas d'avoir vu la Sainte Vierge quoiqu'elle n'eût pu distinguer son visage, et dès lors se consacra de toute son âme à secourir les terres lointaines.

Elle avait le sens des affaires, une grande habitude du monde. Elle sut voir des ministres, obtenir les autorisations et forma une compagnie des Associés de Notre-Dame du Saint-Laurent, qui avait l'avantage d'être mi-commerciale, mi-religieuse et qui, tout en se mettant au service du roi, du gouverneur et des missionnaires, assurerait sa propre subsistance.

Dame Pétronille, qui s'était attachée à cette bonne personne et l'avait même suivie en son couvent, désirait demeurer à son service malgré les perspectives de plus en plus inquiétantes que présentaient les projets de la duchesse.

Il fallut pourtant en arriver là. Monter un froid matin de mai sur cet univers branlant de planches et de toile qu'on appelle un vaisseau, transporter ses cent quatre-vingts livres dans les cales du monstre pour y souffrir mille morts moins par le mauvais temps que par l'humeur des filles qu'elle convoyait. Mais pouvait-elle laisser la pauvre duchesse seule et sans aide en face de tant d'inconnu et de périls? Car Mme de Maudribourg, s'étant informée des besoins les plus pressés de la colonie, avait su qu'on y souhaitait des femmes pour les colons.

En effet, les jeunes gens, là-bas, devaient être mariés, d'après ordre du roi, avant d'atteindre vingt ans. Faute de quoi, le père d'un récalcitrant damoiseau devait payer l'amende et se présenter tous les six mois devant l'autorité pour donner une justification à ce manquement.

Récemment, l'intendant Carlon, homme à poigne, avait sorti une ordonnance interdisant aux Canadiens non mariés de chasser, de pêcher, commercer avec les Indiens ou s'enfoncer dans les bois sous un prétexte quelconque. D'Europe, le ministre Colbert ajoutait à l'ordonnance l'arrêté d'application que tous les objecteurs au mariage supporteraient un impôt spécial de célibataire. Ils seraient exclus de toutes distinctions ou de tous honneurs et porteraient, visiblement cousue à leur manche, une marque spéciale de leur infamie.

A la suite de cette ordonnance, sur mille hommes célibataires à Québec, huit cents avaient pris les bois.

Peyrac était assez au courant de la question puisqu'il connaissait en Nicolas Perrot, Maupertuis et son fils, voire l'Aubignière, certaines des victimes directes de ces lois.

Pour les deux cents fidèles qui restaient à Montréal et à Québec, résignés à leur sort, il fallait des femmes. Mme de Maudribourg voulut contribuer à cette noble tâche. Elle prit à sa charge un convoi de celles qu'on appelait des Filles du roi, les dota et, à l'imitation du « présent » royal que l'Administration était tenue de leur remettre, offrit la dépense de cent livres pour chaque fille, soit dix pour la levée, trente pour les hardes et soixante pour la traversée. Plus une cassette fermante, quatre chemises, un habit complet — manteau, jupe et jupon — bas, souliers, quatre mouchoirs de col, quatre cornettes, quatre bonnets, deux paires de manchettes, quatre mouchoirs de poche, une paire de gants de peau, une coiffe et un mouchoir de taffetas noir, sans oublier les peignes, brosses et autres menues merceries.

Elles seraient ainsi chacune bien nanties pour plaire aux dociles célibataires qui les attendraient sur les quais de Québec en faisant la haie, dans leurs beaux atours et leurs gros souliers.

Après une petite réception générale et collation, aidant à un premier contact, elles seraient conduites dans quelque couvent de la ville, qui n'en manquait point, où les jours suivants elles recevraient au parloir les jeunes gens sous l'égide et le bon conseil des prêtres, des nonnes et des dames bienfaitrices.

— Comme vous le savez, M. Colbert est très difficile sur le choix de ces femmes que l'on envoie en Canada, insista Pétronille Damourt. A son exemple, nous avons pris soin de notre recrutement. Celles que nous avons emmenées sont toutes issues de légitimes mariages, les unes orphelines et les autres appartenant à des familles tombées dans la détresse.

Mme de Maudribourg avait, de plus, fait fréter un navire. Le roi avait donné une bannière à son chiffre, et la reine des ornements d'église.

Dame Pétronille fouilla dans ses poches à la recherche des papiers qu'elle possédait, prouvant à ces étrangers inquiétants dans quelles pieuses et bonnes conditions s'était organisée l'expédition.

Elle voulait leur montrer les comptes exacts, car elle avait tout répertorié elle-même pour chaque fille et fait contresigner par l'huissier-jureur, et elle tenait ces papiers soigneusement rangés dans une enveloppe de toile gommée, avec la lettrc de M. Colbert...

Se souvenant que les vêtements qu'elle portait n'étaient pas les siens et que cassette, habits et hardes devaient se trouver présentement au fond de l'eau, elle se remit à pleurer copieusement.

Il n'y avait plus grand-chose à tirer d'elle, sinon la certitude qu'embarquée au début de mai sur un petit navire de cent cinquante tonneaux faisant voile pour Québec, elle se retrouvait naufragée au début de juillet sur les rives du Maine, dans la Baie Française.

Comment se nommait le capitaine du navire

perdu? Job Simon. C'était un homme charmant et si galant!

— Mais mauvais pilote, ce me semble, glissa Peyrac. Et où se trouve-t-il présentement, votre capitaine? Où se trouvent les hommes d'équipage? Le vaisseau était modeste, soit, mais forcément il devait bien y avoir une trentaine d'hommes à bord pour le manœuvrer. Où sont-ils?

Las! On le sut bientôt. La mer rendit des corps mutilés, fracassés contre les rochers. Chaque crique, chaque fjord étroit en recélait, et des Indiens en apportèrent sur leur dos. On les rangeait sur le sable de la crique Bleue. Joffrey de Peyrac alla les reconnaître avec le mousse, un gamin breton qui savait à peine quelques mots de français. Le petit gars s'estimait heureux d'être sauf et d'avoir gardé sa cuillère de bois sculpté, le premier trésor du marin. Il racontait qu'il avait entendu la coque du navire se déchirer bien proprement sur une barrière d'écueils. C'est alors que le second avait fait mettre la grosse chaloupe à la mer avec quelques-uns des femmes et des hommes qui devaient aller chercher du secours au port de la ville.

— Quelle ville?

— On voyait des lumières, on croyait qu'on était arrivé à Québec.

— A Québec?

— Ben dame oui!

20

Cependant, Angélique, depuis le matin, n'avait

cessé de prodiguer ses soins aux malheureuses rescapées de la crique Bleue. Après les hommes, les femmes. Après de fauves chairs poilues, des chairs douces, lisses et blanches. Cette différence mise à part, elle ne garderait pas moins de cette période confuse qui avait suivi son premier retour à Gouldsboro le souvenir d'avoir été faire un tour avec Dante dans les cercles infernaux que le poète affectionna et où il se plut à déverser les damnés dans un grouillement de chairs nues entremêlées.

Après les blessés, les noyées. Après les jurons et les râles, les pleurs et les grincements de dents de la gent féminine.

Angélique se mettait à songer à sa douce et paisible existence de Wapassou comme à un paradis inaccessible.

Les Filles du roi avaient de quinze à dix-sept ans. Quelques-unes étaient des paysannes, mais la plupart venaient de Paris, car choisies parmi les orphelines de l'Hôpital général. Angélique reconnaissait leur accent vif, un rien gouailleur, qui apportait si loin, dans le grand vent d'Amérique, le relent des ruelles sinueuses, derrière le Châtelet ou le quai aux Fleurs, les odeurs de la Seine, les odeurs de rôtisserie et de boucherie, et comme le bruit des carrosses brinquebalant sur les pavés ronds.

Il y avait parmi elles quatre « demoiselles » de bonne naissance destinées au mariage avec les officiers, une Mauresque au teint de pain brûlé et une putain notoire et évidente prénommée Julienne.

Dès le premier instant, cette fille refusa grossièrement les soins d'Angélique, bien qu'elle parût souffrir, et se traîna à l'écart. Ses compagnes lui battaient froid car elle détonnait dans ce convoi de « fiancées » pour le *Canada* qui devaient toujours être choisies, selon les directives de M. Colbert, « dociles, bien faites, laborieuses, industrieuses et ayant beaucoup de religion ».

Delphine Barbier du Rosoy, la jolie brune courageuse, insista là-dessus afin d'expliquer que cette fille n'aurait jamais dû se trouver en leur compagnie. La trop grande bonté de Mme de Maudribourg s'était laissé surprendre à son endroit.

— Vous pouvez parler, vous autres, les demoiselles, cria la Julienne qui l'entendit, en fait de bonté!... Il vous faut du satin à vingt livres pour vos affûtiaux alors que nous autres, de l'Hôpital général, nous nous contentons de toile de Troyes à trente sous l'aune.

Elle affichait des manières de poissarde, mais sa tentative de discorde fit long feu, car toutes les autres filles étaient en effet accortes, modestes et discrètes bien que très pauvres, élevées par les religieuses de l'orphelinat, et le naufrage les avait rapprochées de leurs compagnes plus aisées et plus distinguées. C'était Delphine du Rosoy qui avait eu l'idée de construire un radeau et les avait encouragées et soutenues aux moments les plus terribles.

Angélique n'avait eu d'autre ressource, pour abriter ses protégées, que de les installer à leur tour dans la grange au maïs, laissée libre par la libération des prisonniers. Ceux-ci avaient regagné leur habitacle du *Cœur-de-Marie*.

Pour lors, ils rôdaient aux alentours de la grange, regardant tous ces cordées de jupons et de caracos qui flottaient au vent.

Le lieutenant de Barssempuy apporta entre ses bras une forme blanche abandonnée.

Ses yeux brillaient d'une excitation fébrile.

— Je l'ai trouvée, expliqua-t-il, je l'ai trouvée là-bas, dans ces rochers bleus, comme une mouette blessée. Elle ressemble à mon rêve. C'est elle, j'en suis sûr. Je l'ai souvent vue en songe; regardez comme elle est jolie.

Angélique jeta un regard sur le visage exsangue que tirait en arrière le poids d'une longue chevelure blonde alourdie d'eau de mer, de sable et de sang.

— Malheureux, cette fille est morte... ou c'est tout comme.

— Non, non, je vous en supplie, sauvez-la, dit le jeune homme. Elle n'est pas morte. Faites quelque chose pour elle, madame, je vous en supplie, vous qui avez des mains miraculeuses, soignez-la, ranimez-la, guérissez-la... Elle ne peut pas mourir, car c'est elle que j'attendais.

— C'est Marie-la-Douce, dirent les Filles du roi en se penchant sur la forme inanimée et sanglante. Pauvre malheureuse! Il vaudrait mieux qu'elle meure. Elle était la suivante de Mme de Maudribourg et elle la considérait comme sa mère. Que va-t-elle devenir sans elle?

Tandis qu'Angélique, aidée de la vieille Rébecca, entreprenait de ramener à la vie le pauvre corps couvert d'ecchymoses, les naufragées discutèrent ensemble des conditions dans lesquelles la duchesse avait perdu la vie. Elles convenaient que c'était en retournant dans l'entrepont pour y chercher l'enfant de Jeanne Michaud que l'on avait oublié.

Jeanne Michaud pleurait dans un coin. Elle était la plus âgée de la compagnie avec ses vingt-deux ans. Veuve d'un petit artisan en chaudronnerie, elle avait ému le cœur généreux de Mme de Maudribourg qui l'avait encouragée à venir en Canada, avec son petit Pierre de deux ans, où elle retrouverait plus facilement qu'en France un nouvel époux. Elle avait un certificat de bonnes mœurs délivré par son curé et qui prouvait qu'elle n'était pas mariée en France. Elle ne se souvenait de rien, sinon d'un réveil au milieu de ténèbres et de cris où elle avait cherché en vain l'enfant endormi à ses côtés.

Elle ne cessait de gémir :

— C'est de ma faute. Mon enfant est mort et notre bienfaitrice s'est perdue pour le sauver. Une sainte, morte martyre!

— Et moi je trouve que vous faites bien des histoires pour cette satanée duchesse, s'écria grossièrement Julienne. La bienfaitrice, voulez-vous que je vous dise, c'était une emmerdeuse! Moi, je la laisse volontiers aux anges du Ciel, s'ils en veulent. Elle m'a assez fait pâtir avec ses malices.

— Vous parlez ainsi parce qu'elle vous obligeait d'aller à la messe, dit sévèrement Delphine, et à prier et à vous bien conduire.

La fille poussa un éclat de rire rauque, puis coula vers la demoiselle un regard sournois et rusé.

— Ah! je vois. Vous vous y êtes laissé harponner, vous aussi, mam'selle du Rosier. Elle a fini par vous avoir avec ses patenôtres. Pourtant, au début, vous l'aimiez pas plus que moi. Mais elle a su y faire.

— Julienne, vous l'avez détestée dès le premier jour parce qu'elle cherchait à vous racheter. Or, vous détestez le bien.

— Son bien à elle? Ah! ouiche! Je le refuse. Voulez-vous que je vous dise ce qu'elle était votre duchesse?... C'était une friponne, une salope...

La suite se perdit dans un concert de cris et

de hurlements car trois ou quatre des Filles du roi se jetèrent sur Julienne dans un paroxysme d'indignation.

L'autre se débattait, gesticulant de plus belle et mordant les mains qu'on essayait de lui plaquer sur la bouche pour la faire taire.

— Si, j'le dirai c'que j'pense... C'est pas vous qui m'en empêcherez, bougresses!

Sa voix s'éteignit, faiblit, et elle s'affaissa sur le sol, en pâmoison.

Les assaillantes étaient déconcertées.

— Que lui arrive-t-il? Nous l'avons à peine touchée.

— Je crois qu'elle s'est blessée dans ce naufrage, intervint Angélique, mais elle ne veut pas qu'on l'approche. Cette fois, elle devra bien se laisser faire.

Mais, à peine se penchait-elle sur l'irréductible, que l'autre se redressa avec un regard haineux.

— Me touchez pas, ou je vous massacre!

Angélique haussa les épaules et la laissa. Julienne se retira dans un coin, où elle demeura tapie comme une bête fauve.

— Jamais une fille comme celle-là n'aurait dû faire partie d'un convoi pour le Canada, répétèrent une fois de plus les demoiselles. A cause d'elle, on va nous prendre pour de ces vauriennes et laronnesses que l'on envoie à l'île Saint-Christophe... Nous, on est pauvres, mais point des échappées du bagne.

Marie-la-Douce ouvrait les yeux, de beaux yeux pervenche entre des cils blonds, et qu'habitait un indicible effroi.

— Les démons, murmura-t-elle, ah! je les vois, j'entends leurs cris dans la nuit... Ils me frappent... Les démons!... Les démons!...

21

Sur une plage où elle poursuit, le soir venu, ses recherches, Angélique devine derrière elle une présence.

Elle se retourne. Et défaille.

L'animal mythique est là!

La licorne.

Dressée, la licorne incline orgueilleusement son encolure d'or et la longue pointe de ses naseaux « étincelle au soleil couchant comme du cristal ».

La grève est minuscule, en demi-lune, cloisonnée par des bouquets d'arbres qui projettent hardiment leurs racines jusqu'à la lisière du varech. Elle s'ouvre sur le fjord étroit que l'on nomme la crique des Anémones car, de toutes couleurs, à l'été, elles y fleurissent. Or, sur le sable blanc et lisse, émergent le long cou et la tête de la LICORNE.

Angélique croit rêver devant cette apparition et elle n'a pas la force de pousser un cri d'appel.

A cet instant, un être hirsute, bramant comme un loup-marin, surgit des eaux. Il se rue en avant et ses clameurs emplissent la crique et réveillent les échos des falaises. Il passe en trombe devant Angélique, se jette devant la Licorne, les bras étendus.

— Ne la touchez pas, misérables! Ne touchez pas à ma bien-aimée. Elle que je croyais perdue... Ah! ne la touchez pas ou je vous tuerai tous!...

Il est gigantesque. L'eau et le sang ruissellent de son visage barbu et hideux. En rigoles parmi ses vêtements haillonneux. Ses prunelles brillent d'un feu effrayant et fugace.

Les hommes de Gouldsboro qui sont accourus, attirés par les cris, serrent en main leurs couteaux ou leurs sabres et le regardent avec appréhension.

— N'approchez pas, naufrageurs, ou je vous étrangle.

— Faut l'abattre, dit Jacques Vignot, qui porte un mousquet. Il est devenu fou.

— Non, intervient Angélique, laissez-le. Je crois comprendre. Il n'est pas fou, mais en danger de perdre sa raison.

Alors, elle s'approche du malheureux qui la domine de sa taille énorme, ainsi qu'un géant égaré et halluciné.

— Comment se nommait votre navire, capitaine? interroge-t-elle avec douceur. Votre navire, qui s'est brisé cette nuit sur les récifs.

Sa voix parvient à l'esprit obscurci de Job Simon. Des larmes se mettent à couler sur sa hure embroussaillée. Il tombe à genoux, entoure de ses bras la figure de proue en bois doré de son navire perdu, presque aussi haute que lui.

— Mais *La Licorne*, madame, murmure-t-il. Mon vaisseau que j'ai perdu se nommait *La Licorne*!

— Venez, je vais vous donner à manger, dit-elle à Job Simon, en posant sa main sur son bras avec une douceur qui pénétra comme un bienfait jusqu'à l'esprit troublé du malheureux.

— Et elle, qu'est-ce qu'on va en faire? bredouilla-t-il avec un geste vers le monument de bois doré qui émergeait du sable. Il ne faut pas lui faire de mal à ma Licorne... Elle est si belle!

— On va la transporter à l'écart de la mer... Et, plus tard, vous la remettrez à la proue d'un autre navire, monsieur.

— Jamais! Jamais! J'suis ruiné, je vous dis...

Mais au moins elle me reste, elle, ma Licorne! Hein! qu'elle est belle! Dorée à la feuille qu'elle était! Et je m'ai planté moi-même sur le nez cette belle corne d'un narval que j'avais harponné. Du bel ivoire rose tout tire-bouchonné... Vous avez dû voir comme il brille au soleil...

Il monologuait, se confiant à la femme étrangère qui le dirigeait dans son inconscience. Il se laissait entraîner comme un enfant.

Parvenue à la demeure de Mme Mercelot, elle le fit asseoir devant la table rustique. Il y a toujours chez les colons d'Amérique un brouet ou une soupe qui mijote sur les braises de l'âtre. Angélique versa dans une écuelle de la purée de courges accompagnée d'huîtres farcies.

Le naufragé se mit à manger goulûment, poussant des soupirs et ressuscitant à chaque lampée.

— Eh bien! voilà. J'suis ruiné, conclut-il après avoir séché une seconde écuelle. A mon âge, autant dire que j'suis fini. Le cimetière, voilà c'qui m'attend en fait de navire. J'lui avais dit à la duchesse : « Ça finira mal, tout ça. » Mais bernique! Elle n'en fait qu'à sa tête, cette femme! J'm'en doutais bien que cette traversée m'amènerait des malheurs, mais à mon âge on prend ce qu'on trouve, pas vrai? Des filles comme cargaison, voilà où j'en étais réduit, des filles à colons pour les Amériques.

— Cela n'a pas dû être facile, un tel voyage, avec tant de femmes à bord!

Les yeux du capitaine se révulsèrent.

— L'enfer! soupira-t-il, si vous voulez mon avis, m'dame, les femmes, ça ne devrait pas exister.

Dans les joues, il s'enfourna un quignon de pain entier et un morceau de fromage qu'elle lui présentait, et, tandis qu'il mâchait puissamment, il l'examinait de ses petits yeux perçants.

— Et tout ça pour aller se perdre sur une côte peuplée de naufrageurs, grogna-t-il. Vous avez pourtant pas l'air d'une bandite, vous! On vous dirait plutôt une bonne et honnête femme, vous. Vous devriez alors avoir honte. Permettre à vos hommes de faire ce sale métier de pilleurs de navires et d'assassins.

— Qu'insinuez-vous là?

— Mais d'attirer les navires sur vos saloperies de rochers, achever à coups de gourdin les pauvres gars qui essaient d'en réchapper, c'est un métier, cela? Dieu et les Saints du Paradis vous puniront.

Angélique était à court de réactions pour s'indigner d'une si outrageante accusation. Elle avait eu son comptant de fous et de folles depuis trois jours, de désespérés et d'hystériques. Tout cela s'excusait de la part de gens qui avaient failli périr en mer.

Elle répondit sans colère :

— Vous faites erreur, mon brave homme. Nous sommes de simples colons, vivant de commerce et du travail de nos mains.

— Mais alors, pourquoi j'aurais été me f... sur ce seuil de pierres pointues comme des aiguilles, rugit-il en se tendant vers elle, si je n'avais pas vu danser les lumières dans la nuit? Je sais très bien ce que c'est que d'être naufrageur et comment on balance les lanternes sur les falaises pour faire sombrer les navires, en leur faisant croire qu'il y a un port par là.

» J'suis d'Ouessant, moi, à la pointe de la presqu'île bretonne.

» J'my attendais si peu au choc que j'ai été projeté à l'eau. Et comme j'arrivais à la côte, et que je commençais à me cramponner, « ils » m'ont frappé là et là... Regardez. C'est pas du rocher qui a fait ça.

Il rejeta en arrière sa tignasse de dieu marin encollée de sel et de goémon.

Les yeux d'Angélique s'agrandirent et le cœur lui manqua.

— Hein! Qu'est-ce que vous en dites? triompha l'homme, heureux de la voir pâle et sidérée.

Mais c'était moins la plaie du cuir chevelu qu'il exhibait qui fascinait Angélique que l'apparition d'une large tache vineuse que Job Simon portait, de naissance, à la tempe.

« Lorsque tu verras le grand capitaine à la tache violette, sache que tes ennemis ne sont pas loin!... »

Qui lui avait dit cela?... C'était Lopez, le petit boucanier portugais du *Cœur-de-Marie* lorsqu'ils étaient ensemble à la pointe de Maquoit.

Mais où était Lopez? Il est mort dans la bataille... du *Cœur-de-Marie*...

22

Elle se regarde dans le miroir. La nuit entoure d'ombre la plaque froide de la glace vénitienne. Les dernières clartés du couchant, venues de la fenêtre, y jettent de blafards reflets. Elle se voit un visage de fantôme éclairé d'un regard d'escarboucle.

Les cheveux, en auréole lunaire sur sa tête, lui semblent fous. Le vent les a tourmentés, emmêlés, tandis qu'elle errait sur les plages à la recherche des cadavres et qu'elle rencontrait la Licorne, et elle est lasse de ces caprices incessants des mèches autour de ses tempes que serre une migraine lancinante.

« Je vais les tresser », décide-t-elle.

Elle les prend à pleines mains, les tord, les divise et discipline leurs reflets de nacre et d'or. La tresse, lourde et somptueuse, repose sur son épaule comme une bête luisante. Elle la rejette, la défait, la refait de nouveau, la relève et la noue en arrière ramenée en trois tours sur elle-même. Ce poids contre sa nuque, à la naissance des épaules, lui pèse, mais elle se sent un instant soulagée. Elle passe le bout de ses doigts sur son front.

Qui lui a dit : « Lorsque tu verras le grand capitaine à la tache violette, sache que tes ennemis ne sont pas loin? »

Tout à l'heure, elle s'en est souvenue. Ah! oui, c'était le métis portugais Lopez, là-bas à la pointe Maquoit, sur la baie de Casco.

Mais le petit Lopez est mort dans le combat du *Cœur-de-Marie.*

Angélique se jette tout habillée sur ce lit froid où elle ne parvient plus à prendre le repos que nécessiterait sa vie épuisante. Tous les blessés et malades pansés, soignés, elle s'est retirée pour la nuit sur les instances d'Abigaël, qui est bien la seule à se préoccuper de l'état de fatigue dans lequel ces derniers jours ont plongé Mme de Peyrac.

A-t-elle seulement aperçu son mari aujourd'hui? Elle n'en sait plus rien. Elle n'a plus de mari. C'est un étranger, indifférent à sa peine. Elle est seule comme autrefois, dans un monde étranger, où s'avance lentement une menace invisible. Seule, elle se débat et tourbillonne parmi un ramassis de corps nus, hommes et femmes, sanglants, plaies ouvertes, entremêlés dans la convulsion de chairs répugnantes de l'Enfer de Dante, vision d'où l'odeur même est abolie et traversée par instants de *signes* effrayants : la figure de proue de la Licorne en bois doré, le capitaine à la tache violette qui mange goulûment, les maisons de bois clair sur le rivage couleur d'aurore.

Si Joffrey était là, elle lui ferait part de ses pensées extravagantes. Et il se moquerait d'elle, la rassurerait.

Mais elle est seule...

« ... Il me semble que tout est en place, lui dirait-elle, que des choses terribles vont survenir.

« — Quelles choses, ma chérie?

« — Je ne sais pas, mais j'ai peur! »

Elle entend la voix du père de Vernon : « Quand les choses diaboliques se mettent en route... »

Elle se retourne sur le lit froid, avide d'un refuge, d'une chaleur. Elle se lèvera, elle le cherchera, elle lui dira : « Pardonne-moi! Pardonne-moi! Je ne t'ai pas trahi, je te le promets, mais ne me repousse plus, je t'en prie... »

Mais elle le voit implacable, sombre et distant, comme au temps du Rescator, et ne peut plus imaginer qu'il ait pu jamais lui prodiguer tant de câlineries et que la vie ait pu être entre eux à chaque minute si précieuse et intime.

« O mon amour! Nous étions des amants si gais, nous étions des amants si graves. Toutes ces nuits folles... Tant de rires, de joies sans ombres, et nous pouvions nous regarder sans fin, éperdument, sans avoir honte.

» Et quand il y a eu l'épidémie de variole, te

souviens-tu? Et surtout... Là, les larmes lui montaient aux yeux. Elle le voit, inclinant sa haute taille devant la minuscule silhouette d'Honorine, offensée par Cantor.

— Venez, damoiselle, je vais vous faire donner des armes...

Je pensais : L'Amour nous restera toujours... Insensée! « Veillez, car vous ne connaissez ni le jour ni l'heure »...

Angélique se débat dans son sommeil. Elle rêve que la tresse d'or est devenue monstrueuse, se glisse le long de son corps, la ligote. Ce sont les signes qui s'entremêlent, se tordent, comme la tresse autour d'elle, et l'étouffent. Un démon apparaît et il a le rictus cruel de Wolverines le glouton.

Elle pousse un cri horrible, se réveille, la bouche amère.

Son cri vrille encore à ses oreilles. Tandis qu'au sein d'Angélique décroissent les échos d'une émotion voluptueuse. Elle a rêvé qu'elle faisait l'amour avec un être indistinct, effrayant et d'une douceur étrange.

Elle se souvient de son cri, mais ce n'est pas elle qui l'a poussé.

Il se renouvelle au-dehors, perçant les brumes de l'aube, cri de femme, aigu.

Angélique se rue hors de sa couche, vers la fenêtre ouverte, et se penche.

Au ras du sol, traînaient des nuées d'un rose fumeux, brouillard marin voilant les prémices d'un jour de juillet qui serait étouffant. Le silence de ces premières heures avait déjà quelque chose d'opaque, d'écrasé.

Le cœur d'Angélique avait des ratés et ne parvenait pas à retrouver un battement régulier. Si profond était le silence, si moite le brouillard qu'elle crut, de nouveau, avoir rêvé.

Mais un troisième cri s'éleva. Cela venait du hangar des filles naufragées.

— Bon Dieu! jura-t-elle, qu'est-ce donc qui se passe encore?

Elle se jeta hors de sa chambre, bouscula la sentinelle somnolente, lui fit ouvrir les portes du fort et pria un des Espagnols, qui gardait une poterne à l'extérieur, de l'accompagner. On voyait à peine le sol devant soi.

Près de la grange, des formes nombreuses s'agitaient avec l'égarement des âmes perdues des limbes.

Angélique arriva juste à temps pour se jeter entre deux forts gaillards armés de coutelas qui, nonobstant le fait qu'on ne pouvait distinguer son adversaire à trois pas, prétendaient s'affronter en combat singulier.

— Perdez-vous la tête! s'écria-t-elle. Que faites-vous dans ces parages à vous battre au lieu d'être à vos bords?

— C'est à cause de ceux-là qui veulent nous prendre nos femmes, expliqua l'un des antagonistes, en lequel elle reconnut Pierre Vanneau, le quartier-maître du *Cœur-de-Marie*.

— Comment cela, vos femmes?

— Bédame, celles qui sont là-dedans.

— Et d'où avez-vous pris qu'elles sont vos femmes depuis hier qu'elles sont arrivées céans?

— Bédame, c'est bien pour nous que le Bon Dieu les a convoquées, pas vrai, pour nous, les gens du *Cœur-de-Marie*. C'était dans le contrat, et « priez! » qu'il a dit, le père Baure. On a prié et...

— Car vous êtes au courant des intentions de Dieu à votre égard? Vous décidez qu'IL ne peut que façonner des miracles à votre égard? Et sous ce prétexte vous vous adjugez sans respect des malheureuses que la tempête a jetées sur vos rivages... C'est trop fort! Je m'étonne, bosco, continua-t-elle en le regardant dans le blanc des yeux, que vous ayez osé entraîner vos hommes dans une telle démarche. Lorsque M. le gouverneur, qui est aussi votre capitaine, sera mis au courant, il vous en cuira.

— Mais, madame la comtesse, je vous ferai remarquer...

— Rien du tout! fulmina Angélique. Quel est ce vent de folie qui souffle sur vos têtes?... Vous n'y couperez pas de plusieurs coups de garcette, c'est moi qui vous le prédis, des arrêts sur le beaupré et de la perte de votre commandement, Vanneau.

— Mais, m'dame, c'est à cause des autres.

— Quels autres?

La brume commençant à se dissiper, Angélique aperçut alors un groupe d'hommes du *Sans-Peur*, le bateau flibustier de Vaneireick, et choisis parmi les plus patibulaires. La belle Iñès, en madras de satin jaune, collier de corail autour de son cou ambré, paraissait les entraîner au combat.

— Lorsque j'ai appris que ces malappris du *Sans-Peur* entreprenaient d'importuner nos... enfin ces dames, c'est alors qu'avec quelques compagnons nous nous sommes portés à leur secours, expliqua Vanneau. Nous n'allions pas laisser ces cochons de pirates, ces flibustiers pain d'épice, ce rebut de potence mettre la main sur elles.

— De quoi te mêles-tu, gros tas de lard salé? renchérit son adversaire qui gardait toujours sa longue dague luisante en main, et dont la langue s'embarrassait d'un fort accent espagnol. Tu connais la loi de la flibuste : aux colonies, toutes les femmes sont aux marins qui passent. Qu'on se batte, d'accord, mais nous autres, nous avons droit autant que vous à ce gibier-là.

Vanneau eut un geste de menace, qu'Angélique suspendit d'un seul regard, immédiatement, sans souci de la lame aiguisée qui virevolta à quelques pouces de son visage.

Grondant, ronchonnant, houleux, les deux groupes des équipages se resserrèrent autour d'elle, s'affrontant du regard, s'envoyant entre les dents de solides injures dans toutes les langues de la terre.

Iñès commença en espagnol d'inciter ses troupes à la rébellion, mais, elle aussi, Angélique la réduisit promptement au silence. Elle la soupçonnait d'avoir entraîné les hommes en cette expédition pour lui causer des ennuis à elle, Angélique, par jalousie enfantine. L'air insolent de la petite Espagnole ne l'impressionnait pas. Elle connaissait ce genre de femmes et savait comment les manier. Pas méchantes sous leurs dehors brûlants, dangereuses seulement par leurs façons d'exciter les mâles et de les pousser à n'importe quelle bêtise.

L'intelligence des sens. A part cela, pas plus de raisonnement qu'un colibri. Elle savait comment prendre ces créatures hardies.

D'un seul regard, elle suspendit les harangues de la belle Iñès, puis elle lui tirailla sa jolie oreille ornée d'un anneau d'or avec un sourire moqueur et indulgent. Sous cette intimation quasi maternelle, la fille baissa la tête, car ce n'était au fond qu'une petite métisse arrachée à son milieu indien et qui n'avait jamais reçu d'autres attentions que celles, intéressées, des hommes, une pitoyable courtisane des îles. La hautaine mais amicale condescendance d'Angélique la bouleversa et elle ne fut plus, soudain, qu'une gamine déconcertée.

Privés de leur ardente animatrice qui avait su les persuader qu'ils ne risquaient rien à se lancer dans l'aventure et qu'elle saurait en convaincre leur capitaine, les hommes de Vaneireick oscillèrent, s'entre-regardèrent et commencèrent à se montrer moins farauds.

Sur ces entrefaites, la brume acheva de se dissiper et le tableau apparut dans tout son éclat avec la grosse Pétronille Damourt, ses cheveux rares au vent, ses deux yeux pochés, car la pauvre dame avait essayé fort courageusement de défendre ses ouailles. Si elle n'était pas très alerte, au moins elle y avait mis le poids. Derrière elle, deux ou trois filles curieuses, en chemise, passaient des têtes effrayées, les autres s'étant réfugiées au fin fond de la grange.

Delphine Barbier du Rosoy, très pâle, ses bras nus marqués de taches livides, essayait de ramener sur sa poitrine les lambeaux de son corsage arraché. C'était elle dont le cri affreux, lorsqu'elle s'était sentie saisie brutalement par des mains luxurieuses, avait éveillé Angélique.

A ses pieds, un homme était étendu — un matelot du *Gouldsboro,* qu'on avait placé pour la nuit comme sentinelle à la porte du hangar et que les hommes du *Sans-Peur* avaient assommé avant de défoncer la porte. Cette suprême méchanceté, qui dénonçait bien leurs vilaines intentions, mit le comble à l'indignation d'Angélique. D'autant plus qu'elle apercevait parmi les vauriens quelques-uns de « ses » blessés qui, malgré pansements, blessures, bras ou jambes, ne s'en étaient pas moins sentis assez gaillards pour participer à l'expédition galante.

— C'en est trop! s'exclama-t-elle, outrée. Vous méritez tous la corde. Vous n'êtes que de la racaille. J'en ai assez. Assez! Si vous continuez, je vous laisserai en plan avec vos yeux crevés, vos tripes à l'air, votre pus et votre vérole. Je vous laisserai pourrir sur pied, je vous le promets... Mourir de soif, sous mes yeux, sans vous donner une goutte d'eau!

» Comment osez-vous vous conduire ainsi sur notre fief! Vous n'avez pas d'honneur. Rien! Vous n'êtes que de la charogne, tout juste bonne à être donnée en pâture aux cormorans... Je regrette de ne l'avoir pas fait lorsque l'occasion s'en est présentée.

Subjugués par la colère d'Angélique et la violence de ses images, intimidés par son air de reine courroucée, sa hauteur impérieuse qu'accentuaient ce jour-là la sévérité somptueuse de sa coiffure, sa robe de faille violet-aubergine — presque une robe de cour — l'éclat de son collier, et cette façon qu'elle avait de se redresser et de se draper dans son manteau de loup-marin, en les toisant comme des croquants qu'ils étaient après tout; ramenés à leurs proportions de très minables individus, les hommes du *Sans-Peur* perdaient toute leur faconde, et Hyacinthe Boulanger ainsi que son ami Aristide commençaient à se défiler en douce.

— Monsieur Vanneau, vous avez eu raison d'intervenir, reconnut Angélique. Auriez-vous l'obligeance d'aller me chercher le père Baure et l'abbé Lochmer que j'aperçois là-bas, se rendant sans doute à leur première messe.

Lorsque les religieux furent présents et qu'elle les eut mis au courant de la conduite des matelots :

— Je vous les confie, messieurs les prêtres, conclut-elle. Essayez de leur faire comprendre qu'ils se sont conduits en mauvais chrétiens et qu'ils méritent une sérieuse pénitence. Pour moi, je dois aller instruire M. de Peyrac de l'affaire.

L'aumônier breton éclata en imprécations, promettant à ses administrés tous les supplices de l'Enfer, et le Récollet décida d'emmener les deux équipages à la messe, avec confession préalable.

Baissant la tête, les matelots remirent le couteau à l'étui et, traînant la jambe, le cœur dolent et repenti, suivirent les religieux vers le sommet de la colline.

23

Dans la cabine du *Gouldsboro*, Joffrey de Peyrac achevait de traiter des questions commerciales avec John Knox Mather, ses adjoints et l'amiral anglais. Colin Paturel l'assistait ainsi que d'Urville, Berne et Manigault. Des chandelles coulantes prouvaient qu'ils avaient travaillé depuis la prime aube, car le navire de Boston repartait avec la marée.

Angélique se fit introduire par Enrico. Elle avait eu un certain mal à découvrir où son mari passait ses nuits. Sur le *Gouldsboro*, dans son antre du Pescalot.

Au fond, elle était contente d'être poussée par les événements à agir, à se réintroduire dans leurs vies d'hommes. Puisqu'il ne l'avait pas chassée, elle reprendrait sa place, et il serait bien forcé de lui adresser la parole. Introduction à des explications qui dissiperaient les malentendus. Dans les premières heures du jour, Angélique se sentait en pleine force, et prête à reprendre en main son destin.

En la voyant, tous ces messieurs se levèrent, dans un silence dubitatif, car il se trouvait que pour chacun, avec des nuances diverses, cette femme hors du commun occupait leurs plus secrètes pensées. Ses apparitions donnaient chaque fois une saveur nouvelle à l'existence.

D'une voix égale et nette, après les avoir salués, elle les mit au courant de l'incident qui venait de dresser les hommes d'équipage entre eux, les uns ayant décidé que les femmes étaient leur butin de piraterie, les autres que le Seigneur les leur envoyait à point pour convoler en justes noces.

— Hé! mais voilà une excellente idée, s'exclama Peyrac en se tournant vers Colin. Je reconnais que la miraculeuse présence de ces femmes peut être une solution au mauvais esprit d'une partie de vos hommes qui se sentaient frustrés à ce sujet. Monsieur le gouverneur, voilà une décision qu'il vous incombe de prendre. On ne peut en effet songer à acheminer le convoi de ces filles sur Québec, si tant est qu'elles devaient se rendre là. Nous n'en avons ni le temps ni les moyens actuellement. Je songeais à les envoyer à Port-Royal, mais la solution à laquelle vos hommes ont songé n'est-elle pas la plus sage, la plus avantageuse pour tous? C'est une compagnie privée qui les convoyait et il se peut que personne ne veuille les prendre en charge dans les établissements français d'Acadie, déjà fort pauvres. Si elles souhaitent rester, c'est bien, nous les accueillerons comme épouses de nos colons français. Je vous abandonne la procédure de ce traité.

Colin Paturel se leva, en roulant des cartes et des parchemins qu'il enfourna dans les vastes poches de son justaucorps. Il était vêtu désormais avec une sobriété et une rectitude qui n'excluaient pas quelques accommodements de richesse inhérents aux exigences de son nouveau rôle. Son jabot et ses manchettes étaient soignés et des broderies soulignaient les revers des manches, le col et les poches de son vêtement de drap roux foncé, ouvert sur une veste longue en lin gris perle broché. Avec sa barbe taillée et son expression grave et concentrée, Angélique avait peine à le reconnaître. Un autre homme déjà, dont les larges épaules semblaient se trouver à l'aise sous les charges qui lui étaient octroyées.

Il prit sous son bras son chapeau rond de castor orné d'une plume noire.

— Pour ma part, je suis aussi partisan de garder ces filles ici, déclara-t-il, mais Québec peut prendre ombrage d'un accueil qu'elle se réservait, cette ville. Et les gouvernants verront de notre part une capture. Cela ne risque-t-il pas d'envenimer vos rapports avec la Nouvelle-France, monsieur de Peyrac?

— J'en fais mon affaire. S'ils se plaignent, je leur ferai remarquer qu'ils n'ont qu'à confier leurs convois à des pilotes qui ne les égarent pas à tous les antipodes. De toute façon, nos rapports avec la Nouvelle-France sont déjà en si difficile posture qu'un incident de plus ou de moins ne peut changer grand-chose à la situation. Tout et à tout instant peut être prétexte pour la guerre, comme pour la paix. Mais il reste un fait. C'est qu'aujourd'hui je ne les crains plus et que c'est à moi de décider ou non de notre bonne entente, et j'estime que si les vents ont poussé cette charmante cargaison vers nous au moment où nous le souhaitions, nous devons agréer ce signe du Ciel. Je partagerai volontiers sur ce sujet l'opinion de vos hommes.

— A propos, reprit Angélique, je voudrais bien que ce Gilles Vaneireick, son Iñès et son équipage s'en aillent au diable. Ils nous embrouillent et nous compliquent la vie et s'ils n'ont rien de mieux à faire que se distraire à nos frais... J'ai réussi à les remettre entre les mains des aumôniers. Le temps d'une messe, ils se tiendront peut-être tranquilles, mais ensuite?... Désolée, capitaine, fit-elle, s'apercevant de la présence du Dunkerquois, je m'en veux d'avoir parlé devant vous sans ambages, mais vous savez aussi bien que moi que vos hommes des Caraïbes ne sont pas des enfants de chœur et ne peuvent être supportés qu'à petites doses dans les pays ordonnés...

— C'est bien! C'est bien! gémit le flibustier. Je m'en vais, je suis blessé jusqu'au cœur, ajouta-t-il, une main douloureuse appliquée sur sa poitrine.

— Retournons à terre, conclut Peyrac.

Angélique, montant la plage aux côtés de Vaneireick, essaya d'atténuer l'effet de ses paroles peu amènes.

— En d'autres temps, croyez, monsieur, que je m'enchanterais de votre compagnie car vous êtes fort aimable. Et je n'ignore pas que mon mari vous tient en grande amitié. Vous l'avez assisté jadis en maints combats, et il n'y a guère encore...

— Aux Caraïbes, nous étions frères de la Côte. Cela lie à jamais...

Angélique, en détaillant la silhouette un peu

replète quoique fort agile de l'aventurier français, songeait que celui-là encore avait été mêlé à la vie inconnue de Joffrey. Eux avaient toutes sortes de souvenirs communs. Pas elle. Il connaissait aussi Cantor et en parlait souvent avec affection en l'appelant « le petit » ou « le gamin ».

Certes, en d'autres temps, comme elle l'affirmait sincèrement, elle eût aimé s'entretenir avec lui du passé de son mari et de son fils cadet, mais elle n'en pouvait plus. Elle l'avoua spontanément.

— Je suis lasse de soigner tous ces gens. Leur sort me tourmente, et je crains sans cesse que de nouvelles querelles fassent de nouveaux blessés.

Il lui adressa un coup d'œil complice.

— Et puis, dites aussi que votre petit cœur est blessé et que c'est cela qui vous ronge, hein? Si! Si! Comme si cela ne se voyait pas... Tutt! Tutt! Je connais les femmes. Dites-moi, belle enfant, ce n'est pas bientôt fini cette fâcherie avec votre seigneur de mari? Allons! Allons! qu'y a-t-il de si grave derrière ces fredaines? Le Suisse a été trop bavard, j'en conviens! S'il ne s'était pas trouvé là au mauvais moment, il ne resterait pas plus de tout cela qu'une plume au vent. Pas de quoi fouetter un chat, à la réflexion. Vous avez donné un petit coup de canif dans le contrat?... Soit! La belle affaire!... Vous êtes trop séduisante, jolie dame, pour que cela n'arrive pas de temps à autre, par-ci par-là. Vous devriez aller le trouver et lui expliquer la chose.

— Hélas! dit Angélique avec amertume, j'aimerais que mon mari partageât votre sérénité en ce domaine des sentiments. Car il est vrai qu'il m'est plus cher que tout au monde. Mais c'est un être secret et à moi-même... parfois, il me fait peur.

— Il est vrai qu'en ce qui vous concerne il est

coriace comme un Anglais et jaloux comme un Sarrasin.

» Bien que vous me teniez en suspicion, savez-vous que je suis assez fort votre ami pour essayer de convaincre M. de Peyrac du peu fondé de sa rancune, ou plutôt de ce qu'elle a de déraisonnable lorsqu'il s'agit de vous? J'essaie de lui faire entendre qu'il y a une certaine catégorie de femmes auxquelles un homme, même d'honneur, doit savoir pardonner. « Tenez, lui dis-je, moi, avec mon Iñès... »

— Ah! je vous en prie, protesta Angélique avec humeur, ne me mélangez pas avec votre Iñès.

— Et pourquoi pas? Je sais ce que je dis : Toute noble dame que vous êtes et toute petite peste qu'elle soit, sortie d'un coquillage des mers chaudes, vous êtes l'une et l'autre de cette race exquise des femmes qui, par leur beauté, leur science de l'amour, et ce je ne sais quoi de mystérieux qu'on appelle le charme, font pardonner au Créateur l'aberration dont il a été victime le jour où Il décida de sortir Eve de la côte d'Adam.

» Or donc, lui dis-je, considérez qu'il y a des femmes auxquelles il faut savoir pardonner certains écarts sous peine d'être plus cruellement puni que la coupable elle-même. Partant du principe que lorsque l'on est favorisé dans le jeu de l'Amour au point d'avoir tiré la carte maîtresse, on ne doit pas négliger de tels avantages et en être reconnaissant aux dieux. Tant d'autres parcourent l'existence sans ne tenir jamais en main qu'un jeu médiocre...

— J'imagine assez bien comment mon irascible époux accueille vos raisonnements spécieux et immoraux, dit Angélique avec un sourire mélancolique.

Tout à l'heure, dans la cabine du *Gouldsboro*, il avait encore feint de l'ignorer. Par cette attitude, il la frappait chaque fois plus durement qu'il ne l'avait fait. Il suffirait de cette entrevue pour que ses élans de courage retombassent. Et, déjà, elle se sentait comme rompue; que serait-ce, le soir venu, quand le jour ne lui aurait apporté aucun secours, et que ses terreurs l'assailleraient!

C'était tellement plus grave que ne se l'imaginait le brave Vaneireick.

Ce qu'il ne savait pas, c'est qu'elle ne supporterait jamais d'être repoussée par Peyrac. Elle en mourrait. La peur de ce risque retenait ses élans.

— Mais que lui avez-vous donc fait pour qu'il vous ait à ce point dans la peau? s'écria Vaneireick en la couvrant de son regard charbonneux, soupçonneux, plein d'étincelles. C'est inimaginable!... Je ne l'aurais jamais cru si vulnérable, ce grand pirate pourtant nourri d'expériences, de science, de philosophie et de chance! Il nous en imposait à tous là-bas aux Caraïbes, en l'île de Tortuga dans la mer du Mexique, et les femmes lui étaient d'autant moins cruelles qu'il n'y attachait aucune importance. Pourtant, à votre vue, je comprends... il a succombé. L'amour avec vous, cela doit être quelque chose... d'inoubliable, de prodigieux, de...

— Capitaine, calmez votre imagination, dit Angélique en riant. Je ne suis qu'une simple mortelle, hélas!

— Trop! Trop simple mortelle. Juste ce qu'il nous faut à nous autres hommes. Bon! Je suis parvenu à vous faire rire. Rien n'est perdu. Ecoutez alors mes conseils. Ne parlez plus de cette histoire, n'y pensez plus! Allez à confesse : il est bon de commencer par le pardon de Dieu. Et pour celui de l'époux, glissez-vous dans son lit un soir sans avertir, au bon moment. Je garantis l'absolution.

— Décidément, je crois que vous êtes un véritable ami, convint Angélique, égayée. Ceci dit, mon cher Vaneireick, et, si vous n'avez rien de mieux à faire ici que de réparer les cœurs brisés, je vous réitère ma proposition de mettre à la voile. La brise est belle, le brouillard s'est levé, et j'en ai assez pour ma part de panser du matin au soir des gens qui s'égorgent. Or, si vous ne vous en allez pas très vite dès la prochaine marée, le sang coulera encore avec tous vos diables à têtes chaudes de votre île de la Tortue.

» Les blessés de votre équipage sont pour leur part en bonne voie de guérison et je vous les remets de bon cœur, en bon état pour vos prochaines expéditions.

Dame Pétronille Damourt venait vers eux, roulant plus qu'elle ne courait, et toujours échevelée et éplorée.

— Ah! madame, au secours, les filles sont folles! Je n'en viens pas à bout. Elles parlent de se sauver d'ici, de partir à travers la forêt, à pied, je ne sais où!

24

— Alors, les filles, on veut aller à la noce?

La voix tonitruante de Colin et son apparition géante sur le seuil de la porte suspendirent les pleurs et les grincements de dents qui emplissaient la grange. Sans la présence d'Angélique à ses côtés, les plus émotives auraient achevé de mourir de frayeur. Elles se précipitèrent vers elle et se groupèrent autour de sa présence féminine rassurante.

— Eh bien, mes chères enfants, eh bien, mes bonnes filles, que se passe-t-il donc? Pourquoi ce tumulte? interrogea Angélique avec son sourire le plus apaisant.

— Racontez-moi tout, décida Colin en frappant sa vaste poitrine. Je suis le gouverneur du lieu. Je vous promets que les méchants qui vous ont effrayées, gentes demoiselles, seront punis.

Aussitôt, elles se lancèrent, parlant toutes à la fois, chacune décrivant ses impressions, qui allaient du « Moi, je n'ai rien entendu, je dormais » à « Cet horrible bonhomme m'a saisie par le poignet et m'a tirée au-dehors... Je ne sais pas ce qu'il me voulait... ».

— Il puait le rhum, compléta avec une grimace de répugnance Delphine Barbier du Rosoy qui, par malchance pour une « demoiselle », avait été la plus malmenée dans cette échauffourée. Elle refoulait, par dignité, des larmes humiliées.

Angélique tira un peigne de sa ceinture et entreprit de remettre en ordre la chevelure de la pauvre jeune fille. Puis elle essuya des nez et des paupières gonflées, rectifia les plis des fichus, des corsages, et décida de faire apporter une grande marmite de bouillon, et du bon vin, qui est toujours pour Français et Françaises l'ultime panacée à leurs maux.

Ce faisant, Colin Paturel continuait d'interroger, d'écouter les doléances, penchant sa haute taille vers ses jeunes interlocutrices. Sa physionomie bourrue et bonne et l'attention qu'il leur prêtait achevèrent de les réconforter, et même Delphine, quoique offusquée d'avoir été mêlée dans son interpellation au tout-venant des « filles », levait sur lui des yeux confiants.

— Oh! monsieur le gouverneur, faites-nous mener à Québec, nous vous en supplions!

— Par terre, surtout! Nous ne voulons plus de notre vie monter sur un navire...

Pauvres donzelles! On voyait bien qu'elles n'avaient aucune idée du Canada, pas plus qu'elles n'avaient jamais entendu parler de l'Acadie et de la Nouvelle-Ecosse, si tant est qu'il y en eût une seule qui sût que la terre était ronde, et qui eût jamais posé ses yeux sur une carte de géographie.

Partant de là, Colin, après leur avoir promis que les dangereux individus qui s'étaient permis de les importuner à l'aube auraient quitté les parages avant le crépuscule, leur parla de l'établissement de Gouldsboro où le seigneur semblait avoir voulu les faire parvenir par un miracle assez inexplicable — mais les miracles ne s'expliquent pas, chacun le sait — juste à l'instant où de braves marins français, décidés à embrasser une vie saine et courageuse de colons, se désolaient de ne point avoir à leurs côtés de vaillantes femmes pour les assister et leur rendre la vie plus douce.

Le pays était beau, jamais pris de glace en hiver, moins rude que le Canada.

Et lorsqu'elles surent que le « présent du roi » qu'elles regrettaient tant toutes n'était que pauvreté à côté de celui que l'aimable gouverneur à la si belle prestance offrirait aux nouveaux mariés de l'établissement de Gouldsboro et plus de voyages par un océan déchaîné, ni par des forêts infestées d'Indiens et de fauves, les sourires revinrent et des coups d'œil s'échangèrent, tentés. Il y eut, pour la forme, quelques protestations.

— On nous avait promis des officiers, pour mes trois compagnes et moi-même, fit remarquer Delphine avec une sérieuse modestie. Nous avons appris au couvent les bonnes manières de tenir une maison, de recevoir des notables, de discourir et de faire la révérence aux princes. Et je suis certaine qu'à Québec les époux qu'on nous réservait, eux, n'empestaient pas le rhum.

— En effet, vous avez raison, convint Angélique. Car ils empesteraient plutôt l'eau-de-vie de seigle ou de maïs. Une excellente boisson, soit dit en passant, et dont, par les rudes hivers, on prend facilement l'usage. Allons, mesdames, ajouta-t-elle en riant, si vous vous effrayez de tout maintenant que vous êtes aux Amériques, comment affronterez-vous les Iroquois, tempêtes, famines, et tout ce qui vous attend dans le Nouveau Monde, et dont le Canada n'est pas plus exempt que nous-mêmes? Plutôt plus, car plus loin et plus sauvage.

— Et moi, s'enquit la Mauresque, ne serai-je pas traitée en esclave comme aux îles, ainsi que l'on m'avertit qu'on traitait là-bas les personnes à peau sombre? J'ai été élevée au couvent de Neuilly. Une grande dame y venait payer régulièrement ma pension. Je sais lire et écrire et broder sur soie.

Colin lui prit le menton avec bonhomie.

— Vous trouverez preneur, ma jolie, si vous êtes aussi douce et raisonnable que vous en avez l'air, affirma-t-il, et je veillerai moi-même à votre bon établissement.

» De toute façon, nous vous laissons loisir de réfléchir à ces projets, d'en discuter avec votre duègne. Et s'ils ne vous conviennent pas, sachez que M. de Peyrac vous fera conduire sans histoires dans un établissement acadien de l'autre côté de la Baie Française où vous trouverez certainement bon accueil.

Dame Pétronille était bien tourmentée. Bien plus informée que ses compagnes et moins ahurie qu'elle n'en avait l'air, elle avait fort bien compris que ces Français mêlés de beaucoup d'Anglais, sans être des naufrageurs comme les en accusait Job Simon, n'étaient sans doute pas des sujets très fervents du roi de France. Enfin, elle aussi n'arrivait pas bien à se situer dans l'espace, et les cartes que lui avaient déroulées Colin et le comte de Peyrac pour la convaincre que Québec n'était pas la porte à côté lui avaient plutôt embrouillé l'esprit.

— Ah! si seulement notre chère bienfaitrice était là! soupira-t-elle.

— Ça ne ferait qu'un beau bordel de plus! grinça la voix faubourienne de Julienne. Car, pour ça, elle s'y entendait en bordel, presque autant qu'en prières...

Antoinette, son ennemie personnelle, derechef lui sauta aux cheveux.

Lorsqu'on les eut séparées :

— Toi, la fille, viens par là! ordonna Colin à Julienne.

Elle était la seule qu'il tutoyât, marquant ainsi qu'il n'était pas dupe de l'espèce femelle à laquelle elle appartenait.

— Toi, je ne peux pas te garder, lui annonça-t-il lorsqu'il l'eut entraînée à l'écart dans un coin. Non que tu sois des faubourgs, mais tu es *malade*, et je ne veux pas de cela pour mes hommes.

Julienne poussa aussitôt des cris d'orfraie sans souci de faire scandale.

— Moi, malade? C'est pas vrai! Y a pas si longtemps qu'un chirurgien-juré du Châtelet m'a examinée et m'a dit que j'étais fraîche comme la rose. Et comme après j'étais tout le temps enfermée à l'Hôpital général, avec quels hommes voulez-vous que je les aie attrapées, vos maladies? Mâme Angélique, au secours! Ecoutez ce qu'y dit!... Y dit que j'suis pourrie!

— Cette femme est malade, réitéra Colin, prenant Angélique à témoin, regardez la tête qu'elle a.

En effet, le visage joufflu de la fille était d'une vilaine couleur cireuse, et des cernes sombres marquaient ses yeux, à croire qu'elle s'était mis du khôl. Son regard brillant dénonçait une fièvre intense.

— Je ne crois pas qu'elle soit malade, dit Angélique, mais je suis persuadée qu'elle a été blessée dans le naufrage. Elle n'a cessé de refuser de se laisser soigner. Or, sa blessure s'aggrave. Allons, Julienne, laissez-vous panser, vous risquez votre vie...

— Allez vous faire f..., répliqua grossièrement la fille.

Angélique lui administra une paire de gifles qui l'envoya rouler à terre illico. En fait, la pauvre malheureuse ne tenait plus sur ses jambes.

— Laisse-toi donc soigner, conclut Colin, sinon pas de quartier. Je te rembarque ce soir même avec les gars du *Sans-Peur*.

Julienne, à terre, paraissait vaincue et inspirait la pitié. Ses yeux affolés cherchaient avec panique une issue.

— C'est que j'ai peur, moi, se plaignit-elle, à bout d'arguments. Vous allez me faire mal à me charcuter.

La voix de crécelle d'Aristide Beaumarchand, qui s'était faufilé on ne sait comment dans la grange, s'éleva derrière leur groupe.

— Pas avec elle, ma belle! Vous n'aurez pas mal avec elle, je m'en porte garant. Y a pas une guérisseuse qui ait la main plus légère. Reluquez-moi ce boulot. Cousu main, j'vous dis.

Il dénouait d'un doigt preste les aiguillettes de son haut-de-chausses et exhibait aux yeux de Julienne, fascinée par son autorité, son triste ventre pâle traversé de part en part d'une longue estafilade violette.

— Admirez-moi ça! Eh bien, c'est elle, cette dame Angélique qui m'a recousu avec du fil et une aiguille, oui, parfaitement, ma belle. J'avais toutes mes tripes sur le sable. J'étais foutu, quoi!

— Pas possible! s'écria la Julienne, accompagnant son exclamation de jurons bien sentis.

— Comme je vous le dis. Eh bien, voyez-moi cela aujourd'hui. Et c'qu'y a par en dessous, c'est encore gaillard et à votre service, ma belle!

— Assez de gaudrioles, interrompit Angélique voyant la tournure que prenait la démonstration. Aristide, vous êtes un vaurien, et même la Fille du Diable ou la pire des garces, je ne l'encouragerais pas à vous fréquenter. Ce serait encore trop bon pour vous et trop mauvais pour elle.

— Vous m'offensez, j'ai ma dignité, dit Aristide en rafistolant ses chausses avec lenteur... et même JE CROIS que vous m'insultez.

— Ça va, intervint Colin en l'écartant. Tu n'as plus rien à faire ici.

Il le prit au collet et le ramena jusqu'à la porte.

— Ma parole, tu es plus tenace et envahissant que la vermine. Je finirai par te noyer de ma propre main.

Julienne riait à grands éclats, réconfortée.

— Y m'plaît, çui-là! C'est un fier, un vrai homme, quoi!

— Tant mieux pour toi. C'est, je te le prédis, la plus vilaine crapule des deux hémisphères.

Elle s'agenouilla auprès de la misérable créature abattue, mais qui trouvait encore la gouaille nécessaire pour plaisanter et insulter. Une vraie graine de la Cour des Miracles de Paris.

— Je sais pourquoi tu ne veux pas te laisser panser, lui glissa-t-elle à mi-voix.

— Non, vous pouvez pas savoir, protesta l'autre avec un regard traqué.

— Si fait! Je devine... C'est parce que tu es marquée à la fleur de lys!... Ecoute, je te promets que je ne dirai rien au gouverneur, mais à condition que tu sois docile et m'obéisses en tout.

L'expression terrifiée de la pauvre Julienne était un aveu.

— C'est vrai que vous ne direz rien? souffla-t-elle.

— Foi de « marquise », j'en fais serment.

Et Angélique, croisant deux doigts et crachant à terre, renouvelait le signe d'engagement en usage dans la « Matterie ».

Complètement médusée, Julienne ne pipa mot, laissa Angélique découvrir ses côtes tuméfiées, y appliquer des emplâtres, avala docilement potions et tisanes, si préoccupée par les profonds mystères qui l'attendaient en ces Amériques qu'elle oublia même de geindre. Rassurée sur son compte, Angélique lui glissa un appui sous la nuque, la borda dans son coin, lui tapota la joue avant de la quitter.

— Celui qui te plaît tant, Aristide, je parie qu'il l'a sur l'échine, la fleur de lys, tout comme toi. Guéris-toi vite, fillette. Toi aussi, tu iras à la noce... Et vous ferez un beau couple!... Foi de marquise...

Les paupières de Julienne battaient sur ses yeux

de feu que la lassitude, enfin, adoucissait. Calmée par les médecines qu'on lui avait fait ingurgiter, elle s'endormait.

— On en trouve du drôle de monde chez vous, chuchota-t-elle, qui êtes-vous donc, m'dame? Madame des Amériques... Et vous voyez ce qui reste caché à d'autres. Elle vous va bien, cette tresse... Vous ressemblez à ces saintes reines qu'on voit... sur les missels. C'est pas possible que moi, une gueuse, j'aie cette chance...

25

Les bannières claquaient au vent. Les voiles étaient prêtes à se gonfler sous le vent.

Et, une fois de plus, tout le monde était au port.

— Alors? Vous ne m'embrasserez même pas, s'écria Vaneireick en tendant les bras à Angélique. Même pas à l'heure de l'adieu?

Elle s'élança vers lui et le baisa sur les deux joues, ressentant sa bonne étreinte d'homme comme un réconfort et sans souci de toute la population rassemblée sur le rivage qui assistait à leurs démonstrations.

Qu'ils en pensent ce qu'ils voulaient, les jaloux! Elle avait bien le droit d'embrasser qui lui plaisait.

— Courage! lui glissa le flibustier à l'oreille, vous gagnerez! Mais souvenez-vous de mon conseil. A confesse et au lit...

Il agita son grand chapeau emplumé à la ronde et sauta dans la barque qui devait le conduire à son bord.

Le *Sans-Peur*, tout frémissant sous la poussée

irrésistible de la marée, ses vergues garnies de matelots prêts à tendre les voiles, tirait sur son ancre comme un pur-sang sur sa longe.

Des vivats, des hurrahs se mêlèrent aux ordres brefs lancés de la dunette par la voix de Gilles Vaneireick.

— Monsieur Prosper Jardin, êtes-vous paré?

— Oui, monsieur, répondait le quartier-maître.

— Monsieur Miguel Martinez, êtes-vous paré?

— Oui, monsieur, répondait le chef des gabiers.

Et lorsque l'énumération fut terminée :

— Paré. A Dieu vat! cria le capitaine avec un grand geste.

Les cordages relâchés, les voiles se tendirent, bombèrent, éclatantes de blancheur sur le ciel bleu, et doucement le *Sans-Peur* se mit en mouvement et commença de louvoyer à travers les îles, suivis du flybot et du petit cotre, sur lesquels avaient pris place le comte de Peyrac et Colin Paturel, escortant leurs hôtes jusqu'à la sortie de la passe difficile.

Du haut de la dunette, la belle Iñès agita son éventail et l'écharpe de son madras de satin jaune vers Angélique. Rassurée sur les sentiments de son Vaneireick avec lequel elle reprenait la mer, la petite métisse aventurière se laissait aller à témoigner son amitié à celle même qu'elle considérait sa principale rivale.

Lorsque le vaisseau ne fut plus qu'un lointain quadrillage blanc posé en pyramide sur l'horizon, Angélique revint vers le fort. En chemin, elle rencontra l'homme aux épices et son Caraïbe, assis côte à côte sur le sable et mâchant des clous de girofle. Pour des raisons indémêlables, ils avaient demandé à rester quelque temps. Il y avait eu des échanges après le partage du butin, pierreries, étoffes et marchandises, auquel — cas unique dans les annales de la Flibuste — le capitaine du navire capturé, Paturel ex-Barbe d'Or, avait participé lui-même. Pour deux émeraudes sans prix, Vaneireick avait consenti à prendre à son bord les boucaniers indésirables qui, malgré leur paresse et mauvaise mentalité, bien menés à coups de garcette, lui remplaceraient ses morts du combat.

Hyacinthe Boulanger s'était donc séparé de son frère de la Côte, Aristide, qui, prétextant sa faiblesse abdominale et multipliant ses serments de bonne conduite, avait supplié qu'on le gardât à Gouldsboro.

— Et puis j'ai fait une touche, tu comprends, avoua-t-il à l'oreille velue d'Hyacinthe, une belle fille qui s'appelle Julienne. Quand j'aurai mené à bien mes affaires avec elle, je te ferai signe et tu reviendras me chercher...

Donc, aucune illusion à avoir! On reverrait le *Sans-Peur* et sa cargaison de tampons noirs, de jambes de bois, de bouches édentées à la puissante haleine de rhum de la Jamaïque, on reverrait de joyeux drilles de l'île de la Tortue emplumés, enrubannés, enturbannés d'étoffes d'indienne à fleurs, bardés de coutelas, de poignards, de sabres et de pistolets, et de haches effrayantes.

L'été ne faisait que commencer.

Et l'on reverrait aussi les navires anglais et bostoniens partis à l'aube, les chaloupes acadiennes qui s'étaient éloignées avec leurs Mic-Macs et, en échange du bétail apporté, un choix de précieuses marchandises de luxe qui enchanteraient les dames de Port-Royal, là-bas, de l'autre côté de la Baie Française : dentelles, velours, passementeries, savons et parfums, armes et munitions pour la défense du fort français, bannières brodées et, comble d'aubaine, un ciboire et un ostensoir de vermeil, prélevés sur le butin espagnol d'un pirate converti. Dieu n'en serait-il pas doublement honoré dans la pauvre église de la plus ancienne colonie française fondée par Champlain?

Un calme étrange paraissait tomber sur le village. En silence, les habitants se dispersaient et revenaient vers leurs demeures de bois.

— Oh! regardez, s'exclama tout à coup la jeune Séverine, il n'y a plus que deux navires à l'ancre, dans la baie. Le *Gouldsboro* et le *Cœur-de-Marie*. Après toute cette forêt de mâtures qui s'agitaient là, ces jours-ci, comme cela fait vide!

Deux navires à l'ancre dans la baie, chuchotait aux oreilles d'Angélique la voix de la nonne visionnaire.

26

« J'irai à toi, mon amour. Il faut que j'aille à toi... J'ai peur. Toi, tu es un homme. Tu te tiens sur la terre. Ton sommeil est profond et rien ne peut atteindre son obscurité. Tandis que, moi, je suis une femme... et parce que je suis femme, je lis à travers la transparence des signes... Et ce que j'entrevois est horrible! Je ne peux plus dormir. »

Malgré la paix revenue, malgré les chansons des matelots qui pour plaisanter fredonnaient aux alentours de leurs promises :

Il y avait dix filles dans un pré
Toutes les dix à marier.
Y avait Dine, y avait Chine
Y avait Claudine et Martine.

Malgré la détente qui suivait ces jours d'angoisse et que ressentaient tous les colons de Gouldsboro, Angélique ne pouvait y participer.

Juillet crépitait, montait à la surface du monde en une bouffée de chaleur brûlante. Son brasillement s'élevait, étourdissant de chants de grillons et de bourdonnements d'abeilles portant l'odeur des fleurs, des résines et des sèves surchauffées. Les hauts candélabres des lupins roses, bleus et blancs, dressés en haies foisonnantes et féeriques, luttaient avec la splendeur des verges d'or, monuments de métal pur guilloché de mille arabesques, gardant l'orée des bois. L'églantine sauvage accompagnait les roses contre les maisons. Des nuées de pavots sensibles coulaient le long des rivages jusqu'à l'océan.

Les oiseaux marins, dans leur long vol blanc, glissaient sur un air bleu teinté de rose.

Rose était la baie. Comme une fleur ouverte. Comme une chair offerte...

Ah! Catherinette et Catherina
Y avait la belle Suzon
La duchesse de Montbazon
Et y avait la Du Mai-ai-ne...

Pour Angélique seule, la fabuleuse langueur du jour, mêlée d'étincelles, et que portaient le soir des nuages mauves frangés de feu, se révélait vénéneuse.

Le lendemain du départ des navires, après une nouvelle nuit d'insomnie, elle décida de se chercher des armes. Elle avait perdu ses pistolets lors de l'attaque du village anglais.

Yann Le Couennec lui ouvrit le cabinet de travail du comte de Peyrac dans le fort, dont le jeune Breton avait la clé. Elle l'avait rencontré près du magasin d'armes et il l'avait avertie qu'un grand choix de pistolets, d'arquebuses et de mousquets avait été apporté par le *Gouldsboro*. Le comte avait retenu chez lui les plus belles pièces parmi les modèles les plus récents afin de pouvoir les examiner à loisir.

Yann lui sortit d'un bahut les armes en question, dont il s'était occupé lui-même, et les exposa sur la grande table où traînaient des plumes d'oie et des écritoires; il ouvrit la fenêtre étroite afin que pénétrât la lumière. Dans cette petite pièce étroite, flottait le parfum familier de Joffrey, le tabac, et elle ne savait quelle senteur de bois de santal, d'oriental dont il imprégnait ses vêtements. Un parfum net, mais subtil, tant soit peu déroutant par son originalité qui ne cherchait pas à plaire, mais convenait parfaitement à la personnalité à la fois distante et séduisante de celui qui en usait.

— Quand vous verrez, M. le comte, vous l'avertirez de ma requête, s'il vous plaît, dit Angélique à l'écuyer, je n'ai pu le joindre ce matin.

Répondrait-il à cet appel qu'elle jetait vers « lui », sous des mots quotidiens, mais le cœur tremblant, viendrait-il?

Elle se pencha sur les armes neuves, toutes belles. Son examen l'arracha à ses soucis. Certaines « platines » anglaises présentaient d'intéressantes améliorations. L'on nommait « platines » l'ensemble des pièces qui composaient la mise à feu et qui variaient dans les détails selon les pays. En ces pistolets anglais, la batterie et le couvercle du bassinet étaient couplés — ce qui augmentait, certes, les risques de décharge accidentelle, mais était compensé par une petite griffe accrochée au talon du chien et que les initiés appelaient « doglock ».

Malgré ce très net perfectionnement, les préférences d'Angélique allaient à la platine française — par habitude, sans doute. Elle s'attarda aussi près d'un « long canon » nordique en ivoire rehaussé d'ambre, dont l'apparence élégante la flatta. Le système de mise à feu était assez grossier, mais il avait l'avantage qu'on pouvait y placer n'importe quel silex ramassé au hasard, tandis que les autres modes de platine exigeaient des pierres taillées finement et calibrées, ce qui était trop compliqué pour un pays quasi sauvage comme ici.

Elle était en train de le retourner en tous sens, étudiant la retenue du chien, la contenance du barillet, lorsqu'elle devina l'entrée de Joffrey de Peyrac derrière elle.

— Je suis venue choisir des armes, dit-elle en tournant à demi la tête, j'ai perdu mes pistolets à Newehewanick.

Le poids de son regard sur sa nuque lui était sensible, et une fois de plus elle mesurait la faiblesse et le trouble de sourde joie malgré tout que faisait lever en elle sa seule présence.

De dos, il avait failli ne pas la reconnaître bien que Yann l'eût averti que Mme de Peyrac se trouvait en son cabinet de travail.

La robe de taffetas violet, aux nobles plis, et ce lourd chignon natté d'or pâle qu'elle portait sur la nuque la changeaient. Il avait cru à l'apparition d'une noble étrangère, d'une grande dame... débarquée d'où?... Mais il débarquait tant de monde à Gouldsboro en ces temps! On pouvait s'attendre à tout!...

Impression furtive mais piquante! C'était à la dextérité avec laquelle « l'étrangère » maniait les armes qu'il avait su que c'était ELLE. Il n'y avait qu'une femme au monde pour s'emparer d'un pistolet avec tant de franche familiarité : Angélique.

De même qu'il n'y avait qu'une femme au monde pour avoir d'aussi belles épaules.

Il s'approcha.

— Trouvez-vous objet à votre convenance? interrogea-t-il d'une voix qu'il voulait neutre et qui lui parut, à elle, glacée.

— A vrai dire, répondit-elle en se contraignant au calme, j'hésite. Les uns me paraissent fort bien conçus pour le tir, mais encombrants. Les autres sont élégants, mais comportent des défauts qui ne sont pas sans danger.

— Vous êtes difficile. Il y a sur ces armes le sceau des meilleurs artisans d'Europe. Thuraine pour Paris, Abraham Hill pour l'Angleterre. Et ce pistolet d'ivoire vient de Maestricht, en Hollande. Reconnaissez cette tête de guerrier sculptée à l'extrémité de la crosse...

— Il est certainement fort beau.

— Mais ne vous plaît pas.

— J'étais habituée à mes vieux pistolets français, avec toutes les pièces, vis, clés, silex, qu'il fallait mettre dans ses poches et qu'on risquait d'égarer, mais qui permettaient toutes sortes de subtilités.

Elle avait l'impression d'échanger les répliques d'une pièce de théâtre. Tous deux n'étaient pas entièrement au fait de leurs propos, mais ils s'y appliquaient.

Le comte de Peyrac parut hésiter, puis, se détournant, il alla au bahut entrouvert et revint déposer devant elle une longue cassette d'acajou marqueté.

— Voici ce que j'avais chargé Erikson de rapporter d'Europe à votre intention, fit-il brièvement.

Au centre du couvercle de la cassette un *A* d'or incrusté déroulait ses volutes dans un médaillon de fleurs tressées d'émaux et de nacre. Les mêmes fleurs en bouquet se déployaient des deux côtés du chiffre en un travail d'une finesse arachnéenne où l'on pouvait déceler le moindre détail de chaque fleur, la finesse des pistils d'argent ou d'or filigrané, les nervures des feuilles d'émail vert.

Angélique posa les doigts sur la ferronnerie de la serrure. La cassette révéla, dans leur écrin de velours vert, deux pistolets et leurs accessoires : poire à poudre, pinces, boîte à capsule, moule à balles.

Le tout en les matières les plus choisies et portant le même cachet d'élégance, de finesse et de beauté.

Du premier coup d'œil, Angélique voyait que ces armes avaient été conçues, dessinées, façonnées pour elle.

Exécuté avec un soin extrême, chaque détail révélait que l'armurier, le forgeron, le ciseleur qui s'étaient penchés sur la réalisation de ces beaux objets de guerre l'avaient fait avec la préoccupation de satisfaire et de ravir celle qui s'en armerait. Elle, Angélique, une femme du bout du monde.

Ils avaient sans doute reçu des ordres spéciaux et pertinents, avaient à leur disposition des épures, des plans très précis, exécutés par le comte de Peyrac, plans qui avaient franchi l'océan pour les joindre en leurs échoppes de Séville ou de Salamanque, ou de Rivoli ou de Madrid. Et comme les directives étaient accompagnées de rondes bourses de cuir, tendues de doublons d'or, ils n'auraient eu garde de n'apporter tous leurs soins à l'exécution d'une telle commande insolite : des pistolets pour une main de femme.

« Un si beau présent, pensa Angélique, qu'il avait voulu, qu'il avait conçu pour moi, avec amour! et qu'il voulait m'offrir en ce printemps, à Gouldsboro!... »

Ses mains tremblaient, tandis qu'elle soulevait l'une après l'autre les armes magnifiques. Il aurait fallu des jours pour en détailler leurs perfections.

Ces pistolets n'étaient pas seulement exécutés pour qu'elle pût tirer et se défendre avec le maximum de rapidité et le minimum de déplaisir — le chargement des armes à feu n'étant pas toujours, pour des doigts délicats, une sinécure, mais aussi pour la combler dans ses goûts les plus personnels.

Comment enfin ne pas être enchantée par l'ornementation des bouquets de fleurs incrustées qui ornaient également les crosses brillantes, chantournées dans un bois aux tonalités d'ambre rouge.

Les canons étaient longs, d'acier espagnol, matière rarissime, et bleuis par des huiles afin d'éviter les traîtres reflets miroitants, à l'affût. Rayés à l'intérieur pour rectifier le tir, mais lisses à l'embouchure.

« Comme il sait ce que j'aime, ce qui peut me plaire! »

Le platine était une merveille. La combinaison de la batterie et du couvercle du bassinet en une seule pièce supprimait à la fois quatre pièces mobiles, d'où une simplification du mécanisme et l'assurance que le couvercle ne s'ouvrirait qu'au moment voulu sous la poussée du silex venant frapper la batterie. Caché entre deux arabesques d'argent, se tendait le grand ressort, et le fait qu'il fût fixé à l'extérieur et non plus à l'intérieur devait lui conférer une exceptionnelle puissance. La difficulté de l'armer était compensée par un anneau ornant le pas de vis qui réglait l'étau du chenapan. Non seulement cet anneau, exactement à la taille de l'index d'Angélique — elle le vérifia aussitôt — permettait de tendre le gros ressort sans peine, mais aussi de régler l'étau à la main, ce qui supprimait l'adjonction encombrante d'un tournevis ou autre instrument de ce genre, indispensable, et qui avait souvent, comme elle l'avait fait remarquer tout à l'heure, la malice de s'égarer.

Enfin, le « chien » portait à la base une petite saillie contre laquelle agissait directement le ressort, sans l'intermédiaire de la « noix » — ce qui éliminait encore une pièce de plus. Et, à l'arrière de cet assemblage d'une finesse et d'une précision d'horlogerie, on découvrait une culasse mobile que très peu d'artisans avaient l'audace et l'habileté de fabriquer encore et qui permettait de tirer plusieurs coups à la suite sans danger et sans avoir à recharger l'arme.

Derrière la qualité d'un aussi beau présent, Angélique croyait voir son mari, tel qu'il s'était penché à l'automne dernier sur ses dossiers, en cachette d'elle, juste avant le départ du navire, griffonnant de sa plume hâtive et péremptoire, toujours inspirée, des profils calculés, annotés de mille chiffres, et traçant de trois traits d'encre les éléments de ce chef-d'œuvre.

Il avait dû s'interroger sur la matière à employer : métal, cuivre ou argent — ivoire ou os?... Il avait opté pour le bois, plus léger que le métal, moins fissile que l'ivoire, et c'est lui qui avait dû indiquer le style turc incurvé de la crosse, plus mince à l'emplacement de la courbe afin que les doigts puissent la mieux serrer et la tenir plus solidement sans fatigue.

Elle reconnaissait son empreinte devant la double utilisation de « l'étau » qui, débarrassé de son silex et serré à mesure convenable, pouvait devenir un instrument à percussion frappant, dans une cavité ménagée à cette intention, une amorce de poudre dont le comte avait le secret de fabrication, ce qui constituait un système de mise à feu absolument nouveau.

Et, quant à l'ornementation et la ciselure, POUR ELLE, il avait voulu des fleurs.

Une émotion la prenait à la gorge. Et elle se posait une question. « Pourquoi lui avait-il offert, ce matin, son cadeau? » Etait-ce signe de réconciliation? Voulait-il lui faire entendre que l'ostracisme en lequel il la tenait commençait de céder?...

Debout devant la fenêtre, Joffrey de Peyrac suivait d'un regard qu'il aurait voulu moins avide le cheminement des pensées d'Angélique sur son visage sensible.

Une onde rose avait envahi ses joues trop pâles, lorsqu'elle avait soulevé le couvercle de la cassette, puis une expression d'émerveillement tandis qu'elle découvrait la beauté des armes. A lui donner cette joie, il n'avait pu résister. La voir heureuse par lui, ne serait-ce qu'un bref instant!

Elle mordait sa lèvre inférieure et il voyait battre ses longs cils.

Enfin elle tourna vers lui ses yeux admirables et murmura :

— Comment vous remercier, monsieur?

Il tressaillit, car cette phrase lui rappelait l'incident de ce premier présent qu'il lui avait fait aux jours lointains de Toulouse — un collier d'émeraudes — et peut-être y avait-elle songé aussi.

Il répondit sèchement et presque un peu rogue :

— Je ne sais si vous avez remarqué qu'il s'agit d'une platine à la miquelet. Le ressort extérieur permet une plus grande puissance de tir. Un bourrelet spécial protège la main.

— Je vois.

Sur ce bourrelet, figurait une salamandre ou un lézard à longue queue dont la langue de filigrane d'or se tendait vers un coquelicot d'émail rouge ornant la crosse. Une salamandre plutôt, car le corps d'ivoire de l'animalcule était ponctué d'éclats de jais. A l'arrière, le métal de la platine était décoré en ronde-bosse de fleurs d'aubépine d'une délicatesse arachnéenne, et l'œil du « chien », dont l'artisan avait ciselé avec la même minutie la petite gueule méchante, de verre doré, brillait d'une lueur vivante.

Mais sous la joliesse, sous le raffinement, se cachait la nerveuse et implacable tension des rouages.

Et tandis que, d'un doigt léger, d'un attouchement où il reconnaissait l'habileté féerique qu'elle apportait aux travaux les plus inattendus, elle manœuvrait les divers éléments de la platine, lui, c'était sa beauté à elle qu'il contemplait, détaillait, et le contraste entre la saveur de sa féminité et la rigueur de ses gestes d'amazone le prenait à la gorge.

Dans l'échancrure de son corsage, il voyait briller une peau nacrée, plus lumineuse d'être cernée d'ombre et de se fondre si doucement en un creux tiède et nocturne hanté de mystère.

La douceur laiteuse de cette chair de femme, de cette fragile corolle lisse et gonflée, c'était en elle qu'il voyait le symbole de sa faiblesse, la vulnérabilité de son sexe.

Une femme aux seins tendres, voilà ce qu'elle était, ce qu'elle restait sous ses apparences guerrières.

« Elle a porté mes enfants dans ses flancs, songea-t-il, mes seuls fils. Je n'en ai jamais voulu d'autres d'aucune autre femme. »

Le philtre du charme qui émanait de toute sa personne l'envoûtait, le grisait, l'engourdissait, le pénétrait du désir de prendre entre ses paumes sa taille fine, de poser ses mains sur ses flancs et d'en goûter la chaleur à travers le taffetas du corsage aux reflets d'améthyste. Il y avait trop longtemps que ses bras étaient vides d'elle.

Il se rapprocha et intima d'une voix un peu rauque, en désignant le pistolet qu'elle tenait à la main :

— Chargez-le! Armez-le!

— Saurais-je? La platine « patilla » ne m'est pas familière.

Il lui prit l'objet des mains et, promptement, glissa les balles, versa la poudre, plaça l'amorce. Et elle suivait les mouvements de ses mains brunes avec l'envie de se pencher et de les baiser.

Il lui remit l'arme :

— Voilà! (Et avec un sourire caustique :) Vous pourriez me tuer, maintenant... Vous débarrasser d'un mari encombrant.

Angélique pâlit affreusement. Elle crut qu'elle ne parviendrait pas à retrouver son souffle et eut toutes les peines du monde à reposer le pistolet d'une main tremblante dans son alvéole.

— Comment pouvez-vous prononcer des paroles aussi stupides! exhala-t-elle enfin. Vous êtes d'une méchanceté incroyable!

— Car c'est vous la victime, paraît-il?

— En ce moment, oui... Vous savez bien qu'en parlant ainsi vous me torturez d'une façon inconcevable.

— Et imméritée, sans doute?

— Oui... non... oui, plus imméritée certes que vous ne le pensez... Je ne vous ai pas offensé autant que vous voulez le croire... et vous le savez bien... Mais vous êtes d'un orgueil fou.

— Décidément, votre mauvaise foi et votre impudence dépassent ce qu'on peut imaginer!

Et c'était comme l'autre soir ce désir insensé de la broyer, de l'abattre et de se pénétrer à la fois de son parfum, de sa chaleur comme d'un encens grisant, et de se perdre dans le rayonnement de ses yeux verts tout enflammés de colère et d'amour, de désespoir et de tendresse.

De peur de fléchir, il se dirigea vers la porte.

— Joffrey, cria-t-elle, allons-nous tomber dans le piège?

— Quel piège?

— Celui que nos ennemis ont creusé sous nos pas?

— Quels ennemis?

— Ceux qui avaient décidé de nous séparer pour mieux nous abattre. Et voici, cela est arrivé — je ne sais pas comment les choses se sont tramées quand elles ont commencé et par quels artifices nous avons succombé, mais je sais que la chose est là maintenant. Voilà, c'est arrivé : *Nous sommes séparés*.

(Elle glissa vers lui, posa la main sur lui, à la place du cœur.)

— Mon amour, leur laisserons-nous une si prompte victoire?

Il se dégagea avec une violence où se lisait sa crainte de fléchir trop vite.

— Voilà qui est fort. Vous vous conduisez d'une façon insensée et ensuite c'est moi que vous accusez de me comporter sans logique. Quelle idée vous a prise, par exemple, à Houssnock, de partir pour le village anglais?

— Ne m'en aviez-vous pas fait porter l'ordre?

— Moi? Jamais de la vie!

— Mais alors QUI?...

Il la fixa sans paroles, frappé soudain d'un pressentiment effrayant.

Bien que d'une intelligence très supérieure, Peyrac restait mâle dans sa façon de découvrir le monde. Les hommes avancent par bonds de l'intelligence. Tandis que les femmes cheminent, guidées par l'instinct de prescience cosmique.

Des bonds de grands fauves pour les hommes. Longtemps immobiles et parfois dans une stagnation, un refus de se mouvoir inquiétant, soudain ils s'élancent, crèvent la nue et alors découvrent, embrassent, peuvent d'un seul coup d'œil, d'un éclair, apercevoir plus loin encore, reculer les limites de l'horizon.

Ainsi se situait Peyrac à l'instant où la voix d'Angélique déclenchait en lui une suite de mouvements passionnels et qu'il voyait tout ce qui l'entourait se métamorphoser, prendre une autre signification, un autre aspect. Oui, il y avait un grave danger devant eux. Cependant, sa logique masculine refusait l'attaque d'une nature occulte.

Mais Angélique ne s'y était pas trompée. Elle avait plus que lui le sens mystique, et il n'ignorait pas que *cela aussi compte*.

Il lutta.

— Fariboles que vos presciences, grommela-t-il. Ce serait trop facile.

» Les femmes adultères n'auraient qu'à invoquer continuellement la complicité des démons. Seraient-ce eux, madame, nos ennemis ou le hasard, qui auraient amené en la baie de Casco votre ancien amant prêt à vous ouvrir les bras?...

— Je ne sais. Mais le père de Vernon disait que lorsque les choses diaboliques se mettent en route le hasard est toujours du côté de celui qui veut le Mal, c'est-à-dire du côté du Malin, de la destruction et du malheur.

— Qui est-ce encore que ce père de Vernon?

— Un jésuite qui m'a conduite dans sa barque de Maquoit à Pentagoët.

Cette fois, Joffrey de Peyrac parut frappé par la foudre.

— Vous êtes tombée entre les mains des jésuites français? s'écria-t-il d'une voix altérée.

— Oui! à Brunschwick-Falls, il s'en est fallu de peu que je ne fusse emmenée en captivité à Québec.

— Contez-moi cela.

Tandis que, brièvement, elle lui faisait le récit de ses aventures depuis son départ de Houssnock, il revoyait en esprit Outtaké, le grand chef iroquois, lui disant :

« Tu possèdes un trésor! On cherchera à te le ravir »... N'avait-il pas toujours soupçonné que c'était par elle, Angélique, qu'on essaierait de l'atteindre.

Elle avait dit vrai.

Des ennemis rôdaient autour d'eux, plus rusés, tortueux et déliés que les « Lâches » eux-mêmes, c'est-à-dire les esprits infernaux de l'Air.

Pouvait-il nier qu'il ne s'en doutait point, lui qui gardait sous son pourpoint le message anonyme qu'un matelot inconnu lui avait remis au soir de la bataille avec le *Cœur-de-Marie*, morceau de parchemin sur lequel une plume griffue avait inscrit ces mots :

« Votre épouse est dans l'îlot du Vieux-Navire avec Barbe d'Or. Abordez par la côte nord afin qu'ils ne vous voient point arriver. Vous pourrez ainsi les surprendre dans les bras l'un de l'autre. »

Esprits infernaux, sans nul doute, mais qui, tapis à travers les îles, pouvaient donc s'armer d'une plume pour faire parvenir à qui de droit une telle corrosive dénonciation.

Il respira profondément. Tout changeait à ses yeux, s'ordonnait différemment et, dans ce tumulte, l'infidélité d'Angélique ne lui apparaissait plus avec la même vilenie calculée. Elle avait été prise dans les entrelacs de complots aidés par le hasard. Si féminine, il était inévitable qu'elle se montrât vulnérable, mais il avait discerné aussi qu'il y avait sous sa faiblesse un étrange courage.

Il évoquait la nuit sur l'île, lorsque, guettant de loin les gestes de Colin et d'Angélique, leur lutte contre la tentation lui avait été perceptible.

Certes, il ne lui était pas agréable de reconnaître qu'elle pût être tentée par un autre homme que lui-même, mais, en cela, il savait qu'il était aussi déraisonnable qu'un jouvenceau.

Ce qui demeurait, c'était la loyauté dont elle avait fait preuve envers lui cette nuit-là. Quant à ce qui s'était passé sur le *Cœur-de-Marie*, il ne tenait pas à le savoir absolument, bien que certaines paroles de Colin Paturel le lui eussent laissé entendre.

Or, parfois, il lui avait semblé qu'il pardonnerait

plus volontiers à Angélique une étreinte qu'un seul baiser passionné, car il la connaissait dans ses plus intimes voluptés. Chez elle, le baiser avait toujours paru engager plus complètement son être que le don anonyme des entrailles obscures. Ainsi était-elle, sa déesse imprévue! Elle livrait plus volontiers son corps que ses lèvres. Il aurait parié qu'avec les « autres », il en avait été toujours ainsi.

Et il aurait voulu se dire qu'elle n'avait de goût que pour sa bouche à lui. Mais, en cette exigence, il faisait encore preuve d'une adolescence de sentiments ridicule. Voilà à quoi elle l'avait réduit après une existence où, par une prudence raisonnée, il n'avait voulu donner aux femmes qu'une place certes attrayante et importante, mais qui ne devait jamais l'entamer lui-même dans sa personnalité.

Inutile de s'attarder sur ce qui avait été.

Plus graves étaient les dangers qu'elle avait courus, les pièges qu'on lui avait tendus. Il fallait démêler cela.

Il passait et repassait devant elle, lui jetant par instants un regard où elle voyait briller des lueurs adoucies, puis qui se durcissait sous l'effet de ses réflexions et de ses soupçons.

— Pour quelles raisons croyez-vous que le père de Vernon vous ait laissé votre liberté? jeta-t-il.

— En vérité, je n'en sais rien. Peut-être, au cours de ces trois journées de navigation, avait-il acquis la certitude que je ne pouvais être la Démone de l'Acadie comme tous ces gens se l'imaginent.

— Et Maupertuis? son fils? Où sont-ils?

— Je pense qu'on les a ramenés de force en Canada.

Le comte explosa :

— Cette fois, c'est la guerre, s'écria-t-il. C'en est assez de la lutte sournoise! J'irai mettre mes vaisseaux sous Québec!

— Non, ne faites pas cela! Nous y perdrions nos forces, et plus que jamais je serais accusée de répandre le malheur. Mais ne nous séparons pas! Ne les laissons pas prévaloir contre nous en nous déchirant, nous meurtrissant... Joffrey, mon amour, vous savez bien que vous êtes tout pour moi... Ne me rejetez pas, sinon je mourrais de douleur. Aujourd'hui, désormais, je ne suis rien sans vous! Plus rien!

Elle tend les bras vers lui comme une enfant perdue.

Elle est dans ses bras et il la serre à la briser. Il ne pardonne pas encore, mais il ne veut pas qu'on la lui prenne. Il ne veut pas qu'on la menace, qu'on attente à sa vie. Sa précieuse et irremplaçable vie.

Son étreinte de fer la broie, et elle tremble, inondée de joie, sa joue contre sa joue dure. Le ciel vacille, éblouissant.

— Miracle! Miracle! crie une voix lointaine à travers les espaces. Miracle! Miracle!

Les voix au-dehors résonnent, de plus en plus fort.

— Miracle! Miracle! Monseigneur, où êtes-vous? Venez vite. Un vrai miracle.

C'est la voix de Yann Le Couennec. Dans la cour, sous la fenêtre.

Le comte de Peyrac relâche son étreinte, il écarte Angélique. Comme s'il regrettait le geste impulsif qui lui a fait lui ouvrir les bras.

Il va à la fenêtre.

— Qu'advient-il?

— Un vrai miracle, monseigneur! La bienfaitrice... La noble dame qui protégeait les Filles du roi et qu'on croyait noyée... Eh bien! elle ne l'est pas. Des morutiers de Saint-Malo l'ont recueillie sur un îlot de la baie avec son secrétaire et un matelot et un enfant qu'elle a sauvé. Une barque les amène... Ils entrent dans le port.

27

— Avez-vous entendu? interroge Peyrac en se tournant vers Angélique, la bienfaitrice! Il faut croire que l'océan a trouvé trop indigestes l'honorable duchesse et son plumitif.

Son regard se posait sur elle, hésitant, perplexe.

— Nous nous reverrons plus tard, fit-il en détournant les yeux avec hésitation. Je crois de mon devoir d'aller au-devant de cette pauvre femme sauvée des eaux et rejetée tel Jonas par la baleine sur nos rivages de forbans. M'accompagnez-vous, madame?

— Le temps de ranger ces armes et je vous rejoins au port.

Il s'éloigna.

Angélique frappa du pied.

Décidément, c'était la Julienne qui avait raison. Cette bienfaitrice était une emmerdeuse sans pareille. Noyée trois jours, elle aurait bien pu attendre encore quelques heures de plus, avant de refaire surface au lieu de se présenter à l'instant même où Joffrey de Peyrac ouvrait ses bras à Angélique. Toutes les défenses de ce cœur ombrageux n'étaient pas tombées.

Elle avait senti l'élan de son inquiétude pour elle, mais aussi son orgueil braqué. Et le sort soudain paraissait se prononcer contre elle.

Malgré le souvenir de son étreinte trop brève, un froid mortel se glisse dans les veines d'Angélique, accable son esprit.

Elle ressent l'envie de s'élancer sur les pas de Joffrey, de l'appeler, de le supplier.

Ses pieds sont lourds et se meuvent avec peine comme dans les cauchemars.

Contre le chambranle de la porte, elle chancelle et défaille. Au ras du sol, un démon, les crocs luisants et les yeux flamboyants, la regarde.

Sa chair se hérisse. Une nausée la tord.

— Ah! Mais c'est toi, Wolverines! Tu m'as fait peur.

Le glouton n'a pas suivi Cantor au Kennebec. Il furète partout à travers le village avec son lourd corps, souple et serpentin, de géante fouine.

Il est là. Il la regarde.

— Va-t'en! Va-t'en! lui chuchote-t-elle en frissonnant, va-t'en. Retourne dans les bois.

Mais une ombre velue, énorme, a bougé à travers la moire verte d'un arbre.

De nouveau, ce n'est qu'un mirage du danger qui menace; ce n'est que l'ours, mister Willoagby, qui se dandine, flaire des senteurs de fruits dans le vent mou et tiède.

Il retourne une pierre de sa griffe, découvre des fourmis que sa langue condamne prestement.

Angélique marcha vers la plage d'un pas d'automate. Une rumeur lointaine la guidait, qui semblait s'éloigner à mesure qu'elle avançait. Le timbre étouffé d'un fantôme blanc la héla au passage.

— Madame de Peyrac! Madame de Peyrac!

— Que faites-vous là, Marie-la-Douce? Ah! Prenez garde! Vous n'auriez pas dû vous lever, avec vos blessures...

— Soutenez-moi, je vous prie, chère dame, que je puisse aller vers ma bienfaitrice.

Angélique soutient la taille flexible et fragile de l'enfant, au visage illuminé. Ses pieds s'avancent malgré elle. De temps à autre, elle se retourne, et elle les voit qui la suivent, l'ours et le glouton, et elle leur fait des signes véhéments.

— Allez-vous-en! Allez-vous-en, horribles bêtes!

28

Ils sont tous rassemblés sur la plage. La plage! L'amphithéâtre qui s'ouvre pour eux sur la scène chaque jour enrichie de nouveaux spectacles : la baie.

Une barque aujourd'hui s'y avance. Par-dessus la houle des têtes, Angélique entend les appels, les sanglots, les cris de joie et de dévotion.

— Vivante! répète Marie-la-Douce en larmes. Que Dieu et tous les saints du Paradis soient bénis!

Angélique restait un peu en retrait, se tenant à l'endroit où le sol commençait à s'incliner vers l'eau. Elle pouvait ainsi mieux distinguer ce qui se passait. Elle vit très bien la barque parvenir aux abords du rivage, et Yann entrer dans l'eau pour la guider et éviter le choc à l'instant où l'étrave heurterait le fond.

Presque aussitôt, les Filles du roi se jetèrent à leur tour au-devant de l'embarcation dans un pépiement hystérique.

Au milieu de ces remous, Angélique ne parvenait pas à apercevoir la silhouette de la duchesse. En revanche, son regard était attiré par la présence insolite d'une très jeune femme dont la toilette voyante et somptueuse accrochait une note colorée à l'avant de la barque.

Malgré la distance, Angélique discernait que cette jeune femme ou jeune fille devait être extraordinairement ravissante. En contraste avec une chevelure sombre, l'éclat de son teint retenait le regard comme une lampe, ou plutôt comme une de ces fleurs exotiques — camélia ou magnolia — brillant dans l'ombre d'une délicatesse de pétale parfumé, blanc pur touché de rose.

Une fleur. Ou un oiseau, si l'on considérait le bariolage de son ajustement. Il comportait toutes les audaces de la mode et pourtant l'association de son manteau-de-robe bleu canard, qui se retroussait sur une courte jupe de satin jaune et que surmontait un corsage d'un bleu plus pâle ouvert sur un plastron rouge, formait un ensemble d'une surprenante élégance et qui lui allait à ravir.

Unique détail qui ne lui convenait point : l'enfant misérable qu'elle tenait sur les bras.

— Vous avez sauvé mon enfant! Soyez bénie! cria la voix tremblante de Jeanne Michaud s'élevant de la bousculade.

Ses bras tendus de mère saisirent le petit Pierre.

Libérée, la femme aux atours étincelants posa sa main sur une main d'homme qui se présentait et sauta légèrement à terre, retenant haut la jupe de satin jaune pour éviter le contact de l'eau.

A cet instant, ce qu'Angélique remarqua devait rester gravé longtemps en sa mémoire, y prenant une importance démesurée, incompréhensible en fait, jusqu'au jour où, hantée par des souvenirs qu'elle enregistrait inconsciemment, elle finirait par y trouver la clé de bien des mystères.

Elle remarqua les bas rouge écarlate qui gainaient les jambes de la jeune femme, et les petits souliers-sabots qu'elle portait, en velours tiers-poil carmin, et applications de cuir blanc découpé, qu'agrémentait une rosette de satin d'or.

Angélique s'entendit demander à voix haute :

— Mais... qui est donc cette femme?

— ELLE, répondit Marie-la-Douce dans un sanglot. Elle, notre bienfaitrice! Mme de Maudribourg!... Voyez-la! N'est-elle pas belle? Parée de toutes les vertus et de toutes les grâces!...

Echappant aux bras qui la soutenaient, la jeune fille, rassemblant ses forces, marcha vers la nouvelle venue et s'écroula à ses genoux.

— Ah! bien-aimée dame!... Vous! Vivante!

— Marie, ma chère enfant! dit une voix au timbre doux et profond — un contraste émouvant — tandis que la duchesse s'inclinait vers Marie pour la baiser au front.

Un homme vêtu de sombre, un peu corpulent, le nez chaussé de besicles, était parvenu à descendre de la barque sans que personne se souciât de lui et s'efforçait en vain à ramener de l'ordre dans les effusions des retrouvailles.

— Allons, mesdames, allons, s'empressait-il. Je vous en prie, mesdames. Permettez enfin à la duchesse de recevoir les hommages du seigneur de ces lieux.

Un peu plus haut, Joffrey de Peyrac attendait, son grand manteau broché flottant au vent, et s'il avait lui aussi éprouvé une surprise devant l'aspect inattendu de la duchesse-bienfaitrice, elle ne se trahissait que par une légère ironie de son sourire en coin.

— Ecartez-vous, mesdames, insistait l'homme aux lunettes, prenez pitié de la fatigue de Mme la duchesse.

— Monsieur Armand! s'exclamèrent les demoiselles et Filles du roi, se décidant enfin à le reconnaître, lui aussi.

Elles l'entourèrent amicalement, et Mme de Maudribourg put faire quelques pas en direction du comte de Peyrac.

L'apercevant de plus près, Angélique vit alors que les vêtements de la duchesse étaient souillés par l'eau de mer et déchirés par endroits, et que ses pieds, chaussés des mignons souliers de cuir blanc et de velours, paraissaient se poser avec une peine infinie sur le sable dont la fluidité ajoutait à la difficulté de leur marche, et, malgré leur grâce, la finesse de la cheville que soulignait une baguette de fil d'or, ils semblaient lourds et pesants comme ceux d'Angélique tout à l'heure lorsqu'elle s'était avancée vers le port.

Or, ces pieds mentaient effrontément. Ou bien alors c'était le visage qui mentait. Il était moins jeune qu'elle ne l'avait cru en l'apercevant de loin, mais plus beau encore. En fait, la duchesse Ambroisine de Maudribourg devait avoir une trentaine d'années. Elle possédait toute l'aisance, l'assurance, l'élan de jeunesse à la fois animal et raffiné de cet âge splendide.

Pourtant, il devenait de plus en plus visible aux yeux avertis d'Angélique que cette éclatante personne qui gravissait hardiment la côte était en train de défaillir. Epuisement? Peur?... Emotion insurmontable?

Et Angélique ne comprenait pas pourquoi elle-même se trouvait dans l'impossibilité absolue de s'élancer au-devant de cette jeune femme à bout de forces, pour l'accueillir et la soutenir, comme elle l'eût fait vis-à-vis de n'importe quel être humain.

Joffrey de Peyrac balaya trois fois le sol de la plume de son chapeau, en s'inclinant devant la belle créature, baisa la main tendue.

— Je suis le comte de Peyrac de Morens d'Irristru... Gascon. Soyez la bienvenue, madame, en mon établissement des Amériques.

Elle leva sur lui un regard ambré qui se voilait.

— Ah! monsieur, quelle surprise! Vous portez le manteau avec plus d'élégance qu'un courtisan de Versailles.

— Madame, répondit-il galamment, sachez qu'il y a sur cette plage plus de gentilshommes bien nés que dans l'antichambre du roi.

Il s'inclina derechef sur la main blanche et qui était glacée. Puis, désignant Angélique, immobile à quelques pas :

— Et voici la comtesse de Peyrac, ma femme, qui va vous faire donner les rafraîchissements souhaitables après votre cruel voyage.

Ambroisine de Maudribourg se tourna vers Angélique et maintenant ses yeux étaient sombres comme la nuit dans son visage lilial. Un sourire souffrant flotta sur ses lèvres soudain décolorées.

— Car sans doute aussi n'y a-t-il pas, dans tout le palais de Versailles, femme plus belle que votre épouse, monsieur de Peyrac, fit-elle avec grâce de sa voix basse qui semblait chanter.

Sa pâleur s'accentuait. Ses paupières battirent. Un soupir, une très légère plainte franchirent ses lèvres.

— Ah! pardonnez-moi, madame, murmura-t-elle, je me meurs!...

Et elle glissait, dans ses atours étincelants, glissait doucement tel un oiseau prestigieux frappé en plein vol, et s'abattait évanouie, aux pieds d'Angélique. Celle-ci alors, un bref instant, éprouva la sensation d'être seule en un lieu inconnu et irréel.

L'esprit pétrifié et saisie d'une frayeur indicible, elle songea : « Est-ce donc elle? Celle qui doit s'élever des eaux? Celle qui doit venir parmi nous pour le service de Lucifer? »

Grands romans

La littérature conjuguée au pluriel, pour votre plaisir. Des œuvres de grands romanciers français et étrangers, des histoires passionnantes, dramatiques, drôles ou émouvantes, pour tous les goûts...

ADLER Philippe

Bonjour la galère !
1868/1

Les amies de ma femme
2439/3

Mais qu'est-ce qu'elles veulent ces bonnes femmes ? Quand il rentre chez lui, Albert aimerait que Victoire s'occupe de lui mais rien à faire : les copines d'abord. Jusqu'au jour où Victoire se fait la malle et où ce sont ses copines qui consolent Albert.

Qu'est-ce qu'elles me trouvent ?
3117/3

ANDREWS™ Virginia C.

Fleurs captives

Dans un immense et ténébreux grenier, quatre enfants vivent séquestrés. Pour oublier leur détresse, ils font de leur prison le royaume de leurs jeux, le refuge de leur tendresse, à l'abri du monde. Mais le temps passe et le grenier devient un enfer. Et le seul désir de ces enfants devenus adolescents est désormais de s'évader... à n'importe quel prix.

- Fleurs captives
1165/4
- Pétales au vent
1237/4
- Bouquet d'épines
1350/4
- Les racines du passé
1818/4
- Le jardin des ombres
2526/4

La saga de Heaven

- Les enfants des collines
2727/5

Les enfants des collines, c'est l'envers de l'Amérique : la misère à deux pas de l'opulence. Dans la cabane sordide où elle vit avec ses quatre frères et sœurs, Heaven se demande comment ses parents ont eu l'idée de lui donner ce prénom : «Paradis». Un jour, elle apprendra le secret de sa naissance, si lourd que la vie de son père en a été brisée, mais si beau qu'elle croit naître une seconde fois.

- L'ange de la nuit
2870/5
- Cœurs maudits
2971/5
- Un visage du paradis
3119/5
- Le labyrinthe des songes
3234/6

Ma douce Audrina
1578/4

Aurore

Un terrible secret pèse sur la naissance d'Aurore. Brutalement séparée des siens, humiliée, trompée, elle devra payer pour les péchés que d'autres ont commis. Car sur elle et sur sa fille Christie, plane la malédiction des Cutler...

- Aurore
3464/5
- Les secrets de l'aube
3580/6
- L'enfant du crépuscule
3723/6 (Juillet 94)
- Les démons de la nuit
3772/6 (Octobre 94)

ATTANÉ Chantal

Le propre du bouc
3337/2

AVRIL Nicole

Monsieur de Lyon
1049/2

La disgrâce
1344/3

Isabelle est heureuse, jusqu'au jour où elle découvre qu'elle est laide. A cette disgrâce qui la frappe, elle survivra, lucide, dure, hostile, adulte soudain.

Jeanne
1879/3

Don Juan aujourd'hui pourrait-il être une femme ? La belle Jeanne a appris, d'homme en homme, à jouir d'une existence qu'elle sait toujours menacée.

L'été de la Saint-Valentin
2038/1

La première alliance
2168/3

Sur la peau du Diable
2707/4

Dans les jardins de mon père
3000/2

Il y a longtemps que je t'aime
3506/3

L'amour impossible entre Antoine, 14 ans, et Pauline, sa belle-mère.

BACH Richard

Jonathan Livingston le goéland
1562/1 Illustré

Illusions/Le Messie récalcitrant
2111/1

Un pont sur l'infini
2270/4

Un cadeau du ciel
3079/3

Grands romans

BELLETTO René
Le revenant
2841/5
Sur la terre comme au ciel
2943/5
La machine
3080/6
L'Enfer
3150/5
Dans une ville déserte et terrassée par l'été, Michel erre. C'est alors qu'une femme s'offre à lui, belle et mystérieuse...

BERBEROVA Nina
Le laquais et la putain
2850/1
Astachev à Paris
2941/2
La résurrection de Mozart
3064/1
C'est moi qui souligne
3190/8
L'accompagnatrice
3362/4
Fascinée et jalouse de la cantatrice qui l'a engagée, une jeune russe découvre un monde qu'elle ne soupçonnait pas.
De cape et de larmes
3426/1
Roquenval
3679/1

BERGER Thomas
Little Big Man
3281/8

BEYALA Calixthe
C'est le soleil qui m'a brûlée
2512/2
Le petit prince de Belleville
3552/3

BLAKE Michael
Danse avec les loups
2958/4

BORY Jean-Louis
Mon village à l'heure allemande
81/4

BRIAND Charles
De mère inconnue
3591/5 (Octobre 94)
Le destin d'Olga, placée comme domestique chez des paysans angevins et enceinte à quatorze ans.

BULLEN Fiona
Les amants de l'équateur
3636/6

CAILHOL Alain
Immaculada
3766/4 Inédit (Octobre 94)
Histoire d'un écrivain paumé, en proie au mal de vivre. Un humour désespéré teinte ce premier roman d'un auteur bordelais de vingt ans, qui s'inscrit dans la lignée de Djian.

CAMPBELL Naomi
Swan
3827/5 (Novembre 94)

CATO Nancy
Lady F.
2603/4
Tous nos jours sont des adieux
3154/8
Sucre brun
3749/6 (Septembre 94)

CHAMSON André
La tour de Constance
3342/7

CHEDID Andrée
La maison sans racines
2065/2
Le sixième jour
2529/3
Le choléra frappe Le Caire. Ignorante et superstitieuse, la population préfère cacher les malades car, lorsqu'une ambulance vient les chercher, ils ne reviennent plus. L'instituteur l'a dit : «Le sixième jour, si le choléra ne t'a pas tué, tu es guéri.»
Le sommeil délivré
2636/3
L'autre
2730/3
Les marches de sable
2886/3
L'enfant multiple
2970/3
Le survivant
3171/2
La cité fertile
3319/1
La femme en rouge
3769/1 (Octobre 94)

CLANCIER Georges-Emmanuel
Le pain noir
651/3
Le pain noir, c'est celui des pauvres, si dur, que même les chiens n'en veulent pas. Placée à huit ans comme domestique chez des patrons avares, Cathie n'en connaîtra pas d'autre. Récit d'une enfance en pays Limousin, au siècle dernier.

COCTEAU Jean
Orphée
2172/1

COLETTE
Le blé en herbe
2/1

COLOMBANI Marie-Françoise
Donne-moi la main, on traverse
2881/3
Derniers désirs
3460/2

Grands romans

COLLARD Cyril

Cinéaste, musicien, il a adapté à l'écran et interprété lui-même son second roman Les nuits fauves.
Le film 4 fois primé, a été élu meilleur film de l'année aux Césars 1993. Quelques jours plus tôt Cyril Collard mourait du sida.

Les nuits fauves
2993/3

Condamné amour
3501/4

Cyril Collard : la passion
3590/4 (par J.-P. Guerand & M. Moriconi)

L'ange sauvage (Carnets)
3791/3 (Novembre 94)

CONROY Pat

Le Prince des marées
2641/5 & 2642/5

Dans une Amérique actuelle et méconnue, au cœur du Sud profond, un roman bouleversant, qui mêle humour et tragédie.

CORMAN Avery

Kramer contre Kramer
1044/3

Un divorce et des existences se brisent : celle du petit Billy et de son père, Ted Kramer. En plein désarroi, Ted tente de parer au plus pressé. Et puis un jour, Joanna réapparaît...

CATO Nancy

Sucre brun
3749/6

DENUZIERE Maurice

Helvétie
3534/9

A l'aube du XIXe siècle, le pays de Vaud apparaît comme une oasis de paix au milieu d'une Europe secouée par de furieux soubresauts. C'est cette joie de vivre oubliée que découvre Blaise de Fonsalte, soldat de l'Empire, déjà las de l'épopée napoléonienne. De ses amours clandestines avec Charlotte, la femme de son hôte, va naître une petite fille aux yeux vairons. Premier volume d'une nouvelle et passionnante série romanesque par l'auteur de *Louisiane*.

La Trahison des apparences
3674/1

DHÔTEL André

Le pays où l'on n'arrive jamais
61/2

DICKEY James

Délivrance
531/3

DIWO Jean

Au temps où la Joconde parlait
3443/7

1469. Les Médicis règnent sur Florence et Léonard de Vinci entame sa carrière, aux côtés de Machiavel, de Michel-Ange, de Botticelli, de Raphaël... Une pléiade de génies vont inventer la Renaissance.

DJIAN Philippe

Né en 1949, sa pudeur, son regard à la fois tendre et acerbe, et son style inimitable, ont fait de lui l'écrivain le plus lu de sa génération.

37°2 le matin
1951/4

Se fixer des buts dans la vie, c'est s'entortiller dans des chaînes... Oui, mais il y a Betty et pour elle, il irait décrocher la lune. C'est là qu'ils commencent à souffrir. Car elle court derrière quelque chose qui n'existe pas. Et lui court derrière elle. Derrière un amour fou...

Bleu comme l'enfer
1971/4

Zone érogène
2062/4

Maudit manège
2167/5

50 contre 1
2363/2

Echine
2658/5

Crocodiles
2785/2

Cinq histoires qui racontent le blues des amours déçues ou ignorées. Mais c'est parce que l'amour dont ils rêvent se refuse à eux que les personnages de Djian se cuirassent d'indifférence ou de certitudes. Au fond d'eux-mêmes, ils sont comme les crocodiles : «des animaux sensibles sous leur peau dure.»

DOBYNS Stephen

Les deux morts de la Señora Puccini
3752/5 Inédit (Septembre 94)

Grands romans

DORIN Françoise

Elle poursuit avec un égal bonheur une double carrière. Ses pièces (La facture, L'intoxe...) dépassent le millier de représentations et ses romans sont autant de best-sellers.

Les lits à une place
1369/4

Pour avoir vu trop de couples déchirés, de mariages ratés (dont le sien !), Antoinette a décidé que seul le lit à une place est sûr. Et comme elle a aussi horreur de la solitude, elle a partagé sa maison avec les trois êtres qui lui sont le plus chers. Est-ce vraiment la bonne solution ?

Les miroirs truqués
1519/4

Les jupes-culottes
1893/4

Les corbeaux et les renardes
2748/5

Baron huppé mais facile à duper, Jean-François de Brissandre trouve astucieux de prendre la place de son chauffeur pour séduire sa dulcinée. Renarde avisée, Nadège lui tient le même langage. Et voilà notre corbeau pris au piège, lui qui croyait abuser une ingénue.

Nini Patte-en-l'air
3105/6

Au nom du père et de la fille
3551/5

Un beau matin, Georges Vals aperçoit l'affiche d'un film érotique, sur laquelle s'étale le corps superbe et intégralement nu de sa fille. De quoi chambouler un honorable conseiller fiscal de soixante-trois ans ! Mais son entourage est loin de partager son indignation. Que ne feraiton pas, à notre époque, pour être médiatisé ?

DUBOIS Jean-Paul

Les poissons me regardent
3340/3

Une année sous silence
3635/3

DUNKEL Elizabeth

Toutes les femmes aiment un poète russe
3463/7

DUROY Lionel

Priez pour nous
3138/4

EDMONDS Lucinda

En coulisse
3676/6 (Décembre 94)

ELLISON James

La fille du calendrier
3804/3

FOSSET Jean-Paul

Chemins d'errance
3067/3

Saba
3270/3

FOUCHET Lorraine

Jeanne, sans domicile fixe
2932/4

Taxi maraude
3173/4

FREEDMAN J.-F.

Par vent debout
3658/9

FRISON-ROCHE

Né à Paris en 1906, l'alpinisme et le journalisme le conduisent à une carrière d'écrivain. Aujourd'hui il partage son temps entre de grands reportages, les montagnes du Hoggar et Chamonix.

La peau de bison
715/3

La vallée sans hommes
775/3

Carnets sahariens
866/2

Premier de cordée
936/3

Le mont Blanc, ses aiguilles acérées, ses failles abruptes, son pur silence a toujours été la passion de Jean Servettaz. C'est aussi pour cela qu'il a décidé d'en écarter son fils. Mais lorsque la montagne vous tient, rien ne peut contrarier cette vocation.

La grande crevasse
951/3

Retour à la montagne
960/3

La piste oubliée
1054/3

La Montagne aux Écritures
1064/2

Le rendez-vous d'Essendilène
1078/3

Le rapt
1181/4

Djebel Amour
1225/4

En 1870, une jolie couturière, Aurélie Picard, épouse un prince de l'Islam. A la suite de Si Ahmed Tidjani, elle découvre, éblouie, la splendeur du Sahara. Décidée à conquérir son peuple, elle apprend l'arabe, porte le saroual et prend le nom de Lalla Yamina. Au pied du djebel Amour se dresse encore le palais de Kourdane où vécut cette pionnière.

La dernière migration
1243/4

Les montagnards de la nuit
1442/4

Frison-Roche, qui a lui-même appartenu aux maquis savoyards, nous raconte le quotidien de ces combattants de l'ombre.

L'esclave de Dieu
2236/6

Le versant du soleil
3480/9

Grands romans

GEDGE Pauline
La dame du Nil
2590/6
L'histoire d'Hatchepsout, qui devint reine d'Egypte à quinze ans. Les splendeurs de la civilisation pharaonique et un destin hors série.

GEORGY Guy
La folle avoine
3391/4
Le petit soldat de l'Empire
3696/4
L'oiseau sorcier
3805/4 (Décembre 94)

GOLDSMITH Olivia
La revanche des premières épouses
3502/7

GOLON Anne et Serge
Angélique
Marquise des Anges
2488/7
Lorsque son père, ruiné, la marie contre son gré à un riche seigneur toulousain, Angélique se révolte. Défiguré et boiteux, le comte de Peyrac jouit en outre d'une inquiétante réputation de sorcier. Derrière cet aspect repoussant, Angélique va pourtant découvrir que son mari est un être fascinant...

Le chemin de Versailles
2489/7
Angélique et le Roy
2490/7
Indomptable Angélique
2491/7
Angélique se révolte
2492/7
Angélique et son amour
2493/7
Angélique et le Nouveau Monde
2494/7
La tentation d'Angélique
2495/7
Angélique et la Démone
2496/7
Le complot des ombres
2497/5
Angélique à Québec
2498/5 & 2499/5
La route de l'espoir
2500/7
La victoire d'Angélique
2501/7

TERROIR

Romans et histoires vraies d'une France paysanne qui nous redonne le goût de nos racines.

CLANCIER G.-E.
Le pain noir
651/3

GEORGY Guy
La folle avoine
3391/4
Orphelin, Guy-Noël vit chez sa grand-mère, une vieille dame qui connaît tout le folklore et les légendes du pays sarladais. Dans ce merveilleux Périgord, où la forêt ressemble à une cathédrale, l'enfant s'épanouit comme la folle avoine.

JEURY Michel
Le vrai goût de la vie
2946/4
Le soir du vent fou
3394/5
Un soir de 1934, alors que souffle le vent fou, un feu de broussailles se propage rapidement et détruit la maison du maire. La toiture s'effondre sur un vieux domestique. Lolo avait si mauvaise réputation que les gendarmes ne cherchent pas plus loin...

LAUSSAC Colette
Le sorcier des truffes
3606/1

MASSE Ludovic
Les Grégoire
Histoire nostalgique et tendre d'une famille, entre Conflent et Vallespir, en Catalogne française, au début du siècle.

- Le livret de famille
3653/5
- Fumées de village
3787/5 (Novembre 94)

PONÇON Jean-Claude
Revenir à Malassise
3806/3 (Décembre 94)

SOUMY Jean-Guy
Les moissons délaissées
3720/6 (Juillet 94)
Mars 1860. Un jeune Limousin quitte son village natal pour aller travailler à Paris, dans les immenses chantiers ouverts par Haussmann. Chaque année, la pauvreté contraint les gens de la Creuse à délaisser les moissons... Histoire d'une famille et d'une région au siècle dernier.

VIGNER Alain
L'arcandier
3625/4

VIOLLIER Yves
Par un si long détour
3739/4 (Août 94)

Grands romans

GROULT Flora

Après des études à l'Ecole des arts décoratifs, elle devient journaliste et romancière. Elle écrit d'abord avec sa sœur Benoite, puis seule.

Maxime ou la déchirure
518/1

Un seul ennui, les jours raccourcissent
897/2

A quarante ans, Lison épouse Claude, diplomate à Helsinki. Elle va découvrir la Finlande et les trois enfants de son mari. Jusqu'au jour où elle se demande si elle n'a pas commis une erreur.

Ni tout à fait la même, ni tout à fait une autre
1174/3

Une vie n'est pas assez
1450/3

Mémoires de moi
1567/2

Le passé infini
1801/2

Le temps s'en va, madame...
2311/2

Belle ombre
2898/4

Le coup de la reine d'Espagne
3569/1

HARVEY Kathryn

Butterfly
3252/7 Inédit

HEBRARD Frédérique

Auteur de nombreux livres portés avec succès à l'écran ; son œuvre reçoit la consécration avec Le Harem, *Grand Prix du Roman de l'Académie française 1987.*

Un mari, c'est un mari
823/2

Chaque année la famille Marten se retrouve à Foncoude, une grande maison un peu délabrée mais pleine de charme, entourée de platanes et de vignes. Viennent aussi les cousins, les amis... Et Ludovique passe l'été à astiquer et à cuisiner. Jusqu'au jour où elle décide de faire une fugue.

La vie reprendra au printemps
1131/3

La chambre de Goethe
1398/3

Un visage
1505/2

La Citoyenne
2003/3

Le mois de septembre
2395/1

Le Harem
2456/3

La petite fille modèle
2602/3

La demoiselle d'Avignon
avec Louis Velle
2620/4

C'est une princesse, perdue au cœur de Paris, incognito, sans argent, à la recherche de l'homme qu'elle aime. Lui, c'est un diplomate. Il croit aimer une étudiante et ignore qu'elle porte une couronne. Une histoire d'amour pleine de charme, de rebondissements et de quiproquos.

Le mari de l'Ambassadeur
3099/5

Sixtine est ambassadeur. Pierre-Baptiste est chercheur à l'Institut Pasteur. Ils n'auraient jamais dû se rencontrer. L'aventure les réunit pourtant, au beau milieu d'une révolution en Amérique centrale. Et l'amour va les entraîner jusqu'au Kazakhstan, en passant par Beyrouth et le Vatican !

Félix, fils de Pauline
3531/2

Le Château des Oliviers
3677/7

Entre Rhône et Ventoux, au milieu des vignes, se dresse le Château d'Estelle, son paradis. Lorsqu'elle décide de le ramener à la vie, elle ne sait pas encore que son domaine est condamné. Aidée par l'amour des siens et surtout celui d'un homme, Estelle se battra jusqu'au bout pour préserver son univers.

HOFFMAN Alice

L'enfant du hasard
3465/4

La maison de Nora Silk
3611/5

HUBERT Jean-Loup

Le grand chemin
3425/3

HUMPHREYS Josephine

L'amour en trop
3788/5

JAGGER Brenda

Les chemins de Maison Haute
2818/9

A 17 ans, Virginia hérite de la fortune des Barthforth. Mais dans cette Angleterre victorienne, une femme peut-elle choisir son destin ? Contrainte d'épouser un homme qu'elle n'aime pas, Virginia se révolte.

La chambre bleue
2838/8

JEAN Raymond

La lectrice
2510/1

JEKEL Pamela

Bayou
3554/9

En 1786, les Doucet s'installent au bayou Lafourche, en Lousiane. Quatre femmes exceptionnelles vont traverser, en un siècle et demi, l'histoire de cette famille.

JULIET Charles

L'année de l'éveil
2866/3

KANE Carol

Une diva
3697/6

Grands romans

KAYE M.M.

Pavillons lointains
1307/4 &1308/4

Dans l'Inde coloniale, un officier britannique reçoit l'ordre d'accompagner dans le Rajputana le cortège nuptial des sœurs du maharadjah de Karidkote. Il est loin de s'imaginer que cette mission va décider de toute sa vie.

KENEALLY Thomas

La liste de Schindler
2316/6

Venu en Pologne avec l'armée nazie, l'industriel allemand Schindler a vite prospéré, en faisant fabriquer de la vaisselle émaillée : la main-d'œuvre est bon marché, à Cracovie, en 1943. Mais en faisant travailler des juifs, Schindler les sauve de l'extermination, car Auschwitz-Birkenau est à deux pas.

KOSINSKI Jerzy

L'oiseau bariolé
270/3

Au début de la guerre, un jeune garçon trouve refuge à la campagne. Mais dans ces pays d'Europe de l'Est où tous sont blonds aux yeux bleus, on persécute l'enfant aux cheveux noirs. Bohémien ou juif, il ne peut que porter malheur. Lui, du haut de ses dix ans, essaie de comprendre et de survivre.

KONSALIK Heinz G.

Amours sur le Don
497/5

La passion du Dr Bergh
578/4

Dr Erika Werner
610/3

Lorsque le célèbre Pr Bornholm rencontre Erika Werner, une jeune assistante en chirurgie, une passion folle les lie immédiatement. A tel point que, le jour où son amant commet une tragique erreur professionnelle, Erika s'accuse à sa place...

Mourir sous les palmes
655/4

Aimer sous les palmes
686/3

L'or du Zephyrus
817/2

Les damnés de la taïga
939/4

Une nuit de magie noire
1130/2

Le médecin de la tsarine
1185/2

Bataillons de femmes
1907/6

Coup de théâtre
2127/3

Clinique privée
2215/3

L'héritière
1653/2

La guérisseuse
2314/6

Conjuration amoureuse
2399/1

La jeune fille et le sorcier
2474/3

Le sacrifice des innocents
2897/3

La saison des dames
2999/4 Inédit

Le pavillon des rêves
3122/5 Inédit

La vallée sans soleil
3254/5 Inédit

La baie des perles noires
3413/5 Inédit

Un beau jour, Rudolph abandonne tout pour aller s'installer au bout du monde, sur un atoll du Pacifique Sud, en compagnie de la belle Tana'Olu.

LACAMP Ysabelle

Coréenne par sa mère, cévenole par son père, elle revendique sa double appartenance. Egalement comédienne et chanteuse, elle conjugue tous les talents.

La Fille du Ciel
2863/5

Dans la Chine décadente et raffinée du Xe siècle la trop belle Shu-Meï, fragile mais rebelle, a décidé de prendre en main son destin.

L'éléphant bleu
3209/5

Une jeune fille bien comme il faut
3513/3

L'histoire d'une jeune fille en apparence comblée par la vie, qui tombe amoureuse du meilleur ami de son père. Alors rien ne va plus. Sarah se ronge de culpabilité et devient anorexique. Peut-être parce qu'elle n'a pas d'autre moyen de se révolter ou de s'affirmer.

Ces 3 titres sont également disponibles en coffret
FJ 6013

LEFEVRE Françoise

Le petit prince cannibale
3083/3

Sylvestre, c'est un peu le Petit Prince. Il habite une autre planète, s'isole dans son monde, écoute le silence, officiellement catalogué comme autiste. Il dévore littéralement sa mère. Et elle, tout en essayant de le sortir de cette prison, tente de poursuivre son œuvre d'écrivain. Un livre tragique et superbe.

La première habitude
697/2

Grands romans

McCULLOUGH Colleen
Les oiseaux se cachent pour mourir
1021/4 & 1022/4
Lorsque les Cleary s'installent en Australie, sur un immense domaine où paissent des troupeaux innombrables, la petite Meggie sait déjà qu'un seul homme comptera pour elle. Beau comme un prince, intelligent et doux, Ralph est prêtre et donc rien n'est vraiment possible entre eux. Mais l'amour ne transgresse-t-il pas tous les interdits ?

Tim
1141/3

Un autre nom pour l'amour
1534/4
Un hôpital dans une île du Pacifique. Et là, le pavillon X, où sont regroupés les soldats que les horreurs de la guerre ont rendu fous. Infirmière, Honora s'occupe avec un dévouement admirable de ces hommes hantés par des images atroces. Jusqu'au jour où l'arrivée de Mike Wilson fait du pavillon X un enfer.

La passion du Dr Christian
2250/6

Les dames de Missalonghi
2558/3

L'amour et le pouvoir
3276/7 & 3277/7

La couronne d'herbe
3583/6 & 3584/6

McMURTRY Larry
Texasville
3321/8

MALLET-JORIS Françoise
Née à Anvers, fille d'un homme d'Etat belge et de l'écrivain Suzanne Lilar, elle fait partie de l'académie Goncourt.

Adriana Sposa
3062/5

Divine
3365/4
Jeanne est grosse et heureuse. Mais le jour où l'ascenseur tombe en panne, elle se rend compte que son poids est un handicap. Par défi, elle entame un régime. Et son corps mince devient quelque chose d'étranger. Jeanne a l'impression d'être rentrée dans le rang. Un roman truculent, plein d'humanité et d'intelligence.

MARIE-POSA
Eclipse
3189/3

MARKANDAYA Kamala
Le riz et la mousson
117/2

MARKHAM Beryl
Vers l'ouest avec la nuit
3753/5 (Septembre 94)

MICHAELS Fern
L'autre rive de l'amour
3768/7 (Octobre 94)

MICHAEL Judith
Une autre femme
3012/8

Une femme en colère
3300/6 & 3301/6

Farouche
3721/10 (Juillet 94)
Avocate, Anne a été dans son enfance victime d'un viol d'autant plus traumatisant que personne n'a voulu la croire. Lorsque le destin replace son persécuteur, devenu sénateur, sur son chemin, elle va pouvoir enfin se venger.

MILES Rosalind
Les promesses du péché
3485/7

DeMILLE Nelson
Le voisin
3722/9 (Juillet 94)

MILLER Sue
Portraits de famille
3656/7

MONNIER Thyde
Les Desmichels
- Grand-Cap
206/2
- Le pain des pauvres
210/4
- Nans le berger
218/4

Deux bébés naissent à deux mois d'intervalle sur le domaine de Guirande. Firmin, le fils de Laurent Michel est l'héritier du nom et de cette terre. Nans, l'enfant de la servante, gardera les moutons. Pourtant, le premier conçu, l'enfant de l'amour, c'est lui.

- La demoiselle
222/4
- Travaux
231/4
- Le figuier stérile
237/4

MONSIGNY Jacqueline
Michigan Mélodie
(Un mariage à la carte)
1289/2
Quelque part, sur une route du Middle West, un camion brinquebalant s'arrête pour prendre une ravissante auto-stoppeuse. Bo, le conducteur est américain, barbu et bâti en athlète. Très vite, il trouve que cette jeune Française est exaspérante. Mais Audrey a décidé de l'épouser...

Le roi sans couronne
2332/6

Gulf Stream
3280/6

MORAVIA Alberto
La belle Romaine
1712/5

MORRIS Edita
Les fleurs d'Hiroshima
141/1

Grands romans

NELL DUBUS Elisabeth
Beau-Chêne
2346/6
En Louisiane les Clouet édifient Beau-Chêne, un domaine luxuriant. D'une génération à l'autre, les femmes lui donnent son âme.
Comme un feu éternel
3014/7
Folles chimères
3045/4 Inédit

PEYREFITTE Roger
Les amitiés particulières
17/4

PIAT Jean
Le parcours du combattant
3028/4
La vieille dame de la librairie
3278/4
Un livre émouvant et authentique sur la vie, l'amour, et la Grande guerre.
Veille de fête
3715/3
Il est français, elle est allemande. A l'automne de leur existence, ils redécouvrent l'amour. Mais le 31 décembre 1992, en cette veille de fête, les souvenirs de leur enfance meurtrie par la guerre vont peut-être tout gâcher.

PILCHER Rosamunde
Les pêcheurs de coquillages
3106/8
September
3446/9

PLAIN Belva
Tous les fleuves vont à la mer
1479/4 & 1480/4
En 1911, une jeune juive polonaise arrive, seule, à New York et se marie. Pauvreté, richesse, deuils atroces, Anna surmontera tout. Jusqu'à cet amour secret qu'elle voue à Pierre, qui cependant n'entamera jamais celui qu'elle porte à son mari.
La splendeur des orages
1622/5
La coupe d'or
2425/7
Les Werner
2662/5
Pour le meilleur et pour le pire
3116/6
Le collier de Jérusalem
3336/7
Les Farrel
3540/8

Pour lecteurs avertis

APOLLINAIRE
Les onze mille verges
704/1
Les prouesses du prince Mony Vibescu, doué d'une étonnante vigueur et d'une imagination débridée. Un classique de la littérature érotique, écrit par un grand poète.

ARSAN Emmanuelle
Toute Emmanuelle
1046/2
Chargée de mission
3427/3

CICCIOLINA
Confessions
3085/3 Illustré

DEVEREUX Capitaine
Vénus indienne
3807/3 (Décembre 94)

DONOSO José
La mystérieuse disparition de la jeune marquise de Loria
1439/2

DURIES Vanessa
Le lien
3678/3
Récit troublant d'une passion soumise, dans un univers d'un érotisme extrême.

LAHAIE Brigitte
«J'ai été la comédienne érotique la plus célèbre, la mieux payée de France... J'ai presque tout fait sur un écran et bien davantage dans ma vie privée.»
La femme modèle
3102/3 inédit

LAUREY Joy
Joy
1467/2
A quinze ans, Joy découvre le plaisir et le pouvoir de sa beauté. La voici aussitôt emportée, enlacée, passant d'amants en maîtresses, goûtant à tout et pourtant toujours affamée.
Joy et Joan
1703/2
Le retour de Joy
3388/3

McNEILL Elizabeth
9 semaines 1/2
2259/2

Grands romans

RADIGUET Raymond
Le diable au corps
2969/1

RAGUENEAU Philippe
L'histoire édifiante et véridique du chat Moune
1623/2

RASPAIL Jean
Les yeux d'Irène
2037/4
Qui se souvient des Hommes...
2344/3
Autrefois, la Terre de Feu était habitée par un peuple, les Kaweskars. Dans leur langue, cela signifiait les Hommes. Décimés par l'impitoyable civilisation, ils ont aujourd'hui pratiquement disparu. Une immense et terrible histoire.
Moi, Antoine de Tounens, roi de Patagonie
2595/4
L'Ile Bleue
2843/3
Pêcheur de lunes
3087/3

RIPLEY Alexandra
Charleston
3220/8

ROBERTS Nora
Les illusionnistes
3608/8

ROUSSEAU Nita
Les iris bleus
3500/1

SADOUL Jacques
Le domaine de R.
- La passion selon Satan
1000/2
- Le Jardin de la licorne
1045/2
- Les Hautes Terres du Rêve
1079/2
La Cité Fabuleuse
3412/4
Un beau jour, la nymphe Mylène se matérialise sur un banc du Luxembourg. Sa beauté subjugue immédiatement René Charvin. Au même moment, une série de meurtres atroces est commis dans le Morvan. Y aurait-il un rapport entre Mylène et les monstres assassins ?
La-Belle-est-venue
3532/4

SEDA
Le fumoir de l'ambassade
3368/3

SEGAL Erich
Love story
412/1
Oliver's story
1059/2

SHALIT Béatrice
Lisa, Lisa
3389/3

SILVASI Louis
Noël
3571/8 Inédit

STEEL Danielle
Après avoir travaillé dans la mode, Danielle Steel écrit aujourd'hui des romans qui sont autant de best-sellers.
Leur promesse
1075/3
Sur le campus d'Harvard, Michael et Nancy s'éprennent follement l'un de l'autre. Mais Michael est l'héritier de la dynastie Hilliard...
Une saison de passion
1266/4
Un monde de rêve
1733/3
Celle qui s'ignorait
1749/5
L'anneau de Cassandra
1808/4
Palomino
2070/3
Souvenirs d'amour
2175/5
Maintenant et pour toujours
2240/6

SWINDELLS Madge
Ecoute ce que dit le vent
2280/6
Comme des ombres sur la neige
2899/7

TAN Amy
Le club de la chance
3589/4
La femme du Dieu du feu
3747/7 (Septembre 94)

TOLKIN Michael
The Player
3483/3

TUROW Scott
Le poids de la preuve
3505/9

V. Cécile
Frédérique
3773/4 (Octobre 94)
A travers les amours déçues, la dérive et les rencontres de Frédérique, le portrait d'une génération en quête d'identité. Le premier roman d'une jeune scénariste au talent prometteur.

WALKER Alice
La couleur pourpre
2123/3

WHARTON Edith
Le temps de l'innocence
3393/5

WOOD Barbara
Les battements du cœur
2909/6

XENAKIS Françoise
La natte coupée
1790/2
Elle lui dirait dans l'île
2994/3

Henri Troyat

Né à Moscou en 1911, il est arrivé en France en 1920 et est devenu l'un des plus grands écrivains français. En 1959, il est élu à l'Académie française. Les éditions J'ai lu ont vendu plus de douze millions d'exemplaires de ses livres.

La neige en deuil
10/1

La lumière des justes

1 - Les compagnons du coquelicot
272/4

En arrivant à Paris en 1815, avec les troupes d'occupation russes, Nicolas Ozareff découvre avec enthousiasme les théories démocratiques et tombe amoureux de Sophie, la fille de ses hôtes. L'aventure malheureuse des «décembristes», conspirateurs libéraux, qui tentèrent d'instituer un régime libéral en Russie, en 1825.

2 - La barynia
274/4

3 - La gloire des vaincus
276/4

4 - Les dames de Sibérie
278/4

5 - Sophie ou la fin des combats
280/4

Le geste d'Eve
323/2

Les Eygletière

1 - Les Eygletière
344/4

Avocat parisien fortuné, Philippe Eygletière se remarie avec une femme ravissante, qui n'a que dix ans de plus que l'aîné de ses fils. Peu à peu, la façade de respectabilité bourgeoise de cette grande famille va se désagréger, minée par l'hypocrisie et les compromis.

2 - La faim des lionceaux
345/4

3 - La malandre
346/4

La pierre, la feuille et les ciseaux
559/3

Anne Prédaille
619/3

Grimbosq
801/3

Le Moscovite

1 - Le Moscovite
762/3

Moscou, 1812 : la Grande Armée arrive aux portes de la ville, qui s'embrase dans un gigantesque incendie. Armand de Croué, un jeune émigré français dont la famille s'est réfugiée en Russie à la Révolution voit alors, avec épouvante, les troupes napoléoniennes déferler sur sa terre d'adoption.

2 - Les désordres secrets
763/3

3 - Les feux du matin
764/3

Le front dans les nuages
950/2

Le pain de l'étranger
1577/2

Catherine la Grande
1618/7

Pierre le Grand
1723/5

La Dérision
1743/2

Marie Karpovna
1925/1

Viou

- Viou
1318/2

A huit ans, dans la grande maison du Puy qu'elle habite avec ses grands-parents, Viou rêve à son père mort au combat à la Libération et à sa mère qui l'a abandonnée.

- A demain, Sylvie
2295/2

- Le troisième bonheur
2523/2

Le bruit solitaire du cœur
2124/2

Un si long chemin
2457/3

Toute ma vie sera mensonge
2725/1

La gouvernante française
2964/3

La femme de David
3316/1

Aliocha
3409/1

Nicolas II
3481/5

Le destin tragique du dernier des tsars et de la famille impériale, dans la Russie tumultueuse du début du siècle, déchirée par la guerre, les grèves et l'agitation révolutionnaire. En évoquant la poussée des nationalismes, les affrontements idéologiques, les timides essais de parlementarisme, Henri Troyat éclaire les problèmes actuels de l'ex-URSS.

Youri

3634/1

1917. Youri est le fils des riches Samoïlov, Sonia la fille d'une servante. Emportés dans la tourmente de la révolution russe, les deux enfants découvrent le monde des adultes, sans comprendre...

Bernard Clavel

Né dans le Jura en 1923, il exerce de nombreux métiers avant de se consacrer exclusivement à la littérature. Autodidacte, cet écrivain passionné nourrit son œuvre de la richesse de son vécu et de sa sensibilité. Sous sa plume naissent des personnages forts et vrais, des drames inoubliables.

Le tonnerre de Dieu
290/1
Le voyage du père
300/1
L'Espagnol
309/4
Malataverne
324/1

Dans un bourg du Jura où ils s'ennuient, trois adolescents font les quatre cents coups et entrent, sans le comprendre vraiment, dans la délinquance.

L'hercule sur la place
333/3
Le tambour du bief
457/2
Le massacre des innocents
474/1
L'espion aux yeux verts
499/2

La grande patience

1 - La maison des autres
522/4
2 - Celui qui voulait voir la mer
523/4
3 - Le cœur des vivants
524/4
4 - Les fruits de l'hiver
525/4

Dans une petite ville près de Lyon, les règlements de comptes sanglants de la Libération, sèment le trouble et la mort. Ce roman valut à Bernard Clavel le prix Goncourt en 1968.

Le Seigneur du Fleuve
590/3
Pirates du Rhône
658/1
Le silence des armes
742/3
Tiennot
1099/1
L'homme du Labrador
1566/1 (Octobre 94)
Terres de mémoire
1729/2
Qui êtes-vous, B. Clavel ?
1895/2

Les colonnes du ciel

1 - La saison des loups
1235/3
2 - La lumière du lac
1306/4
3 - La femme de guerre
1356/3
4 - Marie Bon Pain
1422/3
5 - Compagnons du Nouveau-Monde
1503/3

Quand j'étais capitaine
3423/3
Meurtre sur le Grandvaux
3605/3

Les rouliers, c'étaient les ancêtres des camionneurs d'aujourd'hui. Pendant des siècles, ils ont parcouru toutes les routes d'Europe, de l'Espagne aux foires de Russie, avec leurs attelages chargés de marchandises. Mais pour Ambroise Grandvalliers, le voyage s'arrête le jour où il lui faut venger l'honneur de sa fille.

Le Royaume du Nord

Tout semblait rejeter l'homme dans ce Grand Nord canadien. Pourtant des pionniers s'engagent, pour tenter une utopique aventure : fonder un village sur les berges de l'Harricana.

- Harricana
2153/4
- L'Or de la terre
2328/4
- Miséréré
2540/4
- Amarok
2764/3
- L'angélus du soir
2982/3
- Maudits sauvages
3170/4

La bourrelle
3659/1
L'Iroquoise
3700/1
La révolte à deux sous
3748/3 (Septembre 94)

Dresseur d'animaux, Patero parcourt les collines de Lyon, entouré de chats, d'oiseaux et de rats, tenant entre ses mains tous les fils d'une révolte que le fleuve en colère finira par engloutir sous ses eaux noires.

Guy des Cars

Guy des Cars (1911-1993). Né à Paris, il fut d'abord journaliste, puis entama, avec L'officier sans nom *une carrière littéraire qui devait faire de lui l'écrivain français le plus lu dans le monde.*

La brute
47/3

Accusé de meurtre et traduit en justice, un homme sourd-muet et aveugle de naissance va être condamné. Comment pourrait-il se défendre, enfermé dans son drame ? Une analyse minutieuse et passionnante de la machine judiciaire.

Le château de la juive
97/4

La tricheuse
125/4

L'impure
173/4

Sur un paquebot faisant route vers l'Extrême-Orient, une femme, très belle, rencontre l'amour qu'elle a toujours cherché. Mais un destin atroce va l'ensevelir dans une île de l'archipel des Fidji, au milieu des morts vivants.

La corruptrice
229/3

La demoiselle d'Opéra
246/4

Les filles de joie
265/3

La dame du cirque
295/3

Cette étrange tendresse
303/3

La cathédrale de haine
322/4

L'officier sans nom
331/3

Les sept femmes
347/4

La maudite
361/4

Dans une ancienne famille de Haute-Provence, entre un père despotique et une redoutable gouvernante, une jeune fille reçoit une éducation rigide qui la pervertit. Elle n'aura que plus tard la révélation de sa dualité sexuelle.

L'habitude d'amour
376/3

La révoltée
492/4

Amour de ma vie
516/3

Le faussaire
548/5

La vipère
615/4

L'entremetteuse
639/4

Une certaine dame
696/5

L'insolence de sa beauté
736/3

L'amour s'en va-t-en guerre
765/2

Le donneur
809/3

J'ose
858/3

La justicière
1163/2

La vie secrète de Dorothée Gindt
1236/1

La femme qui en savait trop
1293/3

Le château du clown
1357/4

La femme sans frontières
1518/3

Le boulevard des illusions
1710/3

La coupable
1880/3

L'envoûteuse
2016/5

Le faiseur de morts
2063/3

La vengeresse
2253/3

Sang d'Afrique
2291/6

Le crime de Mathilde
2375/4

L'histoire d'une étonnante captation d'héritage et d'une femme qui ne vécut que pour un seul amour. Emportée par une passion démesurée, Mathilde ne parvient plus à reconnaître le bien du mal et, sans le comprendre, dérive vers le crime.

La voleuse
2660/4

Le grand monde
2840/8

La mère porteuse
2885/4

L'homme au double visage
2992/4

L'amoureuse
3192/4

Je t'aimerai éternellement
3462/4

La femme-objet
3517/3

L'amant imaginaire
3694/6

Hôtesse d'accueil dans un établissement très spécial, Solange se préserve en s'inventant un «protecteur». Un amant imaginaire qui fait rêver ses amies. Mais un soir survient un homme qui ressemble trait pour trait à celui qu'elle décrivait. Est-ce vraiment l'amour ? Solange, naïve, est prête à le croire, lorsque se referme sur elle le piège d'une passion funeste.

Aventures et Passions

Quand les passions se déchaînent, quand elles entraînent des êtres prêts à tout pour les vivre dans un tourbillon d'aventures tumultueuses, elles sont dans la collection Aventures et Passions.

De l'Angleterre moyenâgeuse à la Louisiane déchirée par la guerre de Sécession, des îles Caraïbes aux rivages de l'Inde, Johanna Lindsey, Julie Garwood, Jennifer Blake, Kathleen Woodiwiss et tous les meilleurs auteurs du genre dressent pour vous des décors historiques somptueux. Suivez les aventures de leurs héroïnes rebelles que seul l'amour parvient à dompter.

BLAKE JENNIFER

Sérénade en Louisiane
3169/5
Les chaînes de l'amour
3240/5
Un éden sauvage
3347/6
Le vengeur créole
3415/5
Le temps d'une valse
3758/6 (Septembre 94)

Bien qu'ayant fait un mariage de convenance, Amélie n'aura pourtant de cesse qu'il soit consommé. MAis au matin, elle s'apercevra qu'elle a pris, sans le savoir, un amant !

BRANDEWYNE REBECCA

La lande sauvage
3018/5
Duel sur la lande
3055/4
Pour l'amour d'un comanchero
3159/7
La passion du conquistador
3285/5

Pour échapper aux intrigues perverses de Don Rodolfo, Aurora est prête à s'enfuir au bout du monde !

Les amants hors la loi
3397/6
Un mari en héritage
3543/5

BUSBEE SHIRLEY

Le quiproquo de minuit
2930/5

Ayant malencontreusement compromis Melissa, Dominic est contraint de l'épouser. Mais au cours de ce bel été, la Louisiane se mobilise contre les Anglais. Et entre la trop belle Melissa et son turbulent époux , c'est aussi bientôt la guerre car aucun ne veut être dupe de l'autre.

Au-delà du pardon
2957/5
L'appel de la passion
3056/8
Sous le sceau de l'amour
3287/7

CAMDEN PATRICIA

Sous la coupe du Sultan
3704/6 Inédit

COPELAND LORI

Hannah l'indomptable
3260/2
Les traîtrises de l'amour
3414/5

DAILEY JANET

Le solitaire
1580/4

DEVERAUX JUDE

La saga des Montgomery
- Les yeux de velours
2927/5
- Un teint de velours
3003/5
- Une mélodie de velours
3049/4
- Un ange de velours
3127/4

Les dames de Virginie
- Kidnappée par erreur
3180/5
- La fiancée délaissée
3181/4
- Mariage forcé
3182/5
- Le pays enchanté
3372/5

Duel de femmes
3447/4
L'homme au masque
3523/4
Les entraves de l'amour
3643/5
La duchesse infidèle
3683/6 Inédit
Un mari par procuration
3794/4 (Novembre 94)

Directrice d'une agence matrimoniale, Carrie tombe amoureuse d'un de ses clients en voyant sa photo...

FEATHER JANE

La favorite du sérail
3448/6

A Grenade, à la fin du XVe siècle, la belle Sarita succombe au charme d'Abdul, le seigneur maure qui règne sur l'Andalousie. Cependant dans le sérail de l'Alhambra, de sombres complots se trament contre la favorite.

La nuit de Saint-Petersbourg
3560/6
La favorite afghane
3664/7 Inédit

Aventures et Passions

FINCH Carol
Aveuglée par l'amour
3777/6 (Octobre 94)

GARLOCK Dorothy
Le métis apache
3594/5

GARWOOD Julie
Sur ordre du roi
3019/5
Un ange diabolique
3092/5
Un cadeau empoisonné
3219/5
Fiancée à quatre ans, embarquée de force dans des aventures rocambolesques, Sara est une héroïne d'une drôlerie irrésistible.
Désir rebelle
3286/5
La fiancée offerte
3346/5
Le secret de Judith
3467/5
Un mari féroce
3662/6 Inédit
Le voile et la vertu
3796/5 (Novembre 94)

HAGAN Patricia
Violences et passions
3201/6
Folies et passions
3272/5
Gloires et passions
3326/6
Fureurs et passions
3398/5
Splendeurs et passions
3541/5
Rêves et passions
3682/6 Inédit
Honneur et passions
3756/5 (Septembre 94)

HAZARD Barbara
L'aventurier des Bermudes
3703/7 Inédit
Coup monté
3811/6 (Décembre 94)

HENLEY Virginia
La colombe et le faucon
3259/5
La fleur et le faucon
3416/6
La rose et le corbeau
3522/5
Les amants secrets
3641/7 Inédit

JOHANSEN Iris
Prince de cœur
3757/7 (Septembre 94)
Dans l'Inde splendide et mystérieuse de l'époque coloniale, l'intrépide Jane Barnaby dirige la construction d'une voie ferrée et connaît une passion tumultueuse auprès du beau Ruel, un aventurier écossais.

JOHNSON Susan
Proposition malhonnête
3542/5
Le séducteur sauvage
3642/6 Inédit
Les enchères de la passion
3705/7 Inédit

JOYCE Brenda
Des feux sombres
3371/5
Le fier conquérant
3222/5
Candice la rebelle
3684/7 Inédit

LANDIS Jill Marie
L'héritage de Jade
3449/6

LINDSEY Johanna
Samantha
2533/3
Esclave et châtelaine
2925/4
La révoltée du harem
2956/6
Capturée par des corsaires sur la côte barbaresque, Chantelle se retrouve prisonnière du dey de Barikah, qui la retient dans son sérail. Situation intolérable pour une jeune rebelle !
La fiancée captive
3035/4
Les feux du désir
3091/5
La Viking insoumise
3115/5
Un si doux orage
3200/4
Un cœur si sauvage
3258/4
En recherchant son père disparu au Kansas, Jessica va découvrir la passion dans les bras de son guide, Chandos. Mais quels liens unissent cet homme mystérieux aux Comanches ?
Epouse ou maîtresse
3304/3
Captifs du désir
3430/4
Une fiancée pour enjeu
3593/5
Paria de l'amour
3725/4 (Juillet 94)
Fuyant sa belle-famille décidée à l'éliminer, Jocelyne va s'installer aux Etats-Unis où elle veut refaire sa vie. Elle y rencontre Colt Thunder, dont le sang cheyenne a fait un paria.
Les frères Malory
Le coureur de dot
3778/5 (Octobre 94)
A l'insu de ses frères, Georgina s'embarque pour l'Angleterre dans l'espoir de retrouver son fiancé. Elle y rencontrera un pirate et, s'étant compromise, ses frères la contraindront à l'épouser !

LOWELL Elizabeth
Poker menteuse
3726/5 (Juillet 94)

McKINNEY Meagan
L'enchanteresse perverse
3239/5
L'ange de la vengeance
3373/5
Le corsaire des Caraïbes
3490/5
Le secret de la passion
3795/6 (Novembre 94)

Aventures et Passions

McNAUGHT Judith
Les machinations du destin
3399/7
Incorrigible séducteur, le duc Jordan ne croit pas à l'amour. Pourtant il décide un jour de se marier avec une inconnue, par simple reconnaissance : elle lui a sauvé la vie. Mais Alexandra est ravissante et elle a de l'esprit !

Compromise
3521/6

La scandaleuse
3741/5 (Août 94)
Fiancée contre son gré au désinvolte duc de Claymore, Whitney la rebelle est bien décidée à se battre pour préserver sa liberté.

L'amant de l'ombre
3810/7 (Décembre 94)
Que faire lorsque votre fiancé vous a abandonnée et qu'un beau ténébreux demande à être consolé d'une expérience conjugale malheureuse ?

MATTHEWS Patricia
La maîtresse de Malvern
1056/4
La promesse sauvage
2987/5
Les trois amours de Rachel
3160/6
Le déchaînement des passions
3348/5

MICHAELS Fern
Passions captives
3492/7
Dans la tourmente du désir
3575/8

MILLER Linda Lael
Pendue ou mariée
3614/4
Sauvée par un inconnu, Julie est-elle condamnée au mariage ? Si ce Daniel n'est pas sans charme, les "amis" de Julie ont décidé de la reprendre.

NERI Penelope
Séductrice en guenilles
3562/8
La captive du Sahara
3644/7 Inédit

O'BANYON Constance
L'amante masquée
3428/6

O'GREEN Jennifer
Prisonnière du roi
2981/5

POTTER Patricia
Le flambeur du Mississippi
3468/6
Sans foi ni loi
3561/5

QUICK Amanda
La séductrice inattendue
3491/5
La dame voilée
3612/5

REDD Joanne
La fiancée du désert
2926/4
Délivrer une aristocrate britannique prisonnière du pacha de Tripoli : telle est la mission du capitaine Sloan et qu'il mène à bien. Il lui faut ensuite retraverser le désert avec lady Hampton, une coquette, capricieuse et hautaine. Mais belle à damner un saint !

Le rêve chimère
2980/5

L'aventurière de Fort Alamo
3328/5
Chargée de convoyer des armes au Texas pour venir en aide aux rebelles de Fort Alamo, Rebecca s'éprend de l'homme qui lui sert de guide. Mais Chase n'est pas prêt de se laisser enchaîner : il est de sang comanche !

Danse avec le feu
3429/4
La fiancée apache
3663/6 Inédit

ROBARDS Karen
Désirs fous
2928/5
La lune voilée
2979/5
Mississippi belle
3070/4
Le brigand aux yeux d'or
3142/5
Promise au bûcher
3221/5

Esclave de personne
3327/5
Quelle impulsion ridicule pousse donc Susannah à acheter un esclave, parmi les condamnés aux travaux forcés qu'un navire vient d'amener en Caroline ? Elle regrette aussitôt son geste, surtout lorqu'elle constate que l'homme aux yeux gris est bien séduisant...

Les sortilèges de Ceylan
3466/5

ROGERS Rosemary
Le grand amour de Virginia
1457/4
Pour se venger de son mari, qu'elle soupçonne de lui être infidèle, Virginia s'embarque à Cuba avec un don Juan notoire. Au cours d'une escale dans un petit port, un tremblement de terre va bouleverser sa vie.

Le métis
2392/5
Esclave du désir
2463/5
Le désir et la haine
2577/7

Aventures et Passions

RYAN Nan

Esclave de soie
2929/5

Le prince aztèque
3071/5

Fille d'un riche rancher texan, Meagan s'éprend de Tonatiuh, son ami d'enfance, et découvre entre ses bras la fièvre d'une passion torride. Mais Tonatiuh a du sang aztèque et tout les sépare. Tout, sauf l'amour !

La légende de l'amour
3247/5

Le ravisseur indien
3574/6

SMALL Béatrice

La captive d'Istanbul
3613/6

Chassé croisé
3776/7 (Octobre 94)

Quatre hommes se disputent le cœur et le corps de la belle Cat. Des brumes d'Ecosse aux rives d'Istanbul, Cat brave un destin tumultueux.

SUTCLIFFE Katherine

Un défi amoureux
3592/4

TRENT Lynda

Coup de patte
3509/6

Jumelles et rivales
3724/6 (Juillet 94)

WEYRICH Becky Lee

Le vent brûlant de Bombay
3036/5

Le chardon et la rose
3110/6

La proie du pirate
3158/5

Lune gitane
3202/5

Le bal masqué de Géorgie
3303/5

WOODIWISS Kathleen

Quand l'ouragan s'apaise
772/4

Le loup et la colombe
820/4

L'inconnue du Mississippi
2509/3
également en coffret 3 vol.
FJ 6736

Cendres dans le vent
2421/7

Qui es-tu, belle captive ?
2998/6

Certes, Maxim Seymour est marquis, séduisant, valeureux. Ce n'en est pas moins, aux yeux d'Elise, un traître et un assassin. Elle fera donc tout pour l'empêcher d'épouser sa cousine Arabella. Furieux, Maxim décide d'enlever celle dont il est épris. Mais lorsqu'il tend les bras à sa chère captive, c'est une redoutable furie qu'il découvre : Elise !

Amour et Destin

Les romans de la collection Amour et Destin présentent des femmes exceptionnelles, qui découvrent dans l'amour le sens de leur vie. Elles iront jusqu'au bout de leur quête, quel qu'en soit le prix.

Héroïnes modernes, elles ont décidé de prendre en main leur destin et de l'assumer, dans un monde trop souvent hostile.

Dans la collection Amour et Destin, des femmes courageuses et intransigeantes affrontent la réalité, tout en sachant que l'amour, seul, pourra leur apporter l'épanouissement dont elles rêvent.

BENNETT ELIZABETH

Le balancier du cœur
3598/6

Jolie, douée mais obèse et malheureuse, Janie quitte un jour la Nouvelle-Angleterre pour devenir directrice artistique dans une agence de publicité new-yorkaise. Elle y gagnera son indépendance, perdra les kilos qui la gênaient et surtout découvrira, après quelques errances, le véritable amour.

BENZONI JULIETTE

Le Gerfaut
– Le Gerfaut
2206/6
– Un collier pour le diable
2207/6
– Le trésor
2208/5

BINGHAM CHARLOTTE

Ombre et lumière
3493/7 Inédit

BLAKE JENNIFER

Les secrets du passé
3323/6

Dans le décor luxuriant de La Nouvelle-Orléans, les passions se déchaînent autour de Riva, prisonnière d'un mystérieux passé.

Délices et fureurs
3525/6
Le parfum de la passion
3759/6 (Septembre 94)

BRISKIN JACQUELINE

C'est écrit dans le ciel
3139/7
Cœurs trahis
3431/7

BROWN SANDRA

French Silk
3472/7
Des secrets bien gardés
3617/6
Substitution
3666/6 Inédit
Texas !
– Le destin de Lucky
3282/3
– Le destin de Rocky
3432/3
– Le destin de Sally
3563/3
Parfum de scandale
3727/7 (Juillet 94)

En quelques heures, trois voyous sans scrupules font basculer la vie de Jade dans l'horreur. Désormais, elle n'aura plus qu'un but : se venger. Dillon parviendra-t-il à lui redonner le goût du bonheur ?

CLARKE BRENDA

Au-delà du monde
3618/5

Deux mois après la disparition de son mari au Liban, Christiane Saxelby apprend que Rowland était déjà marié lorsqu'il l'a épousée. Anéantie par cette découverte, elle se replonge dans leur passé. Qui était cet homme auprès de qui elle a vécu durant vingt-cinq ans ? Rowland l'a-t-il vraiment aimée ?

COOKSON CATHERINE

Le bonheur secret d'Emma
3343/5

Dès son plus jeune âge, Emma a compris qu'un seul homme compterait pour elle : le pasteur Henri Grainger. C'est pourtant un autre qu'elle se résoud à épouser. Mais le véritable amour peut-il s'oublier ?

Les tourments d'Annabella
3487/7

DAILEY JANET

Le mal-aimé
1900/4
Prisonniers du bonheur
2101/4
Le triomphe de l'amour
2430/5

DEJONG LINDA RENÉE

Illusions brisées
3395/6

La voiture fait une embardée et c'est l'accident. Lorsqu'elle se réveille à l'hôpital, elle a tout oublié : amnésie. Elle ne reconnaît pas cette famille ni l'image qu'ils semblent avoir d'elle. Qui était vraiment Amanda ?

Amour et Destin

DELINSKY Barbara
Une femme trahie
3396/7
Lorsque Jeff, son mari, disparaît brusquement, Laura se trouve confrontée à une situation financière catastrophique. Avec horreur, elle comprend alors qu'elle vivait auprès d'un inconnu.

La quête de Chelsea Kane
3450/6
Empreintes
3576/6
Un moment d'égarement
3728/7 (Juillet 94)

DEVERAUX Jude
Entre ses mains
3544/6 Inédit

FIELDING Joy
Les amours déchirées
3545/5

GOLDREICH Gloria
Rencontre
3471/5

HOAG Tami
L'homme des marais
3706/5 Inédit

JAGGER Brenda
L'amour revient toujours
3390/5
En 1840, dans une Angleterre en plein essor industriel, deux femmes, éprises du même homme, s'affrontent et luttent pour sauvegarder leur amour.

KRENTZ Jayne Ann
Le petit-fils prodigue
3707/5 Inédit
Mariage en blanc
3797/5 (Novembre 94)

LAROSA Linda
Princesse Alexandra
3358/7

MANSELL Jill
Malentendus
3685/6 Inédit
Pour la magie d'un baiser
3779/6 (Octobre 94)
Trois femmes en quête du bonheur...

MAREZ Marnie De
L'épouse indésirable
3686/5 Inédit

McNAUGHT Judith
L'homme qui haïssait les femmes
3665/4 Inédit
Où tu iras, j'irai
3760/6 (Septembre 94)
Lorsqu'un inconnu vous demande de tout abandonner pour le suivre à Porto Rico, on a certes le droit d'hésiter. Mais alors, on court le risque de tout perdre...

PEARSON Michael
Une femme d'argent
3359/5
De New York à Londres, en ce début de siècle, l'irrésistible ascension de Victoria dans le monde implacable de la haute finance.

PLAIN Belva
Les trésors de la vie
3524/7

QUIN-HARKIN Janet
Grâce au ciel
3812/5 (Décembre 94)

RENICK Jeane
Fais-moi confiance
3597/6
L'enfant de la dernière chance
3742/6 (Août 94)
Un bébé ! Cette idée obsède Marielle, à qui la nature ne laisse plus beaucoup de temps. Après mille péripéties, elle aura enfin ce qu'elle veut, et le bonheur en prime.

SAWYER Meryl
Méfiez-vous des inconnus
3780/8 (Octobre 94)

SELINKO Annemarie
Désirée
3374/5 & 3375/5

SIMPSON Pamela
Revers de fortune
3451/7

SMITH Deborah
L'amour par Miracle
3564/7 Inédit
Le saule bleu
3645/7 Inédit

SPENCER Lavyrle
Demain le bonheur...
3798/8 (Novembre 94)
En 1917, Lannie rejoint son nouveau poste d'institutrice dans le Dakota. La jeune femme va découvrir les grandes plaines du Middle West, des gens simples et vrais, et trouver l'amour.

TAYLOR Lucy
Les années de feu
3646/6 Inédit
Trois sœurs. Trois personnalités. Trois destins. A l'ère de l'amour libre et du féminisme, Anna, Luisa et Tina, partent, chacune à sa manière, à la recherche du bonheur.

THOMAS Rosie
Célébration
3357/5
Œnologue réputée, Bell est fermement décidée à faire carrière dans un monde habituellement fermé aux femmes. L'amour va, toutefois, orienter différemment son destin.

La belle conquérante
3510/9

Aventures et témoignages

Des aventures, des drames, des découvertes, racontés par ceux qui les ont vécus ou des témoins passionnés.

BELLEMARE Pierre
Les dossiers d'Interpol
2844/4 & 2845/4
Le crime ne connaît pas de frontière et l'imagination des criminels semble sans limite. A travers une cinquantaine de courts récits, les auteurs démontrent que la justice finit cependant par triompher.

BELLEMARE P. et ANTOINE J.
Les dossiers extraordinaires
2820/4 & 2821/4
Les affaires criminelles les plus extraordinaires du siècle.

CHOW CHING LEE
Le palanquin des larmes
859/4
Le concerto du fleuve Jaune
1202/3

CLOSTERMANN Pierre
Le Grand Cirque
2710/5

COUSTEAU Commandant
Nos amies les baleines
2853/7 Illustré
Les dauphins et la liberté
2854/7 Illustré
Un trésor englouti
2967/7 Illustré
Compagnons de plongée
3031/7 Illustré

DERLICH Didier
Intuitions
3334/4

DURIEUX Evelyn
Princesse aux pieds nus
3556/3
L'histoire commence comme un conte de fées : Evelyn, une jolie métisse, épouse un prince africain richissime. Mais ce prince n'est autre que le fils aîné des cinquante-cinq enfants de Jean-Bedel Bokassa et le rêve tourne vite au cauchemar...

Dr ETIENNE J.-L.
Transantarctica
3232/5
En dépit des conditions extrêmes, le Dr Etienne et ses compagnons vont parcourir 6 300 km dans un désert glacé, avec trois traîneaux et quarante chiens. Un pari insensé.

FAVIER Sophie
L'accroche-cœurs
3673/4 Illustré
Petit guide du savoir-plaire au féminin.

GARRISON Jim
JFK
3267/5 Inédit

GEORGY Guy
La folle avoine
3391/4
Le petit soldat de l'Empire
3696/4
Souvenirs irrésistibles d'une Afrique aujourd'hui disparue, par un petit périgourdin qui devint gouverneur de la France d'Outre-mer.

L'oiseau sorcier
3805/4 (Décembre 94)
Devenu ambassadeur en Bolivie, l'ancien gouverneur des colonies capture, en visitant une tribu indienne, un oiseau-sorcier doté de pouvoirs étranges.

GLASER & PALMER
En l'absence des anges
3318/6

GOTLIB
J'existe
Je me suis rencontré
3719/4

GRAY Martin
Le livre de la vie
839/2
Les forces de la vie
840/2

HAWKING Stephen
Une brève histoire du temps
3361/3
Dans un langage simple et accessible, l'un des plus brillants physiciens de notre époque expose les découvertes récentes sur la nature du temps et du cosmos. Un livre fascinant.

HUET & COQUART
Bourvil ou la tendresse du rire
3195/4

JOHNSON "Magic" E.
L'amour sans risque
3363/2
L'un des sportifs les plus aimés du public, devenu séropositif, s'est donné pour mission d'informer les jeunes sur le sida et ce que l'on doit absolument savoir sur cette terrible maladie.

MAALOUF Amin
Les croisades vues par les Arabes
1916/4

MacLAINE Shirley
Amour et lumière
2771/4
Vivre sa vie
2869/3

Aventures et témoignages

MANIGUET Xavier
Les dents de la mort
3302/7 Illustré

MARIN Maud
Le saut de l'ange
2443/4
Depuis sa plus tendre enfance, Jean sait que la nature s'est trompée et qu'il est en réalité une femme. L'étonnant parcours d'un transsexuel : un document bouleversant et un plaidoyer contre l'intolérance.

Tristes plaisirs
2884/3
L'auteur a connu la prostitution. Devenue avocate, elle s'est vouée à la défense des filles de joie, dont elle a partagé les souffrances.

Le quartier des maudites
3214/4

MARTINO Bernard
Le bébé est une personne
2128/3

MOITESSIER Bernard
La longue route
3738/8 (Août 94)
Dix mois d'aventures sur les mers, par l'un de nos plus célèbres navigateurs.

OGER Armelle
Enquête sur la vie très privée des Français
3341/6

PAULY Francis
O Garimpeiro
3250/5

RABANNE Paco
Trajectoire
3411/3
La fin des temps
D'une ère à l'autre
3786/3 (Novembre 94)
Saccage de la Terre, dévastations atomiques, prolifération des sectes : toutes les prophéties des textes anciens semblent se réaliser, annonçant la fin des temps. Mais pour Paco Rabanne, rien n'est perdu. Car si le Déluge eut ses survivants, ceux de l'Apocalypse connaîtront un lumineux Age d'Or.

RONSAC Charles
On ne se lasse pas d'aimer
3657/3
«Je ne peux plus parler. Je ne vois plus clair. Je perds la tête, le voyage m'a achevée...» Celle qui parle, c'est Marthe, atteinte au soir de sa vie de la maladie d'Alzheimer. Mais Charles, qui partage son existence, refuse de l'abandonner. Alors commence une lutte farouche.

ROUCH Dominique
Dieu seul le sait
3266/3

SEZNEC Denis
Nous, les Seznec
3823/9 (Septembre 94)

SIMPSON Joe
La mort suspendue
3740/5 (Août 94)

SPALDING Baird T.
La vie des Maîtres
2437/5
Inde, Népal, Tibet, Perse : des hommes aux facultés étonnantes communiquent à distance, voyagent par lévitation et guérissent des malades incurables. Un extraordinaire voyage initiatique.

VALLEE Brian
Une femme en enfer
3176/3

VAUJOUR Nadine
La fille de l'air
3478/3

VILOTEAU Nicole
La femme aux serpents
2022/4 Illustré
Dès l'enfance, Nicole Viloteau nourrit une véritable passion pour les reptiles. Adulte, elle réalise son rêve : parcourir tous les continents pour capturer ou photographier , parfois au risque de sa vie, les serpents les plus dangereux.

ZAMBERLAN Anne
Mon corps en désaccord
3231/3

Sur les écrans

Livre après livre, J'ai lu édifie l'étonnante bibliothèque du cinéma.

Les titres vous sont présentés ci-dessous par ordre alphabétique.

Abyss
CARD Orson Scott 2657/4
L'accompagnatrice
BERBEROVA Nina 3362/4
Adieu ma concubine
LEE Lilian 3633/4
Un grand roman qui inspira le film Palme d'or au Festival de Cannes en 1993.

Alice au pays des merveilles
CARROLL Lewis 3486/2
Alien
FOSTER Alan Dean 1115/3
AlienS
FOSTER Alan Dean 2105/4
Alien 3
FOSTER Alan Dean 3294/4
L'ami Maupassant
de MAUPASSANT Guy 2047/2
Les amies de ma femme
ADLER Philippe 2439/3
Les amitiés particulières
PEYREFITTE Roger 17/4
L'année de l'éveil
JULIET Charles 2866/3
L'autre
CHEDID Andrée 2730/3
Backdraft
MITCHELL Kirk 2996/4
Beignets de tomates vertes
FLAGG Fannie 3315/7
Bel-Ami
de MAUPASSANT Guy 3366/3
La belle Romaine
MORAVIA Alberto 1712/5
Beverly Hills
GILDEN Mel 3637/4, 3638/4 3716/4 (Juillet 94)
SMITH K.T. 3717/4 (Juillet 94)
Blade Runner
DICK Philip K. 1768/3
Bleu comme l'enfer
DJIAN Philippe 1971/4
Body
ARNSTON Harrison 3479/5
Bonjour la galère !
ADLER Philippe 1868/1
La brute
des CARS Guy 47/3
Carrie
KING Stephen 835/3
Charlie
KING Stephen 2089/5
La Chartreuse de Parme
STENDHAL 2755/5
Le Château des Oliviers
HÉBRARD Frédérique 3677/7
Chiens perdus sans collier
CESBRON Gilbert 6/2
Christine
KING Stephen 1866/4
Le club de la chance
TAN Amy 3589/4
Conan le barbare
HOWARD Robert E. 1449/3 (avec Sprague de Camp)
Conan le destructeur
HOWARD Robert E. 1689/2 (avec R.Jordan)
Le crime de Mathilde
des CARS Guy 2375/4
Croc-Blanc
LONDON Jack 2887/3
Cujo
KING Stephen 1590/4
Cyrano de Bergerac
ROSTAND Edmond 3137/3
Dans la ligne de mire
COLLINS Max Alban 3626/5
Danse avec les loups
BLAKE Michael 2958/4
Délivrance
DICKEYJames 531/3
La demoiselle d'Avignon
HEBRARD Frédérique 2620/4
Demolition Man
OSBORNE Richard 3628/4
Le dernier des Mohicans
COOPER Fenimore J. 2990/5
2001-l'odyssée de l'espace
CLARKE Arthur C. 349/2
Le diable au corps
RADIGUET Raymond 2969/1
Entre Ciel et Terre
SINGER Michaël 3630/4
Une Vietnamienne émigrée aux Etat-Unis décide un jour de retrouver son pays natal. Commence alors un long et déchirant périple, au terme duquel elle aura renoué avec l'histoire des siens.

L'Espagnol
CLAVEL Bernard 309/4
Etat second
YGLESIAS Rafael 3629/6
L'été en pente douce
PELOT Pierre 3249/3
Fearless
YGLESIAS Rafael 3629/6
Des fleurs pour Algernon
KEYES Daniel 427/3
Forrest Gump
Winston Groom 3816/4 (Sept.)
Le Fugitif
DILLARD J.-M. 3585/4
Frankenstein
SHELLEY Mary 3567/3
Germinal
ZOLA Emile 901/3
Geronimo
CONLEY Robert J. 3714/3
Le grand chemin
HUBERT Jean-Loup 3425/3
L'homme sans visage
HOLLAND Isabelle 3518/3
Hook
BROOKS Terry 3298/4
Horizons lointains
MASSIE Sonja 3356/6
L'impure
des CARS Guy 173/4
Isaura
GUIMARAES Bernardo 2200/2
J'étais empereur de Chine
PU-YI 2327/6
Le jardin secret
BURNETT F. H.3655/4
JF partagerait appartement
LUTZ John 3335/4

Sur les écrans

JFK
GARRISON Jim 3267/5 Inédit
Jonathan Livingston le goéland
BACH Richard 1562/1 Illustré
Le Journal
GRAM Dewey 3822/5
Joy
LAUREY Joy 1467/2
Joy (Le retour de)
LAUREY Joy 3388/3
Kramer contre Kramer
CORMAN Avery 1044/3
King of the hill
HOTCHNER A.E. 3582/4
La lectrice
JEAN Raymond 2510/1
Little Big Man
BERGER Thomas 3281/8
Love story
SEGAL Erich 412/1
Lucas
LEBLANC Alain 3392/4
Madame Bovary
FLAUBERT Gustave 103/3
Le Magicien d'Oz
BAUM Frank 1652/1
Malpertuis
RAY Jean 1677/2
Maman j'ai encore raté l'avion
SINGER A. L. 3387/2
Un mari, c'est un mari
HEBRARD Frédérique 823/2
Le mari de l'Ambassadeur
HEBRARD Frédérique 3099/6
Mémoires d'un homme invisible
SAINT Harry F. 2945/8
Michigan Mélodie (Un mariage à la carte)
MONSIGNY Jacqueline 1289/2
1492
La conquête du paradis
THURSTON Robert 3403/3
Misery
KING Stephen 3112/6
Moi, Antoine de Tounens, roi de Patagonie
RASPAIL Jean 2595/4
9 semaines 1/2
McNEILL Elizabeth 2259/2
Les nuits fauves
COLLARD Cyril 2993/3
Les oiseaux se cachent pour mourir
McCULLOUGH Colleen 1021/4 & 1022/4
Oliver's story
SEGAL Erich 1059/2
Orphée
COCTEAU Jean 2172/1
Le palanquin des larmes
CHOW CHING LIE 859/4
Pavillons lointains
KAYE M.M. 1307/4 & 1308/4
Peter Pan
BARRIE James M. 3174/2
Peur Bleue
KING Stephen 1999/3
Priez pour nous
DUROY Lionel 3138/4
Le Prince des marées
CONROY Pat 2641/5 & 2642/5
Pulsions
DePALMA Brian 1198/3
Racines
HALEY Alex 968/4 & 969/4
La reine Margot
DUMAS Alexandre 3279/3
La revanche des premières épouses
GOLDSMITH Olivia 3502/7
Robocop 2
NAHA Ed 2931/3
Le rouge et le noir
STENDHAL 1927/4
Running Man
KING Stephen 2694/3
Sauvez Willy
HOROWITZ Jordan 3627/4
Une extraordinaire histoire d'amitié entre un jeune garçon et une baleine, vedette d'un show aquatique, à laquelle l'enfant a décidé de rendre sa liberté.
Shining
KING Stephen 1197/5
Simetierre
KING Stephen 2266/6
Le sixième jour
CHEDID Andrée 2529/3
Star Trek
RODDENBERRY Gene 1071/3
Le temps de l'innocence
WHARTON Edith 3393/5
La tête en l'air
AGACINSKI Sophie 3046/5
The Player
TOLKEN Michael 3483/3
Tous les fleuves vont à la mer
PLAIN Belva 1479/4 & 1480/4
37°2 le matin
DJIAN Philippe 1951/4
La vengeance aux deux visages
MILES Rosalind 2723/5 & 2724/5
Une vie
de MAUPASSANT Guy 1952/2
Vingt mille lieues sous les mers
VERNE Jules 3654/5 (Avril 94)
Le voyage du père
CLAVEL Bernard 300/1
Le voyage fantastique
ASIMOV Isaac 1635/3

La liste de Spielberg

La couleur pourpre
WALKER Alice 2123/3
E.T. L'extra-terrestre
SPIELBERG Steven 1378/3
E.T. La planète verte
SPIELBERG Steven 1980/3
Gremlins
SPIELBERG Steven 1741/3
La liste de Schindler
KENEALLY Thomas 2316/6
Rencontres du 3e type
SPIELBERG Steven 947/3

Barbara Cartland

Samantha des années folles 1144/2
Comtesse Natacha 1145/2
Le bonheur commence à l'aube 1156/2
La revanche de lord Ravenscar 1321/2
L'amour joue et gagne 1360/2
Une couronne pour un cœur 1372/3
Les deux cousines 1384/3
Vanessa retrouvé 1385/2
Rencontre à Lahore 1401/2
L'amour démasqué 1414/2
Un baiser pour le roi 1426/2
Lune de miel au Rajasthan 1440/2
Fortuna et son démon 1454/2
Un diadème pour Tara 1482/2
Un amour imprévu 1538/1
La déesse et la danseuse 1581/2
Rhapsodie d'amour 1582/2
Sous la lune de Ceylan 1594/2
Les vibrations de l'amour 1608/2
Duchesse d'un jour 1609/2
L'enchanteresse 1627/2
Un amour de légende 1747/2
Ola et le marquis 1775/2
Le festin secret 1776/2
Un souhait d'amour 1792/2
L'amour est un songe 1843/2
Splendeurs impériales 1859/2
Les colombes de l'amour 1871/2
Un amour au clair de lune 1954/1 (Juillet 94)
La force d'une passion 1990/1 (Juillet 94)
La revanche du cœur 2005/1 (Juillet 94)
Prise au piège 2082/1
Une épouse particulière 2115/1
Le portrait de l'amour 2367/2
L'irrésistible charme d'Helga 2429/2
La trahison diabolique 2516/2
Duel pour l'amour 2547/1
Evasion pour le bonheur 2548/1
Les yeux de l'amour 2688/1
Le jugement de l'amour 2733/1
Passions victorieuses 2757/2
Pour une princesse 2776/2
Dangereuse passion 2777/2
L'amour victorieux 2796/1
Juste un rêve 2812/2
Amour, argent et fantaisie 2832/2
Le temple de l'amour 2847/1
La princesse des Balkans 2856/1
Douce enchanteresse 2857/1
Aime-moi pour toujours 2890/3
Le parfum des dieux 2960/1
Un ange passe 2972/1
Danger pour le duc 3047/2
Les ailes de l'amour 3108/3
Une fuite éperdue 3125/3
Le château des rêves 3452/2
Paris magique 3469/2
Passion diabolique 3470/2
Le parfum des roses 3488/2
Le bel aventurier 3489/3
Satan frappé par l'amour 3508/2
Un tour du destin 3519/2
Idylle romaine 3520/2
Pour l'amour de vous 3538/2
L'amour en automne 3539/2
Le moulin des passions 3558/2
En cachette 3559/2
Prise au piège 3572/2
La malédiction vaincue 3573/2
L'impossible bonheur 3595/3
Une irrésistible passion 3596/2
L'ombre du passé 3615/2
L'amour est un labyrinthe 3616/2
Miracle à Chadwood 3639/2
Les yeux du cœur 3640/2
Une idylle mexicaine 3660/2
Ô toi, mon roi 3661/2
Solita face aux espions 3680/2
L'amour sera notre refuge 3681/2
Au pays magique 3701/2
Un amour naissant 3702/2
La captive du cheikh 3729/2 (Juillet 94)
Et si je l'aimais... 3730/2 (Juillet 94)
Les enfants qui fuient 3743/2 (Août 94)
Un rêve merveilleux 3754/2 (Septembre 94)
Les vestiges de l'amour 3755/2 (septembre 94)
Les deux mariages de Thérésa 3774/2 (Octobre 94)
Sous le soleil de Grèce 3775/2 (Octobre 94)
Ensorcelée ! 3792/2 (Novembre 94)
Michael mon amour 3793/2 (Novembre 94)
Idylle à Lucca 3808/2 (Décembre 94)
Les sortilèges du cœur 3809/2 (Décembre 94)

Junior

Des livres pour donner aux plus jeunes le goût de la lecture.

BACH Richard
Jonathan Livingston le goéland
1562/1 Illustré

BARRIE James M.
Peter Pan
3174/2

BAUM Frank
Le Magicien d'Oz
1652/1

BLAKE Michael
Danse avec les loups
2958/4

BROOKS Terry
Hook
3298/4

BURNETT F. H.
Le jardin secret
3655/4

CARROLL Lewis
Alice au pays des merveilles
3486/2

CESBRON Gilbert
Chiens perdus sans collier
6/2
C'est Mozart qu'on assassine
379/3

CHEDID Andrée
Le sixième jour
2529/3
L'enfant multiple
2970/3

CLAVEL Bernard
Malataverne
324/1
L'espion aux yeux verts
499/2
Tiennot
1099/1
Quand j'étais capitaine
3423/3

COOPER Fenimore J.
Le dernier des Mohicans
2990/5

DHÔTEL André
Le pays où l'on n'arrive jamais
61/2

FRISON-ROCHE
La peau de bison
715/3
La vallée sans hommes
775/3
Premier de cordée
936/3
La grande crevasse
951/3
Retour à la montagne
960/3
La piste oubliée
1054/3
Le rapt
1181/4
Djebel Amour
1225/4
Le versant du soleil
3480/9

HAYDEN Torey L.
Kevin le révolté
1711/4
Les enfants des autres
2543/5

HOROWITZ Jordan
Sauvez Willy
3627/4

KIPLING Rudyard
Le livre de la jungle
2297/2

L'HÔTE Jean
La Communale
2329/2

LONDON Jack
Croc-Blanc
2887/3

MALOT Hector
Sans famille
3588/5

MARKANDAYA Kamala
Le riz et la mousson
117/2

MORRIS Edita
Les fleurs d'Hiroshima
141/1

RHODES Evan H.
Le prince de Central Park
819/2

SEGUR Comtesse de
Les petites filles modèles
3013/2

SPIELBERG Steven
E.T. l'extra-terrestre
1378/3
Gremlins
1741/3

TROYAT Henri
de l'Académie française
La neige en deuil
10/1
Viou
1318/2
Aliocha
3409/1

TWAIN Mark
Tom Sawyer
3030/3
Huckleberry Finn
3570/3

VERNE Jules
Vingt mille lieues sous les mers
3654/5

Les chemins de l'enfance

Enfances merveilleuses ou meurtries, des témoignages et des récits où le rire alterne avec les larmes.

BAILLY Othilie
L'enfant dans le placard
3029/1

BARATAUD Bernard
Au nom de nos enfants
3555/3
Le créateur du Téléthon témoigne.

CHEDID Andrée
Le sixième jour
2529/3
L'enfant multiple
2970/3

COLETTE
Le blé en herbe
2/1

COLOMBANI M.-F.
Donne-moi la main, on traverse
2881/3

CORMAN Avery
Kramer contre Kramer
1044/3

GLASER & PALMER
En l'absence des anges
3318/6

HAYDEN Torey L.
L'enfant qui ne pleurait pas
1606/3
Sheila, six ans, a ligoté un bébé à un arbre et mis le feu. Elle est envoyée dans un hôpital, puis dans un groupe d'enfants inadaptés, dont s'occupe Torey.

Kevin le révolté
1711/4
Kevin a cessé de parler à neuf ans. Abandonné par sa mère, confié à des institutions spécialisées, personne n'est venu à bout de son mutisme.

Les enfants des autres
2543/5
La forêt de tournesols
2988/5
Une enfant comme les autres
3369/6

JULIET Charles
L'année de l'éveil
2866/3

KLEIN Norma
Mon rayon de soleil
3367/3
Kate avait vingt ans, elle aimait la vie, la campagne et surtout Sam et Jill, sa petite fille. Et puis la maladie frappe. Pendant des mois, Kate va lutter, lutter...

L'HÔTE Jean
Confessions d'un enfant de chœur
260/2
La Communale
2329/2

LAFON Monique
Mon enfant, ma douleur, mon bonheur
2901/3

LEFEVRE Françoise
Le petit prince cannibale
3083/3

LOWERY Bruce
La cicatrice
165/1
Affligé d'un bec-de-lièvre, Jeff cherche à sortir de sa solitude mais il s'y enferme encore plus.

de MAISTRE M.C. et G.
Interdit d'enfance
3515/5 Illustré

MOUSSEAU Renée
Mon enfant mon amour
1196/1

OYLER Chris
Va vers la lumière, mon fils
3004/3

PROVIS Martine
La soupe aux cailloux
3557/3
Les chemins de pierre
3751/3 (Septembre 94)
Quand on a connu une enfance martyre, cloîtrée et rouée de coups par ses parents, même la liberté a un goût amer. C'est ce que découvre Martine Provis, sur ces chemins de pierre et d'errance.

RENARD Jules
Poil de carotte
11/1

RHODES Evan H.
Le prince de Central Park
819/2
New York. Central Park est un immense parc, domaine des écureuils et des oiseaux. Fuyant la violence, le petit Jay-Jay y trouve refuge dans les branches d'un grand chêne, tel un nouveau Robinson...

THOMAS Eva
Le viol du silence
2527/3
Dans le silence de la nuit, Marie est violée par son père. Sans défense, victime rêvée... Trente ans durant, elle vit l'horreur de cette nuit-là. Jusqu'au jour où elle ose parler, nommer le mal, dénouer les liens qui l'ont rendue muette. Bouleversant.

WILLIAMS Donna
Si on me touche, je n'existe plus
3445/4

Des vies hors du commun

Biographies, récits ou documents... des destins exceptionnels.

ALLEGRI Renzo
La véritable histoire de Maria Callas
3699/6

ANDERSEN Christopher
Citizen Jane (Fonda)
3338/7

BERBEROVA Nina
C'est moi qui souligne
3190/8

BLUNDEL & BLACKHALL
Diana, Fergie, Charles...
3533/8

BOGGIO Philippe
Coluche 3268/7
C'est l'histoire d'un môme qui fait rire ses copains, d'un mec qui ridiculise les beaufs et les princes, qui fait l'acteur et les Restos du Cœur.

BOWIE A. & CARR P.
Backstage. Ma vie avec David Bowie 3789/7 (Nov.)

CHAZAL Claire
Balladur 3581/2
Edition mise à jour.

CICCIOLINA
Confessions 3085/3 Illustré

DANSETTE Adrien
Leclerc 3737/5

DESGRANGES & FOUCAUX
Roch Voisine 3482/3 Illustré

DE DIOS Luis
Stéphanie 3484/4

DORIN Françoise
Nini Patte-en-l'air
3105/6

D'EAUBONNE Françoise
Isabelle Eberhardt 2989/6

FLEOUTER Claude
Johnny 3610/4

GAGARINE Marie
Blonds étaient les blés d'Ukraine 3009/6
Chassée de son pays à 17 ans par la révolution russe et après un périple hallucinant, elle s'installe en France, avec sa fille Macha Méril.

Le thé chez la Comtesse
3172/5 Illustré

GUERAND & MORICONI
Cyril Collard : la passion
3590/4

HUET & COQUART
Bourvil ou la tendresse du rire
3195/4

LAHAYE Jean-Luc
Cent familles
3134/5 et 3135/4

LEFEBVRE Jean
Pourquoi ça n'arrive qu'à moi ? 3193/3 Illustré
Mais qu'est-ce qu'elles me trouvent ? 3507/3

MacGRAW Ali
Une vie tremblée 3536/4

PIAT Jean
Le parcours du combattant
3028/4

PU-YI
J'étais empereur de Chine
2327/6

ROBINE & SECHAN
Georges Brassens
3424/5 Illustré

RUGGIERI Eve
Mozart 3322/3

SIM
Elle est chouette, ma gueule ! 1696/3
Elles sont chouettes, mes femmes 2264/3
Le charme de Sim ne lasse pas. Une leçon de bonheur.

SORAYA
Le palais des solitudes
3251/4

STRASBERG Susan
Marilyn et moi
3444/5
Fille du fondateur de l'Actor's Studio, S. Strasberg a 15 ans lorsque M. Monroe arrive à New York. Dès lors, les Strasberg vont suivre la vie et la carrière, les crises et les rires de celle qui devient leur amie.

SUMMERS Anthony
Les vies secrètes de Marilyn Monroe 2282/6

THURSTON Robert
1492. La conquête du paradis 3403/3

TROYAT H.
Catherine la Grande
1618/7
Pierre le Grand
1723/5
Nicolas II
3481/5
Le destin tragique du dernier des tsars et de la famille impériale, dans la Russie tumultueuse du début du siècle, déchirée par la guerre, les grèves et l'agitation révolutionnaire. En évoquant la poussée des nationalismes, les affrontements idéologiques, les timides essais de parlementarisme, Henri Troyat éclaire les problèmes actuels de l'ex-URSS.

2495

Achevé d'imprimer en Europe (France)
par Brodard et Taupin à La Flèche (Sarthe)
le 8 novembre 1994. 6315 K-5
Dépôt légal nov. 1994. ISBN 2-277-22495-2
1er dépôt légal dans la collection : février 1977

Éditions J'ai lu
27, rue Cassette, 75006 Paris
Diffusion France et étranger : Flammarion